Das große Spiel

Der Preis der Zukunft

Dave Duncan · Das große Spiel

Der Preis der Zukunft

Roman

Aus dem Englischen von Michael Krug

Weltbild

Die englische Originalausgabe erschien 1997 unter dem Titel
Future Indefinite

Genehmigte Lizenzausgabe für Verlagsgruppe Weltbild GmbH,
Steinerne Furt, 86167 Augsburg

Übersetzung: Michael Krug
Umschlaggestaltung: das buero, Düsseldorf
Umschlagmotiv: Linda und Roger Garland / Agentur Walter Holl, Aachen
Gesamtherstellung: Oldenbourg Taschenbuch GmbH,
Hürderstraße 4, 85551 Kirchheim
ISBN 3-8289-7542-9

2007 2006 2005 2004
Die letzte Jahreszahl gibt die aktuelle Lizenzausgabe an.

Bei der Widmung meiner Bücher habe ich viel zu
lange einen Menschen übersehen, der eine Wid-
mung mehr verdient als fast jeder andere —
mein Agent, Richard Curtis.
Er gestaltet meine Arbeit nicht nur einträglicher,
sondern auch lustiger. Sein Gesammelter
Schriftverkehr *mit mir wird eines Tages der*
Bestseller des einundzwanzigsten Jahrhunderts
in der Sparte Humor. Also, danke Richard!
Dieser Roman ist für Dich.
(Ach, ja – du hast schon die Rechte für die
Übersetzung in Kisuaheli verkauft?)

Die Menschen sagen, ich sei ein Heiliger, der sich der Politik hingibt. Tatsache ist, ich bin ein Politiker, der sein Bestes versucht, ein Heiliger zu werden.

Mahatma Ghandi

Heilige sollten stets als Schuldige gelten, bis ihre Unschuld bewiesen ist.

George Orwell

Voller Zorn wird der Befreier hinabsteigen ins Thargland. Die Götter werden vor ihm fliehen; die Häupter werden sie vor ihm neigen, die Hände zu seinen Füßen ausbreiten.

Filoby-Testament, 1001

Inhalt

VI. Und er stieg auf einen Berg und rief die zu sich, die er erwählt hatte, und sie kamen zu ihm.

Seite 415

VII. Wahrlich, wir haben offenbare Zeichen zu dir hinabgesandt, und niemand versagt ihnen Glauben denn die Ungehorsamen.

Seite 551

VIII. Er verläßt sein Heimatland und zieht in ein andres; doch bringt er die fünf Übel mit sich.

Seite 591

IV. Wir erkennen, warum in der Natur dasselbe Ziel auf unendlich verschiedenen Wegen erreicht werden kann, denn jede einmal erworbene Eigentümlichkeit wird lange Zeit hindurch vererbt, und die in mannigfaltiger Weise abgeänderten Organe müssen ein und demselben allgemeinen Zweck dienstbar gemacht werden.

Seite 699

Die Spieler

Das **Pentatheon**, die fünf höchsten ›Götter‹ der Täler:

Visek, der Vater
Eltiana, die Hohe Herrin
Karzon, der Mann
Astina, die Jungfrau
Tion, der Jüngling

Durch Schrecken und Arglist ringen sie der einheimischen Bevölkerung Mana ab und vertreiben sich die Jahrhunderte, indem sie mit menschlichen Bauern das **Große Spiel** spielen.

Ihre zahlreichen Schergen sind als Avataras* bekannt, insbesondere die **Kammer**, eine Versammlung der schlimmsten von allen, angeführt von:

Zath, dem ›Gott‹ des Todes. Obwohl er offiziell als Avatara Karzons gilt, hat er die Vorherrschaft übernommen, indem er todbringende, als **Schnitter** bekannte Anhänger dazu ermächtigt, ihm Menschenopfer darzubringen, eine überaus kräftig sprudelnde Quelle des Mana.

Der **Dienst**, eine Gruppe uneigennütziger Fremder, die versucht, diese bösartige Tyrannei zu stürzen, indem sie einen neuen Glauben fördert: die Kirche des Ungeteilten.

Das **Filoby-Testament**, ein Buch voller Prophezei-

* Weder sie noch die Fünf sind tatsächlich Götter, sondern lediglich Menschen, die von der Erde oder einer anderen Welt nach Nebenan gereist sind. Da sie dort **Fremde** sind, besitzen sie unwillkürlich **Charisma**, die Fähigkeit durch die Bewunderung oder Huldigung Einheimischer **Mana** aufzunehmen.

ungen, das die Ankunft des Befreiers vorhersagt, der dem Tod den Tod bringen soll. Doch der Befreier wird in der Schrift nur als Sohn von **Cameron Exeter** genannt, einem Mitglied des Dienstes im späten neunzehnten Jahrhundert.

Das **Hauptamt**, ein Verein von Fremden auf der Erde, der immer wieder mit dem Dienst auf Nebenan zusammenarbeitet und Cameron Exeter beschützte, als dieser zurück auf die Erde floh, um Zath zu entrinnen, der die Kette der Prophezeiungen durch Camerons Tod zu durchbrechen suchte.

Die **Quälgeister**, eine weitere Gruppe Fremder auf der Erde, die gelegentlich die Drecksarbeit der Kammer erledigen. 1912 spürten sie Exeter und dessen Frau in Nyagatha auf und ermordeten beide.

Edward Exeter, der einzige Sohn von Cameron und Rona Exeter, somit der prophezeite **Befreier**.

Das bisherige Spiel

Im August 1914, kurz nachdem es den Quälgeistern gelungen war, den 1. Weltkrieg auszulösen, hätten sie es um ein Haar geschafft, Edward zu töten. Doch das Hauptamt sowie Julius Creighton vom Dienst retten ihn. Edward verschlägt es nach Nebenan, wodurch er die Prophezeiung erfüllt, die besagt, er käme während der siebenhundertsten Tion-Festspiele in Sussland auf die Welt, und jemand namens **Eleal** würde ihm helfen. Eleal erweist sich als kindliches Mitglied einer Schauspielertruppe. Nachdem Edward mit dem Dienst in Verbindung getreten ist, weigert er sich, seine vorhergesagte Mission zu übernehmen – fest entschlossen, auf die Erde zurückzukehren, um für König und Vaterland zu kämpfen. Auch Tions Versuche, Edward mit dem Angebot zu bestechen, Eleals verunstaltetes Bein zu heilen, weist er zurück.

Weitere Angriffe der Schergen Zaths bewirken, daß Edward den Anschluß zum Dienst verliert. Da er weder Schlüssel noch Tore kennt, ist er auf Nebenan gestrandet. In **Nagtal** freundet er sich mit den jungen Männern **Sonalbys** an und wird in ihre Altersgruppe aufgenommen. Zwischen **Joalia** und **Thargia**, zweien der drei Großmächte der Täler (die dritte ist **Niolia**), bricht Krieg aus. Da Nagland eine joalische Kolonie ist, werden die Jungkrieger des Landes dazu einberufen, sich an einem Einmarsch in **Lemodtal** zu beteiligen, einem thargischen Verbündeten. Dank seines Charisma und seinem angeborenen Können, steigt Edward zum Oberbefehlshaber auf und bewahrt die joalisch-nagische Armee vor einer Katastrophe. Mit Hilfe Karzons gelingt ihm die Flucht vor Zath.

Nach weiteren Wanderungen stößt Edward auf **T'lin Drachenhändler**, einen einheimischen Agenten des Dienstes, und schließlich auf **Jumbo Watson**, einen der rangältesten Mitglieder, der ihn nach **Olympus** führt. Edward beharrt immer noch darauf, auf die Erde zurückzukehren, doch der Dienst ist sehr geteilter Meinung hinsichtlich des Für und Wider der Prophezeiung über den Befreier und zögert. Letztlich bietet Jumbo Edward persönliche Unterstützung an und lehrt ihn den Schlüssel zu einem Tor – durch das Edward mitten auf ein Schlachtfeld in Belgien gelangt. Edward wird als mutmaßlicher deutscher Spion verhaftet und von seiner Cousine **Alice Prescott**, seinem früheren Schulfreund **Julian Smedley** und der Hauptamtagentin **Miss Pimm** gerettet. Um den Dienst zu warnen, daß Jumbo ein Verräter ist, kehrt Edward mit Julian auf Nebenan zurück, in der Absicht, lediglich ein paar Tage dort zu verweilen. Dabei stellt er fest, daß Olympus von Zaths Schergen überfallen wurde, und sich das Mädchen, das er geliebt hat, unter den Toten befindet. Von rasender Wut erfüllt, schwört Edward Rache und verläßt Olympus.

Runde Drei von
Das große Spiel

1

Seht! Erhaben bin ich gekommen. Der Unterwelt bin ich entronnen. Die Straßen der Erde und des Himmels stehen mir offen.

Das Buch der Toten, 78

1

Prat'han Töpfer hatte es allmählich satt, auf den Tod zu warten. Seit dem Morgengrauen stand er in Ketten im Gerichtssaal. So lange Tapferkeit vorzutäuschen, war anstrengender, als er erwartet hatte. Siebzehn seiner Altersbrüder waren bereits vor den Richter gezerrt, verurteilt und zum Auspeitschen aus dem Saal geschafft worden. Prat'han aber war der Rädelsführer gewesen; zudem war dies sein drittes Vergehen, folglich hatte man ihm versichert, er würde für schuldig befunden und mit dem Tod bestraft. Nach und nach gelangte er zu der Überzeugung, daß der Tod eine willkommene Erlösung wäre – je früher desto besser –, und hätten diese joalischen Sackläuse ihn nicht geknebelt, hätte er sie aufgefordert, die Sache wenigstens schnell über die Bühne zu bringen. Er hoffte nur, sein Märtyrertod würde der Funke sein, der die Revolution auslöste, die Nagtal so dringend benötigte.

»In Anbetracht der Tatsache, daß in diesem Fall der Tod die einzig mögliche Strafe ist«, erklärte der Verteidiger in gelangweiltem Tonfall, »erscheint mir die Pfählung als eine außergewöhnlich schmerzliche und langwierige Art der Hinrichtung, und ich ersuche das Gericht, ein etwas gnädigeres Urteil zu sprechen, wenn mir die Herren Richter einige kurze Ausführungen in dieser Sache gestatten.«

»Gut. Aber rasch«, gestand der Vorsitzende dem Verteidiger widerwillig das Wort zu. Alle drei Richter waren Joalier, ebenso sämtliche anderen Gerichtsbeamten. Die meisten kamen in ihren formellen Roben und schlotterigen Hüten vor Hitze fast um, denn im Gerichtssaal war es wie in einem Backofen. Tatsächlich bestand Prat'hans einziger Trost darin, daß er nur seine gewohnte Lederschürze trug. Und natürlich Ketten, viele schwere Ketten.

Das Gericht stellte das größte und prächtigste Bauwerk Sonalbys dar und war erst kürzlich von den joalischen Oberherrn als Symbol der Erleuchtung errichtet worden, mit der sie ihre Kolonien segneten. Es umfaßte mindestens vier Säle, allesamt mit glänzenden, holzgetäfelten Wänden und Bleiglasfenstern ausgestattet. Dieser Saal war der größte, trotzdem beherbergte er, obwohl nur noch ein Angeklagter übrig war, immer noch viel zu viele Leute – die Richter droben auf ihrer Bank, zwei Anwälte, vier Schriftführer, ein halbes Dutzend mit Schwertern bewaffnete Wachen. Zwar stand die Tür in dem winzigen, als Zuschauergalerie abgegrenzten Bereich offen – in dem vergeblichen Bemühen, ein wenig Luft ins Innere zu lassen –, doch alles, was diese bot, war ein Blick auf die Dorfhütten aus Flechtwerk und Reet. Die Straße war menschenleer. In Sonalby fand sich heute nicht einmal ein Straßenköter, der den Schreien der Ausgepeitschten lauschte oder zuschauen wollte, wie Prat'han starb. Die Einwohner hatten sich noch vor Tagesanbruch aus dem Dorf geschlichen, um damit zu verdeutlichen, was sie von joalischer Rechtsprechung hielten. Es mochte kein großer Aufstand sein, aber mehr brachten die armen Schlucker nicht zuwege.

»Die Herren Richter sind großzügig«, bedankte sich der Anwalt. Er hatte keine zehn Worte mit seinem angeblichen Schützling gesprochen, und alles was sie gemeinsam hatten, war die Langeweile, von der beide geplagt wurden. »Zunächst möchte ich bei allem Respekt auf folgendes hinweisen: Das einzige Verbrechen, das der Angeklagte begangen hat, bestand darin, sein Gesicht zu bemalen. Die Herren Richter mögen mir verzeihen, wenn ich gestehe, daß ich versucht wäre, dasselbe zu tun, wäre auch ich mit einem solchen Gesicht geschlagen.«

Die Richter lächelten halbherzig. Mit Prat'hans Gesicht war rundum alles in Ordnung, abgesehen davon, daß es ihm nicht erlaubt war, es so zu bemalen, wie seine Ahnen es seit tausend Jahren getan hatten. Frauen sagten ihm häufig, er wäre gutaussehend, selbst wenn die Gesichtsfarbe bereits gänzlich verwischt war. Zum wiederholten Male versuchte er, den Gaumen zu befeuchten, und abermals hinderte ihn das widerlich schmeckende Holzstück daran, das seinen Mund offen hielt. Sein Kiefer schmerzte bereits.

»Einspruch!« rief der Staatsanwalt und erhob sich halb von seinem Sitz. »Die Farbe selbst ist nicht so wichtig. Das Wesentliche ist, daß der Statthalter eine bestimmte Liste barbarischer Stammesbräuche verboten hat, wie beispielsweise rituelle Selbstverstümmelung. Gesichtsbemalung gehört ebenfalls zu den diesen untersagten Handlungen.«

Der Richter links unterdrückte ein Gähnen. »Und das Gesetz schreibt Pfählung vor. Habt Ihr sonst noch etwas vorzubringen?«

»Ja, meine Herren Richter«, meldete der Verteidiger sich hastig zu Wort. »Um es kurz zu machen, der Angeklagte, Prat'han Töpfer, hat eine herausragende militärische Laufbahn im Krieg gegen Thargia vorzuweisen, der vor einiger Zeit ausgetragen wurde. Er war während des Feldzugs in Lemodtal und beim ruhmreichen und historischen Einmarsch in Thargtal Truppenführer für Sonalby und hat Seite an Seite mit unseren edlen joalischen Kriegern gekämpft. Als die siegreiche, vereinte Armee vor drei Jahren nach Nagland zurückkehrte und gezwungen war, den Thronräuber Tarion zu stürzen, hat der Angeklagte nämlichen Thronräuber im Zuge des Angriffs auf den Palast mit eigenen Händen erdrosselt. Er hat sich mehr als einmal löblich hervorgetan und von unserem durchlauchten Kalmak Vorsitzenden eine Auszeichnung für persönliche Tapferkeit erhalten.«

Die Richter tauschten verärgerte Blicke. Sie alle waren politische Würdenträger, und Kalmak galt derzeit als Drahtzieher im Klüngel und somit als eigentlicher Herrscher über Joalia und sämtliche Kolonien des Reiches.

Prat'han preßte nach Leibeskräften Laute des Widerspruchs in den Knebel und rasselte mit den Ketten. Sollte das Gericht beschließen, das Gnadengesuch nach Joal weiterzuleiten, würde er unter Umständen zwei bis drei Doppelwochen auf eine Antwort warten müssen, und er betrachtete Erhängen als keine hinreichende Verbesserung seiner Lage, um eine solche Verzögerung zu rechtfertigen.

»Bringt den Mann zum Schweigen!« befahl der Richter linkerhand.

Eine Wache stieß Prat'han in die Nieren. Vor Schmerz und Überraschung schrie er auf, stürzte unter Kettengeklirr auf die Knie, rang nach Luft und kämpfte gegen aufkeimende Übelkeit an. Der Boden des Gerichtssaals verschwamm vor seinen Augen. Lange bevor er bereit war, sich wieder unbeugsam und tapfer zu präsentierten, wurde er bereits auf die Beine gezerrt, um die Strafe zu vernehmen. Er vermochte kaum, sich gerade aufzurichten oder zu atmen.

»... vorangegangenen Verurteilungen«, verkündete

der vorsitzende Richter teilnahmslos, »haben den guten Ruf, den du im Krieg erlangt hast, zunichte gemacht. Du wirst des Verrats an der demokratischen Volksrepublik Nagia für schuldig befunden. Die von diesem Gericht verhängte Strafe lautet . . .«

»Wartet einen Augenblick«, rief jemand.

Es war keine laute Stimme; dennoch drehten sich sämtliche Köpfe nach ihr um. Der Sprecher entpuppte sich als großer Junge, der im bis dahin verwaisten Zuschauerbereich stand.

Gertenschlank war er, walnußfarben gebräunt, schwarzhaarig, mit leeren Händen und nackt bis auf Sandalen und einem Lederlendenschurz. War er bloß ein gewöhnlicher nagischer Bauer, der vom Viehhüten zurückkehrte? Doch Prat'han erkannte ihn auf den ersten Blick und vergaß den übelkeiterregenden, pochenden Schmerz.

»Du hast ein jämmerliches Gedächtnis, T'logan«, meinte der Neuankömmling. »Genau wie du, Dogurk. Ich erinnere mich noch, wie ihr T'logan Schriftführer und Dogurk Gelehrter wart. Habt ihr so schnell vergessen, meine Herren Richter?«

Er schwang ein langes Bein über das Geländer, wobei er unter dem Lederschurz für einen Moment einen ziemlich blassen Oberschenkel entblößte. Als er das andere Bein nachzog, stapfte eine der Wachen auf ihn zu und zückte das Schwert. D'ward sah ihn nur an, und der Mann hielt inne, als wäre er gegen eine Mauer gerannt.

D'ward setzte den Weg zur Richterbank fort. Zweien der Richter war, ungeachtet der schwülen Gluthitze, alle Farbe aus dem Gesicht gewichen. Woher war dieser junge Bursche gekommen? So viel Zeit war vergangen; nie war nur ein Wort von ihm zu hören gewesen – und doch marschiert er in diesem Augenblick zur Tür herein . . .

»Vor drei Jahren, meine Herren, habt ihr unter meinem Befehl gestanden, wißt ihr noch? Vor nicht ganz vier Jahren wärt ihr beinahe vor Lemod gestorben, in die Enge getrieben von einer Freischärlerarmee und dem Anbruch des Winters. Was euch gerettet hat – euch und den Rest eurer ach so großartigen joalischen Armee –, war allein die Tatsache, daß die Nagier die Stadt gerade noch rechtzeitig eingenommen und euch einen sicheren Hafen erschlossen haben. Meint ihr nicht auch?«

Mittlerweile befand er sich in der Mitte des Gerichtssaals. Er verschränkte die Arme vor der Brust und starrte mit finsterem Blick zur Richterbank empor. Entsetzt schweigend, nickten die Richter T'logan und Dogurk.

D'ward, D'ward! Woher war er gekommen? Vor drei Jahren war er in Thargtal verschwunden, und seither hatte man nichts mehr von ihm gehört. Doch er hatte sich in keiner Weise verändert. Prat'han wußte nur zu gut, daß sein eigener, einst straffer Bauch fett geworden war, und daß die Haare an den Schläfen allmählich zurückwichen; D'ward hingegen glich immer noch dem drahtigen Jüngling, der er damals gewesen war – ein Junge mit schwarzem Stoppelbart.

»Was hat das zu bedeu . . .« setzte der dritte Richter an.

»Halt die Klappe!« herrschte D'ward ihn an. »Ich erinnere dieses Gericht *bei allem Respekt* daran, daß Prat'han Töpfer bei dem Angriff damals als dritter Mann das Seil erklommen hat. Er hat euch das Leben gerettet, ihr erbärmlichen Schleimer! Und du,

T'logan – ich weiß noch, wie er in den eiskalten, reißenden Strom gesprungen ist, um dich herauszuziehen, als wir in jenem Frühling aus Lemod geflohen sind. Ich habe es mit eigenen Augen gesehen! Er hat dir dein jämmerliches Leben gerettet.«

Der vorsitzende Richter gab unzusammenhängende, erstickte Laute von sich.

»Und jetzt?« D'ward fügte seiner Frage einen Blick hinzu, der ausreichte, um den Backofen in eine Eiswüste zu verwandeln. »Und jetzt hat Joal die gesamte Bevölkerung von Nagtal versklavt. Oh, ich weiß! Ich weiß, ihr glaubt, sie aus der Barbarei in die Zivilisation zu erheben, aber so sehen *sie* es nicht, und auch mir erscheint die völlige Unterdrückung einer Kultur eher wie Sklaverei. Zivilisation nennt ihr das? Weil Prat'han Töpfer nicht nur ein tapferer, sondern auch ein stolzer Mann ist und sich gern das Gesicht mit Symbolen bemalt, die er als geheiligte Zeichen seiner Männlichkeit betrachtet, wollt ihr ihn auf die niederträchtigste Weise mit dem Tode bestrafen?«

Qualvolles Schweigen erfüllte den Gerichtssaal.

Dann sprach Richter T'logan den verbotenen Namen aus: »Der Befreier! Was tust du hier?« Unbehaglich ließ er den Blick durch den Saal schweifen, als erwartete er, Schnitter zusammenströmen zu sehen.

D'ward Dachdecker, D'ward Truppenführer, D'ward Hordenführer, D'ward Schlachtenmeister … D'ward *Befreier*! Nie zuvor hatte er diesen Titel angenommen, diesmal jedoch erhob er keinen Einspruch dagegen.

»Ich bin nur auf der Durchreise. Aber wenn ihr meinem Altersbruder Prat'han etwas antut, könnte ich beschließen, hierzubleiben und die nagischen Freiheitskämpfer zu unterstützen. Und sollte ich mich dafür entscheiden, meine Herren Richter, werfe ich binnen zweier Doppelwochen auch den letzten Joalier aus dem Tal. Ich werde euch zermalmen, wie ich das mächtige Thargia in die Knie gezwungen habe. *Ich bin der prophezeite Befreier!* Zweifelt ihr an meinen Worten?«

In völligem Einklang schüttelten die drei Richter die Köpfe, obwohl es ihnen vermutlich gar nicht bewußt war.

»Also, meine Herren, ihr werdet dem Gefangenen lediglich eine strenge Rüge erteilen und ihn freilassen.«

Richter T'logan begann entrüstet zu stottern und stemmte sich von der Bank. »Das ist nicht ...«

»*Sofort!*«

Geduckt verstummte der Richter. Er spähte zu seinen Gefährten. Dogurk nickte. Ein wenig zögerlicher nickte auch Trilib.

»Laßt den Gefangenen frei!«

Zwei Minuten später wankte Prat'han, auf die Schulter des Befreiers gestützt, in den grellen Sonnenschein hinaus.

Fünf Minuten später gelangten die beiden zu seinem Laden, wo Prat'han von seinem Vorrat lauwarmen Wassers trinken, sich den Mund ausspülen und sich auf den Arbeitssessel fallen lassen konnte. Dann starrte er D'ward verblüfft an. Der stechende Schmerz in seinem Rücken war zu einem dumpfen Pochen verebbt.

Natürlich hatte niemand die beiden gesehen. Niemand hatte D'wards Namen gebrüllt, oder auch nur Prat'hans, denn nun würde er selbst als eine Art Held gelten, weil er unerwarteterweise am Leben geblieben war. Die Leute würden erst nach Einbruch der Dunkelheit zurückkehren, und die restlichen kampferprobten Krieger kümmerten sich gewiß untereinander um die erlittenen Peitschenstriemen.

Unter dem dicken Reetdach war es in der Hütte ein wenig kühler als auf der sonnenversengten Straße. Der durchdringende Lehmgeruch, der stets in der Luft hing, hatte sich in der letzten Doppelwoche verzogen, während der Prat'han Töpfer im Dorfgefängnis geschmachtet hatte. Sonnenlicht flutete zur offenen Tür herein und leuchtete auf dem warmen Rosa der auf dem Boden verstreuten Waren – Dutzende Krüge, Schalen, Kannen, Teller, die allesamt auf Käufer warteten. Fliegen summten umher oder tummelten sich auf den Weidengeflechtwänden. Prat'han zeigte sich gleichermaßen überrascht und erfreut, als er sah, daß sowohl sein Speer als auch sein Schild noch an der Wand lehnten. Ohne diese alten Freunde hätte er sich entmannt gefühlt, wenngleich es mittlerweile verboten war, Speer und Schild mit nach draußen zu nehmen und sich hartnäckige Gerüchte hielten, denen zufolge die Joalier demnächst sämtliche Waffen im Tal beschlagnahmen würden.

D'ward drehte einen Wasserkrug um und ließ sich darauf nieder. Er seufzte tief und wischte sich über die Stirn, dann grinste er Prat'han so unbekümmert an, als wäre er einer von dessen Stammkunden, der jeden Tag hereinschneite, um ein Weilchen zu tratschen. Es bestand kein Grund, danach zu fragen, wie er das Wunder im Gerichtssaal bewirkt hatte. Er war D'ward Befreier. Den beängstigend blauen Augen und dem unvergeßlich strahlenden Lächeln vermochten sich niemand zu entziehen.

»Haben die Jahre es gut mit dir gemeint, alter Freund?«

»Du ... du hast dich keinen Deut verändert!«

D'wards Lächeln straffte sich ein wenig, doch es war immer noch ein Lächeln. »Äußerlich wohl nicht. Du hast dich selbst kaum verändert, du alter Gauner! Bist du inzwischen verheiratet?«

Prat'han nickte, während sein Blick über D'ward wanderte. Sein Bart war nach joalischer Art kurz gestutzt. Seine Rippen ...

D'ward schaute an sich hinab und folgte Prat'hans Blick. »Oh, ich habe wohl meine Verdienstmale verloren, wie? Na ja, du weißt, daß da mal welche waren. Ich kann schließlich nichts dafür, daß bei mir alles so gut verheilt, nicht wahr?«

Der Töpfer riß sich am Riemen. »Ich verdanke dir schon wieder mein Leben, Befreier, und ... Oh! So darf ich dich ja nicht nennen, stimmt's?«

»Doch, darfst du!« Die blauen Augen funkelten. »Meine Zeit ist gekommen! Von heute an kannst du mich Befreier nennen. Von nun an werde ich diesen Titel voller Stolz tragen und die Welt lehren, ihn zu achten. Es freut mich, daß meine erste Tat darin bestand, dich zu befreien. Dabei war es purer Zufall: Ich bin vor vier Tagen vorbeigekommen und habe gehört, was hier vor sich geht.«

Nachdenklich musterte er Prat'han, der ein erwartungsvolles Ziehen in den Eingeweiden spürte. Warum war der Befreier gekommen? Lag wieder Blut in der Luft? »Du warst viel zu lange fort. Wir sind deine Familie«, sagte er.

»Das wart ihr immer! Aber auf dieser Welt erwarten mich zahlreiche Aufgaben. Ich bin gekommen, um meine alten Waffenbrüder zu besuchen und mußte feststellen, daß die meisten von ihnen im Kerker schmorten. Dabei hatte ich gehofft, die alte Kriegsbande aus Sonalby wäre bereit, mir bei einem gefährlichen Wagnis zu helfen, aber ...«

Also lag *tatsächlich* Blut in der Luft! Mit drei langen Schritten durchquerte Prat'han die Hütte und ergriff Schild und Speer. »Führe mich an, Befreier! Ich werde dir folgen.«

D'ward drehte sich auf dem Wasserkrug herum und schaute ihn an. »Ich fürchte, das wirst du nicht. Und wohl auch keiner der anderen. Weißt du, Bruder, mittlerweile ziehe ich gegen die Götter selbst ins Feld. Ich kann kein Gefolge anführen, das die Symbole der Fünf trägt – grüner Hammer, blaue Sterne, den Totenkopf ...«

»Pah! Gesichtsmale spielen keine Rolle. Wenn du mich so haben willst, wie ich jetzt bin, dann kriegst du mich auch so.«

»Ach ja?« D'ward schien Mühe zu haben, ein Lächeln zu unterdrücken. »Aber ob ich einen so wankelmütigen Helfer überhaupt will? Vor kaum zehn Minuten warst du noch bereit, für das Recht, dein Gesicht zu bemalen, einen gräßlichen Tod auf dich zu nehmen. Und jetzt spielt es keine Rolle mehr?«

Selbstverständlich nicht! Doch Prat'han war nicht daran gewöhnt, sich die *Gründe* für irgend etwas zu überlegen; er mußte krampfhaft in selten benützen Winkeln seines Verstandes stöbern, bevor er hervorbrachte: »Du hast mir eine Wahl angeboten. Die Joalier haben es mir vorgeschrieben. Das macht einen großen Unterschied.«

D'ward lachte. »Verstehe! Aber das nächste Problem besteht darin, daß du und die Brüder anscheinend einen eigenen Aufstand am Köcheln haben.

Meine Pläne jedoch haben rein gar nichts damit zu tun, die Joalier aus Nagtal zu verscheuchen.«

Prat'han zuckte mit den Schultern, um seinen Verdruß zu verbergen. »Ich kämpfe nur aus Langeweile gegen Joalier. Was immer deine Beweggründe sind, ich unterstütze sie. Deine Götter sind auch meine.«

»Du müßtest dich auf lange Reisen und ernste Gefahren gefaßt machen.«

»Gut!«

»Aber du hast doch gesagt, du wärst verheiratet. Soweit ich mich erinnere, werden verheiratete Krieger für die Verteidigung aufgespart.«

Warum war Prat'han nur so dumm gewesen, seine Ehe mit Uuluu einzugestehen? »Ich bin nur ein kleines bißchen verheiratet – erst seit ein paar Doppelwochen.« Oder so. »Keine Kinder! Meine Frau kann unberührt zu ihrem Vater zurückkehren.«

Ungläubig zog D'ward die Augenbrauen hoch. »Das sie zu ihm zurückkehren kann, glaube ich ja noch, aber unberührt? Das bezweifle ich stark, du großes Vieh!«

»Na ja, so gut wie unberührt.« Mit einem Gefühl, als hätte er seit drei Jahren die Stunden bis zu diesem Augenblick gezählt, sank Prat'han auf die Knie. »Befreier, ich würde vor keinem anderen Mann niederknien. Auch würde ich vor keinem anderen betteln, aber ich schwöre, wenn du mich zurückläßt, sterbe ich vor Scham und Verzweiflung. Nimm mich mit, Befreier! Verfüge über mich. Ich werde dir folgen, wohin du mich auch führst, so wie es immer war.«

»Willst du denn gar nicht wissen, was ich eigentlich vorhabe?«

»Du willst dem Tod den Tod bringen, wie es im *Filoby-Testament* vorhergesagt ist?«

»Nun, ja. Sofern ich kann.«

»Ich will dir dabei helfen. Und das gilt auch für all die anderen! Gopaenum Fleischer, Tielan Händler, Doggan ...«

D'ward verzog das Gesicht. »Ich habe zugelassen, daß sie heute ausgepeitscht wurden. Prat'han, ich habe nicht einzuschreiten gewagt, weil ich nicht sicher war, ob ich dann noch genug ... genug Macht gehabt hätte, dich zu retten. Weißt du, es war auch so noch eine ziemlich knappe Angelegenheit! Ein paarmal dachte ich wirklich, du und ich würden demnächst benachbarte Pfähle zieren. – Wie lange wird es dauern, bis es den anderen wieder so gut geht, daß sie reisen können?«

»Denen geht es jetzt schon gut genug! Ich bin auch schon ausgepeitscht worden. Doch einem Nagier kann so etwas nichts anhaben. Wir haben eine dicke Haut.«

»Einen Dick*kopf* hast du auf jeden Fall.« D'ward fuhr sich mit den Fingern durchs Haar – durch das lockige, dichte, glänzend schwarze Haar. Abermals verzog er das Gesicht. »Was wird deine Frau dazu sagen? Ich warne dich, das wird ein blutiger Feldzug. Viele, die mit mir gehen, werden nicht zurückkehren. Vielleicht kehrt keiner von uns zurück.«

Prat'han erhob sich. Er schlug die Hacken aneinander und lehnte den Speer an die Schulter, wie D'ward es ihn vor langer Zeit gelehrt hatte. Den Blick starr auf die gegenüberliegende Wand gerichtet, sagte er: »Führe mich an, und ich werde dir folgen.«

Auch D'ward erhob sich. Sie waren gleich groß, die beiden, jeder ein hochgewachsener Mann, wenngleich Prat'han stämmiger war.

»Ich kann dich wohl nicht davon abbringen, wie?

Eigentlich hatte ich nichts anderes erwartet.« D´ward packte Prat'hans Schulter mit jenem Griff, der unter Brüdern innerhalb der Gruppe üblich war. »Bis jetzt bist du ein Lehmformer gewesen, Prat'han Töpfer. Folge mir, und ich mache einen Former der Menschheit aus dir.«

II

Und er ist der Hüter der Welt, er ist der König der Welt, er ist der Herr des Universums – und er ist ich, so laßt es wissen, ja, so laßt es wissen!

KAUSHITAKI – UPANISHAD, III
ADHYAVA, 8

2

Die kleinen Wellen, die jene Begebenheit in Sonalby schlug, sollten sich in den folgenden Doppelwochen über die Täler ausbreiten und zu mächtigen Wogen anschwellen. Noch bevor der grüne Mond sich zweimal verfinstert hatte, durchbrachen sie die gewohnte Ruhe eines bestimmten Seitentals zwischen Narshtal, Randortal und Thotal, dessen einziger Anspruch auf Außergewöhnlichkeit darin bestand, daß die kleine Siedlung am nördlichen Ende die Heimat der größten Fremdengemeinde auf Nebenan darstellte. Der Ort hieß Olympus.

Das Anwesen der Pinkneys war zwar nicht so prunkvoll wie die Paläste der Monarchen oder Hohepriester der Täler, doch gemessen an den örtlichen Maßstäben konnte man es getrost als geräumig und luxuriös bezeichnen, zumal es erst kürzlich von Grund auf neu errichtet worden war. Der Entwurf erinnerte mehr an jene Art Flachbauten, wie sie von Weißen in bestimmten tropischen Regionen der Erde bevorzugt wurden denn an ein Gebäude, das ein Einheimischer der Täler je ersonnen hätte.

Im zu großen, mit zu vielen Möbeln vollgestellten Gesellschaftszimmer, das von einer Vielzahl Kerzen in silbernen Haltern erhellt wurde, sang ein Mann mit mittelprächtigem Bariton »Jerusalem«, begleitet von einer Harfe spielenden Dame, denn bislang waren sämtliche Bemühungen des Dienstes, die örtlichen Handwerker den Bau eines Klaviers zu lehren, jämmerlich fehlgeschlagen. Die Zuhörerschaft bestand aus acht Damen in Abendkleidern und sechs Herren in Fracks und mit weißen Fliegen.

»›*Nicht werd' ich enden*‹«, verkündete der Sänger, »›*mein' geistig Kampf*‹, *noch soll mein Schwert in meiner Hand verschlafen* . . .‹«

Zwei weitere Männer schlüpften auf die Veranda hinaus, um Zigarren zu rauchen und die friedliche Stille des Abends zu genießen. Die Wärme des Tages hing noch zwischen den Düften spät blühender Blumen und üppiger Büsche, wenngleich der Himmel sich längst verdunkelt hatte. Inmitten einer Begleiterschar von Sternen spähten die rote Eltiana und die blaue Astina über die schartigen Gipfel, auf denen bereits der erste Herbstschnee glitzerte.

»Schon komisch.« Der größere der beiden Männer war schlank und zeichnete sich durch eine ungewöhnlich lange Nase aus. Er besaß Anmut, Selbstvertrauen und – bei geeigneten Anlässen – ein süßsaures, mißbilligendes Grinsen. Wie die meisten Fremden sprach er nie über sein Alter oder seine Vergangenheit. Obwohl er äußerlich an die Mitte Zwanzig zu sein schien, besagten Gerüchte, er habe an einem Reitereiangriff bei der Schlacht um Waterloo teilgenommen, vor über hundert Jahren. »Ich hätte nie erwartet, daß er diesen Weg beschreitet.«

»Ich hätte nie erwartet, daß er hier *überhaupt* einen Weg beschreitet«, klagte sein Gefährte. »Vielmehr dachte ich, wir würden nie mehr etwas von ihm hören. Ich habe geglaubt, Zath hätte ihn erwischt, oder er hätte sich unter die Eingeborenen gemischt.«

»O nein. Ich habe immer damit gerechnet, daß Mr. Exeter wieder auftauchen würde. Ich hätte nur nicht gedacht, daß er der Kammer so offenkundig und schon so bald die lange Nase zeigen würde.« Der größere Mann sog an der Zigarre, so daß sie in der Düsternis rot aufglomm. Dann murmelte er: »Sehr verwunderlich! Ich frage mich, wie er das Ganze in Angriff genommen hat.«

»Und ich frage mich, wie es ihm gelungen ist, überhaupt am Leben zu bleiben.« Der andere Mann war kleiner und rundlich, wenngleich er ebenso jung wirkte. Er trug das Haar zu einem Mittelscheitel frisiert und neigte dazu, die Augen zu schließen, wenn er lächelte.

»Das habe ich ja gemeint. Zath hätte ihn schon beim ersten Versuch ausradieren müssen. Du meinst, wir sollten ihn aufhalten, richtig?«

»Wen aufhalten?« erkundigte sich eine andere Stimme. »Was heckt ihr zwei denn hier draußen aus? Spinnt ihr hinter dem Rücken des Komitees ein paar kleine Fäden?« Ursula Newton kam herausstolziert und musterte die beiden Männer argwöhnisch, einen nach dem anderen. Sie war überdurchschnittlich klein, doch ihr Abendkleid offenbarte äußerst kräftige Arme und für eine Frau ungewöhnlich breite Schultern. Man konnte sie getrost als aufdringlich bezeichnen, und sie hatte noch nie als Mauerblümchen gegolten.

»Selbstverständlich nicht!« erwiderte der kleinere Mann.

»Jumbo?«

»Aber sicher«, antwortete der Mann mit der langen Nase unverfroren. »Pinky wollte mich gerade danach fragen, wer meiner Ansicht nach der derzeit wirkungsvollste Meuchelmörder unserer Truppe ist, nicht wahr, Pinky?«

Sein Gefährte murmelte mißbilligend: »Also wirklich! Nichts dergleichen.«

»Tatsache ist«, fuhr Jumbo fort, »daß der junge Edward Exeter in Joaltal wieder aufgetaucht ist, vor dem Pöbel predigt und offen verkündet, er sei der prophezeite Befreier.«

»Du meine Güte!« Ursula runzelte die Stirn. »Seid ihr sicher?«

»Ganz sicher«, erwiderte Pinky erregt. »Agent Siebenundsiebzig hat ihn gesehen. Und der ist ein sehr zuverlässiger Bursche und kennt Exeter recht gut. Ziemlich gut sogar.«

»Und wie lange geht das schon so?«

»Als Siebenundsiebzig ihn gesehen hat, trieb er sein Spielchen bereits drei Tage. Siebenundsiebzig ist auf der Stelle hierher zurückgesaust, um uns Bescheid zu sagen. Überaus vernünftig von ihm. Ich habe ihn für sein selbständiges Handeln gelobt. Trotzdem hat er vier Tage gebraucht, um hierher zu gelangen, folglich könnte die Lage sich mittlerweile verändert haben.«

»Exeter könnte schon tot sein, meinst du wohl. Aber wenn wir es erfahren haben, hat es auch die Kammer erfahren, so sicher wie das Amen im Gebet.«

»Oh, bestimmt, bestimmt.«

Nachdem der prasselnde Beifall verstummt war, stimmte der Bariton das nächste Lied an.

Und dies ist das Recht, das ich will wahren,
bis zu meinem Todestag, o edler Herr

Schweigend rauchten die Männer weiter. Ursula lehnte sich zwischen ihnen auf das Geländer und starrte mit düsterer Miene in die Nacht.

»Das könnte etwas Ernstes sein«, meinte sie.

Welch König mag auch herrschen in jenen Jahren ...

»Völlig richtig«, pflichtete Pinky ihr bei.

Fromm wie ein Pfarrer, o ja, o edler Herr ...

»Wollt ihr jemanden losschicken, um ihn herzuholen?«

»Genau darüber haben wir gesprochen, als du dazwischengekommen bist«, erklärte Jumbo, und seine Stimme klang belustigt.

»Das ist eine Angelegenheit für das Komitee«, stellte Ursula fest, »aber ihr habt es Nebelhorn natürlich noch nicht gesagt, oder? Wolltet wohl schon vorher alles geregelt haben, was? Ihr zwei und eure Freunde.«

»Nicht geregelt«, widersprach Pinky. »Du meine Güte, nein. Nicht geregelt. Wir wollten einen vergnüglichen Abend nicht dadurch verderben, daß wir Geschäftliches aufs Tapet bringen. Aber ich wußte, es würde Jumbo interessieren. Ich dachte, er hätte vielleicht ein paar Einfälle. Für dich gilt dasselbe, meine Liebe. Bist du mit uns einer Meinung, daß wir jemanden losschicken sollten, der ein Wörtchen mit Exeter redet?«

»Nur um ein Wörtchen mit ihm zu reden?«

»Der Aufgabenbereich des Gesandten müßte sorgfältig abgegrenzt werden«, meinte Pinky vorsichtig. »Ein gewisses Maß an Eigenermessen könnte ihm aber schon eingeräumt werden.«

Jumbo hustete, als hätte er mehr Rauch eingeatmet als beabsichtigt. »Gesprochen wie ein wahrer Ehrenmann – Cesare Borgia beispielsweise, oder Machiavelli. Nun, mich würde er jedenfalls bestimmt nicht in seine Nähe lassen. Nicht nach dem, was letztes Mal passiert ist.«

»Sofern er auch nur einen Funken Verstand besitzt«, legte Ursula ein Schäufelchen nach, »wird er keinen von uns in seine Nähe lassen. Außer vielleicht Smedley. Ein alter Schulfreund? Ja, Julian würde er zuhören.«

Pinky schloß die Augen und lächelte milde. »Hauptmann Smedley ist ein herausragender junger Mann. Aber er ist noch ziemlich neu hier. Meinst du, er würde sämtliche Auswirkungen der Lage begreifen? Ich bin sicher, er würde eine Botschaft überbringen, aber würde er unser Anliegen auch mit Überzeugung vortragen?« Fragend musterte er sie.

»Jedenfalls würde er bestimmt nicht die schmutzige Arbeit verrichten, die dir vorschwebt. Aber bedenkt, er besitzt kein Mana. Ich glaube, man müßte zwei Gesandte zu Exeter schicken – seinen Freund Smedley und jemand anderen, der dem Hauptmann aushelfen kann, wenn ein wenig Machtschmalz gefragt ist.«

»Ah! Brillant! Schätze, wir wären beizeiten auch auf diese Lösung gekommen, was Jumbo? Zwei Gesandte! Natürlich! Und wer sollte der andere sein? Was meinst du?«

Jumbo seufzte. »Mir gefällt das nicht. Ganz und gar nicht. Rosenkranz und Güldenstern. Wir brauchen jemand mit verdammt gutem Urteilsvermögen.«

»Und einem äußerst schlecht ausgeprägten Gewissen?« hakte Ursula ätzend nach.

»Aber, aber«, beschwichtigte Pinky. »Zieh keine voreiligen Schlüsse. Ich bin guter Hoffnung, daß Mr. Exeter zugänglich für Vernunftgründe ist.«

»Es ist eine Angelegenheit für das Komitee. Laßt uns die Entscheidung dort treffen. Und jetzt kommt wieder rein, ihr beiden, und hört auf, unter euch Ränke zu schmieden.« Damit wirbelte sie auf dem Absatz herum und schritt in den Gesellschaftsraum davon; ein überraschend jäher Abgang.

Zwei Zigarrenenden glommen gleichzeitig auf. Zwei Rauchwolken kräuselten sich in die Nacht.

»So offensichtlich!« brummte Pinky. »Wir wären auch selbst darauf gekommen, nicht wahr? Letzten Endes?«

Abermals seufzte Jumbo.

»Fürwahr steht geschrieben, daß die weiblichen Vertreter einer Spezies weitaus tödlicher sind als die männlichen.«

»Oh, sicher«, meinte Pinky und lächelte mit geschlossenen Augen. »Sicher.«

3

Siebenstein in Randortal bestand nur aus vier Steinen – einem aufrecht stehenden, zwei lehnenden und einem umgefallenen. Die fehlenden drei waren entweder vom Unterholz überwuchert oder schon vor langer Zeit fortgekarrt worden. Die restlichen vier prangten auf einer grasbewachsenen Lichtung, umgeben von mauergleichen, irdischen Zedern ähnlichen, gewaltigen Bäumen, die den flachen Kamm des Hügels säumten. Es war ein gespenstischer Ort, düster, von durchdringendem Blättergeruch erfüllt und an diesem makellosen Herbstnachmittag stickig wie ein türkisches Bad. Julian Smedley hielt sich ein gutes Stück von der Menge entfernt, verborgen hinter

Buschwerk, und spürte, wie die Virtualität seine Haut zum Prickeln brachte.

Kinulusim Gewürzhändler benutzte den umgestürzten Stein als Kanzel und schmetterte einer Schar von etwa vierzig mit verschränkten Beinen im Gras hockenden Menschen das Evangelium der Ungeteilten entgegen. Männer und Frauen, sogar ein paar Kinder – die Menge stellte einen anschaulichen Querschnitt des örtlichen Fußvolks aus Losby und anderen, in der Nähe gelegenen Weilern dar. Für Siebenstein galten vierzig Personen als gute Ausbeute. Julian hatte bereits ein paar vertraute Gesichter entdeckt, die wahren Gläubigen. Andere waren zum erstenmal hier, wohl um diese seltsame, neue Religion zu erkunden, der sich ihre Freunde nunmehr verschrieben hatten. Schon bald würde er mit dem Versuch an der Reihe sein, sie zu bekehren.

In der Zwischenzeit legte er seine Arbeitskleidung an.

Die gewöhnliche randorische Kluft bestand aus einem einzigen, bauschigen Streifen dünner Baumwolle, anscheinend dafür geschaffen, Insekten fernzuhalten, denn Randortal war reich mit Mücken gesegnet. Für Julian jedoch bestand der größte Reiz dieser Kleidung darin, daß sie keine Knöpfe oder Haken aufwies. Er fühlte sich wie ein menschliches Weihnachtsgeschenk, als er sich aus dem ellenlangen Mull schälte – ausreichend Fahnentuch, um ein ganzes Schlachtschiff zu schmücken. Als die Raupe sich endlich aus dem Kokon befreit hatte, hielt Purlopat'r feierlich seine Priesterrobe hoch, auf daß er in sie hineinschreiten konnte – Kapuze, lange Ärmel, Gürtel. Insgeheim bezeichnete Julian sie als sein Bruder-Tuck-Kostüm. Sie war von freudlosem Grau, denn all die besseren

Farben hatte das Pentatheon sich bereits unter den Nagel gerissen.

Purlopat'r Holzfäller war ein Neffe des Gewürzhändlers und wirkte irgendwie überlebensgroß. Er besaß das Antlitz eines Zwölfjährigen, doch vom Hals abwärts bestand er aus gut zwei Metern stahlharten Muskeln, was ihm allseits eine gewisse Achtung verschaffte, und im linken Ohrläppchen trug er einen goldenen Ring, das Zeichen eines zur Kirche des Ungeteilten Bekehrten, folglich mußte Kinulusim ihn als Erwachsenen betrachten. Eigentlich erfüllte Purlopat'r an Julians Seite keinen richtigen Zweck. Wahrscheinlich hatte er sich freiwillig erboten, den heiligen Gast zu bedienen, um einer weiteren der endlos langen Predigten seines Onkels zu entrinnen.

Kinulusim galt als überzeugter Laienprediger – und als einer der besten, der sich die Kirche rühmen konnte. Sein Glaube war stark; er verkündete ihn in donnernden, volltönenden Wortschwällen und schwenkte dazu die Fäuste durch die Luft, als er die bösen Dämonen der bestehenden Sekten in den Tälern anprangerte. Sollte sein Gemüt sich nur noch ein bißchen mehr erhitzen, würde sein Bart wohl Feuer fangen.

Es war stets schwierig, den Worten des alten Knaben zu folgen. Julian dagegen war weder ein begnadeter Redner, noch beherrschte er den randorischen Dialekt wirklich fließend; außerdem mangelte es ihm an Kinulusims Glauben. Er betrachtete die Kirche des Ungeteilten als einen Riesenhaufen Quark.

»Heiligkeit?« Purlopat'r sprach mit einer hohen Flüsterstimme, die ganz und gar nicht zu seiner Größe passen wollte. Er zählte zu jenen Menschen, denen es selten gelang, länger als zwei Atemzüge zu schweigen. »Hat Euch mein Onkel von den Reitereisoldaten erzählt, die er gesehen hat?«

»Ja, Bruder.« Julian lächelte in das besorgte, jugendliche Antlitz empor. Eigentlich wollte er seine Predigt noch einmal durchgehen, doch von Aposteln wurde erwartet, daß sie sowohl Geduld als auch Zuversicht zeigten. Reitereisoldaten waren besorgniserregende Neuigkeiten.

»Glaubt Ihr, König Gudjapate wurde vom Dämon Eltiana irregeführt?«

»Zweifellos. Die Dämonen werden jeden in die Irre führen, der auf sie hört.«

Purlopat'r nickte und verdrehte furchtsam die Augen. »Wenn die Soldaten hier und heute gegen uns vorrücken, wird der Ungeteilte uns dann verteidigen, Heiligkeit?«

Julian seufzte und rückte das Band an seinem Kittel zurecht, hauptsächlich, um sich Zeit zum Nachdenken zu verschaffen. Der junge Holzfäller hatte ihm gerade den größten Widerspruch jedes Eingottglaubens entgegengeschleudert: Wieso duldet ein allmächtiger Gott Böses auf der Welt? Darauf gab es keine Antwort, die man einfach so aus dem Ärmelaufschlag zaubern konnte, selbst wenn Julians Kleidung einen Ärmelaufschlag gehabt hätte.

»Ich weiß nicht, wie ich diese Frage beantworten soll, Bruder. Wir müssen einfach unsere Pflicht erfüllen und darauf vertrauen, daß der Eine letztlich siegen wird, auch wenn uns unser beschränkter Einblick nicht alle Einzelheiten offenbart.«

»O ja, Heiligkeit. Amen!«

Julian klopfte dem Jungen auf die Schulter, nicht zuletzt, weil er neugierig war, ob die Muskeln tatsächlich so stahlhart waren, wie sie aussahen. Sie waren es. »Wir sind beide demütige Diener des Ungeteilten, Bruder. Wir sitzen alle in einem Boot.«

Und in diesem Fall, Junge, kannst du sicher sein, daß dein Apostel sich nicht auf magische Weise in Luft auflöst und dich im Stich läßt, so wie der schleimige Pedro Garcia drunten in Thotal. Dieser Apostel hier besitzt nämlich kein Mana.

Julian spähte kurz durch das Grünzeug, um zu sehen, wie Kinulusim sich schlug. Die Zuhörerschaft schien ziemlich beeindruckt.

Julian mochte die Randorier, die sich überwiegend aus einfachen Bauern zusammensetzten und das Land noch auf die althergebrachte Weise ihrer Ahnen bestellten. Ihr Dialekt war klangvoller als jener der Täler nahe Tharg, dessen rauhe, kehlige Sprache sämtliche Nachbarn angesteckt zu haben schien. Randorier waren größer als die meisten Talbewohner und lachten viel und gern, wenn sie sich nicht gerade mit feierlichen Angelegenheiten wie Gottesdiensten beschäftigten. Zudem besaßen sie wunderbare Volksmusik.

Nachdem man Julian für seine Missionarsarbeit die Wahl zwischen Randortal, Thotal, Narshtal und Lappintal gelassen hatte, entschied er sich für Randortal und begann, sich auf den örtlichen Dialekt einzuschließen. Er war froh über seine Wahl, vielleicht auch deshalb, weil die meisten Einheimischen hier eine dunklere Gesichtsfarbe aufwiesen als er selbst. Wenn er zu ihnen predigte, konnte er sich beinahe einreden, wieder zu Hause zu sein und in einer abgelegenen Kolonie des Britischen Weltreichs des weißen Mannes Bürde zu tragen, indem er Heiden bekehrte, wie Rudyard Kipling es in seinen Gedichten beschrieb. Vor Menschen der gleichen rosa Hautfarbe wie der seinen jedoch wäre er dieser Vorstellung beraubt. Dann käme ihm unter Umständen die Möglichkeit geschichtlicher Unfälle in den Sinn – der Gedanke, daß der eine oder andere göttliche Münzenwurf auch anders hätte ausgehen können, so daß Narshier und Randorier in *England* Seelen erretten würden – ein unbehaglicher Gedanke.

Wie die meisten Mitglieder des Dienstes setzte auch er wenig Glauben in Seelen.

Er förderte die Kirche des Ungeteilten keineswegs aus theologischen Gründen, sondern weil sie die einzige Möglichkeit bot, die Schreckensherrschaft des Pentatheon zu untergraben. Erst nachdem die Fünf gestürzt wären, könnten die Täler je zu wahrer Zivilisation aufsteigen.

Es war das weltliche Leben der Einheimischen, das er zu fördern versuchte, so wie die europäischen Mächte die Wirtschaft in ihren Kolonien ankurbelten. Hier in Randortal würde Julian Smedley mit reinem Gewissen predigen, weil er zum Wohle der Einheimischen handelte, für *die niederen Rassen ohne Gesetz,* wie Kipling es in einem seiner Gedichte ausgedrückt hatte.

Schon spürte er Mana fließen.

Als der Gewürzhändler sich zum donnernden Höhepunkt seiner Predigt emporarbeitete, wurde die Verehrung der Zuhörer für den Ungeteilten Gott nachgerade ansteckend, da die Virtualität des Knotens sie verstärkte wie widerhallende Orgelmusik in einer Kirche.

Purlopat'r hatte tatsächlich eine halbe Minute lang geschwiegen. Die Zurückhaltung mußte wohl unerträglich geworden sein, denn schon wieder ertönte von irgendwo über Julians Kopf sein Flüstern. »War das nicht ein ganz außergewöhnliches Wunder, das der Heilige Djumbo vor zwei Doppelwochen in Flaxby vollbracht hat?«

Julian reckte den Hals. »Ich glaube, davon habe ich gar nichts gehört. Flaxby in Lappintal? Was ist denn dort geschehen?«

Die Augen des Jungen weiteten sich. »Es war ein mächtiges Wunder, Heiligkeit! Die Gesetze in Lappintal besagen mittlerweile, daß alle Gläubigen zusammenzutreiben und auf barbarischste Weise zu bestrafen sind.«

»Ja, ich weiß. Auch das ist ein Werk der Dämonen. Aber was hat das mit dem Heiligen Djumbo zu tun?«

»Ein Richter hat versucht, ihn zu verhaften, Heiligkeit. Der Richter hatte zwei Soldaten dabei, und er überrumpelte den heiligen Apostel, als der gerade einen Gottesdienst wie diesen verlassen wollte. Der Heilige Djumbo hat ihn aufgerufen, seine Tat zu bereuen, hat ihm erklärt, auf welche Weise ... und zack! fielen der Richter und seine Gefährten auf die Knie und lauschten den Worten des Wahren Evangeliums. Dann sind alle Anwesenden friedlich von dannen gezogen und haben die Lobgesänge des Ungeteilten angestimmt!«

Den Teufel haben sie getan! »Der Heilige Djumbo ist wahrhaft bescheiden, Bruder. Er hat uns nie davon berichtet, und ich danke dir, daß du mich darauf aufmerksam gemacht hast.«

Purlopat'r strahlte übers ganze Gesicht. Er war ebenso erfreut wie Julian, wenngleich Julian die Geschichte anders auslegte. Offensichtlich hatte Jumbo sein Charisma eines Fremden eingesetzt – und wahrscheinlich auch einen Schuß Mana, denn selbst für Jumbo mußten die drei gemeinsam eine harte Nuß gewesen sein. Er hatte seine Herde nicht verlassen, wodurch er sich von einer wesentlich besseren Seite gezeigt hatte als Pedro mit seiner feigen Flucht! Aber die Neuigkeiten über Verfolgungen in Lappinland waren beunruhigend. Die Hetze des Pentatheon gegen die Ketzerei des Ungeteilten hatte vor einem halben Jahr in Thargland begonnen und sich anschließend auf Tholand und Narshland ausgebreitet. Heute hatte Kinulusim von Soldaten in der Nähe berichtet. Hatte das Gift nunmehr auch Randortal erreicht?

Ah, endlich ging dem alten Schwätzer der Dampf aus. Julian wischte sich mit einem Zipfel der bauschigen Gewänder über das haarige Gesicht und holte Luft.

»Großer Segen wird uns heute zuteil, Brüder und Schwestern! Zu unseren Ehren ist jemand gekommen, der mit wahrer Berechtigung zu euch sprechen kann. Ich bin nur ein bescheidener Händler, keinen Deut besser als ihr, vielleicht sogar schlimmer als einige von euch. Die meisten von euch kennen mich schon ihr Leben lang. Woher kann dieser Mann die Weisheit besitzen, über heilige Dinge zu reden? fragt ihr euch – und ihr fragt es euch mit Fug und Recht! Jetzt aber stelle ich euch einen der geheiligten Apostel höchstpersönlich vor, einen, der von Ihm auserwählt wurde, dessen Name niemals ausgesprochen werden darf; dazu auserkoren, uns in die Gerechtigkeit zu führen und vor der Verdammnis zu bewahren. *Er* ist bereits einer der Erretteten. *Er* kann mit Berechtigung zu euch sprechen. *Er* kann euch mit der Stimme reiner Wahrheit heilige Dinge lehren. Brüder und Schwestern, lauscht den Worten des Heiligen Haptmaan.« Damit hob er die Hände über den Kopf, bildete mit den Armen einen Kreis und stieg vom Kanzelstein hinunter.

Julian straffte die Schultern, vergewisserte sich, daß die langen Ärmel gerade herabhingen und schritt hinter dem Baum hervor. Als er in Sicht der Betenden geriet, fühlte er die Woge des Manas wie ein elektrisches Prickeln, einen Schwall der Begeisterung. Er sprang auf den Stein und lächelte wohlwollend auf all die ernsten Gesichter hinunter.

Dies war stets der Augenblick, in dem er sich fragte, was sein Vater wohl von ihm denken würde, könnte er ihn nun sehen – bärtig, herausgeputzt in einer langen Robe, gleich einer Gestalt aus einer Kinderbibel, einem Moses aus dem Hyde Park Corner.

Tatsächlich glaubte er ziemlich genau zu wissen, was sein Vater gesagt hätte. Oberfeldwebel Gillespie, Mitglied der Königlichen Artillerie Ihrer Majestät, hätte seinen Sohn mit noch deftigeren Worten beschrieben. Was aber war mit Julian selbst? Was hatte er dazu zu sagen? Wollte er die nächsten paar Jahrhunderte wirklich wie ein umherziehender Quacksalber verbringen, der Wunder- und Allheilmittel anpries und sich dabei zum Narren machte wie ein dummer Kasper?

Keine Zeit für Zweifel; er war hier, um Gutes zu tun. Flüchtig hob er die Arme, bildete einen Kreis. Die Versammelten neigten angesichts des Segens den Kopf, folglich war die Gefahr, daß jemand seine verstümmelte Hand bemerkte, eher gering. Er hatte sich bereits für Predigt Nummer Sechs entschieden, doch zuvor mußte er noch Kinulusims kleinen theologischen Fehler richtigstellen.

Zunächst aber die übliche Einleitung: »Brüder und Schwestern des wahren Glaubens! Heute hier bei euch zu sein, erfüllt mich mit großer Freude und tiefer Demut. Als ich Siebenstein das erste Mal besuchte, waren nur drei von euch da ...« Rasch leierte er die Worte herunter, und doch schmerzte sein Armstumpf, noch ehe er fertig war.

Dann kam er zu Kinulusims Ausrutscher. Er redete langsamer und bemühte sich, seine Gedanken in den randorischen Singsang zu fassen. »Unser tugendhafter Bruder hat wundervoll gesprochen und euch viele tiefe Wahrheiten offenbart. Nehmt sie in euren Herzen mit euch, wenn ihr diesen Ort verlaßt. Er ist ein würdiger Diener des Ungeteilten. In seiner Demut hat er euch vielleicht den Eindruck vermittelt, ich wäre in gewisser Weise würdiger als er. Laßt euch von seiner Bescheidenheit nicht zu diesem Glauben hinreißen. Ich bin einer der Apostel, ja, aber deshalb bin ich in den Augen Gottes kein besserer Mensch als er – oder irgend jemand von euch. Der Ungeteilte hat mich dazu auserkoren, sein Wort in die Welt hinauszutragen, aber nicht deshalb, weil ich eine besondere Tugend besitze. Auch ich bin ein Sünder. So wie Kinulusim, bin auch ich nur ein Mensch.« Und so weiter, und so fort.

Nachdem er diesen kleinen Ausrutscher Kinulusims bereinigt hatte, begann er mit der Predigt. Er hatte sie viele Male geübt, und der Dialekt ging ihm mühelos über die Zunge. Nummer Sechs war seine Lieblingspredigt, voll und ganz der Bergpredigt nachempfunden. Die künstliche Theologie des Dienstes vermittelte Julian stets das Gefühl, ein Heuchler zu sein, die Botschaft, die *Ethik* jedoch war gut und richtig. Er hatte sein Leben lang an diese Ethik geglaubt.

Gesegnet sind die Armen ... gesegnet sind die Sanftmütigen ... Es wirkte. Selbstverständlich wirkte es! Gefesselt starrten leuchtende Augen aus braunen Gesichtern zu ihm empor.

Bald strömte das Mana nur so in ihn hinein. Sein Stumpf brannte, als baumelte er in geschmolzenem Blei. Julian konnte die Finger seiner rechten Hand spüren, die damals, 1917, im belgischen Schlamm verrottet war. Er durfte die Aufmerksamkeit seiner Zuhörer keinesfalls darauf lenken, daß er Handschuhe trug, und hoffentlich würden es nur wenige bemerken oder den Grund dafür erahnen. Die Lehre besagte in keiner Weise, daß Apostel vollkommene menschliche Wesen sein mußten, wenngleich die ständige Manazufuhr in Wahrheit dafür sorgte, daß sie ewig jung und gesund blieben. Indem er seine Verstümmelung nur zeigte, würde er keinen theologischen Widerspruch heraufbeschwören. Indem er sie heilte hingegen sehr wohl.

Viele Mitglieder der Betgemeinde hatten ihn schon früher gesehen, und er hoffte, die meisten würden ihn auch in Zukunft wieder sehen. Ein sichtbares Wunder der Heilung würde denkbar schlecht in des Dienstes Vorstellung von Heiligkeit passen. Sollte ein solches Wunder bekannt werden, würde Julian Smedley in den Augen der Menschen zu einem Superheiligen oder gar zu einem Gott aufsteigen – und was das betraf, war der Dienst ständig auf der Hut. Man hatte bereits zu viele Missionare an die Gegenseite verloren, zuletzt die heuchlerische Doris Fletcher, die mittlerweile die heilige Oris war, Avatara von Eltiana und Schutzgottheit der noch jungen Kunst des Druckens.

Allmählich kam er in Fahrt. »In einem Tempel Hühner zu töten, wird euch nicht vor dem Zorn des Ungeteilten bewahren, Brüder und Schwestern! Er beurteilt euch nicht nach dem, was ihr den Dämonen opfert, sondern nach jedem Augenblick eures täglichen Lebens. Tugendhaftigkeit und Freundlichkeit sind die Gaben, die er von euch verlangt ...«

Für jemanden, der christlich erzogen worden war, klang das alles abgedroschen, doch für viele seiner Zuhörer mußte es aufregend neu und unerwartet sein. Man hatte ihnen beigebracht, die Reichen und Mächtigen zu achten und nicht, sie zu bemitleiden. Das Pentatheon lehrte weder Mitgefühl noch Demut. Die Fünf forderten nur Gehorsam, denn Gehorsam verschaffte ihnen Mana.

»Keine großen Tempel!« donnerte Julian. Dieser Teil der Predigt gefiel ihm besonders. »Eure Almosen für Steinwerk und Goldzierde zu verprassen, ehrt den Ungeteilten in keiner Weise! Verwendet das Geld lieber, um ein hungerndes Kind zu ernähren oder einem Krüppel sein Los zu erleichtern. Dies ist der Weg, den ihr einschlagen müßt, um euren Platz zwischen den Sternen zu erlangen ...«

Das war natürlich völliger Blödsinn, doch das Pentatheon hatte seine Opfer seit Jahrhunderten mit dem Versprechen bestochen, sie würden auf ewig zwischen den Gestirnen verweilen. Um wettbewerbsfähig zu bleiben, durfte der Einzig Wahre Gott nichts Geringeres anbieten, und es war dem Dienst sicherer erschienen, den örtlichen Glauben zu übernehmen anstatt ein neues Leben nach dem Tod zu erfinden. Mögliche Bekehrungswillige könnten zögern, sich mit einem fremdartigen Himmelreich anzufreunden.

Die Worte hallten über die dunstige Lichtung; Schweiß lief Julian übers Gesicht. Dann sprang ihm eine flüchtige Bewegung ins Auge. Und noch eine. In den schattigen Flecken am Waldrand spiegelte sich Sonnenlicht auf Metall. Rings um das Gehölz bezogen

Soldaten Stellung und bahnten sich einen Weg durch das Gebüsch. In den Händen hielten sie blanke Schwerter.

O verflucht!

Seine Zuhörerschaft wartete, verwirrt durch sein plötzliches Schweigen.

Er hatte den Faden verloren. Wo, zum Henker, war er stehengeblieben? Beschwichtigend lächelte er auf seine verängstigte Herde hinunter und übersprang gedanklich ein paar Seiten, um sicherzugehen, daß er sich nicht wiederholte. Mittlerweile rasten seine Gedanken.

Ebenso sein Puls. Seit dem Tag, an dem ihn eine Granate der Deutschen lebendig begrub, hatte er kein solches Entsetzen mehr verspürt.

Er war nicht Jumbo Watson, der einen Richter und zwei Soldaten durch seine Predigt auf die Knie zu zwingen vermochte, und da draußen mußten dreißig bewaffnete Männer umherschwirren, vielleicht sogar mehr. Er war auch nicht Pedro Garcia, der sich unter ähnlichen Umständen aus dem Gefahrenbereich davongezaubert hatte. Julian Smedley war außerstande, sich mit Mana zu retten, selbst wenn er es gewollt hätte. Jeder Funken Mana, der ihm zuflog, ging für das Heilen seiner Hand drauf – es war keine bewußte Entscheidung, es geschah einfach. Als er vor anderthalb Jahren nach Nebenan gekommen war, hatte sein Arm noch am Handgelenk geendet. Mittlerweile besaß er schon wieder eine Handfläche, aus der nach seiner letzten Rundreise fünf Stummel hervorwuchsen. Er vermutete, nach einer weiteren Reise wieder über erkennbare Finger und einen Daumenansatz zu verfügen.

Falsch! Diese Rundreise würde ihn töten. Es war

sehr wahrscheinlich, daß ein Schwert ihn töten würde, sofern ihm nicht etwas Außergewöhnliches einfiel.

Richtig. Das Wichtigste war, sich dieses Treffen nicht entgleiten zu lassen. Bislang hatten die Versammelten zu aufmerksam seinen Worten gelauscht, als daß sie die Eindringlinge bemerkt hätten. Wenn sie in Panik aufsprangen und zu flüchten versuchten, würden dies zweifellos mit einem Blutbad enden.

Julian brach die Predigt ab. Er hob die Arme zum Zeichen des Kreises.

»Brüder! Schwestern! Eine große Ehre wird uns zuteil. Wir haben Besucher. Seht die edle Truppe der wackeren Soldaten Ihrer Majestät, die gekommen ist, um unserem Gottesdienst beizuwohnen. Nein!« brüllte er, um die plötzlichen Schreie zu übertönen. »Fürchtet euch nicht!«

Wie auf einen Befehl hin sprangen die Versammelten auf. Verdammt!

»*Bleibt, wo ihr seid!* Heißt diese würdigen Männer willkommen; gewährt ihnen Zugang zu unserer Gruppe, im Namen des Wahren Gottes! Kommt herbei, Freunde!«

Der Hauptmann, erkennbar an einem scharlachroten Federwedel auf dem Helm, trat fast unmittelbar neben Julian aus dem Unterholz hervor. Es war ein grauhaariger, in Leder und Stahl gekleideter Berg von einem Mann, dessen Zähne in einem verzückten Lächeln blitzten, weil er seine Beute so mühelos in die Enge getrieben hatte. »Haltet ein, im Namen des Königs!« donnerte er und hob das Schwert.

Julian donnerte in gleicher Lautstärke zurück: »Gott schütze den König!« Dann wandte er sich wieder an seine geduckte, entsetzensstarre Herde. »Gott schütze den König!« wiederholte er.

Der gerissene, alte Kinulusim stimmte sogleich mit ein: »Gott schütze den König!«

»Lang lebe Ihre Majestät!«

Diesmal war die Antwort deutlicher. »Lang lebe Ihre Majestät!« Die Versammelten hatten sich um Purlopat'r und dessen Onkel geschart, wobei der junge Riese mit Kopf und Schultern alle anderen überragte. Flehentlich starrten die verängstigen Augen der Versammelten stumm zu Julian empor.

»Lasset uns beten, Brüder und Schwestern. Lasset uns dafür beten, daß dem guten König Gudjapate ein langes Leben und Weisheit beschieden sei, auf daß er mit Güte und Klugheit über sein Volk zu herrschen vermag. Lasset uns dafür beten, daß ihm Gesundheit, Wohlstand und guter Rat gewährt werde, daß seine geliebte Königin ... daß der edle junge Prinz ...« Und so weiter, und so fort.

Der Hauptmann zeigte sich völlig verdutzt und war offensichtlich nicht gewillt, diese Bezeugung der Vaterlandstreue zu unterbrechen. Seine Truppe, die mittlerweile auf der Lichtung erschienen war, hatte innegehalten – ein Kreis gefährlicher junger Männer, die nur auf den Befehl warteten, mit dem Gemetzel zu beginnen.

Julian redete und redete. Er betete, der König möge weiterhin ein geliebter Vater Randorlands bleiben. Er betete, der König möge von der Gottlosigkeit der bösen Dämonen geheilt werden. Die Gläubigen würden schon wissen, daß er sich damit auf Eltiana bezog, die Hohe Herrin, Schutzgottheit des Tales – doch er war bedacht darauf, sie nicht beim Namen zu nennen, ebensowenig eine der anderen lokalen Gottheiten, noch nicht einmal den Ungeteilten. Er bot dem Hauptmann keinen Anlaß, ihn zu unterbrechen. Julian sog die Worte aus dem Wind und verwandelte das Gebet nach und nach wieder in eine Predigt, und diesmal bediente er sich Predigt Nummer Drei.

Predigt Nummer Drei mochte Julian am wenigsten von allen, die dieses Jahr auf der Liste standen. Er hatte kaum Zeit damit verbracht, sie zu lernen, weil er nie gedacht hätte, sie tatsächlich einmal verwenden zu müssen. Allein das Lesen der Worte bereitete ihm ein Gefühl der Heuchelei, obwohl er wußte, daß Nummer Drei ein wahrer Kassenschlager sein und wie eine Bombe einschlagen würde: Die Fünf versprechen euch nach dem Tod ein Leben der Glückseligkeit zwischen den Sternen – sie lügen! Das Pentatheon und all seine Avataras sind überhaupt keine Götter, sie sind üble Dämonen, die der Einzig Wahre Gott am Tag des Jüngsten Gerichts vernichten wird, und alle, die sie anbeten und ihnen dienen, wird er auf ähnliche Weise zermalmen. Starker Tobak. Gewaltiger Unsinn! Wer konnte schon wissen, was nach dem Tod folgte? Gewiß nicht Prof Rawlinson oder die anderen Kritzler des Dienstes, die das Wahre Evangelium verfaßt hatten. Zumindest hatten sie keinen Gott geschaffen, der so bösartig war, daß er Sünder für immer folterte. Eine Ewigkeit voller dunkler, einsamer Langeweile galt in den Tälern als Vorstellung der Hölle, und der Dienst war es zufrieden, sich daran zu halten.

Um ganz sicher zu gehen, warf Julian noch ein wenig Fegefeuer dazu. Gedächtnislücken füllte er mit lautstarken, frei erfundenen Tiraden. Einem kleinen, unbeschäftigten Winkel seines Verstandes fiel auf, daß es Wirkung zeigte. Er konnte sich behaupten. Schafe und Wölfe, alle verharrten reglos und lauschten dem gewaltigen Wortschwall. Ein dreifach Hoch auf Charisma!

Aber das genügte nicht. Er konnte nicht ewig weiterquasseln. Sobald er aufhörte, würden der Hauptmann und seine Soldaten schlagartig aus ihrer Benommenheit erwachen und sich ihrer Pflicht besinnen.

Julian wiederholte sich bereits des öfteren.

Sein Stumpf hatte zu schmerzen aufgehört. Am ganzen Leib war er vor Angstschweiß; zugleich aber spürte er das Mana, tonnenweise Mana – schließlich war dies ein Knoten, zudem ein mächtiger. Er fühlte das Mana gleich einem Knistern in der Luft, und er mußte es sofort auf die Menge zurückschleudern, und zwar so schnell, daß sich keine Gelegenheit bot, daß seine Verstümmelung Nutzen daraus zog.

Darin lag die Antwort! Zum erstenmal, seit er auf Nebenan herübergereist war, vermochte er einen kleinen Zauber zu wirken. Wäre er Pedro Garcia, hätte er nun die Hintertür verwenden können, doch er war durch und durch Engländer und würde nie im Leben ein sinkendes Schiff verlassen.

»Ihr verlangt Beweise?« fragte er, obwohl niemand ein Wort gesprochen hatte. »Ihr wollt Beweise für die Macht des Ungeteilten? Dann schaut her, ich werde sie euch zeigen.« Er streckte den Arm aus. »Du – Purlopat'r Holzfäller! Du kennst mich jetzt schon seit einem Jahr, richtig?«

Der riesige Junge nickte; seine waren Augen groß wie Suppenschüsseln.

»Dann sag deinen Brüdern und Schwestern, weshalb ich einen Handschuh trage!«

»Ihr habt nur eine Hand, Heiligkeit«, rief Purlopat'r im Piepston.

»Falsch! Ich *hatte* nur eine Hand. Meine Rechte war am Handgelenk abgeschnitten, nicht wahr? Nun seht, was jetzt dort ist!« Julian riß sich den Handschuh herunter. »Meine Hand ist wieder da. Meine Finger wachsen nach. Wenn ich euch das nächste Mal besuche, Brüder und Schwestern, wird diese Hand wieder so wie die andere sein. So belohnt Er, dessen Name nicht ausgesprochen werden darf, diejenigen, die ihm dienen.«

Der Dienst würde diese Vorgehensweise zutiefst mißbilligen. Er würde Julian Smedley beschuldigen, den Aberglauben zu fördern, falsche Hoffnungen zu schüren und Selbstverherrlichung zu treiben. Unter den gegebenen Umständen hätte es Julian kaum weniger kümmern können, was der Dienst darüber denken mochte. Er wollte nur weiteratmen.

»Ein heiliges Wunder!« rief der alte Kinulusim aus und sank auf die Knie.

»Ein Wunder!« stimmten die Gläubigen in den Ruf ein und taten es ihm gleich. Der junge Purlopat'r warf sich gar einer gefällten Zeder gleich der Länge nach zu Boden. Nur die Soldaten blieben stehen.

Der Hauptmann verharrte unentschlossen mit offenem Mund. Julian wirbelte herum und hielt ihm die verstümmelte – teilweise unverstümmelte – Hand vor Augen. Er nahm alles knisternde Mana zusammen und schleuderte es verzweifelt auf den Mann. *Knie nieder, verdammt! Knie!* Gemessen an der Norm der Fünf oder deren Avataras war es zweifellos ein winziger Manastrahl, doch er genügte, um einen barschen, starrköpfigen alten Veteranen zu überwältigen. *Bereue! Bereue!*

Langsam, zögernd, sank der Hauptmann auf die Knie, und überall auf der Lichtung folgten seine Männer seinem Beispiel.

Jesus!

»Lasset uns beten!« donnerte Julian. »Lasset uns danken für diesen Beweis der Gnade und Güte ...«

Er keuchte, als flammend heiße Pein seine Hand umschlang. Dann holte er tief Luft und sprach hastig weiter. Mittlerweile quoll das Mana geradezu herein, nicht nur von den bereits mit Ehrfurcht erfüllten Gläubigen, sondern auch von weiteren dreißig Bekehrten. Er hatte ein Wunder vollbracht. Er war ein heiliger Mann. Der Hauptmann weinte, und die Hälfte seiner Männer hatte die Schwerter weggeworfen.

4

Amorgush war in Dosh Kutschers Arm eingeschlafen, dennoch gelang es ihm, den Arm freizubekommen, ohne Amorgush zu wecken. Hörbar atmend, rollte sie sich auf die Seite. Dosh glitt aus dem Bett und wackelte auf dem dicken Vorleger mit den Zehen.

Sonnenlicht gleißte durch die Fenster herein, schimmerte auf Seidenlaken, Marmorwänden und auf Hochglanz polierten Möbeln. Ein einziges dieser goldgerahmten Gemälde könnte Dosh für den Rest seiner Tage ein Leben in Überschwang bescheren – oder dafür sorgen, daß er gehängt wurde. Draußen erstreckten sich unzählige Hektar gepflegter Gärten zum Joalstrom hinab. Ein kleines Vermögen in Juwelen lag auf der Frisierkommode verstreut und ließen Doshs Finger kribbeln.

Wollte er weiterhin auf Kosten der alten Amorgush leben, mußte er der Versuchung widerstehen. Er bückte sich nach den Kleidern, die er vor einer Stunde zu Boden geworfen hatte. Feine Kleider. Das mußte man der alten Schachtel lassen – sie war großzügig. Mehr Gutes ließ sich von Amorgush jedoch kaum sagen. Sie schwor Stein und Bein, vierzig Lenze zu zählen; die Götter sollten sie wegen Meineids tot umfallen lassen.

Es hieß, Amorgush wäre die reichste Frau von Joaltal. Jedenfalls war sie eine der dümmsten, wenngleich nicht ganz so dumm, um den Worten der Begierde zu glauben, die er ihr jeden Tag um diese Zeit ins Ohr flüsterte. Sie wußte, daß Dosh lediglich ein bezahlter Liebhaber war.

Dosh schlüpfte in die rosa Leinenhose und die Ziegenlederschuhe. Dann schnürte er sich liebevoll den breiten Ledergurt um, der nicht von Amorgush stammte, sondern wahrscheinlich randorische Handwerkskunst war, obwohl Dosh ihn vor ein paar Jahren in Maptal gestohlen hatte. Mit einem Ruck ließ sich die Zierschnalle lösen, an der ein dünner Stahlstreifen befestigt war, biegsam zwar, doch an beiden Enden rasiermesserscharf. Ein wundervolles Ding. Dosh liebte es geradezu. Der arme, kleine Dosh fühlte sich nackt, wenn er nicht mindestens *eine* versteckte Waffe bei sich trug.

Er legte seinen Seidenkittel an – ein zarter Fliederton, kunstvoll mit bunten Wildblumen bestickt – und bewunderte sich einen Augenblick im Spiegel; dann besah er sich gründlicher und suchte nach Liebesbissen. Er fand keine. Was ihm hingegen auffiel – sehr zu seinem Mißfallen –, war die durch seine Locken schimmernde Kopfhaut. Viele blonde Männer wurden schon in jungen Jahren kahl, und Dosh war nicht mehr so jugendlich, wie er sich gern vorgaukelte. Auf seiner Stirn waren die ersten Falten zu sehen. Wütend wandte er sich von seinem Spiegelbild ab.

Die alte Hexe schlief noch, zudem schnarchte sie nun. Das ersparte Dosh eine heuchlerische Abschiedsumarmung. Von Amorgushs Geld ließ sich gut leben, doch Dosh fand, daß er dieses feine Leben vollauf verdiente. Er steuerte in der Überzeugung auf die Tür zu, daß er soeben wieder die noble Arbeit eines Tages erledigt hatte.

Nach einem solchen Beisammensein erschienen ihm seinen gewohnten Pflichten im Stall nachgerade angenehm erholsam.

Während Dosh über den verlassenen Korridor ging, bewunderte er die säulendurchsetzte Pracht und trug sich mit dem Gedanken an ein rasches Bad, um den Gestank von Amorgushs Duftwasser loszuwerden. Alles in allem aber war seine Anstellung im Hause Bandrops das Erfreulichste, das ihm in seiner sehr bewegten Laufbahn geschehen war. Zum einen galt Joal als prächtigste Stadt der Täler und verfügte über jede Einrichtung, von der ein Mann nur träumen konnte.

Doshs Bezahlung war gut genug, um seinen vielen Lastern hemmungslos frönen zu können. Das Beste aber war, daß er diesmal nicht den Zorn eines eifersüchtigen Ehemannes fürchten mußte, denn Bandrops wußte genau, was sein Kutscher während der Mittagsruhe trieb.

Es war Bandrops gewesen, der Dosh überhaupt erst ins Haus gebracht hatte. Bandrops' Anwalt war ein vielversprechender Politiker – womit man in Joal einen Mann mit den Instinkten einer Mörderspinne meinte –, von dem gemeinhin erwartet wurde, daß er sich durch Bestechung einen Weg in den Klüngel verschaffte, sobald wieder ein Platz frei wurde. Bandrops hatte Amorgush ihres Geldes wegen geheiratet, denn seine persönlichen Gelüste gingen eher in Richtung Dosh und Seinesgleichen als in Richtung Ehe. Eine Zeitlang mußte Dosh beide regelmäßig befriedigen, was sich als harte Arbeit erwies, doch mittlerweile hatte der Meister einen zarten, jungen Edelknaben für sich gefunden, und er nahm die Abende seines Kutschers wesentlich seltener in Anspruch.

Als Dosh den Treppenabsatz erreichte, kam ihm just dieser besagte Pin't Edelknabe entgegen. Sein Gesicht war gerötet, sein Körper verschwitzt, und er war geradezu unverschämt begehrenswert.

Der Junge hielt inne, und er und Dosh musterten einander abwägend. Dosh hegte die leise Befürchtung, Pin't könnte hinter seiner ›Arbeit‹ bei der Meisterin her sein; außerdem zeigte der Junge sich mißtrauisch gegenüber Doshs Annäherungsversuchen, schaffte es aber bislang auf bewundernswerte Weise, ihnen zu widerstehen.

»Ist dir auch so heiß?« erkundigte Dosh sich. »Es ist ein außergewöhnlich warmer Herbst.«

»Du siehst selbst ein wenig erhitzt aus«, gab der Balg zurück. Über seine Stirn kräuselte sich kunstvoll eine dunkle Locke – Dosh wünschte, er wüßte, wie der Knabe es anstellte, daß diese Locke immer so wohlgeformt zu bleiben schien. »Ich habe nach dir gesucht.«

»Wunderbar! Ich bin gerade unterwegs zum Badehaus. Komm doch mit.«

Ablehnend schürzte Pin't die Lippen. »Der Meister will dich sehen.«

Voller Bedauern verabschiedete sich Dosh von den Gedanken an kühles Wasser. Zu dieser Tageszeit benötigte Bandrops eher einen Kutscher als einen Liebesknaben – wahrscheinlich. Er zuckte die Schultern. »Dann gehe ich wohl besser zu ihm. Aber behalte mein Angebot im Hinterkopf.«

»Ich wüßte nicht warum.«

Dosh trottete die Treppe hinunter. »Erfahrung, mein Junge!« Im Vorbeigehen streckte er die Hand aus und setzte zu einer liebevollen Berührung an, was Pin't jedoch vorhersah und auswich. »Ich könnte dir ein paar sehr nützliche Kniffe beibringen.«

»Das bezweifle ich«, entgegnete Pin't.

Womit er sich ganz gewiß irrte.

Dosh klopfte und wurde hineingebeten. Die Schreibstube des Meisters war ein luxuriöses, sonnenhelles Zimmer, das den Blick auf einen wohlgehegten Garten gewährte. Allein die Teppiche stellten einen Wert dar, daß ein Mann sein Leben lang dafür hätte schuften müssen. Was Geld betraf, überließ Amorgush sämtliche Entscheidungen ihrem klugen Gemahl.

Bandrops' ständig gebückte Haltung schien seine Körperfülle nur noch zu betonen. Er besaß die buschigsten, schwärzesten Augenbrauen, die Dosh je gesehen hatte, die stark mit der leuchtend kahlen Glatze kontrastierten, wenngleich an allen anderen Körperteilen dichte, schwarze Haare sprossen. Bandrops besaß eine wohlklingende Rednerstimme, strotzte vor Ehrgeiz und war mit einem grausamen Geschmack geschlagen, was seine Freizeitbeschäftigungen betraf. Im Augenblick trug er einen weiten, himmelblauen Seidenkittel und stützte sich mit beiden Fäusten auf den reich verzierten Schreibtisch.

Er begrüßte seinen Kutscher mit unangenehm finsterer Miene. »Tut mir leid, daß ich dich von der Arbeit fortrufen mußte.«

»Ich stehe selbstverständlich zu Eurer vollsten Verfügung«, meinte Dosh erhaben, während er über den in üppigen Farben leuchtenden, narshischen Läufer schritt. Wesentlich interessanter jedoch fand er den anderen Mann, der nahe dem Fenster stand.

Dieser Mann war jung, schlank, ja hartkantig, und sein Gesicht strahlte eine kalte Entschlossenheit aus, die den aufmerksamen Beobachter sofort vor drohendem Ärger warnte. Auch er trug, wie in Joalia üblich, Kittel und Hose. Im Gegensatz zu Bandrops waren seine Unterarme nahezu unbehaart, muskulös und wesentlich blasser als die Hände. Ebenso die Schienbeine. Die Wangen über dem kurz gestutzten Bart waren dunkler als die Ohren und die Stirn.

»Das ist der Junge, Kraanard«, verkündete Bandrops. »Dosh, das ist Kraanard Jurist. Er benötigt deine Dienste.«

»Wie Ihr befehlt, Meister.« Dosh verbeugte sich vor dem Fremden und fragte sich, was für Dienste wohl gemeint sein mochten. Und weshalb verkleidete sich Kraanard, der offensichtlich Soldat war und für gewöhnlich Unterarmschutz, Schienbeinrüstung und Helm trug, als Jurist?

Kraanard musterte Dosh mit unverhohlener Verachtung. »Hast du einen Moa, Junge?«

Wollte Dosh vorlaut sein, hätte er nun fragen können, wie ein Lakai wie er je in den Besitz eines eigenen Moa kommen sollte, aber darauf spielte Kraanard nicht an. Moas wehrten sich mit mörderischer Wildheit gegen neue Reiter; es dauerte Monate, einen Moa an einen Menschen zu gewöhnen. Neben der Kunst der Verführung besaß Dosh noch zahlreiche andere

Talente. Er konnte zum Beispiel das Hausvieh vor des Meisters Kutsche spannen und sie lenken.

Offiziell war das sogar alles, was von ihm erwartet wurde.

Als Bandrops ihn damals in Dienst nahm, einen der hauseigenen Moas abzurichten, hatte Dosh unzählige blaue Flecke und Bißmale davongetragen, aber nie aufgegeben und das Tier schließlich gebändigt.

»Wir haben einen Moa, mit dem ich für gewöhnlich zurechtkomme, Herr.«

Die beiden Männer tauschten Blicke.

»Dann kommst du mit mir«, verkündete Kraanard. »Wir werden höchstens ein paar Tage fort sein.«

Dosh hatte in seiner gefährlichen Laufbahn nur deshalb so lange überlebt, weil er einen ausgeprägten Sinn für Gefahr besaß. Nun schrillten in seinem Kopf Alarmglocken. Hier war irgend etwas faul. Er setzte eine Miene jugendlicher Besorgnis auf, die schon immer eine seiner wirkungsvollsten Gesichtsausdrücke gewesen war.

»Ich bezweifle, daß ich Hurtig so lange zu bändigen vermag, Herr. Schließlich bin ich auf einem Moa nur ein Laie.«

Bandrops lief rot an, doch es war der Soldat, der antwortete.

»Die Angelegenheit ist außerordentlich wichtig. Auch wenn du dir in paar Kratzer einhandelst, du wirst reichlich dafür entlohnt werden.«

»Gewiß werde ich das eine oder andere Mal abgeworfen, Herr. Und irgendwann wird Hurtig uns davonlaufen.«

Kraanards Augen wurden schmal. »Es werden noch andere bei uns sein. Wir werden das Tier für dich einfangen. Moas rennen nie weit weg.«

Allmählich nahmen die Einzelheiten Form an – eine Truppe Lanzenreiter!

»Wenn Ihr einen Moareiter braucht, Herr, dann muß es doch gewiß hunderte einheimische junger Joalier geben, die weit berufener dafür wären als ich.«

Abermals tauschten die beiden Männer Blicke. Dann schritt Kraanard auf Dosh zu, bis er unmittelbar vor ihm stand und mit kalten grauen Augen, unverkennbar bedrohlich, auf ihn hinunterstarrte. Er war bedeutend größer als Dosh.

»Aber ich habe gehört, daß du einen Mann namens D'ward kennst.«

Sofern er Dosh vor den Kopf stoßen wollte, war es ihm gelungen. Dosh hatte das Gefühl, in eiskaltes Wasser gestoßen worden zu sein, und zum erstenmal ließ ihn seine Selbstbeherrschung im Stich. *»Der Befreier?«*

Kraanard zeigte sich zufrieden über Doshs Regung. »Manche nennen ihn so. Er ist hier in Joaltal, irgendwo drüben in der Nähe von Jilvenby.«

D'ward! Mehr als drei Jahre war es her. Sie waren mit einer Gruppe Kesselflicker gereist, Doshs eigenem Volk. Dosh war der bitteren Armut überdrüssig geworden und hatte sich von ihnen abgesetzt. Aber davor ...

»Nein!«

Gefährliches Schweigen ... »Was soll das heißen?« fragte Kraanard schließlich.

Dosh wußte selbst nicht, was es heißen sollte. Er wußte nicht, was er denken sollte. D'ward!

»Das heißt, daß er Geld will«, knurrte Bandrops im Hintergrund. »Er ist ein gieriger, nimmersatter Schurke mit dem Herz einer Hure, aber für ein paar Silbersterne würde er seine eigene Mutter verkaufen.«

Mutter auf jeden Fall, aber nicht D'ward!

Warum eigentlich nicht? Dosh wußte es selbst nicht. Er brauchte Zeit zum Nachdenken.

Kraanard lächelte. Er grub die Faust in Doshs Haar und zerrte ihm den Kopf zurück. »Wie wär´s mit dreißig Sternen Lohn für dich, Junge? Du brauchst uns nur zu zeigen, wer er ist. Um die grobe Arbeit kümmern wir uns. Du wirst keinen Kratzer abbekommen.«

Dosh stieß den kläglichen Schrei aus, den er sonst verwendete, um Schmerz oder Furcht auszudrücken, im Augenblick aber fühlte er weder das eine noch das andere. Ein unerklärlicher Zorn erfüllte ihn. Dreißig Sterne? Das war zu viel. Für was für einen leichtgläubigen Narren hielten sie ihn eigentlich? Viel zu viel! Dreißig Sterne waren mehr Geld, als er je im Leben besessen hatte.

»Was bedeutet dir der Befreier, Junge?« verlangte Kraanard zu erfahren. Sein Atem stank nach Fisch.

Gute Frage! »Herr, Ihr tut mir weh!« winselte Dosh, doch sein Verstand überschlug sich. Was bedeutete ihm der Befreier wirklich? Freunde zu verraten, hatte ihm nie Gewissensbisse bereitet – weshalb sollte er für D'ward anders empfinden? Vielleicht weil D'ward, obwohl er genau gewußt hatte, was Dosh war, ihn immer als Gleichgestellten behandelt hatte, als menschliches Wesen? D´ward war so ziemlich der einzige, der das je getan hatte. Dosh löste das Messer aus dem Gürtel.

Dem Soldaten entging die Bewegung. Knurrend riß er fester an Doshs Haar. »Antworte!«

Und Dosh antwortete. Mit biegsamen Klingen zuzustoßen, verlangte Geschick, doch er trieb das Messer fachmännisch zwischen Kraanards Rippen.

Dosh besaß weitreichende Kenntnisse des menschlichen Körperbaus – er kannte den Weg zum Herzen eines Mannes. Das Messer ließ sich mühelos herausziehen, als die leblose Hülle zusammensackte. Bandrops starrte fassungslos, mit riesigen Augen; dann hastete er um das Schreibpult herum, rannte auf die Tür zu und öffnete den Mund, um zu schreien, kam aber nicht mehr dazu. Dosh sprang zu ihm, packte ihn von hinten und schlitzte ihm die Kehle auf.

Noch bevor der Blutstrom versiegte, der aus Bandrops' Hals schoß, hatte Dosh die Klinge am Kittel seines Herrn saubergewischt und dachte angestrengt nach. Das Töten hatte ihm noch nie Kopfzerbrechen bereitet – ebenso wenig erregte es ihn, so daß sein Herz kaum schneller schlug. Dabei hatte er soeben zwei Männer getötet! Wieso eigentlich, fragte er sich nun, schlug er ein Angebot über dreißig Sterne aus, wie schlecht die Aussichten auch stehen mochten, das Geld tatsächlich zu kassieren?

Noch vordringlicher schien: Woher wußten die Behörden, daß Bandrops' Kutscher den Befreier kannte? Dosh fiel keine vernünftige Erklärung ein, folglich mußten wieder die Götter die Hände im Spiel haben. Doch Dosh verehrte keinen Gott. Die meisten verachtete er sogar – insbesondere Tion, den Jüngling.

Welcher Gott hatte sich in diesem Fall eingemischt? Viele Männer und Frauen gelobten einem bestimmten Gott die Treue, schworen einem rätselhaften Wesen die Gefolgschaft. Tion besaß die Tion-Gefolgschaft und vermutlich noch mehrere andere Kulte. Thargische Krieger gehörten dem Kult des Blutes und des Hammers an und waren Karzon treu ergeben. Dosh kniete sich neben Kraanard, spähte vorsichtig unter den Kittelkragen und suchte nach einer Kette. Als er keine fand, löste er die Bänder des Kittels, mußte jedoch feststellen, daß der soeben verschiedene, unbetrauerte Kraanard kein Amulett getragen hatte. Er entkleidete den Leichnam und machte sich daran, den Körper zu untersuchen – ein schöner, muskulöser Körper. Zufrieden bemerkte er, wie winzig die Wunde war, wie wenig Blut aus ihr geflossen war – wie ein tödlicher Schlangenbiß, dachte er voller Stolz.

Was er suchte, fand er erst, als er Kraanard die Hose auszog. Hoch droben an der Innenseite des Oberschenkels entdeckte er ein kleines, rotes Muttermal, das die Form eines Δ aufwies. Dosh hätte seine Ohren darauf verwettet, daß der Soldat nicht mit diesem Muttermal geboren worden war.

Tja! Eigentlich hatte er einen fünfzackigen Stern erwartet, das Symbol der Jungfrau. Astina war die Obergottheit Joalias, ihr prächtiger Tempel befand sich keine Meile weit entfernt. In ihrer Erscheinungsform als Olfaan galt sie als Schutzgöttin der Soldaten. Wenn ein joalischer Soldat sich einer Gottheit verschwor, dann sollte es Astina sein, doch Δ war das Zeichen Eltianas, der Hohen Herrin. Das Mal lag so gut verborgen, daß es sich um einen äußerst geheimen Kult handeln mußte. Die Hohe Herrin war Göttin von Eigenschaften wie Leidenschaft, Mutterschaft und Landwirtschaft. Keine ihrer Erscheinungsformen barg etwas besonders Bedrohliches, soweit Dosh sich erinnern konnte; ein paar verlangten von ihren Anbetern rituelle Prostitution, doch daran hatte Dosh nichts auszusetzen.

Er tätschelte die Wange des Toten. »Du Gauner, du! Du bist ein Spion – oder womöglich gar ein gedungener Mörder? Ich habe dich falsch eingeschätzt!« Aber die Beweise waren eindeutig – die Hohe Herrin war hinter D'ward her, und man konnte getrost davon ausgehen, daß ihr nicht sein Bestes am Herzen lag.

Dosh stand auf und betrachtete das Gemetzel. Noch wenige Augenblicke zuvor waren diese beiden Männer reich und mächtig gewesen, und er selbst nur ein wertloser Lakai. Nun waren sie tot, während er noch atmete. So war das Leben. Doch auch die Umstände hatten sich geändert – da Dosh nun einen bekannten Bürger und einen Soldaten getötet hatte, würde er bald ebenso tot sein, falls er noch lange in Joaltal herumtrödelte. Alles, was ihm hier noch blieb, war ein langsamer und sehr öffentlicher Tod.

Und außerdem ... was immer D'ward gerade in Joaltal trieb, man sollte diesen Verrückten vor Eltianas Ansinnen warnen. Es würde gewiß noch ein, zwei Stunden dauern, bis es jemandem in den Sinn kam, den Meister bei der Arbeit zu stören. Das genügte Dosh, um aus der Stadt zu verschwinden. Von einer plötzlichen Eingebung belustigt, nahm er sich die Zeit, auch Bandrops' Leichnam zu entkleiden – was bei der ganzen Geschichte ein wenig Verwirrung stiften sollte.

Nach Überprüfung des Geheimfachs im Schreibpult fand Dosh einen klobigen Geldbeutel, dessen Inhalt er auf fünfzig bis sechzig Sterne schätzte. Bedauerlicherweise fehlten die Juwelen, die er bei früheren Schnüffeleien entdeckt hatte. Er zog die Möglichkeit in Betracht, zurück ins Obergeschoß zu laufen, um Amorgushs Schmuck zu holen, gelangte jedoch widerwillig zu dem Schluß, daß die alte Krähe inzwischen erwacht sein könnte. Er befestigte den Beutel am Gürtel und steuerte auf die Tür zu. Jilvenby befand sich nordöstlich, nahe der Joalwand. Ein schneller Moa sollte die Strecke binnen eines Tages schaffen, und ungeachtet seiner vorherigen Aussagen, war Dosh mittlerweile überaus geschickt im Umgang mit Hurtig.

So wie in vielen anderen Dingen.

5

Die Sonne hing tief über den verschneiten Gipfeln der Randorwand, als Julian Smedley sich auf den Rückweg nach Losby machte, durch einen grünen Irrgarten aus Reisfeldern und Obstgärten, die mittels langgezogener, gewundener Blutfruchtbüsche voneinander getrennt waren. Hier und da erspähte er zwischen den Bäumen kleine Gruppen Gläubiger auf dem Heimweg. Randortal war ein ausgesprochen üppiges Land und erinnerte ein wenig an Südfrankreich, sofern man keinen allzu genauen Blick auf die Pflanzenwelt warf und nicht hinterfragte, wie hier die Berge hießen.

Julians Armstumpf schmerzte heftig – die Fingerstummel waren bereits deutlicher sichtbar als noch an diesem Vormittag –, alles in allem aber fühlte er sich, als würden seine Füße kaum den Boden berühren. Seine Stimmung war noch immer himmelhoch jauchzend; er knisterte geradezu vor Mana. Der alte Gewürzhändler trottete siegesbewußt zu seiner Rechten, während sich zu seiner Linken Purlopat'r mit Riesenschritten voranbewegte, die einem Moa zur Ehre gereicht hätten. Dabei schnatterte der junge Hüne mit schriller Stimme über das ruhmreiche Wunder, das der Eine seinen Gläubigen gewährt hatte.

Es war tatsächlich eine ziemlich gute Vorstellung

gewesen. Bevor Julian vor drei Tagen aus Olympus losgezogen war, hatte er sich mit zwei Dutzend goldenen Ohrringen für die Bekehrten eingedeckt, die er im Verlauf seiner zwei Doppelwochen währenden Rundreise in den Schoß der neuen Kirche führen wollte. Damals hatte er gedacht, sich die Latte damit viel zu hoch gelegt zu haben, doch nun hatte er bereits achtzehn Stück aufgebraucht. Achtzehn an einem Tag war gewiß eine Bestleistung innerhalb des Dienstes – er hatte gehört, daß Pinky Pinkney in der gleichen Zeit zwölf Ringe an den Mann gebracht hatte. Auch siebzehn von den Soldaten, einschließlich Hauptmann Groud'rart, hatten verlangt, der Kirche auf der Stelle beizutreten, doch die Vorschriften verlangten, daß sie erst einen Lehrgang absolvieren mußten. Selbstverständlich würden einige von ihnen die Meinung ändern, aber nicht alle. Gläubige innerhalb der königlichen Armee konnten sich als gewaltiger Vorteil für den Ungeteilten erweisen und vielleicht sogar zu einer Durchdringung der randorischen Regierung führen. Wenn Julian Smedley nach Olympus zurückkehrte und den üblichen Bericht vorlegte, würde es ein höchst ungewöhnlicher Bericht sein. Der neue Junge hatte einen erstaunlichen Erfolg zu verbuchen. Bedauerlich war nur, daß er dafür seine persönliche Wunderheilung ins öffentliche Licht rücken mußte, und darüber würde es gewiß Getuschel geben. Pfeif drauf! Hätte er es nicht getan, wäre ihm nur der Märtyrertod geblieben, und den verlangte der Dienst von seinen Vertretern nicht. Außerdem hatte Julian sich nicht des Hintertürchens bedient, so wie Pedro Garcia. Er hatte eine sichere Katastrophe in einen ungeheuren Sieg verwandelt. Damit hatte er sogar Jumbo Watson übertrumpft.

Vor ihnen, am Dorfrand von Losby, befand sich Kinulusims Hütte, daneben sein Lagerschuppen und die Koppel, die zwei Hasen beherbergte.

»Jemand ist gekommen«, quiekte Purlopat'r.

Dieser Jemand stammte so gut wie sicher aus Olympus, und Julians erster Gedanke war, daß er nun eine Zuhörerschaft hatte, vor der er prahlen konnte. Sein zweiter Gedanke besagte, daß man natürlich nicht prahlen sollte, und sein dritter – begleitet von widersinnigem Ärger –, sagte ihm, daß der Besucher, wer immer es sein mochte, die Geschichte in allen Einzelheiten von Purlopat'r und Kinulusim erzählt bekommen würde. Verdammt! Er wollte sein Wunder ohne Randbemerkungen in seinen Bericht einbauen und keinen großen Wirbel darum machen.

Ihr Herannahen war beobachtet worden. Der Mann, der herauskam, um ihnen entgegenzugehen, war klein, untersetzt und trug eine braune Hose und einen entsprechenden Kittel – joalische Kleider, die sich gut zum Reiten eignete. Doch bei dem Anblick wurde Julian sich sofort seiner eigenen, lächerlichen randorischen Kluft bewußt. Alsbald erkannte er den Neuankömmling, und sein Manahochgefühl schlug beinahe in Zorn um.

Alistair Mainwaring war ein pummeliger, braunhaariger Mann ungewissen Alters. Sein Englisch besaß einen leichten Hochlandakzent, der sogar dann durchklang, wenn er Joalisch sprach, und noch stärker in seinem Randorisch. Er galt als einer der erfolgreichsten Missionare, die der Dienst besaß und war in Olympus als Doc, bei den Einheimischen als Sankt Doc bekannt, obwohl er seinen Doktorgrad in Anthropologie, nicht in Medizin erworben hatte. Zudem war er Leiter der randorischen Abteilung und somit Julians Vorgesetzter, darüber hinaus ein frömmlerischer Blödmann.

Hatte er den ganzen Weg nur zurückgelegt, um die Fortschritte seines jüngsten Mitarbeiters zu überprüfen?

Schließlich trafen sie aufeinander, und Julian hob die behandschuhten Hände über den Kopf und bildete das Kreissymbol – wodurch er zeigte, daß er keine unfreundlichen Zuschauer fürchtete und den Bezirk in der Hand hatte. Die anderen drei taten es ihm unverzüglich gleich. Kinulusim und Purlopat'r waren zweifellos zutiefst beeindruckt, daß gleich zwei heilige Apostel Losby die Ehre erwiesen. Der alte Gewürzhändler platzte sicher auch vor Neugier, was den Grund dafür betraf.

Beunruhigenderweise wirkte Doc um die fünfzig Jahre alt. Das scheinbare Alter eines Fremden wurde von seinem augenblicklichen Gemütszustand bestimmt, und allein die Anstrengungen der Reise sollten sich denn doch nicht so offensichtlich zeigen. Außerdem war Doc schmutzig und vom Wind zerzaust; folglich mußte er gerade erst eingetroffen sein. Er faßte sich kurz. »Seid gesegnet, Brüder, und Grüße, Sankt Haptmaan.«

»Eure Heiligkeit ist in meiner bescheidenen Hütte nur allzu willkommen.« Beflissen rieb Kinulusim sich die Hände. »Dürfen wir hoffen, daß uns die Ehre Eurer Gesellschaft für längere Zeit zuteil wird?« Vermutlich erwartete er, die Begrüßung mit blumigen Worten auf wenigstens zehn Minuten auszudehnen, doch Doc war zweifellos nicht in der Stimmung, den Einheimischen Honig ums Maul zu schmieren.

»Möglich – das wäre in der Tat ein Vergnügen –, aber es könnte gut sein, daß Sankt Haptmaan ziemlich bald aufbrechen muß. Ich müßte mich kurz mit ihm unterhalten.«

Kinulusim vermochte kaum zu verbergen, wie sehr ihn diese unwirsche Entlassung kränkte, dennoch versicherte er dem verehrten Apostel, er habe natürlich vollstes Verständnis dafür und werde sich sogleich darum kümmern, daß Erfrischungen vorbereitet würden und so weiter. Zornig stapfte er den Pfad entlang davon, begleitet vom hünenhaften Holzfäller, der in jugendlicher Neugier zu den Gästen spähte.

Alistair sank mit einem erschöpften Seufzer ins Gras. »Wie ist es gelaufen, alter Freund?«

Er sah aus, als erwartete er eine Reihe von Entschuldigungen.

Nach wie vor von Mana beschwipst, empfand Julian keinerlei Notwendigkeit, sich zu setzen, und er war ganz sicher, daß es nichts gab, wofür er sich zu entschuldigen hatte.

»Nicht schlecht.«

»Wie ich höre, wurden in der Gegend Soldaten gesehen – ich hoffe, es gab keine Probleme?«

»Nichts, womit wir nicht fertig geworden wären.«

Mit einem Achselzucken tat Doc die Angelegenheit ab. »Ich habe ein paar seltsame Neuigkeiten. Berichten zufolge läuft dein Kumpel Exeter in Joaltal frei herum und erzählt überall, er sei der Befreier aus dem *Filoby-Testament*.«

Julian war zu verblüfft, um etwas anderes zu erwidern als: »Wie bitte?« Exeter? Exeter hatte sich aus seinem Versteck gewagt? Und lief in der Öffentlichkeit herum? Grundgütiger! Er würde erschreckend bald tot sein, wenn Zath Wind davon bekam. Jemand würde etwas unternehmen müssen. Oh, das konnte einfach nicht sein! Er unterbrach Docs Ausführungen.

»Da muß ein Irrtum vorliegen! Das wäre doch Selbstmord! Ich meine, er würde nie und nimmer ...«

»Tut mir leid, Sohn. Es gibt keine Zweifel.«

»Das kann nicht sein!«

»Ist es aber. Siebenundsiebzig hat es uns erzählt, und er kennt ihn besser als jeder andere. Es ist eindeutig Exeter, und er bezeichnet sich öffentlich als den Befreier.«

Julian war übel. »Zath wird ihn auf kleiner Flamme rösten.«

»Das Unverständliche daran ist, alter Kumpel, warum Zath es nicht schon längst getan hat.«

»Was soll das heißen?«

Höhnisch zog Alistair eine Augenbraue hoch. »Unserem derzeitigen Wissensstand nach hat Exeter vor einer Woche oder noch früher damit angefangen. Selbstverständlich sind das keine allzu frischen Neuigkeiten, aber wenn er noch lebt, muß er wohl einen Weg gefunden haben, sich gegen Schnitter zu schützen, oder?«

»Ich kann nicht ganz folgen.« Es würde Julian in keiner Weise dienen, wenn er die Beherrschung verlor. Ebenso wenig konnte er Exeters Verhalten verteidigen, solange er nicht wußte, wie dieses Verhalten eigentlich aussah.

»Du bist lange genug hier, um die Regeln zu kennen. Wenn Exeter in der Lage ist, sich gegen Zaths Mörder zu schützen, muß er ziemlich kräftig Mana gesammelt haben. Ich meine, kleine Kniffe wie das Hintertürchen sind angenehm, wenn einheimische Schläger hinter einem her sind, aber man braucht erheblich mehr, um sich mit Zath anzulegen. Wie mag ihm das gelungen sein?« Docs Lippen hatten sich zu einem beinahe spöttischen Grinsen verzogen.

Julian zügelte den Gaul gerade noch rechtzeitig, bevor er ihm durchging. Das also war im Busch? Der Dienst hatte nie auch nur den kleinen Finger für Edward Exeter gerührt, obwohl Exeters Vater einer seiner Mitbegründer gewesen war. Der Dienst hatte ihn entführt und links liegen gelassen, hatte ihn behindert und zu töten versucht. Nun sollte Exeter offensichtlich als Abtrünniger abgestempelt werden. Das wäre eine gute Entschuldigung, ihm in Zukunft noch weniger Beistand zu gewähren.

»Mana? Menschenopfer oder rituelle Prostitution. So wie es die Kammer handhabt. In der Sechsten war er Klassenbester in Menschenopferung.«

Ein langer Ritt auf einem Hasen schien Humor wenig förderlich; Docs Augen funkelten vor Zorn.

Julian teilte weiter aus. »Ich habe keine Silbe von ihm gehört, falls es das ist, was ihr euch fragt. Ich weiß ebenso wenig wie ihr, was er im Schilde führt.« Vor knapp zwei Jahren, unmittelbar nach dem Gemetzel in Olympus, war Exeter aus der Station marschiert und verschwunden. Vielleicht war er inzwischen verrückt geworden. Das aber schien ein treuloser Gedanke gegenüber seinem Freund. »Also warum kommt ihr zu mir?« Wollten sie auch ihn ins Verräterfaß werfen?

Doc zuckte die Schultern. »Das Komitee will, daß du nach Olympus zurückkehrst. Zwecks Beratungen. Ich übernehme deine Rundreise hier.« Zwar fügte er nicht hinzu, daß er glaubte, er würde wesentlich bessere Arbeit leisten, doch sein Gebaren ließ es unmißverständlich erkennen.

Verflucht! Das Komitee jagte wahrscheinlich dem eigenen Schwanz hinterher und versuchte zu beschließen, was zu tun sei. Julian war mit Exeter zusammen zur Schule gegangen; deshalb nahm man wohl an, er würde ihn besser kennen als jeder andere. Aber das war lange her. Ganze Ströme von Blut waren seit jenen Tagen geflossen. Trotzdem, Befehl war Befehl, und er konnte sich keinem Ruf verweigern, der mit Exeter zu tun hatte, so unwahrscheinlich die Geschichte vorerst auch klingen mochte.

»Dann sollte ich mich wohl auf den Weg machen.«

Doc blinzelte.

»Noch heute abend?«

»Es ist ein lauer Abend. Ich dürfte viel Mondlicht haben. Warum also nicht?«

»Es ist dein Allerwertester.« Mit schmerzverzerrter Miene mühte Doc sich auf die Beine. »Ich zockle jetzt mal runter ins Badehaus im Dorf und taue meinen Hintern auf.«

»Dann sehe ich dich, sobald die Gottobersten mit mir fertig sind«, meinte Julian vergnügt. Mit ein wenig Glück konnte er hinter dem Horizont verschwunden sein, bevor jemand Alistair von den achtzehn Bekehrten berichtete. Ein zutiefst angenehmer Gedanke.

6

Es war fast Mitternacht, und das Kirschblütenhaus erlebte eine jämmerliche Nacht. Die Hälfte der Tische war leer, der Lärm der Gespräche so gedämpft, daß man Potstit Lautenspielers Geklimper noch am gegenüberliegenden Ende des großen, dunklen Raumes hörte.

Ein wahrer Künstler, hatte Großvater Trong stets gemeint, betrachtete ein kümmerliches Publikum als Herausforderung. Und so bearbeitete Eleal Sängerin die Menge, bahnte sich einen Weg von Gruppe zu Gruppe, lächelte, lachte, redete auf die Gäste ein. Die zahlenden Kunden waren selbstverständlich allesamt Männer, ein Meer haariger, geröteter Gesichter unter den Hängelampen – junge Männer, alte Männer, sonstige Männer. Die Frauen neben ihnen oder auf ihren Schößen zählten zu den Mitarbeiterinnen des Kirschblütenhauses. Die Luft stank nach billigem Wein, schalem Kochgeruch, Lampenrauch und ungewaschenen Leibern.

Die Tische standen absichtlich dicht nebeneinander, doch das ermöglichte Eleal, sich im Gehen auf Sessellehnen oder Männerschultern zu stützen und ihr Hinken zu übertünchen. Sie trug einen schwarzen Büstenhalter und einen kurzen Lederrock, beides mit Messing verziert.

Es war jene Art Kleidung, die ein gewöhnliches Mädchen bestenfalls in Alpträumen anlegte, doch ein Schauspieler paßte sich den Erfordernissen der jeweiligen Rolle an, und dies war die einzige Kluft, die das schwere Schuhwerk zu rechtfertigen vermochte, das Eleal brauchte. Ihr Haar hing voll und rabenschwarz auf ihre Schultern hinab. Abgesehen von dem einen zu kurzen Bein, war ihr Körper der schönste des ganzen Hauses, was die neidischen Blicke der Dirnen an den Tischen erklärte. Außerdem konnten sie nicht singen.

Eleal schon. Und in ein paar Minuten *würde* sie singen.

Die meisten Stammkunden kannte sie vom Sehen, doch sie waren es nicht, wonach Eleal Ausschau hielt.

Zwar liebäugelte sie mit ihnen, hänselte sie ein wenig und genoß die wehmütige Begierde in ihren Augen, doch war sie nicht für diese Männer bestimmt. Sie wußten, daß Eleal keine von den Huren war. Unverhofft ergab sich die Gelegenheit, einen dagingehenden Beweis zu erbringen. Eine schwielige Hand wanderte Eleals Schenkel empor. Sie wirbelte auf ihrem heilen Bein herum und schlug mit aller Kraft zu. Finger fiel um ein Haar vom Stuhl, und das klatschende Geräusch übertönte Potstits Lautespiel mühelos. Genau wie die donnernde Rüge, die Eleal ihm gekonnt so entgegenschleuderte, daß sie auch die entlegendsten Winkel des Kirschblütenhauses erreichte.

»Wenn du *das* willst – die da drüben verkaufen es. Ich nicht!«

Fingers' Gefährten brüllten vor Lachen und zerrten ihn zurück auf den Stuhl, als er sich zu erheben versuchte.

Sollte er außer Rand und Band geraten, würde Tigurb'l Kneipenwirt seine berüchtigten Schläger hereinschicken.

Unter der Lampenreihe, die über der kleinen Bühne hing, beendete Potstit sein Solo und griff nach der Flasche neben seinem Stuhl. Beifall gab es keinen. Tigurb'l tauchte neben ihm auf – ein grauhaariger, echsenähnlicher Mann, der an ein Wesen erinnerte, das nach allzu ausschweifendem Weingenuß einem Alptraum entspringen mochte. Er rieb sich die langen, dünnen Hände und leckte sich mit fahler Zunge über die Lippen.

»Meine Herren!«

Seine übliche Begrüßung wurde mit dem üblichen, höhnischen Johlen erwidert. Dann erging er sich in einer langen Lobrede, mittels der er Yelsiol Tänzerin vorstellte – die *großartige*, die *sinnliche*, die *verführerische* Yelsiol Tänzerin, und die Zuhörerschaft antwortete mit trunkenen Freudensrufen. Yelsiol war ein sinnlicher, verführerischer Fettiegel mit dem Verstand einer Küchenschabe.

Ihre Beine wirkten massig wie die eines schlachtreifen Mastschweins, doch sie mußten durch und durch aus Muskeln bestehen, um Yelsiols Gewicht zu tragen. Heute nacht mußte das Geschäft wahrhaft lausig sein, wenn Yelsiol schon so bald noch einmal auf die Bühne kam.

Potstit stimmte einen Ton an und begann mit der Melodie. Eleal Sängerin steuerte die Bühne an. Sie war als nächste an der Reihe, und sie hatte noch immer keinen einzigen Freund entdeckt. In den meisten Nächten hockte ein halbes Dutzend ihrer Bewunderer unter den Zusehern – Männer, die einzig wegen Eleal Sängerin kamen, und in einer guten Nacht . . . Falsch! Da war einer, und er saß allein an einem Tisch neben der Wand.

Eleal änderte die Richtung. Wie *hieß* er denn gleich noch mal? Es war erst vier oder fünf Nächte her, seit er hier gewesen war. Ein lückenloses Gedächtnis ist die unumstritten wichtigste Voraussetzung für einen Künstler, pflegte Trong zu sagen, doch Eleal konnte sich einfach nicht erinnern.

»*Liebling!*« Anmutig glitt sie auf den Stuhl neben ihm und hauchte ihm einen flüchtigen Kuß auf die Wange. »Liebling, wie *wundervoll*, dich wiederzusehen!«

Der schwammige Mann war um die fünfzig und wirkte ein wenig gebrechlich, als stünde es um seine Gesundheit nicht zum Besten. Sein Schnurrbart schimmerte silbrig, sein Gesicht war zerfurcht, doch allein durch seine teure Kleidung hob er sich von der gewohnten Kundschaft des Kirschblütenhauses ab. Offensichtlich war er ein recht erfolgreicher Geschäftsmann, was erklärte, weshalb er es sich leisten konnte, diesen Hort schöner Künste so regelmäßig zu besuchen.

Er lächelte und drückte Eleals Hand; dann tauschten sie Nettigkeiten aus. Im Hintergrund ließ Yelsiol einen Schleier fallen, und die Zuseher jubelten und brüllten ihr zu, weiterzumachen. Fett wabbelte und schwabbelte.

Potstit verfehlte ein paar Noten und fing sich wieder.

Als Potstit jünger gewesen war, lange bevor Eleal das Licht der Welt erblickte, hatte er am Hof gespielt. Wenn er in Form war, spielte er immer noch gut, doch er war selten in Form. Seinen Lohn und die kargen Trinkgelder, die er bekam, setzte er unverzüglich in Wein um.

Früh am Abend war seine Fingertechnik ziemlich schwankend, gegen Mitternacht aber wurde sie sicherer, ja erhebend – und dann sank sie ab, bis sie kurz vor der Morgendämmerung ihren Tiefstand erreichte. Heute nacht verschlechterte sich der Rhythmus schneller als üblich. Zeit zu gehen.

Ah! Jetzt fiel es Eleal ein – der Mann hieß Gulminian Kleiderhändler.

»*Liebster* Gulminian, ich muß mich jetzt *wirklich* beeilen! Ich bin als nächste dran. Aber es ist ja *so* lange her! Geh *bloß* nicht fort, ohne mir Bescheid zu geben. Komm doch und besuch mich *gleich* nach meinem Auftritt, ja? Du brichst mir das *Herz*, wenn du's nicht tust.«

Gulminian versprach es.

Zutiefst erleichtert, stemmte Eleal sich vertraulich mit der Hand auf seiner Schulter hoch und setzte ihren Weg zur Bühne fort. Es wäre eine solche Schmach, wenn kein einziger Bewunderer käme, um sie zu beglückwünschen, nachdem sie gesungen hatte! Bislang war es noch nie geschehen. Sollte es geschehen, würde Tigurb'l Kneipenwirt gewiß auf dumme Gedanken kommen.

Sie griff nach einer weiteren Sessellehne, wankte zum nächsten Tisch und knipste ihr Lächeln ein. Trotzdem, nur ein einziger Mann ...

»Eleal?«

Oh, bei allen Göttern! Kurz wandte sie sich ab, als wollte sie flüchten; dann zwang sie sich, ihm in die Augen zu blicken, während ihre Eingeweide sich verkrampften.

Es war Piol Poet. Was war er gealtert! Tausend Jahre alt wirkte er – zerbrechlich und schrumpelig. Sein Antlitz war so weiß wie sein Haar und ebenso dünn. Er hockte über einen Becher gebeugt, um den er die beiden spinnengliedrigen Hände geschlungen hatte. Eine Flasche war weit und breit nicht zu sehen. Für gewöhnlich hätte er in diesem Fall nicht lange auf dem Stuhl gesessen, doch heute nacht war das Haus so schlecht besucht, daß er als willkommene Zierde diente. Mit seltsam flehentlichem Blick starrte er zu Eleal empor.

Sie zwang das Lächeln zurück auf die Lippen. »Piol!« Zu zittrig, um stehenzubleiben, quetschte sie sich auf einen Stuhl neben ihm. »Es ist lange her! Wie geht es dir?«

»Mir geht's gut.« Sein Atem ging pfeifend. Er hörte sich alles andere als gut an. Er sah alles andere als gut aus. »Und dir?«

»Oh – mir geht's sogar sehr gut!«

Die Zuseher johlten vor Begeisterung und trommelten mit den Händen auf die Tische, als mehr von Yelsiols Körper enthüllt wurde. Potstit kam aus dem Takt, fand ihn dann aber wieder.

»Was treibst du denn so?« erkundigte Eleal sich hastig. »Wer führt deine Stücke auf?« Sie fragte sich, ob er überhaupt regelmäßig zu essen hatte.

Piol blinzelte ein paarmal.

»Im Augenblick niemand. Einige werden derzeit geprüft. Ich hoffe, in Kürze über zwei oder drei Bescheid zu bekommen. Du kannst sicher sein, daß mein Name nächstes Jahr bei den Tion-Festspielen wieder auftaucht.«

»Das ist ja wunderbar!«

Wunderbares Geschwätz. Piols Stücke bedurften Trongs künstlerischer Leitung, und Trong gab es nicht mehr.

Der alte Mann kramte in seiner Robe nach irgend etwas. »Und man hat ein Buch von mir herausgebracht. Da – ich hab' dir eins mitgebracht.«

Eleal nahm es entgegen, dankte ihm, beglückwünschte ihn und erinnerte sich daran, wie sehr Piol gedruckte Bücher stets verachtet hatte. Dieses war, wie sein Schöpfer, auffallend dünn. »Ich freue mich schon darauf, es zu lesen. Kann man aus einigen der Gedichte Lieder machen?«

»Möglich. Du kannst sie nach Belieben verwenden, wenn sie dir gefallen.« Seine verhutzelten Lippen lächelten unsicher. »Und was ist mit dir?«

»Oh ... Es dauert ewig, sich einen Namen zu machen. Aber ich war in der letzten Doppelwoche ziemlich oft vorsingen.« Weiteres Gewäsch. Mit einer abfälligen Handbewegung tat sie das Kirschblütenhaus ab. »Das hier tue ich nur, um in Übung zu bleiben. Sonst wird mir so langweilig.« Sofern der greise Piol noch ein Quentchen Verstand besaß, wußte er, daß man allein in dramatischen Rollen mit Musik Geld verdienen konnte, und eine verkrüppelte Sängerin hatte kaum eine Zukunft.

»Ich kann mich noch daran erinnern, wie du im Haus des Königs gesungen hast«, meinte er mit zittriger Stimme.

»Aber nur als Mitglied der Truppe. Ich habe vor, mir den Weg zurück dorthin durch eigene Verdienste zu erkämpfen.« Das würde frühestens an dem Tag geschehen, an dem Wasser bergauf rann. »Äh ... hast du in letzter Zeit irgend etwas von den anderen gehört?«

Seufzend schüttelte er den Kopf, einen Totenschädel, der auf einem brüchigen Pergamenthals wackelte. »Weißt du, daß Golfren wieder Bauer geworden ist? Als Landpächter selbstverständlich. Und daß Uthiam ihm letztlich einen Sohn geschenkt hat? Und Klip ist der erbärmlichen Armee beigetreten.«

Nichts von alledem war Eleal neu. Man stelle sich Uthiam vor, diese wunderschöne, wunderbare Schauspielerin, wie sie auf dem Feld arbeitete und – mittlerweile vermutlich ebenso fett wie Yelsiol – Kleinkinder säugte! Gartol war gestorben. Eleal hatte sogar ein Gerücht gehört, dem zufolge der junge Klip bei einem kleineren Aufstand getötet worden war, doch sie wollte Piol solche Kunde ersparen. Sie fragte sich, wie viele schlechte Neuigkeiten *er* wohl vor ihr zurückhielt.

»Das waren noch die guten, alten Zeiten!« meinte sie unbeschwert.

Es war zwar die Trong-Truppe gewesen, doch nicht

ihr Großvater hatte sie zusammengehalten. Dieser Umstand war niemandem richtig bewußt gewesen, bis ein plötzliches Fieber Ambria dahinraffte, und die Truppe sich auflöste wie ein Schneeball in der Wüste. Trong war an gebrochenem Herzen gestorben. Die Truppe war Eleals Familie gewesen, das einzige Leben, das sie kannte. Geld hatten sie nie besessen, selbst in guten Zeiten nicht, aber es gab Zusammenhalt und Frohsinn.

»In deinem Alter stehen einem Menschen die guten Tage noch bevor, Eleal.«

Sie lachte.

»Na, hoffentlich.« Es waren keine guten Tage, es waren schlimme Nächte ...

Mittlerweile steigerte Yelsiol sich immer mehr in ihren Tanz, stapfte auf der Bühne umher, wirbelte Staubwolken auf und löste anfeuerndes Gebrüll aus. Nur noch zwei Fetzen Stoff.

Eleal mußte gleich dort hinauf und die Zuschauer vom Hocker reißen. Keine Zeit für langes Drumherumreden.

»Hast du regelmäßig zu essen? Wo lebst du denn jetzt? Brauchst du Geld, Piol?«

Er schüttelte heftig den Kopf und verzog die Lippen zu einer Grimasse. »Nein, nein! Mir geht es ausgesprochen gut.«

»Hör zu, das hier mag kein großartiger Ort für Auftritte sein, aber ich verdiene gut. Bist du sicher ...«

Piol schüttelte beharrlich den Kopf und deutete auf das Gedichtbuch, das Eleal in der Hand hielt.

»Ich habe ein Zimmer über der Druckerei ... ich helfe da beim Setzen, manchmal lese ich auch Korrektur.«

Ohrenbetäubendes Gegröle ... Yelsiol war beim

letzten Kleidungsstück angelangt. Eleal schob ihren Stuhl zurück.

»Das ist mein Einsatz, alter Freund! Es war wundervoll, dich wiederzusehen, Piol.« War es tatsächlich, so ungern sie auch an einem Ort wie dem Kirschblütenhaus gesehen wurde. Sie fragte sich, wie Piol sie gefunden haben mochte und wie viele der anderen Überlebenden der Truppe über sie Bescheid wußten. »Ich würde mich gern ausgiebig mit dir unterhalten, wirklich.«

Piol lächelte und nickte. »Ich freue mich schon darauf, dich wieder singen zu hören, Eleal. Kommst du wieder her, wenn du fertig bist?« Für einen Mann, der in seiner Blütezeit als literarischer Großgeist gegolten hatte, war Piol schon immer mit einem erstaunlichen Hauch von Einfältigkeit geschlagen gewesen.

»Äh, ich fürchte, heute nacht nicht. Ich ... ich hab's meinem Freund versprochen. Tut mir leid. Vielleicht mal am Nachmittag?«

Was immer Piol zu sagen versuchte, ging im Gebrüll unter, das aufbrandete, als Yelsiol sich vollständig entblößte.

Ein paar ihrer Bewunderer sprangen auf und eilten durch den donnernden Beifall nach vorn – natürlich, um den Umkleideraum des Stars zu besuchen und ihn zu beglückwünschen, wie Bewunderer es nun einmal taten. So wie Gulminian Kleiderhändler und hoffentlich ein paar andere kommen würden, um Eleal zu besuchen. Heute nacht würde Tigurb'l Kneipenwirt vernünftige Preise verlangen.

Eleal tätschelte Piols knochige, leberfleckige Hand und erhob sich. »Komm irgendwann am Nachmittag vorbei!« rief sie und hinkte in Richtung Bühne davon.

Piol drehte sich herum und griff nach ihr. »Eleal!«

Sie sah sich um. Inzwischen hätte sie schon oben auf der Bühne sein müssen.

»Eleal«, krächzte Piol. »Eins hab' ich dir zu sagen vergessen. Hast du schon die Neuigkeiten über den Befreier gehört?«

Sie taumelte, als hätte er sie mit einem Eisenrohr geschlagen. »Über *wen?*«

Piol blinzelte heftig und lächelte strahlend. »In der Stadt geht das Gerücht, der Befreier wäre in Joaltal aufgetaucht. Ich habe mich gefragt, ob du davon gehört hast.«

»D'ward?«

»Ich nehme es an.«

Eleal verharrte wie gelähmt und nahm kaum wahr, daß Tigurb'l sich bereits auf der Bühne befand, um sie anzukündigen. D'ward! Nach all den Jahren! Der Boden schwankte unter ihren Füßen. D'ward! Dieser widerwärtige *Mistkerl?*

Piol war ihr Verhalten entgangen. »Es ist ziemlich seltsam! Ich kann mir nicht vorstellen, wieso er es wagen sollte, mit diesem Namen zu protzen, wo er doch das *Filoby-Testament* kennt. Ich meine, Zath wird bestimmt davon hören. Folglich ist es vielleicht gar nicht D'ward, sondern bloß ein Betrüger, aber selbst für einen Betrüger wäre es äußerst dumm, sich als der Befreier zu bezeichnen. Nur falls es *doch* D'ward ist, dachte ich mir, du würdest es gern wissen, weil ich mich erinnere, wie gern du ...«

»*Gern!* Wie gern ich D'ward hatte, meinst du, du alter Narr?«

Piols Züge fielen in sich zusammen. »Was ist denn los? Ich dachte, du würdest ... Was ist denn los?«

Er war so dämlich, daß sie ihn am liebsten an seinem dürren Kragen gepackt und geschüttelt hätte. Sie versuchte zu schreien, doch ihre Kehle brachte nur ein Flüstern hervor. »Gar nichts, Piol. Überhaupt nichts! Es wäre wunderschön, D'ward wiederzusehen!«

Und ich werde ihm die Lunge herausreißen und sie ihn fressen lassen, und dann wird noch weniger los sein als jetzt. Es ist allein seine Schuld, daß ich hier in diesem Freudenhaus als Dirne arbeite.

III

Auf, verlaßt mein Volk ...

DER PENTATEUCH: EXODUS XII 31

7

Den ganzen Vormittag hatte Dosh Kutscher einen gemächlichen Ritt durch Joaltal genossen. Gegen Mittag traf er in Jilvenby ein. Der Moa hätte die Reise auch schneller zu bewältigen vermocht, doch Dosh hatte das Tier kaum angetrieben, da er nicht befürchtete, verfolgt zu werden. Der kleine Vorfall von gestern war gewiß erst nach Stunden entdeckt worden, und wer hätte danach erahnen sollen, daß der Mörder sich gen Osten gewandt hatte? Sicher, Kraanard war Soldat gewesen, doch selbst wenn er auf offiziellen Befehl gehandelt hatte, würden seine Vorgesetzten einige Zeit brauchen, eine erfolgversprechende Jagd auf den Schuldigen zu eröffnen. Seine Brüder vom Eltiana-Kult würden gleichermaßen erpicht darauf sein, die Haut des Missetäters an den Pflock zu nageln, doch sie würden die Neuigkeit wohl erst Tage später erfahren, folglich hatte Dosh allen Grund zu glauben, er wäre frei und außer Gefahr. Bislang war sein Leben hart gewesen. Er verdiente ein bißchen Glück, und nun hatte er es durch wachen Verstand erlangt, und durch die Voraussicht, sich einen Moa abzurichten.

Jilvenby erwies sich als wenig ansprechender Weiler, so ziemlich als das, was Dosh erwartet hatte – eine Ansammlung von Bruchbuden aus Lehmziegeln und windschiefen Palmen inmitten von Weideland. Man konnte davon ausgehen, daß die Bewohner ehrlich, hart arbeitend, verarmt und dumm wie Bohnenstroh waren. Daß Jilvenby über einen atemberaubenden Hintergrund zerklüfteter Berge verfügte, auf denen bereits der erste Schnee des Winters schimmerte, war das einzig Schöne, das sich über den Ort sagen ließ – doch dasselbe ließ sich über beinahe jedem Ort der Täler sagen.

Das Problem würde darin bestehen, D'ward aufzuspüren. Was in einem so kleinen Kaff ziemlich einfach sein müßte, wäre da nicht die Tatsache, daß D'ward unter einem falschen Namen leben mußte – offensichtlich hatte Kraanard deshalb jemanden gebraucht, der D'ward kannte. Anders konnte ein Mann, der den Gott des Todes zum eingeschworenen Feind hatte, nicht lange überleben. Vielleicht versteckte er sich schon seit Jahren in diesem Schweinepferch und verdiente sich sein Brot im Schweiße seines Angesichts – ein entsetzlicher Gedanke! Landeier verhielten sich Fremden gegenüber alles andere als freundlich, was sich als zusätzliche Schwierigkeit erweisen konnte. Wenn D'ward von den Ortsansässigen als einer der ihren aufgenommen worden war, würden sie sich noch argwöhnischer gegenüber anderen Fremden zeigen, die Fragen über ihn stellten. Für gewöhnlich jedoch löste Silber die Zungen.

Das Dorf befand sich auf der gegenüberliegenden Seite eines Flüßchens. Als Hurtig die Furt durchquerte, fiel Dosh ein Bauer auf, der im Schatten einiger Parasolbäume sein Mittagessen verzehrte. Das Werkzeug rings um den stämmigen Landwirt ließ darauf schließen, daß er einen Zaun in Ordnung gebracht hatte. Die Vernunft riet Dosh, den Mann zu befragen, bevor er sich nach Jilvenby selbst hineinwagte.

Er ritt hinüber und zwang Hurtig, sich zu ducken. Dankbar glitt er aus dem Sattel und band das Moaweibchen fest, indem er die Zügel um eines ihrer Sprunggelenke wickelte. Dann kramte er sein Mittagessen aus der Satteltasche und schlenderte zu dem Einheimischen hinüber, wobei er das unnahbare Gehabe eines Mannes vortäuschte, der reich genug war, einen eigenen Moa zu besitzen.

»Darf ich Euch an diesem wunderschönen Tag Gesellschaft leisten, guter Mann?«

Der gute Mann war ein ergrauter, übergewichtiger Vertreter der Gattung Mensch, mit Lendenschurz und sauertöpfischer Miene. Zudem war er stark behaart und nicht allzu sauber. Er biß einen weiteren Brocken aus einem Kanten Brot und kaute schmatzend weiter.

Dosh war darauf vorbereitet, Geduld mit diesem Bauerntölpel zeigen zu müssen, und so suchte Dosh sich ein schattiges, moosiges Fleckchen auf der windabgewandten Seite des Mannes. Dort ließ er sich erleichtert zu Boden sinken. Ein Moa war ein angenehmes Reittier, doch Dosh war keine längeren Reisen gewohnt, weshalb er Blasen bekam. Gemächlich packte er sein Bündel aus, nahm sich eine Scheibe Wurst und begann zu essen, wobei er den herbstlichen Sonnenschein nun wesentlich mehr bewunderte als zuvor, da er ihm nicht mehr ausgesetzt war. Dieser Teil der Joalwand schien höher, als er erwartet hatte und ragte aus den grünen Vorgebirgen in Form von schartigen, vor Schnee funkelnden Gipfeln auf. Die farnigen Bäume neigten sich in einem trägen Tanz. Hurtig hoppelte umher und kaute mit ihren großen Zähnen knirschend Gras.

»Ihr kommt zu spät«, verkündete das Landei. »Er ist schon weg.«

Nun war es Dosh, der ins Grübeln kam. »Wer ist schon weg?« fragte er schließlich.

»Der Befreier.«

Tja! Noch ein Bissen von der Wurst. »Wer ist das?«

»Der Vorhergesagte. War drei, vier Tage hier. Er und sein Pöbel. Widerliche Heuschrecken!« Der Arbeiter spuckte aus.

Diese Auskunft bedurfte ausgiebigerer Verdauung als die Wurst. Dosh verwarf seine vorherigen Mutmaßungen über D'wards Tun. Er stellte fest, daß er keinen Ersatz zur Hand hatte.

»Nie von ihm gehört. Was für ein Pöbel? Was treiben die denn so?«

»Was die so treiben? Sie zertrampeln mein Feld zu Mus, treten meine Zäune um, schlagen Lager auf, lassen Müll herumliegen, singen die halbe Nacht fromme Lieder, predigen jede Menge Ketzerei.« Nach und nach wurde der Bauer lebhafter und steigerte sich in einen regelrechten Zorn. »Gegen Ende müssen es Hunderte gewesen sein, und jeden Tag sind neue dazugekommen.« Er durchbohrte Dosh mit einem anklagenden, finsteren Blick.

»Ich nicht! Ich habe noch nie von einem Befreier gehört. Wohin sind die unterwegs, damit ich ihnen aus dem Weg gehen kann?«

»Sie haben gesagt, sie wollen über den Ragpaß.«

»Nach Nosoktal? Oh, dann ist ja alles in Ordnung. Ich könnte meinen Moa ohnehin nicht über den Ragpaß schaffen, oder?«

»Warum denn nicht?«

»Ich dachte, er wäre zu hoch für das Tier.«

»Nein.« Die Prüfung dauerte an. »Wohin seid Ihr dann unterwegs?«

Eine berechtigte Frage, auf die es keine richtige Antwort gab.

Wenn D'ward sich öffentlich zum Befreier erklärt hatte und eine Art religiösen Aufstand anführte, waren alle vorherigen Annahmen Doshs hinfällig. Die joalische Regierung würde wesentlich raschere und strengere Maßnahmen ergreifen, um eine mögliche Rebellion zu zerschmettern, als einen einzelnen Flüchtigen aus seinem Versteck zu locken. Wenn der jüngst verschiedene Soldat Kraanard in offiziellem Auftrag gegen einen möglichen Aufstand gehandelt hatte, konnte sein Tod unter Umständen als Beweis dafür verstanden werden, daß die Verschwörung bereits bis in die Hauptstadt vorgedrungen war. Die Behörden würden die Angelegenheit weit ernster nehmen, als Dosh erwartet hatte.

Mit anderen Worten, seine Verfolger konnten ihm schon viel dichter auf den Fersen sein, als er gedacht hatte. Er sollte lieber eine falsche Fährte legen.

»Ich? Ich bin unterwegs nach Susstal.«

»Mit ´nem Moa kann man nicht über den Monpaß«, erklärte der Flegel siegesbewußt. »Ebenso wenig über den Shampaß!«

»Ich habe dort einen Freund, der sich um das Tier kümmert, so lange ich fort bin.«

Das Landei kratzte sich eifrig, ohne etwas zu erwidern, doch der Argwohn des Mannes schien noch offensichtlicher als zuvor.

Wenn D'ward sich nicht versteckt und bereits mehr als Hundert Anhänger hatte, brauchte er wohl kaum Doshs Auskunft über den Soldaten aus dem Eltiana-Kult.

Außerdem konnte das Zeichen an Kraanards Bein ohnehin völlig bedeutungslos sein, weil ein Aufstand viel eher seinen militärischen Vorgesetzten Kopfzerbrechen bereitete als der Hohen Herrin. Doch nun saß der arme Dosh im östlichen Joaltal in der Falle und hatte nur noch einen Paß zur Auswahl, den er mit seinem Moa überqueren konnte. Allem Anschein nach würde er dem Befreier nach Nosoktal folgen, ob er wollte oder nicht.

Er aß rascher. »Und was genau predigen diese Spinner?«

»Keine Ahnung«, gab der Bauer zurück. »Und es kümmert mich einen Scheißdreck. Für mich ist die Jungfrau gut genug, gepriesen sei ihr Name.«

»Amen!« fügte Dosh fromm hinzu. Er fragte sich, wie weit es wohl bis zum Ragpaß war und wie groß der Vorsprung D'wards sein mochte. Auf jeden Fall würde er in Jilvenby niemanden danach fragen.

8

Im Joalischen, dem Hauptdialekt der Täler, klang der Name des Tieres, das die Mitglieder des Dienstes als ›Hase‹ bezeichneten, dem Begriff ›Hase‹ sehr ähnlich. Wörterbücher verfolgten das Wort ›Hase‹ bis zum Althochdeutschen zurück; der Ursprung jedoch sei unbekannt. Doch zweifellos stammte das Wort von einem Bewohner Nebenans, der vor Jahrhunderten auf die Erde gereist war und die joalische Benennung auf die langohrigen pelzigen Tiere angewandt hatte, die er dort vorfand. Natürlich waren Hasen auf Nebenan wesentlich größer.

Außerdem besaßen sie Stoßzähne. Von den Stoßzähnen bis zum Stummelschwänzchen waren sie länger als Pferde, jedoch nur halb so hoch, so daß die Reiter mit angehobenen Beinen in einer Haltung hocken mußten, die nach wenigen Stunden äußerst unbequem wurde. Obwohl die Tiere über bemerkenswerte Ausdauer und unglaubliche Geschwindigkeit verfügten, waren sie nicht dazu fähig, eine gleichmäßige Gangart beizubehalten. Fünfzehn oder zwanzig Minuten lang sausten sie nur so dahin, dann wurden sie langsamer, bis ein heftiger Tritt sie wieder in den ursprünglichen, atemberaubenden Galopp verfallen ließ. Etwa jede Stunde brauchten sie eine Pause, um zu fressen. Gelenkt wurden sie – und nur ständige Aufmerksamkeit vermochte sie auf geradem Kurs zu halten – durch behutsames Ziehen an den langen Ohren. Julian betrachtete sie als heubetriebene Motorräder. Klüger waren sie jedenfalls nicht.

Für einen Menschen mit nur einer Hand gestaltete sich ein Ritt auf einem Hasen wesentlich schwieriger als auf einem Pferd. Um zu bremsen, mußte man an beiden Ohren gleichzeitig ziehen, folglich bestand für Julian die einzige Möglichkeit anzuhalten darin, geradewegs auf eine hohe Mauer zuzulenken. Sogar dann versuchten Hasen manchmal, das Hindernis zu überspringen – mit unvorhersehbarem Ergebnis. Einem Hasen mußten Fußfesseln angelegt werden, bevor der Reiter abstieg; andernfalls lief er davon, und damit hatte Julian ziemliche Probleme. Die Erfahrung hatte ihn gelehrt, daß es einfacher war weiterzureiten, bis er sein Ziel erreichte, und so war er mehr als froh, bei Einbruch der Dunkelheit in Olympus anzukommen, nach fast vierundzwanzig Stunden Ritt.

Er war eigentlich immer froh, wenn er zur Station zurückkehrte. Allein die Luft war den Preis wert, wie Jumbo zu sagen pflegte. Das bewaldete Tälchen kuschelte sich heimelig zwischen die Gipfel, die der Dienst Mount Cook, Nanga Parbat, Matterhorn und Kilimandscharo nannte – die Einheimischen der Täler versahen Bergen selten mit Namen; es gab einfach zu viele. Julians Freude wurde einzig durch das Wissen getrübt, daß der Mensch, den er am liebsten gesehen hätte, nicht hier sein würde, weil er einen Tag vor ihm zu einer Mission zu den Lemodiern aufgebrochen war.

Er hatte ausgiebig über das Problem Exeter nachgedacht und war zu dem Schluß gelangt, daß der Mann drüben in Joaltal ein Schwindler sein mußte. Zath würden ein paar falsche Befreier gerade recht kommen, um die Legende in ein schiefes Licht zu rücken; ebenso gut schien möglich, daß er den Hochstapler selbst eingesetzt hatte, als eine Art Falle für den Dienst oder für Exeter.

Das eine Mal, als Julian seinen Freund über die Prophezeiung reden gehört hatte, war Exeter unnachgiebig dabei geblieben, daß er niemals versuchen würde, besagte Mission zu erfüllen. Er könne dem Tod nicht den Tod bringen, hatte er gesagt, denn die einzige Möglichkeit bestünde darin, selbst ein noch mächtigerer Möchtegerngott zu werden, und das erforderliche Mana könnte er nur aufbringen, indem er sich dazu herabließe, sich der miesen Vorgehensweisen der Kammer zu bedienen.

Wenn aber dieser Befreier tatsächlich echt war, dann mußte Exeter offensichtlich eine andere Lösung gefunden haben – und in diesem Fall hatte Julian einen ehrenwerten Freund, der sich einer ehrenwerten Sache verschrieben hatte. Er würde sich aufmachen müssen, ihm zu helfen, ob der Dienst nun bereit war, ihn zu unterstützen oder nicht.

Oder war der Mann schlicht und einfach unter der Anspannung zusammengebrochen? Fast fünf Jahre lang hatte Exeter gewußt, daß die Kammer nach seinem Blut dürstete; er war von Welt zu Welt gehetzt worden und mußte mitansehen, wie seine Freunde an seiner statt das Leben ließen. Julian Smedley hatte genug von den Auswirkungen des Krieges mitbekommen, um zu wissen, daß sogar ein anständiger Kerl wie Edward Exeter an einen Punkt gelangen mußte, wo es ihm zuviel wurde. Dutzende Male hatte er dies bei Männern erlebt, die man als nahezu ebenso tüchtig einstufen konnte.

Es lief auf dasselbe hinaus – er mußte sich mit ihm zusammentun und ihm helfen!

Hopser trabte erschöpft das Ufer des Cam entlang und vorbei am Dorf der Karotten. Kupferhaarige Kinder begafften den *Tyika*. Ein paar Erwachsene verneigten sich oder bildeten das Kreiszeichen. Bald darauf erschien die eigentliche Station vor Julian, eine Ansammlung von Villen rings um den Knoten. Als er sie zum erstenmal gesehen hatte, vor nunmehr anderthalb Jahren, war sie eben erst von Zaths Handlangern überfallen worden; inzwischen aber war alles wieder aufgebaut. Sogar ein neues Kricketfeld war angelegt worden, und ein paar Burschen waren noch draußen und übten im schwindenden Licht. Die jüngste Errungenschaft stellte ein Polofeld dar. Julian hatte die Absicht, sich im Hasenpolo zu üben, sobald ihm die Hand wieder vollständig gewachsen war.

Er hielt geradewegs auf die Koppeln zu, wo er Hopser in eine Ecke steuerte und ihn dann einem der Karottenstallburschen übergab. Zu Fuß machte er sich auf den Weg zu seinem Bungalow, wankend vor Erschöpfung, doch er wußte, daß er auf einem Pferd unmöglich so schnell so weit gekommen wäre, nicht einmal mit einer Pferdestaffel. Immer wieder träumte er, irgendwie mit einem Hasen zurück nach Hause zu reisen, ihn beim Pferderennen starten zu lassen und den Rest des Feldes die lange Nase zu zeigen. Leider würde dieser Traum ein Traum bleiben, denn nur Menschen vermochten, zwischen den Welten hin- und herzureisen.

Er hatte noch nicht einmal das Tor erreicht, als er einen Mann sah, den er kannte und der in der nächsten Koppel an einen Zaun gelehnt stand und mit ein paar Stallburschen plauderte.

»Drachenhändler!« rief Julian.

T'lin schaute auf, sagte etwas zu seinen Gefährten und kletterte über das Gatter. Dann trottete er auf Julian zu, nicht ganz so schnell, wie Julian es sich gewünscht hätte.

Agent Siebenundsiebzig, ein Mitarbeiter des politischen Flügels, war ein hünenhafter Kerl mit einem gewaltigen, rötlichbraunen Bart. Seine Herkunft lag im Dunkeln, wenngleich seine Gewohnheit, einen Turban zu tragen, vermuten ließ, daß er aus Niolland oder einem der Nachbartäler stammte. Seine Felljacke war dereinst blau gefärbt gewesen, seine bauschige Hose schimmerte blaßgrün, die Stiefel mußten früher wohl scharlachrot gewesen sein, und gewiß trug er irgendwo auch Gelb und Weiß. Dies waren die geheiligten Farben des Pentatheon, doch in seinem linken Ohrläppchen funkelte der winzige Goldreif des Ungeteilten.

Er erreichte Julian, hielt inne und bildete das Kreiszeichen. Julian schenkte der Geste keine Beachtung, denn innerhalb von Olympus war dem Dienst der religiöse Humbug zu lästig.

»Wie ich höre, hast du in Joaltal *Tyika* Kisster getroffen?«

T'ling ragte weit über einsachtzig auf und konnte mühelos auf Julian hinunterblicken, sogar aus seinem momentanen Achtungsabstand. Seine Züge verrieten nichts. »Das stimmt, Sankt Haptmaan.«

»Hast du mit ihm gesprochen?«

»Das habe ich, Heiligkeit.«

»Nenn mich hier doch einfach ›*Tyika*‹, Siebenundsiebzig, ja? Hat er gesagt, was er vorhat?«

T'lins smaragdgrüne Augen musterten Julian ungerührt unter dem rötlichen Brauengebüsch hervor. »Ich habe ihn danach gefragt. Er meinte einfach: ›Predigen‹, Heiligkeit. Das wußte ich bereits, denn ich hatte ihn beobachtet. Von dem, was er gepredigt hat, konnte ich wenig hören, obwohl ich glaube, daß es das Wahre Evangelium war.«

»Hat er sonst irgend etwas gesagt?«

Die grünen Augen funkelten. »Er hat gefragt, wie es Euch geht, Heiligkeit, und ob Eure Hand schon geheilt ist.«

Verflixt! Einen Augenblick geriet Julian aus dem Gleichgewicht. Ohne bewußten Befehl glitt seine Hand hinter seinen Rücken. »Und für dich besteht kein Zweifel, daß es der echte *Tyika* Kisster war?«

»Nicht der geringste, Heiligkeit. Er hat ausgiebig in Erinnerungen an jene Tage geschwelgt, als er mit mir gereist ist und vorgab, einer meiner Männer zu sein. Niemand sonst hätte diese Geschichten kennen können.«

Verflucht, verflucht! Und Fluch auch auf Exeter, weil er sogar diese Unterhaltung vorhergesehen hatte! »Danke. Das ist alles.«

»Heiligkeit.« T'lin deutete eine Verbeugung an und stapfte davon. *Tyika* stand natürlich für ›Meister‹. Roter Bart hin, roter Bart her – Drachenhändler war keine Karotte.

Julian setzte seinen Marsch nach Hause fort.

Als er die Stufen zum Bungalow erklomm, erschien Dommi Leibdiener auf der Veranda, um ihn zu begrüßen, und verneigte sich ehrfürchtig. Der Stallbursche reichte ihm Julians Tasche und eilte davon. Wie fast alle Einheimischen der Täler hatte auch Dommi flammend rotes Haar, wenngleich er es als Hausdiener kurz geschoren tragen mußte. Allmählich verlor er die allgegenwärtigen Sommersprossen seiner Jugend, doch er war noch genauso eifrig darauf bedacht zu dienen wie damals, als Julian ihn anwarb. Wie stets leuchtete seine Livree makellos weiß.

»Guten Abend, Dommi. Wie geht's Ayetha?«

»Oh, der geht es ganz gut, *Tyika,* danke. Und ich freue mich sehr, daß Ihr zurück seid.«

»Ich auch«, gestand Julian und steuerte geradewegs auf das Badezimmer zu. »Ich muß so an die zwanzig Pfund Staub loswerden.«

»Ich habe ein warmes Wannenbad vorbereitet, das auf Euch wartet, *Tyika.*«

Tatsächlich. Aus dem großen Kupferbecken stieg verlockender Dampf auf. Wie hatte Dommi das gedeichselt? Er konnte nur eine ungefähre Ahnung gehabt haben, wann Julian auftauchen würde. Vermutlich hatte er dafür gesorgt, daß jemand aus dem Dorf ihm irgendwie Zeichen gab. In Olympus war es unmöglich, Geheimnisse zu wahren – die verdammten Karotten wußten alles.

Da drei Hände schneller waren als eine, ließ Julian sich beim Entkleiden helfen. Dabei erhaschte er im Spiegel einen zufälligen Blick auf seinen Stoppelbart. Rasieren? Wenn er nach Olympus zurückkehrte, stand für gewöhnlich ein glattes Kinn ganz oben auf der Schlachtordnung. Doc hatte seine Rundreise übernommen … aber da war immer noch das Problem

Exeter. Darüber sollte er nachdenken. Glückselig ließ er sich ins Wasser sinken. Dommi eilte geschäftig umher und legte frische Kleider und Handtücher zurecht.

Nun zu den Neuigkeiten; Dommi brannte gewiß schon darauf, sie seinem Meister mitzuteilen.

»Sind die Peppers schon zurück?«

»Nein, fürwahr nicht, *Tyika*. Sie sind schon vier Tage überfällig.«

Das war eigenartig. An sich erhielten die Mitglieder des Dienstes alle paar Jahre Heimaturlaub, doch der Große Krieg war dazwischengekommen. Nun, da er vorbei war, konnten es alle kaum erwarten, das Versäumte nachzuholen. Die Peppers hatten die erste Nummer gezogen und machten sich ausgesprochen unbeliebt, indem sie zu spät zurückkehrten. Bis Julian an die Reihe kam, würden mindestens achtzehn weitere Monate verstreichen.

»Es gibt viel Aufregung, *Tyika*. Ihr seid nicht der einzige *Tyika*, der zurückgerufen wurde. *Tyika* Corey, *Tyika* Rollinson, *Entyika* Newton, *Votyikank* Garcia und *Entyikank* Olafson und McKay.« Kurz verschwand Dommis Kopf im Wäscheschrank. »Aber *Entyikank* Corey und Rutherford sind nicht zurückgerufen worden, auch nicht *Tyikank* Newton und McKay.«

Hörte sich an, als hätte das Komitee mal wieder seine Papierwälztage, doch es hätte von schlechten Manieren gezeugt, dies vor Dommi laut auszusprechen.

Julian spähte aus der Wanne, um die Kleider zu begutachten. »Abendkleidung?«

»Ihr seid bei *Votyikank* Pinkney eingeladen, *Tyika*.«

Julian stöhnte. Er brauchte dringend Schlaf! »Wie spät ist es?«

»Bald sechs. Ich habe unsere Uhr heute morgen mit der Sonnenuhr verglichen, *Tyika.*« Olympische Uhren waren Einzelgänger und stimmten selten über irgend etwas miteinander überein.

»Dann werde ich zuerst ein Nickerchen machen und später hingehen.« Als Julian träge nach der Seife griff, fiel ihm sein Abenteuer des vergangenen Tages ein. »Verflucht!« Über den Zwischenfall in Randoria *mußte* berichtet werden. Zum einen würde er den politischen Flügel sehr interessieren, zum anderen mußten die anderen Missionare gewarnt werden. »Setz doch bitte einen Brief für mich auf, ja?«

Dommi strahlte übers ganze Gesicht. »Selbstverständlich, *Tyika!*« Er liebte es, seine Fähigkeit zu lesen und zu schreiben unter Beweis zu stellen, wenngleich seine Rechtschreibung phänomenal schlecht war. Binnen weniger Lidschläge hockte er mit untergeschlagenen Beinen neben der Wanne, Feder, Papier und Tinte im Anschlag.

»An *Tyika* Miller. Lieber Dusty. Ein paar randorische Soldaten haben gestern das Treffen in Siebenstein gestört. Zum Glück haben sie sich offen für Vernunft gezeigt und keinen Schaden angerichtet. Doc weiß natürlich darüber Bescheid, aber wir müssen in Zukunft mit Ärger rechnen. Beste Grüße und so weiter ...«

Behutsam blies Dommi auf das Blatt, um die Tinte zu trocknen; dann hielt er es hoch, damit Julian es begutachten konnte. Hatte er tatsächlich ›gestöat‹ gesagt? Oder ›zukenklich für Fernunfd‹? Oder ›Als Tein underdänigster und gehohrsamster Dinner verpleipe ich‹?

»Sehr gut. Danke. Erinnere mich daran, den Brief zu unterschreiben.« Ihm fiel auf, daß Dommi das Rasiermesser noch nicht zurechtgelegt hatte. »Wie wär's jetzt mit einer Rasur?«

»Wenn der *Tyika* meint, das wäre ratsam.«

Julian ließ sich die Bemerkung schläfrig durch den Kopf gehen. »Vielleicht lasse ich den Bart auch dran.«

»Das wäre vermutlich am besten, *Tyika*.«

Also würde Julian nicht lange in Olympus weilen, und die Karotten wußten es. Die hatten Ohren wie ein Luchs!

»Ich brauche einen Happen zu essen, bevor ich mich hinlege. Ich bin völlig ausgehungert.«

»Sofort, *Tyika*. Wären Euch Tee und Brunnenbrötchen recht?«

»Du weißt, ich liebe Brunnenbrötchen.« Damit richtete Julian sich auf, um sich seinen Waschungen zu widmen.

Dommi steuerte auf die Tür zu; dann hielt er inne. »*Tyika?* Wenn es keine zu große Dreistigkeit ist ...«

»Was?«

»Wenn Ihr auszieht, um *Tyika* Exeter zu treffen ... darf ich auch mitkommen?«

Julian war dermaßen erschrocken, daß er sich Seife in die Augen rieb und fluchte. Das Befreier-Problem ging Dommi nun wahrhaftig nichts an! Er konnte sich nicht erinnern, daß Dommi das Tal je zuvor verlassen hatte, zudem stand Ayetha kurz vor der Niederkunft. Aber Dommi war einst Exeters Hausdiener gewesen, und Exeter hatte schon immer die Gabe besessen, in Menschen Treue zu erwecken – als er in Fallow Hausaufsichtsschüler gewesen war, hatten die jüngeren Zöglinge ihn nachgerade vergöttert. Hätte das *Filoby-Testament* ihn nicht davon abgehalten, in den Krieg zu ziehen, wäre er ein hervorragender Offizier geworden. Nichts von alledem hatte mit Dommi zu tun.

»Mir hat noch niemand gesagt, daß ich irgendwohin ziehen soll, um irgend jemanden zu treffen.«

»Natürlich, *Tyika!* Ich erflehe des *Tyikas* Verzeihung«, murmelte Dommi und wuselte davon.

Julian bereitete sich seelisch auf einen langen Abend vor. Das Essen bei den Pinkneys war vermutlich wichtiger als jede offizielle Sitzung des Komitees, denn die wahren Entscheidungen wurden dort getroffen, bei Portwein und Zigarren. Und selbstverständlich hatte Dommi ihm auf sittsamste Weise mitgeteilt, daß seine Geliebte zurück war, nicht jedoch deren Gemahl.

9

Ein grausamer Wind heulte über die Straße, wiegelte abgefallene Blätter zu Wettflügen auf, peitschte schalen Pferdegestank aus den Steinen, wirbelte Eleal Staub in die Augen, zerrte an ihrem Mantel und trachtete danach, ihr die wertvolle Last aus den Händen zu reißen. Für gewöhnlich setzte in diesem Teil der Stadt erst in einigen Stunden reger Betrieb ein, doch unter den Sturmwolken fiel nur allzu rasch Zwielicht ein, und Eleal mußte ihre Aufgabe erledigen und wieder verschwunden sein, bevor es mit der Ruhe vorbei war. Sie stemmte sich gegen die Böen und stapfte mit den ihr eigenen, unregelmäßigen Schritten voran – *klipp-klapp, klipp-klapp-klipp.* Immer wieder versuchte der Wind, sie aus dem Gleichgewicht zu bringen oder die Tuchhülle von der Last zu reißen.

Jurg war eine schöne Stadt, Eleals Lieblingsstadt in sämtlichen Tälern, doch alle Städte besaßen düstere Winkel, und die Flußstraße war düsterer als eine Kohlenmine bei Nacht; eine übelriechende Gasse – die Gegend um das Kirschblütenhaus wirkte im Vergleich dazu langweilig wie das Tagebuch einer Jungfrau. Erst einmal hatte Eleal sich hierher gewagt, und damals hatte helles Tageslicht geherrscht. Die Huren aus dem Kirschblütenhaus kamen regelmäßig her, aber stets um die Mittagszeit, und selbst dann schickte Tigurb'l Kneipenwirt ihnen Rausschmeißer mit, um sie zu beschützen. Eleal hätte natürlich ein paar dieser Hohlköpfe bitten können, sie heute abend zu begleiten, doch die Kerle wären gefährlicher gewesen als die verrufenen Bewohner der Flußstraße. Die hätten unbedingt wissen wollen, was Eleal unter unter dem Fetzen verborgen trug – und hätten sie sogleich darum erleichtert. Die klügeren unter ihnen hätten Eleal zudem noch die Kehle durchgeschnitten, damit sie nicht bei Tigurb'l petzen konnte.

Es hatte mehr als fünf joalische Sterne gekostet. Ließe sie es fallen, wäre es keinen Kupferpfennig mehr wert. Sollte sie stürzen und darauf fallen, würde dasselbe wohl für sie selbst gelten. Das Ding war so groß wie ein zweijähriges Kind – und *schwer*. Die Windstöße waren ungleichmäßig. Das Kopfsteinpflaster war ungleichmäßig. Ihre Beine waren ungleichmäßig. *Klipp-klapp ... klipp-klapp ... klipp ...*

Ringsum waren nur wenige Leute zu sehen. Die Mäuse der Stadt waren vor der bevorstehenden Dunkelheit geflohen, die Katzen noch nicht hervorgekommen. Die wenigen Männer, die an Eleal vorüber eilten, musterten sie allesamt, als könnten sie ihren Augen nicht trauen – dies war kein Ort für eine Frau ohne

Begleitung. Sie hätte sich wohl auch weniger protzige Kleider leihen sollen. Allein der Mantel hatte beinahe einen halben Stern gekostet – burgunderfarbene, narshische Lamawolle mit weißem Saum aus Fell.

Doch da war schon ihr Ziel. Inmitten all der schäbigen Mietshäuser, der heruntergekommenen Läden und geheimnisvoll anmutenden, namenlosen Türen befand sich ein prächtiger Säuleneingang, weit älter als die anderen Bauwerke in der Gegend. Der ursprüngliche Besitzer war immer noch im Geschäft, denn auf dem Portikus prangte ein gewaltiger Metallhammer, das Zeichen Karzons. Für gewöhnlich lagen die heiligen Stätten eines Ortes dicht beisammen. Abgeschiedene Tempel wie dieser waren so selten, daß Eleal gar keine anderen kannte – es war, als hätten die anderen Götter der Stadt jenen Gott verschmäht, der hier lebte, als wollten sie nichts mit ihm zu tun haben. Dies war das Heim Ken'ths, Avatara des Mannes in Jurg.

Eleal wagte nicht, innezuhalten, um wieder zu Atem zu kommen, wenngleich ihr Herz raste wie ein Gepard. Noch ein einziger Versuch, dieses Wagnis zu überdenken, und ihr Mut würde sich auflösen wie Nebelschwaden in grellem Sonnenschein. Hastig blinzelte sie die Tränen fort, die der Wind ihr in die Augen getrieben hatte, drückte ihr kostbares Bündel fest an sich und eilte die Treppe hinauf. *Klipp-klapp, klipp-klapp* ... Die alten, mit Mosaiksteinen ausgelegten Stufen waren ziemlich abgenutzt, was Eleal irgendwie belustigte, denn niemand gab je zu, in Ken'ths Tempel zu beten. Mutter Ylla, diese schreckliche alte Hexe, hatte ihr einst erzählt, nur Knaben und Greise kämen hierher – Dirnen hatte sie dabei übersehen.

Die Tür stand offen. Für einen so gewaltigen Portikus schien die Tür unpassend klein, und dahinter lauerte Dunkelheit. Wieder spürte Eleal, wie ihre Nerven bebten. Ihr Eingeweide hatten sich zu harten Knoten verkrampft; ihre Arme zitterten so heftig, daß sie fürchtete, jeden Augenblick die Figurine fallenzulassen. Das würde all ihren Plänen ein Ende setzen! Aber man sollte sich Göttern eigentlich mit Demut und Ehrfurcht nähern, nicht mit diesem lodernden Zorn, diesem haßerfüllten Sehnen nach *Vergeltung*. Wer kam schon je mit der Bitte um Gerechtigkeit zum Mann? Gerechtigkeit galt als Vorrecht der Jungfrau, insbesondere ihrer Erscheinungsform als Irepit, die einst eine ihrer Nonnen ausgesandt hatte, um Eleal vor einem Schnitter zu bewahren und ihr deshalb wohlgesonnen sein mußte. Leider war Astinas Avatara in Jurg Agroal, Göttin der Jungfräulichkeit – alles andere als die geeignete Gottheit, sich einer Angelegenheit wie dieser anzunehmen. Zudem hätte Eleal nie und nimmer gewagt, ihr Anliegen bei Agroal vorzubringen, wohingegen sie zu Ken'th eine besondere Beziehung hatte. *Vergeltung!* Ich werde mich an D'ward rächen! Zähneknirschend humpelte sie weiter in den Tempel. *Klipp! Klapp! Klipp!*

Die Kammer schien winzig für das Heim eines bedeutenden Gottes, doch der Grund dafür war, daß Ken'th einzelne Huldiger anzog, keine großen Scharen. Zu Eleals gewaltiger Erleichterung war derzeit nur ein rastloser Wind an diesem Ort, der Laub umherwirbelte, das er als Gabe mitgebracht hatte, und die an den Wänden hängenden Teppiche bauschte. Hochgelegene, schmale Fenster über diesen Teppichen ließen nur wenig Licht in die düstere Kammer. In der Mitte des Raumes brannten auf dem niedrigen Altar zwei Öllampen, deren Flammen aufgeregt flackerten – jedoch kaum halb so aufgeregt, wie Eleal sich fühlte! Über dem Altar prangte das Abbild des Gottes.

Anders als der Jüngling wurde der Mann für gewöhnlich bekleidet dargestellt, doch natürlich handelte es sich hierbei um Ken'th. Da der größte Teil des Standbilds von den Lampen darunter erhellt wurde, wirkte es übertrieben männlich. Bei ihrem letzten Besuch war Eleal noch ein Kind gewesen; dennoch war sie schon damals überzeugt gewesen, daß die Einzelheiten des Körpers nur ihrem Wunschdenken entsprungen sein konnten. Mittlerweile wußte sie es aus Erfahrung, doch sie konnte auch erkennen, daß der Bildhauer wesentlich begabter gewesen war als jener, der die schmutzigen Wandgemälde in den oberen Räumen des Kirschblütenhauses geschaffen hatte. Die Muskulatur war einzigartig. Die Pose von Ken'ths Händen an den Hüften und die seines Kinns veranschaulichten auf wundervolle Weise männliche Überheblichkeit – der unwiderstehliche Mann. Die Gesichtszüge wirkten sinnlich, fordernd und gefühllos zugleich. Eleal dachte an ihre Mutter und fragte sich, ob sie aus freien Stücken hierher gekommen war, oder ob der Gott sie an irgendeinem anderen Ort auserwählt hatte.

Eleal humpelte näher zu der Statue. Vermutlich hätte sie niederknien müssen, doch ein seltsamer Unwille erfüllte sie. Ihr Herz schien aus der Brust zu flüchten zu wollen: ein völlig verängstigter Vogel in einem knochenen Käfig.

Raschelnd öffnete sich ein Vorhang und enthüllte einen kleinen, dunklen Raum dahinter. Eleal zuckte zusammen und ließ um ein Haar die Figurine fallen.

Schweigend schritt ein barfüßiger Mann aus der kleinen Kammer – natürlich ein Priester, obwohl er nicht wie einer aussah. Männliche Diener anderer Gottheiten trugen lange Roben und rasierten sich zumeist die Köpfe und Gesichter. Als Diener Ken'ths hatte dieser Mann lediglich ein grünes Tuch um die Lenden geschlungen. Das Haar hing ihm auf die Schultern, der Bart verschmolz beinahe mit dem dichten, fellähnlichen Dschungel auf der Brust. Er war groß und gut gebaut, ein Musterbeispiel junger Männlichkeit – was aber nicht weiter verwunderlich war, denn der Tempel der Männlichkeit konnte auf wesentlich mehr Priesteranwärter zurückgreifen als die meisten anderen.

Er kam um den Sockel herum, hielt nahe einer der Lampen inne und musterte Eleal mit anerkennendem Blick. »Du bist an dieser heiligen Stätte herzlich willkommen, Liebste.«

Eleal drückte die Figurine fester an sich – so fest, daß sie zu zerbrechen drohte. »Danke, Vater«, erwiderte sie und stellte verärgert fest, daß ihre Stimme wankte.

Der Mann nickte flüchtig und beäugte neugierig ihr Bündel. »Wie ich sehe, bringst du eine größere Gabe. Wie kann ich dir helfen? Welche Gnade möchtest du vom mächtigen Ken'th erbitten?«

»Ich möchte mit dem Gott persönlich sprechen.«

»Vielleicht ein älterer Ehemann? Eine peinliche Empfängnisverzögerung?« Gewiß wäre der Priester gern bereit, in diesen Fällen Abhilfe zu schaffen, mit seines Gottes Hilfe und für ein angemessenes Entgelt. In Eleals Fall würde er auf das Entgelt vielleicht sogar verzichten.

»Nein, Vater.«

Unfähig, seine Begierde zu verschleiern, lächelte der Priester. »Dann hattest du vielleicht zuviel Erfolg bei der Empfängnis? Willst du, daß der Gott seinen Segen zurückzieht? Auch das kann bewirkt werden, Liebste.«

Deshalb kamen die Dirnen her! Für den Priester wäre es einerlei; wenngleich dieses Ritual umfangreiches Vorgeplänkel erforderte, um den Gott zu besänftigen und das gewünschte Ergebnis sicherzustellen, gehörte zu sämtlichen Ritualen Ken'ths der Geschlechtsverkehr. Jedenfalls zu allen Ritualen, bei denen Frauen im Spiel waren. Was mit Knaben und Greisen geschah, wußte Eleal nicht, und sie wollte es auch nicht wissen.

»Auch das ist es nicht. Ich will mit dem Gott sprechen.«

Ein kurzes Aufflackern von Ungeduld. »Übergib dein Geschenk und sprich deine Gebete, dann helfe ich dir bei den Riten.«

»Nein. Ich ... ich will ihn persönlich sehen.«

Der Mann blinzelte. Dann grinste er breit. »Du bist ganz schön ehrgeizig, Tochter! Was immer du benötigst – ich bin berechtigt, den Gott bei seinen Sakramenten zu vertreten.«

Eleal hatte noch nie einen Mann getroffen, der anders von sich dachte, und sie erkannte die ihr nur allzu vertraute Begierde im Gebaren des Priesters. Er trat einen Schritt vor. Sie wich zurück. Dem Mann fiel ihr Hinken auf, und er runzelte die Stirn.

Da Eleal nichts mehr zu sagen wußte, zog sie die Hülle von der Figurine, einer weiblichen Tänzerin, die auf einer Fußspitze stand und aus geschnitztem niolischen Kristall gefertigt war, der im Schein der Lampen funkelte. Die Schönheit des Werkes war atemberaubend. Eleal hatte den ganzen Nachmittag damit zugebracht, mit dem Händler darum zu feilschen, und selbst danach hatte er ihre Geldbörse bis auf den letzten Zwölftelstern geleert. Eine solche Gabe verdiente gewiß die Aufmerksamkeit des Gottes, oder?

Der Priester sog hörbar die Luft ein. »Du bringst eine kostbare Gabe, Frau!« gab er zu. »Sie ist durchaus angemessen.« Er löste den Blick von der Figurine, um Eleal abermals zu mustern, wobei er bemerkte, daß ihre Gewänder sehr kostbar waren. Eleal vermeinte beinahe zu hören, wie der Mann zu dem Schluß gelangte, daß eine Frau, die in solchen Kleidern die Flußstraße besuchte, nicht recht bei Trost sein konnte.

Er streckte die Hand aus. »Laß sie mich dir abnehmen.«

»Nein!« Eleal nahm die Figurine aus seiner Reichweite.

»Dann lcg sie behutsam auf den Altar.«

»Nein! Ich will sie dem Gott persönlich übergeben. *Ich will Ken'th in Fleisch und Blut!*«

»Deine Rede grenzt an Gotteslästerung, Tochter!«

Sein Tonfall erzürnte sie. Er war kaum älter als sie selbst.

»Sagt dem Gott, daß . . .«

»Gib mir die Figurine, bevor du sie fallen läßt.« Abermals streckte er die Hand aus.

Abermals wich Eleal zurück. Als sie erkannte, daß sie ihm nicht mehr ausweichen konnte, wandte sie sich um und schleuderte die Figurine zu Füßen des Götzenbildes. Der Aufprall hallte von den Steinwänden wider; ein diamantener Splitterschauer wirbelte über den Boden. Der Priester schrie voller Entsetzen auf.

»Da!« brüllte Eleal. »Nun habe ich dem Gott mein

Geschenk übergeben! Und jetzt laß ihn mein Gebet hören!«

Sorgsam auf seine Schritte achtend, wich der Priester zurück. »Du bist ja verrückt, Frau!« Seine Stimme wankte. »Du begehst ein Sakrileg! Das ist Blasphemie! Fort mit dir, auf daß der Heilige Ken'th dich in seinem Zorn nicht vernichtet!«

»Ich will Ken'th sehen!« gellte Eleal. »Ich habe etwas zu sagen, das nur für seine Ohren bestimmt ist!«

»Verschwinde! Du hast den Verstand verloren. Paß bloß auf, daß er dich nicht verflucht und kein Mann je wieder sein heiliges Sakrament mit dir vollzieht.«

»Er ist mein Vater!«

Angewidert verzog der junge Priester die Lippen. »Also bist du eine von denen? Du solltest dem mächtigen Ken'th dankbar sein, daß er dir das Leben geschenkt hat. Und nun belästige ihn nicht länger.« Den funkelnden Splittern ausweichend, kam er zu Eleal herüber und packte sie so fest am Arm, daß sie kreischte.

»Ich habe ihm einen besonderen Dienst anzubieten!«

»Hinfort, Wahnsinnige!« Der Priester schleifte Eleal zur Tür.

Sie wehrte sich und versuchte, ihn mit den Fingernägeln zu kratzen. Er packte ihr Handgelenk und hob sie unsanft und mühelos in die Höhe, so daß er sie praktisch trug.

Es lief ganz und gar nicht so, wie Eleal es geplant hatte. Sie hatte alles fortgeschleudert, was sie je verdient hatte, und hatte nichts dafür vorzuweisen. Die Rache würde ihr verwehrt bleiben. »Ich will ihm vom Befreier erzählen!«

»Sicher willst du das. Und zweifellos hast du auch ein paar Prophezeiungen, die er sich anhören sollte. Bete daheim im stillen Kämmerlein zum Gott, und er wird dir zuhören.« Mittlerweile hatten sie die Tür erreicht. »Hinaus mit dir! Und treib dich nicht auf diesen Straßen herum, denn die Anwesenheit des Gottes macht die Männer hier verwegen. Dies ist kein Ort für eine Frau ohne Begleitung.«

Mit dieser Warnung warf der Priester sie hinaus. Geräuschvoll fiel die Tür hinter Eleal zu, als sie ausgestreckt auf dem Läufer landete.

10

Läufer? Es war gewobener Läufer; er bestand aus dickem Alpacavlies. Eleal hob den Kopf und blickte in ein heimeliges Feuer, das in einem Steinkamin knisterte und knackte. Sie hätte schwören können, daß der Priester sie hinaus auf die Stufen geworfen hatte. Was er ja auch gesagt hatte. Zu ihrer Linken stand ein Ledersofa ... ein weiteres Sofa war zu ihrer Rechten. Sie befand sich in einer großen und gemütlichen Kammer.

Eleal stöhnte furchterfüllt und stemmte sich auf die Ellenbogen. Als sie ein Kind gewesen war, hatte sie im Haus des Königs gesungen, und dieser Tage gab sie Privatvorstellungen; deshalb wußte sie, wie die Reichen lebten. Doch nie zuvor hatte sie etwas gesehen, das diese Pracht übertraf: polierte, mit weichen Vliesen ausgelegte Holzböden, Wände voller Bücherfächern, Regale mit Bögen und Speeren, an den Wänden befestigte Jagdtrophäen. Die Möbel waren solide und in Braun- und Rotbrauntönen gepolstert, gedämpft und harmonisch. Die Gerüche von Bienenwachs, Leder und Holzrauch erfüllten die Luft. Völlig verwirrt, mühte Eleal sich auf die Knie. Dies war eindeutig das Zimmer eines sehr reichen Mannes, heimelig, freundlich und ansprechend.

Eleal schaute sich nach einer Tür um, erblickte jedoch nur umbrafarbene Vorhänge, die sich über die gesamte Länge der Wand erstreckten und vielleicht Fenster verhüllten. Verwirrt und verängstigt fragte sich Eleal, wie sie hierher gekommen war. Dies war eindeutig nicht das muffige, winzige Kämmerchen, das sie in der Kapelle gesehen hatte. Auf dem Kaminsims standen zwei goldene Kerzenhalter, eine goldene Vase voller Herbstblumen – und eine geschnitzte Kristallfigurine in Form einer Tänzerin in flugähnlicher Pose. Eleal rappelte sich auf und starrte das Prunkstück an. Es stand knapp über Augenhöhe, und durch das Kerzenlicht, das auf den funkelnden Facetten spielte, konnte Eleal sich mühelos vorstellen, die Tänzerin flöge tatsächlich. Es konnte unmöglich zwei völlig gleiche Figurinen geben, aber die eine hatte sie doch gerade erst zerschmettert!

»Danke. Sie ist wunderschön.« Die Stimme erklang von irgendwo hinter ihr.

Einen Lidschlag zuvor war dort niemand gewesen. Eleal wußte, wer gesprochen und die zerbrochene Figurine wieder zusammengefügt haben mußte. Ihr Gebet war erhört worden! Hastig wirbelte sie herum, sank gleichzeitig auf die Knie und drückte das Gesicht auf den Läufer; sie wagte nicht aufzuschauen, bevor der Gott es ihr gestattete. Sie spürte ihr Herz bis in die Kehle pochen.

Der Mann war eine Gottheit, die grausam und gütig zugleich war. Als Schöpfer und Zerstörer mußte man ihn fürchten als auch lieben. Als D'mit'ri war er der Erbauer von Städten; als Krak'th brachte er sie zum Einsturz. Als Padlopan stand er für Krankheit, als Garward für Stärke. Er war Landwirtschaft und Krieg. Als Zath war er der Tod, als Ken'th half er dem Mutterleib, Früchte zu tragen. Und als Karzon schließlich war er dies alles zusammen.

Piol Poet hatte den Mann viele Male in seine Theaterstücke eingebaut, doch nie als Ken'th, obwohl sich zahlreiche reizvolle Legenden um den Liebenden rankten. Die meisten waren Spielarten der tragischen Geschichte um Ismathon, jene Sterbliche, die sich vor Gram verzehrte und es letztlich vorzog, sich das Leben zu nehmen, als ohne Ken'ths Liebe fortzubestehen. Die Trong-Truppe hätte nie ein Stück aufgeführt, in dem Ken'th vorkam.

»Es ist ein ausgesprochen schönes Werk«, meinte der Gott, dessen Stimme sich näherte. »Es hat dich ein Vermögen gekostet, also muß dein Anliegen ernst sein.« Dann kicherte er. »Ist es da unten gemütlich?«

Eleal hätte nie erwartet, daß ein Gott *kicherte*. »Äh ... ja, Herr.« Sie hob den Kopf ein winziges Stück und erspähte zwei bloße Füße. Eine kräftige Hand ergriff Eleal und zog sie hoch. Sie hielt den Blick noch immer zu Boden gesenkt, bis ein Finger ihr Kinn hob und sie in ein lächelndes Antlitz schaute.

Damals, während ihrer Zeit beim Theater, hatte sie Karzon in unterschiedlichsten Erscheinungsformen von zahlreichen Schauspielern verkörpert gesehen – von Dolm, von Trong selbst, von Golfren, von Männern anderer Truppen. Er wurde stets mit einem Bart dargestellt, oft in einer Rüstung und, wann immer-

möglich, von einem *großen* Mann. Ken'th sah ganz und gar nicht so aus, wie Eleal erwartet hätte. Zum einen war er jünger, außerdem nicht besonders groß, wenngleich seine Arme und Schultern ziemlich kräftig wirkten. Er hatte lockiges Haar und einen niolisch anmutenden Schnurrbart. Gekleidet war er in ein ärmelloses Hemd und eine knielange Hose – selbstverständlich grün. Wenigstens die Farbe stimmte. Doch seine Erscheinung strahlte keinerlei göttliche Erhabenheit aus, ebensowenig überwältigende Sinnlichkeit.

Er war bloß ein stämmiger, unbeschwerter junger Mann, auf derbe Weise gutaussehend und vom leichten Duft nach Moschus und Lavendel umhüllt. Beruhigend lächelte er sie an. Seine Augen ... vielleicht die Augen ...

»Warum fangen wir nicht damit an, daß du mir deinen Namen verrätst?«

Eleal hatte alle Mühe, ihre Sinne beisammen zu halten. »Eleal Sängerin, Herr.«

»Willkommen in meinem Haus.« Er öffnete ihren Mantel, betrachtete ihn anerkennend und warf ihn über ein Sofa. Dann trat er einen Schritt zurück, um sie zu mustern. »Ah! Du bist nicht nur eine aufregend schöne Frau, Eleal Sängerin, du hast auch einen ausgezeichneten Geschmack, was Kleider betrifft!«

Keuchend stieß Eleal ihren Dank hervor. Dieser Tage besaß sie das Geld, ihren Launen nachzugeben, und dieses Kleid war ihr neuestes und bestes, das sie erst kürzlich für den Winter gekauft hatte. Sie hatte es noch nie zuvor getragen – erlesene weiße Wolle, verziert nur mit großen Glasjuwelknöpfen entlang der Vorderseite; der Kragen war mit Brokat besetzt. Eleal entschied sich stets für Kleider mit langen Röcken, um ihren Stiefel zu verbergen; die langen Ärmel und der hohe Kragen waren – jedenfalls vermutete sie es – eine Art Gegenstück zu den spärlichen Fetzen, die sie bei ihren Auftritten trug. Im oberen Teil jedoch schmiegte sich das Kleid eng an ihren Körper, zudem besaß es einen schmalen Hüftteil, der ihre Brüste stützte; darunter bauschte es sich füllig und lose. Daß ein Gott ihren Aufzug lobte, war eine geradezu berauschende Erfahrung. Eleal mied seinen Blick und fühlte, wie sie errötete.

Er führte sie zu einem rotbraunen Sofa, setzte sie ans Feuer und ließ sich neben ihr nieder. Eleal schlang die Hände um die Knie und starrte darauf, wie eine vierzehnjährige Maid, die sich das erste Man mit einem Jüngling traf.

»Und du behauptest, meine Tochter zu sein? Wer war deine Mutter?«

»Itheria Impressario.« Als keine Antwort kam, fuhr Eleal fort: »Sie verschwand für eine Doppelwoche, hier in Jurg. Ich weiß nur sehr wenig über sie. Sie ist kurz nach meiner Geburt gestorben. Ich wurde von meinem Großvater aufgezogen, Trong Impressario, und dessen Frau Ambria – seiner zweiten Gattin. Ambria hat gesagt, meine Mutter wäre keine schlechte Frau gewesen, sie wäre nur ...« Von einem Gott verführt worden, doch das konnte Eleal nicht sagen. »Vor Gram vergangen.«

Ken'th seufzte leise. »Ich fürchte, so etwas passiert des öfteren. An den Namen erinnere ich mich nicht. Aber der Gott könnte durchaus ich selbst gewesen sein. Für gewöhnlich bin ich zwar nicht so launenhaft – nur eine Doppelwoche? Nun, möglich ist es trotzdem.« Er legte Eleal einen Arm um die Schultern, worauf ihr Herz in der Brust hüpfte. »Auf jeden Fall bist du schön genug, um das Kind eines Gottes zu sein. Verdienst du dir mit Singen dein Geld?«

»Ja, Herr.«

»Wo?«

»Oh, überall. Ich bin schon in vielen Tälern aufgetreten, auch an vielen Orten hier in Jurg.« Das alles stimmte. Die Trong-Truppe war viel gereist. Und Tigurb'l verpflichtete sie oft für Vorstellungen in Privathäusern.

»Erstaunlich«, entfuhr es dem Gott leise. »Und du hast den Befreier erwähnt! Bist du die Eleal, die im *Filoby-Testament* genannt wird?«

»Ja, Herr.«

»Herr? Nicht *Vater*?«

»Ja ... Vater.« Sie schaute zur Seite.

Der Gott zog die dunklen Augenbrauen hoch und wartete.

Er lächelte zwar, doch seine Belustigung war ohne Hohn, wie vorhin beim Priester. Der Gott nahm Eleals Anliegen durchaus ernst.

Weiterreden ... »Ich habe getan, was vorhergesagt war. Als der Befreier kam, habe ich ihn umsorgt, ihn gewaschen. Er wurde sehr krank, und ich pflegte ihn. Ich habe alles getan, was von mir erwartet wurde, Vater!«

Ken'th runzelte die Stirn. »Weißt du, irgendwie mißfällt mir diese Anrede doch. Ich habe keinerlei Erfahrungen als Vater, Eleal. Das ist nicht meine Aufgabe. Dafür braucht man Visek.«

»Selbstverständlich, Herr!«

»Ich bin Gott der Männlichkeit«, erklärte er entschuldigend. »Auch ich habe Pflichten. Wollte ich über alle unehelichen Kinder auf dem laufenden bleiben, die ich in den letzten paar hundert Jahren gezeugt habe, hätte ich keine Zeit mehr für etwas anderes. Verstehst du?«

»Ja, gewiß, Herr!«

»Nenne mich Ken'th.«

Voller Entsetzen zögerte sie.

»Na los!« forderte er sie neckisch auf. »Du wolltest mich in Fleisch und Blut. Jetzt hast du mich in Fleisch und Blut, also rede mich mit Ken'th an!«

»Ja ... Ken'th.«

»Schon besser.«

Eine Zeitlang lächelte er sie an. Mit wachsender Zuversicht erwiderte Eleal sein Lächeln. Nun, da sie ihn aus der Nähe betrachtete, erkannte sie, daß er hübsch war – hübsch und anziehend. Sein Antlitz glich in keiner Weise jenem der Statue. Es war weder überheblich noch gefühllos, sondern freundlich, vertrauenswürdig und mitfühlend.

»Wie alt bist du?«

»Siebzehn ... Ken'th.«

»Also warst du noch ein Kind, als der Befreier eintraf. Selbstverständlich war er kein Säugling, obwohl der Text genau das andeutet. Wie alt war er?«

»Achtzehn. Das hat er mir jedenfalls gesagt.«

»Wart ihr Geliebte?«

»O *nein!* Natürlich nicht!«

Der Arm des Gottes schloß sich fester um Eleal. »Und was wolltest du mir über ihn erzählen?«

Nun konnte die Angelegenheit ein wenig heikel werden. Eleals Herzschlag beschleunigte sich wieder. »Es wird berichtet, er sei droben in Joaltal.«

»Das ist die Geschichte, die umgeht, ja.«

Eleal holte ein paarmal tief Luft, wie sie es tat, bevor sie ein besonders anspruchsvolles Lied anstimmte. »Ich dachte ... vielleicht ... Ich habe mich gefragt, ob

Ihr vielleicht Verbindung zu ihm aufnehmen wollt. Wenn dem so wäre, könnte ich ihn Euch zeigen ... wenn Ihr wollt ...« Natürlich war es Zath, dem daran gelegen war, den Befreier in die Finger zu bekommen, doch Zath war Karzon, und Karzon war Ken'th, wenngleich es Eleal unmöglich war, diesen gutaussehenden, liebenswerten jungen Mann mit dem gefürchteten Gott des Todes in Zusammenhang zu bringen.

»Ein interessantes Angebot!« meinte der Gott nachdenklich. »Was ist mit deinem Bein?«

Für gewöhnlich wurde Eleal fuchsteufelswild, wenn jemand ihre Behinderung erwähnte, doch dies war ihr Vater, und deshalb war seine Neugier verzeihlich. »Das eine ist kürzer als das andere.« Sie hob das Bein an, damit er die dicke Sohle am Stiefel sehen konnte. »Ich bin aus einem Fenster gefallen, als ich noch ein Säugling war.«

»Schränkt dich das bei deinen Auftritten nicht ein?«

»Nicht beson ... nun, ja, doch. Es war immer mein Ziel, Schauspielerin zu werden, aber ich kann doch nicht so über die Bühne humpeln! Und man läßt mich nicht an den Tion-Festspielen teilnehmen!« So, jetzt war es heraus!

Und Ken'th murmelte mitfühlend. Er verstand sie! »Ich möchte gern hören, wie du singst. Sing für mich – irgendeine schlichte Melodie.« Er ließ sie los und griff hinter die Rückenlehne des Sofas, um eine Laute hervorzuholen. Fachmännisch zupfte er die Saiten; sie waren perfekt gestimmt. »Also, was singst du?«

Das hatte Eleal nicht erwartet! Sie sollte für einen *Gott* singen! Hastig zermarterte sie sich das Gehirn. »Beklagenswerte Maid?«

Er lächelte und spielte eine Strophe, obwohl es ein

unbedeutendes Lied war, das nur wenige Menschen kannten. Ken'th war wesentlich besser, als Potstit je gewesen war. »Höher? Tiefer?«

»Nein, nein, das ist genau richtig!« Verwegen fügte sie hinzu: »Ihr spielt göttlich!«

Er lachte. »Na ja, sicher!« Schließlich begann er mit der Einleitung.

Eleal sang die erste Strophe; dann aber hielt der Gott unvermittelt inne und legte die Laute beiseite.

»Genau, was ich erwartet hatte. Deine Stimme ist durchdringend, dein Taktgefühl unausgewogen. Du legst zu viel Gefühl in die Worte, versuchst zu sehr, die dramatische Wirkung zu betonen. Zu den Tion-Festspielen würdest du in tausend Jahren nicht zugelassen.«

»Herr! Ich meine, Vater ...«

Er zog sie in seine Arme und drückte sie fest an sich. Spielerisch küßte er ihre Nasenspitze. »Dir muß in diesem Kleid doch ziemlich heiß sein, oder?«

»Ich bin Eure Tochter!«

Seine Augen strahlten ein Leuchten aus, das Eleal nur allzu gut kannte. »Und ich bin ein Gott! Götter müssen sich nicht an kleinliche Regeln halten!«

Dann küßte er sie auf die Lippen.

Es war kein besonders langer Kuß. Das war auch gar nicht nötig. Als er sich von ihr löste, lehnte sie sich zurück und starrte ihn mit großen Augen an. Eleal fühlte sich völlig erschlafft. Noch kein Mann hatte sie so geküßt.

Zufrieden kicherte er. »Und jetzt, Eleal Sängerin, hören wir uns mal die Wahrheit an. Nicht, was du gern für die Wahrheit halten möchtest, sondern die wirkliche Wahrheit. Wo singst du?«

Eleal biß die Zähne zusammen. Sie ballte die Hände

zu Fäusten. Doch der Gott wartete und musterte sie mit großen, braunen Augen. »An unterschiedlichen Orten. Ich meine ... manchmal ... na ja, im Kirschblütenhaus.«

»Also bist du eine Hure!«

»Ganz sicher nicht!«

Er zog die Brauen hoch. »Meine Güte, du bist ja ein ganz schön widerspenstiges, entschlossenes kleines Biest, was? Dann versuchen wir mal ein bißchen mehr.«

Auch er zeigte sich entschlossen; zwar tat er ihr nicht weh, doch ihre Abwehrversuche blieben angesichts seiner Kraft fruchtlos. Seine Lippen preßten sich auf die ihren, seine Hand streichelte ihre Brust – das Kleid war auf die Hüfte hinuntergerutscht, wenngleich Eleal keine Ahnung hatte, wie dies geschehen war. Ein Prickeln durchlief ihren Körper, vom Haaransatz bis zu den Zehenspitzen. Sie schmolz dahin, fühlte sich wie von Blitzen getroffen. Erregung brandete in heftigen Wogen durch ihren Leib. Noch nie hatte ein Mann sie so berührt, noch nie war ihr etwas Vergleichbares widerfahren; sie driftete in Wolken aus rosarotem Nebel davon – bis der Gott unvermittelt innehielt.

»O Ken'th, Ken'th ... Liebling ...« Sie schickte sich an, das Kleid gänzlich auszuziehen.

Er nahm ihre Hände in die seinen und hielt sie fest. »Und jetzt die ganze Wahrheit!«

Eleal hörte ihre Stimme aus weiter Ferne. »Ja, Liebling. Ja, ich bin eine Hure. Sobald ich gesungen habe, schickt Tigurb'l mich zurück in meinen Umkleideraum. Ich bringe dreimal so viel Umsatz wie die anderen, sagt er. Manchmal schickt er mich los, um in Privathäusern aufzutreten ... natürlich nur vor Männern. Ich will so etwas nicht tun, aber für eine verkrüppelte Sängerin gibt es keine andere Arbeit. Ich war so hungrig! Küß mich noch einmal, bitte.«

Abermals ließ er jenes überraschende Kichern vernehmen. »Damit schockierst du mich nicht, Eleal. Hast du gedacht, ich würde es mißbilligen? Du tust genau, was Frauen tun sollten – Männern beim Vollzug meines Sakraments helfen. Und der Befreier?«

Eine ihrer Hände löste sich aus seinem Griff und begann sein Hemd aufzuknöpfen. »Ich habe nicht viel für ihn übrig«, erwiderte sie abwesend. »Er sollte eigentlich zu Tions Tempel gehen. Das war damals in Susstal, wo der Jüngling Schutzgott ist. Die Priester haben verlangt, daß D'ward – das ist der Name des Befreiers – daß D'ward zum Tempel kommt. Kirthien Erzpriester sagte, ich hätte meine Sache gut gemacht, und der Heilige Tion würde mein Bein heilen, aber der Befreier ist einfach weggerannt. Er ist verschwunden! Deshalb wurde mein Bein nicht geheilt ...« Flüchtig huschte die Erinnerung an jene entsetzliche Ungerechtigkeit durch den rosaroten Nebel. *Feigling! Undankbarer Feigling!* »Er ist weggerannt! Er hat mich betrogen. Ich will ... Ihr seid mein Vater. Nachdem ich das erfahren hatte, bin ich nach unserer Rückkehr nach Jurg hergekommen und habe zu Euch gebetet, hier im Tempel. Bis ein Priester mich entdeckt und und gemeint hat, ich wäre ein schmutziges kleines Mädchen. Dann hat er mich hinausgeworfen!«

»Ich habe dich damals nicht gehört«, meinte Ken'th mürrisch. »Vielleicht war ich fort. Oder beschäftigt.«

»Nun, heute morgen habe ich beschlossen, daß Ihr mich unter Umständen hören würdet, wenn ich den Befreier erwähne. Und ich habe eine große Gabe mitgebracht.« Eleal hoffte, daß nun genug der Worte gewechselt seien, und daß er sie wieder küssen würde. Mittlerweile hatte sie sein Hemd geöffnet und konnte die Finger durch den männlichen Wildwuchs auf seiner Brust gleiten lassen.

»Du willst dich am Befreier rächen ... Nein, vor allem hoffst du, dir meine Gunst zu erschleichen, damit ich dein Bein heile.«

»Nein, nein, nein! Ich will Euch nur helfen, weil Ihr mein Va- ... Ich will Euch nur helfen!« Mit einer Hand machte sie sich an der klobigen Goldschnalle seines Gürtels zu schaffen.

Ken'th aber runzelte die Stirn. »Natürlich könnte ich dich heilen, aber ich bin der Gott der Lust, nicht des Heilens. Das Heilen ist eine von Tions Eigenschaften. Ich könnte wahrscheinlich darauf beharren, daß die Heilung einer Dirne sehr wohl in meinen Bereich fiele, zumal Tion sich oft genug auf Gebieten tummelt, die mir vorbehalten sind. Oh, du kleine Wildkatze, du hast mich da in einen Heidenschlamassel gebracht!«

Eleal verschluckte sich beinahe. »Sch – Schlamassel?«

»Schlamassel. Sollte Zath je herausfinden, daß ich eine Spur wie dich hatte und sie nicht verfolgte ... Na, egal. Das verstehst du ja doch nicht.«

Warum sprach er über Zath, als würde es sich um jemand ganz anderen handeln und nicht bloß um eine weitere Erscheinungsform? Eleal hatte ihre gesamten Ersparnisse verschleudert, einen Gott erzürnt – wahrscheinlich auch Tigurb'l Kneipenwirt, weil sie zu spät kommen würde –, und dabei mußte sie erst noch die Flußstraße hinter sich bringen, ohne vergewaltigt zu werden. Im Augenblick aber spielte nichts von alldem eine Rolle. »Küß mich noch einmal. Bitte!«

»Nein. Ich brauche dich bei klarem Verstand. Du

wirst folgendes tun, Eleal Sängerin: Du ziehst los und findest diesen D'ward, hörst du? Du gehst zu ihm und legst Hand an ...«

Schwarze Panik durchschnitt den rosaroten Nebel gleich einer Schwertklinge.

»*Nein, nein!*« Sie wand und wehrte sich. »Ihr werdet mich in keinen Schnitter verwandeln!« Einen Schnitter wie Dolm Schauspieler, mit all den fürchterlichen Ritualen, die er gekannt hatte – der Menschen durch bloße Berührung tötete, durch verschlossene Türen zu wandeln und sogar Zath höchstpersönlich herbeizurufen vermochte.

»Bei den Fünfen, du bist aber ziemlich widerstandsfähig, was? Hart wie Marmor!«

»Kein Schnitter! Ich will nicht! Ich will nicht!«

»Ich könnte gar keinen Schnitter aus dir machen. Das ist Zaths Fachgebiet. Aber ich habe selbst den einen oder anderen Kniff auf Lager. Oder?« Lächelnd nahm Ken'th ihre Hand von seinem Gürtel. Dann breitete er Eleals Arme weit aus, beugte sich über sie und senkte die Lippen abermals auf die ihren.

Die Welt begann für Eleal zu tanzen. Sie schwebte empor in ein Paradies des Genusses. Sie schmolz dahin. Doch es währte alles viel zu kurz, nur wenige Augenblicke. Als er von ihr ablies, sah sie, daß seine großen, braunen Augen sie ruhig und prüfend betrachteten. Eleal rang keuchend nach Atem, war schweißgebadet, bebte heftig. Mehr, mehr!

»So, Eleal Sängerin. Ich gebe dir Geld und lasse dich von den Priestern wohlbehalten zurück ins Hurenhaus geleiten. Morgen brichst du auf, um den Befreier zu finden. Geh nahe zu ihm hin und berühre ihn. In seinem Bett wäre es am besten, aber eine Hand auf seinem Arm wird auch genügen. Dann singst du das

Lied, das du für mich gesungen hast. Du darfst es nie wieder singen, bevor du D'ward berührst, verstehst du? Und wenn du zurückkommst, werde ich dein Bein heilen. Dann suche ich dir einen netten, reichen Ehemann – na ja, jedenfalls einen *reichen*. Beides zusammen findet man höchst selten.«

Er ließ ihre Hände los, die sofort zu ihrem zusammengeknüllten Kleid hinabschnellten, um es vollständig abzustreifen.

Ken'th kicherte. »Nein. Zieh es wieder an. Tu, was ich dir sage, und du bekommst, was du willst, wenn du zurückkehrst. Ich freue mich schon aufrichtig darauf! Aber jetzt mußt du unverzüglich von hier aufbrechen. Du wirst dich nicht an unser Gespräch erinnern. Sobald die Priester dich an deiner Haustür abliefern, wirst du vergessen, daß du je hierher gekommen bist. Morgen aber wirst du tun, was ich dir aufgetragen habe.«

11

Dosh kannte die meisten offiziellen und auch ein paar inoffizielle Pässe der Täler – die geheimen ›Hintertürchen‹, die Schmuggler und Kesselflicker benutzten, die oft ein und dieselben waren. Obwohl Dosh den Ragpaß seit Jahren nicht überquert hatte und sich nur verschwommen daran erinnerte, erkannte er ihn auf Anhieb wieder, als er ihn erblickte. Die nach Nosoktal führende Seite, fiel ihm wieder ein, stieg sanft an; die nach Joaltal weisende schlängelte sich eine nahezu lotrechte Felswand empor. An vielen Stellen war der

Pfad gleich einem Halbtunnel aus dem gelbbraunen Stein gehauen worden, und diese künstlich geschaffenen Abschnitte waren zu schmal, als daß zwei Menschen sie nebeneinander hätten durchschreiten können. Die natürlich gewachsenen Felsvorsprünge erwiesen sich zumeist als breiter, fielen jedoch schroff in die Tiefe ab. Das einzig Gute an dem Aufstieg war, daß er in so vielen Kehren in die Höhe führte, daß jeder, der abstürzte, hoffen durfte, weich auf ein paar unter ihm gehenden Wandergefährten zu landen.

Überzeugt, daß sein weiteres Überleben davon abhing, Joalteil eiligst und so unbemerkt wie möglich zu verlassen, hatte Dosh nicht mehr innegehalten, um mit weiteren Einheimischen zu reden. Seine Kindheit bei den Kesselflickern hatte ihn mit der Gabe des Spurenlesens gesegnet, doch jeder Narr hätte vermocht, die Fußabdrücke im Staub zu erkennen; hätten der Befreier und sein Rudel mehr als ein paar Stunden Vorsprung, hätte der Wind die Spuren längst verblasen. Als Dosh den Fuß der Felswand erreichte, sah er kleine Menschengruppen, die sich weit über ihm gleich Motten in die Höhe kämpften. Im warmen Schein der untergehenden Sonne trieb er seinen Moa den alptraumhaften Hang hinauf.

Das erste Drittel erwies sich als vergleichsweise einfach. Er mußte lediglich sein Reittier anspornen und der Versuchung zu widerstehen, die Augen zu schließen. Gute zwei Meter über dem Pfad zu schweben war schlimmer, als mit eigenen Beinen darauf zu wandeln, und an Überhängen mußte er sich zu tief zusammenkauern. Aber wenigstens blieb ihm die körperliche Anstrengung erspart. Allmählich breitete die Joalebene sich wie ein Gemälde unter ihm aus. Bald holte Dosh einige der Nachzügler ein und ließ sie hinter sich. Die meisten waren ältere Leute oder Familien mit Kindern – alles andere als ein gewöhnlicher Reisetroß –, folglich nahm er an, daß diese Leute den Schluß von D'wards Armee darstellten. Er hielt nicht inne, um mit den Leuten zu sprechen, sondern brüllte ihnen bloß zu, beiseite zu treten und ihn vorbeizulassen.

Der Moa stieß Doshs Knie und Knöchel wiederholt gegen den Felsen. Als sie in höhere Gefilde vorstießen, zerrte der Wind an seinen Kleidern und zerzauste ihm das Haar.

Es galt als Faustregel, daß Moas nicht höher als bis zur Baumgrenze stiegen. Offenbar hatte Hurtig das Regelverzeichnis gelesen, denn urplötzlich gelangte sie zu der Ansicht, das Fehlen von Bäumen würde sie von der Pflicht weiterer Mühen entbinden. Jäh blieb sie stehen und versuchte, Dosh zu beißen.

Dosh trat ihr hart in die Seiten, wodurch er ein paar weitere Minuten Vormarsch erzwang. Dann hielt Hurtig abermals inne. Dosh wünschte, er hätte daran gedacht, Sporen zu tragen; er holte den Dolch hervor und stach dem Biest damit in die Schulter. Das Ergebnis war ein haarsträubender Tobsuchtsanfall, bei dem das Tier wild umhersprang und sich aufbäumte, gefolgt von dem verzweifelten Versuch, wieder hinunter nach Joaltal zu rennen. Kiesel stoben über den Felsrand und polterten in die Tiefe. Dosh zerrte das widerspenstige Tier herum und stach nochmals zu. Hurtig brauste los wie der Speer eines nagischen Kriegers. Von Doshs Rufen gewarnt, räumten andere Reisende den Weg, und Dosh schoß wie der Blitz an ihnen vorbei.

Natürlich konnte dieser Zustand nicht von Dauer sein. Schließlich erreichten sie einen toten Punkt. Hurtig weigerte sich beharrlich, auch nur noch einen Schritt zu tun. Dosh gelangte zu dem Schluß, daß weiteres Pieksen mit dem Dolch das ohnehin erhitzte Gemüt des Tieres nur noch verschlimmern würde und stieg ab.

Man konnte Moas auch führen; dann aber neigten sie zum Beißen. Ihre Zähne waren zwar stumpf, so daß selten Blut vergossen wurde, doch Moabisse taten höllisch weh. Eine zweite Möglichkeit bestand darin, Moas zu treiben, was sie jedoch mit Tritten ihrer scharfkantigen Hufe beantworteten. Dosh entschied sich für das Treiben, löste die Zügel und benutzte sie als Leine. Wie er gehofft hatte, war Hurtig zu sehr außer Atem und der eigenen Schritte zu unsicher, um groß auszutreten, und so erklommen sie den Hügel mit steter und passabler Geschwindigkeit.

Die Sonne sank unangenehm tief dem Horizont entgegen. Die Joalebene erstreckte sich schier unendlich unter Dosh und verschwand im Westen hinter einem Dunstschleier. Moa hin, Moa her – Dosh war fest entschlossen, den Gipfel dieses verfluchten Hanges vor Einbruch der Dunkelheit zu erreichen.

Er kam an ein paar weiteren Nachzüglern der Pöbelbande des Befreiers vorbei, was ihm eine zutreffende Beschreibung zu sein schien. Hauptsächlich setzte der Troß sich aus Frauen zusammen, und kein einziger Wanderer machte einen wohlhabenden Eindruck. Offensichtlich gab niemand ein gutes Leben auf, um dem Befreier zu folgen, wenngleich Dosh völlig schleierhaft war, weshalb überhaupt jemand dem Befreier folgen wollte, nur weil er der Befreier war. Als Schlachtenmeister der vereinten joalischen und nagischen Armee war D'ward ein unübertrefflicher Heerführer gewesen, doch diese Heimatlosen waren keine Armee. Und wer war der Feind? *Zath?* Das klang nach einem Krieg, den es um jeden Preis zu vermeiden galt. Dosh wünschte sich aus tiefstem Herzen, er hätte dem Befreier den Rücken zugekehrt und wäre westwärts nach Fithtal gegangen.

Als die Sonne am Horizont zu einem scharlachroten Kissen abschwoll, erreichte Dosh die höchste Stelle des Aufstiegs. Plötzlich ragten keine Felswände mehr über ihm auf; es gab nur noch Bäume und zwei hohe Gipfel zu beiden Seiten des Passes. Ein heftiger Wind heulte durch die Kluft, doch soweit Dosh sich erinnern konnte, wand der Pfad sich von hier an sanft in die Nosokebene hinab.

»So, du Biest!« meinte er, an den Moa gewandt. »Bäume! Du bist wieder im Dienst.«

Hurtig trat nach ihm, und er wich aus.

Dosh blieb stehen, um wieder zu Atem zu gelangen, zurückzuschauen und den Schweiß auf seiner Haut trocknen zu lassen. Halb Joaltal war zu erkennen; die schattengetünchte Landschaft präsentierte sich wie ein Gemälde grüner und goldener Felder, Wälder und blauen Wassers. Die Flüsse zeichneten sich als silbrige Bänder ab, die Straßen als rötliche Fäden. Wäre es noch heller gewesen, hätte er vermutlich sogar Joal selbst erspähen können.

Dosh sah Staub. Irgend etwas wirbelte auf der Straße, über die er gekommen war. Vielleicht handelte es sich bloß um einen Karrentroß, doch Doshs Vorsicht riet ihm, sich nicht darauf zu verlassen. Viel wahrscheinlicher war es eine Truppe joalischer Reiterei. Vermutlich würden sie den Aufstieg nicht in der Dunkelheit wagen – hoffte er wenigstens. Zudem konnten sie ebensogut hinter dem Befreier und nicht hinter ihm her sein.

Hühnerdreck! Immer vom Schlimmsten auszugehen, war stets sein Leitsatz gewesen; bislang war er ausgesprochen gut damit gefahren. Die Staubwolke hätte ihm allerding schon früher auffallen sollen.

Der Himmel zeigte sich wolkenlos. Trumb war bereits aufgegangen, stand beinahe voll am Himmel, und man durfte sich darauf verlassen, daß er die Welt bis Sonnenaufgang in helles, grünes Licht tauchte. Dosh wandte sich um und bereitete sich auf einen Kampf mit dem Moa vor. »Du«, knurrte er grimmig, »wirst jetzt rennen, wie du noch nie im Leben gerannt bist.«

Hurtig trat Dosh gekonnt gegen das Schienbein, schleuderte ihn damit in den Dreck und landete einen weiteren Treffer an Doshs Rippen. Zum Glück brachen keine Knochen, und Dosh konnte die Leine festhalten.

Wem ein Paß eigentlich gehörte, war eine Frage, die schon so manchen Krieg ausgelöst hatte. Letzten Endes lag die Antwort jedoch stets in der Stärke der Beteiligten. Doch wenn die Nachbarstaaten Joalia und Nosokia hießen, stellte sich diese Frage erst gar nicht. Die nosokischen Herrscher galten als Marionetten Joalias und würden joalische Soldaten nicht einmal mit einem bösen Wort bedenken, falls diese einen Flüchtigen nach Nosok verfolgten und ihn mitten auf der Hauptstraße in Stücke hackten. Wenn der Flüchtige kein Nosokisch sprach und keine Hintertürchen aus Nosoktal kannte, bestand sein einzige Chance darin, so schnell wie möglich nach Osten zu ziehen. Sollte es ihm gelingen, Rinootal zu erreichen, wäre er in Niols Herrschaftsgebiet und hätte Joalreich endgültig hinter sich gelassen.

Alle vier Monde beehrten die Nacht mit ihrer

Anwesenheit. Obwohl Kirb'l, Ysh und Eltiana zusammen nicht an Trumbs grünen Schein heranreichten, halfen sie doch, die Schatten zu erhellen, und Dosh ritt geschwind durch das Tal. Der Pfad zog sich größtenteils am Ufer eines gurgelnden Baches entlang, abseits der gefährlichen, tiefhängenden Äste in den Wäldern. Dosh kam an weiteren Anhängern des Befreiers vorbei.

Sofern die Angaben des Bauerntölpels aus Jilvenby einigermaßen zutrafen, konnten sich nicht mehr viele vor ihm befinden.

Nach ein oder zwei Meilen bog Dosh um eine Kurve und gelangte in einen offeneren Bereich des Tales. Von einer flachen Senke voller Buschwerk, aber mit wenigen Bäumen, ragten zu beiden Seiten steile Wände auf. Weiter vorn erspähte er flackernde Feuer, ein Häufchen gefallener Sterne zwischen den Büschen. Es waren wesentlich mehr, als er erwartet hatte.

Nichts und niemand hielt ihn davon ab, einfach vorbeizugaloppieren. Im Morgengrauen konnte er in Nosokland sein, auch wenn er den Moa dabei vielleicht zu Tode hetzte. Andererseits hatte er mindestens eine Stunde Vorsprung vor den Joaliern, selbst wenn diese den Aufstieg im Mondenschein wagten. Doch Dosh hatte diesen Weg eingeschlagen, um D'ward zu warnen, und entschied sich für den Gewaltritt.

Seine Gefühlsduselei würde ihm noch einmal zum Verhängnis werden.

Noch während er Hurtig vom Pfad weglenkte, überlegte Dosh, daß er liebend gern einen gemütlichen Abend mit D'ward an einem Lagerfeuer verbracht hätte, um über alte Zeiten zu plaudern und herauszufinden, was es mit all dem Wirbel um den Befreier eigentlich auf sich hatte.

Er hielt auf die Feuer und das Geschrei weinender Säuglinge zu. Dabei fielen ihm Leute auf, die im Gebüsch umherschwirrten; Dosh nahm an, daß sie Beeren sammelten. Wie viele Beeren brauchte man, um gut hundert leere Mägen zu füllen?

Unmittelbar vor ihm tauchte wie aus dem Nichts ein Mann auf. Er trug nur einen Lederschurz – ein ziemlich spärlicher Schutz gegen kalte Gebirgsnächte –, einen Speer und einen runden Schild. »Halt!« befahl er.

Dosh hielt inne.

Der Speer sah ziemlich bedrohlich aus, genauso wie sein Besitzer.

»Sag dein Begehr!« Die Wache hatte einen vertrauten Akzent, und mit einem Mal wirkten auch die Züge vertraut.

»Doggan! Doggan Hirte! Ich bin's – Dosh!«

»Bei den fünf Göttern! Ich wollte sagen ... *du meine Güte!* Es ist der Schwule höchstpersönlich! Was tust du denn hier, Schleimbrocken?«

»Dasselbe könnte ich dich fragen.« Dosh spielte mit dem Gedanken abzusteigen, doch inzwischen bereiteten ihm Hurtigs Zähne mehr Sorgen als Doggans Speer. Er fragte sich, wie viele Veteranen aus D'wards alter Kriegsbande noch hier sein mochten. Vermutlich handelte es sich um eine größere Anzahl. Nagischer waren treu bis in den Tod und taten alles in Rudeln. »Wo ist denn deine Gesichtsbemalung, Krieger?«

»Gesichtsbemalung ist Vergangenheit!« erwiderte Doggan bestimmt. Er war ein kleiner, stämmiger Kerl mit viel Muskeln und wenig Hirn. Ihm schien gar nicht bewußt, daß seine Worte für einen Nagier an

Ketzerei grenzten. »Ich habe dich gefragt, was du willst.«

»Ich bin gekommen, um D'ward zu sehen.«

Doggan dachte darüber nach. Dann deutete er mit dem Speer. »Mir nach. Und wenn dieses Vieh mich beißt, verarbeite ich es zu Schnitzeln.«

»Geh voraus.« Dosh überdachte seine Taktik. Eine Truppe nagischer Krieger wäre ein angemessener Gegner für die Joalier. Sollte D'ward willens sein, Dosh zu beschützen, wäre er außer Gefahr.

Binnen weniger Minuten gelangten sie zu einem Lagerfeuer. Nachdem Dosh dem Moa Fußfesseln angelegt hatte, humpelte er erschöpft ins Licht der Flammen. Wo die Hufe des Moa sein Bein getroffen hatten, pochte es wie unter Hämmerschlägen. Ein halbes Dutzend vor Kälte zitternder Nagier hockte um das Feuer und schien aufmerksam D'wards Worten zu lauschen, der auf einem Stein saß und den Versammelten seine Ansichten erklärte. Mitten im Satz brach er ab und setzte ein breites Grinsen auf.

»Sieh mal an, wer da ist! Unser alter Bote! Willkommen, Dosh!« D'ward trug ein dunkles Priestergewand mit langen Ärmeln. Ein kurz gestutzter Bart zierte sein Antlitz, und unter der Kapuze lugten schwarze Locken hervor, doch um wie ein echter Priester auszusehen, hätte er sich sowohl Kopf als auch Gesicht rasieren müssen. Was eine Schande wäre.

»Danke.« Dosh trat dichter ans Feuer, und die anderen räumten sogleich einen Platz für ihn – viel Platz sogar, als haftete ihm eine ansteckende Krankheit an. Er kauerte sich nieder, um sich zu wärmen und bemerkte, daß all diese Männer der alten Truppe aus Sonalby entstammten – Prat'han Töpfer, Burthash Wagenbauer, Gopaenum Fleischer und andere. Jeder von ihnen würde sich eigenhändig in kleine Scheiben schneiden, wenn D'ward es verlangte.

Das Schweigen beunruhigte Dosh; er schaute auf und stellte fest, daß D'ward auf eine Erklärung wartete.

»Ich habe gehört, du wärst in Jilvenby. Ein Soldat hat es mir erzählt. Da dachte ich mir, ich komme und warne dich.«

Sogar im flackernden Feuerschein leuchteten D'wards Augen blau und funkelten vor Belustigung. »Das ist überaus freundlich von dir, Dosh. Die Joalier haben nie eine Bedrohung für mich dargestellt – aber es war ein netter Gedanke.«

Er hatte sich in keiner Weise verändert. Wenn er wollte, daß die Leute ihn für einen Anführer hielten, sollte er sich besser einen längeren Bart wachsen lassen. Nein, das stimmte nicht. Es mochte auf andere Männer zutreffen, nicht aber auf D'ward. Er war sehr jung; dennoch zeigte er sich durch und durch gelassen, vollkommen Herr der Gruppe und seiner selbst. Dosh spürte den alten Zauber. Dies war ein Mann, der Achtung und Treue gebot, ohne je danach zu fragen. Ein Mann, der mit Göttern sprach. Er war in der Prophezeiung vorhergesagt. D'ward entfachte in den Menschen Vertrauen – und Zuversicht.

»Er war nicht ganz, was er zu sein schien«, fuhr Dosh fort. »Der Soldat trug das Mal der Hohen Herrin.«

Der große Prat'han brummte irgend etwas Unverständliches.

D'ward verzog die Lippen. »Der einzige männliche Eltiana-Kult, den ich kenne, ist jener der Hüter der Mutter. Es heißt, sie tragen das Symbol an einer ziemlich heiklen Stelle.«

»Genau.«

Das Lächeln erstarb. Der stechende Blick schien noch durchdringender zu werden. »Und wie hast du es entdeckt, Dosh?«

»Ich habe ihn getötet.«

D'ward seufzte. »Warum?«

»Er wollte, daß ich dich verrate.« Hoffnungsvoll ließ Dosh den Bick über die Gruppe schweifen. Sofern er Anerkennung erwartete, wurde er enttäuscht. Diese Landeier hatten nie etwas für ihn übrig gehabt. Sie hatten ihn nur deshalb am Leben gelassen, weil D'ward es ihnen befohlen hatte. Dosh hielt nichts auf ihre Meinung, doch für D'wards Anerkennung wäre er dankbar gewesen. So wie für ihn hatte er in seinem Leben nur für sehr wenige Menschen empfunden ... eigentlich fielen ihm auf die schnelle überhaupt keine ein.

»Ich schätze, das erklärt, weshalb du bei Nacht reitest. Wie bist du denn an einen Moa herangekommen?« wollte D'ward wissen.

»Ich habe das Biest gestohlen.«

»Du hast dich kein bißchen geändert, was?«

»Nein, ich bin nur ein noch besserer Gauner geworden.«

D'ward kratzte sich am Bart. Er schien der Verzweiflung näher als alle anderen. »Ich weiß die Neuigkeiten über Eltiana zu schätzen. Die Hüter verrichten die Drecksarbeit für sie – die sind zwar nicht so schlimm wie Schnitter, aber sie können durchaus gefährlich sein. Ich wünschte bloß, du hättest dieses Wissen anders erlangt. Verbringst du die Nacht bei uns oder hast du es eilig? Ich fürchte allerdings, viele Annehmlichkeiten können wir dir nicht bieten.«

Alle Augen richteten sich auf den Eindringling und

harrten seiner Antwort. Die Nagier hofften unverkennbar, Dosh möge sich schleunigst wieder auf den Weg machen, damit die Luft wieder rein wurde. Was D'ward wollte, vermochte Dosh nicht zu sagen.

Träge streckte er die Hände wieder dem Feuer entgegen. Die Luft kühlte merklich ab und ließ die Nacht frostig und düster wirken. Und einsam. »Da ist eine Truppe joalischer Reiterei ...« Für gewöhnlich ging ihm die Zunge nicht so leicht durch; hastig zügelte er sie.

Gopaenum warf weitere Zweige ins Feuer. Rauch und Funken kräuselten sich zu den Sternen empor.

»Die sind nicht hinter uns her«, meinte D'ward. »Ich bezweifle sogar, daß sie wegen uns kommen; denn unser Versprechen für sicheres Geleit gilt noch drei Tage. Sind sie gerade unterwegs den Paß herauf, oder warten sie auf Tageslicht?«

»Keine Ahnung.« Steif erhob sich Dosh und zuckte angesichts der Schmerzen in seinem Bein zusammen. »Tja, ich habe dir meine Neuigkeiten berichtet. Besser, ich gehe jetzt wieder.«

In Gedanken sah er den langen, einsamen Ritt ins Nosoktal vor sich.

»Wir nehmen gern neue Mitglieder auf«, sagte D'ward leise. »Du bist herzlich willkommen, dich uns anzuschließen.«

Prat'han knurrte zornig.

»Still!« herrschte D'ward ihn an, und Prat'han fuhr zusammen wie von einem Peitschenhieb getroffen.

Dosh hockte sich am Feuer auf ein Knie, offenbar unentschlossen, wie er sich entscheiden sollte. »Was soll ich mich euch anschließen? Was habt ihr eigentlich vor?«

»Sag's ihm, großer Bruder.«

Der muskelbepackte Töpfer bedachte Dosh mit einem finsteren Blick. »Der Befreier erfüllt die Prophezeiung. Wir sind die Freien, und wir sind unterwegs nach Thargtal, wo er dem Tod den Tod bringen wird, wie es vorhergesagt ist.«

Das kam völligen Wahnsinn gleich, doch Dosh hütete sich, mit Prat'han darüber zu streiten. Der Kopf des Kriegers war so hohl wie seine Töpfe.

»Wie lauten die Bedingungen?«

»Aha!« D'ward überlegte eine Zeitlang. »Du bist ein Mörder, ein Dieb, ein Lügner, ein sexuell Abartiger in jeder Hinsicht und ein Verräter. Trifft das einigermaßen zu?«

Burthash lachte grölend auf. D'ward schleuderte ihm einen scharfen Blick zu.

»Ich glaube, du hast alle meine guten Seiten aufgezählt«, erwiderte Dosh. »Außerdem trinke ich übermäßig und rauche Mohn, so oft ich ihn mir leisten kann.«

»Wir können niemanden aufnehmen, der solche Dinge tut.«

»Warum verschwendest du dann meine Zeit?« Dosh erhob sich.

»Weil du geloben könntest, damit aufzuhören.«

Dosh fragte sich, ob er richtig gehört hatte, und alle anderen schienen gleichermaßen verwirrt. Bei jedem anderen hätte Dosh die Worte als blanken Hohn empfunden, doch D'wards Augen verrieten keinerlei Spott, nur Herausforderung.

»Mir ist egal, was ein Mensch war, Dosh; mich kümmert nur, was er jetzt ist.«

»Du meinst, du würdest meinem Wort vertrauen? *Meinem* Wort? Du glaubst tatsächlich, ich könnte ein solches Versprechen je halten, wenn ich wollte?«

»Ja. Du hast mir mal erzählt, du wärst der zäheste Bastard der gesamten Armee, und ich sagte, ich würde dir glauben. Ich würde dir auch jetzt glauben. Wenn du mir nun versprichst, daß du all diese Laster aufgibst, wirst du dein Wort halten.«

Das Feuer knisterte lauter, und der Rauch schwebte mit dem Wind davon. Aus der dunklen Senke waren leise Stimmen zu vernehmen – Kinder und jemand, der so etwas wie ein Loblied sang. Wer waren die Freien? Nur die Truppe aus Sonalby oder diese ganze Ansammlung menschlicher Vogelscheuchen? Sich ihnen anschließen? Er?

»Ihr Götter!« Das schien bislang der größte Wahnsinn.

»Hier gibt es nur einen Gott. Es ist deine Entscheidung.« Plötzliche lachte D'ward auf. »Ich habe dich noch nie zuvor ängstlich erlebt, Dosh!«

Er hatte *tatsächlich* Angst. Seine Hände zitterten. »Ich kann nicht!«

»Da bin ich anderer Meinung.«

Genau das wollte er von D'ward hören; dennoch konnte er es immer noch nicht glauben.

Der Befreier musterte ihn eingehend. »Wir haben dich als Dosh Gesandten gekannt. Wenn die Soldaten uns nach deinem jetzigen Namen fragen, wie auch immer der lauten mag, können wir behaupten, ihn nie gehört zu haben.« Der Ansatz eines Grinsens breitete sich auf D'wards Zügen aus. »Außerdem wärst du ja ein ganz neuer Mensch, oder?«

Ein neuer Mensch?

Dies war eine jener Entscheidungen, die reiflicher Überlegung bedurften. Dosh wäre kein Einzelgänger mehr. Er wäre eines der spatzenhirnigen Mitglieder des Befreier-Kults, die dem sicheren Tod in Thargtal entgegenströmten, sofern er sie nicht bereits früher ereilte.

»Warum haben die Schnitter dich nicht schon längst erwischt?«

D'ward zuckte die Schultern.

»Schnitter?« Gopaenum lachte heiser auf. »Willst du ein paar Schnitter treffen? Wir haben hier etwa ein gutes Dutzend davon. Sobald sie in die Nähe des Befreiers gelangen, sind sie keine Schnitter mehr.«

»Was?«

»Vergiß es«, sagte D'ward. »Du weichst der eigentlichen Frage aus.«

Unsicher ließ Dosh den Blick über die vom Feuerschein erhellten Gesichter wandern. Er konnte den Hohn und die Verachtung zwar nicht wirklich *sehen*, dennoch spürte er diese Empfindungen. Die verbargen sie aus Achtung vor D'ward. Mühsam quälte Dosh sich auf die Beine, wobei er sich schwerer fühlte, als alle anderen zusammen.

»Ich wünsche euch Glück. Ihr seid alle verrückt. Geht und bringt dem Tod den Tod, wenn ihr könnt. Ich persönlich ziehe es vor, ein Lebender unter Lebenden zu bleiben.«

Damit wandte er sich ab. Er hatte kaum ein paar Schritte zurückgelegt, als er D'ward rufen hörte: »Wir sehen uns in Nosokland.«

Dosh ging weiter und schenkte ihm keine Beachtung.

12

Die ersten Häuser der *Tyika* in Olympus waren rings um den Knoten angelegt worden. Nachdem jener Kreis geschlossen war, folgte ein äußerer Ring, der die gegenüberliegende Seite einer Straße bildete. Nachdem die Kammer die Station verwüstet hatte, wurde alles nach demselben Muster wiederaufgebaut. Als ›Grünschnabel‹, der jüngste Offizier des Regiments, lebte Julian noch weiter draußen in einer Art neuer Vorstadt, die gerade erst im Entstehen begriffen war. Das Anwesen eines Mannes verdeutlichte seinen Status am nachhaltigsten, doch es war nicht allein Protzerei, denn die innersten Plätze boten auch erhebliche Vorteile okkulter Natur. Wenn Anhänger des Ungeteilten irgendwo in den Tälern zu den Aposteln beteten, floß stets ein wenig Mana zu jenen, die auf dem Knoten wohnten. Kaum mehr als ein Flohhusten im Vergleich zu dem, was die Götter von ihren Anbetern in den Tempeln einstrichen. Dennoch mußte auf die Dauer ziemlich viel zusammenkommen.

Während der Himmel sich jenseits der Gipfel flammendrot färbte, schlenderte Julian zur Mitte der Ortschaft und spürte das erste Kribbeln von Virtualität, als er den Gartenweg der Pinkneys zur Haustür hinaufging. Durch die offenen Fenster hörte er das höfliche Lachen der *Tyikank,* die sich drinnen vergnügten. Drei Minuten später hielt er ein Glas jener widerlichen Flüssigkeit in der Hand, die man in Olympus als Sherry betrachtete und heuchelte uneingeschränkte Aufmerksamkeit, während seine Gastgeberin ihm den neuen Steingarten beschrieb, den die Karotten für sie anlegten.

Julian flüchtete vor Hannah Pinkneys Gartenepos, so rasch es unter Wahrung des Anstands möglich war und begann, von Gruppe zu Gruppe zu wandern. Er mußte über Polo und Kricket reden – die Karotten hatten hatten diese Spiele erlernt und beherrschten sie zunehmend besser – und natürlich über das Wetter. Über den Befreier fiel kein Wort.

»Packende Neuigkeiten aus Fithtal«, verkündete Prof Rawlinson. »Wie es scheint, hat Imphast befohlen, daß ihre Geistlichen von Rot zu Blau wechseln!«

»Was Sie nicht sagen!« rief Delores Garcia aus. Dann fügte sie unsicher hinzu: »Wer ist Imphast?«

»Göttin der ... äh, weiblichen Pubertät. Offensichtlich hatte sie von Eltiana zu Astina gewechselt! Ein bedeutender Zug im Großen Spiel!«

»Lieber Himmel!«

Der Professor begann, sich in langatmigen Erklärungen zu ergehen. Julian wußte rein gar nichts über Imphast und wollte noch weniger darüber erfahren. Er schlenderte weiter und beschäftigte sich damit festzustellen, wer zugegen war und wer nicht. Einige Leute dienten bloß zur Zierde und spielten bei dem Problem Exeter keine Rolle – Leute wie Hannah beispielsweise. Nutzlose, geschwätzige Leute. Andere hatten zweifellos ein bedeutendes Wörtchen mitzureden: Prof Rawlinson, Jumbo Watson und ein paar der anderen, von denen Dommi erwähnt hatte, sie wären zurückbeordert worden. Im Hintergrund hörte er Nebelhorn Rutherford, den diesjährigen Vorsitzenden.

Etwa drei Frauen konnten sich ebenfalls als bedeutsam erweisen: Dolores, die einen Körper besaß, der Männer um den Verstand bringen konnte und die als einzige treue Gattin in Olympus galt; Ursula Newton mit den Schultern eines Ringers und dem unfehlbaren Urteilsvermögen eines Oberfeldwebels; Olga Olafson, unverheiratet, sinnlich, unersättlich. Skandalträchtigen Gerüchten zufolge war sie sogar hinter Karotten her.

Julian beschrieb einen Bogen um Nebelhorn, der Cathy Chase lüstern angrinste, die ihrerseits gelangweilte Gleichgültigkeit zur Schau stellte, obwohl die beiden derzeit als Geliebte galten. Außereheliche Liebschaften waren die Hauptquelle der Zerstreuung in Olympus, doch man war sich allgemein darüber einig, daß sie streng vertraulich zu behandeln waren, falls die Karotten untereinander tratschten. Diese Täuschung war das zweitbeliebteste Spiel. Zugegeben, in einem so rückständigen Land gab es wenige andere Vergnügungen, denen man frönen konnte; dennoch betrachtete Julian das Ganze als lächerliche, frühviktorianische Heuchelei. Natürlich *waren* viele der Leute hier frühviktorianischer Herkunft. In Wahrheit wußte jeder haargenau, wer mit wem schlief. Und wenn nicht, konnte man jederzeit die Karotten fragen.

Der Dienst war ein kauziger Haufen, und irgendwie zeigte sich dies heute abend noch offensichtlicher als sonst. Doch es dauerte eine Weile, bis Julian dahinterkam, was anders war. An sich war an der Abendgesellschaft nichts Auffälliges – ein Dutzend Männer, ein Dutzend Frauen; zwei Karotten, die Getränke servierten und vermutlich zwanzig weitere, die hinter den Kulissen schufteten. Die Unterhaltungen wechselten von Belanglosigkeiten zu Plattheiten und wieder zurück.

Die Männer unter den glitzernden Kronleuchtern

trugen Fräcke, die Damen lange Kleider. Diese Art Abendgesellschaft fand beinahe jede Nacht des Jahres statt, denn in Olympus gab es keine jahreszeitliche Beschränkung für gesellschaftliche Veranstaltungen. Niemand würde sich je irrtümlicherweise bei einem offiziellen Abendessen im Villenviertel Londons wähnen. Jede kritische Londoner Gastgeberin würde der hoffnungslos überholten Kleidung mit schiefen Blicken begegnen. Die Möbel würde sie mit Neugier beäugen und sich höflich erkundigen, von wo in den Kolonien sie denn stammten, wenngleich es durchaus möglich schien, daß sie die narshischen Läufer oder niolischen Messingwaren loben würde, die genauso gut wie vergleichbare Güter aus Benares waren.

Andererseits konnte man das Treffen ohne weiteres als brauchbare Nachahmung eines Gesellschaftsereignisses in irgendeinem Außenposten des Britischen Weltreichs auf der Erde bezeichnen – ein Abendessen mit dem Bezirksverwalter Ihrer Majestät. Der Dienst arbeitete zwar nicht für das Reich, in dem die Sonne niemals unterging, doch er hielt dieselben, selbstlosen Werte hoch wie jene, die es taten. So wie sie hatten sich auch die Olympier dem Ziel verschrieben, die unbedarften Wilden aus der Barbarei zu erheben. Sie lebten nur ein wenig weiter entfernt im Exil, das war alles, oder auch nur einen Lidschlag entfernt, wenn man jenen Blickwinkel des Paradoxons bevorzugte. Der Knoten hier war ein Tor. Ging man hinaus auf den Rasen und vollführte das Schlüsselritual, war man unverzüglich zu Hause. Sofern man keine Vorkehrungen getroffen hatte, vom Hauptamt in Empfang genommen zu werden, kam man natürlich splitterfasernackt und völlig mittellos an, und man war wieder sterblich.

Dann fiel Julian auf, was so falsch, so fehl am Platze wirkte: Eine Feier, die eigentlich so ausgelassen wie ein Universitätsabschlußfest in Oxford sein sollte, verlief so lustlos wie ein Treffen altersschwacher Veteranen der Belagerung in Mafeking. Fremde gaben ihr Alter niemals preis, und darüber zu sprechen war tabu, doch Julian galt zweifellos als das Kind der Gruppe. Keiner der anderen würde je wieder zweiundzwanzig sein. Olga hatte wahrscheinlich mehrere Jahrhunderte auf dem Buckel. Jumbo, Pinky und Ursula Newton waren Gründungsmitglieder des Dienstes gewesen, gemeinsam mit Cameron Exeter und Monica Rogers, vor gut fünfzig Jahren.

Dennoch hätte eine Veranstaltung dieser Fremden sprudelnd wie die einer Schar Halbwüchsiger sein müssen. Heute nacht aber wirkten sie alle wie Herrschaften mittleren Alters. Zwar hatten sie weder Runzeln noch graues Haar, und ihre Leiber waren nach wie vor in guter Verfassung, doch ihre Stimmung verriet sie.

Joaltal war nicht das eigentliche Problem. Die Kirche des Ungeteilten hatte dort keinen besonderen Einfluß und somit wenig zu verlieren, sollte Exeter die Behörden gegen den Dienst aufbringen – in Wahrheit galten ein paar Märtyrertode als gut fürs Geschäft, wenngleich es von schlechten Manieren gezeugt hätte, dies auszusprechen.

Nein, die Kammer stellte die Gefahr dar, und so war es schon immer gewesen. Der Dienst fürchtete die Prophezeiungen des *Filoby-Testaments* beinahe ebenso sehr wie Zath, denn jeder Versuch, sie zu erfüllen, mußte zwangsläufig zu einem gewaltigen Krieg führen, den zu gewinnen Olympus nicht einmal hoffen durfte. Die Frauen und Männer des Dienstes müßten sich der Wahl zwischen Tod und Flucht zurück zur Erde stellen. Ihr gemütliches Lehenreich hier wäre ausgelöscht.

Sie hatten die Hosen voll!

Julian entdeckte Marcel Piran und Euphemia McKay in einem abgeschiedenen Winkel hinter einer Topfpflanze und lud sich zu der Unterhaltung mit ein. Euphemia war durch und durch ein Prachtweib, mit grünen Augen und so echt irisch-rotem Haar, daß jenes der Karotten im Vergleich geradezu farblos erschien. Kultur und Geistesgaben zählten weniger zu Euphemias Stärken, dafür besaß sie sehr viel Schlagfertigkeit und die unglaublich ausgeprägte Gabe, andere nachzuahmen – kurzum, man konnte jede Menge Spaß mit ihr haben.

Leider war sie auch mit dem schlechtesten Geschmack zweier Welten für Kleider gestraft. Heute abend hatte sie sich in ein königblaues Seidenkleid gezwängt, das ihrer Haarfarbe und Figur eigentlich schmeicheln müßte, doch sie wirkte darin wie eine ausgeflippte Vogelscheuche. Ganz ohne Kleider sah sie wesentlich besser aus.

Nach kurzer Zeit stahl Marcel sich taktvoll davon, um mit Hannah zu reden.

»Und wie geht es meiner herzallerliebsten Wendy?« Julian bediente sich eines lüsternen Brummens, während er vorgab, die Topfpflanze zu betrachten.

Euphemia ließ den Blick gleichgültig durch den Raum schweifen.

»Scharf wie eine läufige Hündin. Wie steht's um meinen Captain Hook? Bereit zum Entern? Das Entermesser geschliffen?«

»Allzeit bereit zum Angriff. Warum huschen wir nicht für eine schnelle Nummer hinters Sofa?«

»Ich warte lieber bis später auf eine langsame.«

»Nur eine? Seit wann gibst du dich mit einer zufrieden, Wendy?«

»Was bringst du mich doch wieder in Versuchung! Wie soll ein Mädchen da widerstehen?«

Das mündliche Vorspiel wurde unterbrochen, als Olga und der Gastgeber des Abends, Pinky Pinkney, sich zu den beiden gesellten. Die Unterhaltung wechselte zu den jüngsten Neuigkeiten von zu Hause, die mehr als eine Doppelwoche alt waren.

»Scheint mir kein feiner Zug von den Peppers, die Goldsmiths so lange warten zu lassen!« verkündete Pinky. »Deborah kann es kaum noch erwarten, London wiederzusehen.«

»Hast du irgend etwas darüber gehört, was die Peppers aufhält?« erkundigte sich Euphemia.

»Natürlich nicht. Die Montgomerys sollten in ein paar Tagen zurück sein ... vielleicht wissen da, was los ist.«

»Keine Nachricht vom Hauptamt?«

»Ich fürchte, der Krieg hat das Hauptamt gründlich durcheinandergewirbelt. Die Leute dort sind nicht mehr das, was sie mal waren.«

Euphemia seufzte; ihr Kleid hatte Mühe, der Belastung standzuhalten. »William und ich sind erst in einigen Jahren an der Reihe!«

Pinky gab mitfühlende Laute von sich. Er präsentierte sich glatt wie ein geölter Aal und trug das Haar in der Mitte gescheitelt.

»Bist du da ganz sicher, meine Liebe? Ich glaube, während du weg warst, wurden am Zeitplan ein paar Veränderungen vorgenommen.«

»Tatsächlich?« meinte Euphemia mit überraschendem Interesse.

»Dolores weiß bestimmt Näheres darüber. Gehen wir sie doch fragen, ja?«

Ohne ein Wort der Entschuldigung führte dieser Rüpel Euphemia quer durch das Zimmer davon. Julian nippte an dem gräßlichen Sherry.

»Schau ihnen nicht so finster nach, Liebling«, empfahl eine kehlig murmelnde Stimme. »Die Leute werden noch denken, du wärst eifersüchtig.«

Er zuckte zusammen. Olga war eine atemberaubende nordische Blondine, eine weibliche Wikingerin – ein Wesen, das Wagner ersonnen haben könnte, hätte er es gewagt. Heute abend trug sie ein scharlachrotes Kleid, das mit jedem Atemzug zu bersten drohte.

»Eifersüchtig? Auf Pinky und Euphemia? Zwischen denen läuft doch gar nichts.«

Olga klimperte mit goldenen Wimpern. »So wie Pinky sie angegafft hat, Liebling, dürfte in ein paar Stunden sehr wohl etwas zwischen den beiden laufen.«

Julian leerte sein Glas in einem einzigen, langen, barbarischen Zug. Olga beunruhigte ihn in mehrerer Hinsicht. Erstens hatte er keine Ahnung über ihre Herkunft – ihr Englisch war zu vollkommen, um ihre echte Muttersprache zu sein; womöglich stammte sie nicht einmal von der Erde. Zweitens war sie vermutlich das älteste Wesen des Dienstes, denn sie war eine Bekehrte. Bevor sie die Seiten gewechselt hatte, war sie eine unbedeutende Göttin gewesen, ein Avatara Eltianas.

Und drittens neigte sie unverhohlen zu häufigem Partnerwechsel. Keine andere Frau der Station würde es wagen, einen Mann so anzuschauen, wie sie Julian gerade anschaute. Wahrscheinlich hegte sie keine ernsten Absichten, denn Julians Skalp hatte sie sich bereits vor Jahren an den Gürtel geheftet, ein paar Tage, nachdem er auf Nebenan eingetroffen war. Wenigstens hoffte er, daß sie keine ernsten Hintergedanken hegte; dennoch mußte man als Mann im Umgang mit Olga stets die Zunge hüten. Sie war unbeirrbar und ließ sich durch nichts beleidigen. Und im Augenblick versuchte sie, bei Julian den Fuß in die Tür zu bekommen.

»Ich glaube, du mißt einer vollkommen harmlosen Unterhaltung ungebührliche Absichten zu. Mrs. McKay und Mr. Pinkney sind . . .«

»Beim Balzen, mein Lieber. Er zumindest. Und zwar so laut wie ein ausgewachsener Auerhahn.«

»Was, zum Geier, ist ein Auerhahn? Und selbst wenn dem so wäre, wieso sollte Euphemia . . .«

Dramatisch verdrehte Olga die Augen. »Julian, Liebling, ich dachte, ich hätte dich schon vor Jahren von deiner Unschuld geheilt. Sag bloß nicht, die ganze Arbeit war vergebens! Bist du nicht in Indien geboren? Du solltest doch wissen, daß Weltreichexile überall gleich sind.«

»Nebenan kann man wohl kaum als blühende Kolonie bezeichnen«, widersprach er. »So weit erstreckt sich das Weltreich auch nicht – jedenfalls noch nicht.«

Sie lächelte süffisant. »Trotzdem tun sie gern so, als wäre es eine Kolonie. Olympus ist absichtlich einer britischen Regierungsstation irgendwo im Busch nachempfunden, oder? Versuch nicht, es zu leugnen; du weißt, daß es so ist. Über die Eingeborenen herrschen, sich zum Abendessen in Schale schmeißen . . . Ich kann mich noch erinnern, wie Nebelhorn einen

Fahnenmast aufstellen lassen wollte, um den Union Jack zu hissen. Cameron hat gedroht, ihn mit der Flagge zu erwürgen, falls er es versuchen sollte.«

Julian blinzelte überrascht. Er hatte nicht gewußt, daß Olga schon so lange in Olympus weilte, denn Cameron war vor dreißig Jahren nach Hause zurückgekehrt. »Was hat das alles mit . . .«

»Machst du dir denn gar keine Sorgen, Liebling?« schnurrte sie.

»Nicht wegen Pinky«, erwiderte er standhaft und war ziemlich sicher, daß er dabei nicht einmal errötete, wodurch er sich gegen Olgas Klauen wesentlich besser zur Wehr setzte als noch vor zwei Jahren. Pinky würde heute abend gar nichts erreichen – ebenso wenig an irgendeinem anderen Abend –, denn Euphemia hielt ihn für einen Langweiler und ein Ekel sondergleichen. Nicht Pinky würde heute nacht mit Euphemia auf Tuchfühlung gehen, sondern Hauptmann (der Königlichen Artillerie, im Ruhestand) Smedley, und je eher, desto besser.

Er entfloh Olga so bald er konnte, ohne den Anschein zu erwecken, er würde vor ihr davonlaufen. Bislang hatte niemand den Grund erwähnt, weshalb er zurückbeordert worden war; ebenso wenig hatte jemand ihm gesagt, ob er vor dem eigentlichen Komitee erscheinen müsse. Falls dem so wäre, würde es sich um eine nebensächliche Formsache handeln, weil die wahren Entscheidungen in Olympus vom harten Kern getroffen wurden, nämlich von Pinky und seinen Spießgesellen. Dies war eine weitere Eigenschaft des Dienstes – niemand vertraute irgend jemandem; zu viele hatten zur Gegenseite gewechselt. Auch regelrechte Verräter hatte es schon gegeben, von denen einer Edward Exeter um ein Haar erledigt hätte, indem er ihn mitten auf ein Schlachtfeld zu Hause in Flandern schickte. Mana konnte süchtig machen, und das Pentatheon bot wesentlich ergiebigere Manaquellen als der Dienst. Selbst ein bedeutungsloser Gott mit einem eigenen Tempel strich weit mehr Mana ein als ein Priester, der geheime Messen im Busch abhielt.

Euphemia und Pinky tauchten wieder auf, doch Julians Versuche, sein Werben fortzusetzen, wurden beharrlich von Pinky unterbunden, der wie Sirup an ihr klebte, bis seine Frau verkündete, es wäre an der Zeit, sich zu Tisch zu begeben.

Erschrocken stellte Julian fest, daß man ihn mit Olga zusammengesetzt hatte, die schamlos weiter mit ihm flirtete. Zum Glück saßen sie gegenüber von Jumbo und Iris, die man als guten Umgang bezeichnen konnte. Euphemia hatte einen Platz neben Pinky zugewiesen bekommen, wie Julian verärgert bemerkte.

Das Essen ging wie üblich vonstatten, mit unzusammenhängenden und belanglosen Unterhaltungen. Es war beängstigend zivilisiert – Damasttischtücher, Silberteller, ringsum Bedienstete – und eine willkommene Abwechslung von der Gastfreundschaft der einheimischen Bauern, die Julian erst kürzlich in Randortal genossen hätte. Etwas annähernd Geschäftliches kam nur einmal zu Sprache, als jemand die Geschichte von Jumbos Wunder in Flaxby erwähnte, wo er einen Richter und zwei Soldaten in die Tasche gesteckt hatte. Julian hatte von Purlopat'r davon erfahren, doch anscheinend hatte die Neuigkeit erst kurz nach seiner Abreise die Runde gemacht.

Es war unmöglich, Jumbo nicht zu mögen. Er war groß, schlank und verdankte seinen Spitznamen der Länge seines Riechorgans. Zudem besaß er einen auffallend süßsauren Sinn für Humor sowie geziemende Bescheidenheit.

»Das war doch nichts Außergewöhnliches«, widersprach er. »Ich war nicht unterwegs, um irgendwelche Wunder zu vollbringen. Beim Anblick dieser blöden Schwerter bekam ich nur solche Angst, daß ich mir den Mund fusselig geredet habe. Bevor ich wußte, wie mir geschah, kauerten die Kerle auf den Knien und winselten um Vergebung – ich nehme an, sie wollten bloß, daß ich die Klappe halte. Sofern ich dabei überhaupt Mana gebraucht habe, bekam ich viel mehr zurück. Eigentlich war das Ganze ziemlich witzig. Ihr hättet das Gesicht des Richters sehen sollen ...« Er trug die Geschichte ziemlich lustig vor, und jeder lachte.

Julian erwähnte sein Abenteuer in Randortal nicht. Die Unterhaltung schwenkte auf das ungewöhnlich warme Wetter.

Wenn es auch unmöglich war, Jumbo nicht zu mögen, so war es sehr wohl möglich, ihm zu mißtrauen. Er war es gewesen, der Exeter in den so gut wie sicheren Tod in die dritte Ypern-Schlacht geschickt hatte. Zwar behauptete er, von Jean St. John getäuscht worden zu sein, doch Jean war entweder gestorben oder getürmt, als Zaths Schnitter über Olympus herfielen, folglich konnte seine Geschichte weder bestätigt noch widerlegt werden. Jumbo war ein Freund beider Exeters gewesen, sowohl des Vaters als auch des Sohnes, während ihrer jeweiligen Aufenthalte in Olympus. Zudem galt er als unerschütterlicher Gegner der Prophezeiung über den Befreier.

Julian hatte Mühe, nicht zu gähnen, während er sein Scherflein zur Unterhaltung beitrug. Die Leute um den Tisch waren allesamt besorgt; sie hatten Angst. Es war nicht zu übersehen.

Das Essen war vorüber, und auf der Anrichte warteten Karaffen. Die Gastgeberin ließ den Blick um den Tisch wandern, um sich zu vergewissern, daß alle das Mahl beendet hatten. Was den Einfluß in Olympus betraf, galt Hannah Pinkney als Leichtgewicht. Sie beschäftigte sich wesentlich eingehender mit ihrem Steingarten als mit der Mission des Dienstes, die Heiden zu erretten oder mit den schleimigen Annäherungsversuchen ihres Mannes bei Euphemia. Heute abend trug sie ein von oben bis unten rosarotes und flauschiges Chiffonspitzenkleid, das ihrer Persönlichkeit durchaus angemessen schien.

»Nun denn!« meinte sie strahlend. »Wollen wir die Männer in Ruhe ihre Zigarren rauchen lassen, meine Damen?«

Das leise Geraschel erklang, als Männer sich erhoben, um die Stühle ihrer Begleiterinnen zurückzuschieben ... Olga nahm die Hand von Julians Oberschenkel.

»Heute abend hätte ich auch gern eine Zigarre«, verkündete eine laute Stimme.

Hannah bemerkte, daß diese Stimme Ursula Newton gehörte, und starrte sie bestürzt an. Julian mußte gegen einen drohenden Lachkrampf ankämpfen.

Ursula hatte keineswegs übermäßig getrunken. Sie

war lediglich wütend und deshalb gefährlich. Wenngleich man sie beileibe nicht als unansehnlich bezeichnen konnte, war sie für ihre Größe zu breit gebaut und erinnerte an einen viktorianischen Mahagonischrank – durch und durch Muskeln, kein Fett –, dem jede weibliche Anmut fehlte. Aber beim Predigen konnte sie es mit jedem aufnehmen, und mit dem Tennisschläger beschwor sie auf Nebenan die Hölle herauf; was sie auch tat – sie tat es verdammt gut und neigte dazu, auf jeden hinunterzublicken, den sie übertrumpfte. Heute abend trug sie ein fliederfarbenes Kleid, das ihre kräftigen Arme und Schultern betonte und sich mit ihrer dunklen Hautfarbe schlug. Während es Euphemia an gutem Geschmack mangelte, scherte Ursula sich einen Dreck darum.

»Das meinst du doch nicht ernst, meine Liebe, oder?« fragte Hannah in weinerlichem Tonfall. »Ich meine, wir können sicher eine Zigarre für dich auftreiben, wenn ...«

Ursula schenkte ihr keine Beachtung, sondern strafte Pinky mit einem finsteren Blick. »Nein, das mit der Zigarre meine ich nicht ernst. Was ich sehr wohl ernst meine, ist das Komitee. Ich habe es satt, immer wieder festzustellen, daß jede Angelegenheit, die dem Komitee vorgetragen wird, bereits entschieden wurde. Ihr Männer habt die Absicht, heute abend Hauptmann Smedley ins Kreuzverhör zu nehmen und uns anderen morgen zu erklären, was wir abzusegnen haben.«

Pinky lächelte wohlwollend, doch wenn Pinky lächelte, sah man seine Augen nicht, nur die schweren Lider. »Bist du jetzt nicht ein bißchen ungerecht, meine Liebe? Du mußt uns Männern doch einräumen, daß es uns freisteht, was wir besprechen wollen, genau wie es euch Damen freisteht. Willst du etwa vorschlagen, daß wir Hauptmann Smedley vom Tisch verbannen? Wäre das nicht ausgesprochen unfreundlich? Wenn du Beschwerden darüber vorbringen willst, wie das Komitee geführt wird, solltest du sie dem Vorsitzenden zur Kenntnis bringen. Ganz formell, meine ich. Schriftlich.«

Dieses Jahr war Nebelhorn Rutherford Vorsitzender. Was jedoch keine Rolle spielte. Ungeachtet der erklärten Absicht des Dienstes, eine demokratische Vereinigung gleichwertiger Mitglieder zu bleiben, galt Pinky Pinkney als derjenige, der die Fäden zog – dieses Jahr wie jedes Jahr.

Nebelhorn war ein lauter, großer, langatmiger, ungehobelter menschlicher Windbeutel mit gerötetem Gesicht, auf simple Weise liebenswert und scheinbar von Geburt an dafür bestimmt, Kapitän eines Bezirksliga-Rugbyvereins zu werden. Nun gab er ein grummelndes, dampfsirenenhaftes Geräusch der Mißbilligung von sich. »Ich versichere dir, das Komitee wird ausreichend Gelegenheit haben ...«

»Ich glaube euch kein Wort!« herrschte Ursula ihn an. »Ihr werdet mit Hauptmann Smedley genauso verfahren wie mit dem Kerl, der die Neuigkeiten gebracht hat.«

Rutherford brach in schallendes, an ein Maultier erinnerndes Gelächter aus. »Ursula, altes Mädel, wenn du damit andeuten willst, daß Pinky diesen schlitzohrigen Drachenhändler zum Abendessen hätte einladen sollen, wird er dich wohl zu einem Pistolenduell im Morgengrauen auf dem Krocketrasen herausfordern.«

Hannah versuchte, allgemeine Heiterkeit auszulösen, doch niemand stimmte in ihr Lachen ein.

Ursula lenkte ihren furchteinflößend finsteren Blick auf Pinky. »Wenn ihr mir euer Wort gebt, daß niemand hier Edward Exeter für den Rest des Abends auch nur erwähnt, ziehe ich mich gern zurück. Andernfalls bleibe ich. Dasselbe gilt für Olga.«

So wie der Rest der Männer, hatte auch Julian wieder Platz genommen. Olga hatte neuerlich begonnen, ihn zärtlich zu streicheln. Sie würde auf jeden Fall zu der eigens für die Befreier-Krise gebildeten Gruppe gehören – das hätte Julian wissen müssen. Gewiß war sie von vornherein dafür auserkoren worden, denn sie wußte besser als jeder andere, wie das Pentatheon dachte.

Schläfrig lächelnd, hißte Pinky die weiße Fahne. »Dann bleib eben, um Himmels willen. Ja, ich gehe davon aus, daß wir übers Geschäft reden. Warum auch nicht, hm? Tun wir das nicht immer? Wer bleiben will, kann bleiben. Wen Geschäftliches langweilt, der soll in Frieden ins Gesellschaftszimmer ziehen. Ist das in Ordnung? Ziemlich in Ordnung, würde ich meinen.« Damit nickte er den wartenden Karotten zu, auf daß sie den Portwein brachten.

Selbstverständlich entschieden sich alle zu bleiben, und die Männer lehnten allesamt die ihnen angebotenen Zigarren ab – was Julian ärgerte, der dringend ein paar Züge brauchte. Nebenans Gegenstück von Tabak schmeckte wie brennende Kiefernnadeln, doch es enthielt einen Schuß Nikotin. Schließlich kam der Portwein; Ursula schenkte sich ein Glas ein und reichte die Flasche mit der richtigen Hand weiter, wobei die meisten Frauen sie einfach an sich vorübergehen ließen. Belangloses Gerede säuselte gleich tolpatschigen Motten um den Tisch, bis die Karotten sich zurückgezogen hatten. Dann nickte Pinky dem guten Nebelhorn zu, der gehorsam die donnernde Stimme erhob. »Ich nehme an, Doc hat dir davon erzählt, Hauptmann? Edward Exeter rennt in Joalland herum und verkündet, er sei der prophezeite Befreier.«

Da T'lin Drachenhändler seiner Sache so sicher war, hatte es keinen Sinn zu versuchen, die Identität des Übeltäters in Zweifel zu ziehen. »Ja.«

»Was mag er wohl im Schilde führen, hm?«

»Ich habe keine Ahnung. Seit er von hier aufgebrochen ist, habe ich nichts mehr von ihm gehört.« Julian konnte nachgerade fühlen, wie seine Aussage rings um den Tisch abgewogen wurde. Sie mißtrauten ihm, was durchaus in Ordnung schien, denn er mißtraute ihnen ebenso.

»Du kennst ihn besser als jeder andere von uns, Hauptmann.« Der Sprecher war Pedro Garcia, der sich in Thotal verdrückt und seine Schäfchen sich selbst überlassen hatte.

»Wir waren Schulfreunde, ja, aber seither habe ich ihn kaum zu Gesicht bekommen – nur einmal, ganz kurz, vor zwei Jahren. In Wahrheit kennt ihr ihn besser als ich.«

Quatsch mit Soße! Der Exeter von 1917 war haargenau derselbe gewesen wie der Hausaufsichtsschüler, der Fallow 1914 verlassen hatte. Exeter war einer jener Menschen, die sich nie änderten. Er war mit achtzehn genauso selbständig gewesen, wie er es mit achtzig sein würde – oder mit achthundert, falls er solange auf Nebenan blieb. Er ging seinen eigenen Weg, geleitet von seiner Auffassung darüber, was ehrenhaft war und was nicht, und er würde sich durch nichts und niemand davon abbringen lassen. Exeter war schon immer aufrecht, bescheiden, bewundernswert gewesen – er besaß alle diese guten Eigenschaften. Darüber hinaus war er ein Dickschädel vom Scheitel bis zur Sohle, und so würde er bleiben, bis er starb.

Garcia zuckte die Schultern, schmierig wie ein Kanackenfischbrater. »Er hat sich den Eingeborenen angepaßt.«

Julian ballte die Hand zur Faust. »Tatsächlich? Ich dachte, er wäre wieder nach Hause gereist, um sich freiwillig zu melden und seinen Beitrag zum Krieg zu leisten. Das hatte er ursprünglich vor.« Olga kniff ihn in den Oberschenkel, doch ob die Geste eine Warnung oder eine Ermutigung sein sollte, wußte er nicht. Ebenso wenig kümmerte es ihn.

»Wirklich, Hauptmann? In seiner Abschiedsrede hat er den Karotten erzählt, er würde ausziehen, um die Prophezeiung zu erfüllen.«

»Und wenn dem so wäre? Diese Prophezeiung hat sein ganzes Leben zerstört. Sie hat seine Eltern getötet. In England hat sie ihn zum Mörder gestempelt. Sie hat ihn davon abgehalten, sich freiwillig zu melden. Und sie hat seine Freunde wie eine Seuche dahingerafft.« Sie hatte sogar das Mädchen getötet, das er geliebt hatte, wenngleich Ysian eine Einheimische gewesen war und es eher nachteilig wäre, sie zu erwähnen. »Er hat Olympus verlassen, um uns andere zu retten. Wäre er hier geblieben, hätte Zath neuerlich zu einem Schlag gegen den Dienst ausgeholt.«

Unmittelbar gegenüber von Julian meinte Jumbo: »Hört, hört! Du bist ein wenig ungerecht, Pedro, alter Freund. Exeter hat die ersten beiden Jahre auf Nebenan ohne jede Hilfe von unserer Seite überlebt. Es scheint mir kaum angemessen, das als ›sich den Einheimischen angepaßt‹ zu bezeichnen! Vielmehr würde ich es ›Überleben unter widrigen Bedingungen‹ nennen. Sich den örtlichen Gepflogenheiten angleichen, wenn euch das lieber ist. Als er schließlich hier in Olympus eintraf, war er wieder von oben bis unten ein zivilisierter junger Ehrenmann.«

Julian bedachte Jumbo mit einem dankbaren Lächeln und griff nach seinem Glas Portwein. Er hoffe, damit wäre das Gespräch beendet und er könnte sich ins Bett begeben. In Euphemias Bett.

Rutherford brach die betretene Stille mit einem Räuspern gleich dem Glockenspiel eines Kirchturms. »Wir haben uns gefragt, Hauptmann ... Kennst du eine junge Dame namens Alice?«

Julian nippte an dem Wein. Offensichtlich rotteten sie sich gegen ihn zusammen. »Hört sich wie ein Limerick an. Hat sie mal in einem Palast gelebt?«

»Uns allen fällt ein guter Reim für die letzte Zeile ein«, sagte Jumbo, »aber ich glaube kaum, daß der Vorsitzende darauf hinaus wollte.«

»Alice Prescott, Exeters Cousine? Ja. Ich kenne sie. Warum?«

»Nur so!« donnerte Nebelhorn. Der Portwein zauberte noch rötere Farbe in seine ohnehin geröteten Züge. »Wenn wir sie um Hilfe bitten, Exeter Vernunft einzubläuen, glaubst du, sie würde mit uns zusammenarbeiten?«

In tausend Jahren nicht. Dafür hatte Alice viel zu viel Achtung vor ihrem Cousin. Zumindest glaubte Julian das. Außerdem befand Alice sich ohnehin auf einer anderen Welt.

»Das vermag ich beim besten Willen nicht zu beurteilen.« Was sich wenig hilfsbereit anhörte. »Ich habe sie nur ein, zweimal getroffen.«

»Haben wir bloß so dahingedacht. Tja, damit sollte der geschäftliche Teil eigentlich beendet ...«

»Nein.« Offenbar hatte Jumbo andere Pläne. Jumbo

war ein Blitzdenker; er hatte wesentlich mehr in der Birne als Nebelhorn, wahrscheinlich auch mehr als Pinky. »Gehen wir das Problem noch einmal durch. Ich habe nie ein Geheimnis daraus gemacht, daß ich von der Prophezeiung wenig halte. Exeters Vater war in dieser Hinsicht voll und ganz einer Meinung mit mir.«

Köpfe nickten, aber die Augen hafteten allesamt auf Julian.

Er schwieg und wartete auf den Schwinger.

»Zunächst«, leitete Jumbo seine Ausführungen ein, »ist es Wahnsinn, sich mit Zath anzulegen. Zwar gehört er offiziell nicht zum Pentatheon, aber er ist zweifellos stärker als jeder der anderen. Die Fünf haben eine Heidenangst vor ihm.«

»Menschenopfer!« rief Olga dazwischen. Ihre Hand betastete geschäftig Julians Schoß. Offenbar hatte sie beschlossen, daß ihm mittlerweile ein eroberungswürdiger Skalp nachgewachsen war. »Dazu läßt sich keiner der anderen herab.«

Jumbo nickte. »Und es geht nicht nur um Zath. Das Pentatheon mag Zath vielleicht nicht ausstehen können, aber ebenso wenig werden sie einen fremden Emporkömmling billigen, der Reformen predigt. Folglich kann Exeter nicht mit Unterstützung von den Fünfen rechnen. Außerdem wird es den Behörden mehr als sauer aufstoßen, wenn Hunderte Menschen einem neuen Propheten hinterherrennen. Wir stoßen jetzt schon auf Widerstand, und dabei sind wir nicht annähernd die Bedrohung, die der Befreier verkörpert.«

»Wer an der Macht ist, wird sich immer an die Macht klammern«, merkte Pinky weise an.

Pinky selbst stellte ein Musterbeispiel für diese

Aussage dar, deshalb konnte Julian ihm schlecht widersprechen. Sie hackten auf ihm herum, weil er Exeters Freund gewesen war. Ein Mann mußte zu seinen Freunden stehen. »Behörden kann man ablenken. Das hast du in Loxby selbst bewiesen.«

»Nicht wenn das Pentatheon sein gesamtes Gewicht dahinterwirft!« Träge schüttelte Jumbo den Kopf, wodurch er zwanzig Jahre älter wirkte als sonst. »Als nächstes bricht vermutlich die Pest aus, und Blitz und Donner werden herniederfahren. Wir haben nicht annähernd genug Mana, um die Kirche gegen direkte Angriffe zu schützen.«

»Das ist ein zweischneidiger Einwand. Als Befreier könnte Exeter die Kammer von uns ablenken. Solange er auf dem Kriegspfad ist, wird man uns keine Beachtung schenken.«

Jumbo zeigte sich wenig überzeugt. »Ich glaube eher, sie werfen beide Ketzergruppen in einen Topf und rufen zur allgemeinen Hetze auf. Exeter stellt eine Bedrohung dar, für uns und für alles, was wir zu tun versuchen. Wir sind immer noch äußerst verwundbar. In hundert Jahren von heute an könnte das anders aussehen.«

Rings um den Tisch nickten ernst und schweigend die Köpfe.

Verfluchte Bande von Hasenfüßen!

Nüchtern ergriff Olga das Wort. »Wenn einer der Fünf zu mächtig wurde, haben sich die anderen vier, geschichtlich betrachtet, stets gegen ihn oder sie zusammengetan. In Zaths Fall haben sie es erst bemerkt, als es bereits zu spät war.«

Sie öffnete einen Knopf an Julians Hosenschlitz. Hastig stieß er ihre Hand beiseite und machte den Kopf wieder zu. Olga hatte bereits vor zwei Jahren

Gelegenheit gehabt zu erkunden, was sich dort befand.

Weiter unten am Tisch mischte Prof Rawlinson sich ins Gespräch. »Da ist noch etwas. Hat T'lin Drachenhändler nicht gesagt, daß Exeter das Wort des Ungeteilten predigt?« Rawlinson war ein farbloser, eulenhafter und auf unbrauchbare Weise schlauer Mensch. Er wies das engstirnige Gebaren eines Theologiestudenten auf, doch in der Vergangenheit hatte er stets zur Gruppe der Befürworter des Befreiers gezählt. Bislang war der Dienst geteilter Meinung hinsichtlich des Befreiers gewesen; nun schien er wieder vereint. Außer Julian Smedley stand niemand auf Exeters Seite.

»Ich nehme an, er hätte wohl kaum anders vorgehen können«, meinte Pinky aalglatt. »Schließlich hat er eine Zeitlang als Missionar für uns gearbeitet, wißt ihr noch? Überwiegend in Thotal, oder? Ja, überwiegend in Thotal. Er braucht ein Evangelium, das er predigen kann. Das *Testament* allein wäre zu wenig. Nur damit kann er nicht arbeiten. Er braucht schon ein bißchen mehr, hm? Folglich scheint es mir ganz natürlich, daß er unsere Lehre aufgreift. Für seine Zwecke zugeschnitten, würde ich sagen.«

»Soll das heißen, er stiehlt unsere Kirche?« rief Hannah dazwischen. Unter dem gestrengen Blick ihres Gatten verfiel sie sogleich wieder in Schweigen und errötete.

»Wenn Exeter es also damit versucht und versagt«, griff Jumbo den Faden auf und beobachtete Julian, »könnte er uns mit ins Verderben reißen.«

»Schlimmer noch!« erklärte Prof. mit piepsiger Stimme. »Mal angenommen, er hätte ungeachtet der miesen Aussichten Erfolg? Wenn er die Prophezeiung tatsächlich erfüllt, wird er stärker als Zath sein. Was wird dann aus ihm werden? Was könnte er mit einer solchen Macht anfangen?«

Niemand schien über diese unwahrscheinliche Annahme sonderlich beunruhigt, doch Jumbo sagte: »Das ist es, was seinem Vater Sorgen bereitet hat. Cameron wollte nicht, daß aus seinem Sohn ein weiterer Scheingott wird.«

Offensichtlich waren alle gegen Exeter, ob er nun verlor oder gewann: Zath, das Pentatheon samt all den geringeren Göttern, die zahlreichen Herrscher der Täler, der Dienst – alle waren sie gegen ihn.

Julian beschloß, daß es nunmehr an ihm lag.

»Wollt ihr meine Meinung hören?«

»Nur zu«, forderte Pinky ihn auf. »Die Bühne gehört dir. Der Hafen steht dir offen, Duffy.«

»Ich glaube das alles nicht. Ich kenne Edward Exeter. Er war genau so sehr gegen die Prophezeiung wie jeder andere. Da muß ein Irrtum vorliegen.«

»Siebenundsiebzig ist ein zuverlässiger Bursche.«

»Aber ein Einheimischer. Erwartet ihr etwa, daß Exeter T'lin Drachenhändler in all seine Pläne einweiht?«

»Ein interessanter Punkt, Hauptmann. Sehr interessant.« Pinky schenkte sein Glas nach. »Trotzdem bleibt die Tatsache, daß Exeter sich als Befreier bezeichnet. In aller Öffentlichkeit. Sind wir uns darin einig, daß er aufgehalten werden muß? Ist das der Sinn dieses Treffens?« Lächelnd, mit scheinbar geschlossenen Augen, blickte er in die Runde. »Selbstverständlich nur, sofern niemand seine Meinung geändert hat.«

Was sollte *aufhalten* bedeuten? Julian ließ sich zu einem weiteren Glas Portwein hinreißen, als die

Karaffe zu ihm kam. »Leute, Zath versucht seit dreißig Jahren, die Kette der Prophezeiungen durchzureißen. Es ist zu spät, den Hebel bei all dem anderen Zeug im *Testament* anzusetzen. Der einzige Weg, die Erfüllung noch zu verhindern, besteht darin, Exeter zu töten.«

Hannah und ein paar der anderen Frauen starrten ihn mit offenen Mündern an.

»Quatsch!« dröhnte Nebelhorn, ohne Julian dabei in die Augen zu schauen.

Nur Jumbo starrte Julian über den Tisch hinweg herausfordernd an. »Vielleicht versucht Exeter selbst, die Kette zu zerreißen, indem er Selbstmord begeht.«

»Nicht der Edward Exeter, den ich kannte.«

»So sieht es aber aus«, bekräftigte Nebelhorn mit fester Stimme. »Er ist ein verfluchter, tolldreister Narr! Wir schulden es ihm um seiner selbst Willen, daß wir ihn zur Vernunft bringen.«

Nun kam es also. Es war Jumbo, der die Frage stellte. »Stimmst du uns dahingehend zu, Hauptmann?«

Julian hob eine Hand, die ohne Finger. Er spürte die Woge des Zorns und der Verlegenheit. »Ich stimme euch in allem zu, was über die Gefahren der Prophezeiung gesagt wurde. Ich unterstütze voll und ganz, wofür der Dienst steht – wie auch Edward Exeter, soviel ich weiß. Außerdem habe ich das Gefühl, daß Zath all das Böse im Pentatheon verkörpert und wir die Pflicht haben, ihn so rasch wie möglich zu stürzen. Ich hoffe, *ihr* stimmt *mir* dahingehend zu! Das wäre der bedeutendste Dienst, den wir den Menschen der Täler erweisen könnten.« Sorgte der Dienst sich tatsächlich um das Wohlergehen der Einheimischen oder nur um das eigene Überleben? »Eigentlich ähnelt

Zath stark dem Kaiser. Zu Hause in Europa haben wir einen höllengleichen Krieg gefochten, um ihn aufzuhalten. Der Sieg war alles andere als leicht verdient.«

Julian ließ den Blick rings um den Tisch wandern. »Der Krieg hat Millionen Leben gekostet, aber das war es wert. Zath zu zerstören, könnte auch ein paar Opfer wert sein. Deshalb kann ich nicht verurteilen, was Exeter tut, ohne mehr über seine Beweggründe zu wissen. Vielleicht ist ihm etwas aufgefallen, das uns anderen entgangen ist. Ich glaube, ihr schuldet ihm eine Anhörung, bevor ihr ihn so mir nichts, dir nichts verurteilt.«

Abermals ließ Pinky die Lider herabsacken. »Ganz recht. Sehr vernünftig. Wir sollten herausfinden, wie die Dinge wirklich stehen. Wärst du bereit, loszuziehen und mit ihm zu reden, Hauptmann? Ihn aufzuspüren, ihn abzutasten?«

»Mit Freuden. Joaltal wollte ich immer schon mal sehen. Ich breche gleich morgen früh auf.«

Wohlwollend nickte Pinky. »Überaus gefällig von dir, Hauptmann. Das würde uns zutiefst beruhigen. Aber es ist eine ziemlich lange Reise. Verzeih, wenn ich das so sage, aber du verfügst nicht über die Erfahrung, die manche von uns besitzen. Zwei Köpfe sind immer besser als einer, oder? Was selbstverständlich nicht bedeuten soll, daß wir dir nicht trauen.«

Sie vertrauten Julian genau so weit, wie sie den Kilimandscharo werfen konnten. Er beschloß, es ihnen leicht zu machen. »Es würde mich sehr freuen, Gesellschaft zu haben. Ihr alle wißt, daß ich kein Mana einsetzen kann. Es haftet nicht an mir – oder, besser gesagt, es haftet zu gut an mir.«

Natürlich wäre Euphemia seine bevorzugte Gefährtin, was alle ahnten, doch er durfte es unter keinen

Umständen aussprechen. Der Aufpasser, für den sie sich entscheiden würden, war Jumbo. Er war einst Exeters engster Freund gewesen, zudem der Freund seines Vaters und ein Gründungsmitglied des Dienstes; überdies galt er als unerschütterlicher Gegner der Prophezeiung. Trotzdem war er ein angenehmer Kumpel, und eine Reise mit ihm würde gewiß Spaß verheißen.

Nebelhorn Rutherford besann sich, daß er Vorsitzender des Komitees war und feuerte eine donnernde Breitseite ab. »Das ist verflucht anständig von dir, Hauptmann! Je früher du aufbrechen kannst, um unserem jungen Freund Vernunft beizubringen, desto besser. Vielleicht schicken wir außerdem jemanden nach Hause, um Miss Prescott aufzusuchen und ihre Hilfe zu erbitten, aber das dauert seine Zeit.«

Das war blanker Unsinn, der Julian dazu verleiten sollte, weniger auf der Hut zu sein. Der Dienst hatte Exeter bereits verurteilt. Wie weit war man zu gehen bereit, um ihn aufzuhalten? Jumbo blickte ein wenig verschlagen drein – wollten sie Julian als Judas mißbrauchen? Verdammt noch mal, ein Mann sollte nicht mit einem Meuchelmörder im Schlepptau losziehen, um einen Kumpel zu besuchen.

Doch offensichtlich waren die geschäftlichen Belange des Abends beendet. Morgen würde Julian Smedley gen Norden aufbrechen, um Exeter zu suchen. Das einzig verbleibende Problem bestand nun darin, Olga zu entrinnen und einen Weg in Euphemias Schlafgemach zu finden, damit er seine Pflichten als Liebhaber erfüllen konnte.

13

»Ich reise morgen früh ab«, erklärte Julian, während er in die Pyjamajacke schlüpfte. »Pack bitte ein Bündel für mich, ja?«

Dommi schloß die Schranktür und drehte sich mit einem Lächeln auf den Lippen um. »Darum hat man sich bereits gekümmert, *Tyika*. In Anbetracht der fortgeschrittenen Jahreszeit und in der Annahme, daß Ihr mit Drachen reisen und deshalb quer über das Land ziehen werdet, habe ich Winterkleidung herausgelegt.«

»Gut gemacht. Äh, Dommi ...« Auf dem Heimweg war Julian der Gedanke gekommen, daß es in Olympus – unabhängig von den düsteren Absichten, die sich hinter Jumbo Watsons Stirn verbergen mochten – doch jemanden gab, auf dessen Unterstützung für Exeter man Stein und Bein schwören konnte. Nicht daß ein Einheimischer gegen einen Fremden viel auszurichten vermocht hätte, doch an einem schwarzen Tag zählte ein freundliches Gesicht fast soviel wie ein dritter Arm. »Ich ziehe nach Norden, auf der Suche nach *Tyika* Exeter. Ich bin zwar nicht sicher, ob wir einen zusätzlichen Drachen übrig haben, aber falls doch, bist du herzlich eingeladen, mich zu begleiten. Das heißt, wenn du noch willst.«

Dommi strahlte übers ganze Gesicht. »Es wäre mir eine sehr große Ehre, *Tyika*.«

Wieso ließ der Mann seine Frau zu einer solchen Zeit allein?

Man erwartete von Karotten nicht, daß sie derart überraschende Launen zeigten; dennoch wäre es unangebracht gewesen, sich danach zu erkundigen.

»Du wirst uns eine große Hilfe sein, da bin ich sicher. Tja, das wäre alles. Nacht, Dommi.«

»Gute Nacht, *Tyika*. Soll ich das Fenster weiter aufmachen?«

»Ja. Es ist ein bißchen stickig hier drin.«

Dommi zog den Rahmen ein Stückchen weiter auf, dann schloß er schweigend die Tür hinter sich.

Julian ergriff seinen Morgenmantel und steuerte auf das Fenster zu.

Es war ein schwarzer Morgenmantel.

Liebe war eine kauzige Angelegenheit, und in Olympus war sie noch kauziger als andernorts. Der Satz ›bis daß der Tod uns scheidet‹ verwandelte sich in eine belanglose Floskel, wenn die Lebenserwartung sich über drei- oder vierstellige Jahresbeträge erstreckte. Den ganzen Abend hatten Julian und seine Liebste einander durch das Zimmer höflich angelächelt, bedeutungsloses Gewäsch ausgetauscht und sich wie all die anderen Gäste verhalten. So wurde das Spiel gespielt, und *jeder* spielte es. Trotzdem war jeder Morgenmantel in Olympus schwarz.

Er kletterte über das Fensterbrett. Eigentlich gab es keinen Grund, daß er nicht einfach zur Vordertür hinausmarschierte – es war eben nur so, daß manche Dinge auf traditionelle Weise getan werden sollten.

Die Nacht glich einer Symphonie: kühl, jedoch nicht frostig, erhellt vom Schein des roten und des blauen Mondes und einer Million Sterne, erfüllt vom Duft der unzähligen nachtblühenden Gewächse der Täler. Die Berge wirkten, als hätte ein genialer Bühnenbildner sie angeordnet, und die eichkätzchenähnlichen Nachtigallen in den Kürbisflaschenbäumen klangen beinahe genauso melodisch wie die Vögel gleichen Namens zu Hause auf der Erde. Julian eilte die Straße entlang und hielt sich, so gut es ging, in den Schatten verborgen, doch er sah niemanden. Es war stets peinlich, bei solchen Unterfangen einen Freund zu treffen, wenngleich gemäß alter Sitte beide so tun würden, als hätten sie einander gar nicht bemerkt. Das gänzliche Fehlen jedweden Lichts in der Station bedeutete keineswegs, daß sämtliche Bewohner den Schlaf der Gerechten schliefen.

Julians Weg führte ihn abermals in die Mitte der Siedlung, und schon bald verstärkte sich durch das vertraute Prickeln der Virtualität die uralte Erregung eines Liebhabers, der zur Geliebten eilte. Als er an Olgas Haus vorbeihuschte, schwang sich eine Fledermauseule über ihm in die Lüfte, umkreiste ihn ein paarmal, um festzustellen, ob er eine Beute darstellte, gelangte zu Ansicht, daß dem nicht so wäre und segelte hinter die Bäume davon. Am Anwesen der McKays angekommen, bahnte er sich einen Weg um den Seitenpfad, bis er zur Gartenbank gelangte, die sich rein zufällig unter einem Fenster befand.

Das rein zufällig geschlossen war.

Zum Kuckuck mit dieser Frau! Was hatte sie bloß im Kopf? Sie wußte doch, daß er kam. Den ganzen Abend hatten sie dem alten Ich-trinke-nur-auf-dich gefrönt, hatten einander mit Schafsaugen angeschaut und sich Warte-bis-später-Zeichen gesandt. William war noch fort, um die Ungläubigen zu belehren – nicht daß es William auch nur einen feuchten Kehricht kümmerte, wer seine Frau bestieg. Er selbst schlief dieser Tage mit Iris Barnes ... dieser Nächte, genauer gesagt.

Julian kletterte auf die Bank und klapperte mit den Fingernägeln auf die Scheibe. Er wartete. Nachtigallen sangen ihr Abendständchen.

Er fühlte sich erwartungsfroh und kribblig.

Er klopfte fester, diesmal mit den Knöcheln.

Licht flackerte auf, als die schweren Vorhänge bewegt wurden; dann verdunkelte es sich wieder. Nun kniete eine fahle Gestalt auf der gegenüberliegenden Seite der Scheibe.

Sie schob den Fensterrahmen etwa zwei Fingerbreit nach oben.

»Geh weg«, tuschelte sie durch den Spalt.

»Was? Was ist denn los?«

»Nichts. Alles. Bitte! Nicht heute nacht.« Wie immer erregte Julian diese melodische, irische Stimme. Er hatte ihr einst gesagt, sie höre sich wie Regen auf Torf an, wenngleich er ihr damals erklären mußte, daß dies als Kompliment gedacht war.

Sie weinte!

»Euphemia, Liebling, sag mir doch, was los ist. Aber laß mich zuerst rein.«

»Geh ... bitte!«

»Ich werde nicht gehen.« Die alptraumhafte Vorstellung von Pinky in einem rosaroten Pyjama ... »Nur wenn du einen anderen Mann da drin hast.«

»Nein! Trotzdem, Julian, bitte. Nicht heute nacht. Wir können reden, wenn du aus Joaltal zurückkehrst.«

»Warum? Verdammich! Stimmt irgendwas nicht? Hör zu, wenn du mich nicht hereinläßt, gehe ich vorne herum und hämmere gegen die Tür, bis auch die letzte Karotte im Haus wach ist.« Das sollte an sich reichen, denn jede Frau in Olympus lebte in Furcht davor, was die Karotten über sie sagen könnten, obwohl jede wußte, daß die andere genau dasselbe tat und es den Karotten eigentlich herzlich egal war. Es mit den Karotten zu treiben war das einzige, das man *nicht* tat. »Du bist durcheinander. Ich will dir helfen. Ich liebe dich, mein Schatz!«

Euphemia gab höchst unromantische, schniefende Laute von sich.

»Ich werde dich schon nicht vergewaltigen!« begehrte Julian auf und merkte sich in Gedanken Verführung als Ausweichmöglichkeit vor. »Wir können einfach nur reden, wenn du willst.« Aber es würde nicht beim reden bleiben. Euphemia war noch nie unwillig gewesen, kein einziges Mal, soweit Julian sich erinnern konnte. Vielmehr hatte sie stets voller Begeisterung ausprobiert, was er vorschlug, und das war beinahe alles gewesen, von dem Julian je gehört oder das er sich je vorzustellen gewagt hatte ...

Euphemia erhob sich, und das Licht flackerte abermals auf, als sie ging, doch sie ließ das Fenster offen. Julian schob anderthalb Hände unter den Rahmen und hob ihn an. Kurz darauf kämpfte er sich durch die Vorhänge und verharrte blinzelnd im Schimmer der Kerzen von der Frisierkommode. Euphemia stand mit dem Rücken zu ihm in der Mitte des Zimmers, in ein halb durchsichtiges Nachthemd in einer für sie völlig unpassenden Farbe gekleidet, doch ihr atemberaubendes Haar hing ihr beinahe bis zur Hüfte – ein von Tizian gemalter Wasserfall, der ihn ebenso sehr erregte wie der milchige Schimmer ihrer Haut durch den hauchdünnen Stoff.

Julian legte ihr eine Hand auf die eine Schulter, den Stumpf auf die andere und versuchte, sie herumzudrehen. Euphemia wehrte sich dagegen und rückte von ihm weg. Julian mußte an sich halten.

»Was habe ich denn getan?« Hatte irgend ein Mann seit Adam diese Frage nicht irgendwann in seinem Leben gestellt?

»Nichts, gar nichts. Nur nicht heut' nacht, Liebling. Wenn du aus Joaltal zurück bist.«

»Na schön!« murmelte er erstickt, obwohl offensichtlich ganz und gar nichts schön war. »Du setzt dich da hin, und ich setzte mich hier hin, und dann erzählst du mir, was los ist.« Julian ging zum Stuhl hinüber. Er wünschte, er wüßte mehr über Frauen.

Euphemia sank auf den Bettrand und kauerte sich zusammen, machte sich ganz klein, die Arme fest über die Brüste gepreßt, das Gesicht zu Boden geneigt. Allein das Kerzenlicht auf ihrem Haar hätte gereicht, um Julians Inneres zum Bersten zu bringen, doch da waren auch noch der tiefe Ausschnitt ihres Nachthemds, ihre zarten Nippel, die den Stoff gleich fahlen Erdbeeren wölbten, der rotbraune Schimmer ihres Schoßes. Sein Herz rannte einen Hindernislauf. Hastig rückte er das Nachthemd zurecht, um eine verräterische Ausbuchtung zu verbergen.

»Und jetzt kann Wendy dem guten Käpt'n Hook erzählen, was los ist.«

Längere Zeit hockte Euphemia schweigend da, von trockenem Schluchzen gebeutelt. Julian besaß sehr wenig Erfahrung im Umgang mit Frauen. Olga hatte ihn ein paar Tage, nachdem er in Olympus eingetroffen war, ins Bett geschleift – nur einmal. Dieses eine Mal hatte Olgas Neugier befriedigt. Für einen verkrüppelten, kriegsneurotischen, kampfgeschädigten, jungfräulichen Mann von einundzwanzig Jahren war es ein verheerendes Erlebnis gewesen. Erst Monate später hatte er wieder auf die leisen Andeutungen geachtet, und selbst da wagte er nicht, sich auf irgend etwas einzulassen, bis zu jenem magischen Tag, als er den Hügel hinaufspazierte und rein zufällig Euphemia über den Weg lief. Rasch führte eins zum anderen, und die beiden endeten nackt bis auf eine Schweißhülle in einem wüst zerdrückten Wildblumenbeet. Seither hatte es keine andere für Julian gegeben. Euphemia verkörperte alles, was er sich je von einer Frau erhofft hatte.

So sehr man seine Vorstellungskraft auch bemühte, eine Dame war sie nicht. Ihr Vater hatte in Donegal Fische verkauft. Die anderen Frauen neigten dazu, Euphemia zu schneiden. Eines Tages hatte Bill McKay einen Heimaturlaub angetreten und war mit diesem gewöhnlichen Mädchen aus der Arbeiterschicht zurückgekehrt ... Gott allein wußte, wie lange das schon zurücklag. Danach fragte man nicht. Daheim auf der Erde hätte Julian eine Affäre mit Euphemia nicht einmal in Erwägung gezogen. Die furchteinflößende Armee seiner Tanten in Cheltenham verfiele glatt in Massenhysterie, brächte er je eine Frau wie Euphemia McKay nach Hause. Die bloße Vorstellung, wie sie in der Oper saß oder auch nur den Damen bei der Gartenparty der Kirchengemeinde zur Hand ging, war ein Greuel. Doch dies war Olympus, nicht Cheltenham, und Euphemia war seine Geliebte. Seine, nicht Pinkys.

»Ich bin habsüchtig«, flüsterte sie.

»Was?«

»Ich bin habsüchtig.« Flüchtig schaute sie mit rotgeränderten Augen auf; dann ließ sie den Blick wieder zu Boden schnellen. »Ich sollte dich nicht so ganz für mich allein behalten.« *Schnief, schnief!*

»Du sprichst in Rätseln, Liebling.«

»Warum verstehst du es denn nicht? *Ich* war schon dran! Sie alle wollen dich haben! Du bist jung, wirklich jung, nicht bloß jung wie ein Fremder. Du bist gutaussehend und ein wundervoller Mensch und tatsächlich nicht älter, als du wirkst, und so unschuldig, und Olga hat ihnen von dir erzählt – davon, was für ein Mann du bist, und daß du ein Held bist, ein wahrer Held! Deshalb solltest du dich auf alle aufteilen und ...«

Julian sprach ein Wort, daß er nicht mehr verwendet hatte, seit er von der Westfront abgezogen war. Dann stand er auf und begann, quer durch das Zimmer zu schreiten. Er wollte sich neben sie setzen, doch sollte er sie in seinem augenblicklichen Gemütszustand in die Hände – Hand – bekommen, wußte er nicht, was geschehen konnte. Na ja, er wußte schon, was geschehen konnte, aber nicht wie.

»Das ist völliger ...« Abermals verwendete er einen Ausdruck, den Damen eigentlich nicht kennen sollten, obwohl Euphemia ihn gewiß kannte. »Bin ich denn ein verdammter Zuchthengst? Glauben die, sie können mich herumreichen wie ein gutes Buch? Habe ich denn gar kein Wort mitzureden, mit wem ich schlafe? Zum Kuckuck noch mal, Frau, ich will dich und sonst keine. Olga und die anderen können mich am A ...« Er verschluckte sich, dann lachte er nervös. »Nein, doch lieber nicht. Sie sollen sich zum Teufel scheren.« Sollten sie leiden! Der Gedanke, daß die anderen Frauen so denken mochten, schmeichelte Julian, wenngleich er es nicht glaubte. Oder doch? Heiliger Strohsack!

Keine Antwort außer weiterem Geschniefe.

»Was hat Pinky dir erzählt?«

Euphemia stieß einen Laut aus, der halb ein Seufzen, halb ein Keuchen zu sein schien, doch sie schaute nicht auf.

»Nun?«

»Daß du morgen nach Joaltal aufbrichst.«

»Und weiter? Ich komme doch zurück. Und ich nehme dich nur allzu gerne mit, wenn du möchtest.« Das gäbe zwar einen Skandal, doch wenn es Euphemia egal war, sollte es ihm erst recht egal sein.

»Mit Ursula Newton.«

Julian stutzte. »Ich dachte, ich würde mit Jumbo reisen.« Was jedoch niemand gesagt hatte. Er hatte es nur angenommen.

Euphemia schüttelte den Kopf, wodurch sie den Haarvorhang zum Wogen brachte. Ihr Gesicht konnte er überhaupt nicht erkennen. »Ursula.«

»Liebling, das habe nicht ich mir ausgesucht! Und wenn du denkst, es gäbe auch nur das Geringste zwischen mir und ...« Ihn schauderte; in diesem Fall brauchte er Euphemia wahrhaftig nichts vorzuschwindeln. Ursula? Dieser weibliche Hufschmied? Niemals! Sie schlug Tennisbälle härter als jeder Mann der Station. Mannweiber stießen Julian ab. »Lieber würde ich zu Nebelhorn ins Bett kriechen.«

»Glaubst du, es spielt eine Rolle, was du denkst?« wollte sie mit plötzlich lauter Stimme wissen. »Sie ist schon länger hier als jeder andere von uns!«

»Ja, aber ... Was soll das heißen?«

»Ich meine, niemand hat je miterlebt, daß Ursula irgendwelche Wunder gewirkt hätte, oder?« Wenn Euphemia aufgeregt war, wurde ihr irischer Akzent noch breiiger, und im Augenblick war sie ziemlich aufgeregt, auch wenn sie nach wie vor die Hände rang und zu den narshischen Läufern sprach. »Sie muß mehr Mana als jede andere Seele der Station angehäuft haben, und wenn sie dich will ... und sie will dich, das weiß ich ..., dann kriegt sie dich, und du hast dabei gar nichts zu entscheiden.«

Grundgütiger! Das wäre Vergewaltigung.

Doch Euphemias Andeutung hatte noch gräßlichere Auswirkungen. »Warum schicken sie Ursula?«

Nach einer längeren Pause flüsterte Euphemia: »Um Exeter aufzuhalten.«

Abermals schauderte Julian, diesmal heftiger. Er wurde also ausgesandt, um Ursula Newton bei Exeter einzuschleusen, damit sie ihn mit Mana lahmlegen konnte? Einen Judas brauchten sie! Er setzte sich neben Euphemia aufs Bett und legte ihr den Arm um die Schultern, wollte sie trösten. Eigentlich hätte er sich gewünscht, daß sie ihn festhielte und tröstete, doch sie verstand ihn nicht, wand sich statt dessen aus seiner Umarmung.

Julian hatte einen widerlichen Geschmack im Mund. Er mußte das Problem Euphemia lösen, bevor er sich überhaupt Gedanken über das Problem Exeter machen konnte. Ein hartes Räuspern durchzuckte seine Kehle. »Was hat Pinky dir heute nacht noch erzählt?«

Schweigen.

»Was hast du Pinky denn erzählt?«

Abermals Schweigen. Schließlich meinte sie leise: »Geh, Liebster. Hör auf, Fragen zu stellen. Ich will dir nicht weh tun.«

»Du kannst mir unmöglich noch mehr weh tun als jetzt gerade.«

Sie schniefte und wischte sich mit dem Handrücken über die Augen. »Doch, kann ich.«

»Versuch's. Ich will die Wahrheit, Euphemia, die ganze Wahrheit.«

Schnief! Sie rieb sich die Nase. »Sie haben vor, jemanden nach Hause zu schicken, um Alice Prescott zu besuchen und sie um Hilfe zu bitten. Nur eine ganz kurze Reise, hin und zurück.«

Fernab jeglichen Verständnisses wartete er. Wieder versuchte er, einen Arm um sie zu legen, doch sie schob ihn weg.

Ihm fiel auf, daß sein Nachthemd keine Wölbung mehr aufwies.

»William und ich sind erst in ein paar Monaten an der Reihe. Es gibt da jemanden, den ich ... von dem ich seit dem Ausbruch des Großen Krieges nichts mehr gehört habe. Kein Sterbenswörtchen. Ich habe zwar die Peppers gebeten, aber sie könnten es vergessen haben ... und sie hatten so viele Bitten zu erledigen. Ich brauche nur ein paar Minuten am Telefon, nur einen einzigen Anruf ...«

»Dieser dreckige Satan erpreßt dich? Ich reiße ihm ...«

»Nein, nein!« Hastig fuhr sie herum und klatschte ihm eine Hand auf den Mund. »Er hat nur gesagt, sie würden jemanden auswählen, der einen kurzen Ausflug nach Hause machen soll. Dann meinte er noch, er schliefe immer bei offenem Fenster. Das war alles.«

Und es war genug. Julian vermeinte zu hören, wie Pinky es auf seine ölige Weise schnarrte.

»Dieser schäbige, schleimige Scheißkerl! Ich ...«

»Nein! Das darfst du nicht, sonst läßt er mich nicht gehen! Es gibt viele, die gern die Gelegenheit nützen möchten, aber er meinte, er könnte unter Umständen veranlassen, daß ich ...«

Julian schob Euphemias Hand weg. »Und ob er kann! Für einen angemessenen Preis kann er alles veranlassen, was?«

»Ach, das ist doch nicht das Ende der Welt, Julian. Ich habe das schon früher gemacht.«

»Was? Mit Pinky? Nein!«

»Doch!« schrie sie.

»Du hast gesagt, du hättest nie etwas für ihn übrig gehabt.«

Ihr Lachen klang sauer wie Zitronen. »Oh, du junger Idiot! Zur einen oder anderen Zeit hatte ich für fast jeden etwas übrig. Hast du das denn immer noch nicht erraten? Hast du gedacht, du hättest mich als Jungfrau bekommen?«

Danach fragte man nicht. »Spielt keine Rolle.« Irgendwie aber doch. Er wünschte, Euphemia hätte das nicht gesagt. Wie viele? Wer? Sie alle taten es, fortwährend. Er war bloß der Jungspund. »Um wen geht es denn, daß du so scharf drauf bist, Neuigkeiten über ihn zu erfahren?«

»Um einen ... einen Verwandten.«

»Was für ein Verwandter?« Er riß sie am Handgelenk herum. »*Antworte!*«

»Na schön!« gellte sie. »Ich sag's dir, und du wirst dir wünschen, mich nie danach gefragt zu haben. Es ist Tim ... Timothy Wood, mein Sohn!«

»Sohn?«

Julian betrachtete Euphemia stets als jünger als ihn selbst. Die Vernunft hielt ihm ständig vor, daß dies Unsinn war; doch seine Gefühle gingen nach Äußerlichkeiten und Gebaren. Euphemia hatte immer wie höchstens achtzehn auf ihn gewirkt, oft sogar jünger, doch so, wie sie ihn nun anstarrte, die grünen Augen von Tränen verschmiert und gerötet, purpurne Zornesflecken auf den Wangen, schien sie viel älter als achtzehn, viel, viel älter.

»Er ist älter als du, Julian Smedley.«

»Dein Sohn? Nicht Williams Sohn?«

Sie schüttelte den Kopf, wobei ihre Augen sein Antlitz suchten. »Ein großer, strammer Prachtkerl ist er. Mit rotem Haar. Wie seine Mutter.«

Julian erriet es aus ihren Augen. *Bitte sag es nicht!* dachte er, *bitte sag es nicht*.

Doch sie tat es. »Und wie sein Vater.«

Euphemia trieb es mit Karotten.

Julians Welt stürzte in sich zusammen.

Es lag nicht nur daran, daß Karotten Einheimische waren. Wenigstens waren sie weiß. Sie waren Landeier, rückständig, ungebildet ... Aber Mrs. McKay zählte selbst zur Arbeiterklasse, oder? Nein, der Hund lag anderswo begraben: Karotten waren sterblich, und Liebschaften zwischen Sterblichen und Unsterblichen galten schlicht und einfach als tabu. Als unentschuldbar. Exeter hatte das begriffen.

»Verstehst du, weshalb du jetzt besser gehen solltest, Julian? Du ziehst los und schlägst dich wacker durch deine Ferien in Joaltal mit der lieben Ursula, und ich ziehe los und bin nett zum lieben Pinky.«

Immer noch zögerte er. Grob stieß sie ihn weg. »Verschwinde endlich. Ich habe versucht, dich zu retten, dich und deine Unschuld, aber jetzt weißt du, daß ich Karottenbastarde ausgetragen habe, bevor du überhaupt geboren wurdest, mein Junge. Also hau ab.«

Julian stierte sie an. Wie alt war sie wirklich? Wie viele Dutzende oder Hunderte Männer hatten Euphemias Pfad vor ihm gekreuzt? Ein Streich des flackernden Kerzenlichts ließ sie wie eine Hexe aus einem Alptraum erscheinen.

»Wenn es das ist, was du willst.« Ein Ehrenmann konnte schwerlich im Schlafzimmer einer Dame verharren, wenn er nicht willkommen war. Also stakste Julian zum Fenster, kletterte hinaus und ging nach Hause, wobei er sich selbst an die tausend Jahre alt vorkam.

14

Die schöne Stadt Jurg erwachte gerade, als Eleal Sängerin die Marktstraße entlanggehumpelt kam, sich dabei zwischen Karren hindurchschlängelte und von links und rechts angerempelt wurde, von frisch gebürsteten Lehrlingen, die zu ihren Arbeitsstätten hasteten oder von Hausmädchen, die unterwegs waren, um frisches Brot für die Frühstückstische ihrer Meister zu besorgen. In den Höfen und Gassen krähten noch ein paar verspätete Hähne.

Sie plagte sich unter dem Gewicht eines Bündels, das all ihre weltlichen Besitztümer enthielt: Ersatzkleider, drei Bücher, zwei Paar Ersatzstiefel und ein paar Andenken. Zudem litt sie an ein paar äußerst schmerzvollen blauen Flecken, obwohl ihr Gesicht zum Glück keine Male aufwies. Wie als Ausgleich für den Schmerz war Eleal von einem eigenartigen Hochgefühl erfüllt, einem Gefühl der Schicksalhaftigkeit, der Überzeugung, ihr Leben stünde kurz vor einer bedeutenden Wende. Das Sonnenlicht schien merkwürdig hell, der Tag war süß duftend. Eine spöttische innere Stimme meinte, sie leide bloß unter Schlafmangel, denn für gewöhnlich verhieß die Morgendämmerung für Eleal eher das Ende eines Arbeitstages als die Zeit zum Aufstehen. Doch das alles lag jetzt hinter ihr. Sie war eine neue Frau.

Ihr winkte ein neues Leben. Das alte hatte sie aufgegeben, abgelegt, hinter sich gelassen. Letzte Nacht hatte sie einen langen Spaziergang unternommen und war zu spät für ihren Auftritt zurückgekehrt, was noch nie zuvor geschehen war. Tigurb'l Kneipenwirt zeigte sich übertrieben verärgert. Zwar schlug er Eleal nicht mit eigener Hand, doch er verfügte über eine schier endlose Auswahl an Strafen, und er entschied sich dafür, ein paar äußerst widerliche Kunden in ihren Umkleideraum zu schicken. Nach dem zweiten hatte Eleal ihre Habseligkeiten gepackt und sich durch das Fenster davongestohlen.

Da war der Ort, den sie suchte. Über den Bleiglasfenstern hing von einem Träger ein grell bemaltes Schild:

BALVON DRUCKER,
HERSTELLUNG VON ERBAULICHEN BÄNDEN,
TEXTEN & KURZSCHRIFTEN.

Die breite Tür stand offen, also marschierte sie schnurstracks hinein.

Eleal war noch nie in einer Druckerei gewesen. Der Laden erwies sich als überraschend groß. Sieben oder acht Leute waren bereits an der Arbeit. Das schwere Messinggerät in der Mitte mußte die Druckerpresse sein. Die Luft war erfüllt von einer wohlriechenden Mischung aus Staub und Tinte. Eleal schaute sich um und versuchte herauszufinden, was die Leute an den Tischen und Bänken entlang der Wände so emsig trieben. Zwei Männer schienen mit Setzen beschäftigt und fischten Lettern aus einer langen Kistenreihe. Ein Junge trug Tinte auf, ein weiterer brachte frisch gedruckte Blätter zum Trocknen, wieder ein anderer schnitt die getrockneten Blätter zu Seiten. Ein alter Mann schob einen Besen durch die Gegend. Drei Männer nähten offensichtlich, ein anderer klopfte mit einem Schlegel auf einer Werkbank Leder. Unglaublich! So viel Aufwand, um dumme, kleine Bücher herzustellen?

Ein fettleibiger Mann eilte herbei, um Eleal zu begrüßen. Sein überhebliches Auftreten und die herrischen Augenbrauen ließen darauf schließen, daß es sich um Balvon Drucker persönlich handelte. Eleal stählte sich gegen seine musternden Blicke. Sie hatte auf jedwede Schminke und Duftwässer verzichtet. Sie war wieder eine achtbare Frau und brauchte sich von diesem Handwerker auf gar keinen Fall anpöbeln zu lassen. Was hatte es schon zu bedeuten, daß sie ihr Gepäck selbst schleppte? Ihr Mantel war wesentlich schöner als seine tintenbeklekste Schürze, auch wenn er einen Edelstein im Turban trug.

Seine Verbeugung wirkte gebieterisch, aber es war immerhin eine Verbeugung. »Wie können wir der gnädigen Frau zu Diensten sein?«

Nicht übel! Eleal ließ sich die ihr erwiesene Achtung auf der Zunge zergehen. Dann überlegte sie, ob es wohl Argwohn sein mochte, der in den Augen des Mannes glitzerte – oder vielleicht gar Erkennen? Konnte er ein Kunde des Kirschblütenhauses sein? Hatte er sie womöglich erkannt? Zählte er gar zu ihren Bewunderern? An sein Gesicht vermochte sie sich jedenfalls nicht zu erinnern.

Nein, eine solche Möglichkeit würde sie überhaupt nicht in Betracht ziehen. Sie mußte die Tochter eines wohlhabenden Landbesitzers verkörpern, eine Förderin der schönen Künste. Sogleich nahm sie angemessen damenhafte Haltung an. »Schönen Morgen, guter Mann. Es tut mir leid, Euch bei der Arbeit zu stören. Ich möchte nur einen Augenblick mit jemandem sprechen, der bei Euch ...«

Der alte Mann mit dem Besen starrte sie unverhohlen bestürzt an.

Bevor die Förderin der schönen Künste es verhindern konnte, brach höchst undamenhaftes Gelächter aus ihr hervor. »Piol!« Sie riß sich zusammen. »Ich möchte mich kurz mit einem alten Freund unterhalten.« Als sie sah, wie eine Miene düsterer Mißbilligung die schwammigen Züge des fetten, alten Balvon zerfurchte, reckte Eleal das Kinn wieder vor und unterdrückte ihre Belustigung.

»Ich werde ihn nicht lange von seinen Pflichten abhalten. Gewiß ist die Zeit Eures Hausmeisters nicht so wertvoll, daß ich erst eine ganze Bibliothek kaufen muß, um ein paar Worte mit ihm wechseln zu dürfen, oder?« Das schien ein durchaus brauchbarer Schlußsatz, also wandte sie sich um und stolzierte hinaus auf die Straße.

Piol folgte ihr, wobei er den Besen kraftlos hinter sich her schleifte. Draußen im Sonnenschein blinzelte er sie reumütig an.

»Guten Morgen, Piol!« Es gelang ihr nicht, die Heiterkeit aus ihrer Stimme zu verbannen.

Bei Tageslicht schien Piol noch zerbrechlicher als vor zwei Nächten im Licht der Lampen. Sein struppiges, weißes Haar war zerzaust, seine Haut gelblich wie altes Pergament, das Netz seiner Runzeln tiefer als der Graben des Susstroms. Seine Gewänder waren schäbig und staubig, und er lief barfuß.

»Guten Morgen, Eleal.«

»Jetzt teilen wir wohl unsere schrecklichsten Geheimnisse, was?«

Piol nickte und lächelte wenig überzeugend. »Ich fürchte, da hast du recht.« Er vollführte ein paar oberflächliche Striche mit dem Besen, als wäre er herausgekommen, um den Eingang zu fegen.

»O Piol!« Woher kam denn plötzlich dieser gräßliche Kloß in ihrem Hals?

Er schaute sich um, vermutlich weil er fürchtete, sein Arbeitgeber könnte hinter ihm stehen und ihn mit finsteren Blicken strafen. »Was willst du, Eleal? Bitte, mach schnell.«

Einen Augenblick vermochte sie kaum, sich zu besinnen, was sie eigentlich wollte.

Piol Poet, der die Rose für den besten Dramatiker bei den Tion-Festspielen beispiellose zwölfmal gewonnen hatte! Nämlicher Piol Poet fegte jetzt Fußböden!

»Ich will, daß du mit mir kommst.«

»Was? Wohin? Die Arbeit hier ist zwar nicht das Gelbe vom Ei, Eleal, aber auch alte Männer müssen essen. Ich brauche nicht viel, aber ich brauche einen trockenen, warmen Platz zum Schlafen.«

»Den sollst du haben!« entgegnete sie hastig. »Piol, ich habe beschlossen, mich an Größeres heranzuwagen! Joal winkt! Ich habe vor, meine Laufbahn in der Kunsthauptstadt der Täler voranzutreiben!«

Er lächelte unsicher. »Nun ... tja, das sind wunderbare Neuigkeiten, meine Liebe! Ich bin überzeugt, du wirst dort aufblühen. Die Joalier wissen Begabung zu schätzen.«

»Aber ich brauche auf der Reise Gesellschaft. Und zwar dich!«

Sein zahnloser Kiefer klappte auf, und er starrte sie an, als hätte er seinen Verstand auf Urlaub geschickt oder als glaubte er, sie hätte den ihren verloren.

»Ich bin unterwegs nach Joaltal, Piol. Es war deine Geschichte über den Befreier, die mich auf die Idee gebracht hat. Es wird bestimmt lustig, D'ward wiederzusehen, also werden wir es so einrichten, daß wir ihn dort treffen. Aber ich brauche einen Gefährten, und du bist der einzige, dem ich vertrauen kann.

Außerdem spüre ich, daß ich einen Berater für meine weitere Laufbahn brauche. Komm mit mir!«

»Der Befreier?« Ungläubig schüttelte er den Kopf; dann bemühte er sich, die gebeugten Schultern zu straffen. »Aber das ist gar nicht nötig! Der Befreier kommt hierher. Du brauchst nur in Jurgtal auf ihn zu warten. Er wird kommen. Du mußt nicht nach Joaltal gehen. Wahrscheinlich ist er gar nicht mehr dort.«

Eine unerklärliche Bestürzung überfiel Eleal. »Nicht mehr dort? Aber du hast doch gesagt, er wäre in Joaltal!«

»War er auch. Mittlerweile ist er bestimmt weitergezogen. Und wie könnte ich dir schon von Nutzen sein? Ich bin alt. Außerdem erfreue ich mich nicht gerade bester Gesundheit, Eleal ...«

»Ein, zwei anständige Mahlzeiten bringen das schon wieder in Ordnung! Wenn D'ward nicht in Joaltal ist, wo ist er dann? Und woher weißt du das?«

»Aus den Prophezeiungen natürlich. Er ist auf dem Weg hierher, da bin ich ganz sicher.«

Das reichte aber ganz und gar nicht! »Dann ziehen wir los und treffen ihn in Fiontal.«

Piols Augen verengten sich. »Ich bezweifle, daß er diesen Weg einschlägt. Ich bin überzeugt, daß er über Nioltal kommt. Hast du es etwa besonders eilig, Jurg zu verlassen, Eleal?«

Sie lachte und blickte sich unruhig um. Für gewöhnlich arbeiteten Tigub'ls Schläger nicht so früh am Tag, doch der Kneipenwirt mußte sehr, sehr wütend sein. Eleal hatte keine Zeit zu vergeuden. »Du bist noch genauso scharfsinnig wie früher, du alter Gauner! Ja, ich glaube tatsächlich, ein Ortswechsel wäre von Vorteil und alles andere von Nachteil. Dann laß uns also nach Nioltal aufbrechen. Auch dort werden sich einem Künstler Möglichkeiten eröffnen. Ich werde einen guten Berater brauchen – inzwischen sehe ich ein, daß ich in dieser Hinsicht einen Fehler begangen habe. Woher weißt du, daß D'ward diesen Weg einschlagen wird?«

Piols wäßrige Augen blinzelten. »Vers sechshundertdreiundsechzig: ›In Niols Schatten, an den silbrigen Wassern, werden die Massen zusammenströmen, um ihn zu hören, und die scharfen Schwerter werden sich laben und Blut in den Sand vergießen. Junge Männer werden ihre Gebeine in den Spuren des Befreiers zurücklassen.‹«

Oh! »Na ja, uns beide kann man wohl kaum als junge Männer bezeichnen, oder? Bitte, Piol! Ich trage einen ziemlichen Batzen Geld bei mir. Ich brauche jemanden, der mich begleitet, und wem könnte ich sonst vertrauen?«

»Aber doch nicht ich! Eleal, was führst du im Schilde? Wer hat dir das eingeredet?«

Eigentlich hatte sie erwartet, er würde sich auf das Angebot stürzen; statt dessen schien er bereit, zurück in seinen Käfig zu flüchten.

»Niemand außer dir! Ich erkläre dir alles, sobald wir unterwegs sind.« Zumindest einiges. »Ich brauche dich, Piol. Sicher willst du lieber mit mir zu einem Abenteuer aufbrechen als hierzubleiben und Dreck zu kehren, oder? Es wird wie in alten Zeiten sein, Piol! Wenigstens ein bißchen wie in alten Zeiten. Die Händlerkarawanen rollen zu Mittag los ...«

Doch Piol schüttelte bereits den Kopf. »Ich kann hier nicht weg, Eleal«, flüsterte er.

»Du kannst nicht? Warum nicht?«

Abermals blickte er sich um, wobei er nach Greisenart den gesamten Körper drehen mußte. Dann schaute er sie wieder an, das Gesicht von Scham zerfurcht. »Ein Buch zu drucken, kostet Geld. Ich fürchte, ich habe noch erhebliche Schulden.«

Sie griff nach dem Geldbeutel unter ihrem Mantel. »Wieviel?«

»Ich kann dein Gold nicht annehmen!« Hastig wich er vor ihr zurück.

»Piol! Was soll denn das heißen? Willst du damit andeuten, mein Geld wäre mit Schande behaftet? Ich habe es mir mit Gesang verdient.«

Immer noch zögerte er und schüttete das knochige Haupt.

»Wieviel brauchst du? Ich habe jede Menge Geld! Auf einer langen Reise muß mich ein Mann begleiten. Und jetzt geh da rein und stopf dem alten Balvon diesen Besen in die Kehle. Dann sammelst du deine Sachen ein und kommst mit mir! Wir treffen uns dort drüben in dem Brotladen. Wir essen ein paar frische, heiße Brötchen und planen unsere Reise. Bitte, Piol!«

In der Bäckerei erwies es sich als heiß und ziemlich düster. Dienstmädchen und Hausfrauen drängten sich in dem Laden und warteten ungeduldig darauf, ihr täglich Brot zu erwerben, doch der Laden besaß ein paar klapprige Tische und Stühle. Eleal saß zappelig in einer Ecke. Sie bestellte Brötchen und das schwache, süße Bier, das Jurgier am Vormittag tranken, obwohl sie weder hungrig noch durstig war. Sie hatte die Nacht in einer äußerst feinen, von Angehörigen der Oberschicht betriebenen Herberge verbracht und ein ausgiebiges Frühstück genossen.

Tigurb'l besaß Eleal zwar nicht, doch er führte sich auf, als wäre dem so. Außerdem hatte sie in ein paar überaus geschäftigen Minuten, kurz bevor sie ihrem Umkleideraum entfloh, ein beachtliches Maß an Zerstörung erzielt – es war schon erstaunlich, was man mit einem scharfen Messer zu bewirken vermochte, ohne das leiseste Geräusch zu verursachen. Die Schläger würden versuchen, sie zu finden, um sie zurückzubringen. Ein Ortswechsel schien eindeutig angeraten.

Und es würde tatsächlich gut tun, D'ward wiederzusehen. Vermutlich hatte er eine plausible Erklärung, weshalb er ihr in Suss davongerannt war. Sie sollte nicht über ihn richten, bevor sie seine Entschuldigung gehört hatte.

Eleal unterdrückte ein Gähnen. Das bißchen Schlaf, das sie ergattert hatte, war von seltsamen Träumen über einen Bewunderer gestört worden, den sie nicht einzuordnen vermochte, einen stämmigen, auf rauhe Weise gutaussehenden jungen Mann mit Schnurrbart. Eigenartig, daß sie sich weder an seinen Namen noch an sonst etwas erinnern konnte, nur an sein Gesicht und die stark behaarte Brust.

Endlich tauchte Piol auf und wankte unter der Last eines sperrigen Bündels zur Tür herein. Seine Kleidung bestand aus abgewetzten Lumpen, unzählige Male geflickt und so verblaßt, daß die ursprüngliche Farbe sich nicht mehr erahnen ließ. Um den Kopf hatte er einen weißlichen Turban geschlungen, was eigentlich ein niolischer Brauch war, jedoch in Jurgland keineswegs als ungewöhnlich galt. Er ließ sich die Butterbrötchen sichtlich schmecken und mampfte sie mit den spärlichen Überresten seiner Zähne und einer Begeisterung, als hätte er seit zwei Doppelwochen nichts mehr zu sich genommen.

Für Eleals Vorhaben zeigte er wesentlich weniger

Begeisterung. »Du solltest dein Glück auf jeden Fall in Joal versuchen, meine Liebe. Es wäre mir eine Freude, dir zu helfen, so gut ich kann. Vermutlich habe ich in den dortigen Künstlerkreisen immer noch ein paar Freunde, und wie du richtig sagst, gibt es dort die bedeutendsten Künstler. Aber D'ward ... es war falsch von mir, ihn dir gegenüber zu erwähnen. Inzwischen bin ich der Meinung, du solltest keine alten Wunden aufreißen.«

Was mochte dem alten Dusel nur solches Kopfzerbrechen bereiten?

»Oh, geschehen ist geschehen. Es wird einfach ein Spaß, ihn wiederzusehen.«

»Als ich dir von ihm erzählte, hatte ich den Eindruck, du hättest anders darüber gedacht.«

»Unsinn! Ich war bloß überrascht. Erklär mir, weshalb du glaubst, er käme hierher.«

»Er muß«, murmelte Piol mit vollem Mund, »nach Thargland, richtig? Das steht im *Testament*. Man kann es sich aus den darin genannten Orten zusammenreimen.«

»Erklär's mir.«

Er spähte auf sein Bündel hinunter. »Ich habe eine Abschrift dabei ... aber ich glaube, ich erinnere mich auch so noch. Man muß es in der richtigen Reihenfolge zusammenfügen ... Vers eintausendundeins: ›Voller Zorn wird der Befreier hinabsteigen ins Thargland. Die Götter werden vor ihm fliehen; die Häupter werden sie vor ihm neigen, die Hände zu seinen Füßen ausbreiten.‹ In Tharg hat Zath seinen Tempel, den Tempel Karzons, folglich muß D'ward ihn dort stellen.«

»Aber wenn er in Joaltal ist, wäre der schnellste Weg durch Nagtal und Lemodtal.«

»Er nimmt nicht den schnellsten Weg!« Offensichtlich hatte Piol den Prophezeiungen reiflich Überlegung gewidmet. So alt und krank er auch sein mochte, sein Gehirn arbeitete nach wie vor bestens. »Vers zwo zwanzig: ›Am Nosokhang werden sie zu Hunderten zu D'ward kommen, sogar der Verräter.‹«

Eleal zwang sich, Piols starrenden Blick standzuhalten. »Wer ist der Verräter?«

»Keine Ahnung.«

Doch er zerbrach sich augenscheinlich den Kopf darüber.

Unbehaglich zuckte Eleal die Schultern. »Dann gehen wir besser nicht nach Nosoktal. Was kommt als nächstes?«

»Die Stelle über Niol – die scharfen Schwerter und die jungen Männer, die ihre Gebeine zurücklassen.«

Eleal glaubte kaum, daß dies auf sie zutraf. Jedenfalls hatte sie keine scharfen Schwerter zur Hand. »Niol bringt ihn Thargtal keinen Schritt näher.«

»Dann Vers sechsundfünfzig: ›In Jurgtal wird der Befreier den Freien zurufen.‹ Da steht noch jede Menge darüber, daß er verspricht, dem Tod den Tod zu bringen, und daß er von der Menge gefeiert wird. Aber das muß als nächstes kommen. Es gibt da einen Vers über den König von Randoria und einen über den Hunger in Thotal.«

Eleal nahm einen großen Bissen Brot in den Mund und kaute eifrig, um ihre Züge zu beschäftigen. »Trotzdem sind Prophezeiungen nicht unumstößlich, oder?«

Piol seufzte und trank einen Schluck Bier. »Nein. Wenn es jemandem gelingt, ein Glied der Kette zu zerreißen, zerbricht der ganze Rest. Wäre ich Karzon, würde ich versuchen, D'ward zu töten, bevor er mich tötet.« Mit wachen Augen beobachtete er, wie Eleal sich angesichts dieser Aussage verhielt.

Sie lachte unbekümmert. »Für mich siehst du nicht gerade wie ein Gott aus.«

»Weißt du denn, wie Götter aussehen, Eleal?«

»Aber sicher – ich meine, nein. Nur ganz allgemein. Warum erwähnst du Karzon? Nirgends steht, daß D'ward Karzon töten wird! Nur den Tod, und Zath ist lediglich eine der Erscheinungsformen des Mannes. Natürlich weiß ich nicht, wie Götter aussehen, außer auf der Bühne.«

»Woher hast du so viel Geld, Eleal?«

»Das habe ich mir verdient.« Zumindest glaubte sie das. Im Zuge ihrer überstürzten Flucht hatte sie sämtliche Verstecke geplündert, an denen sie ihre Ersparnisse zu verbergen pflegte. Heute morgen hatte sie beim Zählen festgestellt, daß ihr Geldbeutel etwa viermal so viel enthielt, wie sie erwartet hatte. Das schien zwar merkwürdig, war aber gewiß kein Grund zur Klage. Sie konnte gut ein Jahr davon leben.

»Wenn du also recht hast, muß ich nicht den langen Weg nach Joaltal antreten. Wir können einfach über den Lospaß nach Nioltal reisen. Sofern er noch nicht dort ist, ziehen wir weiter nach Rinootal.«

»Ich dachte, du wolltest eigentlich nach Joaltal, und der Befreier läge nur zufällig am Weg?«

»Nun ... es wäre schön, ihn wiederzusehen.«

Der alte Mann gab es auf und nickte, wodurch er die Hautfalten an seinem Hals gleich Fahnen im Wind zum Schlackern brachte. »Wenn du darauf bestehst. Hast du genug Geld, um ein Faultier und einen Karren zu kaufen?«

»Wozu brauche ich einen Karren? Oder ein Faultier?«

Zum erstenmal, seit er den Laden betreten hatte, lächelte Piol. »Wenn du Geld besitzt, Eleal, steckst du immer in Schwierigkeiten. Und wenn du keinen besseren Verteidiger als mich findest, dann steckst du in *ernsten* Schwierigkeiten! Du mußt das junge Volk und die Habgierigen entmutigen. Wir kaufen ein Faultier und einen Karren und laden das Gefährt mit Faulbeeren voll.«

»Igitt!«

Diesmal kicherte er sogar, ganz der alte Piol. »Genau! Niemand würde einen Haufen Faulbeeren durchwühlen, um nach Gold zu suchen. Niemand wird sich auch nur in unsere Nähe wagen! Zudem ist es eine gewinnbringende Ladung – wir könnten sogar Geld damit verdienen, was auf jeden Fall besser ist, als für einen Ritt in einem Karawan und für Wachen zu bezahlen, denen wir ohnehin nicht vertrauen könnten.«

Mit einem Mal fühlte Eleal sich viel besser. Sie beugte sich vor und drückte die Hand des alten Mannes. »Brilliant! Das ist der Piol, den ich kenne! Du schreibst das Stück, und wir treten gemeinsam darin auf. Zwei tragische Gestalten! Du bist der edle, alte Recke, der noch einmal für eine würdige Sache zu den Waffen gerufen wird! Und ich bin deine Enkelin, ja? Eine im Stich gelassene Maid auf der Suche nach dem Mann, der sie verraten hat, den sie aber in der Tiefe ihres Herzens immer noch ...«

Dann trat eine jener tödlichen Stillen ein, als hätte jemand seinen Text vergessen. Ein Schatten hatte sich über Piol Poets Züge gelegt.

»Ich werde die Rolle mit Freuden schreiben, Eleal, wenn du bereit bist, sie zu spielen.«

15

Der Himmel präsentierte sich in leuchtendem Steingutblau, wenngleich die Sonne noch nicht über die Gipfel der Berge aufgestiegen war. Der Morgen glich einer Symphonie perlfarbenen Lichts und glasklarer Kälte. Rauhreifüberzogenes Gras knirschte unter Julians Füßen, als er darüber hinwegstapfte und in seinen Fellen und den mit Vlies ausgekleideten Stiefeln bibberte. Er war weder in der Stimmung noch in der Verfassung für einen Streit, doch er sah einen auf sich zukommen, ob es ihm nun paßte oder nicht.

Seine Augen waren verkrustet. Er hatte sehr wenig geschlafen, sich statt dessen die liebe lange Nacht hin und her gewälzt und über Euphemia nachgedacht, die ihren Körper für die Gelegenheit, einen Telefonanruf zu tätigen, an den verfluchten Pinky verkaufte. Diese Vorstellung vermittelte ihm das Gefühl, verdammt unzulänglich zu sein, ein Mann, der unfähig war, seine Frau zu verteidigen! Das Ritual an sich stellte nicht das Problem dar – sie mußte wenigstens einen der Schlüssel ebenso gut kennen wie der verfluchte Pinky –, vielmehr ging es um den Zeitpunkt. Das Tor in Olympus bot eine Verbindung zu St. Galls in Wiltshire und zu einem Friedhof in Edinburgh sowie zu anderen Orten. Man mußte wissen, welche Tages- oder Nachtzeit zu Hause gerade herrschte und wann das Hauptamt Helfer an Ort und Stellte hatte; andernfalls fand man sich womöglich in einer äußerst brenzligen Lage wieder. All dieses Wissen hortete das Komitee.

Nun, es war vorbei. Mittlerweile würde Pinky seinen Spaß gehabt haben. Und da näherten sich auch schon weitere Probleme. An Julians Fersen klebte Dommi, der ziemlich geknickt unter einem Bündel dahintrottete, das beinahe seiner eigenen Größe entsprach. Pind'l und Ostian, Dommis jugendliche Gehilfen, bildeten mit dem übrigen Gepäck die Nachhut. Die Luft war schneidend wie Schwerter, dennoch trugen sie lediglich dünne Baumwollivreen. Dommi marschierte barhäuptig, wenngleich er den Rest seines Körpers in bunt zusammengewürfelte, mottenzerfressene Felle gehüllt hatte.

Der Drachenpferch befand sich stromaufwärts der Station, weit genug entfernt, um das unaufhörliche Gerülpse der Ungeheuer zu dämpfen. Vier Drachen wurden von einer Gruppe beladen, die zwei Männer mit schwarzen Turbanen umfaßte – man brauchte nur ganz einfach nachzurechnen, schon lag der Ärger auf der Hand. Turbane hatten ihren Ursprung in Niolreich, Schwarz galt als die Farbe Zaths und durfte nur mit äußerster Vorsicht zur Schau gestellt werden. Die einzigen Männer, die je schwarze Turbane trugen, waren T'lin Drachenhändler und seine Helfer; für sie war es eine Art Uniform, die noch aus der Zeit vor T'lins Übertritt zur Kirche des Ungeteilten stammte.

Julian steckte in der Klemme, weil Dommi erwartete, daß *Tyika* Haptmaan sein Versprechen hielt. Das Wort eines Mannes war eine Verpflichtung. Dommi mußte seine Felle aus dem Karottendorf haben, folglich wußte das gesamte Tal, daß er mit *Tyika* Haptmaan unterwegs nach Joaltal war. Er hatte Julian noch vor dem ersten Licht der Morgendämmerung geweckt und bereits die wärmsten Kleider des *Tyika* herausgelegt, eine Wanne voll Wasser erhitzt, die Bündel gepackt, Träger herbeigerufen und ein warmes Frühstück vorbereitet gehabt. Aber zwei und zwei ergab vier, und zwar auf jeder Welt, und im Pferch befanden sich nun mal nur vier Drachen. Olympus selbst besaß drei Drachen, doch es war keineswegs ungewöhnlich, daß sie nicht im Tal zur Verfügung standen, so wie jetzt. Die meisten der halbherzig gekleideten Rotschöpfe, die umherschwirrten, waren bloß Stallburschen oder Pferchfeger oder wie immer man die Männer richtigerweise bezeichnen mochte, die Drachenscheiße schaufelten. Die Drachen selbst jedoch gehörten samt und sämtlich Agent Siebenundsiebzig, sprich T'lin Drachenhändler. Und beide Turbanträger waren bewaffnet, verflucht noch eins! An dieses Problem hatte Julian nicht einmal gedacht.

Über den Drachenhändler vermochte Julian sich hinwegzusetzen, doch Ursula war eine gänzlich andere Geschichte, insbesondere um diese Tageszeit und nach zwei Nächten ohne Schlaf. Verflucht sollten Edward Exeter und seine vermaledeiten Prophezeiungen sein! Trotzdem war das Wort eines Mannes seine verdammte Verpflichtung.

»Dommi?« krächzte er.

Dommi legte zwei schnelle Schritte ein, um mit Julian gleichzuziehen und reckte den Hals, um unter dem Bündel zu ihm emporzuspähen. »*Tyika?*«

»Du weißt, wie man mit einem Schwert umgeht.«

Besorgte Runzeln zerfurchten Dommis sommersprossige Stirn. »Es ist bedauerlich, *Tyika*, daß ich nie mit Waffen Erfahrung gehabt habe, außer mit dem Kurzbogen für die Vogeljagd und . . .«

»Widersprich mir nicht. Du weißt, wie man mit einem Schwert umgeht.«

»Wie der *Tyika* wünscht.«

Drachen waren heufressende Alpträume, eine Kreuzung zwischen einem Nashorn und dem Ungeheuer von Loch Ness, doch ungeachtet dessen freundliche und hilfsbereite Geschöpfe, die einzige Tierart, die in der Lage war, von Tal zu Tal zu reisen, ohne sich der üblichen Pässe zu bedienen. Exeter hatte den Drachen einst als Rolls Royce von Nebenan bezeichnet, und Julian freute sich auf seine erste echte Gelegenheit, ein solches Wesen zu reiten. Mit seinem Gefolge im Schlepptau schritt er in die Mitte der Gruppe. Zwischen einer Menge sommersprossiger, leicht gekleideter Karotten stand Ursula, warm in weiße Felle gehüllt, so daß nur ihr Gesicht zu sehen war. Sie wirkte etwa so freundlich wie eine tollwütige Bulldogge, und T'lins Mine verriet ähnliche Feindseligkeit. Sie mißbilligten Dommis Aufmachung.

»Guten Morgen miteinander!« trällerte Julian. Er zuckte zusammen, als die Bündel der beiden Jungen neben ihm zu Boden plumpsten und das Tal zu erschüttern schienen. Dommi ließ seine Last behutsamer von den Schultern. »Sie sehen heute morgen wahrhaft bezaubernd aus, Mrs. Newton, der Traum jedes Eskimos. Alles bereit zum Aufbruch, Drachenhändler?«

T'lin hob die fleischigen Arme, um das Zeichen des Ungeteilten zu bilden. »Es ist uns eine Ehre, Euch zu dienen, Heiligkeit.«

»Sicher doch! So, jetzt aber frisch ans Werk! Laßt uns dies Zeugs aufladen, ja? Dann können wir uns auf die Socken machen, richtig?«

»Hauptmann«, knurrte Ursula, »was hat das zu bedeuten?« Sie sprach Englisch und deutete drohend mit einem Finger auf Dommi.

»Was? Dommi, meinst du? Oh, ich brauche einen Kammerdiener. Ich komme mit Knöpfen und dergleichen nicht zurecht.« Julian wedelte mit der rechten

Hand, daß die leeren Finger des Handschuhs nur so schlackerten.

Ursulas düstere Miene verfinsterte sich merklich. »Ich bin sicher, Drachenhändler hat nichts dagegen, dir beim anziehen zu helfen, Hauptmann.« Wollte sie damit andeuten, daß sie ihm beim *aus*ziehen helfen würde? *Und bewahre uns vor dem Übel ...*

»Humbug! Dommi ist ein hervorragender Koch, und bestimmt kann er uns auch mit den Tieren helfen. Nicht wahr, Dommi?«

Mit Feuereifer erwiderte Dommi: »Fürwahr, *Tyika*. Als Grünschnabel habe ich viele Jahre Erfahrung gemacht, hier im Pferch, mit Drachenversorgen.«

»Na also! Damit wäre das geregelt.« Julian wandte sich ab.

»Nein!« keifte Ursula. »Das ist kein Sonntagsauflug, Hauptmann Smedley. Wir haben nur vier Reittiere. Goober Drachenhirte ist ein begabter Schwertkämpfer. Siebenundsiebzig natürlich auch, aber eine zusätzliche Wache ist von unschätzbarem Wert. Wir nehmen keine Hausburschen mit.«

Die umstehenden Karotten zogen angesichts ihres Tonfalls die Augenbrauen hoch, obwohl nur wenige von ihnen die Worte verstehen konnten.

»Dommi kann durchaus mit dem Schwert umgehen. Stimmt's, Dommi?«

Dommi bedachte Ursula mit einem Blick aufrichtigster Unschuld. »Ganz gewiß, *Entyika* Newton, ich war drei Jahre lang Jugendfechtmeister des Dorfes, und mein Vater hat mich nach Randortal hinübergeschickt, um weiterzulernen beim bekannten Klingenmeister ...«

Ursula stieß ein wütendes Schnauben aus, das sogar die Drachen erschreckte. »Erzähl das deiner

Großmutter, Junge! Wir gehen nach Joaltal. Du gehst zurück in die Küche. Und jetzt, Drachenhänd ...«

»Joaltal, *Entyika?*« rief Dommi aus. »Aber *Tyika* Haptmaan hat mir doch gesagt, Nioltal wäre unser ursprüngliches Ziel, wegen der berüchtigten Prophezeiungen.«

Tyika Haptmaan hatte nichts dergleichen gesagt und fragte sich, ob er wohl genauso überrascht aussah wie Ursula.

Dommi spähte vom einen zur anderen, augenscheinlich besorgt, er könnte womöglich ein Geheimnis preisgegeben haben.

»Prophezeiungen?« herrschte sie ihn an. »Welche Prophezeiungen?«

Völlig ratlos seufzte Julian: »Na gut, Dommi. Erzähl's ihr.«

Dommi erstrahlte voll unschuldiger, jugendlicher Freude und begann, wild drauflos zu plappern. »*Tyika* Haptmaan hat mir erklärt, *Entyika,* wie die Worte des *Filoby-Testaments* zusammengefügt werden können, um die Route zu erklären, die der Befreier einschlagen muß, um sein beabsichtigtes, fürchterliches Ziel in Thargtal zu erreichen, *Entyika,* wo er ja muß hin, wenn er Zath töten will. Außerdem hat *Tyika* Haptmaan mir beigebracht, daß es acht Bezüge nur auf den Befreier gibt, und zwölf auf D'ward, von dem wir wissen, daß er derselbe wie *Tyika* Kisster und gleichermaßen der Befreier ist, sieht man von ein paar zweideutigen, schwer verständlichen Stellen ab, die sich auch auf ihn beziehen könnten, ihn aber nicht namentlich nennen, ja? Und von den zwanzig geben fünfzehn entweder einen Ort an oder deuten auf einen solchen hin, sagt *Tyika* Haptmaan.«

Julian fragte sich, ob er womöglich noch gar nicht

erwacht war und das alles nur träumte. Doch wenn dem so wäre, weshalb glotzte Ursula dann mit Augen, die denen eines toten Fisches ähnelten?

»Unbestreitbar ist«, fuhr Dommi fort, und sein Gesicht war vor Erregung so gerötet, daß seine Sommersprossen kaum noch zu erkennen waren, »daß zahlreiche dieser ortsnennenden Verse so angeordnet werden können, daß *Tyika* Kissters Weg vorhersehbar ist, und während nicht sicher ist, ob er Joalland bereits verlassen hat, wo er vor einer halben Doppelwoche auf dem Marsch beobachtet wurde, hat *Tyika* Haptmaan darauf hingewiesen, daß die Aussichten, den Befreier abzufangen, sich wesentlich verbessern lassen, indem man jene Reiseroute von hinten her verfolgt, also wäre es vorteilhafter, unmittelbar nach Nioltal zu ziehen – oder vielleicht sogar nach Jurgtal – und seine Pfade zu beschreiten, bevor er es tut.«

Ursula starrte Julian entgeistert an. »Ich traue meinen Ohren nicht! Soll das heißen, er *läßt* die Prophezeiungen nicht bloß einfach *geschehen*, sondern erfüllt sie *absichtlich*, um zu beweisen, daß er der verfluchte Befreier ist?«

»Na ja, das ist doch ziemlich offensichtlich, oder, altes Mädel?« Zumindest für Julian war es offensichtlich, nun, da sein Mädchen für alles darauf hingewiesen hatte. Ein findiger Bursche, dieser Dommi, der Inbegriff eines vollkommenen Ehrenmannes. Selbstverständlich würde Exeter es als seine Pflicht betrachten, die Prophezeiungen zu erfüllen – mit einem halben Befreier wäre niemandem gedient. Und selbstverständlich mußte er es in einer gewissen geographischen Reihenfolge tun. Und weshalb, zum Henker, hatten die Karotten das vor den *Votyikank* durchschaut?

Ursulas Augen funkelten vor düsterem Argwohn. »Warum hast du das letzte Nacht nicht erwähnt?«

Julian zuckte die Schultern. »Ich habe angenommen, es wäre euch allen genauso klar wie mir.« Was voll und ganz der Wahrheit entsprach.

»Nioltal oder Joaltal, egal wohin wir gehen, wir haben immer noch nur vier Drachen.«

Mangels Vertrauen in sein Joalisch wechselte Julian zu Randorisch. Er wußte, daß T'lin die Sprache verstand und bediente sich seines schärfsten militärischen Tonfalls. »Wir reisen nach Niolland. Dommi, lade unser Gepäck auf.« Sogleich sauste ein Schwall schadenfroh grinsender Karotten vorbei – selbstverständlich einschließlich Dommi –, und trug Julians gesamtes Gepäck davon, um es in den Satteltaschen der Drachen zu verstauen. »Ich bin sicher, binnen ein, zwei Tagen taucht jemand mit einem weiteren Tier auf, mit dem uns dein Mann folgen kann, Drachenhändler.« Bevor jemand weiteren Einspruch erheben konnte, fügte er hinzu: »Oh, und sag ihm, er soll Dommi sein Schwert leihen, ja? Es wäre eine Verschwendung, einen erstklassigen Fechter dabeizuhaben und ihn nicht zu bewaffnen.«

16

Es war nicht Doshs Schuld – er hätte noch stundenlang weiterreiten können, wodurch er so gut wie sicher aus Nosoktal entkommen wäre. Der verwunschene Moa ließ ihn im Stich. Just dort, wo der Ragpaß sich öffnete und mit dem Vorgebirge des Nosokhangs verschmolz, begann das Biest zu taumeln, zu wanken und über kleine Hindernisse zu stolpern. Zögernd wich Dosh vom Pfad ab und suchte in einem Wald Zuflucht. Dort sattelte er das Tier ab und legte ihm Fußfesseln an. Dann streckte er sich unter einem Baum aus und schlief.

Als er erwachte, war es bereits Vormittag. Er aß seine letzten Vorratskrümel auf, ehe er sich wieder mit Hurtig anlegte, die immer noch lahmte und keine Lust auf weitere Abenteuer hatte. Als Dosh auf den Pfad zurückkehrte, erkannte er auf einen Blick, daß kürzlich eine Gruppe Moas vorbeigeritten war. Wenn das nicht die joalischen Soldaten waren, war er eine Jungfrau. Er spielte mit dem Gedanken umzukehren, entschied sich aber dagegen. Zum einen besaß er keine Vorräte mehr, zum anderen war er hungrig, und überdies fühlte er sich alles andere als geneigt, zu D'ward und seinem zerlumpten Haufen zurückzukriechen. Genauer gesagt: Sofern der Reitereianführer etwas von seinem Geschäft verstand, hatte er vorhergesehen, daß der Flüchtige womöglich umkehrte, und eine Truppe zurückgelassen, die den Paß bewachte.

Also ritt Dosh weiter, hinunter nach Ragby, einem traurigen, kleinen Abklatsch von einem Dorf. Nosoktal war allgemein ein schäbiges Land. Einst mußte es fruchtbar und wohlhabend gewesen sein, denn ringsum prangten mehr Ruinen als Häuser, doch es lag zu nahe bei Joaltal, als gut für das Reich war. Der Klüngel und dessen Spießgesellen hatten es ausgebeutet, die Einwohner vertrieben und riesige Viehzuchten errichtet. Amorgush besaß gewaltige Landstriche in Nosoktal.

Da der arme Dosh keine Hintertürchen kannte, blieb ihm keine andere Wahl, als mit aller Geschwindigkeit, die er Hurtig – die ihrem Namen längst nicht mehr gerecht wurde – noch abzuringen vermochte, gen Osten zum Lampaß zu eilen. Zwar war er nicht so dumm, nach Ragby selbst zu reiten, denn die Soldaten hatten im Dorf gewiß Blutgeld versprochen, doch der nagende Hunger zwang ihn, an einer abgelegenen, armseligen Hütte anzuhalten und sich eine Mahlzeit zu kaufen. Entweder verriet ihn das alte Ehepaar dort, oder er war auf dem Pfad gesehen worden; die Nosokebene glich einem grasgrünen Tischtuch und bot so gut wie keine Deckung, und gegen Mittag wußte Dosh, daß er beobachtet wurde. Er sah vereinzelte Reiter, die ihm in der Ferne folgten – vermutlich Hirten, Bedienstete der abwesenden Landbesitzer. Zwar näherte sich ihm niemand, doch er mußte davon ausgehen, daß sie den Joaliern vor ihm Bericht erstattet hatten. Dosh fragte sich, ob ihn mittlerweile mehr als bloß sterbliche Gerichtsbarkeit jagte, was durchaus möglich schien, wenn er sich durch den Mord an Kraanard den Zorn der Hohen Herrin zugezogen hatte.

Sollte aus der Verfolgung eine Hetzjagd werden, war er rettungslos verloren. Die meisten Moas der Soldaten mußten ebenso erschöpft sein wie Doshs Tier, doch einige würden nach wie vor in bester Verfassung sein. Zögernd wendete er und kehrte um. Es war ein ironisches Spiegelbild des vergangenen Tages, als er etwa um dieselbe Zeit am Abend den Ragpaß vom anderen Ende her in Angriff nahm, wohl wissend, daß ihm mittlerweile wieder dieselben Verfolger an den Fersen klebten.

Während der Pfad sich durch das Vorgebirge des Nosokhanges emporwand, erspähte er nach und nach Menschen, scharenweise Menschen in kleinen Gruppen, die allesamt in dieselbe Richtung marschierten wie er. Sie konnten unmöglich die Absicht haben, den Ragpaß noch heute abend zu überqueren, denn die allumfassenden Schatten der Nosokwand senkten sich bereits über die Landschaft. Die meisten waren unverkennbar hiesige Kleinbauern, derselbe Menschenschlag, der D'ward aus Joalland gefolgt war – nur wirkten sie noch verarmter und zerknirschter. Andere ritten auf Lamas oder Hasen oder fuhren in Kutschen. Offenbar war dem Befreier die Kunde von seiner Ankunft vorausgeeilt, und nun versammelte sich auch die Oberschicht, um das Wunder zu bestaunen.

Bedauerlicherweise sah Dosh keinen einzigen Moa, der seinen eigenen ein wenig unauffälliger hätte erscheinen lassen. Dosh mischte sich in die Menge, die mit dem Ende des Trosses der selbsternannten Freien aus Joaltal verschmolz und dann in eine Seitenschlucht strömte, wo D'ward offensichtlich neuerlich ein Lager aufgeschlagen hatte, ebenso wie seine Anhänger. Feuer loderten in der Düsternis. Verlockende Kochgerüche stiegen Dosh in die Nase – Gerüche, die überwiegend von Karren zu stammen schienen, die in der Nähe abgestellt waren, oder von Kutschen und mit Fußfesseln versehener Tiere. Sie mußten Nosokiern gehören, die Vorräte mitgebracht hatten, wenngleich auch einige unternehmungslustige Gruppen von ihren Karren herunter Fleisch verkauften. Was aber aßen diejenigen, die kein Geld hatten? Wahrscheinlich gar nichts. Hier gab es keine Beerenbüsche – abgesehen von Gras und ein paar knorrigen Bäumen gab es hier überhaupt herzlich wenig. Dosh hörte Kinder plärren – aber plärrten Kinder nicht ständig? Bald näherte er sich einer steilen Hügelwand, die das kleine Tal begrenzte. Aus den verfallenen Mauern eines uralten Gebäudes am Fuß dieser Wand drangen die Klänge einer Gruppe singender Menschen. Wenn sie für ihr Abendessen sangen, würden sie wesentlich lauter singen müssen.

Doshs Lage hatte sich wenig verbessert. Gewiß, hier mußten sich an die drei- bis vierhundert Pilger aufhalten, zwischen denen er sich verstecken konnte. Er konnte von einem der Händler eine Mahlzeit erwerben und ein paar achtbare Bürger herauspicken, denen er auf seine geschliffene, liebenswürdige Weise Honig ums Maul schmieren würde. Sollte das nicht reichen, um ein paar vorübergehende Brüder oder Vettern aufzutreiben, die sich für ihn verbürgten, würde Geld den Rest besorgen, vorausgesetzt, der Preis für seinen Kopf war nicht zu hoch angesetzt. Am wichtigsten schien, die Aufmerksamkeit des Befreiers und seiner Jünger zu vermeiden ...

»Dosh!«

Zu spät. Die drei Männer, die auf ihn zu rannten, trugen Speere und runde, nagische Schilde. Der große in der Mitte war unschwer als Prat'han Töpfer zu erkennen, und hinter ihm folgten Gopaenum Fleischer und Tielan Händler – allesamt aus Sonalby, Veteranen des Feldzugs nach Thargia.

Dosh befahl Hurtig, sich niederzukauern, und sie schien unter ihm zusammenzubrechen. Er glitt aus dem Sattel und machte sich gar nicht erst die Mühe, dem Tier Fußfesseln anzulegen oder es anzubinden, denn es war so erschöpft, daß es nicht einmal versuchte, ihn zu beißen. Da Dosh selbst sich mindestens ebenso ausgezehrt fühlte, lehnte er sich an die Seite des Moa und wartete auf die Krieger. Gleich einem Leichentuch senkte sich der unvertraute Eindruck über ihn, versagt zu haben. Er war in seinem Leben schon oft in die Enge getrieben worden, doch es hatte ihm selten an Vertrauen in seine Gabe gemangelt, sich aus jedem Schlamassel herauszuwinden. Nun war er zu müde, um wegzurennen, und Verstecken war aussichtslos. Diese Männer hatten ihn stets verachtet; jetzt konnten sie ihn ausliefern, sobald die Soldaten auftauchten. Da war er nun, beladen mit mehr Geld, als er je zuvor in seinem Leben besessen hatte, umzingelt von Hohlköpfen, die zu dämlich waren, um sich bestechen zu lassen.

Prat'han erreichte ihn als erster, dicht gefolgt von den beiden anderen. Sie stellten die Speere zu Boden.

»Sie gegrüßt!« keuchte der große Mann.

Dosh suchte nach dem Hohn, den er erwartete. Überraschenderweise entdeckte er keinen. »Ebenfalls«, antwortete er vorsichtig.

Tielan kicherte. »Der Befreier hat gesagt, du würdest aufkreuzen! Es ist lange her, Dosh!« Der Händler war ein kleiner, drahtiger Kerl. Er hatte stets ein schnodderiges, kindliches Wesen besessen und es nicht verloren. Dennoch stand selbst ihm keine hämische Freude ins Gesicht geschrieben. Er trat vor und begrüßte Dosh auf nagische Art, indem er ihm die Schulter drückte. Hastig taten Prat'han und Gopaenum es ihm gleich, als wären sie dabei ertappt worden, ihre guten Manieren vergessen zu haben. Von Zweifeln erfüllt, erwiderte Dosh die Gesten.

Tja, Tja! Waren sie nun plötzlich wieder alte Freunde?

»Du siehst aus, als hättest du einen anstrengenden Tag hinter dir.« Prat'han spähte zu dem Moa hinüber und runzelte die Stirn. »Du hast das arme Vieh ja ganz schön übel zugerichtet!«

»Es hieß der Moa oder ich.«

»Die Soldaten sind letzte Nacht dagewesen, kurz nachdem du uns verlassen hast«, erklärte Gopaenum. »Ich bin überrascht, daß sie dich verfehlt haben. Und natürlich froh darüber!« fügte er ohne sonderliche Überzeugung hinzu. In den letzten paar Jahren hatte er ordentlich Gewicht zugelegt und den Haarwuchs vom Kopf auf die Brust verlagert.

»Aber ihr habt ihnen gesagt, wohin ich wollte?«

Die drei tauschten Blicke.

Prat'han zuckte die Schultern. »Du hast das Angebot des Befreiers abgelehnt.«

Dosh wartete auf mehr, doch die anderen warteten ebenso.

»Und was passiert, wenn sie heute nacht aufkreuzen? Sagt ihr ihnen dann, daß ich hier bin?«

Gopaenum und Tielan schielten erwartungsvoll zu Prat'han. Nach D'ward betrachteten sie den großen Mann als ihren Anführer. Er wich der Frage aus.

»Wir hatten gehofft, du hättest deine Meinung geändert, Dosh.«

»Du lügst. D'ward mag das vielleicht gehofft haben, aber ihr nicht, keiner von euch. Mich euch anschließen? Wieso sollte ich euch vertrauen?«

»Na, weil wir bereit sind, dir zu vertrauen.«

»Ihr oder D'ward?«

Prat'han stützte sein Gewicht auf den Speer, als erwartete er, noch eine ganze Weile hier zu stehen. »Was immer D'ward wünscht, ist uns genug. Er hat gesagt, wir sollen nach dir Ausschau halten und dich willkommen heißen, falls du dich den Freien anschließen willst.«

Dosh schnaubte ungläubig. »Ich brauche nur zu versprechen, in Zukunft ein braver Junge zu sein, und ihr nehmt mich als euren längst verlorenen Bruder auf? Ihr?«

Der große Mann entblößte die Zähne. »Ich will's versuchen. Das will ich wirklich. Du warst mal unser Freund.«

Prat'hans Gedächtnis schien äußerst erfindungsreich. Freund? Niemals. Nach der Eroberung Lemods hatten sie aufgehört, Dosh als Liebesknaben zu verspotten, aber das war auch schon alles gewesen.

»Soll das heißen, ihr würdet mich gegen die Soldaten verteidigen? Ihr würdet sie anlügen? Ihr würdet für mich *kämpfen?«* Dosh lachte lauthals.

Die beiden anderen bedachten ihn mit bösen Blicken. Zumindest Prat'han bemühte sich, wenngleich der Versuch ihm Schweiß auf die Stirn trieb. »Selbstverständlich würden wir das für einen Freund tun – für einen Bruder, meine ich. D'ward sagt, du warst damals kein thargischer Spion ...«

»Ha! Trotzdem war ich ein Spion. Hat er das auch erwähnt?«

»Ja. Aber er hat gemeint, wir sollten uns daran erinnern, wie du dich in Lemod ausgezeichnet hast, wie du in jener Nacht mit ihm losgezogen bist, wie du unmittelbar hinter ihm über die Mauer geklettert bist. Er hat gesagt, wenn du dich den Freien wirklich anschließen willst, wirst du es uns beweisen.«

Zunächst erschrocken, dann argwöhnisch fragte Dosh: »Wie beweisen?«

»Das hat er uns nicht verraten.«

Tielan mischte sich ins Gespräch. »Er meinte, es läge bei Prat'han. Du mußt den großen Pott da überzeugen. Also leg los und überzeug ihn. Ich bin sicher, das wird eine sehenswerte Vorstellung.«

Gopaenum kicherte. »Darauf freue ich mich auch

schon. Taten sprechen eine deutlichere Sprache als Worte, sagt der Befreier.«

Diese Mistkerle genossen die Lage tatsächlich. In der Hoffnung, einen Ausweg zu entdecken, schaute Dosh sich um, doch er fand keinen. Mittlerweile war es in dem kleinen Tal fast vollständig dunkel, so daß sich die ringsum verstreuten Lagerfeuer um so heller abzeichneten. Die Gesänge waren verstummt. Die Menge bei der Ruine war in Schweigen verfallen und lauschte jemandem, der zu ihr sprach – vermutlich D'ward, doch die Wortfetzen, die der Wind herübertrug, waren zu schwach, um sicher sein zu können. Die einzigen anderen Geräusche stammten von Äxten, mit denen die letzten Bäume in Feuerholz verwandelt wurden. Der Moa war nutzlos; sollte er versuchen, sich auf eigenen Beinen davonzumachen, würde man ihn mühelos einholen. Die Nagier wußten, daß Dosh hier war und würden es den Soldaten erzählen. Blieb nur die Wahl, sich ihnen anzuschließen oder zu sterben. Inzwischen bibberte Dosh vor Kälte und Erschöpfung, doch diese Holzköpfe würden denken, er zitterte vor Angst. Vielleicht hatten sie sogar recht. Er würde den Freien beitreten müssen, zumindest bis zum nächsten Morgen.

Aber wie?

»Ihr wollt dem Tod den Tod bringen?«

»Wir wollen's versuchen«, erwiderte Prat'han. »Wir sind keine Narren, Dosh. Wir wissen, daß es ein gefährliches Unterfangen ist. Einige von uns könnten sterben. Wir alle könnten sterben. Wir denken nur, es ist das Wagnis wert, das ist alles – keine Schnitter mehr.«

»Wenn du Angst hast, mußt du natürlich nicht«, fügte Tielan hinzu.

Dosh konnte nur eins tun, doch sein gesamtes Wesen scheute sich davor, wie vor einem gräßlichen Tod. »Mal angenommen, ich stimme zu und ändere morgen meine Meinung?«

Eine Zeitlang kaute Prat'han unglücklich auf seiner Unterlippe. Er mußte *nachdenken*, und für gewöhnlich gelang es ihm, dies zu vermeiden. »Ich schätze, du könntest ungehindert gehen. Jedem steht es frei zu gehen. Ein oder zwei von uns sind bereits umgekehrt; haben ihre Frauen vermißt, meinten sie.«

Gopaenum klapperte hörbar mit den Zähnen. »Willst du die ganze Nacht da stehen? Mach schon – überzeug ihn!«

Dosh ließ sich alles noch einmal durch den Kopf gehen und gelangte zu demselben Schluß wie zuvor. Er seufzte. »Bist du immer noch Fleischer?«

»Bis vor ein paar Doppelwochen war ich's. Warum?«

»Da draußen sind heute nacht jede Menge hungrige Leute. Wenn ich mich euch anschließe, brauche ich den Moa nicht, oder? Nimm ihn, schlachte ihn, verteile ihn. Aus dem Sattel kann man Schuhe für einige der Kinder machen.«

Gopaenum und Tielan blickten fragend zu Prat'han.

»Das beweist wenig, Dosh. Damit tust du dich bloß hervor, außerdem ist das Tier ohnehin bereits halb tot.«

»Ich bin noch nicht fertig!« herrschte Dosh ihn an, wenngleich er insgeheim gehofft hatte, mehr wäre nicht nötig. »Das Vieh ist trotzdem noch seine hundert Sterne wert! Da, ich habe auch Bargeld.« Damit zog er den Geldbeutel hervor und wünschte, er hätte die Voraussicht besessen, seine Reichtümer auf zwei Beutel zu verteilen.

»Wir wollen dein dreckiges Gold nicht!« knurrte Tielan.

Und der wollte ein Händler sein!

»Nicht für euch, Torfkopf. Für die Hungernden da draußen. Kommt mit und schaut zu.«

Dosh konnte selbst kaum glauben, wozu er sich hinreißen ließ, als er in die Düsternis stapfte und auf das erstbeste Lagerfeuer zusteuerte, dicht gefolgt von Prat'han und Tielan. Gopaenum blieb bei dem Moa, der im Hintergrund kurz aufkreischte, als Dosh gerade einem völlig verblüfften Kind die erste Münze in die Hand drückte. Weitere Kinder scharten sich um ihn; er gab ihnen Silber. Dann ging er weiter zum nächsten Feuer und zum übernächsten, wobei er jene auswählte, über denen kein Essen kochte. Er warf Müttern mit Säuglingen Münzen zu und legte weiteres Silber neben schlafende Kinder. Dabei stellte er fest, daß er ziemlich schrill über die verdutzten Mienen auf den Gesichtern der Erwachsenen lachte. Schließlich war der Beutel leer. Er wandte sich an die beiden Nagier.

»Und? Habe ich euch jetzt überzeugt?«

Tielan strahlte von einem Ohr zum anderen und öffnete den Mund.

»Warum willst du schon aufhören?« wollte Prat'han mit gerunzelter Stirn wissen. »Sehen ziemlich teuer aus, die Kleider, die du anhast. Was ist in den Taschen?«

»Gar nichts, du dummer Ochse!«

»Tja, man kann einen Fluß nicht halb überqueren, wie D'ward zu sagen pflegt. Bring es zu Ende, Dosh. Mach schon.«

Leise vor sich hinfluchend, zog Dosh sich aus. Er verschenkte seinen Kittel, die Stiefel, seinen geliebten

Messergürtel. Er tauschte seine feine Leinenhose gegen den schmuddeligen Lendenschurz eines verblüfften Bettlers. Dann, mittellos und barfuß, wandte er sich abermals an Prat'han. »Nun? Willst du auch noch meine Haut? Denn das ist alles, was ich noch übrig habe. Oder willst du mir die Zehennägel abziehen, du, du ...« Am liebsten hätte er vor Wut geschrien.

Mit einem Freudenruf zog Prat'han ihn in eine bärengleiche Umarmung und drückte ihn so fest an sich, daß die Rippen knackten. »Gut gemacht, Dosh! Sehr gut gemacht! D'ward hat gesagt, du würdest dich auszeichnen, und keiner von uns hat ihm geglaubt.«

Dann war Tielan an der Reihe. Er umarmte Dosh nicht nur, er küßte ihn zudem auf die Wange. »Willkommen, Bruder! Komm mit und lern die anderen kennen, Bruder Dosh.«

Sie führten ihn zurück dorthin, wo Gopaenum damit beschäftigt war, Brocken noch warmen Fleisches an eine freudig erregte Menschenmenge zu verteilen. Weitere Mitglieder der Kriegsbande lösten sich aus der Dunkelheit. Nachdem sie erfahren hatten, was Dosh getan hatte, umarmte sie ihn einer nach dem anderen und hießen ihn bei den Freien willkommen. Alle lächelten, als meinten sie es ernst, wenngleich Dosh ihre Mienen nicht eindeutig zu erkennen vermochte. Für sie war es ja ziemlich einfach. Schließlich mußten sie kein verdammtes Vermögen verschleudern, um sich einem Haufen Wahnsinniger anzuschließen.

IV

Dies nun, o Mönche, ist die edle Wahrheit um das Ende des Schmerzes: das bedingungslose Ende jenes Sehnens; Aufgabe, Verlassen, Erlösung, Ungebundenheit.

BUDDHA

17

Es war Februar. Es war beinahe dunkel. Es regnete. Zu erklären, der Regen fiele vom Himmel, wäre eine ungenaue Beschreibung – er bewegte sich vielmehr in grauen Schlieren parallel zum Boden und fegte waagerecht über die durchweichte Ebene von Norfolk, so daß er Alice beißend ins Gesicht prasselte, sie seine Kälte unter den Rändern ihres Südwesters spüren ließ und ihr Haar durchnäßte, in ihre Gummistiefel kroch und eisig in den Kragen und die Ärmel ihres Regenmantels tröpfelte. Der Wind riß und zerrte an dem Mantel, der viel zu groß für sie war und vermutlich aus der Tudor-Zeit stammte, zumindest aber aus georgianischer Zeit. Sie hatte den Mantel, an einem Nagel hängend, in dem kleinen Landhaus gefunden – von jenen übersehen oder zurückgelassen, die dieses Haus geplündert hatten. Kein Wunder, daß die Engländer die halbe Welt erobert hatten – eine von solchem Wetter abgehärtete Rasse konnte alles überwinden.

Alices Hände und ihr Gesicht schmerzten vor Kälte. Es war dumm von ihr gewesen, einen Spaziergang anzutreten, und noch dümmer, ihn in Windrichtung zu unternehmen. Nun blies ihr der Sturm auf dem gesamten Rückweg ins Gesicht, wodurch das Vorankommen wesentlich erschwert wurde. Gewiß, sie wollte frische Luft, aber nicht *ganz* so viel. Immer noch war sie dermaßen kraftlos, daß der Wind sie bereits zweimal umgeweht und ihr im Schlamm die Füße unter dem Leib weggepustet hatte; mittlerweile war sie beinahe genauso matschgetüncht wie der Pfad selbst. Sollte sie sich eine fiebrige Erkältung einfangen, hatte sie sich das ausschließlich selbst zuzuschreiben; der Doktor hatte sie zwar vor Übermüdung gewarnt, nicht jedoch vor Unterkühlung. Wehmütige Träume von heißem, dampfendem Tee trieben sie vorwärts.

Nun war es nicht mehr weit. Alice bog in die schmale Zufahrtsstraße ein, die zu ihrer Haustür führte. Die mächtig überwucherten Hecken zu beiden Seiten gewährten ihr Schutz vor dem Wind.

Sie sollte den Kohleneimer auffüllen, bevor sie hineinging und den Mantel noch trug. Hatte sie den Gasofen in ihrer Wohnung in London je wirklich zu schätzen gewußt? Oder das Dach dort, das nicht leckte? Selbst die Erinnerung an die schier unerträgliche Langeweile im Büro hatte mittlerweile einen nostalgischen Schimmer angenommen. Schwäche, dein Name ist Alice! Sie hatte ihre Entscheidung getroffen und würde damit leben. Heute nacht würde sie das Ausmalen der Decke zu Ende bringen, und wenn sie dabei draufging. Sie hatte vor vier Tagen damit begonnen, sah aber immer noch mehr Schimmel als Farbe.

Als sie aus dem Schutz der Hecken trat, erfaßte sie der Wind, bauschte ihren Mantel, ließ sie taumeln. Um ein Haar wäre sie gegen den Wagen gerannt, bevor sie ihn erblickte. Erstaunt blieb sie stehen und wischte sich Regen aus den Augen.

Es war ein sehr großes Motorfahrzeug, das unmittelbar vor ihrer Tür parkte. Groß und schwarz. Einen kurzen Augenblick erinnerte es sie an D'Arcys alten Vauxhall. Eine wilde, verrückte Wunschvorstellung ... *Es war alles ein entsetzlicher Irrtum, Liebling. Ich bin in einem deutschen Gefangenenlager gewesen ...*

Nein, das war Wahnsinn. Sie hatte selbst miterlebt, wie der Vauxhall vor achtzehn Monaten in Greenwich von Bomben zerstört wurde – in jenen wenigen, wirren Tagen, die Edward aus dem Märchenland zurückgekehrt war. Und dann der andere Traum, der Tagtraum von Terry, der plötzlich auftauchte und sagte: *Nein, Liebes, ich bin nicht ertrunken* ... dieser schien sogar noch verrückter. Sollte Terry tatsächlich aus dem Reich der Toten zurückkommen, dann gewiß nicht in einem Wagen.

Wen aber kannte sie, der ein Automobil besaß und an Benzin herankam? Niemanden. Der Krieg war noch nicht lange genug vorbei, als daß ein solcher sich bereits wieder eingebürgert hätte. Außerdem hätte ohnedies praktisch niemand gewußt, wo sie zu finden war. Alice hatte längst noch nicht alle Briefe geschrieben, die sie schreiben wollte, sollte oder mußte.

War es ein Nachbar, der ihr einen Besuch abstattete? Um ihre eine Karte dazulassen? Alice erwartete von den Einheimischen nicht, daß sie herumzogen und Karten hinterließen – in einer ländlichen Wildnis wie dieser schien allein der Gedanke lächerlich. Hingegen hatte sie erwartet, daß schon früher jemand vorbeigeschaut hätte, um den Neuankömmling in Augenschein zu nehmen.

Hastig fummelte sie in der Tasche nach dem Schlüssel. Sie war ganz sicher, daß sie die Haustür abgesperrt hatte, wenngleich die Einheimischen dies vermutlich als unfreundliche Handlung betrachten würden. Im Umkreis von einer Meile gab es keine anderen Häuser, und Alice besaß kein Telephon. Bislang hatte dieser Umstand sie kaum beunruhigt. Und sie sollte nicht zulassen, daß sie sich ausgerechnet jetzt Sorgen darüber machte ...

Aber wo steckte der Fahrer? Im Nebengebäude? Im Schuppen an der Rückseite des Hauses? Das war widersinnig. Wieso sollte jemand Schutz in einem Schuppen suchen, wo es im Wagen doch viel gemütlicher war? Und sollte der Besucher böse Absichten hegen, erschien es noch widersinniger, Alice irgendwo aufzulauern und den Wagen so offen im Blickfeld stehen zu lassen. Langsam bewegte Alice sich auf die Tür zu. Die zwei winzigen, unscheinbaren Fenster des Häuschens wiesen zur Vorderseite, sie waren so klein, daß nur ein Zwerg in der Lage gewesen wäre, durch diese Fenster einzusteigen. Keine der beiden Scheiben war zerbrochen oder sah so aus, als hätte jemand sich daran zu schaffen gemacht. Auch das lange Gras unter den Fenstern war nicht zertreten.

Behutsam drückte Alice die Klinke herunter; die Tür war nach wie vor versperrt. Mit größerer Erleichterung, als sie sich einzugestehen wagte, drehte sie den Schlüssel und hörte das antike Schloß klappern. Der Wind schleuderte sie mitsamt einem Schwall Regen ins Haus. Sogleich stemmte sie sich gegen die Tür und warf sie zu. Dann verriegelte sie den Bolzen.

Keuchend und zitternd verharrte sie einen Augenblick und lauschte, wie Schlamm und Wasser auf das über den Boden zu ihren Füßen ausgebreitete Zeitungspapier troff, dankbar, den Klauen des Sturms entronnen zu sein. Alles, was sie erkennen konnte, war das Flackern des Feuerscheins. Sollte sie mehr Kohle hereinschaffen? Nein, die Kohle konnte warten. Sofern ihr unbekannter Besucher lediglich ausgestiegen war, um den Abort zu benützen, würde sie ihn zum Wagen zurückgehen hören.

Alice zerrte sich den Hut vom Kopf. Der übelkeiterregende Gestank von Terpentin erfüllte das Zimmer. Nach und nach gewöhnten ihre Augen sich an das düstere Licht; sie sah das Waschbecken und die

Arbeitsfläche in der Ecke, die Trittleiter, die Farbdosen, die Petroleumlampe, das Sofa und den Stuhl, beides mit Staubschutzdecken verhüllt, die wie Schleier für ein Begräbnis wirkten. Der gesamte Rest der Einrichtung war ins Schlafzimmer gestopft worden. Die Frau auf dem Sofa trank Tee.

Alice schrie vor Schreck auf, sprang zurück und prallte gegen die Tür.

Die Besucherin legte die Stirn in Falten und stellte die Tasse auf dem Untersetzer ab, den sie in der anderen Hand hielt. »Guten Tag, Miss Prescott. Tut mir leid, wenn ich Sie erschreckt habe.« Groß und aufrecht saß sie da, in einem schlichten braunen Tweedmantel mit Pelzkragen. Neben ihr lag eine klobige Handtasche auf dem Sofa. Ihre leuchtenden Augen und die kantigen Züge wirkten auf seltsame Weise vogelähnlich.

Einen Augenblick brachte Alice kein Wort hervor, gleichzeitig aber schien jeder Muskel ihres Körpers zu versuchen, sich in eine andere Richtung davonzumachen. »Sie sind jünger!« krächzte sie schließlich.

Die Besucherin hob sorgfältig nachgezogene Augenbrauen an, um darauf hinzuweisen, daß die Bemerkung von fragwürdigem Charakter war. »Jünger als was? Als die Magna Charta?«

»Jünger als bei unserem letzten Treffen, wollte ich sagen. Sind Sie immer noch Miss Pimm?«

Die Kleidung der Frau war rundum trocken, vom eleganten Hut bis zu den praktischen Schuhen mit breiter Kappe, obwohl der Pfad draußen im Schlamm versank. Selbst der Pelzkragen wies kein Zeichen von Feuchtigkeit auf.

»Ich schätze, dieser Name wird den Zweck erfüllen, Miss Prescott.«

Plötzlich wich der Schrecken aufkeimendem Zorn. »Mein Name ist *Pearson.*« Alice rang mit den Knöpfen an ihrem Mantel.

Flüchtig spähte die Hexe auf Alices ringlose Finger und wog die Aussage eine Zeitlang ab. »Trotzdem leben sie allein, Mrs. Pearson. Kann ich daraus schließen, daß mein aufrichtiges Beileid angebracht ist?«

Eine Erklärung wäre wesentlich angebrachter. Und zwar keine über die versperrte Tür; das war ziemlich einfach zu erklären, denn Miss Pimm hatte Alice dereinst von einem Fahrrad auf den Rücksitz eines Automobils gezaubert, während die beiden Fahrzeuge mit etwa hundert Meilen die Stunde aufeinander zurasten. Doch warum drang sie in Alices hart errungene Einsamkeit in den dunkelsten Tiefen Norfolks ein? Erkannte sie denn keine Einsiedlerin, wenn sie eine sah?

Dann keimte das Begreifen auf, begleitet von Erregung. »Edward? Haben Sie Neuigkeiten über Edward?«

»Er lebt und erfreut sich bester Gesundheit. So war jedenfalls der Stand vor ein paar Wochen. Und selbstverständlich ist Edward der Grund, weshalb ich sie störe. Das ist doch immer so, nicht wahr?« In einer Geste gelinder Verzweiflung schüttelte Miss Pimm den Kopf. »Ich muß wirklich einen ausgeprägten Mutterinstinkt haben, was diesen Jungen angeht.«

»Ist er zurückgekehrt?«

»Nein. Er befindet sich nach wie vor auf Nebenan. Er ist nie nach Hause gekommen, wie er es versprochen hat. Ich sollte Sie unverzüglich benachrichtigen, sobald ich etwas von ihm höre. Und dies ist die erste ziemlich eindeutige Neuigkeit, die ich erfahren habe.«

Und das erste, das Alice seit Jahren von beiden hörte. Sie hing ihren Hut und den schlammverschmierten Mantel an den Haken neben der Tür. »Aber Sie haben keine *ganz* eindeutigen Neuigkeiten?«

»Ich habe einen Bericht erhalten, dem zufolge er angekündigt hat, die Prophezeiung zu erfüllen, woraufhin er Olympus verließ. Die Einzelheiten waren so verschwommen und unwahrscheinlich, daß ich beschlossen habe, Sie nicht damit zu belasten.«

Alice rieb sich die kalten, schmerzenden Hände; dann zerrte sie die Füße aus den Gummistiefeln. »Und was ist diesmal eindeutiger daran?«

»Ich komme gleich darauf zu sprechen. Ich habe Tee gekocht.« Offensichtlich. Und der Teekessel mitsamt Wärmer stand auf der Leiter, eine Stufe über der Milchkanne, der Zuckerdose und einer zweiten Tasse mit Untersetzer. All diese Dinge stammten aus dem Durcheinander im Schlafzimmer. Miss Pimm verstand sich offenbar gut darauf, Wohnungen zu durchstöbern, denn Alice war kaum mehr als zwanzig Minuten fort gewesen.

»Ausgesprochen nett von ihnen, so weit zu reisen, um mich das wissen zu lassen«, meinte sie zuckersüß und steuerte auf den Tee zu. Unnötig zu fragen, wie es dem alten Drachen gelungen war, sie aufzuspüren.

»Sie sind krank gewesen.«

»Ist das so offensichtlich?«

»Für die meisten Menschen nicht, nein.«

»Ich hatte einen leichten Anfall von Spanischer Grippe.«

»Damit waren Sie in guter Gesellschaft. Finden Sie diesen Ort nicht einsam, wo Sie doch in London gelebt haben?«

»Ich wollte es so.« Der Zorn ließ Alices Hände erbeben, als sie sich Tee einschenkte. In dem Monat, den sie bereits hier wohnte, war niemand gekommen, um sie zu besuchen, abgesehen von Händlern: der Milchmann, der Metzger, der Lebensmittelkrämer und zweimal der Postbote. Kein einziger Nachbar. Alice hatte die Einsamkeit gesucht und im Überfluß gefunden. Bis jetzt. Nun war ihre Ungestörtheit vergewaltigt worden. Sie setzte sich auf den klobigen, tuchverhüllten Stuhl und nippte an ihrem Tee, während sie versuchte, Miss Pimms durchdringendem, musterndem Blick standzuhalten. »Wie geht es dem Hauptamt?«

Miss Pimm verzog die Lippen zu einem Schmollmund.

»Wir lecken unsere Wunden.«

»Aber Sie haben gesiegt, oder?«

»Das Ergebnis läßt sich am besten als ein Unentschieden beschreiben. Im Westen haben wir gewonnen. Rußland dagegen haben wir eindeutig verloren, und die Friedenskonferenz bereitet uns ernste Sorgen. Der Kampf gegen das Böse geht weiter; die Quälgeister haben sich neu formiert. Mit der Spanischen Grippe haben sie uns überlistet.«

»*Das* war auch deren Werk?«

»Und ob – normalerweise ist die Grippe nicht so tödlich. Es war ein Versuch, die Amerikaner aus dem Krieg herauszuhalten. Wissen Sie, die Spanische Grippe begann in Amerika und hat sich binnen einer Woche über alle achtundvierzig Staaten ausgebreitet. Sie hat bereits mehr Menschen getötet als der Krieg. Und vielleicht ist es noch gar nicht vorbei. Klingt das für Sie nach einer gewöhnlichen Grippe?«

Eine derart unerhörte Geschichte hätte sich eigentlich gar nicht ereignen können, doch wenn Miss Pimm sie erzählte, sah die Sache anders aus.

»Eine Seuche! Der vierte Reiter der Apokalypse?«

»Genau. Letzten Endes ging der Schuß nach hinten los. Es war die Grippe, die der deutschen Armee den Rest gab und den Krieg beendete.« Ein schmales, schadenfrohes Lächeln huschte über Miss Pimms Züge und verflüchtigte sich sogleich wieder.

»Das ist nicht wahr!«

»Es ist genau das, was General Ludendorff behauptet.« Mit einem Achselzucken fegte Miss Pimm das deutsche Oberkommando vom Tisch. »Aber wir haben den Krieg besser überstanden, als wir anfangs befürchteten.«

Das durchs Fenster einfallende Licht schwand. Der Schein des Feuers warf einen überlebensgroßen Schatten der Besucherin an die Wand, der auf bedrohliche Weise an die Gestalt eines Raubvogels erinnerte. »Warum Norfolk?« wollte Miss Pimm wissen.

»Ich habe das Anwesen geerbt. Es ist seit Generationen im Besitz der Familie Pearson.« Völlig belanglos! Alice trank einen weiteren Schluck Tee und spürte, wie die heiße Flüssigkeit ihre Kehle hinunterrann und ihren Leib mit wohliger Wärme erfüllte.

Mit scharfem Blick beäugte Miss Pimm die Decke. »Offensichtlich hat hier keiner besonders viel von Farbe gehalten. Warum haben Sie Ihre Arbeit in London hingeschmissen und sich hier draußen in den Sümpfen eingeigelt?«

Das ging sie zwar einen feuchten Kehricht an, doch so etwas sagte man nicht zu Miss Pimm.

»Ich bin nicht sicher. Der Krieg war vorbei. Vielleicht brauchte ich einen Neubeginn? Wollte eine neue Seite aufschlagen? Womöglich war es auch nur seelische Niedergeschlagenheit infolge der Grippe. Also, was ist jetzt mit den Neuigkeiten über Edward?«

Miss Pimm antwortete mit einem entschlossenen Nicken, als pflichtete sie Alice bei, daß die Zeit für belangloses Geplauder vorbei war und sie zum geschäftlichen Teil übergehen sollten. »Anscheinend ist er zu der Überzeugung gelangt, er sei Jesus Christus.«

»Ich betrachte diese Bemerkung als ein Zeugnis schlechten Geschmacks.«

»Dann eben Moses. Oder Peter, der Einsiedler. Er versucht, die *Filoby*-Prophezeiung zu erfüllen.« Miss Pimm mochte wohl äußerlich dreißig Jahre abschüttelt haben, ihre Befehlsgewalt einer Fremden jedoch hatte sie bewahrt.

»Er hat geschworen, das niemals zu tun.«

»Offenbar hat er seine Meinung geändert.«

»Das ist sein gutes Recht«, erwiderte Alice vorsichtig.

»Nicht, wenn seine Launen andere in Gefahr bringen! Wir haben einen Besucher vom Dienst hier, eine Mrs. Euphemia McKay. Sie behauptet, Ihr Cousin verkünde nunmehr in aller Öffentlichkeit, er sei der Befreier aus der Prophezeiung. Er zieht durch die Täler und predigt einen religiösen Umsturz.«

»*Edward?*«

»Anscheinend.«

»Nun, ich nehme an, er hat seine Gründe.« Alices Erinnerungen an ihren Cousin und Pflegebruder waren überwiegend die Erinnerungen an einen Jungen; 1917 jedoch hatte sie einen jungen Mann mit äußerst starkem Willen kennengelernt. Edward würde gewiß nichts leichtfertig in Angriff nehmen.

Miss Pimm seufzte. »Ich bin sicher, er hat seine

Gründe, und ich muß gestehen, daß mein heutiger Besuch größtenteils auf schiere Neugier zurückzuführen ist. Ich möchte nur allzu gern erfahren, was Edwards Gründe sind. Sein Vater beharrte unerschütterlich auf dem Standpunkt, daß es ein schwerwiegender Fehler sei, den Befreier zum Zug zu bringen, und soweit ich über die Angelegenheit Bescheid weiß, bin ich geneigt, dem beizupflichten. Aber das spielt keine Rolle. Mrs. McKay wurde hergeschickt, weil der Dienst zutiefst besorgt ist. Was Edward tut, könnte verhängnisvolle Folgen für den Dienst haben.«

»In welcher Weise?« erkundigte sich Alice. Und wieso sollte das Miss Pimm kümmern? Vor allem: Wieso sollte es Edward kümmern? Der Dienst hatte rein gar nichts für ihn getan, außer ihn nach Nebenan zu entführen und danach all seine Pläne zu vereiteln, nach Hause zurückzukehren. Zudem hatte der Dienst versucht, ihn zu töten – oder zumindest eines seiner Mitglieder. Alice sah keinen Grund, weshalb Edward sich dem Dienst in irgendeiner Weise verpflichtet fühlen sollte – und für sich selbst sah sie erst recht keinen Grund.

»Ich glaube, die Hauptsorge der Mitglieder des Dienstes ist«, erläuterte Miss Pimm nachdenklich, »daß er versagen und ihr bisheriges Werk dadurch in Verruf bringen könnte. Und das ist noch vorsichtig ausgedrückt. Ich könnte Ihnen weit krassere Meinungen präsentieren.«

Alice beschloß, diesen Gedankengang nicht weiter zu verfolgen. Überhaupt mißfiel ihr die Richtung, in die das Gespräch sich bewegte. »Ich bin froh zu hören, daß er lebt. Es war nett von Ihnen, mir die Nachricht persönlich zu überbringen. Vielen Dank.« *Und auf Wiedersehen.*

Abermals ließ Miss Pimm ein flüchtiges, wenngleich düsteres Lächeln aufblitzen. »Mrs. McKay ist eigens auf diese Welt gereist, Sie um Ihre Hilfe zu bitten.«

»Mich? Wie denn? Soll ich einen Brief schreiben ... Nein, das ist unmöglich, oder? Meine Hilfe, um Edward beizustehen oder um ihn aufzuhalten?«

»Letzteres.«

»Wieso sollte ich? Egal was er vorhat – was hat es mit mir zu tun?«

»Oder mit mir. Allmählich werde ich ein klein wenig verärgert darüber, daß der Dienst uns ständig um Hilfe anbettelt. Schließlich haben wir auch nicht versucht, den Dienst in unsere Querelen mit den Quälgeistern hineinzuziehen.«

Die Bemerkung schien unbedeutend, folglich schenkte Alice ihr keine Beachtung. »Edward ist ein erwachsener Mann. Ich habe vollstes Vertrauen in sein Urteilsvermögen.«

»Genau wie ich. Deshalb bin ich ja so neugierig.« Es war ein nettes Eingeständnis, das Miss Pimm beinahe menschlich ... ja normal erscheinen ließ.

Eine Zeitlang schwiegen beiden Frauen. Selbstverständlich war es Alice, die als erste den Blick abwandte.

Sie stellte fest, daß ihre Tasse fast leer war, doch die Anstrengung, sich eine weitere einzuschenken, überstieg ihre Kräfte.

»Allein der Vorschlag ist lächerlich. Ich soll mich in seine Angelegenheiten mischen, mich erdreisten, ihm dreinzureden, wo er doch die Lage – ja diese ganze Welt – um so vieles besser kennt als ich ... das wäre eine unvertretbare Anmaßung; ich weigere mich. Bitte richten Sie Mrs. McKay aus ... Wo steckt diese Mrs.

McKay eigentlich?« Unbehaglich spähte Alice auf die Tür zum Schlafzimmer.

»Ich habe sie zu Tode erschöpft auf einem Bett im Gasthof zum Bullen in Norwich zurückgelassen. Sie leidet an Schlafmangel, weil die Tage in den Tälern derzeit nicht mit den unseren übereinstimmen. Außerdem wollte sie einen Telefonanruf tätigen. – Sie möchten also, daß ich dem Dienst mitteile, daß Sie der Bitte leider nicht entsprechen können?«

Alice fragte sich, ob es möglich war, diese ehrfurchteinflößende Frau zu schockieren. »Bestellen Sie denen, daß sie mir den Buckel runterrutschen können.«

Die basiliskenhafte Miene änderte sich keinen Deut. »Diese Ansicht, wenn auch nicht der genaue Wortlaut, entspricht haargenau dem, was ich vorhergesagt habe.«

Abermals setzte Schweigen ein, das diesmal länger anhielt. Miss Pimm schien auf irgend etwas zu warten, doch Alice konnte sich nicht vorstellen worauf. Sie würde unter keinen Umständen losziehen und Edward im Namen von Wildfremden mit erhobenem Zeigefinger belehren. Selbst wenn sie um alle Tatsachen wüßte, was keineswegs zutraf, und selbst wenn sie sein Tun durch und durch mißbilligt hätte, was ohne weiteres zutreffen könnte, würde sie sich nicht erdreisten, sich einzumischen. Was also gab es noch zu besprechen?

»Haben Sie heute abend etwas vor?« erkundigte Miss Pimm sich mit sanfter Stimme.

Versuchen, im Licht einer Petroleumlampe die Decke und die Geschirrschränke anzupinseln. Dann zum Abendessen eine Dose Sardinen oder etwas Ähnliches aufmachen. Was immer es sein mochte, es würde nach Terpentin schmecken. Anschließend im Schein einer Kerze ins Bett kriechen und lesen – na toll!

Sie konnte noch nicht einmal das Grammophon benutzen, weil es unter dem Bett verstaut war, hinter den Büchern und Bildern und anderem Kram. Dabei fiel ihr ein, daß auf dem Bett ja noch der Küchentisch und der Läufer lagen.

»Nicht viel«, räumte Alice ein.

»Dann kommen Sie mit, und essen Sie im Bullen mit uns zu Abend. Wenn Sie wollen, bringe ich Sie anschließend wieder zurück.«

Warum eigentlich nicht?

»Als wir uns das letzte Mal getroffen haben, sind Sie nicht gefahren.«

»›Nicht gefahren sein‹ und ›nicht fahren können‹ sind zwei verschiedene Paar Schuhe«, gab Miss Pimm bestimmt zurück. Dann erhob sie sich und steuerte auf den Teekessel zu. »Gehen Sie sich umziehen.«

Alice öffnete und schloß den Mund, wohl wissend, daß es wenig Sinn hatte, einer *Fremden* zu widersprechen.

Außerdem hatte der Gedanke an eine anständige Mahlzeit in zivilisierter Umgebung etwas durchaus Reizvolles. Sie stemmte sich aus dem Stuhl und ging durchs Zimmer, um ihre Tasse und den Untersetzer ins Spülbecken zu stellen.

»Ziehen Sie nichts an«, fügte Miss Pimm hinzu, »um das es Ihnen leid täte. Nur für den Fall, daß Sie Ihre Meinung ändern.«

Alice wirbelte herum; Furcht und Zorn brodelten gleichermaßen in ihr auf. »Haben Sie vor, mich zu entführen? Wollen Sie das damit andeuten? Denn wen dem so ist ...«

»Selbstverständlich nicht. Hätte ich tatsächlich die Absicht, Sie zu entführen, Mrs. Pearson, hätte ich nicht all die Zeit mit Gerede verplempert.«

18

»Mrs. McKay, Mrs. Pearson«, stellte Miss Pimm vor.

Alice zeigte sich zunächst vorsichtig, da sie sich der angemessenen Verhaltensweise nicht sicher war. Einem Reisenden aus einer anderen Welt die Frage zu stellen: »Hatten Sie eine angenehme Reise?«, schien besonders geistlos – andererseits erwies sich die geheimnisvolle Euphemia als außergewöhnlich gewöhnlich, nahezu enttäuschend. Ihr Kleid wirkte überholt, ihr Akzent verriet irische Arbeiterklasse, ihr Gebaren entpuppte sich als entschieden undamenhaft. Sofern sie früher tatsächlich von Müdigkeit geplagt worden war, hatte sie sich inzwischen erholt, denn sie sprühte geradezu vor schelmischem Humor, hänselte Miss Pimm unverfroren und ließ gewagte Bemerkungen über einige der gutaussehenden Soldaten fallen, die im Gasthof zum Bullen herumhingen. Nach dem Äußeren zu urteilen, konnte sie kaum mehr als zwanzig sein, doch sie strahlte das Selbstvertrauen einer wesentlich älteren Frau aus.

»Gute Neuigkeiten?« fragte Miss Pimm spitzbübisch.

»Oh, hervorragende!« erwiderte Mrs. McKay. »Sie sagen, er macht sich ausgezeichnet. Telephone sind etwas Wunderbares, nicht wahr?«

Die drei Damen begaben sich in den Speisesaal.

Dieser erwies sich zwar als düster und aufgrund der niedrigen Decke als bedrückend, doch immerhin stank er nicht nach Terpentin. Zu so früher Stunde hatten sie den Saal für sich allein, wurden an einen Tisch neben dem Feuer gesetzt und von einem steinalten, stocktauben Kellner bedient. Sobald sie sich gesetzt hatten, zog Miss Pimm sich aus der Unterhaltung zurück und erweckte beinahe den Eindruck, sie hätte sich mit einem Unsichtbarkeitszauber verhext. Mrs. McKay hingegen plauderte unbekümmert drauflos, erzählt von den Unbilden übernatürlicher Reisen, wie wundervoll es sei, wieder zu Hause in England zu weilen, über das fürchterliche Wetter, die Veränderungen, die ihr bereits aufgefallen waren und über die Mißgeschicke eines Paares namens Pepper, die das Lotteriespiel um den ersten Heimaturlaub nach dem Krieg gewonnen hatten und sich dann beide, wenige Tage nach ihrer Ankunft in der Heimat, die Grippe einfingen.

Doch Olympus hätte keinen unsympathischen Botschafter gesandt, und schon bald erkannte Alice, daß ihr erster Eindruck von Euphemia der Frau nicht gerecht wurde. Auf unbekümmerte, jugendliche Weise war sie liebenswert und geistreich. Wenn sie sich einen moderneren Haarschnitt zulegte, weniger Puder, ein ihr besser passendes Kleid und kein Rouge trüge, das sich mit ihrer Haarfarbe schlug, wäre sie eine wahre Schönheit. Männer würden sie vermutlich auch bei ihrem derzeitigen Aussehen als Klasseweib betrachten, denn ihr Haar glich einem schimmernden, kastanienbraunen Wasserfall, zudem besaß sie eine beeindruckende Figur. Der Gerechtigkeit halber mußte man berücksichtigen, daß sowohl ihre Kleidung als auch ihre Schminke von anderen Leuten abgelegte Dinge waren; schließlich konnte sie aus Nebenan nichts mitbringen. Und überhaupt, wie kam Alice dazu, diese Frau zu bemäkeln, wo doch ihr eigenes Haar voller Farbflecke vom Anstreichen war?

Das Essen schmeckte bedeutend besser als damals zur Kriegszeit in London, wenngleich das einzige im Februar verfügbare Gemüse Rüben und matschige Kartoffel waren. Alice stopfte sich mit Schweinebraten voll, den sie mit einem hervorragenden Weißwein hinunterspülte. Daß sie sich so sehr dem Wein hingab, konnte durchaus eine Folge von Miss Pimms Fahrstil sein – nur weil die alte Hexe um Kurven zu blicken vermochte, brauchte sie es ja nicht ständig zu beweisen –, doch als Alice klar wurde, daß Alkohol unter den gegebenen Umständen unratsam sein könnte, war es bereits zu spät. Zur ihrer Überraschung stellte sie fest, daß sie sich so wohl fühlte wie seit Monaten nicht mehr.

Letztlich kam Mrs. McKay natürlich aufs Geschäft zu sprechen. Sie bestätigte, was Miss Pimm über Edward erzählt hatte – er war 1917 auf Nebenan zurückgekehrt, danach verließ er die Station und verschwand. Seither hatte man kein Sterbenswörtchen von ihm gehört. Nun predigte er zuverlässigen Berichten zufolge an einem Ort namens Joaltal vor den Einheimischen und erklärte, er wäre der prophezeite Befreier.

»Er geht ein fürchterliches Wagnis ein«, erläuterte Mrs. McKay, wenngleich es sich eher wie ›a fiachtalichs Wognis‹ anhörte. »Ich weiß bloß nicht, warum Zath und seine Bande ihn nicht sofort getötet haben. Gut möglich, daß es ohnehin bereits zu spät ist.«

Zu spät wofür?

Die grünen Augen weiteten sich – bei so rotbraunen

Wimpern sollte sie es wirklich mit Mascara versuchen. »Wissen Sie über die Prophezeiungen Bescheid, Mrs. Pearson?«

»Grob. Und bitte nennen Sie mich Alice.«

»Dann müssen Sie mich Euphemia nennen!« Euphemia trank einen Schluck Wein; dann beugte sie sich mit verschwörerischer Miene vor. Jetzt kam der dicke Hund. »Ist Ihnen klar, daß es schwerwiegende Auswirkungen für die armen Einheimischen haben könnte, was Edward tut?«

Wessen Worte waren das? Gewiß nicht ihre.

»Ich weiß nur, daß er so etwas um jeden Preis vermeiden wollte. Falls er es sich tatsächlich anders überlegt hat, muß er gute Gründe dafür haben. Hat er jemanden mitgenommen, als er Olympus verließ?« Er hatte von einem Mädchen namens Ysian erzählt, das irgend jemandes Köchin geworden war ...

»O nein. Na ja, zumindest glaube ich das nicht.« Entweder hatte Mrs. McKay die Möglichkeit nie in Betracht gezogen, oder man hatte sie ihr verheimlicht. »Damals war aber auch alles ziemlich wirr ...«

Die Frage hatte sie aus der Bahn geworfen, und Alice setzte nach, um den Vorteil auszunützen. »Wirr? Was kann einen Hexerzirkel wie den Dienst durcheinander bringen?«

»Einen was?« Mit bestürzter Miene trank Euphemia einen weiteren Schluck Wein; dann sprach sie auf die ihr eigene Weise weiter, als würde sie von einem vorbereiteten Text abweichen. »Wir sind kein ... Hexenzirkel! Die Kammer hat Olympus während Edwards Abwesenheit angegriffen, und er kam als erster zurück, nachdem es geschehen war. Einfach entsetzlich! Alle Häuser waren niedergebrannt. Erst kürzlich sind wir damit fertig geworden, den Ort wieder auf

Vordermann zu bringen. Und es gab Tote! Leider ist nicht allen von uns gelungen, rechtzeitig zu flüchten. Von einigen wissen wir nicht, wo sie abgeblieben sind. Wir glauben, einer von ihnen war ein Spitzel, der sich mit den Mördern davongemacht hat. Aber es wäre auch möglich, daß einer der anderen mit Edward losgezogen ist. ... Wieso fragen Sie überhaupt?«

Alice kaute eine Zeitlang, während sie überlegte, wie sie sich auf taktvolle Weise nach Edwards möglichem Techtelmechtel erkundigen konnte. Ihr fiel nichts ein. »Es muß ein Schock für ihn gewesen sein, hinüberzureisen und sich inmitten eines solchen Alptraums wiederzufinden. Und ein noch schlimmerer Schock für Hauptmann Smedley.« Sie hatte ganz vergessen, sich nach Neuigkeiten über Julian zu erkundigen.

»O ja! Die beiden haben dafür gesorgt, daß die Karotten all die Toten vergruben.«

»*All* die Toten? War es denn so schlimm?«

»Dutzende sind umgekommen! Aber nur vier davon waren Fremde.«

»Und Einheimische zählen selbstverständlich nicht, richtig?«

»Für mich sehr wohl!«

Hoppla! »Ich bitte um Verzeihung. Das war unentschuldbar. Auch für mich würden Sie zählen, und ich weiß, das trifft ebenso auf Edward zu. Wissen Sie, wir sind beide in Afrika aufgewachsen ...« Während Alice sich damit plagte, sich wieder aus der peinlichen Lage zu winden, fiel ihr auf, daß Mrs. McKay so rot angelaufen war, daß das Rouge auf ihren Wangen im Vergleich dazu bleich wirkte, doch Alice war sicher, daß ihre eigenen Züge keinen Deut weniger hell leuchteten. Wie konnte ihr nur etwas derart Schreckliches über die Lippen rutschen? *Alice, du hast zuviel getrunken!*

Gnädigerweise tauchte just in diesem Moment der Kellner auf und unterbrach das Gespräch. Nachdem er wieder davongehumpelt war und großzügig in Sherry getränkte Biskuitdesserts serviert hatte, versuchte Alice einen Neubeginn.

»Steht nicht in einer der Prophezeiungen, daß der Tod ihn erregen wird? Den Befreier, meine ich. Vor zwei Jahren dachte ich, das bezöge sich auf die Toten, die er in Flandern gesehen hat, aber vielleicht hatte die Seherin dabei die Toten von Olympus im Sinn?«

Mrs. McKay zuckte vage die Schultern. »Oh, ich will gar nicht erst so tun, als ob ich die Prophezeiungen verstünde.«

Tod im Plural, also die hingemetzelten Karotten? Oder *Tod* im Singular, also dieses Mädchen, Ysian? Es käme reiner Zeitverschwendung gleich, die Frage dieser überdrehten Frau zu stellen, doch irgend etwas hatte Edward offensichtlich erregt.

Zwei weitere Gruppen betraten den Speisesaal und bekamen Tische zugewiesen. Euphemia schien ihre Mission vergessen oder ausgesetzt zu haben. Allmählich drängte sich Alice der Verdacht auf, daß Euphemia ihre Mission wesentlich weniger am Herzen lag als die unerwartet guten Neuigkeiten, die sie erfahren hatte. Sie schüttete den Wein so zügellos in sich hinein, als würde sie etwas Bedeutenderes feiern als einen Kurzbesuch in England – wenngleich Alice ihr beim Trinken kaum nachstand. Während des Krieges war Alkoholgenuß verpönt gewesen, nun jedoch war er wieder gesellschaftsfähig.

»Es ist wunderbar, wieder zu Hause sein, wenn

auch nur für so kurze Zeit. Der Krieg muß einfach entsetzlich gewesen sein.«

Ja, stimmte Alice ihr in Gedanken unwillkürlich zu, der Krieg war schlimm gewesen. Millionen waren gestorben. Gegen Ende hatte die Grippe dann weitere Millionen hinweggerafft. Sogar hier in England war es schlimm gewesen – Lebensmittelmangel, Bomben, die täglichen Verlustlisten, weibliche Fabrikarbeiter, gesellschaftliche Umwälzungen.

»Aber jetzt wird es allmählich wieder besser?« erkundigte sich Euphemia. »Kehren die Männer zurück? Pendeln die Dinge sich wieder ein?«

»Nichts wird je wieder so sein wie vor dem Krieg, falls Sie das meinen.« Aus unerfindlichem Grund – war es der Wein, der ihr die Zunge löste oder eine Folge der Einsamkeit des abgeschiedenen Häuschens? – ertappte Alice sich dabei, wie sie die Bombenangriffe der Vergangenheit beschrieb, die nach wie vor andauernden Versorgungsengpässe, die nunmehr einsetzenden Streiks, die allgemeine Niedergeschlagenheit, das unendliche Gezänk, das die Zeitungen mit trüber Stimmung füllte und die Frage aufwarf, was man durch all die Schlachten und Opfer der letzten vier Jahre eigentlich erreicht hatte.

Euphemia gab mitfühlende Laute von sich. »Und hat der Krieg Sie auch persönlich getroffen?«

»Viel zu persönlich.«

»Mir wurde gesagt, ich sollte eine Miss Prescott aufsuchen. Aber wenn Sie lieber nicht darüber reden wollen ...«

»Da gibt es nicht viel zu erzählen«, entgegnete Alice verbittert. »Ich war weniger als eine Woche verheiratet. Davor hatte ich einen lieben Freund in Flandern verloren. Er fiel genau an dem Tag, als Edward nach

Nebenan zurückkehrte. Um mich über die Enttäuschung hinwegzutrösten, habe ich Terry geheiratet. Es war eine von diesen verrückten Kriegsliebeleien. Das können Sie wahrscheinlich nicht verstehen. Er war jung und gutaussehend und hatte fürchterliche Angst. Wissen Sie, jeder dieser Jungs hatte es entsetzlich eilig, weil da dieses Gefühl war, jeder Tag könnte der letzte sein. Sie waren alle so hart und erschreckend zerbrechlich zugleich.« Der Wein trieb sie weiter. »Das mag jetzt zwar gräßlich klingen, aber vielleicht war es am besten so ... nein, das meine ich nicht wirklich. Es war tragisch, und selbstverständlich trauere ich um ihn. Was ich sagen will ... Ich sehe jetzt, daß unsere Heirat töricht war, eine jener überhasteten Kriegsliebschaften, die sich womöglich als Fehler erwiesen hätte ...«

Sie preßte die Kiefer aufeinander wie jemand, der ein außer Rand und Band geratenes Pferd zu zügeln versucht. Alice hatte so lange nach Gesellschaft gedürstet, daß ihre Zunge eine völlige Närrin aus ihr machen würde, bot sich auch nur ansatzweise Gelegenheit dazu. So vieles hatte sich seit jenem verwirrenden Tag ereignet, an dem Miss Pimm ihr und Edwards Leben auf magische Weise gerettet hatte. Zuerst D'Arcy, dann Terry ... Doch es war immer noch vor allem D'Arcy, an den sie dachte. Terry war einem vorübergehenden Anflug von Wahnsinn zuzuschreiben. Ihre einzige Gemeinsamkeit war der völlige Mangel an Familie gewesen. Ein Lächeln, ein Gefühl von Verwundbarkeit, eine überstürzte Romanze, eine Hochzeit, fünf leidenschaftliche Tage der Liebe, ein hastiges Lebewohl, ein Telegramm ... und ein kleines Landhaus.

»Ich habe das Landhaus geerbt. Es war alles, was er

zu hinterlassen hat ... das Zuhause seines Großvaters. Sein Schiff ist sechs Tage nach unserer Hochzeit gesunken. Ein U-Boot. Ich bekomme eine kleine Rente ...« Alice fühlte sich jedesmal schuldig, wenn sie auch nur einen Penny davon ausgab.

Sie starrte auf den leeren Teller und biß sich auf die Lippe, bis der Schmerz ihr Tränen in die Augen trieb. Dann trank sie einen weiteren Schluck. Ihr Teller wurde abgeräumt. Käse, Kekse und Kaffee wurden serviert. Das Gemurmel von Unterhaltungen erfüllte den Speisesaal, ein fremdartiger Klang.

Nach ausgedehnter Stille sagte Euphemia: »Es tut mir schrecklich leid für Sie. Unsere Probleme müssen Ihnen wahrhaftig nebensächlich erscheinen.«

»Nein. Ganz und gar nicht. Beschreiben Sie mir Olympus. Edward hat immer sehr verschwommen darüber gesprochen, außerdem hatte er uns so viele andere Dinge zu erzählen.«

»Olympus? Es ist ein Affenzirkus!«

Völlig verwirrt fragte Alice: »Wie meinen Sie das?«

Euphemia schien sich eines Besseren zu besinnen.

»Oh, wissen Sie – so nach der Art Außenposten-eines-Weltreichs. In den Busch Verbannte, die vor Langeweile fast den Verstand verlieren. Es gibt dort keine andere Stationen, die man besuchen könnte, keine großen Orte wie Port Said oder Singapore in der näheren Umgebung. Das Klima ist so angenehm, daß wir in der heißen Jahreszeit nicht in die Hügel flüchten müssen. Die Männer können nicht auf Großwildjagd gehen, weil die einzig verfügbaren Waffen Pfeil und Bogen sind. Es gibt keine Post von zu Hause.«

»Und die *Times* wird niemals zugestellt?«

»Niemals. Olympus ist schlimmer als ein Leuchtturm. Wir, die wir dort leben, geben es vielleicht nicht zu, aber von Zeit zu Zeit ist uns todlangweilig. Deshalb läßt der Dienst auch Frauen als Missionare zu. Wollte man versuchen, die lieben, braven Frauen die ganze Zeit zu Hause einzusperren, würden sie durchdrehen. Wir langweilen uns, wir tratschen, wir zanken. Wir ...« Euphemia zögerte, dann fuhr sie verbittert fort: »Affen in einem Affenzirkus.« Damit leerte sie ihr Weinglas.

»Oh!«

»Verstehen Sie, die hiesigen Regeln gelten dort nicht. Wir altern nicht. Das innere Feuer kühlt nicht ab. Aus uns werden keine ruhigeren, gesetzteren Leute mittleren Alters.«

Verärgert stellte Alice fest, daß diese Offenheit sie in Verlegenheit brachte. Dabei betrachtete sie sich gern als moderne Frau. »Davon hat Edward gar nichts erwähnt.«

»Ha! Nein, er war anders. Natürlich war er nicht sehr lange dort, aber er war zweifellos der einzige Mann, der Olga Olafson je eine Abfuhr erteilt hat.«

Gereizt erwiderte Alice: »Das überrascht mich nicht. Seine Moralvorstellungen waren stets unerschütterlich.«

Euphemia fand diese Bemerkung lustig, und Alice stimmte in ihr Lachen ein.

»Auf die Keuschheit!« rief Euphemia und hob das Glas, das sich auf geheimnisvolle Weise von selbst nachgefüllt hatte.

Alice stieß mit ihr an. »In Maßen genossen!« Die beiden Frauen tranken. »Und wie kommt Hauptmann Smedley in Olympus zurecht?«

»Oh! Äh, ganz gut. Er ist gerade losgezogen, um zu versuchen, Mr. Exeter zu helfen. Er ist sehr beliebt ...« Euphemias bereits gerötetes Antlitz legte noch merklich Farbe zu. »Wissen Sie, seine Hand wächst nach.«

»Nein! Tatsächlich?« Magie in verschwommenem, allgemeinem Sinne war schon reichlich schwer zu verdauen, obwohl Alice genug davon miterlebt hatte, um daran zu glauben. Doch ein Wunder mit einem so gewöhnlichen und praktisch veranlagten Menschen wie Julian Smedley in Verbindung zu bringen, schien irgendwie noch schwieriger.

»Selbstverständlich«, mischte Miss Pimm sich mit leiser Stimme ins Gespräch. Die beiden anderen Frauen zuckten zusammen, als hätten sie ganz vergessen, daß Miss Pimm bei ihnen saß. »Haben Sie je daran gezweifelt, Mrs. Pearson?«

»Ja.«

»Sie sollten mehr Vertrauen haben! Ein Fremder – oder eine Fremde – kann sich immer selbst heilen.« Sie durchbohrte Alice mit einem außergewöhnlich beunruhigenden Blick. War sie seit Beginn des Abends gewachsen, oder bildete Alice sich das ein?

»Was ... was soll das heißen?«

»Das soll heißen, daß sie einen netten Urlaub in tropischen Gefilden brauchen.«

»Ich?«

»Ja, Sie. Soldaten sind nicht die einzigen, die an Kampfmüdigkeit leiden. Die ganze Welt leidet an Kampfmüdigkeit. Sie hatten binnen achtzehn Monaten zwei schmerzliche Trauerfälle zu verdauen. Kurz zuvor haben Sie Ihren Onkel verloren, und auch Edward glaubten Sie verloren. Ich vermute, Ihre Begegnung mit der Spanischen Grippe war schlimmer, als Sie sich eingestehen. Ihr Entschluß, sich hier in Norfolk einzuigeln, war vermutlich sehr vernünftig, aber der Urlaub, den ich vorschlage, wäre noch vernünftiger.«

Kampfmüdigkeit? Kriegsneurose? Alice wäre nie auf den Gedanken gekommen, diese Begriffe auf sich selbst anzuwenden. Sie schienen eine höchst oberflächliche Entschuldigung. Was sie durchgemacht hatte, war nichts im Vergleich zu der Hölle, durch die all die Männer in den Schützengräben gegangen waren. »Wir nennen so etwas für gewöhnlich einen ›Nervenzusammenbruch‹.«

»Die Bezeichnung spielt keine Rolle«, entgegnete Miss Pimm entschlossen. »›Gefühlsmäßige Erschöpfung‹ würde schon reichen, und vermutlich sind Sie auch körperlich ziemlich am Ende. Warum also nicht ab in die Ferien – kostenlos? Ein paar Wochen in exotischer Umgebung. Vielleicht nicht ganz so erholsam wie eine Mittelmeerkreuzfahrt, aber um diese Jahreszeit wahrscheinlich angenehmer. In den Tälern herrscht gerade Herbst, trotzdem ist das Wetter mild.«

»Viel besser als hier«, bekräftigte Euphemia hoffnungsvoll.

Alice bemühte sich krampfhaft, sich Ferien auf einer anderen Welt vorzustellen. Ihr Verstand schlingerte hilflos, gleich einem Welpen auf einem vereisten Teich.

»Äußerst vorteilhaft für Genesende«, merkte Miss Pimm an. »Sollten Sie sich letztlich doch entschließen weiterzureisen, um Edward zu sehen, könnte es natürlich anstrengend werden. Die Täler sind im Vergleich zu England ziemlich rückständig. Dort könnten Gefahren lauern, wenngleich sie nicht größer sind als auf einer Safari in Kenia, oder beim Segeln entlang der Norfolk Broads. Um diese Jahreszeit müßten Sie auf einem Drachenrücken reisen. Wie wär's damit, Ihren einzigen lebenden Verwandten zu treffen?«

»Aber wenn ich zusage, möchte ich nicht ...«

»Ich glaube kaum, daß irgendwelche Bedingungen an die Einladung des Dienstes geknüpft sind. Sie können von vornherein klar stellen, daß Sie nicht bereit sind, sich in dem Streitfall auf eine bestimmte Seite zu stellen. Richtig, Mrs. McKay?«

Euphemia wollte bereits den Kopf schütteln, dann jedoch nickte sie unsicher.

»Sehr gut!« meinte Miss Pimm, als wäre damit alles geregelt. »Und falls Sie zustimmen, Ihren Cousin zu treffen, können Sie ihm Ihre Beweggründe erklären. Ich bin sicher, er wird Sie verstehen und sehr froh darüber sein, Sie wiederzusehen.«

Der Speisesaal schwankte unter Wogen der Unwirklichkeit und des Unglaubens. Edward von Reisen in andere Welten reden zu hören, war schlimm genug gewesen.

Daß Alice sich nun mit dem Gedanken trug, selbst eine solche Reise anzutreten, kam den schlimmsten Wahnsinn gleich.

Mißtrauisch spähte sie zu Euphemia hinüber, die Mühe zu haben schien, der Unterhaltung zu folgen. »Woher weiß ich, daß man mir die Rückkehr erlauben wird?«

Miss Pimm schürzte die Lippen.

»Dafür kann ich mich verbürgen. Nun, da der Krieg vorbei ist, können die Mitarbeiter des Dienstes es kaum erwarten, einen Heimaturlaub anzutreten. Dafür benötigen sie unsere Unterstützung. Sollten Sie nicht binnen eines Monats – oder jeder beliebigen Zeitspanne, die Sie vorher nennen – wieder hier sein, kann ich für schwerwiegende Folgen sorgen. Ich kann sogar Geiseln nehmen. Zudem bestünde die Möglichkeit, eine verschlüsselte Botschaft zu vereinbaren, die Sie mir senden, wenn Sie länger bleiben möchten.«

Verrückt! Alice dachte an das kleine Landhaus: dunkel, feucht, schmuddelig und trübselig. Es würde niemanden kümmern, ob sie das Ausmalen jetzt oder erst in ein paar Monaten zu Ende brachte – oder überhaupt. Sie hatte keine Arbeit, keine Freunde, die ihre Abwesenheit bemerken würden, sofern sie keine Ewigkeit dauerte. Weshalb sollte sie dieses unglaubliche Angebot nicht annehmen?

Miss Pimm legte die Stirn in Falten. »Ich bin aufrichtig davon überzeugt, daß der Dienst Ihnen keine Schwierigkeiten bereiten wird. Im großen und ganzen sind es anständige Leute, wenngleich sie im Augenblick wohl ein wenig verunsichert sind.«

»Ha!« rief Euphemia daraufhin und leerte ihr Weinglas.

Alice trank ihren Kaffee aus. Draußen warteten Regen, Einsamkeit, Schlamm und skelettgleiche, blätterlose Bäume. Wieder mal ein warmes, tropisches Land bereisen! Wie lange war es her, seit sie zuletzt einen richtigen Urlaub genossen hatte? Sie konnte sich an überhaupt keinen erinnern. Hier und da eine Woche, in der sie Großtanten in Bournemouth besucht hatte. Gestohlene Wochenenden mit D'Arcy, vor dem Krieg. Das Feuer zischte und rauchte.

»Der Milchmann«, murmelte sie. »Der Metzger ...«

»Sind alle Rechnungen bezahlt? Wir können unterwegs bei Ihrem Häuschen anhalten, und Sie bringen an der Tür eine Nachricht an, daß Sie bis auf weiteres keine Lieferungen benötigen.«

»Eine Einladung für Einbrecher?«

»Ich kann das Haus gegen Eindringlinge absichern. Sind wir uns jetzt einig?«

Zweifelnd blickte Alice auf Euphemia. »Solange ich mich zu nichts verpflichten muß. Ich vertraue Edward. Ich werde ihn auf keinen Fall hintergehen.«

19

Ombay fala, inkuthin . . .

Sie hatten das Landhaus erst vor kurzem verlassen und fuhren gerade wieder durch Norwich Richtung Südwesten nach Cambridge, als der völlige Zusammenbruch der Wirklichkeit Alice dazu trieb, sich zu fragen, ob ihr Verstand nun gänzlich ausgesetzt hatte. Oder ließ die Wirkung des Weins nach? Sie kauerte mit Euphemia McKay im Fond des Wagens, während Miss Pimm wie eine Irre durch die Nacht raste. Regen prasselte gegen die Windschutzscheibe und verhöhnte die Versuche der Scheibenwischer, für klare Sicht zu sorgen; die kunstvollen Scheinwerfer offenbarten lediglich silbrige Tropfenströme.

Indu maka, sasa du.

Mit klappernden Zähnen klopfte Euphemia sich auf die Knie, um den Takt zu schlagen und versuchte, Alice die Worte des Schlüssels beizubringen, jenen uralten Sprechgesang, der das Tor in St. Gall öffnen und sie in eine andere Welt führen würde. Alice konnte sich an eine ähnliche Fahrt vor anderthalb Jahren erinnern, während der Miss Pimm Edward und Julian dasselbe Kauderwelsch eingetrichtert hatte. Worte aus der Morgendämmerung der Geschichte, einen verworrenen, beunruhigenden Rhythmus. Doch das war an einem heißen Sommernachmittag gewesen, und damals war der verläßliche, geistig gesunde Mr. Stringer gefahren. Er hatte nicht auf unübersichtlichen Hügeln in pechschwarzer Dunkelheit überholt oder Kurven auf der falschen Straßenseite geschnitten.

»*Hosagil!*« rief Euphemia triumphierend. »Das ist der erste Vers. Wollen Sie es jetzt versuchen?«

Nein, Alice wollte es nicht versuchen. Alice wollte nach Hause in ihre einsame Einsiedlerkate, dort ins Bett hüpfen und sich die Decke über den Kopf ziehen. Sie wollte, daß dieser Irrsinn aufhörte. Und zwar jetzt! Auf der Stelle. Der Wein mußte ihr Gehirn betäubt haben, andernfalls hätte sie diesem Wahnsinn nie und nimmer zugestimmt. Urlaub auf einer anderen Welt? Sie hatten beide kein Gepäck. Sie würden nirgendwo hin reisen. Es war unmöglich. Es war alles nur ein gewaltiger Scherz; es mußte so sein. Nun, da die Wirkung des Weins allmählich nachließ, erkannte sie das.

»Lassen Sie es mich zuerst bitte Zeile für Zeile probieren.«

»Aber klar!« zirpte Euphemia. »*Ombay fala, inkuthin.*«

»*Ombay fala, inkuthin.*«

In Cambridge wollten sie Bill und Petsy Pepper abholen, das Ehepaar, das von Nebenan auf Heimaturlaub gekommen und dann der Grippe erlegen war, die in England immer noch ihr Unwesen trieb. Euphemia hatte lang und breit erklärt, die armen Peppers hätten sich in Olympus höchst unbeliebt gemacht, weil sie nicht rechtzeitig zurückgekehrt waren.

Pfeif auf die armen Peppers! Warum, warum nur hatte Alice in diese ganze Sache eingewilligt?

Aiba aiba nopa du, Aiba reeba mona kin.
Hosagil!

»Jetzt den zweiten Vers ...«

»Einen Augenblick. Sollte ich nicht auch diesen Rhythmus lernen, den Sie da klopfen?«

»Oh, den kriegen Sie schon noch mit. Außerdem wird Miss Pimm das Trommeln für uns übernehmen. Nicht wahr, Miss Pimm?«

Der Wagen legte sich mit bedenklicher Schräglage in eine Kurve und schlitterte seitwärts, ehe er wieder beschleunigte und weiter durch die stürmische, silbrige Nacht raste. Alices Schrei, der ihr schon im Halse steckte, blieb ungeschrien, als sie feststellte, daß sie noch lebte.

»*Müssen* Sie so schnell fahren?«

»Ja, muß ich!« antwortete Miss Pimm deutlich vernehmbar. »Wir haben einen weiten Weg vor uns. Wir müssen unsere Aufgabe erfüllt haben, und ich muß verschwunden sein, bevor die Einheimischen aufwachen und bemerken, daß seltsame Dinge vor sich gehen.«

Seltsame Dinge? Jungsteinzeitliches Schamanentum in heutiger Zeit? In einer *Kirche?*

»Der Pfarrer wird eine Morgenandacht halten«, fügte Miss Pimm hinzu, als würde das alles entschuldigen.

»Die Kirche von St. Gall wird immer noch verwendet«, meinte Euphemia vergnügt. »Der Mittelpunkt des Knotens befindet sich genau vor dem Altar, aber auf dem Kirchhof sind ein paar stehende Steine. Der Ort ist schon seit Tausenden Jahren eine heilige Stätte und ...«

»Ich weiß. Ich war schon mal dort.«

»Ach ja. Sie haben es erwähnt.«

Alice war dabei gewesen, wie Edward und Julian in die dortige Kirche gegangen waren. Soweit sie wußte, waren sie nie wieder herausgekommen. Der Ort lag irgendwo in Cotswolds, am anderen Ende Englands: zuerst Cambridge, dann wahrscheinlich durch Northampton und Oxford. Wiltshire? Sie würden noch Stunden brauchen.

»Lassen Sie mich eins klarstellen: Wir tanzen und singen, dann setzt der Zauber ein, und wir finden uns auf Nebenan wieder? Läuft es so ab?«

»Genau so. Im einen Augenblick ist man in St. Gall, im nächsten auf dem Knoten in Olympus. Auf einem Rasen mit einer Hecke drumherum.«

Eher im Irrenhaus von Colney Hatch mit einer Zwangsjacke drumherum.

»Wir werden zu viert sein«, fuhr Euphemia unbeschwert fort. »In einer Gruppe ist es viel leichter. Beim Herüberkommen war ich allein, und es war entsetzlich schwer. Ich habe mindestens zwanzig Minuten gebraucht, bis ich in der richtigen Stimmung war. Durch all das Rumgehopse war ich völlig fertig ... Jetzt den zweiten Vers ...«

»Warten Sie mal! Wenn Miss Pimm das Trommeln übernimmt, was verhindert dann, daß sie mit uns hinübergezogen wird?«

»Ist schon vorgekommen«, rief Miss Pimm vom Vordersitz. »Daß die falsche Person das Tor durchschritten hat, meine ich.« Sie riß den Wagen herum, um einem selbstmörderischen, einsamen Radfahrer auszuweichen, der sich ohne Licht am Fahrrad durch Wind und Regen kämpfte. »Aber ich werde mich ein gutes Stück vom Mittelpunkt des Knotens entfernt halten, zudem singe und tanze ich nicht.«

Heidnische Orgien in einer achtbaren anglikanischen Landkirche?

»Außerdem«, fügte Euphemia hinzu – und die unterdrückte Belustigung in ihrer Stimme hätte Alice davor warnen müssen, was folgen sollte, »wird Miss Pimm ihre Kleider anhaben.«

»Was? Soll das heißen, wir müssen uns ... bei diesem Wetter?«

»O ja. Also lernen wir jetzt unseren Sprechgesang, damit alles glatt und schnell abläuft und wir nicht zu lange brauchen.«

»Gar keine Kleider?«

»Keinen Faden. Aber es wird fast völlig dunkel sein. Zerbrechen Sie sich wegen Bill nicht den Kopf. Er hat das schon oft gemacht und dabei alles gesehen, was es zu sehen gibt. Nochmal den ersten Vers ...«

20

Die Nacht schien sich endlos hinzuziehen, bis an die Grenzen der Wirklichkeit und der Erschöpfung ... und noch weiter darüber hinaus in den völligen Wahnsinn. Als der Morgen graute, fand Alice sich gemeinsam mit drei weiteren Irren vor dem Altar einer ehrwürdigen kleinen Landkirche herumhopsend wieder, einer uralten, verwahrlosten, unscheinbaren heiligen Stätte, wie sie zu Tausenden über Englands Antlitz verstreut lagen.

Die ersten Strahlen der Morgensonne brachten die Farbtöne des Bleiglases in den östlichen Fenstern zum Leuchten, der Schimmer einer zischenden Gaslampe warf wilde Schatten auf Eichenholz, Steinplatten und Gedenktafeln.

Und dies war erst die Generalprobe! Alice murmelte das Kauderwelsch so gut sie konnte und ahmte die Bewegungen der anderen nach, während sie zu viert herumhüpften, Arme und Beine schwangen und zwischen der Kanzel und den ersten Reihen der Kirchenbänke im Kreis tanzten. Miss Pimm saß weiter hinten und klopfte auf einer Trommel einen wilden Rhythmus. Niemand sonst schien den blanken Wahnsinn ihres Treibens zu erkennen. Niemand schien der Tatsache gewahr, daß sie ein schlimmes Sakrileg begingen.

Alice hatte sich nie für besonders religiös gehalten. Ob ihre richtigen Eltern gläubige Menschen gewesen waren, wußte sie nicht mehr. Onkel Cam und Tante Rona waren zwar aufrechte, moralische Leute gewesen, hatten jedoch keiner bestimmten Glaubensgemeinschaft angehört. Sie hatten Alice gelehrt, daß Taten mehr als Worte, Liebe und Pflichtgefühl mehr als Rituale oder ein bestimmter Glaube zählten. So wie Edward hatte auch Alice sich von den Feuer-und-Schwefel-Lehren abgestoßen gefühlt, die ihr Onkel Roland ihnen gepredigt hatte. Nur ein einziges Mal in vielen Jahren hatte sie eine Kirche betreten, und auch nur, weil Terry sich ein christliches Begräbnis gewünscht hatte. Alice hatte ohne geistliches Geleit um ihn getrauert.

Nichtsdestotrotz, St. Gall's war eine Kirche, eine durch die Hingabe demütiger, aufrechter Menschen im Laufe von Jahrhunderten geheiligte Stätte. Sie durch diesen Hokuspokus zu entweihen, schien nicht nur respektlos, es schien entsetzlich *falsch*. Dieses Gefühl wurde stärker und stärker, bis Alice vermeinte, es nicht länger ertragen zu können. Sie wollte gerade zu tanzen aufhören und ihr Empfinden kundtun, als Miss Pimm das Getrommel beendete.

»Das muß reichen. Versuchen wir's.«

»Aber ...«, setzte Alice an, doch dann verließ sie der Mut. Sie schluckte ihren Widerspruch hinunter und folgte den anderen in die Sakristei, wobei sie sich den Weg durch das dunkle Mittelschiff im Schein der Lampe bahnte, die Euphemia trug. Dann wartete sie mit den anderen Frauen an der Tür, während Bill Pepper hineinging. Als er unbekleidet wieder herauskam, wandte sie den Blick ab. Immerzu sagte sie sich vor, daß sie nun genug hatte und dieses dämliche Spiel nicht länger mitmachen würde, und doch betrat sie die Sakristei mit Euphemia und Betsy – die immer noch an einem argen Husten litt und sich gewiß nicht der eisigen Kälte in dieser ungeheizten Kirche im Morgengrauen einer regnerischen Februarnacht aussetzen sollte. Alice verfluchte sich als Tölpel und als leichtgläubige Irre, während sie sich mit den anderen entkleidete und gemeinsam mit ihnen zum Altar zurückeilte; die feuchtkalte Luft auf ihrer Haut und die Berührung der kalten Steinplatten unter ihren Füßen ließen sie zittern. Wenn es zuvor schon falsch gewesen war – um wie vieles schlimmer mußte es jetzt erst sein!

»Bereit?« rief Miss Pimm und begann, den Takt zu schlagen, ohne eine Antwort abzuwarten.

»Ombay fala, inkuthin ...«

Hüpfen, verrenken, die Arme schwenken.

»Indu maka, sasa du ...«

Mr. Pepper war ein hagerer, hohlbrüstiger Mann, doch er besaß eine erstaunlich laute Baßstimme. Angenommen, ein Frühaufsteher schlenderte an der

Kirche vorbei und sah das Licht der Laterne durch die Bleiglasfenster schimmern oder hörte das Getrommel und all das Kauderwelsch? Bevor irgend jemand wüßte, wie ihm geschah, würde die Polizei vor der Tür stehen. Die Regenbogenpresse würde entrüstet und in schrillen Tönen über Satansorgien berichten. Nackte Glieder und Leiber krümmten und wanden sich gleich fahlen Gespenstern in der Dunkelheit. Es war falsch! Es war ein Sakrileg. Es war unzüchtig.

Ohne Vorwarnung brach die Düsternis auf, als wäre das Tuch der Wirklichkeit zerrissen. Eine grelle, gezackte Kluft tat sich über ihren Köpfen auf, zu hell, um unmittelbar hineinblicken zu können. Sofort griff das Licht um sich, erfaßte die Kanzel und den Boden ringsum und teilte die Welt in zwei Hälften. Der Boden verschwand unter Alices Füßen, und sie fiel in warmes Tageslicht hinein, rollte über Gras. Ein qualvoller Krampf durchzuckte ihren Leib. Sie schrie auf und hörte auch andere brüllen. Helligkeit blendete sie. Schmerz, Verzweiflung . . . Dann hüllte jemand sie in eine Decke, umarmte sie kraftvoll und legte sich neben sie, hielt sie fest.

»Es wird alles gut, *Entyika*«, flüsterte ihr eine rauhe, männliche Stimme ins Ohr. »Ich halte Euch fest, und in einer Minute ist es vorbei.«

V

Wo sind die Dämonen? Wo sind die Anbeter der Dämonen? Wo ist der Ort, an dem die Dämonen zusammenströmen? Was ist dies für ein Ort, von dem die dämonischen Heerscharen losbrechen?

THE ZEND-AVESTA: VENDÎDÂD,

21

Dosh hatte Randortal seit seiner Kindheit nicht mehr besucht. Er stand an einem Aussichtspunkt, wo die Lampaßstraße in den Rinoohang überging, trotzte dem Wind, der an ihm zerrte und starrte angewidert auf die Ebenen hinunter, die noch öder auf ihn wirkten, als er sie in Erinnerung hatte – ein kleines, tristes Becken, eingekeilt zwischen die Zähne gewaltiger Gipfel. Das unter jenen gräßlichen, weißen Fängen kauernde Land präsentierte sich mehr grau als grün; Weiden und Kleingehöfte, winzige Katen, die das Land wie Pfefferkörner sprenkelten, mußten zwischen den Schlackewällen, die sie letztlich doch verschlingen würden, ums Überleben kämpfen. Aus den noch in Betrieb befindlichen Zechen kräuselten sich Rauchschwaden empor. Dosh vermeinte, sich an Bäume erinnern zu können, doch da waren keine Bäume mehr. Der einzige Hauch von Farbe waren fahlrote oder purpurne Flecken auf den schleimigen, giftigen Weihern in stillgelegten Gruben. Am verschwommenen Rand seines Blickfelds glaubte er, ein Dorf auszumachen. Es mußte die einzige richtige Ortschaft im Tal sein, die selbsterkorene Hauptstadt Rinoo, wo die niolische Militärregierung herrschte.

Von dringenderem Interesse jedoch schien, daß etwa eine halbe Meile voraus am Fuße des langgezogenen Abstiegs Sonnenlicht auf einem Trupp Soldaten in Bronzekettenhemden gleißte. Sie bildeten eine Reihe quer über den Pfad, folglich würde der Einzug des Befreiers mit einem Kampf einhergehen. Das konnte sich als sehenswert erweisen. Würde D'ward die Kriegsbande auf sie loslassen? Würde er sich den

Durchgang erschwafeln oder gar umkehren? Da Dosh lediglich die Fingernägel als Waffen zur Verfügung standen, hatte er nicht die Absicht, sich in die Sache verwickeln zu lassen, doch es würde bestimmt interessant werden, dabei zuzuschauen.

Er wandte sich ab, blinzelte Tränen fort und wünschte, er hätte mehr Kleider als diesen einen, zerschlissenen Fetzen. Zweimal in seinem Leben hatte er sich mit D'ward Befreier auf ein Abenteuer eingelassen, und zweimal hatte er arm wie eines Bettlers Laus geendet. Manche Menschen lernten eben nie.

Zu seiner Linken war die Kriegsbande auf dem Gipfel eines Hügelchens zum Stehen gekommen und hatte sich um den Anführer formiert. Dies schien die Hauptaufgabe der Krieger zu sein – die Menge von D'ward fernzuhalten, wenn er ein wenig Ruhe wollte. Den Rest der Zeit war er von überschwenglichen Pilgern umringt, wurde regelrecht von ihnen belagert. Seit Dosh den Freien beigetreten war, hatte er noch kein Wort mit D´ward gewechselt. Dosh hatte sich einfach im Hintergrund gehalten, beobachtet und versucht, diesen Wahnsinn zu begreifen. Wenn D'ward predigte, was er zwei- bis dreimal täglich tat, saß Dosh am Rand der Menge. Selbstverständlich war der Befreier ein begnadeter Redner. Schon in den alten Zeiten hatte Dosh mehrmals miterlebt, wie er eine ganze Armee angespornt hatte, und jetzt war er sogar noch besser.

Er sprach Joalisch wie ein Einheimischer, doch wenn jemand auf Niolisch eine Frage an ihn richtete, antwortete er auch auf Niolisch. Heiklen Fragen begegnete er unglaublich geschickt. Er erzählte Geschichten. Er hielt Predigten, ermahnte zu Glaube, Demut, Redlichkeit, Keuschheit und anderem Unsinn.

Dinge, die Spaß verhießen – Wollust, Habgier und Völlerei, zum Beispiel – mißbilligte er. Er zitierte die *Filoby*-Prophezeiungen, denen zufolge er Zath den Tod bringen würde, auf daß es keine Schnitter mehr gäbe, die bei Nacht Seelen sammelten. Ein Großteil dessen, was er sagte, kam schierer Gotteslästerung gleich, da es die Götter verleugnete, sowohl das Pentatheon als auch sämtliche Avataras. D'ward behauptete steif und fest, die Götter wären lediglich Sterbliche mit magischen Kräften, Hexer. Eigentlich hätte dies bewirken müssen, daß seine Zuhörer sich gegen ihn erhoben und ihn steinigten, doch bislang hatten sie es nicht getan. Erstaunlich viele schienen seinen Worten – und an ihn – zu glauben.

Was Dosh nicht konnte. Er wußte etwas über Götter; zwar mochte er nicht alle, und insbesondere den Jüngling haßte er, doch er wußte genug, um sie zu fürchten. Liebend gern hätte er D'wards ketzerischem Geschwafel geglaubt, doch er konnte es nicht. Noch wunderschöner wäre es gewesen, dem Befreier sein uneigennütziges Moralgefasel abkaufen zu können, doch Dosh kannte zu viel von der Welt – so *war* sie einfach nicht. Die Welt war von Wölfen und Schafen besiedelt, und Wölfe konnten nun mal kein Gras fressen, ganz gleich, wer zu ihnen predigte. Trotzdem hatte er nicht vor, dies D'ward zu sagen.

Und erst recht nicht Prat'han oder einem der anderen Handlanger. Bislang hatte Dosh nur dann Umgang mit der Kriegsbande aus Sonalby, wenn er sich am Lagerfeuer beim Essen zu ihnen gesellte. Sie fütterten ihn bereitwillig durch, nahmen ihn ein wenig auf den Arm und zeigten sich im großen und ganzen recht freundlich. Sie hatten ihn vor den Soldaten versteckt. Sie schienen sogar bereit, ihm zu vertrauen, doch er war alles andere als sicher, ob *er* ihnen vertraute. Ihr blinder Glaube an den Befreier bewies, daß sie allesamt verrückt waren, und ein kluger Mann verkehrte nicht mit bewaffneten Irren.

Aus langer Gewohnheit kapselte Dosh sich ab. Sein ganzes Leben war er ein Einzelgänger gewesen, ein Mann mit unzähligen Geliebten und keinen Freunden. Nun steuerte Prat'han Töpfer zielstrebig über das Gras auf ihn zu, groß und bedrohlich mit seinem Speer und dem Schild. Augenscheinlich war er losgeschickt worden, um Dosh zu holen. Dosh ließ den Ärger auf sich zukommen.

Hinter ihnen träufelte immer noch der Schwanz des Trosses den Pfad vom Paß herab – die Nachzügler, Frauen mit Säuglingen, am Stock gehende Greise, Krüppel und Versehrte. In Nosoktal hatten die Freien sich vermehrt; mittlerweile mußten dem Befreier wohl an die fünfhundert Menschen folgen. Die meisten von ihnen besaßen weder Lebensmittel noch Geld. Viele von ihnen trugen kaum mehr am Leib als Dosh. Sofern die Soldaten es zuließen, würden sie wie eine Heuschreckenplage in das kleine, kahle Rinootal einfallen. Sollten die Soldaten sie zurückschicken, würden sie in den Hügeln verhungern oder erfrieren. Der Winter nahte.

»Sei gegrüßt, Bruder Dosh!« tönte Prat'han. Es wirkte immer noch überraschend, einen nagischen Krieger ohne Gesichtsbemalung zu sehen.

»Sei gegrüßt, Truppenführer.«

»Ich bin kein Truppenführer. Der Befreier ist unser Anführer. Ich bin nur einer der Freien, so wie du.« Der große Mann stellte den Schild ab und ließ den Blick über das Tal schweifen. »Warst du schon mal hier?«

»Vor langer Zeit.«

»Was für ein Ort ist das?« Er deutete mit dem Speer.

»Rinoo.«

»Das ist die Hauptstadt?« Prat'han schnaubte verächtlich. »Das? Wem gehört der dortige Tempel?«

»Soweit ich weiß, gibt es keinen. Nur ein paar Schreine. Aber einige Meilen östlich von Rinoo befindet sich ein Tempel, der Gunuu gewidmet ist. Er ist Gott des Mutes, ein Avatara des Jünglings.«

»Es sind keine Götter!« herrschte Prat'han ihn bedrohlich an. »Zauberer. Betrüger, allesamt.«

»Wenn du es sagst.«

»D'ward sagt das! Für mich reicht das, und dir sollte es inzwischen auch reichen.«

Eine von Doshs persönlichen Regeln lautete, sich mit keinen bewaffneten, jungen Männern anzulegen, die größer als einen Meter waren, und Prat'han war doppelt so groß. »Sicher. Der Sitz des bedeutendsten ... äh, Zauberers in Rinootal ist Irepits Nonnenkloster.«

»Und was behauptet sie zu sein?« fragte Prat'han in spöttischem Tonfall.

»Göttin der Reue. Hast du schon mal von Irepits Töchtern gehört?«

»Nein. Möchte ich auch gar nicht. Der Befreier will etwas von dir.«

Offensichtlich hatte Dosh keine Wahl. Die beiden marschierten wieder den Hügel hinauf.

»Was ist denn mit diesem Land los?« erkundigte sich sein Gefährte. »Es sieht aus wie eine abgegraste Mastweide.«

»Es ist überreich mit Mineralen gesegnet. Grabe einfach irgendwo drauflos, und du hast Brocken aus Gold oder anderen Metallen in der Hand, mitunter sogar Juwelen.«

»Eine Verschwendung von gutem Weideland.«

»Niolier denken anders. Sie schürfen den Boden bis zum Grundwasserspiegel ab, so daß dort nie wieder etwas wachsen kann. Warum stellst du diese Fragen nicht D'ward? Er war vor kürzerer Zeit hier als ich.«

Mißtrauisch blickte der Krieger auf Dosh hinab. »Woher weißt du das?«

»Hab' ich bloß vermutet.«

Prat'han ließ sich die Antwort durch den Kopf gehen, dann runzelte er die Stirn. »Stell über den Befreier keine *Vermutungen* an.« Ende der Unterhaltung.

Für jeden mit weniger Muskeln, dafür mit mehr Gehirn als ein Ochse war offensichtlich, daß D'ward haargenau wußte, bis in alle Einzelheiten, wohin er ging. Er wählte die unwahrscheinlichsten Plätze, um das Lager aufzuschlagen, doch am nächsten Morgen brach er stets zielstrebig zum nächsten auf. An manchen Tagen ließ er seine zerlumpte Gemeinde bis zur völligen Erschöpfung marschieren, an anderen legte er so gut wie überhaupt keine Strecken zurück. Wäre Dosh ein Spieler – und er mußte davon ausgehen, daß er keiner mehr war, zumindest vorerst nicht –, hätte er alles, was er besaß – was derzeit natürlich herzlich wenig war – darauf gewettet, daß D'ward die gesamte Route von Joaltal nach Tharg bereits im voraus abgeschritten war und dabei das *Filoby-Testament* als Leitfaden verwendet hatte.

Als Dosh ihn zum erstenmal traf, hatte er so gut wie nichts über die Prophezeiungen gewußt. Mittlerweile mußte er sie wohl alle kennen, folglich auch jene, die da lautete: ›Am Nosokhang werden sie zu Hunderten zu D'ward kommen, sogar der Verräter.‹ Dosh selbst hatte sich den Freien am Nosokhang angeschlossen.

Hinter Prat'han erreichte er den Rand der Menge und bahnte sich einen Weg hindurch. So oft D'ward innehielt, versammelte sich eine Schar Anhänger auf dem Gras rings um ihn und harrte geduldig aus. Ihre Zahl stieg beständig an, als die Nachzügler eintrafen und sich an den Rändern niederließen. Die Kriegsbande stand in der Mitte um D'ward herum Wache, der auf einem Stein hockte und, wie üblich, redete. Sein graue Robe flatterte und bauschte sich im Wind. Er hatte die Kapuze aufgesetzt; dennoch wirkte er seltsam zusammengekauert, als spürte er die Kälte stärker als die Männer rings um ihn, die allesamt fast nackt waren.

Als er Dosh zwischen den Schilden hindurchschlüpfen sah, sprang er mit einem Lächeln auf. Nach Art des nagischen Grußes drückte er Doshs Schulter.

»Willkommen! Wie fühlst du dich?«

»Mir ist kalt, ich bin hungrig und arm.«

D'ward grinste, als würde er sich aufrichtig freuen, Dosh zu sehen. »Aber du wirst nicht verfolgt, stimmt's? Du hast dich ganz schön zurückgehalten! Aber wir sind nicht mehr in Joalreich. Wenn du dich auf und davon machen willst, hast du jetzt Gelegenheit dazu.«

Dosh blickte in die düsteren Gesichter der Kriegsbande rings um ihn. Selbst der kleinste Krieger war mindestens eine Handbreite größer als er. »Ohne Kleider und Geld? Hältst du mich für verrückt?«

»Ich glaube, du bist völlig in Ordnung. Tielan? Gib ihm die Tasche.«

Als hätte Tielan Händler den Befehl erwartet, trat er vor und streifte sich einen Halteriemen über den Kopf. Dann reichte er Dosh einen Lederranzen – klein, ziemlich abgenutzt und so erstaunlich schwer, daß

Dosh ihn um ein Haar fallen ließ. Verwirrt schaute er zum Befreier auf.

»Von jetzt an«, erklärte D'ward, »hütest du unseren Geldbeutel.«

»Was soll das heißen? Das ist Geld?«

Scheinbar belustigt nickte D'ward. »Das ist die Kriegskasse der Freien. Es ist alles, was wir besitzen. Du darfst darauf aufpassen.«

»Woher weißt du, daß ich nicht damit verschwinde?«

»Das weiß ich nicht. Aber ich bin bereit, das Wagnis einzugehen.« Seine blauen Augen funkelten strahlender als der Himmel. »Das meiste davon war ursprünglich dein Geld. Nach den Predigten lassen wir immer den Hut herumgehen, und so gut wie jede Münze, die du verschenkt hast, ist letztlich zurückgekommen.«

Warum mußte er das bloß sagen? O gemeine Versuchung!

»Und was soll ich damit?«

Die kriegerischen Tiere aus Sonalby bedachten ihn mit bösen Blicken, weil er gegen ihren geliebten Befreier aufbegehrte.

D'ward zuckte die Schultern. »Darauf aufpassen.«

»Man braucht ´nen Dieb, um ´nen Dieb zu fangen?«

»Sicher. Jeder hat eine bestimmte Gabe, Dosh. Du kannst zählen – was so manch einer nicht kann. Besitzt du immer noch diese großartigen Botenbeine von damals?«

Seit jenen längst vergangenen Tagen als D'wards Bote war Dosh nicht mehr richtig gerannt; seine Füße waren jetzt schon mit Blasen übersät, doch er hatte keineswegs die Absicht, das vor den Rüpeln aus Sonalby zuzugeben. »Klar.«

D'ward lächelte, als hätte er die Lüge durchschaut. »Dann möchte ich, daß du nach Rinoo vorausrennst, sobald wir in die Rinooebene hinunterkommen. Heute nacht lagern wir am Friedhof von Thothby ...«

»Friedhof? Wir lagern auf einem Friedhof?«

Die Antwort war ein Aufflackern von Strenge und Befehlsgewalt in D'wards himmelblauen Augen. Ein eiskalter Schauder kroch Doshs Rücken hinab. »Tut mir leid«, murmelte er.

»Na schön.« Der Befreier ließ den Blick prüfend über die zerlumpte Armee schweifen, die geduldig rings um den Hügel hockte. »Was schätzt du, wie viele sind es mittlerweile?«

»Fünf, sechshundert. Mindestens.«

»Tja, es ist deine Aufgabe, sie heute abend zu füttern. Kauf Vieh, kauf Getreide, kauf Feuerholz – und sorg dafür, daß alles nach Thothby geliefert wird. Es gibt dort zwar kein Dorf mehr, aber man wird trotzdem wissen, wo es ist. Alles klar?«

Dosh nickte. Bis Rinoo vermochte er auf jeden Fall zu laufen. Und dann vielleicht einfach weiterrennen? Er würde sich entschließen, wenn er dort eintraf. »Du mußt uns erst mal wohlbehalten in die Rinooebene hinunterkriegen.«

»Aha!« entfuhr es D'ward. Er schob die Kapuze zurück, damit er sich am Kopf kratzen konnte. »Ich war gerade dabei, das zu erklären, als du hier eingetroffen bist. Es wird keinen Ärger geben. Ich habe Gewähr für freies Geleit für Joaltal, Nosoktal und Rinootal. Doch sobald wir nach Nioltal gelangen, könnten die Dinge ein bißchen haariger werden.« Er musterte die ringsum lauschenden Krieger. »Dann könnt ihr eure Speere spitzen.«

»Wird auch langsam Zeit!« brummte Gopaenum,

und die anderen lachten unruhig. Kannten sie Vers 663, den über die Gebeine der jungen Männer?

»Von wem ist die Gewähr für freies Geleit?« wollte Dosh wissen.

D'ward zögerte, dann antwortete er der Gruppe, nicht nur Dosh. »Von den Behörden. Nicht alle Hexer sind durch und durch böse. Denkt immer daran – niemand ist vollkommen böse! Natürlich ist auch niemand vollkommen gut. Einige der Hexer stehen auf unserer Seite. Ein paar von ihnen helfen uns.« Er ließ den Blick über die Kriegsbande schweifen, um Prat'han ausfindig zu machen, der ihr Ältester war, wenngleich der Töpfer das niemals zugegeben hätte. »Denkt daran, kein Blutvergießen!« Seine Augen funkelten schelmisch. »Aber vielleicht können wir jetzt anfangen, ein bißchen Staub aufzuwirbeln.«

Prat'han kicherte kehlig. »Was für Staub, Befreier?«

Abermals kratzte D'ward sich die buschigen, schwarzen Locken. »Nur die Thargier halten Sklaven, richtig? Weiß einer von euch, wer diese Minenarbeiter da unten sind?«

Schweigen. Diese Landeier aus Sonalby kannten nichts, das außerhalb von Nagtal lag.

»Verurteilte«, antwortete Dosh.

D'ward wandte sich ihm mit einem Lächeln in den himmelblauen Augen zu. »Und was muß man anstellen, um in Niolland verurteilt zu werden?«

»Wenn man vergißt, sich zu verbeugen, wenn der Name der Königin fällt, wandert man lebenslänglich in die Minen! Hat man eine hübsche Frau, die irgend einem Obrigen gefällt, werden einem für irgendein angebliches Vergehen ... na ja, zehn Jahre aufgebrummt, schätze ich.«

»Ganz recht. Versteht ihr, Freunde? Rinooland ist

bloß eine niolische Strafkolonie. Wenn also eine Pilgermenge wie die unsere unterwegs rein zufällig durch eine oder zwei dieser Gruben strömt, dann glaube ich kaum, daß die Skalvenaufseher besonders viel dagegen unternehmen könnten, oder? Und wenn wir fort sind, könnten keine Minenarbeiter mehr übrig sein, stimmt´s?«

Die Bauernlümmel lachten allesamt grölend und klopften mit ihren Speeren an die Schilde.

D'ward grinste sie an. »Aber bitte, kein Blutvergießen! Erschreckt sie, wenn es sein muß. Mehr nicht. Werbt sie an, wenn ihr könnt. Nachdem wir fort sind, werden sie in ziemlichen Schwierigkeiten mit ihren Vorgesetzten stecken, also könnten sie für Vernunft zugänglich sein ... Ich glaube, die Pause war lang genug. Ziehen wir weiter. Diesmal bleibe ich lieber vorn.«

Damit marschierte er los, und der Ring der Kriegsbande teilte sich, um ihn hindurchzulassen. Die versammelten Pilger rappelten sich auf. Einige von ihnen eilten los, um den Befreier mit Fragen zu überhäufen. D'ward winkte sie fort, und die Krieger versperrten ihnen den Weg, und bald schon hatten sie die meisten hinter sich gelassen. Dosh, der jetzt schon schwer an dem Geldbeutel trug, stellte fest, daß er an D'wards Seite eilte, während die bewaffneten Krieger eine Eskorte für sie beide bildeten. Dies mochte nicht unbedingt der günstigste Platz sein, wenn sie die Straßensperre am Fuß des Hügels erreichten, doch fürs erste schien er geeignet zu sein.

Endlich konnte Dosh die Frage stellen, die ihm auf der Zunge brannte. »Was willst du wirklich von mir?«

Eine Zeitlang musterte der Befreier ihn mit seltsam furchteinflößendem Blick.

»Soll ich als Börsenträger arbeiten?« hakte Dosh nach. »Als Bote, wie damals? Ich bin kein Kind mehr, D'ward.«

»Du unterschätzt dich, Dosh. Ich glaube, du spielst eine bedeutende Rolle.« Unvermittelt lächelte D'ward, und es war, als hätte der Himmel sich geöffnet. »Sei einfach ein Freund, wenn du willst. Niemand zwingt dich zu bleiben, aber ich hoffe, du tust es trotzdem.«

Dosh wandte den Blick ab, um den Bann zu brechen. Die Zeit hatte seine Gefühle für den Befreier keineswegs abgestumpft.

D'ward vermochte immer noch, Doshs Knochen mit diesem Lächeln in Gummi zu verwandeln. *Trottel! Er wollte dich schon damals nicht, bevor dir die ersten Haare ausfielen.*

»Was geschieht, wenn du nach Nioltal gelangst?« Erstaunt erkannte Dosh, wie wenig er daran zweifelte, daß die Freien trotz der Armee, die vor ihnen den Pfad versperrte, nach Nioltal gelangen *würden*.

Eine Zeitlang stapfte D'ward weiter den Pfad entlang und starrte nach vorn, ohne zu antworten. Seine knochigen Züge wirkten eigenartig düster. Die Kapuze hatte er immer noch zurückgeschoben, und die Sonne funkelte wie Sternenschimmer auf seinem schwarzen Haar. »Dort fangen wir an, das Große Spiel mit *wirklichem* Einsatz zu spielen.«

»In Vers sechshundertdreiundsechzig steht, daß in Nioltal die Gebeine junger Männer ...«

»Ich weiß, Dosh. Ich hoffe nur, es werden nicht zu viele junge Männer sein. Trotzdem, der Ärger wird in Nioltal beginnen. Mittlerweile sind gewiß Besucher unterwegs, die mich treffen wollen. Die Könige und Politiker werden allmählich auf uns aufmerksam.

Darüber hinaus ist Niolland Viseks Spielwiese. Visek kann mich ausknipsen, wenn er will.«

Visek, Vater und Mutter der Götter, höchstes Wesen des Pentatheon, Schutzgottheit von Nioltal, Gott des Schicksals und der Prophezeiungen ... Nur wenn der Heilige Visek es so wollte, würde der Befreier dem Tod den Tod bringen.

»Also wirst du zu Visek beten?«

»Ich werde vielleicht mit ihm plaudern. Das ist nicht dasselbe.«

»Aber du arbeitest mit den Göttern zusammen, wenn dir danach ist?«

»Sie sind keine Götter, Dosh. Nur Zauberer, Hexer, Magier.«

»Tion? Oder Prylis? Er hat meine Narben geheilt!«

»Deshalb ist er noch lange kein Gott. Er ist mindestens tausend Jahre alt, da gebe ich dir recht, aber er ist menschlich. Das sind sie alle. Sie können sterben, so wie Zath sterben wird, wenn ich ihn töte. Eines Tages werden sie alle sterben. Sie wurden von Frauen geboren, jeder von ihnen – naß, blutig und schreiend, genau wie wir. Und eines Tages werden sie sterben, wimmernd und furchterfüllt, genau wie wir.«

»Sie sind Götter!«

Traurig schüttelte D'ward den Kopf. »Nein, sind sie nicht. Sie wollen, daß sie für Götter gehalten werden, denn das verleiht ihnen Macht. Wenn man daran glaubt, daß sie Götter sind, erwartet man, daß sie über einen richten. Findet man sich damit ab, daß sie sterblich sind, kann man selbst über sie richten. Einiges von dem, was sie sagen, stimmt immer. Anderes stimmt nie. Und einiges hat einmal gestimmt, ist jetzt aber falsch. Auf diese Dinge mußt du achtgeben. Das sind die schwierigen.«

Dosh brauchte eine Weile, um sich die Worte durch den Kopf gehen zu lassen und zu erkennen, daß sie wenig aussagten. »Vergessen wir mal Visek. Was ist mit Elvanife?«

»Mit wem? Oh, die Königin?«

»Ja, die Königin von Niolia! Sie ist noch ein Kind. Viel zu jung, zudem eine Frau.«

D'ward schaute mit fragendem Blick zu ihm hinab. »Wieso sollte das eine Rolle spielen, Dosh?« Bisweilen schien er unglaublich blauäugig.

»Weil sie nicht fest auf dem Thron sitzt! Die Adeligen schmieden Ränke gegen sie. Hast du denn nichts davon gehört? Elvanife teilt fortwährend Rundumschläge aus, um zu zeigen, wie zäh sie ist, und stampft jeden in den Boden, der anderer Meinung ist als sie. Du setzt ihr einen Bauernaufstand vor. Ihr bleibt gar keine andere Wahl, als dich zu vernichten.«

D'ward zuckte nur mit den Schultern. »Ich hoffe, sie wird tun, was die Priester ihr raten, und die Priester werden ihr das raten, was Visek ihnen sagt.«

Vielleicht, dachte Dosh und stellte dann fest, daß sie fast den Fuß des Hügels erreicht hatten und noch jemand an D'wards anderer Seite marschierte. Dosh hatte gar nicht gesehen, woher die Frau gekommen war. Sie war groß und in eine lange, blaue Nonnenrobe gehüllt. Ihr Antlitz lag unter einem gewaltigen blauen Hut verborgen, dessen Laschen unter dem Kinn zu einer Schleife gebunden waren. An ihrer Seite baumelte ein langes, blankes Schwert, folglich mußte sie eine der Nonnen aus dem Kloster sein, das Dosh zuvor Prat'han gegenüber erwähnt hatte, eine von Irepits Töchtern, denen ein zutiefst unheilvoller Ruf anhaftete. D'ward mußte wissen, daß sie da war, dennoch schenkte er ihr keinerlei Beachtung.

Mittlerweile hatten sie die Straßensperre fast erreicht. Dosh versuchte, sich zurückfallen zu lassen, mußte jedoch feststellen, daß sich dicht hinter ihm Speere und Schilde befanden. Er war an der Spitze gefangen, wenngleich er gelobt hatte, sich zu diesem Zeitpunkt nicht dort aufzuhalten. Unmittelbar hinter ihm folgte die Kriegsbande, doch sie umfaßte lediglich zwanzig Krieger, während die Streitmacht vor ihnen sich aus mindestens hundert in funkelnden Bronzerüstungen steckenden Mistkerlen zusammensetzte, deren Schilde den Weg gleich einer Mauer versperrten. Jeder Soldat hatte einen Fuß vorgestellt, den Speer in Wurfhaltung. Ihr Anführer wartete mit gezogenem Schwert ein paar Schritte vor ihnen.

Soweit Dosh wußte, führte Niolia derzeit mit niemandem Krieg, und nur wenn es Feinde zu bekämpfen galt, bediente ein Herrscher sich des Bauernvolkes als Soldaten.

Demnach mußte dies ein beträchtlicher Teil von Elvanifes regulärer Armee sein, der Königlichen Niolischen Wache.

»Halt, im Namen der Königin!«

D'ward hielt inne. Alle hielten inne. Dosh preßte die Knie aneinander, damit sie nicht schlotterten, und schaute sich nach einem Fluchtweg um. Nirgends gab es Deckung. So kräftig und schnell seine Beine auch sein mochten – sollte er sich über diese steinige Ebene davonmachen, würde binnen weniger Augenblicke ein Eschenholzschaft aus seinem Rücken ragen. Ihm fiel auf, daß die Pilger nunmehr ein gutes Stück hinter der Kriegsbande verharrten und abwarteten, was geschehen würde. Wenn es doch zu Blutvergießen käme, würden sie keine Steine schleudern, um ihrem geliebten Propheten beizustehen.

D'ward holte tief Luft, dann brüllte er lauter als der Hauptmann: »Tretet zur Seite! Ich bin der Befreier.«

»Kehrt um und befreit anderswo! Es ist Euch und Euren Anhängern bei Todesstrafe verboten, Niolreich zu betreten.«

»Es ist prophezeit, daß ich nach Tharg ziehe und dem Tod den Tod bringe.«

»Dann schlagt einen anderen Weg ein. Ich zähle bis drei. *Eins!*«

In der entsetzlichen Stille spürte Dosh, wie ihm Schweiß über die Rippen rann.

D'ward schienen die glorreichen Einfälle auszugehen. Es wirkte zwar äußerst aufreizend, wie der Wind mit seinen Locken spielte, aber das würde kaum reichen, ihn an den niolischen Soldaten vorbeizubringen.

»*Zwei!*«

Dosh bereitete sich darauf vor, sich flach auf den Boden zu werfen.

Die Nonne lachte. »Nun? Willst du meine Hilfe jetzt doch?«

D'ward seufzte. »Ja, bitte.«

Sie trat einen Schritt vor. Sie hielt das Schwert in der Hand und hob es nun, so daß die Spitze unmittelbar auf den Hauptmann deutete. Dosh hätte es nie für möglich gehalten, daß die Frau das Gewicht zu tragen vermöchte, doch die Klinge zitterte kein bißchen. Mit einer Stimme, die der eines Mannes in nichts nachstand, rief sie: »Bereut!«

Es war, als hätte der Soldat sie erst jetzt bemerkt. Er zuckte heftig zusammen und ließ das Schwert fallen. Mit lautem Klirren landete es auf den Steinen. Seine Lippen bewegten sich, doch er brachte keinen Laut hervor. Hinter ihm begann die ebenmäßige Speerreihe zu wanken. Die Klingen funkelten im Sonnenlicht wie Eissplitter.

»Bereut!« wiederholte die Frau. »Ihr wagt es, euch dem prophezeiten Befreier in den Weg zu stellen? Ihr solltet euch lieber seinen Reihen anschließen und in seinen Diensten mit ihm ziehen. Bereut, sage ich! Legt die Waffen nieder oder sterbt durch sie. Tretet beiseite!«

Der Hauptmann wirbelte herum und brüllte Befehle. Die Königliche Niolische Wache löste sich in Panik auf. Binnen weniger Augenblicke war die Straße frei, während sich zu beiden Seiten Soldaten ihre Rüstungen vom Leib rissen und sie zu den Waffen schleuderten, die mittlerweile den Boden übersäten.

»Danke, edle Dame«, sagte D'ward leise.

Sie schaute ihn an. Dosh erhaschte einen flüchtigen Blick auf ein überraschend jugendliches, gleichzeitig jedoch altersloses Antlitz, wunderschön, aber gestreng – traurig, lieblich, unvergeßlich. »Ich halte mein Wort. Geh mit meinem Segen, Befreier.«

D'ward nickte; dann hob er die Arme zum Zeichen des Segens, wodurch er die Nonne vor Dosh verbarg. Über das Scheppern von Metall und angstvolles Stöhnen hinweg wandte er sich an die Soldaten.

»Brüder! Wir sind die Freien und unterwegs, dem Tod den Tod zu bringen. Eure Reue ist angenommen; euch ist vergeben. Wer sich unserer Pilgerreise anschließen möchte, ist herzlich willkommen. Laßt die Waffen liegen, erhebt euch und folgt mir.«

Er setzte sich in Bewegung, und sogleich knirschten die Kiesel unter den hornigen Füßen der Kriegsbande hinter ihm. Dosh wurde von einem Schild vorwärts geschubst, so daß er gar keine andere Wahl hatte, als dem Troß zu folgen. Lächelnd marschierte D'ward den Pfad entlang, die Arme den niolischen Soldaten entgegengestreckt, die zu beiden Seiten knieten. Ein paar trugen noch ihre Rüstung, viele hatten sich fast nackt ausgezogen, und die meisten schluchzten vor Entsetzen, die Hände nach dem Befreier ausgestreckt, um seinen Segen zu erflehen. Die blaue Nonne war nirgends zu sehen. Eine Horde aufgeregter Pilger folgte brüllend und plappernd hinterdrein.

So betrat der Befreier Rinootal und Niolreich.

22

Der zwischen Jurgtal und Nioltal gelegene Lospaß war weder besonders steil noch besonders hoch und galt somit als einer der am einfachsten zu bewältigenden Pässe der Täler. Die Faultiere jedoch wurden ihrem Namen durchaus gerecht: Sie bewegten sich kaum schneller als Schnecken, wenn überhaupt. Eleal Sängerin und Piol Poet waren bereits seit mehreren Tagen unterwegs, doch erst jetzt befanden sie sich wahrlich in Nioltal. Die Luft war schwül und von einem Gemüseduft erfüllt, der auf Eleal fremdartig wirkte. In ihrer Kindheit hatte die Truppe Niolland selten besucht, und meist waren sie über Fiontal aus Jioltal nach Jurgtal zurückgekehrt.

Es war klug von Piol gewesen, ein Faultier und einen Karren als Transportmittel vorzuschlagen. Als sie durch das Stadttor von Jurg rumpelten, hatte Eleal ein paar der Schläger aus dem Kirschblütenhaus gesehen, die prüfend den Troß der Vorüberziehenden beobachteten, doch auf die Leute und ihr übelriechendes Beförderungsmittel hatten sie keinen zweiten Blick verschwendet. Mittlerweile hatte Eleal sich an den Gestank der Faulbeeren gewöhnt, wenngleich ihr während der ersten paar Tage davon übel geworden war. Jedenfalls schreckten sie jeden anderen ab. Die übrigen Leute zogen gleich Vögeln im Flug an dem Karren vorüber, und kein Räuber hatte sie aufgehalten, um ihre Ladung auf der Suche nach Gold zu durchwühlen. Niolier benutzten Faulbeeren, um den grünlichen Edelrost auf ihrer berühmten, schwarzen Bronze herzustellen, behauptete Piol, und Faulbeeren gediehen ausschließlich in Jurgtal. Es spielte keine Rolle. Auch spielte es keine Rolle, daß den beiden Reisenden der üble Gestank so sehr anhaftete, daß keine Herberge sie einließ. Sie waren mit gutem Wetter gesegnet gewesen und hatten unter dem Sternenhimmel oder unter dem Karren geschlafen und so gut gegessen, wie Eleals Kochkünste es zuließen.

Nun befanden sie sich in Niolland; die Sonne schien, die Straße erstreckte sich eben vor ihnen und schlängelte sich zwischen kleinen Seen und Bächen hindurch, die mühelos zu überqueren waren. Nioltal, erklärte Piol, besaß mehr Wasser als jedes andere Tal. Männer mit Turbanen ernteten Reis auf den Feldern. Die Dörfer glichen vor dem Hintergrund der grünen und silbrigen Landschaft kleinen Klecksen aus weißen Wänden und Dächern mit roten Schindeln. Alles war rundum idyllisch.

Aber wenig hilfreich.

Eleal erwachte aus einem wundervollen Tagtraum über ... ja, worüber? Sie war nicht sicher. Ihre Nächte waren erfüllt von Träumen über D'ward, jedoch über einen auf seltsame Weise veränderten D'ward – nicht groß und hager, sondern stämmig und kräftig und mit einem buschigen Schnurrbart. Allmählich schien Eleal der Schlafmangel zuzusetzen, denn mittlerweile verfolgte das eigenartig verkehrte Bild sie auch bei Tage.

Ein Melodiefetzen drang an die Oberfläche ihres Bewußtsein und tauchte wieder ab ... Der Name des Liedes wollte ihr nicht einfallen.

»Piol?«

»Hm?«

»Kennst du ein Stück namens *Der vergiftete Kuß*?«

Der alte Mann blinzelte sie an. »Nein. Wer hat es denn geschrieben?«

»Keine Ahnung. Vielleicht gibt es das Stück gar nicht. Ich dachte nur ... es hört sich nach einem schönen Titel an. Äh ... Wo beginnt man eigentlich mit der Suche nach einem Befreier?«

»Weiß ich nicht. Es gibt nur eine Straße, also können wir ihr ruhig folgen, bis sie sich gabelt. Dann aber sollten wir wohl jemanden fragen.«

»Wer würde dich schon in seine Nähe lassen?«

Piol ließ ein leises Kichern vernehmen. »Ich kann mich ja gegen den Wind stellen.«

Genau. Eleal schaute sich um. Hinter ihnen rückte die Niolwand immer weiter in die Ferne. Im Osten verschwand sie gänzlich, und die Unterseite des Himmels wirkte eben. Nioltal war das größte aller Täler, reich und fruchtbar – was von einem Tal, als dessen Schutzgott der Vater galt, nicht anders zu erwarten war. Vor ihnen befand sich ein Dorf mit einem Tempel, von dem hohe Turmspitzen aufragten. Es mußte sich um Joobiskby handeln; dort würde die Straße sich wahrscheinlich gabeln.

Nach einer Weile begann Piol, leise vor sich hin zu gackern. Eleal fragte ihn, was denn so lustig sei.

»Erinnerst du dich, wie wir in Noshingby *Der Fall des Hauses Kra* aufgeführt haben? Trong hat Rathmuurd gespielt, und als er das Schwert ziehen wollte ...«

»Nein!« fiel Eleal ihm entschlossen ins Wort. »Ich erinnere mich nicht, und ich weiß ganz sicher nicht, wer ihm Sirup in die Schwertscheide gegossen hat. Aber es muß ein echtes kleines Ekel gewesen sein!«

Beide lachten herzhaft. Schon seit Tagen ging das so – sie erinnerten sich an die alten Zeiten, die guten Zeiten, an die Stücke, die Schauspieler, die Orte, die Menschenmengen, die Triumphe und die Reinfälle.

Nach einer Weile meinte Eleal: »Erinnerst du dich noch daran, wie Uthiam *Ironfaibs Polemik* gegeben hat? Sie hat damit eine Rose gewonnen ... Das war in dem Jahr, als ich die Festspiele versäumt habe, aber die Proben werde ich nie vergessen. Oh, Uthiam war einfach fabelhaft!«

»Das war sie«, pflichtete Piol ihr traurig bei. »Kennst du das Stück?«

»Größtenteils schon, glaube ich.« Jedes einzelne Wort!

»Laß mich etwas davon hören.«

»Oh, das willst du dir bestimmt nicht antun«, wehrte Eleal hastig ab. Ihr war gerade eingefallen, daß sie Uthiams Aufführung bei den Festspielen versäumt hatte, weil sie fort gewesen war, um D'ward zu pflegen; wahrscheinlich waren ihr die Zeilen des Stückes deshalb in den Sinn gekommen.

»Schau mal!« rief sie. Zwei steinalte, harmlos wirkende Bauern trotteten vor ihnen den Pfad entlang, noch langsamer als das Faultier. »Warum fragst du nicht die beiden da, ob sie Neuigkeiten über den Befreier gehört haben?« Da Eleal das Gefühl beschlich, Piol könnte Einwände erheben, fügte sie hinzu: »Du holst den Karren leicht wieder ein, wenn du einen Zahn zulegst.«

Das alles dauerte viel zu lange! Eleal spürte das innere Verlangen, D'ward wiederzusehen; es fühlte sich an, als säße sie auf Nadeln.

23

»›*Ein Krug voll Wein hinter die Binde*‹«, stimmte Julian an. »›*Ein Laib duft´ges Brot und du, du neben mir, ohne Diener und Gesinde, der Götterhimmel könnt' schöner nicht sein!*‹ Am letzten Reim muß ich noch *feilen*! Ich meine, er *scheint* in Ordnung zu sein ...«

Mit zweifelndem Blick schaute Ursula ihn über den Tisch hinweg an. »Du hältst wohl nicht viel von den allgemeinen Versvorschriften.«

»Kommt darauf an, worauf sie gedruckt sind. Könnten gutes Papier abgeben, um sich den Hintern damit abzuwischen.«

Sie lachte. Ursulas Gelächter haftete die unschuldige Fröhlichkeit eines Kindes an, wodurch es sich völlig von ihrem üblichen, barschen Gehabe unterschied. »Du bist unmöglich!«

»Ich bin ein ausgesprochen schlichter Mensch, wie du sehr wohl weißt!« Er hob das Glas, und sie stieß mit dem ihren an. Gleich einem Spiegelbild tranken die beiden und lächelten das zufriedene Lächeln zweier Liebender.

Die Sonne war bereits untergegangen; zwischen den erwachenden Sternen hing der rote Mond, Eltiana. Sie befanden sich am Rande eines kleinen, namenlosen und offenbar unbewohnten Tales irgendwo südlich von Nioltal. Die Luft kühlte rasch ab, doch das Lager war ein gutes Stück unterhalb der Schneegrenze errichtet worden, und bislang hatte das Wetter sehr gut mitgespielt. Seit mehreren Tagen – Julian zählte absichtlich nicht mit – ritten sie mit den Drachen über Gletscher, Eisfelder, Gebirgskämme, Hochebenen. Sie kletterten lotrechte Felswände hinauf und hinunter. Es war ein Heidenspaß. Die Tage waren wundervoll, die Nächte sogar mehr als das. Einfach fabelhaft!

Es war das wahre Leben. Nur sie beide, von Angesicht zu Angesicht an einem kleinen Tisch, während sie auf Faltstühlen von Porzellantellern aßen – mit Besteck, das echtem Sterlingsilber ziemlich gut nachempfunden war. Der Wein war gekühlt. Das truthahnähnliche Wesen, das T'lin erlegt hatte, war vom unerschütterlichen Dommi fachmännisch zu Frikassee verarbeitet worden. In der Nähe knackte und leuchtete das Lagerfeuer, von dem sich Rauch emporkräuselte, in einer so sanften Brise, daß die Flammen der Kerzen auf dem Tisch kaum flackerten. Zweifellos würden in wenigen Augenblicken Käse und Kaffee aufgetragen werden, sobald Dommi mit dem Errichten des Zeltes fertig war. T'lin hielt sich ein paar hundert Meter entfernt auf und polierte immer noch seine geliebten Drachen.

In der Zwischenzeit waren da nur ein Mann und die Frau, die er liebte, die Sterne, die schartigen Gipfel, die Bäume ... Eigenartige Bäume, die Ähnlichkeit mit Nadelbäumen hatten.

Aus der Ferne sahen sie wie Kiefern aus, doch ihre Nadeln wiesen die Form winziger Sterne auf, und der Duft, den sie verströmten, erinnerte eher an Weihrauch als an Kieferngeruch. Na egal, jedenfalls würden sie reichen.

Da sie um ihre Halskrausen fürchteten, mieden Drachen Wälder, doch T'lin hatte eine geeignete Lawinenschneise entdeckt, die vom eisigen Hochland zu einer Weide neben einem Bach führte. Ursula hatte sich Sorgen gemacht, der Wald könnte von jenen gräßlichen, katzenähnlichen Wesen verseucht sein, die man Halsabschneider nannte. Doch Julian sorgte sich nicht um diese Viecher, weil er der Ansicht war, es wäre ohnehin schon zu spät, falls man sich tatsächlich Sorgen machen mußte.

Sie schaute auf und ertappte ihn dabei, daß er sie musterte. Ihr Kinn war zu breit, um als klassisch weiblich zu gelten; dennoch paßte es zu ihr. Das Haar trug sie kürzer, als es ihm üblicherweise gefiel, doch auch das stand ihr, und es schimmerte juwelengleich im Licht des Feuers. Ihre Augen waren überaus groß und auf weibliche Weise geheimnisvoll. Sie erinnerte mehr an die Venus von Milo als an die Mona Lisa; trotzdem war sie auf eine ganz eigene Art wunderschön. Und in der Liebe glich sie einer Herde Tiger. Tigerinnen.

Er dachte an Euphemia und fragte sich zum vielleicht tausendsten Mal, was er an der Schlampe gefunden hatte. Es war nicht nur die Tatsache, daß sie mit Karotten vögelte – sie taugte auch sonst zu nichts. Seinen Omar-Khayyam-Witz hätte sie gar nicht begriffen, während Ursula sehr wohl einen Falken von einer Handsäge zu unterscheiden vermochte, wie es bei Shakespeare hieß, und wahrscheinlich sogar wußte, welchem Akt und welcher Szene die Metapher entnommen war. Sie wußte, daß Johann Spindel nicht notwendigerweise sehr dünn sein mußte ...

»Glücklich?«

Er zuckte zusammen und schaute sich um. »Unvorstellbar glücklich. Die Nacht ist meine liebste Tageszeit. Trotzdem könnte ich jetzt einen Kaffee vertragen.«

Dommi war noch damit beschäftigt, die Zelttaue zu spannen. Er würde nicht mehr lange brauchen.

»Vielleicht sollten wir den Kaffee im Wohnzimmer genießen?«

Mit gerunzelter Stirn betrachtete Julian die dunklen Schemen der Zelte rings um sie. »Ich fürchte, wir haben vergessen, das Wohnzimmer einzupacken. Wie wär's mit dem Palmenhof? Oder dem Krocketrasen? Ich bin sicher, Dommi hat Tore und Holzhammer mitgebracht.«

»Es ist der *Dienst*, der es ermöglicht, Liebster«, meinte Ursula leise.

»Was ermöglicht?«

»Fast alles. Drachenritte und Bedienstete. Einen Hauch von Zivilisation im Busch – Damen und Herren gehobener Gesellschaftsschicht auf Safari. Ohne den Dienst und sein Mana würden wir beide uns einen Weg durch den Dschungel hacken müssen, und Wurzeln essen, und unter Büschen schlafen.«

Wir wollen wohl übers Geschäft reden, wie?

»Wenn der Dienst es uns nicht aufgetragen hätte«, gab Julian zurück, »wären wir gar nicht erst hier, liebstes Täubchen. Stimmt's?«

»Trotzdem dürfen wir nicht zulassen, daß Edward Exeter alles über den Haufen wirft, oder?«

Julian seufzte. Der Augenblick schien zu kostbar, um ihn durch die Wirklichkeit zu verderben. Er wollte heute Nacht keine Wellen im Mühlteich.

»Ist das der springende Punkt? ›Ich sag's dir, alter

Kumpel, du mußt diesem Befreier-Quatsch ein Ende setzen, du vermasselst uns bei den Eingeborenen die Tour!‹ Ist es das, was wir zu ihm sagen?«

Behutsam stellte Ursula das Glas auf dem makellos weißen Tischtuch ab. »Ja, für mich ist das ein Teil davon. Ich gebe zu, wir leben recht gut. Aber wir arbeiten auch hart dafür. Du weißt, wie verflucht rauh die Missionarstätigkeit mitunter sein kann – rauh und gefährlich. Du weißt, wie langweilig sie sein kann – die Sprache büffeln, all die Predigten lernen, sie herunterleiern. Und du weißt, was Heimweh ist. Wir schlagen uns gut, verdammt noch mal! Wir werden zwar nicht in Pfund bezahlt, aber wir haben ein Recht auf Vergütung, und ich fühle mich deshalb nicht im geringsten schuldig. Also, für mich ist das eine Überlegung wert. Für dich nicht?«

Schulterzuckend wich Julian der Frage aus, das Bild eines Stierkämpfers mit seinem Umhang vor dem geistigen Auge.

»Ich glaube kaum, daß diese Ansicht Exeter zu beeindrucken vermag.«

»Und welche würde ihn beeindrucken?«

»Keine Ahnung. Das entscheide ich, nachdem wir mit ihm geredet haben und ich weiß, was er im Schilde führt. Müssen wir das ausgerechnet jetzt besprechen, wo ich gerade dabei bin, eine Ode auf die Schönheit deiner Lider zu ersinnen?«

»Morgen sind wir in Nioltal.«

»Und er könnte immer noch in Joalland sein. Oder er ist bereits mausetot.«

Sie nickte. Gleich einem Gespenst tauchte Dommi im Feuerschein auf. Irgendwann während der Vorbereitungen des Abendessens hatte er seine weiße Livree angezogen. Er räumte die Teller ab.

»Das war köstlich«, murmelte Ursula, wenngleich sie die Augen auf Julian gerichtet hielt.

»Danke, *Entyika*!«

»Hör zu«, sagte Julian. »Laß uns nicht streiten. Laß uns noch nicht einmal darüber reden, bevor wir weitere Einzelheiten herausgefunden haben. Nachdem wir Exeters Gründe erfahren haben, können wir immer noch entscheiden, ob wir ihm beipflichten oder nicht. Wenn nicht, dann versuche ich, ihm das Ganze auszureden, das verspreche ich dir.« Auf Anhieb fiel ihm niemand ein, dem etwas schwerer auszureden war als Herrn Edward Exeter, wenn der sich erst eine Meinung gebildet hatte.

»Und wenn es dir nicht gelingt?«

»Jetzt ziehst du voreilige Schlüsse.«

»Antworte mir.« Ihre Stimme war sanft, doch verbarg sich große Macht dahinter – Macht verschiedenster Natur.

»Dann spielt es keine Rolle, was ich denke, oder?«

»Nein, es spielt keine Rolle.«

Und was Exeter dachte ebensowenig. Es war eine Vorstellung, die Julian eine Gänsehaut verursachte – Mana einzusetzen, um den Willen eines Menschen zu beeinflussen. Gräßlich. Grausam. Natürlich war es mehr oder weniger dasselbe, was er mit den Soldaten in Siebenstein getan hatte, doch damals war es reine Selbstverteidigung gewesen. Es gefiel ihm ganz und gar nicht, sich auszumalen, wie Ursula das Mana bei Exeter einsetzte ... oder bei irgendeinem anderen Mann. Er fragte sich, wie es sich wohl anfühlen mochte und ob das Opfer überhaupt wissen würde, wie ihm geschah.

Dommi trug Käse, Kekse und Butter auf und schenkte Kaffee ein. Nachdem er sich wieder zurückgezogen hatte, schien das Schweigen sich auszudehnen und gleich Nebel über dem Tisch zu hängen. Die Nacht kühlte rasch ab.

Schließlich meinte Julian: »Liebling? Was genau passiert während einer Manaschlacht?« Er sah, wie ihre Lippen sich spannten und fuhr hastig fort. »Ich meine, wenn Exeter gegen Zath antritt, Mann gegen Mann ...«

»Dann stirbt er! Zath ist seit Jahren im Geschäft. Was Exeter auch für einen Plan ausgeheckt haben mag, um Mana zu sammeln, er kann unmöglich das aufbringen, was Zath durch die Tausende von Menschenopfern angehäuft hat. Es wäre so, als würdest du dich einhändig, nur mit einem Taschenmesser bewaffnet, mit der gesamten deutschen Armee anlegen.«

»Das ist mir schon klar«, entgegnete Julian, wohl wissend, daß Exeter anders darüber denken mußte. »Aber ganz allgemein? Vergiß mal Zath. Wenn zwei Fremde eine magische Keilerei austragen, was *geschieht* dann?«

Ursula trank einen Schluck Kaffee. Schließlich sagte sie: »Das kommt so gut wie nie vor, weil es wie ein Sprung ins Ungewisse wäre. Man kann Fliegengewichte unmöglich von Schwergewichten unterscheiden, ohne erst einen Schlag auszuteilen und abzuwarten, was zurückkommt. Deshalb spielen die Fünf das Große Spiel mit menschlichen Schachfiguren. Sie gehen einander nie unmittelbar an die Gurgel.«

Julian hackte wild auf ein Stück Käse ein. Sie wich seiner Frage aus. Der Dienst mußte die Antwort kennen. Gewiß hatte zumindest Prof Rawlinson Nachforschungen darüber angestellt, wenn schon sonst niemand. Die Bibliothek war natürlich in Rauch und Flammen aufgegangen, als Zaths Schergen über

Olympus herfielen, was häufig als Entschuldigung herangezogen wurde, wenn der Frischling zu viele Fragen stellte.

Mittlerweile wagten die Sterne sich zu Tausenden hervor, dennoch war die romantische Stimmung dahin. »Also weißt du es nicht?«

»Nein.«

»Ich wette, Exeter kennt die Antwort.«

»Was?« Überraschenderweise wirkte Ursula erschrocken.

»Er versteht sich recht gut mit Prylis, dem sogenannten Gott des Wissens. Hast du das nicht gewußt?«

Sie bedachte Julian mit einem bohrenden Blick, während sie sich unsichtbare Krumen von den Lippen wischte. »Nein, wußte ich nicht.« Sie haßte es, unvorbereitet erwischt zu werden.

Julian fühlte sich seltsam selbstgefällig, was ihn verärgerte. »Lies den Bericht über seine ersten beiden Jahre hier – oh, ich nehme an, der ist verbrannt? Zu schade. Er hat mir davon erzählt, bevor wir herübergereist sind. Exeter hat zwei oder drei Tage mit Prylis verbracht. Gut möglich, daß er dorthin zurück ist, nachdem er Olympus verlassen hatte. Ich bin überzeugt davon, daß Exeter weiß, wie eine Manaschlacht abläuft.«

Ursula hatte ihre verbissene Tennisspielermiene aufgesetzt. »Ich glaube, ich werde mit Exeter schon fertig, ganz gleich, was er die letzten zwei Jahre getrieben hat.«

»Mit mir wirst du jedenfalls bestens fertig«, meinte Julian vergnügt. »Bist du bereit? Wir sollten Dommi jetzt wirklich mit dem Geschirrabwaschen anfangen lassen.«

»Du hörst wohl nie auf, was?«

»Möchtest du das denn?«

Sie lachte. »Nein. Genau das mag ich so sehr an dir.«

Er sprang auf und ging um den Tisch herum zu ihr. »Dann komm mit, Geliebte.«

24

»Sie sind keine Götter, sie sind Betrüger! Sie handeln nur deshalb wie Götter, weil Narren sie anbeten. Ich sage euch, sie sind bloß Zauberer, Schwindler, böse Menschen, die sich hinter göttlichen Masken verstecken ...«

D'ward näherte sich dem Ende seiner Abendpredigt und steuerte auf den üblichen Höhepunkt zu, an dem er geloben würde, dem Tod den Tod zu bringen, und seine Zuhörer einzuladen pflegte, sich den Freien anzuschließen und ihm zu folgen.

Dosh hatte das alles schon früher gehört. »Zeit, sich auf die Posten zu begeben, Schwestern und Brüder!« Überrascht sahen seine Helfer sich um; einige schienen aus einem regelrechten Dämmerzustand hochzuschrecken. Dann rappelten sie sich auf und trotteten in Paaren davon.

Die Freien waren in Nioltal eingetroffen. Die Sonne ging gerade hinter den zerklüfteten Gipfeln der Niolwand unter und tauchte den Himmel in grelle Rot- und Orangetöne, verwandelte die blätterlosen Bäume in verschnörkelte Schattengebilde und zeichnete die großgewachsene Gestalt des Befreiers als Silhouette vor den leuchtenden Hintergrund. Er selbst stand auf einem emporragenden Felsblock, während auf dem Gras rings unter ihm an die Tausend Menschen wie gebannt hockten. Wie so oft, hatte er auch diesmal einen merkwürdigen Ort für das Lager ausgewählt, einen steinübersäten Hang. Eine halbe Meile entfernt befand sich ein wesentlich besserer Platz, eine flache Wiese, die sich entlang eines Flusses erstreckte. Vielleicht dachte er, das Geräusch des Wassers hätte seine Predigt übertönt, oder er wäre dort schlechter zu sehen gewesen.

Sobald er fertig war, würden Doshs Helfer damit beginnen, sich durch die Scharen zu bewegen und Geld einzusammeln. Dosh hatte sie allesamt sorgfältig ausgewählt und schickte sie stets in Paaren aus, so daß sie einander im Auge behielten. Seiner Schätzung nach wurden neun Zehntel des von den Pilgern gespendeten Geldes ordnungsgemäß abgeliefert. *Man braucht einen Dieb, um einen Dieb zu fangen!* Heute nacht sollten die Einnahmen besser als sonst sein, denn ein Großteil der Versammelten waren Neuankömmlinge, Niolier, die von dieser jüngst entstandenen Legende gehört hatten und sie mit eigenen Augen sehen wollten.

Ja, die Menge war im Verlauf des Tages angewachsen. Von dort, wo er stand, konnte Dosh überdies erkennen, daß sie zunehmend vielschichtiger wurde. Die zerlumpten Armen waren zwar immer noch scharenweise anwesend – Alte, Krüppel, Mittellose, Frauen mit zu vielen Säuglingen, aus den Minen in Rinootal gerettete Verurteilte –, doch er sah auch gestandene, gesunde Gutsbesitzer. Außerdem Handwerker und Händler aus der Stadt in Begleitung draller, gut gekleideter Frauen. Einige waren in Kutschen oder auf Hasen gekommen. Mitten unter ihnen tummelten sich natürlich auch die Verrückten. Immer wieder die Verrückten: Verlorene, Träumer, Einsame, Versager, weltfremde Geistesgrößen, blinde Eiferer. Besonders blinde Eiferer. Mindestens zehn Mitglieder der Freien behaupteten, bekehrte Schnitter zu sein, die ausgesandt worden waren, um für Zath des Befreiers Seele zu holen, aber ihre Meinung änderten, sobald sie in seine Nähe gelangten. Sie waren in Doshs Augen die Verrücktesten im ganzen Haufen.

Oder waren es vielleicht doch die niolischen Soldaten? Von der Truppe, der es auf so dramatische Weise mißlungen war, die Freien davon abzuhalten, Rinootal zu betreten, hatte sich anschließend fast die Hälfte dem Troß angeschlossen. Die meisten zeigten blinderen Eifer als alle anderen, sogar als die Kriegsbande. Wenigstens hatte die Kriegsbande ihre Treue durch Taten bewiesen, nicht durch Wortschwälle, während die niolischen Überläufer den lieben langen Tag umherliefen und jedem, der ihnen zuhörte, von ihrer wundervollen, neuen Sicht des Lebens und der Welt vorschwafelten. Es schien ihnen ein Bedürfnis, ihren Treuewechsel vor jeder sterblichen Seele der Täler zu rechtfertigen. Oder versuchten sie bloß, sich selbst zu überzeugen?

Am interessantesten erschienen im Augenblick etwa ein Dutzend Männer und Frauen, die allesamt den goldenen Ohrring der Kirche des Ungeteilten trugen. Indem sie ihre Treue hier in Niolland so offen zur Schau stellten, gingen sie ein beträchtliches Wagnis ein, doch vermutlich fühlten sie sich inmitten dieser Menge von Ketzern sicher. Sie hockten in einem Kreis auf der Wiese und unterhielten sich tuschelnd. Dosh konnte sich denken, worüber sie sprachen – der

Befreier verkündete seine ganz eigene Art von Ketzerei. Seine Lehre folgte nicht den Richtlinien des Ungeteilten. Für Dosh jedoch war das eine wie das andere Ketzerei. Er war D'wards Freund und hochrangiger Helfer, doch er war kein Gläubiger, und sollte D'ward beschließen, seinen derzeitigen Dreh zu ändern und statt dessen beginnen, Oma Oriilees hausgemachten Kräutertrank gegen Manneschwäche anzupreisen, wäre es Dosh einerlei.

»Nun habt ihr es gehört!« verkündete der Befreier. »Ihr habt die Wahrheit gehört, ihr habt den Ruf gehört. Nun ist der Augenblick gekommen, an dem ihr euch entscheiden müßt ...«

Dies war der Schlußteil. Viele der Zuhörer würden gleich nach Hause eilen, doch einige würden bleiben. Weitere Anhänger verhießen noch mehr Bedarf an Lebensmitteln, und auch das fiel in Doshs Verantwortung. Daß Dosh mittlerweile Helfer benötigte und die Kriegsbande sich die Füße wundlief, um in einer so großen Menschenschar die Ordnung aufrechtzuerhalten, war ein Zeichen des fortdauernden Erfolges des Befreiers. Prat'han hatte damit begonnen, Einheimische anzuheuern, um der Menge Herr zu bleiben. Nioltal war groß und dicht besiedelt; die Zahl der Menschen konnte in den nächsten paar Tagen nur anschwellen.

Es sei denn, die Königin schritt ein. Für gewöhnlich mißbilligten Monarchen Massenversammlungen, die sie nicht selbst einberufen hatten. Am Hof von Niol mußten Geschichten über Einmarsch und Aufstand herumgeistern, was die Regierung unmöglich dulden konnte, zudem hatte D'ward Elvanifes Haftbefehl nicht nur mißachtet, sondern auch gleich ihre halbe Armee unterwandert. Jedenfalls hatte sich heute morgen am Thadrilpaß keine offizielle Begrüßungsgarde eingefunden, als der Befreier seine Horde nach Nioltal führte. Andererseits hatte auch keine Phalanx von Kriegern gewartet. Möglicherweise hatte die Armee ihre Lektion gelernt, wahrscheinlicher jedoch war, daß sie lediglich mehr Zeit brauchte, um sich mit neuen Soldaten zu verstärken.

Die scharfen Schwerter werden sich laben und Blut in den Sand vergießen. Junge Männer werden ihre Gebeine in den Spuren des Befreiers zurücklassen.

Wer brauchte schon die unheilverkündenden Vorhersagen des *Filoby-Testaments*, um zu erahnen, daß sich Ärger anbahnte? Man denke allein an die Götter und die Priesterschaft! Bislang hatten sie dieser wild wuchernden Ketzerei keine Beachtung geschenkt, doch nun predigte D'ward keine Dutzend Meilen entfernt vom Tempel Viseks, der bedeutendsten Gottheit der Täler, unverhohlen Gotteslästerung.

Die Predigt endete damit, daß der Befreier zum Zeichen des Segens des Ungeteilten die Hände über dem Kopf aneinanderlegte. Die Menge seufzte, ein Geräusch gleich einer lauen Brise in einem fernen Wald.

Doshs Beutelträger mischten sich unter die Scharen. Er beobachtete sie, um sicherzugehen, daß keine von D'wards Anweisungen mißachtet wurde – kein Betteln, kein Bedrängen. Nur die Beutel hinhalten und lächeln. Sofern die Frage aufkam, erklären, das Geld diene ausschließlich dem Zweck, die Pilger zu ernähren. Und vor allem: Für jede Münze danken, so klein sie auch sein mochte. Wurden bloß Lumpen oder Essenskrumen angeboten, waren diese ebenso dankbar anzunehmen. Ein seltsamer Mann, dieser D'ward!

Der Befreier zog von dannen und steuerte, umringt

von einer Gruppe der Kriegsbande, auf sein Zelt zu. Die versammelte Menge erhob sich und streckte sich, murmelte ungläubig über das soeben Gehörte. Dosh wollte gerade einen Felsblock erklimmen, um sich bessere Sicht zu verschaffen, als er Prat'han auf sich zukommen sah, der alle anderen überragte.

Er wartete.

»Was grinst du denn so?« wollte Dosh wissen.

»Wegen dir. Du lächelst.«

Dosh zeigte sich verwirrt. »Was ist daran so ungewöhnlich?«

»Viel. Das tust du nämlich sonst nie.«

»Na ja, ich habe vor, heute nacht mit der Beute abzuhauen.« Er spürte, daß er selbst ebenso breit grinste wie der Bauernflegel ihm gegenüber. »Glaubst du, ich lüge?«

»Nicht ernsthaft.« Der große Mann lehnte sich auf seinen Schild und sah sich um. Er senkte die Stimme. »Der Befreier will, daß du ihn am Kanzelstein triffst, sobald Trumb aufgeht.«

Seltsame Erregung und Erstaunen. »Weshalb?«

»Das hat er nicht gesagt. Soweit ich weiß, sollst nur du kommen. Er hat gesagt, du sollst den Geldbeutel bei einem von uns lassen.« Mit schmalen Augen schaute Prat'han auf Dosh hinunter; seine Lippen zuckten. »Wenn ich du wäre, würde ich mir keine allzu großen Hoffnungen machen.«

Dosh verkniff sich eine wütende Antwort, als er das schelmische Funkeln in Prat'hans Augen sah und erkannte, daß die höhnische Bemerkung nicht böse gemeint war. Seltsamer noch – er erwiderte das Grinsen. »Man wird doch wohl noch träumen dürfen, oder?«

Prat'han lachte und versetzte Dosh einen freundschaftlichen Klaps auf die Schulter; dann wandte er sich ab und stakste davon. Heiliges Stachelschwein! Wo hatte der große Ochse denn plötzlich Mitgefühl für die Probleme anderer gelernt? Oder hatte Prat'han gar Sinn für Humor entwickelt? Der Befreier hatte ihm unverkennbar das ein oder andere beigebracht.

Dosh vermutlich auch. Was hatte D'ward heute nacht mit ihm vor?

25

»Niemand weißt, was aus dem Zaren und seiner Familie geworden ist«, erklärte Alice. »Seit dem Anschlag auf Lenins Leben letztes Jahr führen die Bolschewiken eine Schreckensherrschaft; gut möglich, daß die Zarenfamilie tot ist. Großbritannien und Frankreich haben sowohl im Norden als auch im Süden noch Truppen. Wir haben große Angst davor, ernsthaft in den Bürgerkrieg verwickelt zu werden.«

»Grundgütiger!« rief Mr. Rutherford laut aus. Er war ungewöhnlich laut, ein vierschrötiger, junger Mann mit der verdutzten Miene eines Elefanten, der Porzellan mochte und nicht sicher war, was er im Laden falsch machte.

Rings um den Tisch verdüsterten sich angesichts der schrecklichen Kunde aus der Heimat die Gesichter. Alice hatte das Gefühl, seit drei Tagen ununterbrochen zu reden. Die zurückgekehrten Peppers wurden wahrscheinlich einer ähnlich eingehenden Befragung unterzogen, doch im Vergleich zu Alices Wissen war das ihre dürftig. Die Olympier besaßen einen unersättlichen Hunger auf Neuigkeiten von zu Hause und auf Berichte über den Krieg. Ihr ungläubiges Verhalten angesichts dessen, was Alice erzählte, ließ erahnen, wie sehr sich das England und Europa, das diese Leute gekannt hatten, verändert hatte.

Als Alice feststellte, daß alle anderen bereits mit der Suppe fertig waren, machte sie sich hastig daran, die ihre auszulöffeln. Schon wieder eine Abendgesellschaft! Die Gesichter und Häuser änderten sich, dennoch schien Alice dieselben Worte jeden Abend und jeden Tag im Verlauf einer endlosen Einladungsrundreise zu Abendessen und Teegesellschaften zu wiederholen. Wenn sie nicht gerade mit Wein, Essen oder dem Zeug vollgestopft wurde, das hier als Tee durchging, wurde sie bei Besichtigungsrundgängen durch die Station begleitet und mußte wiederum nie enden wollende Fragen beantworten. Wohl schon tausendmal zuvor hatte sie Julian Smedley verflucht, der die Olympier zumindest in die Ereignisse vor seiner Ankunft im Jahre 1917 hätte einweihen können; doch Julian hatte nicht über den Krieg reden können. Soweit Alice es mitbekam, hatte er seine Kampfmüdigkeit mittlerweile überwunden; trotzdem wollte jede Zuhörerschaft, daß sie alles von Anfang erzählte, mit dem Jahre 1914 anfing und eine umfangreiche Geschichtsstunde über die schlimmsten vier Jahre abhielt, die der Welt je widerfahren waren.

Alice legte den Löffel beiseite. Lakaien kamen herbei, um Suppenschüsseln vom Tisch zu nehmen und den Fisch aufzutragen. Euphemia hatte Olympus als Nachahmung eines Außenpostens des Weltreichs beschrieben – seit dem Tag ihrer Ankunft hatte Alice die gute Euphemia nicht mehr gesehen – und ja, Olympus besaß eine gewisse Ähnlichkeit mit Nyagatha, wo sie den Großteil ihrer Kindheit verbracht hatte, und noch größere Ähnlichkeit mit einigen der Nachbarstationen, die sie ein paarmal besucht hatte. Vereinzelt waren Ansätze von Britisch-Indien zu erkennen, an die sich sich noch verschwommen erinnerte. Die formelle Abendkleidung und die livrierten Diener wirkten vertraut, wenngleich die Eingeborenen hier so weiß waren wie die Sahibs.

Doch es gab auch Unterschiede, die Alice nicht alle so recht in Worte zu fassen vermochte. Ein Unterschied war jedenfalls das Zeitalter. Die Bewohner von Olympus schienen seltsam altmodisch, edwardianisch oder gar viktorianisch. Die Kleider der Frauen wirkten veraltet, das Gebaren gestelzt. Auch der Reichtum war übertrieben. Selbst in Indien lebten nur wenige Beamte der Regierung des Weltreichs so gut wie jeder einzelne dieser Menschen hier. Sie alle schienen etwa gleich alt zu sein. Nach einem prüfenden Blick durch das Eßzimmer der Chases – ›Speisesaal‹ wäre eine zutreffendere Beschreibung – entdeckte Alice niemanden, den sie als Frischling eingestuft hätte, aber auch keinen, der nach einem altgedienten Mitglied mittleren Alters aussah. Die Gesellschaft erinnerte sie an die Abendveranstaltung eines Rugbyklubs, an der sie vor dem Krieg einmal teilgenommen hatte.

»Erzählen Sie uns von diesen Panzerdingern!« forderte Prof Rawlinson sie vom anderen Ende des Tisches auf.

Gehorsam begann Alice über Panzer, Flugzeuge und Giftgas zu reden. Es schienen unangebrachte Themen für eine gepflegte Konversation beim Abendessen, doch man hatte Alice zwischen Nebelhorn Rutherford und Pinky Pinkney und gegenüber von

Jumbo Watson gesetzt. Allmählich durchschaute sie, wer in Olympus die Knöpfe drückte und die Fäden zog, und sie vermutete, daß diese drei den Grund ihrer Anwesenheit zur Sprache bringen würden: Edward. Sie wollte nicht über Edward reden.

Wenn dies ein Erholungsurlaub sein sollte, dann hatte er seinen Zweck bislang noch nicht erfüllt. Sie war bei Iris Barnes untergebracht worden, deren Gatte irgendwo auf Missionsrundreise unterwegs war, um die Heiden zu erleuchten. Auf prüde Weise war Iris ein recht angenehmer Mensch. Ihr Haus war außerordentlich gemütlich, wenngleich es den Wänden an ausreichender Schalldichtigkeit mangelte, und die Dame des Hauses zu höchst unchristlichen Zeiten männliche Besucher zu unterhalten pflegte. Egal – an ihrer Gastfreundschaft gab es nichts auszusetzen, und es war unbestreitbar angenehm, eine Armee von Dienern um sich zu haben, die nur darauf warteten, jede noch so leise Laune zu befriedigen. Aber entspannend? Nein, entspannend war es noch nicht. Die Reise auf diese Welt war eine schauerliche Erfahrung völliger Desorientierung gewesen, gefolgt von Übelkeit und Muskelkrämpfen. Die ersten paar Tage vermochte Alice sich tagsüber kaum wach zu halten, stellte jedoch bald fest, daß sie dafür nachts nicht schlafen konnte. Die ständige Müdigkeit, die sie seit ihrem Grippeanfall mit sich herumschleppte, belastete sie immer noch.

Der Fisch, eine Art Forelle, schmeckte köstlich. Alice wurde über Lebensmittelzuteilungen in Großbritannien befragt. Rotes Fleisch und roter Wein wurden gebracht. Der Wein hatte zwar nie Bordeaux gesehen, doch sie hatte schon schlechtere Tropfen getrunken. Man löcherte sie über den Krieg in Palästina und über den charismatischen Oberst Lawrence. Dann kamen die Süßigkeiten, ein Beerenkuchen mit Sahne – es sollte ihr leichtfallen, das verlorene Gewicht binnen kürzester Zeit wieder zuzulegen. Bald würden Fragen nach den U-Booten kommen.

Nein, doch keine U-Boote. Noch bevor die Lakaien vom Tisch zurücktraten, sagte Mr. Pinkney: »Übrigens, Mrs. Pearson, hat man Sie über die letzten Neuigkeiten hinsichtlich Ihres Cousins in Kenntnis gesetzt?«

»Nein.«

Plötzlich wurde es sehr still im Raum.

»Einer unserer Agenten ist heute abend eingetroffen. Kurz vor Einbruch der Dunkelheit. Exeter hat Joaltal über den Ragpaß verlassen. Das ist schon alles. Er befindet sich jetzt in Nosoktal.« Pinky Pinkney war ein ruhiger, pummeliger Mann, den Alice bereits als einen der Machthaber von Olympus erkannt hatte. Welchen Titel er bekleidete, wußte sie nicht, doch jeder schien sich ihm zu fügen, sogar der laute Nebelhorn Rutherford, der offiziell als Vorsitzender des Komitees galt, das den Dienst leitete – und dessen verkniffene Miene darauf schließen ließ, daß diese Neuigkeiten auch für ihn neu waren.

Alice spürte sämtliche Blicke auf sich ruhen. »Geht es ihm gut?«

»O ja. Jedenfalls hat es ganz den Anschein. Natürlich sind die Neuigkeiten etwa eine Woche alt. Er schart ziemlich viele Leute um sich.«

Alice stellte fest, daß sie Mr. Pinkney nicht mochte, weder sein seidenweiches, selbstzufriedenes Gehabe noch seinen Mittelscheitel. Ihr mißfiel seine Gewohnheit, mit geschlossenen Augen zu lächeln, ebenso sehr wie seine öffentlichen Verkündigungen, die stets wie eine Bombe einschlugen. Es hätte von besseren Manieren gezeugt, Neuigkeiten über einen vermißten Verwandten unter vier Augen weiterzugeben. Wenn sie ihn schon nicht mochte, brauchte sie auch keine Rücksicht auf seine Gefühle zu nehmen.

»Daran habe ich nie gezweifelt.«

Pinkneys Lächeln wirkte poliert wie das Silberbesteck. »Ach?«

»Edward hat seine Ziele seit jeher sorgfältig gesteckt und sie immer erreicht.«

»Aber was genau ist diesmal das Ziel, hm? Das würden wir alle gern wissen. Verstehen Sie das?«

Alice zuckte die Schultern. »Ich weiß auch nicht mehr als Sie, wahrscheinlich sehr viel weniger.« Sie schaute ihre Gastgeberin an. »Dieser Kuchen ist vorzüglich! Was für Früchte sind das?«

»Hummerbeeren«, antwortete Mrs. Chase mit äußerst tonloser Stimme und ohne zu lächeln.

»Dann schmecken sie besser, als ihr Name vermuten läßt!« Alice wollte sich gerade einen weiteren Bissen in den Mund schieben, als ihr bewußt wurde, daß alle sie beobachteten. Die Bühne gehörte Pinky, und alle warteten auf ihn. Er hingegen wartete offenbar auf Alice. Sie schob sich das Stück Kuchen trotzdem in den Mund.

»Was wir nicht verstehen, Mrs. Pearson«, ergriff Pinky das Wort, »und wir hoffen, daß Sie es uns begreiflich machen können ... weshalb hat Ihr Cousin Zath den Krieg erklärt? Dem sogenannten Gott des Todes. Dem selbsternannten Gott des Todes, hm? Eher würde es ihm gelingen, den Tower von London mit einer Brechstange einzureißen. Was er vorhat, läuft auf sicheren Selbstmord hinaus.«

Alice schluckte den Bissen. »So wie ich die Sache

sehe, war es Zath, der ihm den Krieg erklärt hat, noch bevor er überhaupt geboren wurde. Nie und nimmer, unter keinen Umständen glaube ich, daß Edward Selbstmordgedanken hegt. Er würde sich höchstens dann auf etwas außergewöhnlich Gefährliches einlassen, wenn er der Meinung wäre, das Ziel sei es wert.« Sie ging zum Angriff über. »Erklären Sie mir mal, wie diese Geschichte mit dem Mana läuft. Ich weiß, daß er es von seinen Anhängern sammeln kann, und daß es in großen Mengen wie Zauberei wirkt. Ebenso weiß ich, daß Zath angeblich mehr davon besitzt als jeder andere. Mal angenommen, Edward würde ihn zum Zweikampf herausfordern? Was geschieht dann? Schleudern Sie Blitz und Donner aufeinander?«

Pinky runzelte die Stirn und trommelte mit den Fingern auf das Tischtuch. »Vielleicht, wenn er je soweit käme. So mancher Fremde hat auf diese Weise bestimmt schon Eingebore getötet. Doch es kommt ausgesprochen selten vor, daß ein Fremder unmittelbar auf einen anderen Fremden losgeht. Ein Zweikampf, wie Sie es genannt haben. Ich bin nicht sicher, ob ich Ihre Frage wahrheitsgemäß beantworten kann.« Er zögerte; dann drehte er den Kopf, um den Tisch hinunterzublicken. »Prof? Du bist doch Fachmann für solche Angelegenheiten.«

Der Prof gerufene Mann war schlank und rotblond und besaß ein pingeliges, belehrendes Gebaren. Alice war bereits zu dem Schluß gelangt, daß er kein Rädelsführer war, denn die Leute würden wohl seinem Gedächtnis und Verstand vertrauen, nicht jedoch seinem Urteilsvermögen.

Er machte den Eindruck, als müßte er eigentlich durch dicke Brillengläser in die Welt schauen, doch keiner der Olympier trug Brillen. Nun strahlte er ob der unverhofften Aufforderung, einen Vortrag zu halten, übers ganze Gesicht.

»Viel wissen wir nicht darüber. Das meiste ist bloß Hörensagen. Daß es Blitz und Donner gibt, bezweifle ich, denn man braucht genauso viel Kraft, um einen Blitz zu schleudern, wie um einen abzublocken. Beide Seiten würden Mana verlieren ... Natürlich unter der Voraussetzung, daß die Gegner einigermaßen ebenbürtig sind, was in diesem Fall nicht zuträfe. Ich glaube, es wäre eher wie Armdrücken – beide drücken, bis einer in die Knie geht. Dann ist der Verlierer der Gnade des Siegers ausgeliefert.«

Pinkney feuerte ein schmieriges Hab-ich-Ihnen-doch-gesagt-Lächeln auf Alice ab. »Zath kennt keine Gnade.«

Niemand aß weiter; alle warteten auf Alices Antwort und daß sie etwas sagte wie: »Ach du meine Güte, dann sollte ich lieber losziehen, um Edward zu suchen und ihm zu raten, sofort damit aufzuhören.«

Verflucht sollte sie sein, wenn sie das täte. Was immer Edward im Schilde führte, er hatte seine Entscheidung auf jeden Fall genau überdacht und eiskalt eine nüchterne Entscheidung getroffen. Es ging sie nicht das geringste an, und sie würde sich unter keinen Umständen einmischen.

Alice wandte sich über den Tisch hinweg an Prof Rawlinson. »Wie überaus fesselnd! Aber wohin verflüchtigt sich das Mana? Wenn ich ... sagen wir, ich habe fünf Pfund Mana, Sie haben sieben, und ich fordere Sie zum Zweikampf heraus. Sie gewinnen, also habe ich kein Mana mehr übrig und Sie noch zwei? Pfund Mana, meine ich.«

Prof blinzelte ein paarmal. »Nein, das glaube ich

nicht. Vielmehr glaube ich, Sie hätten keines mehr und ich hätte zwölf.«

Die Bemerkung rief ein paar erstaunte Blicke hervor.

Das Nebelhorn ertönte wieder. »Tatsächlich? Bist du sicher, alter Freund?«

»Ziemlich sicher.«

»Verdammt! Also ist es nicht nur höchstwahrscheinlich, daß Exeter stirbt, er wird Zath überdies noch stärker als je zuvor machen?«

Auch Pinkney schien Zweifel zu hegen. »Woher willst du das wissen?«

Der Prof zuckte die Schultern. »Ich hab' gesagt, es sind bloß Gerüchte. Dann stellt es euch eben nicht als Armdrücken vor, sondern an Tauziehen. Der Gewinner kriegt das ganze Seil. Das ist das Große Spiel!« beteuerte er aufgebracht, da er offenbar spürte, daß man an seinen Worten zweifelte.

Alice entdeckte ein Loch in der Verteidigung und stieß nach. »Nun, Sie geben zu, daß Sie nicht sicher sind. Vielleicht weiß Edward ja etwas, das *Sie* nicht wissen?«

Die Bemerkung löste ringsum Naserümpfen und spießige Blicke aus. Die Speisenden wandten die Aufmerksamkeit dem Hummerbeerenkuchen zu.

»Ich glaube, Prof hat recht!« Die Stimme kam von einer umwerfenden, blonden Frau, die Rawlinson unmittelbar gegenübersaß. Alice kramte in ihrem Gedächtnis nach dem Namen ... Olga Irgendwer. »Vor Jahren hat einer von Tions Lakaien die Seiten gewechselt, und Tion ging ihm dafür ans Leder. Später hat er mir gegenüber geprahlt, er hätte *den Mistkerl völlig ausgelutscht*.«

Diesmal zeigte sich die Mißbilligung noch allgemeiner. Alice fragte sich, weshalb dem so war und versuchte eine weitere Breitseite. »Ist Tion der, den man den Jüngling nennt? Ich wußte gar nicht, daß Sie mit der Gegenseite auf Du und Du stehen.«

»Da wir gerade von Neuigkeiten reden«, mischte Jumbo Watson sich lautstark dazwischen, »Ihr habt doch alle von unserem armen Doc gehört, oder? Wißt Ihr, er wurde verhaftet. Unten in Randortal haben Störenfriede ein Treffen überfallen ...«

Ein seltsamer Schauder schien die Gesellschaft zu durchrieseln. Jeder Kopf drehte sich und starrte in dieselbe Ecke des Raumes, wie zwei Reihen Wetterhähne in einer plötzlichen Bö. Alice erzitterte, als hätten eiskalte Finger ihre Haut berührt. Dann entspannten sich alle; die Gespräche wurden wieder aufgenommen, und interessierte sich noch für das Problem in Randortal.

»Was?« fragte Alice, verärgert darüber, die einzige zu sein, die das Geheimnis nicht kannte.

Ihr gegenüber lachte Jumbo auf. »Haben Sie das gespürt, Mrs. Pearson? Wir befinden uns hier gerade noch innerhalb des Knotens. Soeben ist jemand angekommen.«

»Angekommen? Von zu Hause, meinen Sie?«

»Woher sonst? Selbstverständlich ist der Knoten ein Tor. Wenn Menschen durchkommen, strahlt es so eine Art Flimmern aus. Haben Sie es gespürt?«

»Die Montgomerys«, verkündete Nebelhorn laut. »Deren Rückkehr ist fällig. Wer ist als nächster eingeteilt?«

Die Olympier saßen angesichts der Aussicht auf Heimaturlaub allesamt wie auf glühenden Kohlen – wie Kinder, die darauf warten, bis sie bei einem Ponyritt an der Reihe sind. Überall am Tisch waren angeregte Gespräche aufgeflammt. Die unangenehme Angelegenheit in Randortal war gottlob vergessen; selbst Edward war vergessen. Alice war erleichtert, endlich von der Bühne abtreten zu dürfen, doch sie war sauer auf Mr. Jumbo Watson, weil er auf so plumpe Art und Weise eine Antwort auf ihre an Olga wieauchimmer gerichtete Frage vereitelt hatte.

Außerdem fand Alice, der Vorfall in Randortal verdiente ernsthaftere Zuwendung. Sie hatte die Nachricht am Vortag erfahren, und zweifellos wußte auch jeder andere darüber Bescheid. Einen der ihren, einen gewissen Dr. Mainwaring, hatte man in den Kerker geworfen, und mindestens ein Dutzend einheimischer Bekehrter waren getötet oder verletzt worden. Wäre sie ein Mitglied des Dienstes, würde sie unbedingt erfahren wollen, welche Schritte unternommen wurden. Sie hatte die Frage sogar mehrmals gestellt, doch ohne eine Antwort zu erhalten. Wäre sie bloß ein Gast auf Urlaub, ginge sie das rein gar nichts an, doch wenn man schon versuchte, sie um jeden Preis in die Querelen mit Edward zu verwickeln, dann hatte sie sehr wohl ein Recht zu erfahren, was für ein Verein der Dienst war und welchen Schutz er seinen eigenen Leuten zu bieten vermochte.

Für ihre Begriffe umfaßte ›Leute‹ dabei auch Einheimische.

Sie aß ihre Nachspeise, tupfte sich mit einer Serviette die Lippen ab und wartete, bis sie Jumbos Aufmerksamkeit erlangte.

Edward hatte Jumbo Watson öfter als einmal erwähnt. Liebenswert, hatte er gesagt, angenehme Gesellschaft, vor vielen Jahren ein Freund von Onkel Cam, möglicherweise aber ein Verräter. Ja, er war liebenswert. Von den Olympiern, die Alice kennengelernt hatte, war er bislang der einzige, auf den diese Beschreibung zutraf. Sie genoß seinen Humor. Alice konnte sich durchaus vorstellen, Jumbo Watson als Freund zu betrachten, wäre sie ganz sicher, daß er sich vom Makel des Verrats reingewaschen hatte, und in der Hinsicht würde sie sich nur auf Edwards Wort verlassen.

Er beendete, was er gerade zu Hannah Pinkney sagte, und bemerkte, daß Alice ihn musterte.

»Erzählen Sie mir von Randortal«, forderte sie ihn auf. »Was wollen Sie wegen Dr. Mainwaring unternehmen?«

Jumbos langes Gesicht schien noch länger zu werden.

»Offen gesagt, Mrs. Pearson, haben wir keine Ahnung, was wir tun können. Wissen Sie, wir sind hier keine Vertreter Ihrer Majestät. Wir besitzen keine wie auch immer geartete rechtmäßige Befehlsgewalt. Eigentlich eher umgekehrt. So weit es das Gesetz angeht, sind wir Ketzer, und das bedeutet, wir sind Verbrecher. Uns stehen keine rechtlichen Mittel zur Verfügung, und jedwedes ungesetzliche Vorgehen scheint alles andere als vielversprechend. Am aussichtsreichsten wäre vermutlich der Versuch, die Wachen zu bestechen, damit sie Alistair fliehen lassen. Das wollen wir als erstes probieren.«

»Doch hoffentlich recht bald, oder?« Noch während sie die Worte aussprach, erkannte sie, daß sie anmaßend war, Jumbo aber lächelte nur.

»Unsere Leute sind bereits unterwegs dorthin.«

»Und was ist mit den Einheimischen, die ...«

Ein donnergleiches Krachen aus Richtung der Küche, ähnlich dem Geräusch eines zu Boden scheppernden Tabletts voller Geschirr. Mehrere Stimmen kreischten auf. Türen knallten. Wieder wirbelten sämtliche Köpfe im Einklang herum.

Durch die Bedienstetentür schritt eine große, in Schwarz gehüllte Gestalt herein, zu groß, um eine Frau zu sein.

Der Saum der Robe strich über den Boden, lange Ärmel verbargen die Hände. Der Mann hielt inne und verschränkte die Arme vor der Brust. Obwohl er den Kopf aufrecht hielt, glich das Gesicht in der Kapuze einem verschwommenen Schemen. Dennoch schien er die Anwesenden mit unsichtbaren Augen zu durchbohren.

Nach einer Schrecksekunde brach Tumult los. Die rothaarigen Diener kreischten gellend auf und flohen. Einer hechtete schnurstracks durchs Fenster, daß die Scheibe nur in tausend Scherben barst. Stühle kippten, als die um den Tisch Versammelten aufsprangen. Zwei oder drei Männer und mindestens die Hälfte der Frauen verschwanden jäh und gänzlich von der Bildfläche. Kristall, Porzellan und Silberbesteck klirrte und schepperte auf den Parkettboden. Schritte und Schreie verhallten in der Ferne und ließen Stille zurück.

Alice rührte sich nicht von der Stelle; sie war zu erstaunt, um sich zu bewegen und somit die einzige, die noch saß.

»Der Anführer?« verlangte der Neuankömmling zu erfahren. »Wer von euch ist der Anführer?«

Nebelhorn befand sich auf der entfernten Seite des Tisches, neben Alice. Sein fleischiges Antlitz präsentierte sich aschfahl; er hob eine umgefallene Kerze auf und steckte sie zurück in den Halter, bevor sie ein Feuer auslösen konnte.

»Ich bin derzeit Vorsitzender, Sir. Rutherford. Bernard Rutherford, zu Ihren Diensten. Ich glaube, wir wurden einander noch nicht vorgestellt, oder?«

»Ich bin Zath«, erklärte der Eindringling barsch.

Hannah Pinkney sank bewußtlos zusammen. Mit bemerkenswerter Schnelligkeit und Kraft fing Jumbo sie auf. Behutsam senkte er sie auf einen Stuhl, als wöge sie kaum mehr als eine Decke.

»Guten Abend, Exzellenz«, sagte Nebelhorn in für ihn ungewöhnlich leisem Tonfall. »Da Sie schon mal hier sind, dürfen wir Ihnen ein Glas Wein anbieten?«

»Nein.«

Rutherford setzte sich wieder. Sofort taten die anderen es ihm gleich. Wer den eigenen Stuhl umgeworfen hatte, suchte sich einen noch stehenden. Nebelhorn lehnte sich zurück und musterte die furchteinflößende Gestalt. »Dann nennen Sie uns bitte Ihr Anliegen.«

Immer noch zeigte sich das Gesicht nur als dunkler Fleck, in dem das Augenpaar noch dunkler wirkte; trotzdem strömte das Wesen Verachtung aus. »Ich bin gekommen, um euch aufzufordern, euren Hund an die Leine zu rufen oder den Preis dafür zu zahlen. Ich werde Olympus und jede Seele darin für sein Verhalten büßen lassen.«

»Unseren Hund? Gehe ich recht in der Annahme, daß Sie sich damit auf Mr. Edward Exeter beziehen, gemeinhin als der Befreier bekannt?«

Wunderbar! So laut, oft sogar widerlich Rutherford sonst auch sein mochte, diese Bemerkung hatte vortrefflich gesessen. Alice verspürte das wahnwitzige Verlangen zu applaudieren.

»Ja, deine Annahme trifft zu!« knurrte Zath. »Tut, was ihr wollt, aber haltet ihn auf! Oder ich verwandle dieses Tal in ein glühendes Aschefeld.«

Nebelhorn unterdrückte ein Gähnen. »Ich fürchte, da hat man Sie falsch unterrichtet, Exzellenz. Edward Exeter gehört nicht zu uns. Keiner von uns hat ihn seit Jahren gesehen, wie Ihnen Ihre Spione gewiß mitgeteilt haben. Er hat sich sozusagen selbständig gemacht. Bitte richten Sie Ihre Beschwerden an ihn persönlich.«

»Dann kann ich euch also ebenso gut gleich niedermetzeln?«

Nebelhorn zuckte die Schultern. Allmählich kehrte Farbe in sein Gesicht zurück. »Ich bin sicher, das könnten Sie – aber seien Sie gewarnt, daß dieser Hügel ein Knoten ist, und daß jeder von uns in der Überzeugung sterben wird, für Edward Exeters Sache das Leben gelassen zu haben. Wollen Sie wirklich Märtyrer aus uns machen?«

Stille – als wäre diese Belanglosigkeit aus irgendeinem Grund eine Drohung gewesen.

Der Gott des Todes grollte tief in der Kehle. »Ich habe euch gewarnt. Denkt an meine Worte!«

Er verschwamm wie eine Rauchsäule und – fort war er. Alice spürte den eisigen Hauch des Todes auf der Haut. Einen Augenblick hielt die Spannung noch an, während die Gehirne der Anwesenden diese wundersame Rettung verdauten, dann schienen sie alle zugleich auszuatmen.

»Sehr gut gemacht, alter Kumpel«, lobte Jumbo.

»Verdammt guter Auftritt!« pflichtete Pinkney ihm bei. Er stand auf und eilte zu seiner Frau, obwohl einige der Damen bereits bei ihr waren. »Hättest du wohl einen Tropfen Branntwein bei der Hand, Larry?«

Der Gastgeber öffnete den Mund und rief: »Tramline!«

Alice fragte sich, weshalb sie keine größere Furcht

empfunden hatte. Eigentlich konnte sie sich nicht besinnen, überhaupt Angst gehabt zu haben, obwohl sie ein wenig zitterte. War ihr die ganze Scharade zu unwirklich erschienen oder hatte ihr Verstand sich in den Schockzustand geflüchtet?

»So ein Erzflegel!« schimpfte Nebelhorn. Mittlerweile war sein Gesicht hochrot angelaufen. »Was hältst du von der Sache, Prof? Prof?«

Rawlinson war nicht mehr da.

Der Diener trippelte herein, die Züge so weiß wie sein gestärktes Hemd, das kupferfarbene Haar zerzaust. Er trug ein Silbertablett mit einer Karaffe und einem Dutzend Gläsern, die klirrten, als er alles abstellte.

»Hervorragend mitgedacht, Tramline!« lobte Chase seinen Diener aufs herzlichste. »Ich glaube, wir könnten alle einen Schluck gebrauchen. Ist hinten irgend jemand verletzt?«

»Ein paar Schnitte, *Tyika*. Nichts Ernstes.«

»Dann gib auch allen Helfern ein Gläschen, ja? Heute gibt´s erst mal ´ne Runde zu trinken. Morgen früh reden wir über eine Prämie für die Bediensteten.«

Inmitten des allgemeinen Tumults, der nach und nach einsetzte, stellte Alice fest, daß Jumbo sie fragend anstarrte.

Seine Augen funkelten.

»Abgesehen von dem Vorfall, Mrs. Pearson, wie gefallen Ihnen Ihre Ferien?«

Alice hatte den Großen Krieg durchgestanden; sie würde keinesfalls zulassen, daß diese Buschsiedler sie an stoischer Gelassenheit übertrafen. »Meine Ferien sind höchst bemerkenswert, Mr. Watson.«

»Ja, das sind sie bestimmt, nicht wahr?« Er griff zum Tablett hinüber, wo Tramline Branntwein ausschenkte, und reichte Alice mit verschwörerischem Grinsen ein Glas.

Alice stellte es behutsam ab und hoffte, daß ihre Hände dabei nicht allzu deutlich bebten. Sie wartete, bis Jumbo selbst ein Glas bekam, dann hob sie das ihre, um mit ihm anzustoßen.

Die beiden lächelten einander an und tranken gleichzeitig.

Die anderen ringsum unterhielten sich lautstark, begutachteten den Schaden, hoben Trümmer auf und schluckten Branntwein. Alice und Jumbo saßen sich gegenüber und schenkten all dem keine Beachtung.

»Es ist Ihnen wahrscheinlich nicht aufgefallen«, begann er, »aber dieser kleine Zwischenfall hat Prof Rawlinsons Ansicht soeben bestätigt.«

»Erklären Sie mir das.«

Er lächelte süßsauer. »Als dieser Störenfried hier hereingeplatzt ist, dachten wir alle, er wäre ein Schnitter. Den meisten von uns ist es gelungen, ein wenig Mana anzuhäufen, wie Sie vermutlich wissen. Die Hälfte von uns hat das Hintertürchen verwendet – sich davongezaubert, was nicht allzu schwierig ist, wenn man sich wie hier auf einem Knoten befindet. Wir anderen haben versucht, dem Dreckskerl eins vor den Latz zu knallen, wenn Sie mir die thargische Ausdrucksweise gestatten.«

Alice trank einen weiteren Schluck Branntwein und spürte, wie das Naß zunächst in ihrem Mund prickelte und dann warm die Kehle hinunterrann. »Und?«

Er schaute sich um. »Ich weiß ja nicht, wie es bei den anderen ist, aber meine ist einfach verpufft. Meine Macht, meine ich – sie ist verschwunden. Da wußte ich, daß wir es mit mehr als bloß einem Schnitter zu tun hatten. Es hat sich angefühlt, als hätte Zath das Mana abgesaugt, genau wie Prof gesagt hat. Hochinteressant!«

»Ich wußte gar nicht, daß Zath ein Landsmann ist. Das finde ich, gelinde gesagt, ziemlich enttäuschend.«

»Wie kommen Sie darauf?« Jumbo leerte sein Glas und brachte es irgendwie zustande, gleichzeitig den Kopf zu schütteln. »Oh, die Sprache? Glauben Sie bloß nicht, er sei einer von uns. Jedenfalls hoffe ich das nicht! Er hat kein Englisch gesprochen. Das war Zungenreden, Glossolalie. Man braucht kaum Mana, um jemanden glauben zu machen, er höre seine Sprache. Buch der Taten, Kapitel zwei, wenn ich mich recht entsinne. Ich habe das selbst schon ein, zweimal gemacht. Aber was sollen wir nun von diesem seltsamen Ereignis halten, Mrs. Pearson?« Jäh zog er eine Augenbraue hoch.

»Ich kann nicht glauben, daß der Dienst vor den derben Drohungen eines offensichtlichen Flegels die Waffen streckt.«

»Aber nicht mal annähernd! Zath hat sich soeben Verbündete zu Feinden gemacht; wenn er das nur wüßte! Mehr als das, Mrs. Pearson, würden Sie nicht auch sagen, unser tödlicher Freund hat die Hosen gestrichen voll?« Er verengte die Augen mit einem Lächeln, das wahre, dicht unter der Oberfläche brodelnde Erregung durchschimmern ließ.

»Mir drängt sich der starke Verdacht auf«, erwiderte Alice ernst, »daß Edward ihm eine Scheißangst einjagt – wenn Sie mir die joalische Ausdrucksweise gestatten.«

Die anderen Versammelten schenkten ihnen nach wie vor keine Beachtung. Nebelhorn wurde seinem Namen voll und ganz gerecht und übertönte bei einem heftigen Streitgespräch zwei andere Männer und diese Olga. Die Pinkneys hatten sich auf den Weg nach Hause begeben, andere auf die Suche nach vermißten Partnern. Neuankömmlinge strömten herein, Männer in Fracks, Männer in Morgenröcken, einige mit Schwertern, und alle wollten wissen, was denn los sei. Die Diener hatten beinahe alles wieder in Ordnung gebracht, mit Ausnahme des Durcheinanders auf dem Tisch zwischen Alice und Jumbo, das zu beseitigen sie bislang unterlassen hatten.

»Was halten Sie davon, Mr. Watson?«

»Ich will wissen, was Exeter vorhat, daß es seinen Gegner dermaßen verängstigt. Offensichtlich hatten Sie recht. Zath betrachtet ihn keineswegs als die Witzfigur, für die wir ihn gehalten haben.« Jumbo verfiel in Schweigen, wobei er sich unbewußt die vorspringende Nase rieb. Fragte er sich, ob er hinsichtlich des *Filoby-Testaments* grundsätzlich falsch gelegen hatte? Was bedurfte es, um nach dreißig Jahren die Meinung eines Menschen zu ändern? »Hauptmann Smedley war der Ansicht, Exeter könnte ein, zwei Asse im Ärmel haben«, murmelte er, mehr zu sich selbst als zu Alice.

»Also wollen Sie losziehen, um Edward einen Besuch abzustatten?«

Mit einem herausfordernden Leuchten in den Augen schaute er auf. »Jemand sollte ihm mitteilen, was heute abend hier geschehen ist. Im Pferch stehen zwei Drachen, und der Mond scheint ziemlich hell.«

»Nur zwei?«

Jumbo stemmte sich auf die Füße. »Nur zwei. Ich gehe mich umziehen, packe eine Tasche und breche auf. Keine unterzeichneten Aufträge, keine Streitgespräche, kein Abschied.«

Keine Bedingungen, keine Fragen, nur Herausforderung. Das hätte sie von Jumbo erwarten sollen. Wenn er ein Verräter war ... wenn Edward dachte, Jumbo wäre ein Verräter, würde er die Botschaft nicht glauben, die Jumbo überbrachte. War er kein Verräter, bestand keine Gefahr. Zu ihrem Erstaunen – vermutlich gab der Branntwein den Ausschlag – erhob sich auch Alice. »Klingt nach einem ausgezeichneten Plan. Gehen Sie voraus, mein lieber Watson.«

26

Dosh lehnte schon eine ganze Weile an dem Felsblock, beobachtete, wie der große Trumb über der wasserdurchsetzten Landschaft der Niolebene aufging und überlegte, ob der Mond sich wohl vor Sonnenaufgang verfinstern würde. Außerdem hatte er das sternengleiche Funkeln der Feuer im Lager der Pilger auf der Weide betrachtet und darüber nachgedacht, wie viele gut gebaute Jungfrauen und zarte Jünglinge sich dort unten befinden mochten und wie lange er diese ungewohnte Keuschheit noch durchhalten würde, die er sich aufgebürdet hatte. Und er hatte sich gefragt, wieso er nicht den Wunsch hegte, sich von diesem wandernden Gebetsverein abzusetzen, bevor er in ein ausgewachsenes Blutbad und eine Katastrophe schlitterte.

»Dosh?« flüsterte eine Stimme, und er zuckte zusammen wie eine Grille.

Er hatte niemanden herannahen gehört. Natürlich war es D'ward, doch er hatte seine Priesterrobe abgelegt und trug lediglich einen Lendenschurz. Im gespenstischen, grünen Licht schimmerten seine Glieder und sein Brustkorb gespenstisch fahl. D'ward in Verkleidung verhieß beträchtlichen Ärger. Hatte auch er beschlossen, sich zu verdrücken, so lange er noch die Gelegenheit hatte?

»D'wa – Befreier?«

»Wie sind deine Beine heute nacht?«

»Wunderschön wie immer.«

Ein Kichern. »Das habe ich nicht gemeint, du alter Schuft. Kannst du vor Sonnenaufgang bis Niol und zurück laufen?«

Früher hätte ich das gekonnt. »Ich kann's versuchen.«

»Dann los!« D'ward drehte sich um und begann, in großen Sätzen den Hügel hinunterzurennen.

Der sich als tückisch und steinig erwies, aber als sie den Pfad erreichten, gelang es Dosh, mit D'ward gleichzuziehen. Der Befreier legte eine immense Geschwindigkeit vor, falls er tatsächlich beabsichtigte, sie die ganze Nacht beizubehalten.

»Ich hab' gar nicht gewußt, daß du auch ein Läufer bist.«

»Gut möglich, daß ich ein wenig schummeln muß.«

Was sollte das denn bedeuten? Dosh fügte seiner ohnehin bereits ellenlangen Liste von Fragen eine weitere hinzu, doch bevor er Gelegenheit hatte, eine dieser Fragen zu stellen, sagte D'ward: »Das hier könnte gefährlich werden.«

»Hab' ich mir irgendwie schon gedacht. Bei wem wollen wir denn vorbeischauen?«

»Bei Visek.«

»Große Götter!«

»Nein, sind sie nicht.«

Sie liefen etwa eine Meile weiter, während Dosh diese verblüffende Entwicklung im Geiste abwog und sich fragte, weshalb er nicht längst auf dem Absatz kehrt gemacht und die entgegengesetzte Richtung eingeschlagen hatte. Jetzt wußte er, wieso der Befreier seine Leibwächter nicht mitgebracht hatte – gegen den Vater war die Kriegsbande nutzlos. Aber gefährlich? Das schien eine Untertreibung sondergleichen. ›Selbstmörderisch‹ wäre treffender. Der Befreier konnte allenfalls darauf hoffen, daß man ihm wegen Gotteslästerung nur die Zunge herausschnitt; sein Helfershelfer konnte sich glücklich schätzen, wenn er mit lebenslänglich in den Minen davonkam.

»Dies könnte ein Wendepunkt werden«, meinte D'ward.

»Oder ein Endpunkt.«

»Sicher. Aber es dürfte auf jeden Fall interessant werden. Zumindest dachte ich, es würde dich interessieren. Ich wüßte deine Gesellschaft zwar zu schätzen, aber kehr ruhig um, wenn du willst.«

Sie liefen weiter. Die Gehöfte, an denen sie vorüberkamen, präsentierten sich dunkel. Niemand sonst befand sich auf der Straße. Trumb erhellte die Welt mit fremdartig anmutendem Licht, das sich in Teichen, Kanälen und Gräben widerspiegelte, während der rote Mond gerade erst hinter ihnen aufging. Nioltal bei Nacht war erfüllt vom schweren Duft feuchten Pflanzenwuchses.

Dosh hatte den toten Punkt überwunden. Endlich hatte er D'ward einmal für sich allein und würde vielleicht ein paar Antworten erhalten. »Dem *Filoby-Testament* zufolge sollte der Befreier vor fünf Jahren auf diese Welt kommen und von jemandem namens Eleal gepflegt werden – unterstützt von einer Tochter Irepits.«

»So ist es geschehen.«

»Also hast du gewußt, daß es einen Gott – Zauberer – gab, der auf deiner Seite war?«

D'ward kicherte.

»Damit rückst du zum Klassenbesten auf. Nein, du warst schon immer Klassenbester. Du hast recht. Nachdem ich beschlossen hatte, es aufzugeben, mich gegen die Prophezeiungen zu sträuben und der Befreier zu werden, bin ich als erstes zurück nach Thargtal, um unserem alten Freund Prylis noch einmal einen Besuch abzustatten. Er hat mir geholfen, meine Pläne zu schmieden. Dann bin ich nach Norden gereist, nach Rinootal und zu Irepit. Sie hat mir ihre Hilfe zugesagt. Außerdem hat sie mich nach Joal geschickt, um ihre Chefin zu treffen.«

»Chefin? Du meinst die Jungfrau?«

»Selbstverständlich. Astina war mir keine allzu große Hilfe – sie ist derzeit die schwächste der Fünf und ziemlich beunruhigt. Aber sie hat versprochen, sich um sämtliche Schnitter zu kümmern, die Zath mir in Joaltal unter Umständen auf den Hals hetzt.«

Das erklärte eine Menge. Dosh lief weiter und hörte nur ihrer beider Atem, das Klatschen ihrer Füße im Dreck und den Gesang von Nachtigallen in der Ferne. Am Himmel hingen keine Wolken, und nur wenige Sterne konnten es mit Trumbs Leuchtkraft aufnehmen.

»Also sind diese Hirnverbrannten, die behaupten, ehemalige Schnitter zu sein ...«

»Mach dich nicht über sie lustig! Bemitleide sie lieber. Astina hat sie von ihrem Bann befreit – sie sind echt. Sie müssen mit gräßlichen, entsetzlichen Erinnerungen leben.«

Ihr Problem, dachte Dosh, nicht meines. »Das war in Joaltal. Was ist mit Nosoktal?«

»Auch dort. Astina hat versprochen, mir das Leben im gesamten Joalreich zu bewahren. Dasselbe gilt für Irepit in Rinootal. Sie haben mir Zeit verschafft, das Befreier-Boot vom Stapel zu lassen.«

»Und hier in Nioltal?«

»Hier bin ich auf mich allein gestellt. Erinnerst du dich, wie ich dich davor gewarnt habe, hier würden wir mit echtem Geld spielen? Solltest du irgendwelche schwarzen Schatten sehen, die sich bewegen, dann sag's besser sofort.«

Dosh spürte, wie ihm der Schweiß auf der Haut gefror. Um ein Haar wäre er auf der Stelle umgekehrt.

»Mit einem werde ich wahrscheinlich fertig« – keuchte D'ward – »vielleicht auch mit zweien.«

»Niemand kann einen Schnitter aufhalten.«

»Stimmt nicht. Hab' mal einen getötet ... mit einem Stein.«

Unmöglich! Doch D'ward sparte sich den Atem fürs Laufen und beantwortete keine Fragen mehr.

Der größte Tempel der Täler befand sich ein kurzes Stück nördlich von Niol, einer der drei größten Städte. Die Läufer näherten sich ihm von Südwesten her und verlangsamten die Schritte auf Gehgeschwindigkeit, als sie die heilige Stätte erreichten. Auf dem ganzen Weg waren sie keiner Menschenseele begegnet. Die Nacht war ausgesprochen still – in Doshs Augen unheilverkündend still. Trumbs große Scheibe kroch beinahe voll über den Himmel und würde sich vor Sonnenaufgang gewiß noch verfinstern. Eine Verfinsterung des grünen Mondes galt als sicheres Omen für Schnitter.

»Bist du schon mal hier gewesen?« D'ward hinkte,

keuchte, und Schweiß schimmerte silbrig auf seiner Haut, doch Dosh erging es keinen Deut besser.

»Klar.«

»Beschreib mir den Ort.«

Zwischen gekeuchten Atemstößen versuchte Dosh, dem Tempel Viseks gerecht zu werden. Die unzähligen kleineren Gebäude – Schreine, Kasernen, Büchereien, Hochschulen, Refektorien, Schlafsäle, Sternwarten – verteilten sich über Hunderte von Hektar gepflegten Parkgeländes, gesprenkelt mit Seen und Tümpeln. Hier mußten an die drei- oder viertausend Priester und Priesterinnen, Mönche und Nonnen leben.

»Ist das Hauptheiligtum dort drüben?« fragte D'ward und wies mit einem langen Arm die Richtung.

»Wahrscheinlich. Ja, ich glaube schon. Woher weißt du das?«

»Ich kann die Heiligkeit spüren. Wie sieht es aus?«

»Säulen. Rechteckig angeordnete Säulen, die eine Oberschwelle stützen, aber kein Dach. Aber es sieht ganz anders aus als Karzons häßliches Ding in Tharg! Viseks Tempel ist größer, aus weißem Marmor, atemberaubend. Eines der Weltwunder.«

Sie schlenderten einen von nachtduftenden Büschen und großen Standbildern gesäumten Prunkpfad entlang. Doshs beunruhigter Verstand gaukelte ihm vor, daß jene geheimnisvollen Figuren sehr an lauernde Schnitter erinnerten, obwohl er sich beharrlich einzureden versuchte, Zath würde es nicht wagen, an diesem Ort auf Opferjagd zu gehen.

»Gibt's einen Altar?« erkundigte sich D'ward. »Ein Allerheiligstes?«

»Keine Ahnung.«

»Wo ist der Gott dann?«

»Sie sind in der Mitte.«

Nach einer Weile kicherte D'ward. »Visek – der Vater *und* die Mutter? Weißt du, Joalisch ist schon eine praktische Sprache! ›Visek‹ ist ein unwirklicher Begriff, so daß er, auf eine Person bezogen, für männlich oder weiblich, Einzahl oder Mehrzahl stehen kann ...«

»Das gilt für alle Sprachen: Sussisch, Randorisch, Nagisch, Thargisch ...«

»Ich kenne ein paar, bei denen das nicht so geht, aber red' ruhig weiter. Wo sind sie?«

»In der Mitte. Auf dem Thron oben an den Stufen. Rücken an Rücken. Kommt man von dieser Seite rein, steht man dem Vater gegenüber. Von der anderen Seite sieht man die Mutter.« Dosh deutete mit dem Finger. Sie waren um eine Kurve gebogen, wodurch der Haupttempel in Sicht geraten war, der sanft im Mondlicht schimmerte. Selbst auf die Entfernung war die Größe des Bauwerks offensichtlich, gewaltiger noch als in Doshs Erinnerung. Die Bäume wirkten im Vergleich dazu winzig.

»Hmpf!« murmelte D'ward bewundernd. »Dann gehen wir eben den Vater an. Oder willst du lieber draußen warten?«

O nein! Dafür hatten sich die in den Gärten lauernden Schatten allzu deutlich in Doshs Bewußtsein gebrannt. Seine Haut kribbelte, und er wollte dicht beim Befreier bleiben. Also lief er einfach weiter und versuchte, mit den gewaltigen Schritten seines Gefährten mitzuhalten.

Als sie sich den Säulen näherten, machte er innerhalb des Säulenrechtecks das Funkeln von Lampen und die schemenhaften Gestalten umherwandernder

Leute aus. Gewiß handelte es sich um Priester, die irgendwelche Dienste verrichteten, selbst um diese nachtschlafene Zeit, und bestimmt verfügten sie über Mittel und Wege, Wachen herbeizurufen. Wenn sie wüßten, daß sich der bekannteste Ketzer der Täler auf dem geheiligten Gelände befand, würden sie ihn schneller schnappen als ein ausgehungerter Fisch eine Mücke. D'ward mußte doch wissen, was er tat, oder? Er mußte einen Plan oder Kenntnisse besitzen, die Dosh mitzuteilen er nicht für nötig erachtet hatte, richtig?

Dosh bediente sich seines schmerzlich trockenen Mundes. »Weiß er, daß du kommst?«

»Er behauptet ja, der Allwissende zu sein, also habe ich mir nicht die Mühe gemacht zu schreiben. Haben wir keine andere Wahl, als durch die Vordertür hineinzugehen? Können wir uns nicht durch die Seitensäulen reinschleichen?«

»Nur wenn du total verrückt bist. Nichts erweckt so sehr Aufmerksamkeit wie Verstohlenheit.«

»Ich verlasse mich auf dein Urteil und deine Erfahrung, Bruder Dosh.«

»Und wir müssen eine Gabe darbringen! Warum hast du mich nicht vorgewarnt? Dann hätte ich Geld mitgebracht.«

»Weil das Geld nicht für diesen Zweck gespendet wurde.«

Wahnsinn! »Sie werden trotzdem ein Opfer verlangen«, murmelte Dosh. Seine Füße waren wund, seine Beine schmerzten.

Irgendwo in weiter Ferne sang jemand. Begleitung war keine zu hören, nur eine einzelne Stimme in der Nacht, die in hohen Tönen eine wehmütige, einsame Hymne zum Besten gab, eine Frau oder ein Knabe beim Lobgesang zu Ehren des Höchsten aller Götter. Oder des Höchsten aller bösen Zauberer, wenn man D'ward glauben durfte. Was Dosh nicht tat – nicht hier, wo die Heiligkeit nachgerade greifbar schien. Sogar die Luft fühlte sich altehrwürdig und heilig an.

Seite an Seite erklommen die Neuankömmlinge die Stufen – lange, flache Stufen, nicht für die Schritte eines Menschen gedacht, mit Auftritten, die so unebenmäßig waren, daß Dosh darauf achten mußte, wohin er die Füße setzte, und sich weder anmutig noch mühelos vorwärtsbewegen konnte. Der Marmor fühlte sich kalt unter den bloßen Füßen an, die Nachtluft auf der nackten Haut und dem schweißgetränkten Haar noch kälter. Schließlich gelangten sie zu den mächtigen Säulen und betraten eine schwarze, von Trumb geworfene Schattenpfütze. Mittlerweile waren die Lampen unübersehbar und enthüllten Gestalten mit weißen Roben und Turbanen, die am Eingang warteten. Man würde die Besucher verhören oder zumindest nach ihrem Begehr fragen.

Und wenn die Priester nun mißtrauisch wurden? Was, wenn sie mit einem *richtigen* Verhör begannen oder die Wachen herbeiriefen? D'ward würde bestimmt einen falschen Namen angeben – was, wenn man den armen Dosh aufforderte, D´wards Worte zu bestätigen? Dann würde er die Entscheidung treffen müssen, wem seine Treue galt, an welche Seite er glaubte. *Am Nosokhang werden sie zu Hunderten zu D'ward kommen, sogar der Verräter.* Dies konnte sich als der Augenblick erweisen, in dem sich zeigen würde, ob Dosh die Ehre zuteil geworden war, im *Filoby-Testament* erwähnt zu sein.

Sie gingen zwischen zwei Säulen hindurch, jede breiter als ein Haus und höher als ein Baum. Ein weiß gewandeter Priester trat einen Schritt auf sie zu und berührte seine Stirn. Unwillkürlich erwiderte Dosh die Geste. Zwar konnte er nicht genau erkennen, was D'ward tat, doch seine Bewegung wirkte weit weniger fromm – es sah bestenfalls so aus, als riebe er sich eine Augenbraue. Dem ältlichen Priester mußte dies entgangen sein, denn er streckte ihnen erwartungsvoll einen Lederbeutel entgegen. Seine Miene wirkte wohlwollend ... noch.

»Euer Kummer muß wahrlich groß sein, meine Söhne, wenn ihr um diese Stunde Trost sucht.«

»Unsere Arbeit bei Tag macht es erforderlich, daß wir zu ungewöhnlichen Zeiten wach sind, Vater.« D'ward sprach Niolisch, wie schon bei der Abendpredigt. Dabei verlangsamte er die Schritte in keiner Weise und marschierte einfach an dem Priester vorbei ins Heiligtum.

Schwitzend lief Dosh neben ihm her und rang die Versuchung nieder, zurückzublicken. Er konnte nicht glauben, daß es so einfach gewesen war!

»Ich habe gerade die Türglocke betätigt«, brummte D'ward auf Nagisch, seinem bevorzugten Dialekt.

»Was soll das heißen?«

»Visek hat wahrscheinlich gehört, wie ich an dem alten Knaben vorbei bin ... na, egal. Ich pfeife bloß in der Dunkelheit rum.«

Er pfiff ganz und gar nicht, und es war nicht dunkel! Natürlich war es ebenso wenig hell, aber Trumb überflutete den riesigen Platz mit Licht, zudem brannten rings um die heilige Gestalt vor ihnen große Kerzen. Zwar wirkten sie auf die Entfernung nicht groß, doch sie *mußten* groß sein. Das gewaltige Rechteck aus weißen Säulen und polierten Bodenkacheln enthielt nur den Sockel in der Mitte, eine stumpfe Pyramide, die ungefähr die halbe Breite des Platzes einnahm und etwas über Kopfhöhe aufragte. Oben drauf saß Vater Visek, ein Marmorgott auf einem Marmorthron. Andere Götter hatte Dosh wesentlich größer dargestellt gesehen – zum Beispiel die lächerlichen Kolosse Karzons und Zaths im Tempel des Mannes in Tharg. Visek, erinnerte er sich von früheren Besuchen, war kaum mehr als lebensgroß, zumindest wirkte es vom Boden aus so.

Der Gesang stammte von einem Knaben, der an der untersten Stufe an einer Ecke der Pyramide kniete. Dann trat ein weiterer Knabe aus den Schatten und kniete sich an eine andere Ecke. Der erste Junge erhob sich, berührte zum Zeichen der Huldigung die Stirn und schritt davon. Gleichzeitig begann der zweite Knabe zu singen. Kinder dieses Alters sollten um diese Zeit längst im Bett sein. Sonst war ringsum niemand zu sehen, doch in den Schatten mußten sich zumindest der Chormeister und weitere Sänger herumdrücken, die ihres Einsatzes harrten. Der zweite Sänger war weniger begabt als der erste und schien der Stimmlage unsicher.

D'ward lief unbeirrt weiter. Dosh schlurfte neben ihm her und wünschte, er hätte wenigstens den Hauch einer Ahnung, was geschehen würde. Er wußte, daß der Befreier die Götter bisweilen zu seltsamen Verhaltensweisen anregte. Dosh hatte mit eigenen Augen gesehen, wie in Nosoktal vor ein paar Tagen Irepit aufgetaucht war und ihm geholfen hatte. In mittlerweile beinahe historisch anmutender Vergangenheit hatte Prylis den Befreier wie einen lange verschollenen Freund begrüßt. Karzon, der Mann höchstpersönlich, hatte ihm einen Kinnhaken verpaßt. Was keineswegs bedeutete, der Vater würde ihn nicht mit einem Blitz erschlagen, ihm die Zunge herausbrennen und die Hände abhacken, was der üblichen Strafe für Gotteslästerung entsprach.

Der Vater thronte über ihnen, eine majestätische, sitzende Gestalt mit wallendem Bart, die Hände auf den Knien. Sofern der Marmor je bunt gewesen war, waren die Farbtöne längst verwittert, doch die Gesichtszüge waren noch erkennbar und wirkten im warmen Schein der großen, goldenen Kerzen streng, aber liebevoll. Als sie den Fuß der Treppe erreichten, bereitete Dosh einen Kniefall vor – und D'ward ging weiter. Hastig griff Dosh nach ihm und zerrte ihn zurück. »Du kannst da nicht raufgehen!« flüsterte er. »Nur der Hohepriester ...«

»Komm mit!«

Mit schmerzlich kraftvollem Griff packte D'ward Doshs Arm und zerrte ihn zur Treppe. Der Sänger verstummte und ließ eine Note aus; dann sang er weiter. O ihr Götter! Das war verboten. Die Priester mußten sie sehen. Sie würden die Wachen rufen. Dosh versuchte, sich umzublicken und stolperte, weil die nächste Stufe nicht dort war, wo er sie erwartet hatte ...

Mond und Kerzen verschwanden. Er befand sich in einem Tunnel. Nein, kein Tunnel, denn unter seinen Füßen lag ein Teppich. Also wurde er irgendwo drinnen einen ebenen Boden entlanggescheucht. Wo war der Gott geblieben? Der Thron? Der Tempel?

»Wo sind wir?« flüsterte er.

»Ich habe nicht die leiseste Ahnung«, erwiderte D'ward unbekümmert. »Paß auf!«

Dosh spürte einen sehr großen Raum, einen Saal. Das einzige Licht stammte von einem schwachen Schimmer über ihnen. D'ward löste den Griff um Doshs Arm und ging den schmalen Pfad voraus, wobei er sich durch einen Irrgarten, einen wahren Wald unterschiedlichster Gegenstände schlängeln mußte, manche rund, manche eckig, manche groß, manche klein und übereinander gestapelt – Statuen, Tische, riesige Krüge, Armleuchter, Stühle, Kessel, Musikinstrumente, Tuchballen, Kleiderhaufen, Rüstungen und Tausende andere Dinge, allesamt ohne jede Ordnung zusammengeschoben und an zahlreichen Stellen über Kopfhöhe aufgetürmt. Die Luft war trocken und modrig. Es war ein gewaltiger Lagerraum, der Keller eines außer Rand und Band geratenen Trödlers.

»Was ist das?«

»Weiß ich auch nicht. Ein Museum? Die Beute eines zwanghaften Diebes? Opfergaben, vermute ich. Wenn die Leute ständig Zeug herbeischleppen, muß im Verlauf der Jahrhunderte jede Menge Gerümpel zusammenkommen.«

Dosh bemühte sich, nicht laut aufzuwimmern und folgte seinem Führer. Warum hatte er sich nur in das alles hineinziehen lassen, was es auch sein mochte? Er mußte dringend pinkeln.

Aus einem breiten Türbogen schien Licht. D'ward schritt hindurch. Dosh kroch hinter ihm her, wobei er versuchte, unauffällig zu wirken. D'ward hielt inne.

Dosh spähte über die Schulter des Befreiers. Zum Lesen wäre das Licht zu schummrig gewesen. Es warf keine Schatten, und er konnte die Quelle nicht erkennen. Der Raum war groß, mindestens so groß wie Bandrops Anwalts Arbeitszimmer, und so gerammelt voll wie die Vorhalle. Der einzig freie Platz war annähernd dreieckig. Die Spitzen des Dreiecks bildeten D'ward selbst und zwei riesige Stühle, die aufeinander wiesen. Überall sonst herrschte dasselbe heillose Durcheinander wie in der Vorhalle: Möbel, Figurinen, Kisten, Töpfe, Vogelkäfige, Kristalle, Schriftrollen, Waffen – fast alles, was ein Mensch sich vorstellen oder wünschen konnte. Gold und Edelsteine funkelten matt unter unzähligen Staubschichten. Die Luft war stickig und vom schalen, beißenden Geruch einer Gruft erfüllt.

Die Stühle waren besetzt – einer von einem Mann, der andere von einer Frau; beide saßen regungslos und zurückgelehnt da, die Hände im Schoß gefaltet. Das Haar hing ihnen in unbewegten weißen Wogen über die Schultern, ihre Haut war glatt wie Pergament, und ihre Roben waren längst zu einem unbestimmten Grau verblichen. Der Bart des Mannes reichte bis zu seiner Hüfte hinab. Sein Kinn ruhte auf der Brust, und er schien auf die Füße der Frau zu starren, während sie den Kopf zurückgelehnt hatte und mit unbewegtem Blick den Raum über dem Mann betrachtete. Keine der beiden Gestalten schenkte den Besuchern auch nur die geringste Beachtung.

Stille. Dosh zitterte heftig. Selbstverständlich konnten dies keine echten Menschen sein, bloß weitere Abbilder des Vaters und der Mutter, Darstellungen derselben Doppelgottheit. Sie mußten schon seit Jahren hier stehen und Staub ansetzen, wenngleich sie vor den Spinnweben verschont geblieben waren, die den restlichen Kram überzogen. Doch welcher Bildhauer vermochte so überzeugend zu meißeln, und aus welchem Material? Dosh sträubten sich die Nackenhaare.

»Wer ist es?« brummte der Mann ohne aufzuschauen; nur sein Schnurrbart bewegte sich. Seine Stimme knarrte, als wäre sie durch endloses Schweigen eingerostet.

Nach einer langen Pause murmelte die Frau: »Ein

Fremder. Ist wohl auf der Suche nach Arbeit.« Unverändert starrte sie mit ausdrucksloser Miene ins Leere.

Wieder eine Pause. »Haben wir im Augenblick irgendwelche unbesetzten Erscheinungsformen?«

Eine längere Pause. »Ich kann mich nicht erinnern.« Ganz langsam drehte die Frau den Kopf und musterte D'ward. Ihr Gesicht war faltenlos, dennoch sprach daraus ein Alter jenseits aller Vorstellungskraft. Ihre Augen waren stumpf – nicht mit grauem Star überzogen, wie es häufig bei alten Menschen der Fall war; sie glichen eher leblosen Glaskugeln. »Geh fort ... Wir sind beschäftigt ... Komm in hundert Jahren wieder.«

»Ich bin D'ward Befreier, der im *Filoby-Testament* prophezeit wird.«

Träge neigte sich der Kopf der Frau in die ursprüngliche Haltung zurück.

Sogar D'ward schien fassungslos. Als das Schweigen sich hinzog, wurde er merklich zornig und stemmte die Fäuste in die Hüften. »Ich bin der Befreier! Es ist vorhergesagt, daß ich dem Tod den Tod bringen werde.«

»Ein Erneuerer«, murmelte die Frau.

»Schon wieder einer? Das wird ja doch nie etwas. Schick ihn fort.«

Doshs Zähne versuchten zu klappern. Mit beiden Händen umfaßte er die Kiefer und hielt sich den Mund auf. Sein Blase fühlte sich an, als könnte sie jeden Augenblick vor blankem Entsetzen bersten.

»Ich bin D'ward Befreier. Ihr zwei seid Visek? Wie lange hockt ihr schon da?«

»Geh weg«, brummte die Frau.

»Ihr sterbt vor Langeweile! Ich biete euch zur Abwechslung ein wenig Aufregung an, etwas Neues. Ich werde Zath töten.«

Der Mann seufzte, wodurch die silbrigen Haare seines Schnurrbarts sich abermals regten. »Wen?«

»Zath!« D'ward versuchte gar nicht erst, seinen Ärger zu verhehlen. »Der Kerl, der sich als Gott des Todes bezeichnet. Er bezieht Mana aus Menschenopfern. Er ist böse, ein Schandmal für die Täler und eure Religion.«

Eine lange Pause. Mit gletscherhafter Trägheit schaute der Mann auf; in seinen Augen lag dieselbe vollkommene Gleichgültigkeit wie in denen der Frau. »Dann geh und tu es und hör auf, uns zu behelligen.«

»Ich habe noch nicht genug Kraft. Ich brauche mehr Mana. Zwar ziehe ich von Knoten zu Knoten, sammle Anhänger und predige mein Vorhaben, aber ich brauche Hilfe. Werdet ihr mich unterstützen? Mir Mana leihen?«

Ein weiterer Seufzer. »Nein.«

»Gewährt ihr mir wenigstens Schutz, so lange ich mich hier in Nioltal aufhalte, so daß Zaths Schergen mich nicht ...«

»Nein. Du bist ein Eindringling. Spiele das Spiel so wie die anderen, oder zahle den Preis. Und jetzt fort mit dir.« Der Mann schloß die Augen und senkte das Kinn wieder auf die Brust.

»Zum Teufel noch mal!« knurrte D'ward wütend. »Das Spiel spielen? Zath hat mehr Mana als ihr! Wahrscheinlich besitzt er größere Macht als das ganze Pentatheon zusammen! Und wenn er nun beschließt, daß er Visek sein möchte? Er würde euch töten und euren Platz einnehmen! Wie gefiele euch das? Oder kümmert es euch gar nicht mehr?«

Der entsetzliche, stickige Raum schwankte rings um Dosh. Das Blut pochte ihm in den Ohren. Diese sprechenden Mumien konnten nie und nimmer göttlich sein, also hatte D'ward von Anfang an recht gehabt: Die Götter waren allesamt bloß Zauberer, deren Leben sich über unzählige Jahrhunderte hinzog. Im eigenen Netz gefangene Spinnen, die vor Langeweile vergingen! Alles, woran er je geglaubt hatte, war völlig falsch, blanker Unsinn. Dosh drehte sich der Magen um.

Es war die Frau, die zuerst eine Regung auf D'wards Hohn zeigte, wenngleich zögernd und ärgerlich. Sie bedachte ihn mit einem durchdringenden Blick.

»Du begehst Gotteslästerung gegen Visek.«

»Es ist die Wahrheit! Redet doch mit Karzon, Eltiana oder Astina! Verdammt, redet mit dem verrückten Tion, wenn ihr ihm vertraut! Jede Nacht sterben weitere Menschen, damit Zath aus ihrem Tod Mana beziehen kann. Prylis hat mir erzählt, daß es Visek war, der vor dreitausend Jahren überall in den Tälern Menschenopfer verboten hat – wart ihr das, oder war es einer eurer Vorgänger?«

»Ich glaube, das waren wir«, brummte der Mann mit dem ersten Anzeichen von Interesse, das er bislang bekundet hatte. »Stimmt's, meine Liebe?«

D'ward schnaubte verächtlich. »Dann widersetzt sich Zath eurem Erlaß! Er ist böse, todbringend und gefährlich für euch. Die Prophezeiung ...«

»Wir sind der Gott der Prophezeiungen. Unter anderem.«

»Auch andere prophezeien. Die Prophezeiung besagt, daß ich dem Tod den Tod bringen werde. Sollte der Kerl, der sich Zath nennt, zu Visek werden, dann wäre er nicht mehr der Tod und somit in Sicherheit, oder?«

»Gotteslästerung!« zeterte die Frau. Mittlerweile

musterten beide D'ward, und beide ließen Anzeichen von Zorn oder zumindest Mißbilligung erkennen.

»Astina kann meine Worte bestätigen.«

»Wir müssen uns eines Tages mit der Jungfrau unterhalten, meine Liebe«, murmelte der Mann.

»Ja, Liebling, das müssen wir wohl.«

Sie würden es anscheinend nie begreifen ...

Abermals stemmte D'ward die Fäuste in die Hüften. »Ich bitte euch nur um das, was Astina mir zugesagt hat: Erstens, daß sie mich innerhalb ihres Hoheitsgebiets vor Schnittern beschützt, zweitens, daß sie ihren Priestern eine Offenbarung zuteil werden läßt, um die örtlichen Behörden zurückzuhalten ...«

»Nein«, unterbrach ihn der Mann und schloß die Augen wieder.

Die Frau ließ ein raspelndes Kichern vernehmen. »Wenn du dich schon gegen Schnitter nicht zu verteidigen vermagst, wie kannst du dann hoffen, einen Gott zu bezwingen?«

»Aber dadurch würde ich Mana verschwenden! Je mehr ich habe, desto schneller kann ich noch mehr aufnehmen, das wißt ihr genau. Ich brauche Hilfe, um meine Kraft ...«

»Eine religiöse Umwälzung?« Der Mann gähnte. »Daraus wird wohl nichts. Wir haben gut vorgesorgt.«

D'ward stieß einen leisen Fluch aus, Worte, die Dosh nicht kannte.

»Niemandem ist es je gelungen, in mehr als zwei Tälern einen Umschwung herbeizuführen; das hat Prylis mir erzählt.«

Kurz bewegte die Frau die Lippen.

»Das stimmt.«

»Ich arbeite gerade am vierten! Mittlerweile halte

ich schon fast zwei Doppelwochen durch. Ich bin etwas Neues, hört ihr? Etwas, das ihr nie zuvor erlebt habt! Ich bin in einer Kette von Prophezeiungen vorhergesagt, die Zath seit dreißig Jahren vergeblich zu durchbrechen versucht. Wenn ihr mich in Nioltal schon nicht beschützt, werdet ihr dann wenigstens meine Fortschritte im Auge behalten? Werdet ihr mich beobachten, um zu sehen, wie weit ich komme, wann und wie ich sterbe?«

Schneckengleich hob der Mann eine Hand und kratzte sich mit Fingernägeln am Bart, die an kleine Horndolche erinnerten.

»Das könnte recht unterhaltsam werden«, räumte er ein.

»Wir haben seit tausend Jahren nichts Neues mehr erlebt«, murmelte die Frau.

Erleichtert blies D'ward die Luft aus, als hätte er einen Sieg errungen.

»Astina hat mir noch etwas versprochen. Wenn ich überlebe und es mir gelingt, Zath auf seinem Knoten herauszufordern, dann leiht sie mir Mana für den End...«

»O nein!« herrschte die Frau ihn an, wobei sie sich diesmal tatsächlich im Stuhl rührte. »Woher sollten wir wissen, daß du es uns zurückzahlst? Du behauptest, Zath wäre eine Bedrohung für uns, aber wenn du siegst, bist du stärker als er.«

»Ich gebe euch feierlich mein Wort darauf, daß ...«

»Drachenscheiße.« Ihre kieselgleichen Augen wanderten neben D'ward und hefteten sich auf Dosh; urplötzlich schienen sie von Leben erfüllt. »Wer ist er?« Ihre Stimme schwoll zu einem Kreischen an. »Du hast einen *Einheimischen* in unser Allerheiligstes mitgebracht?«

Der Mann stemmte sich im Stuhl hoch, um Dosh böse anzufunkeln, und seine Robe zerfiel zu Staub.

Ohne sich umzudrehen, flüsterte D'ward: »Lauf!«

Dosh wirbelte herum und sauste wie der Blitz aus der Kammer.

27

Voller Panik kämpfte Dosh sich einen Weg durch die Dunkelheit des Tunnels, prallte zwischen Möbelstücken und riesigen Urnen hin und her, stolperte über Truhen, Pokale und Vasen und warf gewaltige Armleuchter und Rüstungen um. Scheppernd polterten hinter ihm Trümmer zu Boden; seine Flucht mußte sich anhören wie ein Erdbeben. Er hatte keine Ahnung, welche Art von Tür er vorfinden und ob er in der Lage sein würde, sie zu öffnen. Letzten Endes gab es gar keine Tür – mit keuchendem Atem sauste er ins Mondlicht hinaus und rollte Hals über Kopf die Stufen hinab.

Damit war sein Ärger noch nicht zu Ende. Anscheinend waren die Eindringlinge bei ihrer Schändung des Heiligtums beobachtet worden, und nun hatten sich sämtliche verfügbaren Geistlichen eingefunden, um Viseks Vergebung zu erflehen. Mindestens vierzig weiß gewandete Priester und Priesterinnen knieten auf dem Platz und sangen ein Klagelied. Dosh pflügte gleich einer verirrten Lawine mitten in sie hinein und mähte sieben oder acht von ihnen um, ehe er zum Stehen kam.

Der grüne Mond wirbelte am Himmel über ihm,

begleitet von Flammenblitzen und mehr Sternen, als Dosh je zuvor gesehen hatte. Drei oder vier Männer warfen sich auf ihn, um ihn festzuhalten, obwohl er ohnehin nicht imstande gewesen wäre, sich aufzusetzen, geschweige denn, einen Fluchtversuch zu unternehmen.

Die Gesänge verstummten. Menschen brüllten. Eine gewisse Ordnung wurde wiederhergestellt.

Dosh stellte fest, daß er am Boden lag, von starken Armen niedergehalten. Aus seiner schmerzlich pochenden Nase spritzte Blut. Benommen stierte er in einen Kreis wutentbrannter Gesichter empor. Mehrere Leute versuchten gleichzeitig, mit ihm zu reden, bevor sich ein älterer Mann der Befehlsgewalt seines Ranges bediente und sich Gehör verschaffte.

»Wo ist dein Spießgeselle?« kreischte der Greis. Er stand zwischen Doshs gespreizten Beinen. Es sah gefährlich danach aus, als wollte er zuzutreten, sollte er keine zufriedenstellende Antwort erhalten.

Dosh leckte sich über die Lippen und verschluckte sich an dem aus der Nase rinnenden Blut. Sein linker Knöchel pochte heftig. »Beim Heiligen Visek natürlich.«

Der Greis zögerte und überlegte, was diese Antwort bedeuten mochte.

Der arme Dosh hatte schon oft in der Klemme gesteckt, wenngleich vermutlich noch nie in einer so schlimmen wie dieser. Verzweifelt bemühte er sich, Selbstbewußtsein zusammenzukratzen, was in seiner augenblicklichen Lage alles andere als einfach war. »Er kommt gleich nach. Behandelt ihr Gäste des Großen immer so?«

Erstaunlicherweise wirkten seine Worte – zumindest trat der Greis nicht zu, was die unmittelbarste

Gefahr darstellte. Unsicher musterte er Dosh mit finsterer Miene, dann wich er zurück. »Auf mit ihm!«

Die Hände, die Doshs Beine festhielten, lösten sich. An den Armen wurde auf die Füße gezerrt. Der gesamte Tempel schaukelte schwindelerregend, und ein stechender Schmerz schoß lodernd durch Doshs Knöchel. Er taumelte und wurde rechtzeitig aufgefangen; dann hielt er auf einem Fuß das Gleichgewicht. Ihm war übel von dem heftigen Sturz über die Treppe und dem Blut, das er geschluckt hatte.

»Wer bist du?«

Das war eine gute Frage, doch es schien keine geeignete Antwort darauf zu geben. »Tion«, kam es Dosh in den Sinn. Niemand würde das Recht eines Gottes anzweifeln, einen anderen zu besuchen, aber ein Gott würde wohl kaum eine Treppenflucht hinunterpurzeln; ein Gott würde nicht zerschunden, unfähig, auf beiden Beinen zu stehen und mit Blutergüssen übersät eintreffen.

»Ein Freund des Befreiers«, war eine weitere Möglichkeit. Sie hatte den Vorteil, der Wahrheit zu entsprechen, doch sie würde ausgesprochen unangenehme Folgen nach sich ziehen.

»Es steht mir nicht zu, das zu beantworten«, sagte Dosh.

Jemand schlug ihn; abermals schaukelte der Tempel. Diesmal übergab Dosh sich tatsächlich, wodurch wenigstens der alte Priester zurückwich und weitere Fragen eine Weile ausblieben.

Aber nicht lange.

»Wachen!« kreischte der Greis, der vor Erregung beinahe sabberte.

Der Ring der Priester und Priesterinnen teilte sich, um einen Trupp bewaffneter Männer durchzulassen;

Mondlicht spiegelte sich auf Klingen und Rüstungen und in schlangengleich funkelnden Augen.

»Verhört diesen Verbrecher!« befahl der Hohepriester mit zittriger Stimme. »Findet heraus, wer er ist und was er vorhat. Quetscht die Wahrheit aus ihm heraus.«

Der am hellsten leuchtende Soldat schaute sich unbehaglich um. »Hier, ehrwürdiger Vater?«

»Ja, hier! Jetzt! Sofort!«

Während Soldaten die Priester ablösten, die Doshs Hände hielten, wappnete er sich gegen unangenehme Erfahrungen. O armer, armer Dosh!

»Was soll das werden?« fragte eine vom Thron her erklingende Stimme. D'ward kam die Stufen herunter geschritten. »Laßt diesen Mann los!«

Zwar trug er lediglich den Lendenschurz eines Bauern, doch seine Stimme ertönte ehrfurchtgebietend wie ein Schlachthorn. Die Menge teilte sich; Männer, Frauen und sogar Soldaten wichen zurück. Dosh taumelte, fing sich und wankte auf einem Bein.

Blaue Augen brannten sich in die Umstehenden. »Tretet zurück!« Alle wichen einen weiteren Schritt zurück. »Noch mehr!« Der Kreis dehnte sich. Dann wandte D'ward die Aufmerksamkeit Dosh zu und verzog das Gesicht bei dem Anblick, der sich ihm bot. Er streckte die Hand aus und berührte die pochende Nase seines Gefährten. Der Schmerz verebbte sofort. Dosh wischte sich mit dem Arm das Blut ab.

»Was ist mit deinem Fuß passiert?«

Dosh fühlte sich bereits wohler. Diese Atempause würde vielleicht nicht lange andauern, doch jeder Augenblick, den er nicht von diesen Schlägern verhört wurde, war eine Verbesserung. »Hab' mir den Knöchel gebrochen.« Eigentlich glaubte er eher, ihn sich nur verstaucht zu haben, doch das waren Haarspaltereien.

»Wer bist du?« Von dem ursprünglichen Kreischen des Hohepriesters war nur wenig übriggeblieben.

D'ward drehte sich um und musterte ihn eine Zeitlang. »Wer war noch mal der Gott der Prophezeiungen?«

Entrüstet zuckte der Greis zusammen.

»Der Heilige Visek in seiner Erscheinungsform als Waatuun.«

»Und ich bin D'ward Befreier, der Vorhergesagte.«

Aus dem Kreischen wurde ein kläglicher Schrei. *»Der Ketzer?«*

Ohne den Mann einer Antwort zu würdigen, sank D'ward auf ein Knie und nahm Doshs Knöchel in die Hände. Seine Finger fühlten sich auf der heißen Schwellung eiskalt an. Dann zog er den Fuß auf den Boden hinab.

»Versuch's mal.«

Dosh verlagerte das Gewicht auf den Fuß, und nichts Schlimmes geschah. »Alles wieder in Ordnung«, erklärte Dosh gelassen. »Danke.« Er mußte sich den Kopf heftiger gestoßen haben, als er dachte, denn offensichtlich *konnte* all das gar nicht geschehen. Andererseits erspähte er in der gesamten Menge keinen einzigen geschlossenen Mund.

D'ward erhob sich und musterte die Umstehenden mit dem Blick, mit dem eine stolze Hausfrau Küchenschaben in ihrer Speisekammer betrachten mochte. Er war größer als die meisten von ihnen, was eindeutig von Vorteil war. »Ich bin der Befreier. Ich hatte mit Visek etwas zu besprechen. Geht euch das irgendwas an? Es ist vorhergesagt, daß ich dem Tod den Tod bringen werde. Und es steht geschrieben: ›Schmerz und Krankheit, ja sogar den Tod wird er von uns nehmen. O jubelt!‹«

Die Knie des Hohepriesters knickten ein, doch ein jüngerer, größerer Mann neben ihm packte ihn rechtzeitig am Ellbogen und stützte ihn. »Der Befreier predigt schlimme Ketzerei gegen die Heiligen Götter!«

D'wards Augen spien ihm Verachtung entgegen. »Wie oft habt ihr den Befreier schon predigen gehört?«

»Niemals würde ich meine Ohren von seinen Lügen beschmutzen lassen!«

»Dann laßt seine Taten eure Augen öffnen! ›Jubelt!‹ sagt die Prophezeiung. Ihr habt soeben ein Wunder erlebt. Was braucht es denn noch, um euch vor eurer Unwissenheit und eurem Fehler zu bewahren? Frohlocket!«

Der Mann schaute auf Doshs Nase, dann hinab zu dessen Knöchel. Schließlich sank er auf die Knie. Der Hohepriester folgte seinem Beispiel, wenngleich ein bißchen widerwillig, ebenso der Rest der Umstehenden. Bronzehelme und weiße Turbane neigten sich gen Boden. Oh, das war viel besser!

»Frohlocket!« herrschte D'ward sie an. »Frohlocket, bis die Sonne aufgeht und eure kalten, ungläubigen Herzen wärmt.« Er stieß Dosh an und stapfte davon.

Erstaunlicherweise versuchte niemand, sie aufzuhalten. Soldaten und Geistliche hielten die Köpfe gesenkt, während der berüchtigtste Ketzer der Täler ungehindert mit seinem Gefährten von dannen zog. Als sie zwischen den Säulen hindurchgingen und die Stufen hinunterschritten, meinte er beiläufig: »Weißt du, das war viel knapper, als es ausgesehen hat.«

Doch die Priester waren nicht die einzigen, denen ihre Unwissenheit und ihr Fehler Kummer bereitete.

Auch Dosh waren soeben die Augen geöffnet worden. »Ich war ein Narr!« winselte er kläglich. »Herr, verzeiht ...«

»Laß das jetzt! Kannst du laufen? Ich habe nämlich nichts mehr übrig! Wir müssen mit ehrlichem Schweiß und Muskelkraft auskommen. Kannst du laufen?«

»Ja, Meister.«

»Guter Mann. Dann nichts wie weg hier, bevor sie es sich anders überlegen.«

Sie rannten. Der Rückweg schien tausendmal länger als der Hinweg. Trumb sank gen Westen, verfinsterte sich pflichtbewußt und verwandelte sich in einen schwarzen Mond inmitten der funkelnden Pracht der Sterne; nur Yshs blauer Schimmer erhellte die Straße. Eigentlich hätte Dosh sich nun vor Schnittern fürchten müssen, doch derlei Unbedeutendes lag nun hinter ihm. Als die Finsternis endete, zogen Wolken auf; Regen begann zu prasseln, was den Marsch noch langsamer werden ließ.

Dosh quälten Gewissensbisse und Zorn über die eigene Blindheit. Er kannte D'ward seit Jahren und hatte vor allen anderen herausgefunden, daß er der Befreier war. Mangelnde Moral hatte Dosh noch nie gestört, doch daß es ihm an Verstand mangelte, gefiel ihm ganz und gar nicht. In der letzten halben Doppelwoche hatte er D'ward etwa ein Dutzendmal predigen gehört und hatte dennoch zugelassen, daß die Worte des Befreiers an ihm abperlten wie Wasser an Kerzenwachs. Nun versuchte er, sich all jener Worte zu besinnen und herauszufinden, wieviel ihm entgangen war.

Was war D'ward eigentlich? War er ein von den

Göttern gesandter Mensch, oder war er selbst ein Gott? Gewiß hatte nur ein Gott seinen Knöchel heilen können, oder? Andererseits verleugnete D'ward die Götter. Es gab nur einen Gott, sagte er, einen ungeteilten Gott, einen unsichtbaren. Das Rätsel war zu bedeutsam, als daß es sich in einer kalten, feuchten Nacht während eines Marsches über eine schlammige Straße hätte lösen lassen. Erschöpfung zehrte an Doshs Verstand, bis er nicht mehr zu denken vermochte und sich nur noch mühsam weiterschleppte, dem fahlen Schimmer von D'wards Rücken in der Finsternis folgend.

Als sie das erste Mal innehielten, um aus einem Bach zu trinken, versuchte er, um Geleit und Vergebung zu bitten, noch bevor er sich das geronnene Blut abwusch.

»Mach dir darüber jetzt keine Gedanken«, entgegnete D'ward. »Wir haben noch genug Zeit, um das alles auszubügeln. Wie geht es deinen Blutergüssen?«

Je mehr Stunden verstrichen, desto häufiger stolperte Dosh. So oft dies geschah, hörte D'ward, daß seine Schritte aussetzten, kehrte um, half seinem schlammverschmierten Gefährten auf und schob ihn weiter. Dann aber schien sogar D'ward die Kraft zu verlassen – obwohl er seine Kraft mehr aus seinem Willen als aus seinem Körper schöpfte, denn auch er taumelte beim Laufen. Und aus dem Regen wurde ein wahrer Wasserfall.

Sie suchten unter einer Brücke Zuflucht, an einer Stelle, wo die Straße gerade verlief – ein Damm, der sich zwischen dem Sumpfland und den Seen erstreckte. Gelegentlich stieg er zu Holzbrücken hin an, so daß wandernde Bäche darunter hindurchfließen konnten, doch um diese Jahreszeit war der

Wasserstand tief und gab Sandflächen frei. Die beiden krochen unter die Brücke und streckten sich mit zufriedenen Seufzern zwischen den unkrautüberwucherten Pfeilern aus. Dicht über ihnen trommelte Regen auf die Planken, sie jedoch waren davor geschützt.

Beinahe geschützt – Dosh wich einer undichten Stelle aus, durch die Wasser herabträufelte.

»Schlaf ein bißchen«, murmelte D'ward.

»Eine Doppelwoche oder zwei?«

»Nur eine. Wenn Prat'han aufwacht und feststellt, daß ich nicht da bin, bringt er mich auf der Stelle um.«

Nach einem Augenblick des Überlegens erkannte Dosh, weshalb das so lustig klang und mußte zu seinem eigenen Erstaunen kichern.

»Hm?« brummte D'ward. »Oh, na ja, wenn ich zurück bin, bringt er mich um. Irgendwie wird er schon zurechtkommen, oder? Das Dumme ist nur, daß wir heute einen langen Marsch vor uns haben.«

»Lassen wir das«, murmelte Dosh. Der Befreier hatte Visek erzählt, er wandere von Knoten zu Knoten. Dosh fragte sich, was ein Knoten sein mochte. »Heut' ruhen wir uns aus, morgen laufen wir.«

D'ward nuschelte irgend etwas darüber, daß der Winter bevorstünde und es schwierig sein würde, genug Lebensmittel aufzutreiben, wenn die Freien an einem Ort blieben, doch seine Stimme drang aus weiter Ferne an Doshs Ohr ...

»Paß auf!« Eine warnende Hand fing Doshs Kopf gerade noch rechtzeitig ab, bevor er hochrucken und gegen einen Balken stoßen konnte.

Erschrocken blinzelte Dosh und überlegte, wo er

sich befand, weshalb ihm so verflucht kalt war, warum er sich so widerlich naß und wund fühlte und wer der Mistkerl war, der ihn mit Wasser bespritzte. Dann hörte er das Geräusch und bemerkte das Zittern der Holzplanken über ihm, von denen die Tropfen herabprasselten. Grünes Mondlicht schien auf den Bach jenseits der Brücke, also hatten sie nur kurz geschlafen. Ein Stündchen vielleicht, gewiß keine zwei. Der Regen hatte aufgehört.

»Was ...?«

»Soldaten!«

Zahlreiche Hufe trampelten über die Brücke.

Dosh mühte sich auf einen Ellenbogen, um über seinen Gefährten hinwegzuspähen und die Schatten auf dem Wasser zu betrachten. Er sah die Gestalten von Lanzenreitern auf Moas, unterwegs nach Westen. Fragend schaute er zu D'ward, der sich nur in Form von zwei leuchtenden Augen gegen die Dunkelheit abzeichnete, und murmelte: »Sind die hinter uns her?«

»Nicht hinter uns beiden, glaube ich. Hinter den Freien. Wir müssen warten, bis sie weg sind, dann kehren wir um und versuchen, eine Abkürzung um die Seen herum einzuschlagen.«

»Nein!« widersprach Dosh. »Sobald sie von der Brücke runter sind, reiten sie wieder mit voller Geschwindigkeit. Wir können nie und nimmer vor ihnen dort sein, egal welchen Weg wir einschlagen.«

D'ward stöhnte. »Ich fürchte, du hast recht.«

Die Nachhut ritt vorüber, und der Lärm verhallte in der Ferne.

Wieso weiterlaufen? Wenn die niolische Reiterei gegen die Freien auszog, würde der Befreier seine Anhänger bei seiner Rückkehr hingemetzelt, eingekerkert oder in alle Winde verstreut vorfinden. Aber selbstverständlich würde D'ward zurückgehen. Es würde unmöglich sein, ihn davon zu überzeugen, seine Anhänger im Stich zu lassen. Und wenn er dort war, mochte ihm vielleicht ein weiteres Wunder gelingen, auch ohne Irepits Hilfe. Schließlich war er der Befreier.

Dosh dachte zurück an seine Knechtschaft bei Tarion, dem nagischen Reitereiführer. »Unter Umständen gelingt es uns doch. Vor Morgengrauen werden sie bestimmt noch lagern, um die Tiere ausruhen zu lassen. Wir könnten sie überholen.«

Es klang unmöglich. Es war unmöglich, zumindest für zwei erschöpfte Männer auf zerschundenen, wunden Füßen. Trotzdem schafften sie es.

Als die Morgenröte ihre rosigen Farbtöne auf die Niolwand vor ihnen zeichnete, trotteten sie an einem Feld vorbei, auf dem sich Moas an stoppeligem Gras weideten und Männer um Lagerfeuer zusammenkauerten. Diese stolzen Lanzenreiter bekundeten keinerlei Interesse an zwei zu Fuß marschierenden Bauern und ließen sie unbehelligt ziehen. Sobald die Soldaten außer Sicht waren, beschleunigte D'ward seine Schritte. Irgendwie gelang es Dosh, trotz seiner kürzeren Beine mitzuhalten.

Das Lager der Freien präsentierte sich wesentlich weniger planvoll und nahm eine weit größere Fläche ein. Die Pilger waren wach. Die meisten wuschen sich entlang des Flußufers in Gruppen, rollten ihr Bettzeug ein, sofern sie welches besaßen, sangen Loblieder oder aßen, was sie von der abendlichen Mahlzeit aufgehoben hatten. Nur wenige bemerkten die beiden durchnäßten, schlammverschmierten jungen Männer, die auf der Straße vorbeimarschierten, und ohne die Priestergewänder erkannte wahrscheinlich keiner der Freien den eigenen Anführer.

Auf der gegenüberliegenden Seite, auf dem steinübersäten Hang, wo nahe des Kanzelsteins das Zelt des Befreiers stand, schritt die Kriegsbande das Gelände mit Schilden und Speeren ab, wie auf Raubzug befindliche Ameisen, oder als suchten sie nach Leichen. Prat'han war der erste, der die Neuankömmlinge erkannte. Der große Mann brüllte und kam den Hügel hinuntergesprungen, um sie zu begrüßen. Dabei sah er aus, als wollte er jeden Augenblick in Tränen ausbrechen – und als wollte er Dosh mit dem Speer durchbohren, weil dieser den Befreier verschleppt hatte. Auch die anderen Krieger rannten herbei und scharten sich um die beiden. Dosh ließ sich ins Gras fallen.

D'ward blieb stehen, vor Erschöpfung keuchend. »Wasser, bitte, und Essen, falls wir noch etwas haben. Ich muß mich waschen und umziehen. Verbreitet die Kunde, daß ich heute morgen nicht predigen werde, und setzt die Menge in Bewegung. Uns steht Ärger bevor.«

Zähne leuchteten. »Können wir jetzt unsere Speere spitzen?« wollte Gopaenum wissen.

»Ja. Ja, ihr könnt eure Speere spitzen. Und ich fürchte, sie werden wieder stumpf, bevor der Tag zu Ende ist. In Kürze wird eine Truppe Lanzenreiter hier eintreffen.« Müde rieb D'ward sich die Augen. »Wir dürfen nicht hier herumliegen wie Schafe auf der Schlachtbank. Setzt sie in Bewegung, jeden einzelnen.« D'ward deutete mit der Hand.

Weiter vorn kreuzte der Pfad den Fluß an einer

Furt, dann wand er sich durch einen wäßrigen Morast aus Seen und Riedgras.

»Da kann man mit Moas nicht durchreiten!« rief Prat'han, wobei er sich tatsächlich enttäuscht anhörte.

»Und sie können uns nicht in mehr als Zweier- oder vielleicht Dreierreihen folgen!« krähte der kleine Tielan Händler, der mehr Verstand besaß, als zu Hause in Nagtal als schicklich galt. »Sollen wir die Mistkerle aufhalten, Befreier? Die Straße sperren?«

»Nein. Mir wäre lieber, wenn wir vor der Menge blieben. Oder wenigstens so weit wie möglich.« D'ward humpelte zum Zelt davon. Prat'han brüllte Befehle, dann folgte er ihm.

Plötzlich allein, legte Dosh sich ins Gras zurück. In der letzten fürchterlichen Stunde hatte er überhaupt nicht klar denken können. Die Lanzenreiter hatte er beinahe vergessen. Nun war er angekommen, der Befreier war angekommen – und zweifellos würde auch die niolische Reiterei bald ankommen.

Er sollte zurück hinunter zum Fluß gehen und sich waschen, doch er glaubte, keinen einzigen Schritt mehr laufen zu können. Er konnte einfach liegen bleiben, wo er war und hoffen, die Lanzenreiter würden ihn nicht bemerken oder sich nicht um einen Ketzer kümmern – oder ihn wenigstens nicht wecken, bevor sie ihn aufspießten. Ein lautes Klimpern ... Gewaltsam zwang er die Lider, sich zu öffnen. Prat'han Töpfer kauerte wie ein kleiner Berg neben ihm, schüttelte den Geldbeutel und grinste wie ein Steinbeißer.

»Willst du den hier nicht zurück?«

Doshs Mund fühlte sich an, als wäre er voller Sand. »Nicht unbedingt. Behalt du ihn. Ich bin nicht in der Verfassung, ihn zu bewachen.«

Der große Mann kicherte und holte einen zwei Fäuste großen Kanten Brot hervor. »Und wie wär's damit?«

Sogleich wurde Dosh des unmenschlichen Hungers gewahr, der in ihm wütete. Er stemmte sich auf einen Ellbogen. »Das sieht allerdings interessant aus!«

»Käse? Gurken? Geräucherten Fisch?«

Aus Angst, er könnte am eigenen Speichel ertrinken, setzte Dosh sich auf. »Bruder Prat'han, du hast dir soeben einen Platz zwischen den Sternen des Himmels verdient.« Gierig biß Dosh ins Brot. »Ich meine, du wirst auf ewig mit dem Wahren Gott vereint sein«, berichtigte er sich.

Sein Gefährte grinste zufrieden über diese Bezeugung der Lehre des Befreiers.

D'ward schritt bereits den Hügel hinab zum Fluß, unübersehbar in seiner grauen Robe mit Kapuze, zudem umgeben von der Kriegsbande. Etwa hundert Freie hatten die Furt bereits durchquert und zogen die Straße entlang ins Sumpfland. Der Rest würde dem Befreier folgen, und die Lanzenreiter würden kommen – und dieser Plan schien durch und durch falsch. Dosh versetzte seinem schläfrigen Gehirn einen Stoß; just als Prat'han mit gerunzelter Stirn die Frage stellte, hatte er die Antwort gefunden.

»Was passiert, wenn die Soldaten kommen?«

Was er meinte, war: »D'ward versteckt sich für gewöhnlich nicht hinter seinen Freunden.«

»Sie werden eine Menge militärischer Begriffe verwenden«, erklärte Dosh kauend. »Technische Begriffe für *Kot* und *Schwängern* und *widernatürlichen Sex*, die gottesfürchtige Leute wie du gar nicht kennen. Es wird ihnen alles andere als gefallen, meilenweit in Zweier- oder Dreierreihen einem zu beiden Seiten von Sumpfland begrenzten Pfad zu folgen, mit reichlich

Deckung für Bogenschützen oder Speerkämpfer, ganz zu schweigen von fast tausend Pilgern, die ihnen den Weg versperren würden. Sollten sie es tatsächlich versuchen, können die Pilger ins Wasser springen und flüchten.«

Prat'han grinste, wobei er elfenbeinfarbene Zähne entblößte. »Also müssen sie den langen Weg rings herum nehmen und uns am anderen Ende abfangen? Wo immer das sein mag?«

»Wahrscheinlich.« Stöhnend rappelte Dosh sich auf.

Prat'han hielt ihm die Hand hin und hievte ihn hoch. Dann reichte er ihm seinen Speer. »Nimm ihn. Deine Füße sehen aus wie rohes Fleisch. Wenn wir zum Fluß runterkommen, wasche ich sie dir. Und wickle sie dir ein.«

Dosh murmelte einen Dank, während er mit einer Hand aß und sich mit der anderen auf den Speer stützte. Behutsam humpelte er den Hang hinunter, wobei er jeden Muskel, jedes Gelenk spürte. Und heute hatten sie einen langen Marsch vor sich, hatte D'ward gesagt.

»Essen? Kannst du Essen auftreiben? Jemand muß vorauslaufen und Essen kaufen ... wieviel Geld haben wir eigentlich noch?« Beschämt fügte er hinzu: »Ich bin völlig erledigt, Bruder! Ich brauche Hilfe.« Er durfte D'ward nicht im Stich lassen; dennoch zählte es nicht gerade zu Doshs Stärken, um Hilfe zu bitten.

»Sicher. Sobald ich mich um deine Füße gekümmert habe.«

Auch sich zu bedanken, zählte nicht zu Doshs Stärken. Trotzdem versuchte er es.

Als sie sich dem Pfad näherten, sagte er: »Bruder Prat'han, wenn wir am Fluß sind, könntest du dann diese Sache mit dem Wasser mit mir machen, die für

Bekehrte?« Zur Antwort erhielt er einen freundschaftlichen Klaps auf den Rücken, der seine Knie schlottern ließ.

Voller Freude lachte der große Mann. »Ich glaube, D'ward selbst möchte dich taufen, Dosh.«

»Könntest du das nicht tun?«

»Es wäre mir eine Ehre! Kannst ... kannst du mir wenigstens ein bißchen erzählen?«

Ein bißchen wovon? Dann erkannte Dosh die qualvolle Neugier in den dunklen Augen des Nagiers. Oh, das!

»Wir sind nach Niol gegangen, zum Tempel. D'ward hat verkündet, wer er ist, aber sie haben nicht einmal versucht, ihn festzunehmen. Sie haben sich nicht *getraut*! Wundersame Dinge ...« Wo sollte er anfangen? »Ich habe *Visek gesehen*! Er ist kein Gott, bloß zwei alte Mumien. O Prat'han, er hat recht! Alles, was er sagt, ist wahr! Ich habe mich schrecklich geirrt, und ihr alle hattet recht. Ihr habt geglaubt, ich nicht. Jetzt weiß ich es. Ich bin ein Narr gewesen, ein verdammter Narr!«

Der Töpfer lachte und drückte Dosh die Schulter. »Ich habe D'ward vor ein paar Tagen darauf angesprochen. Er meinte, ein schärferer Verstand bräuchte mehr Beweise, und ich sollte mich um meine eigenen Angelegenheiten kümmern.«

»Größere *Narren* brauchen mehr Beweise, meinst du wohl.«

»Stimmt. Aber das ist nicht das, was D'ward gesagt hat.«

Die beiden blickten einander an und grinsten. Und dann lachten sie.

28

Julian und Ursula waren am Vorabend in Nosoktal eingetroffen, mußten jedoch erfahren, daß der Befreier bereits weitergezogen war. Sie folgten seinem Weg über den Thadrilpaß, und nun stiegen sie ins Nioltal hinunter ab.

Vor etwa einer Stunde hatte Julians erster flüchtiger Blick auf das Tal ihn zutiefst beeindruckt. Zum einen war es wesentlich größer als jedes andere Becken auf Nebenan, das er bislang gesehen hatte. Die Gebirgsketten ringsum erstreckten sich so weit, daß sie hinter einem flachen Horizont verschwanden. Zum anderen wirkte das Tal ungemein fruchtbar. Das kahle, trockene Vorgebirge des Niolhanges ging jäh in eine Ebene über, die einem prunkvollen Gemälde aus Grün und Silber glich. Im Norden schimmerten zahlreiche kleine, weiße Dörfer wie Perlen in der Morgensonne, und weiter oben hatte Julian eine Stadt erspäht, von der T'lin sagte, es wäre Niol selbst. In südlicher Richtung befanden sich Seen, Sümpfe und Flüsse, zwischen denen nur einzelne Inseln landwirtschaftlich genutzt wurden.

Im Augenblick jedoch beschäftigten ihn weniger die landschaftlichen Merkmale als vielmehr die Zusammensetzung der Bevölkerung. Wie viele Menschen mochte diese Menge dort unten wohl umfassen? Kein ganzes Bataillon, überlegte er – eher an die drei Kompanien, um die sieben- oder achthundert Mann. Die Vorhut war fast schon außer Sicht und marschierte entlang eines schmalen, gewundenen Pfades in das Sumpfland.

Drachen reisten ungern nah beieinander, deshalb

waren Unterhaltungen selten möglich, außer wenn die Drachen rasteten. Als sie sich noch gut tausend Fuß über der Straße befanden, brüllte T'lin Drachenhändler: »*Zappan!*« Gehorsam blieb Sternenlicht stehen. Keuchend und rülpsend versammelten die anderen Drachen sich um ihn und betrachteten ihre Reiter mit klugen, juwelengleich funkelnden Augen.

»Drachen mögen kein Wasser«, erklärte T'lin, kratzte sich den kupferfarbenen Bart und stellte eine finstere Miene zur Schau.

Wieso sollte das ein Problem sein? »Ich nehme an, es besteht kein Zweifel, daß die da unten *Tyika* Kisters Rudel sind, oder?«

»Nein, Sankt Haptmaan. Ich habe noch nie eine solche Menschenmenge gesehen. Das müssen sie sein.«

»Aber sie ist größer als in Joaltal?«

»Oh, viele Male größer, Heiligkeit.«

»Wohin sind sie unterwegs?« Ursula hörte sich grimmig an und sah noch grimmiger aus.

»Die Thardrilpaß-Straße teilt sich hier, Heiligkeit. Dieser Weg verläuft nach Niol. Der andere muß wohl nach Shuujooby führen. Das wäre die kürzeste Verbindung zum Lospaß und ins Jurgtal ... Aber ich bin nicht sicher. Ich war zwar schon in Shuujooby, nur aus einer anderen Richtung. Drachen mögen kein Wasser.«

»Da unten wimmelt es wahrscheinlich von Moskitos.« Unbeschwert zuckte Julian die Schultern. Er begriff nicht, weshalb Ursulas Stimmung sich so plötzlich verfinstert hatte. Bevor sie zum Frühstück das Zelt verließen, hatte sie sich noch hingebungsvoll verspielt gezeigt – vermutlich ein Grund dafür, daß er selbst so guter Dinge war. Kränkte es sie, daß Edward in so kurzer Zeit so viele Anhänger gesammelt hatte?

Das schien ziemlich engstirnig von ihr. Julian fand, Exeter machte seine Sache sehr gut. Noch mehr Macht für ihn!

»Exeter ist bestimmt ganz vorn«, meinte sie mürrisch.

»Ich kann mir keinen Propheten vorstellen, der das auserwählte Volk nicht persönlich führt, und am allerwenigsten Edward. Reiten wir doch runter, um es herauszufinden.«

T'lin verdrehte die Augen, krallte beide Hände in den Bart und knurrte: »Drachen mögen kein Wasser!«

Oh. Endlich begriff Julian das allgemeine Trübsal. »Du meinst, wir hätten früher hier sein und ihm den Weg abschneiden müssen?«

Ursula schleuderte ihm einen verärgerten Blick zu. »Ausgezeichnet beobachtet.« Sie drehte sich um und betrachtete die Grate des Niolhanges hinter ihnen; dann wandte sie sich wieder an T'lin. »Was gibt es dort, in Shuujooby?«

»Nur ein Dorf, Heiligkeit.« T'lin überlegte kurz. »Und einen verfallenen, halb von Sand vergrabenen Tempel.«

Ursula nickte. Julian ahnte, was sie dachte: *Knoten!* Wenn Exeter durch Predigen Mana und Anhänger sammelte, würde er es gewiß auf Knoten tun, so oft dies möglich war.

»Aber wir können durch die Hügel reiten und ihn überholen?«

»Gewiß, Heiligkeit.«

Das klang nach einem vernünftigen Vorschlag, denn wenn es um Querfeldeinbeförderung ging, waren Drachen unübertrefflich, und die kahlen Hügel stellten ein Bilderbuchgelände für sie dar, doch Julian hatte es bis obenhin satt, den ganzen Tag wie ein

Gepäckstück auf einer riesigen Echse festgeschnallt zu sein und nichts zu tun zu haben, außer gelegentlich »*Zaib!*«, »*Varch!*« oder »Hallo da drüben!« zu rufen. »Senden wir doch T'lin und die Drachen dort entlang. Ich hätte nichts dagegen, mich zur Abwechslung auf Schusters Rappen zu begeben.«

»Laufen?« Ursula schnaubte verächtlich. »Inmitten dieses Pöbels? Die werden dir die Brieftasche zupfen und dir dafür Flöhe überlassen.«

Julian ließ sich nicht beirren. »Ich habe keine Brieftasche. Wir sind hergekommen, um herauszufinden, was Exeter vorhat. Scheint mir ein verdammt guter Einfall, erst mal zu hören, was seine Kreuzritter von ihm halten.«

Augenscheinlich unfähig, Julians Begründung zu widerlegen, schmollte Ursula. Je genauer Julian darüber nachdachte, was er soeben vorgeschlagen hatte, desto klüger erschien es ihm, doch offensichtlich hatte Ursula keineswegs vor, von ihrer Meinung abzuweichen und ihm beizupflichten. Sie wollte schlicht und einfach nicht laufen, er hingegen schon; zudem konnte er auf diese Weise auskundschaften, was Exeter im Schilde führte. Die Sprache würde sich unter Umständen als Problem erweisen. Sein Joalisch war immer noch bruchstückhaft, und so weit von Randortal entfernt würde es niemanden geben, der Randorisch sprach. Doch er kannte jemanden, der sich auf Joalisch durchzuschlagen wußte.

Dommi saß teilnahmslos auf Blaujuwels Rücken und wartete auf Befehle der *Votyikank*. Sein kupferfarbenes Haar schimmerte im Schein der Morgensonne, denn er hatte den Hut abgenommen, doch sein Gesicht leuchtete beinahe genauso rot, weil er sonst nichts abgelegt hatte. Was Julian daran erinnerte, daß er selbst noch in seine Bergfelle gehüllt war und jeden Augenblick zu schmelzen drohte. Er löste den Sattelgurt und rief nach seinem Diener.

»Die blaue, joalische Hose bitte, Dommi. Und den orangenen Kittel. Oder meinst du, etwas Konservativeres wäre für eine religiöse Versammlung passender? Vielleicht der Waldgrüne?«

Dommi stand bereits neben Julians Steigbügel, um ihm beim Absteigen zu helfen. »Der Orangene könnte übermäßig hell sein, *Tyika*, wenn Ihr unauffällig bleiben möchtet. Und darf ich Euch die Blasenlederhalbschuhe vorschlagen? Wenn Ihr mir noch einen Augenblick Zeit gebt, könnte ich noch eine Wespenölschicht auftragen, obwohl ich glaube, die Schuhe sind auch so wasserdicht.«

»Oh, da bin ich sicher. Und bestimmt kannst du mir einen erstklassigen Turban wickeln.«

Während sein Putzer zu Blaujuwels Satteltaschen eilte, begann Julian, ein paar Knöpfe zu öffnen und begutachtete die umliegenden Felsblöcke, um zu entscheiden, welcher als Herrenumkleideraum dienen konnte. »Und auch eine Kleinigkeit zu essen für mich, Dommi, für unterwegs, ja? Und für dich, wenn du mitkommen möchtest.«

Freudestrahlend schaute Dommi über die Schulter zurück. »Es wäre mir eine große Ehre, Euch begleiten zu dürfen, *Tyika*.«

Ursula saß immer noch im Sattel und starrte mit immer bitterböser Miene auf die unter ihnen verschwindenden Menschenmassen. Wenn Exeter die letzten paar Wochen von so vielen Leuten Mana bezogen und keines für Wunder verwendet hatte, war er vielleicht doch nicht das Leichtgewicht, mit dem sie gerechnet hatte. Dann würde es ehrliche Verhandlungen geben müssen, keine willkürliche Gehirnwäsche.

»Hör zu, altes Mädel«, sagte Julian. »Ich versuche wirklich nicht, dir einen Strich durch die Rechnung zu machen. Ich schwöre, ich werde dich nicht einmal erwähnen, in Ordnung? Keine Hinweise, keine Warnungen ... Ich will ihn bloß abklopfen. Dommi und ich gehen zu Fuß. Wir treffen uns heute abend in Exeters Hauptquartier. In Shuujooby oder wo auch immer.«

Mittlerweile hatte Dommi die gewünschten Kleider hervorgeholt, die allesamt frisch gewaschen und gebügelt wirkten. Zeit, sich umzuziehen.

»Ihr könntet noch bis zum Fluß reiten, Heiligkeit«, warf T'lin ein, dem die plötzliche Änderung des Planes Sorgen zu bereiten schien.

Es wäre nur etwa eine halbe Meile, und bis Julian dort einträfe, würden noch Nachzügler den Fluß überqueren. »Nein, dadurch würde ich zu viel Aufmerksamkeit erregen. Du paßt doch gut auf Sankt Ursula auf, oder? Was ist denn das gestreifte Ding da? Doch nicht mein Turban? Um Himmels willen, Dommi, erwartest du tatsächlich, daß ein anständiger junger Mann sich in der Öffentlichkeit mit so etwas zeigt?«

Nach etwa einer Stunde begann Julian sich zu fragen, ob seine Entscheidung zu laufen womöglich unklug gewesen war. Nach zwei Stunden war er davon überzeugt. Die dunstige Luft stank nach feuchtem Pflanzenwuchs und war genau so verseucht von Moskitos, wie er vorhergesagt hatte. Da das Sonnenlicht vom Wasser widerstrahlte, gleißte es sowohl von oben als auch von unten auf ihn ein. Seine schweißgetränkte

Kleidung klebte wie Blutegel an seinem Körper. Der Pfad war schmal, schlammig, gewunden und voller Menschenmassen; seinem Vorhaben, sich an die Spitze des Trosses vorzukämpfen, um sich ungestört mit Exeter zu unterhalten, war nur ein höchst bescheidener Erfolg beschieden. Ab und an kreuzte der Pfad eine Insel; dann konnte er andere Reisende überholen, es sei denn, das angrenzende Land war mit Getreide bestellt. Die Bewohner hatten sich aus ihren schäbigen kleinen Hütten gewagt, um den geheimnisvollen Troß zu bestaunen, der durch ihre einsame Welt zog. Er mußte ihnen wie ein seltsamer Traum erscheinen.

Dennoch kam er schneller voran als alle anderen, folglich würde er die Anführer früher oder später einholen. Die einzigen, die ihn überholten, waren zwei rennende Männer mit Speeren und Schilden. Sie brüllten, damit die Leute beiseite wichen, dann trotteten sie vorbei. Schweiß spritzte in der schwülen Hitze von ihren Leibern, doch bald verschwanden sie weiter vorn in der Menge. Niemand sonst schien bewaffnet; dennoch hatte sich niemand überrascht oder erschrocken über die beiden gezeigt.

»Interessant!« meinte Julian. »Wer diese Kerle wohl waren?«

»Ich habe sie gesehen, als wir losgegangen sind, *Tyika,* oben auf einem Baum. Ich vermute, sie sind Nagier, *Tyika.*« Dommis sommersprossiges Gesicht blieb unbewegt. Er mußte ebenso gut wie Julian wissen, daß Exeter sein erstes Jahr auf Nebenan im nagischen Heer verbracht hatte.

Kundschafter womöglich? Zurückgelassen, um zu beobachten, wohin die Drachen zogen?

Im großen und ganzen erwiesen die Pilger sich als nicht annähernd so hilfreich, wie Julian gehofft hatte.

Ihr Joalisch war wesentlich blumiger und wurde viel schneller gesprochen als jenes, das er in Olympus gelernt hatte – selbst Dommi gelang es oft nicht, die Akzente zu verstehen. Und wenn doch, machte die stockende Übersetzung die Unterhaltung oft gestelzt und peinlich. Die meisten schienen so gut wie keine Ahnung zu haben, weshalb sie eigentlich Teil dieses seltsamen Trosses waren, abgesehen davon, daß der Heilige D'ward der prophezeite Befreier war, der dem Tod den Tod bringen würde und sie aufgefordert hatte, sich den Freien anzuschließen und ihm zu folgen – ein vollkommenes Beispiel für Charisma. Die Menschen folgten Exeter, weil er ein Anführer war, was Julian bereits gewußt hatte. Die meisten Fremden in Olympus hätten dieselbe Wirkung ebenso mühelos zu erzielen vermocht, sollten sie je einen Grund haben, sich der Gefahr des Zorns des Pentatheon und der Behörden der Täler auszusetzen.

Der Troß repräsentierte einen eigenartigen Querschnitt der Gesellschaft in den Tälern. Einige waren abgezehrt und in Lumpen, andere beleibt und wohlhabend. Julian sah Greise, die auf Stöcke und die Arme Jüngerer gestützt voranhumpelten, stämmige junge Erwachsene, Säuglinge an den Brüsten ihrer Mütter. Nach und nach beschlichen Julian Zweifel, die er zuvor nicht gehegt hatte. Ob Exeter auch nur die leiseste Vorstellung hatte, wie einschneidend er das Leben all dieser Menschen durcheinanderrüttelte? Wohin führte er sie, und was würde aus ihnen werden? Egal ob er dieses verrückte Spiel gewann oder verlor, er beschwor ein gesellschaftliches Chaos herauf. Aus welchem Blickwinkel man die Gerechtigkeit seiner Sache auch betrachtete, zu den Beteiligten war er sehr, sehr ungerecht. Verdammt noch mal, eigentlich waren sie eher *Opfer* als Beteiligte! Julian konnte sich nicht erinnern, daß in Olympus jemand diesen Einwand vorgebracht hatte.

Gegen Mitte des Tages hockten sich zahlreiche Pilger in den Schatten von Bäumen oder Büschen, um zu rasten, wodurch die Reihen auf der Straße sich merklich lichteten. Der festen Überzeugung, daß Verrückte und Engländer in der Lage waren, der Mittagssonne dieser Welt mit derselben Einstellung zu begegnen wie der Mittagssonne anderer Welten, beschleunigte Julian die Schritte. Dommi kramte die Verpflegung aus dem Bündel hervor, und die beiden aßen im Gehen.

Dann flüsterte Dommi plötzlich: »*Tyika?*« und hielt inne. An der Stelle erstreckte die Straße sich über eine niedrige, steinige Insel, zu klein, um landwirtschaftlich genutzt zu werden. Trotzdem wuchsen ein paar weidenähnliche Bäume an den Rändern, und eine Gruppe von zehn oder zwölf Pilgern hatte dort angehalten, um zu rasten.

Ein Streitgespräch war im Gange. Julian konnte dem Kauderwelsch nicht folgen, Dommi jedoch verstand anscheinend ein paar Brocken. Er runzelte die Stirn.

Im Mittelpunkt des Zwists stand ein kleinwüchsiger, blonder Junge, der auf einem Stein hockte. Er trug keinen Turban, war lediglich mit einem Lendenschurz und Sandalen bekleidet; zudem waren seine Füße in blutige Lumpen gewickelt. Die anderen hatten sich auf dem Boden rings um ihn versammelt, gleich Schülern um einen Lehrer. Doch die Klasse war unverkennbar widerspenstig und brüllte fortwährend Einwände. Dann sah Julian, was Dommi vermutlich von Anfang an aufgefallen war – die meisten Zuhörer trugen den goldenen Ohrring des Ungeteilten. Ihnen gefiel nicht, was sie hörten.

Offensichtlich war der mit den Armen fuchtelnde, brüllende Junge ein Einheimischer; besäße er das Charisma eines Fremden, würde seine Botschaft auf keinen solchen Widerstand stoßen. Ebenso offensichtlich glaubte er aufrichtig an das, was er sagte, denn der gerechte Zorn eines blinden Eiferers ließ ihn zunehmend lauter und sein Gesicht geröteter werden. Eigentlich war er kein richtiger Junge mehr, wenngleich seine geringe Größe und die helle Hautfarbe ihm ein knabenhaftes Aussehen verliehen, gleich einem Engel mit leicht rückläufiger Lockenpracht. Ein ziemlich wütender Engel! Vielleicht war er ein Verfechter des Pentatheons, der die geliehene Lehre des Dienstes in Verruf brachte, oder auch ein Jünger des Befreiers. Der bislang so schlichte Glaube der Täler wurde allmählich recht verworren.

Nach einer Weile ruckte Dommi sich das Bündel höher auf die Schultern und warf Julian einen entschuldigenden Blick zu, um ihm zu verdeutlichen, daß er nun zum Weitermarsch bereit war.

»Bleib ruhig noch, wenn du willst.«

»Ich glaube, ich habe alles gehört, *Tyika*. Sie wiederholen sich.«

»Na schön.« Während sie die Wanderung fortsetzten, wartete Julian darauf, daß Dommi ihn aufklärte. Doch sein Diener blieb stumm.

»Worum ging es bei dem Streit?«

»Ich glaube um Theologie, *Tyika*.«

»Du erstaunst mich. Nein, eigentlich überrascht du mich überhaupt nicht. Wer hat für was gesprochen?«

»Ich habe nur ein paar Worte aufgeschnappt, *Tyika*.«

»Dann mal raus damit.«

Dommi wurde unerwartet verschlossen, sein Englisch noch verschnörkelter als sonst. Schließlich gab er zu, daß der kleine Prediger behauptet hatte, ein enger Vertrauter und Anhänger des Befreiers zu sein, und daß das Streitgespräch sich hauptsächlich um das Wesen des Lebens nach dem Tode drehte. Bis jetzt war die Kirche des Ungeteilten dem Beispiel des Pentatheons gefolgt und hatte den Gläubigen versprochen, sie würden ewige Glückseligkeit zwischen den Sternen des Himmels finden, während die Bösen für immer einsam in der Dunkelheit schmoren würden. Anscheinend hatte der Befreier eine andere Auffassung dessen, was der Ungeteilte beabsichtigte, wenngleich Dommi offenbar nicht sicher war, wie diese Auffassung aussah.

Was seine besorgt gerunzelte Stirn erklärte. Die *Tyikank* hatten sich entzweit, folglich stand seine Treue gegenüber dem Dienst in Widerspruch zu der Treue gegenüber Exeter, seines früheren Meisters. Olympus würde bestimmt alles andere als erfreut sein zu erfahren, daß der Befreier die Reformationsbewegung in gegnerische Sekten spaltete. Das Pentatheon hingegen würde sich vermutlich schadenfroh die Hände reiben.

»Wahrscheinlich handelt es sich nur um ein Mißverständnis«, meinte Julian leichthin. Nachdem sie eine Zeitlang weitergestapft waren und nur das schmatzende Geräusch von Füßen in Schlamm die Stille durchbrach, gelangte er jedoch zu dem Schluß, daß der Zank, dessen Zeugen sie geworden waren, tiefere Gründe gehabt haben mußte. Und offensichtlich quälten Dommi immer noch Zweifel.

»Es ging um mehr als das, nicht wahr?«

Nach weiterem gutem Zureden ließ Dommi sich schließlich entlocken, daß die Sache mit dem Leben nach dem Tode nur am Rande besprochen worden war. Hauptsächlich hatte der Streit sich um das Wesen der herkömmlichen Götter der Täler gedreht. Die Kirche des Ungeteilten lehrte, daß Visek und die anderen Dämonen seien. Der Befreier predigte, sie wären menschliche Zauberer.

Was natürlich der Wahrheit entsprach. Und einen bedeutenden Unterschied zwischen den Lehren darstellte.

»Verdammt!« entfuhr es Julian. Das war eine wesentlich ernstere Geschichte. Prof Rawlinson und die anderen Verfasser des Wahren Evangeliums hatten lange und eingehend darüber nachgedacht, bevor sie wissentliche Täuschung darin einbauten, doch sie waren letzten Endes zu dem Schluß gelangt, es wäre einfacher und sicherer, Dämonen zu erfinden, als zu versuchen, charismatische Fremde zu erklären, zumal es sich von selbst verstand, daß Dämonen böse waren. So hieß es in der offiziellen Erklärung. Der wahre Grund jedoch lautete – da war Julian ziemlich sicher –, daß die Apostel selbst charismatische Fremde verkörperten. Die Anführer der einen Seite mit den Anführern der anderen gleichzusetzen, würde zwangsläufig Fragen nach dem Unterschied zwischen ihnen heraufbeschwören. Besser, die Gegenseite als Dämonen zu brandmarken als zu behaupten, sie wären die Bösen und wir die Guten. Der offensichtliche Einwand dagegen lautete: »Sagt *wer*?«

»Verdammt!« wiederholte er. »Was, um alles in der Welt, glaubt Exeter, daß er da tut?« Erst als Dommi ihm antwortete, wurde ihm bewußt, daß er seine Gedanken laut ausgesprochen hatte.

»Er nimmt Hilfe von ihnen, *Tyika*.«

»Er tut *was*?«

Unglücklich nickte Dommi, mit unsagbar jammervoller Miene; es schien ein Wunder, daß seine Sommersprossen ihm nicht aus dem Gesicht sprangen und in Deckung gingen. »Der Mann auf dem Stein hat behauptet, die Dämonin Irepit wäre in Rinootal an der Seite des Befreiers erschienen. Irepit hat einen Trupp Soldaten der Königin für ihn auseinandergescheucht. Außerdem hat er gesagt, er selbst wäre letzte Nacht mit dem Befreier nach Niol gegangen und hätte den Dämon Visek mit eigenen Augen im Tempel gesehen, *Tyika*!«

Julian bediente sich einiger Flüche, die er seit der Schlacht an der Somme nicht mehr verwendet hatte. Also hatte Exeter sich an Zaths Gegner im Pentatheon verkauft? Nebelhorn und die anderen hatten völlig Recht gehabt. Der Befreier würde die Kirche des Ungeteilten zum Einsturz bringen wie Samsons Tempel.

Ursula würde ein Schlag nach dem anderen treffen.

29

Der Pfad führte bergauf über eine Insel; am Ende befand sich ein kleiner Bauernhof, während die Gegend ringsum in schulterhohem Gebüsch versank. Fünf Männer mit Speeren und großen, runden Schilden standen entlang der Westseite des Pfades auf Posten. Es bedurfte keines napoleonischen Verstandes, um zu erraten, daß Edward Exeter vermutlich irgendwo hinter ihren Rücken im Schatten sein Mittagsschläfchen hielt.

Julian traf in Begleitung von Dommi, Garhug'n Papiermacher, Garhug'ns Frau und deren drei Kinder ein; das jüngste war etwa vier Jahre alt. Garhug'n sprach ein wenig Joalisch, das für Julian halbwegs verständlich war, jedenfalls die meiste Zeit. Der Papiermacher hatte lang und breit erzählt, wie er und seine Familie von einem Besuch bei seiner greisen Mutter aus Niol zurückgekehrt waren, und wie sie am Vorabend nahe des Thadrilpasses unerwartet die Menschenschar gesehen hatten, und wie sie stehen geblieben waren, um der Predigt des Befreiers zu lauschen, und wie ihnen auf wundersame Weise die Augen für die Wahrheit geöffnet worden waren. Garhug'n hatte umgehend beschlossen, mitsamt seiner Familie dem Befreier zu folgen. Er schwebte auf einer Wolke religiöser Ekstase. Seine schüchterne, zurückhaltende Frau dagegen schien krank vor Sorge. Seine Kinder wirkten verwahrlost, hungrig, müde und verwirrt.

Der erste Wächter war ein stämmiger junger Mann mit dunklem Haar und Bart. Die Sonne hatte seine Haut walnußbraun gebrannt, vergleichbar jener eines Spaniers oder eines Hindus einer hohen Kaste – hätte sich ein solcher Mensch je dazu herabgelassen, sein Leben nur mit einem Lendenschurz bekleidet im Freien zu fristen. Der Speer des jungen Mannes bestand aus einer handgelenkbreiten, etwa zwei Meter langen Stange mit einer glänzenden Metallklinge, die gleichermaßen scharf und tödlich wirkte. Er entblößte makellose schneeweiße Zähne, als er ein fröhliches Lächeln zur Schau stellte. Dann sprach er in dem Mischmasch-Joalisch, das in den Tälern als Verkehrssprache galt, eine Begrüßungsfloskel.

»Der Befreier predigt heute abend bei Shuujooby. Es

gibt auch zu essen. Aber zieht bitte weiter und laßt ihn erst einmal ruhen. Der Segen des Ungeteilten möge mit euch sein.«

Garhug'n fügte sich sogleich, schalt seinen Jüngsten, mit dem Gejammer aufzuhören und scheuchte den Rest seiner Familie weiter.

Julian erwiderte das Lächeln des Wächters. »Mich wird er sehen wollen. Wir sind alte Freunde. Wenn er schläft, werde ich natürlich ...«

Das Lächeln verpuffte. »Bitte geh weiter, Bruder.«

»Ich versichere dir, daß ich den Befreier kenne, seit er ein Knabe war. Er wird sich ganz sicher freuen, mich zu sehen.« Julian trat einen Schritt vor, mußte aber feststellen, daß ihm ein großer Lederschild den Weg versperrte.

Auf den Zügen des Wächters lag nun kein Lächeln mehr. »Geh weiter, habe ich gesagt.«

Vor Bestürzung war Julian für einen Augenblick sprachlos. Selbst zu Hause durfte ein ehemaliger Offizier erwarten, sich an einem halbnackten Wilden vorbeizumogeln, ohne mehr als ein Stirnrunzeln heraufzubeschwören. Hier auf Nebenan verlieh ihm sein Charisma für gewöhnlich die Überzeugungskraft eines heranrollenden Panzers.

»Jetzt hör mal zu, guter Mann ...«

Der Wächter wirbelte den Speer in den Händen herum, als handle es sich um einen Zweig, und rammte die Metallklinge vor Julians Zehen in den Boden. Unwillkürlich sprang Julian zurück, wobei er mit Dommi zusammenstieß.

»Heute abend, am verfallenen Tempel in Shuujooby.« Der Wächter zog den Speer aus dem Boden und zielte mit der Spitze auf Julians Gürtel. Er lächelte wieder. Seine Augen jedoch nicht.

Ein weiterer Nagier – sofern es sich um solche handelte – kam herbeigeschlendert, um seinem Freund den Rücken zu stärken. Er war um einiges größer als der erste Wächter. Das Charisma des Heiligen Haptmaans würde hier keine Wirkung zeigen. Diese Krieger waren zu lange dem Charisma Exeters ausgesetzt gewesen; überdies hatte er ihnen Befehle erteilt.

Dommi bildete mit den Händen einen Trichter um den Mund und brüllte auf Englisch: »*Tyika* Kisster! Ich bin's Dommi Leibdiener aus Olympus!«

Die beiden Krieger starrten einander mit gerunzelter Stirn an und wirkten völlig verdutzt. Der erste hob den Speer, als wollte er ihn als Knüppel verwenden; der zweite raunte Julian ein barsches Wort zu, das ihn innehalten ließ.

Dann aber reckte Julian sich zu voller Größe auf, wenngleich es ihm nicht gelang, auf Augenhöhe mit dem Hochgewachseneren der beiden Wächter zu gelangen. »Geh und sag dem Befreier, daß Haptmaan Smedley und ...«

Keine zwanzig Meter entfernt ertönte aus dem Gebüsch eine laute Stimme: »Dommi?« Was danach kam, war unverständlich. Welche Sprache es auch sein mochte, die Wachen zeigten Wirkung, und Dommi wußte warum. Mit einem breiten Grinsen hievte er sein Bündel höher auf die Schultern und huschte ins Unterholz. Die Wachen unternahmen keinen Versuch, ihn aufzuhalten.

Julian setzte zu einem Schritt an und sah sich abermals einem Schild aus Holz und Leder gegenüber.

»Du bist nicht gerufen worden.«

Lächerlich! Das war vollkommen lächerlich! Exeter selbst hatte gerufen. Mußte er, Julian, auch erst seinen Namen brüllen wie ein Marktschreier, der Fisch verkauft? Lieber wollte er verdammt sein. Anderseits blieb ihm dann nur die Möglichkeit, hier auf der Straße zu warten, was beinahe genauso schlimm war. Julian fühlte, wie Zorn in ihm aufstieg. Er wünschte, er hätte einen Manavorrat, so wie Ursula und die anderen. Es hätte wenig bedurft, um den Willen dieses Lakaien zu beeinflussen, doch Julians magische Mittel waren erschöpft. Vermutlich würde Dommi Exeter ohnehin sofort berichten, daß er hier war.

Zumindest recht bald.

Die Krieger grinsten.

»Weiter. Geh weiter«, forderte ihn der größere im Tonfall eines hohen Offiziers auf, der zu einem Rekruten spricht.

Einen Augenblick, bevor Julian vor Wut aus der Haut gefahren wäre, erklang Exeters Stimme abermals.

Unverzüglich traten die Wachen beiseite.

»Der Befreier ruft dich!« herrschte der größere Mann ihn an. »Beweg dich!«

Für einen Moment war Julian versucht zu erwidern, dieser dämliche Edward Exeter solle selbst herkommen, um ihm die Einladung zu überbringen, doch dann siegte doch die Vernunft. So würdevoll wie möglich stapfte er dort ins Gebüsch, wo Dommi verschwunden war.

Der Boden fiel jäh zu einem kleinen Teich hin ab. Über eine niedrige Steinmauer wuchernde Büsche warfen einen schmalen Schattenstreifen auf einen Sandstrand, an dem sich etwa ein Dutzend Nagier entspannten, einige hellwach und aufrecht sitzend, andere offenbar dösend, obwohl alle ihre Speere in Griffweite hatten. Inmitten der Gruppe kniete Dommi neben seinem Bündel und unterhielt sich angeregt mit

Edward Exeter. Julian kletterte den kleinen Hang hinab und bahnte sich einen Weg über ausgestreckte, braungebrannte Beine. Er spürte ein leichtes Prickeln von Virtualität. Dieser heimelige Unterschlupf war ein winziger Knoten.

Der Befreier trug eine graue Robe, die in der schwülen Hitze zwar unangenehm warm sein mochte, aber zumindest vor der Sonne schützte. Die Kapuze war zurückgeschoben und entblößte welliges schwarzes Haar, das dringend geschnitten werden mußte. Er redete unentwegt auf Dommi ein. Die beiden grinsten einander an und redeten sich gleichzeitig den Mund fusselig, wie zwei alte Busenfreunde, doch sie sprachen so schnell Randorisch, daß Julian wenig mehr als Eigennamen verstand. Allem Anschein nach wurde Exeter auf den neuesten Stand gebracht, was die Geschehnisse in Olympus betraf, seit er diesen Ort verlassen hatte. Fast alle Namen, die zwischen den beiden hin- und her schwirrten, waren die von Karotten, nicht die von Fremden.

Eine Zeitlang schenkte weder der eine noch der andere Julian Aufmerksamkeit, der mittlerweile vor ihnen stand. Dann schaute Exeter auf. Seine strahlend blauen Augen musterten den Neuankömmling aufmerksam, bevor sein Mund sich zu einem Grinsen verzog.

»Dr. Livingstone, vermute ich, richtig? Oder ist das dein Text?«

Julian, der sich seltsam ratlos fühlte, sagte: »Grüß dich!«

»Schön dich zu sehen, alter Freund.« Exeter streckte die Hand in die Höhe. »Tschuldige, wenn ich nicht gleich aufspringe, ja?«

Seine Augen waren blutunterlaufen und eingesunken. Sein Bart wirkte sorgfältiger gestutzt als ein Haar, doch die Wangen wirkten blaß unter der Sonnenbräune. Seine Füße waren mit Verbänden umwickelt – genau wie die des blonden Mannes, den sie früher gesehen hatten und der behauptet hatte, letzte Nacht Niol besucht zu haben ...

Julian sank auf ein Knie, ergriff die Hand und schüttelte sie mit seiner Rechten. Diese Geste hatte Exeter offensichtlich vergessen. Er zeigte sich verwirrt. Dann hielt er Julians Hand fest, während er sie begutachtete.

Als er sie losließ, lächelte er anerkennend. »Nicht übel! Ich würde sagen, Nebenan tut dir gut.«

»Es ist eine Verbesserung.« Julian setzte sich, schlug die Beine übereinander und schob Dommis Bündel beiseite. »Aber was, um alles in der Welt, ist mit dir los?«

Exeter zuckte die Schultern. »Zu viele Nächte mit zu wenig Schlaf.« Er gähnte; dann noch einmal, noch herzhafter.

Angenommen, ein Mensch marschiert die ganze Zeit, tagein, tagaus. Angenommen, er verläßt seine Anhänger eines abends und läuft zu Fuß nach Niol und wieder zurück ... Jeder würde nach dreißig Stunden auf der Straße völlig erschöpft aussehen, völlig übermüdet. Doch Exeter verkörperte nicht irgend jemanden. Er verkörperte den Befreier.

Doch er verkörperte auch Erinnerungen – Schultage in Fallow, im goldenen Schimmer der Jugend, die viel zu kurze Reise nach Pairs, die der Ausbruch des Krieges unterbrochen hatte, die wenigen, hektischen Tage im Jahr 1917, als Julian Smedley ihm zur Flucht aus einer Abteilung für Geisteskranke verhalf und er im Gegenzug Julian Smedley die Tür zu einer anderen

Welt eröffnete und ihm dadurch den Verstand rettete. Lag das tatsächlich weniger als zwei Jahre zurück?

Julian riß sich zusammen. »Kein Mana?«

»Derzeit nicht. Also haben sie dich geschickt. Ich hätte eher Jumbo oder Pinky erwartet.« Hinter der Bemerkung verbargen sich Fragen – Fragen über Treue und alte Freundschaft.

Wieso hatte Julian nur versprochen, Ursula nicht zu erwähnen?

»Sie haben mich gebeten, zu dir zu gehen und herauszufinden, was du vorhast.«

»Und *Entyika* Newton auch«, fügte Dommi leise hinzu.

Ups!

Exeter preßte die Lippen aufeinander, so daß sie kurz zwischen Kinnbart und Schnurrbart verschwanden.

»Eine ehrfurchtgebietende Frau, diese Mrs. Newton, wenn ich mich recht entsinne«, meinte er schließlich. Und wieder barg dieser bohrende Blick unausgesprochene Fragen.

Erleichtert, daß die Katze nunmehr aus dem Sack war – wenngleich er es Ursula gegenüber anders ausdrücken würde – sagte Julian: »Ursula wartet auf dich – auf uns – in Shuujooby.«

Die Antwort war ein weiteres, herzhaftes Gähnen, das wirkungsvoll jede Regung verschleierte, die der letzte Satz hervorgerufen haben mochte.

Verdammt noch mal! Exeter *mußte* die letzten paar Wochen Mana gesammelt haben. Er sollte in der Lage sein, die Müdigkeit und die Blasen an den Füßen mit einem Fingerschnippen zu heilen. Bestimmt war er nicht so verrückt gewesen und hatte alles Mana für sinnlose, angeberische Wundertaten verpraßt, um dem Bauernvolk imponieren. Oder hatte es das Mana verwendet, um Schnitter zu bekämpfen?

Ursula würde auf den ersten Blick erkennen, daß er verwundbar war. Sie würde ihn bei lebendigem Leib auffressen. Die Rauhbeine mit ihren Speeren und Schilden würden keinen Schutz gegen sie bieten, denn Exeter würde ihnen allen befehlen, nach Hause zu gehen, seinen Kreuzzug abblasen und Ursula wie ein Schoßhündchen zurück nach Olympus folgen. Zur Hölle!

Überhaupt kein Mana? Hatte man es ihm gestohlen?

»Wie ich höre, hast du Freund Visek letzte Nacht einen Besuch abgestattet.«

»O verdammt!« Schläfrig rieb er sich die Augen. »Wie hast du denn davon erfahren?«

Da hab' ich wohl eine wunden Punkt getroffen, was? »Ein Vögelchen hat es mir zugezwitschert.«

Die ringsum ausgestreckten Krieger runzelten angesichts ihrer Unfähigkeit, der Unterhaltung zu folgen, die Stirn, Dommi aber verstand Englisch. Er blickte Exeter mit einer Mischung aus Staunen und Bewunderung an. »Wir haben zugehört einem hellhaarigen Mann, der erzählt hat diesen Vorfall, *Tyika*. Er hatte ähnlich wunde Füße.«

»Danke!« sagte Exeter, ohne den Blick von Julian abzuwenden. Er unterdrückte ein weiteres Gähnen. »Erinnere mich daran, bei Gelegenheit Taxis zu erfinden. Ja, es stimmt. Sein Name ist Dosh Gesandter. Ich hätte ihm eintrichtern sollen, den Mund zu halten. Für gewöhnlich wirken Austern im Vergleich zu ihm wie Quasselstrippen.«

»Heute vormittag hat er geredet wie ein Wasserfall. Und? Ist Visek nun männlich oder weiblich?« Mit diesem Wissen konnte Julian die eine oder andere bedeutende Wette gewinnen. Sogar Olga behauptete, es nicht mit Bestimmtheit sagen zu können.

»Beides – wie Jack und Jill aus dem Gedicht. Wo steckt Mrs. Newton jetzt?«

Julians Blick wanderte zu den ledrig-braunen Hügeln, die mittlerweile fünf oder mehr Meilen entfernt liegen mußten.

Aus dieser Entfernung waren darüber bläuliche, eisverkrustete Felsen zu sehen. »Reitet durch die Gegend.«

»Wer ist noch bei ihr?«

»Nur T'lin Drachenhändler. Wir sind hergekommen, um ...«

»Dann ist das schon in Ordnung. Gut.«

»Was soll das heißen, ›gut‹?«

Ein Leuchten flammte in den müden, kornblumenblauen Augen auf. »Das soll heißen, daß T'lins Drachen wahrscheinlich schneller sind als Königin Elvanifes Moas, wenn er nicht zu weit ins Flachland gerät.«

Diesmal war es Julian, der zusammenzuckte. Dies war die gemeinste Wortschlacht, die er seit Jahren geführt hatte.

»Deshalb hast du zwei deiner Trojaner auf einem Baum zurückgelassen? Du hast die Straße mit Jüngern verstopft und sie gezwungen, einen anderen Weg einzuschlagen?«

»Da hört man gleich den fachmännischen Strategen heraus.«

Was keine Antwort war. Julian zuckte die Schultern. »Es gibt eine gräßliche Prophezeiung über die Knochen junger Männer in Niolland.«

Exeter nickte, reckte die Arme und gähnte neuerlich. Kurz schaute er zu seinem Gefolge und lächelte Dommi an; dann heftete er den abwägenden Blick wieder auf Julian. »Es wird Zeit zum Aufbruch. Es würde sich für einen Ehrenmann geziemen, in Shuujooby zu sein, um Mrs. Newton zu begrüßen, wenn sie dort eintrifft, nicht wahr?«

Julian blitzten ein paar Flüche durch den Kopf. Er hatte versprochen, keine Warnungen abzugeben ... Wenn Exeter nur nicht so verflucht erschöpft aussähe ... Teufel auch! Na ja, sagte sich Julian; du kannst ja wenigstens einen versteckten Hinweis fallen lassen. »Warum ruhst du dich nicht ein bißchen aus, alter Freund, und ziehst morgen weiter, wenn du frischer bist?«

Exeter schien zu begreifen; denn aus seinem Lächeln war so deutlich Dankbarkeit abzulesen, als stünde sie auf einer hell erleuchteten Schriftrolle geschrieben. Dann aber schüttelte er den Kopf. »Ich sollte mich lieber auf den Weg machen. Ich rechne mit einer Truppe erlesenster Soldaten aus Niolland, und es wäre alles andere als anständig, sie ohne Warnung mit Ursula zusammenprallen zu lassen, nicht wahr? Sag, muß ich nur Mrs. Newton fürchten, oder haben die anderen sie auch mit deren Mana vollgepfropft?«

Julian starrte ihn mit offenem Mund an. »Ist das denn möglich? Man kann jemandem Mana *geben*?«

»Ja, es ist möglich. So bezahlen die kleineren Götter bei den Fünfen ihre Abgaben.« Völlig verspannt und steif griff Exeter nach seinen Sandalen, und seine Leibwächter rappelten sich auf, sogar jene, die eingenickt schienen. »In Shuujooby gibt es einen gewaltigen Knoten. Und ich will vor den Soldaten dort sein.«

Ein Knoten würde für Exter einer Festung gleichkommen, allerdings nur, wenn er eine Manaquelle besaß, die er anzapfen konnte. Julian besaß selbst kein Mana und konnte Exeter deshalb nicht helfen, was auch geschehen mochte.

30

Exeter humpelte zurück auf die Straße, wobei das Gehen für ihn augenscheinlich eine Tortur war. Seine Leibwächter scharwenzelten wie Glucken um ihn herum, doch er schenkte ihnen keine Beachtung und zog sich die Kapuze über den Kopf, um sein Gesicht zu verbergen. Selbstverständlich hätten sie den erschöpften Mann nur zu gern auf den Schultern getragen, aber das war eines Propheten unwürdig. Kurz darauf rief er Dommi an seine Seite. Nun, da die Sonne ihren höchsten Stand überschritten hatte, war die schmale Straße wieder bevölkert; folglich mußte Julian wie ein Verstoßener hinter seinem eigenen Leibdiener hertrotten, umringt von der bewaffneten Eskorte wie ein Schwerverbrecher, der zum Schafott geführt wird.

Er versuchte, sich mit den Speerträgern zu beiden Seiten zu unterhalten, doch er verstand kaum etwas von ihrem mit einem schweren Akzent durchsetzten Joalisch. Es mißfiel den Männern ohnehin zutiefst, mit ihm zu sprechen: Sie wußten nicht, wer er war und als was ihn ihr Anführer Exeter betrachtete. Der Rothaarige hingegen war offensichtlich sein Liebling.

Bislang hatte Julian bei Exeter keinerlei Fortschritte erzielt. Immer noch hatte er keine Ahnung, weshalb er hinsichtlich des *Filoby-Testaments* seine Meinung geändert hatte; ebenso wenig wußte er, was gegen Ursula unternommen werden konnte. Er hatte erwartet, den Befreier vor Mana strotzend vorzufinden, so daß er sich zumindest zur Wehr hätte setzen können. Doch während er die Gestalt in der grauen Robe vor sich beobachtete, sah er, wie das Charisma zu wirken begann. Obwohl sie sich auf keinem Knoten mehr befanden, schien die Müdigkeit bereits von Exeter abzufallen, da er aus der Hingabe seiner Leibwächter und der bewundernden Pilger Kraft bezog, an denen er vorüberkam. Diese Kraft würde ihn zweifellos nach Shuujooby bringen. Hingegen würde sie weder bei Ursula noch bei Königin Elvanifes Lanzenreitern eine große Hilfe sein.

Eine verschwitzte, moskitoschwangere Stunde marschierten sie durch das Sumpfland und beschrieben einen Bogen zurück zu den felsigen Schluchten des Nosokhanges. Endlich besann Exeter sich seiner Manieren. Er ließ sich zurückfallen, bis er neben Julian gelangte, während Dommi weiter vorn seinen Weg allein fortsetzte.

»Dommi sagt, der Krieg ist vorbei.« Exeter wirkte frischer als zuvor; seine blauen Augen funkelten wieder. Vielleicht war ihm nun eher nach einem anregenden Geisteswettstreit zumute.

»Sie so auch. Die Deutschen sind besiegt. Aber wir kennen noch keine näheren Einzelheiten.« Julian erzählte, was er wußte und war selbst erstaunt darüber, wie wenig es ihn mittlerweile berührte. Sogar von der Hölle, die er in Flandern kennengelernt hatte, träumte er nur noch selten. »Und du hast einen weiteren begonnen«, schloß er seinen Bericht. »Einen weiteren Krieg, meine ich.«

»Du meine Güte! Ist der Dienst deswegen aufgebracht?«

»Ziemlich. Wenn die erfahren, wie du ihre Lehre abgewandelt hast, werden sie Zeter und Mordio schreien.«

»Selber schuld, daß sie Dämonen erfunden haben. Welche Religion baut schon auf Lügen und Verleumdung auf?«

»Sag das mal Ursula.«

Exeter erwiderte nichts. Die Kapuze verbarg sein Gesicht. Damals in Fallow war er ein verteufelt guter Werfer gewesen, aber nie ein besonderer Schlagmann. Wenn er am Schlagmal stand, hatte er stets geblockt. Diese Fähigkeit hatte er nicht verloren: Diesmal blockte er jede Frage ab, die Julian ihm zuwarf.

»Du gibst deinen Bekehrten keine goldenen Ohrringe?«

»Hab' kein Gold.«

»Aber du hast die Taufe eingeführt!«

»Wasser ist billig.«

»Ich nehme an, jeder Kult braucht eine Art Einführungsritual«, überlegte Julian laut. »Beschneidung wäre wohl zu grausig, hm?«

Exeter schauderte. »Bitte!«

»Also hast du dich mit dem Pentatheon zusammengetan?«

»Nicht alle von ihnen sind Ungeheuer.«

»Und sie kümmern sich darum, wenn Zath dir Schnitter auf den Hals hetzt?«

»Bis jetzt schon.«

Wenn die Fünf fürchteten, Zath gegen sich aufzubringen, bestand die Möglichkeit, daß sie sich mit dem Befreier verbündeten oder ihn als Strohmann vorschoben, wenngleich bestenfalls ein ausgemachter

Trottel auch nur einem von ihnen vertrauen würde. Was für Versprechen hatte Exeter gegeben, um diese Zusammenarbeit zu bewirken? Wie sicher war seine Position? Inwieweit hatte er seine Grundsätze gebeugt? Diese Fragen zu stellen, verhieße das Ende der Unterhaltung und würde das zaghafte Wiedererwachen der alten Freundschaft im Keim ersticken.

»Ich dachte, Zath wäre stärker als jeder der anderen, vielleicht sogar stärker als der ganze Haufen?«

Exeter zuckte die Schultern. »Wer weiß? Wer kann es wissen, ohne es je versucht zu haben? Niemand läßt sich beim Großen Spiel in die Karten schauen.«

Julian blieb beharrlich. »Warum kommt er dann nicht, um dich zu schnappen, jetzt wo er weiß, wo du bist?«

»Du bist doch der Stratege. Du schickst Kundschafter aus, und keiner kehrt zurück. Schickst du die ganze Armee los?«

»Nein. Ich schicke einen stärkeren Erkundungstrupp aus.«

»Ich vermute, darauf kommt er noch.«

Schnitter waren durch Mana versklavte Einheimische, und ihre Waffen waren Rituale, mit denen sie die Macht ihres Gottes lenken konnten. Doch sie bezogen all ihre Kraft von Zath selbst.

»Wenn er diese stärkere Truppe entsendet, wirst du in der Lage sein, sie zu erkennen? Wird man die Magie spüren?«

Exeter ließ sich mit einer Erwiderung Zeit. Julian konnte nicht sagen, ob er über die Frage nachdachte oder bloß die Antwort hinauszögerte.

»Wenn ich eigenes Mana habe«, sagte Exeter schließlich, »kann ich sie vielleicht erkennen.«

»Warum hast du im Augenblick kein Mana?«

»Hab's aufgebraucht.«

»Wofür? Um Stöcke in Schlangen zu verwandeln?« Julian wußte, daß er sich gefährlich neugierig zeigte, trotzdem erhielt er eine ziemlich normale Antwort.

»Zum Laufen. Ich habe zwar einen verletzten Knöchel geheilt, aber das war auf Viseks Knoten.«

»Wieso spielt das eine Rolle?«

»Sämtliche Zeugen waren Viseks Geistliche. Sie haben das Wunder Visek zugeschrieben.«

»Bekommst du heute abend frisches Mana, wenn du in Shuujooby predigst?«

»Das hoffe ich.«

Ursula würde sich womöglich an Exeter heranmachen, noch bevor dieser den Mund auftat – es sei denn, Julian konnte sie irgendwie ablenken. Mana wirkte in hohem Maße selbstbefruchtend, wie Geld – je mehr man besaß, desto leichter war es, noch mehr zu erlangen. Körperliche Erschöpfung war nicht unbedingt die beste Voraussetzung, um eine religiöse Umwälzung zu predigen. Verdammter Idiot!

Julian wurde bewußt, daß sein Gaul drauf und dran war, mit ihm durchzugehen – die denkbar schlechteste Antwort auf Exeters Abblocktaktik. »Du bist unterwegs nach Tharg? Du willst Zath seine Flausen austreiben, stimmt's? Woher, um alles in der Welt, willst du das Mana kriegen, das du dafür brauchst?«

Die Frage kam Exeter gerade recht. Er blicke Julian an und ein Lächeln aufblitzen. »Aus dem *Filoby-Testament* natürlich.«

»Was?« entfuhr es Julian.

»Die Prophezeiung selbst birgt Mana, alter Freund. Hast du das noch nicht erkannt? Man braucht tonnenweise Mana, um in die Zukunft zu schauen – also wohin verschwindet es?«

»Keine Ahnung.«

»In die Worte! Jedesmal, wenn die Prophezeiung durch Ereignisse bestätigt wird, erhält sie mehr Mana von den Menschen, die sie kennen. Zath versucht schon seit unserer Geburt, die Kette zu zerreißen. Er versagt jedesmal – und mit jedem Mal wird die Prophezeiung stärker.«

Julian trat in ein Schlagloch und stolperte gegen einen Lederschild, der ihn hilfsbereit wieder in die Lotrechte stieß.

»Das ist doch verrückt! Diese Theorie habe ich noch nie gehört. Wer hat dir das erzählt?«

»Hab' ich mir selbst zusammengereimt«, meinte Exeter mit einem Schulterzucken.

»Das glaub' ich einfach nicht.«

»Um ehrlich zu sein, ich bin selbst nicht sicher, ob ich es glaube. Aber vielleicht glaubt es Zath? Ursprünglich dachte ich, die Aussichten, daß er gleich am Anfang über mich herfiele, stünden fünfzig zu fünfzig – um mich gleich in Joaltal zu vernichten, mit *Donner und Blitzen* und Paukenschlag. Hat er aber nicht. Also hatte er seine Lektion vermutlich gelernt.«

»Soll das heißen, er läßt all diese Dinge einfach geschehen? Und sieht sich das Theaterstück bis zum Ende an? Zum Teufel, Mann, das Ende ist sein eigener Tod!«

Exeter kicherte. »Was bedeutet, daß er sich nicht getraut hat, selbst in die Zukunft zu schauen. Hast du das gewußt, alter Freund? Den eigenen Tod vorherzusehen ist tödlich. Natürlich könnte er es jemand anders für sich getan haben lassen. Nein, ich bin überzeugt, daß er am Ende kämpfen wird. Inzwischen weiß er, daß ich ihm auf den Leib rücke. Er weiß, daß ich Verbündete habe, aber nicht wie viele oder wen –

und *das* wird er auf jeden Fall wissen wollen, um später die Rechnungen zu begleichen, falls er siegt. Vielleicht versucht er noch ein, zwei Tricks, aber ich glaube, er hebt sich die Kraft für die entscheidende Runde auf.«

Die Vorstellung des *Filoby-Testaments* als eine Art aktiver Mitwirkender ergab einen höchst unwahrscheinlichen Sinn. Julian selbst hatte geäußert, Exeter könnte etwas entdeckt haben, was allen anderen entgangen war. War es das? Wichtiger noch, würde es Ursula davon abbringen, sich einzumischen?

»Das Tal da.« Exeter deutete mit einem langen Arm in einem grauen Ärmel auf die Hügel, die nunmehr wieder überraschend nahe vor ihnen aufragten. »Shujooby befindet sich genau an der Mündung.«

»Du hast die gesamte Route ausgekundschaftet, nicht wahr? Ist es das, was du die letzten zwei Jahre getrieben hast?«

Exeter lächelte nur.

31

Wo der Fluß sich aus den Hügeln ergoß, um die Seen und Sümpfe zu nähren, maß sein Lauf eine Breite von fast einer Meile. Zu dieser Jahreszeit bestand er einzig aus Sand, aus strahlend weißem Quarz, und nur in ein paar wenigen, silbrigen Pfützen und seichten Rinnen fand sich Wasser; das einzig Strömende war ein unsichtbarer Luftwirbel, der Atem der Berge, der aus der Schlucht drang und den Menschen Sand in die Augen wehte. Und die einzige Zuflucht vor dem gleißenden Weiß war ein schattiges Fleckchen unter ein paar abgeschiedenen, toten Bäumen, die an ausgebleichte Skelette erinnerten.

Der Pfad endete am Nordufer an einer wackeligen Mole und ein paar gestrandeten Fährbooten. Die gefeierte Weltstadt Shuujooby präsentierte sich als ein verstreutes Häufchen aus Treibholz errichteter Bruchbuden, umwuchert von hohem Gras, jede mit einer Treibsanddüne an der Leeseite. Etwa zwei Dutzend zerlumpte Dorfbewohner begafften den Troß der Kreuzzügler des Befreiers, der an ihnen vorüberströmte. Gewiß verwirrten sie all die Pilger, die bereits an ihnen vorbei und zu kleinen Pünktchen in der Ferne geschrumpft waren, während sie durch die gleißende, weiße Wüste zum vereinbarten Rastplatz marschierten. Die Kriegertruppe mit all den Speeren und Schilden mußte ein noch größeres Wunder für sie darstellen, und es würden noch Hunderte weitere Anhänger folgen.

Das gegenüberliegende Ufer zeichnete sich als grüne Linie aus Büschen und Wäldern ab. Davor prangten die Überreste des Tempels, halb im Sand der Schwemmebene vergraben. Selbst auf diese Entfernung erkannte Julian, daß das Bauwerk gesäubert worden war, als hätten gewaltige Geier allen Unrat aufgepickt. Jeder Stein wirkte blitzblank poliert, und nur wenige schienen an ihrem ursprünglichen Platz zu stehen. Doch gewiß war der Tempel auf einem Knoten errichtet worden; die Virtualität würde unverändert vorhanden sein. Einen Mordsbrocken von einem Knoten hatte Exeter ihn genannt.

Edward war nach vorn gegangen, um sich wieder zu Dommi zu gesellen, und so war Julian wieder allein. Doch es machte ihm nichts aus; denn er hatte über einiges nachzudenken. Ursula würde bestimmt versuchen, Exeters Revolution aufzuhalten. Julian ertappte sich dabei, daß er nach Gründen suchte, sie davon abzubringen – also mußte *er* wohl den Wunsch haben, daß die Revolution ihren Fortgang nahm. Warum? Glaubte er tatsächlich, daß sie auch nur die geringste Aussicht auf Erfolg haben konnte? Die ganze Sache glich auf entsetzliche Weise einem Kinderkreuzzug, einem Gemetzel an Unschuldigen. Welchen Schaden dies für die Kirche des Ungeteilten auch verheißen mochte, inzwischen war dies alles wohl nicht mehr zu vermeiden. Ob die Ketzersekte nun in Thargtal von Zath ausgelöscht wurde oder bloß in Verruf geriet und sich auflöste, sobald Ursula ihren Anführer verhexte, man würde das Pentatheon und dessen althergebrachte Religion als Sieger betrachten.

Das schien eine recht zynische Einstellung! So wie es derzeit lief, würde Exeter ein gewaltiges Gefolge angesammelt haben, bis er Thargtal erreichte. Gewiß war es besser, hier ein paar hundert Leute zurückzulassen als dort dabei zuzusehen, wie Tausende hingemetzelt wurden, nicht wahr? Wenn Julian sich selbst nicht davon überzeugen konnte, daß die ganze Sache vernünftige Aussichten auf Erfolg barg, würde es ihm nie und nimmer gelingen, Ursula zu überzeugen – und er sollte es wohl besser gar nicht erst versuchen.

Ohne Shuujooby oder den glotzenden Shuujoobiern Beachtung zu schenken, erreichte der Kriegertrupp das Ufer und die Mole. Die vordersten Krieger sprangen vom dornigen Gras auf die weiße Ebene hinunter. Exeter und Dommi folgten ihnen; dann rutschte Julian selbst, begleitet von einem Nieselregen heißen Sandes, hinter ihnen her. Als er das Gleichgewicht wiedererlangte, erblickte er etwa hundert Meter zu seiner

Rechten, hinter dem Weiler – Ursula. Einen Augenblick war er sich seltsam abgeneigt, mit ihr zu reden. Er hatte geschworen, Exeter nicht zu warnen und dann sein Wort gebrochen.

Ursula erblickte ihn und winkte. Sie rannte die Böschung hinunter, wobei sie mit den Armen ruderte, um das Gleichgewicht zu wahren; dann blieb sie stehen und wartete. Julian zwängte sich zwischen zwei Nagiern hindurch und rannte los. Sofern jemand versuchte, ihm zu folgen und von Exeter zurückgerufen wurde, verblies der Wind die Worte. Er taumelte und stolperte im weichen Sand, und seine schmerzenden Füße erinnerten ihn daran, wie weit er an diesem Tag schon gelaufen war.

Als er sich Ursula näherte, sah er, daß sie barfuß war und die Schuhe in einer Hand hielt; mit der anderen bewahrte sie den breitkrempigen Hut auf ihrem Kopf vor den schelmischen Streichen des Windes. Sie trug ein weißes Kleid aus dem dünnen Stoff, den der Dienst auf Nebenan als Baumwolle bezeichnete, wenngleich die Fasern von einer Knolle stammten. Ihr Arme waren nackt, und als das Kleid sich bauschte, enthüllte es ihre Knöchel und die Schienbeine. Zudem ließ es die Kurven ihrer Hüften, Oberschenkel und Brüste erahnen, und die ungewöhnliche Breite ihrer Schultern. Von einer solchen Tracht hatte Julian in den Tälern noch nie gehört, doch er würde sich keineswegs darüber beschweren. Ursula sah rundum wie ein Mädchen aus, das auf dem Strand von Blackpool oder Frinton spielte, und genauso mußte sie sich auch fühlen, denn während sie beobachtete, wie er sich ihr mühsam näherte, lachte sie fröhlich mit vom Wind gerötetem Antlitz.

Unwillkürlich hob er die Hand, um den Hut abzunehmen und besann sich dann, daß er ja einen Turban trug. Grundgütiger! Eine Frau küssen, ohne den Hut abzulegen?

Er tat es trotzdem. Sie schmiegte sich in seine Umarmung, erwiderte den Kuß bereitwillig, umarmte ihn mit einer Hand und drückte ihm dabei die Schuhe in die Seite. Dann brachte sie auch den anderen Arm ins Spiel, und binnen weniger Lidschläge stibitzte der Wind ihr den Hut. Sie fluchte. Julian löste sich von ihr und rannte los, um ihn zu fangen. Dabei bemerkte er, daß der Kriegertrupp in unveränderter Ordnung weitermarschierte und auf die entfernte Ruine zuhielt. Hatte Exeter das Treffen beobachtet und die entsprechenden Schlüsse gezogen? Egal – bestimmt hatte Dommi ihm erzählt, woher der Wind wehte.

Julian brachte den Hut zurück und küßte Ursula abermals.

»Mm! Das Laufen scheint dir zu bekommen«, meinte sie atemlos.

»Ehrlich gesagt stand ich kurz vorm Umfallen, bis ich dich gesehen habe.« Jetzt nicht mehr. Ursula Newton berauschte ihn.

Er tauschte mit ihr den Hut gegen die Schuhe, die er in die rechte Armbeuge steckte. Hand in Hand gingen sie durch das Flußbett zum verfallenen Tempel.

»Diese Zulus sind Nagier, nehme ich an, richtig?« fragte sie.

»Genau. Seine alten Kameraden vom Lemod-Feldzug.«

»Und wie geht es General Exeter?«

»Den Erwartungen entsprechend gut.« Schon log er.

Ursula bedachte ihn mit einem fragenden Blick. Ihre Augen waren haselnußfarben und mit winzigen, goldenen Pünktchen durchsetzt. »Und hast du einen

Grund gefunden, der ihn überzeugen könnte, diesem Wahnsinn Einhalt zu gebieten?«

Julian hoffte vielmehr, einen Grund gefunden zu haben, um *ihr* Einhalt zu gebieten. »Eigentlich nicht. Ich ... Wir hatten keine richtige Gelegenheit, uns ausführlich zu unterhalten.«

Ursula erwiderte nichts. Die Hutkrempe verbarg ihre Miene.

»Erinnerst du dich noch an die Nacht bei den Pinkneys?« fragte er. »Wie ich gemeint habe, Exeter könnte etwas gesehen haben, das uns anderen entgangen ist?«

»Sag schon.« Sie hörte sich bereits mißtrauisch an.

»Na ja, er hat da eine interessante Theorie, nämlich daß das *Filoby-Testament* selbst ein Manaquell sein könnte. Wir wissen, daß es ein Unfall war; wir wissen, daß es Garward so sehr ausgelaugt hat, daß er beinahe gestorben wäre. Bei der Entstehung des *Testaments* war auf jeden Fall Mana im Spiel. Exeter glaubt, daß es jedesmal stärker wird, wenn es sich als richtig erweist.«

»Und du glaubst es auch?«

»Ich weiß nicht recht. Ich denke, wir sollten uns damit an Prof Rawlinson wenden, bevor wir irgend etwas unternehmen.« Da er keine zustimmenden Jubelrufe vernahm, fuhr Julian hastig fort: »Vergiß nicht, ich wurde losgeschickt, um die Lage zu erkunden. Wir sind Kundschafter, keine Meuchelmörder.«

Er *war* ein Kundschafter. Ursula mochte ihre Rolle durchaus anders sehen.

»Quatsch mit Soße! Das würde reichen, Prof ins Koma zu versetzen. Glaubst du wirklich, eine Prophezeiung könnte irgendwie ein Eigenleben entwickeln und Kraft aus ihrem Erfolg beziehen? Damit anthropomorphisierst du einen Gedanken. Du vermenschlichst ihn.«

»Da bin ich aber nicht der erste, altes Mädel. Jeder Glaube beruht auf einem Gedanken, und viele Glaubensrichtungen wurden anthropo... was auch immer. Alle Religionen beruhen auf Gedanken. Auch Staatsgebilde.« Dann fiel Julian etwas anderes ein. Wenn er Ursula schon nicht überzeugte, konnte er zumindest versuchen, sich selbst zu überzeugen. »Sieh's mal so – hätte Zath nie versucht, das *Filoby-Testament* seiner Gültigkeit zu berauben, wären viele Dinge gar nicht erst geschehen. Verstehst du? Zum Beispiel Exeters Rückkehr nach Hause. Das würde rein gar nichts *wider*legen, weil die Prophezeiung weder ein Datum für ein Ereignis nennt, noch eine bestimmte Reihenfolge einhält. So weit es die Welt angeht, wären diese Dinge einfach *noch nicht* geschehen, verstehst du? Aber Zath hat sich eingemischt, und die Dinge *sind* geschehen, und jeder sagt ›Oooh! Schon wieder eine *Filoby*-Prophezeiung, ist das nicht wunderbar?‹ Die Menschen reden. Die Prophezeiung wird immer berühmter. Und Ruhm ist eine Manaquelle – das mußt du zugeben.«

»Ach, hör doch auf! Der Trafalgar Square ist auch berühmt. Glaubst du, er hat deswegen Mana?«

»Könnte doch sein«, widersprach Julian. »Mich erfüllt es mit ziemlichem Stolz, den alten Horatio Nelson dort droben auf seinem Säulensockel zu sehen. Er hat zumindest Virtualität.« War Virtualität für Orte dasselbe wie Mana für Menschen? Erlangte ein Ort durch Bewunderung Virtualität, so wie Menschen daraus Mana gewannen? Bei Gott, das war ein fesselnder Gedanke! Wenn er zurück nach Olympus kam, würde er nicht bloß den Prof darüber befragen;

er würde eine Schrift darüber verfassen und sie zur allgemeinen Diskussion vorlegen. Im Augenblick aber war Ursula das Problem. »Außerdem gehorcht Mana nicht den Gesetzen der Logik. Ebenso wenig wie Charisma. Oder Knoten oder Tore.«

»Oder Hauptmann Smedley.«

Mittlerweile hatten sie bereits den halben Weg zurückgelegt. Der Kriegertrupp hatte den Tempel fast erreicht, gefolgt von einem Troß Pilger. Die verfallenen Mauern und kahle, schiefe Säulen zeichneten sich als fahlgelbe Flecken gegen den weißen Sand ab. Julian dachte an Eigelb in einem Spiegelei und stellte fest, daß er hungrig war.

Die Nagier mochten vielleicht in der Lage sein, Besucher vom Befreier fernzuhalten, bis dieser seine Predigt gehalten hatte. Er bezweifelte, daß sie für Ursula ein ernstzunehmendes Hindernis darstellen würden, wenn ihr danach war, ihre Reihen zu durchbrechen.

»Was hast du sonst noch erfahren?« erkundigte sie sich, ohne aufzublicken.

»Ziemlich wenig. Na ja ... er hat Verbündete. Astina und Irepit haben ihm geholfen. Anscheinend ist er auch bei Visek vorstellig geworden.«

Nun legte sie den Kopf schief; ihre Augen funkelten zornig. »Ist das allgemein bekannt?« Sie hatte die Natter im Korb schon erspäht.

»Manches davon«, räumte er ein.

»Und wie erklärt er, daß er sich mit Dämonen zusammentut?«

»Äh, das mußt du ihn fragen. Hör zu, Liebling, versprich mir nur, daß du nichts Übereiltes tun wirst, weil ...«

»Ich verspreche überhaupt nichts!«

»Verdammt noch mal, Ursula, das ist gefährlich!«

»Was ist gefährlich?«

»Gegen die Prophezeiung anzugehen! Zath versucht es seit Jahren. Bislang ist es ihm nur gelungen, eine Menge Unschuldiger zu töten, die nur am Rande beteiligt waren – Exeters Eltern, Julius Creighton, den armen, alten Dudelsack ... Du verbrennst dir wahrscheinlich die Finger, wenn du dich einmischt. Alles, worum ich dich bitte, ist – *oh verflucht!*«

Zur Hölle mit Ursula. Eine Kolonne Lanzenreiter auf Moas strömte am gegenüberliegenden Ufer herab und steuerte über den Sand auf den Befreier und seinen Kriegertrupp zu. Es waren mindestens hundert Mann.

32

Damals im Jahr 1916, auf Heimaturlaub in London, hatte Julian ein Kino besucht. Jetzt war es genauso. Damals hatte der Bildschirm aus Leinwand bestanden, hier bestand er aus gleißendem Sand, doch er sah dieselben Schwarzweißbilder – ruckartig, stumm und schwer zu erkennen, übertüncht von derselben Unwirklichkeit. Nur die donnernden Orgelpfeifen fehlten.

Moas ragten drei bis dreieinhalb Meter hoch auf. Sie waren größer und sogar schneller als Strauße; ein irdisches Pferd wirkte neben ihnen wie ein gelenkrheumatisches Shetland-Pony. Ein Mann auf dem Rücken eines Moa war für einen Fußsoldaten unerreichbar, und seine über vier Meter lange Lanze war mit einer dreieckigen Klinge aus rasiermesserscharfem Stahl versehen. In vollem Lauf bewegte ein Moa sich mit etwa achtzig Stundenkilometern, ein für Wurfspeer oder Bogen beinahe unmöglich zu treffendes Ziel.

Die Reiter preschten heran. In Dreierreihen, mit flackernden Wimpeln, jagte die Kolonne durch das Flußbett wie ein Sturmwind und wogte über die niedrigen Dünen und Hügelrücken. Eine von den Hufen aufgewirbelte Staubwolke stob im Wind davon. Die drei Reihen begannen auszuschwärmen, öffneten sich gleich Klauen, die alles dem Tode zuführten, was ihnen in den Weg geriet.

Julian stand wie angewurzelt. Der Kriegertrupp preschte auf den Tempel zu – ein Mann mit einer festen Mauer im Rücken wäre ein schwierigeres Ziel, wenngleich er dadurch weniger Platz hätte, die eigene Waffe zu schwingen. Innerhalb der Ruinen würden die Lanzenreiter den Vorteil der Geschwindigkeit verlieren, nicht jedoch den der Höhe, und wenn es um das Ausweichen oder Einkreisen ging, waren Moas ebenso flink und geschickt wie Menschen. Das Verhältnis war ohnehin fünf oder sechs zu eins. Zwei Reihen verteilten sich, um den Tempel zu umkreisen. Die dritte hielt auf den langen Pilgerzug zu, der sich aufzulösen begann, als die Umsichtigen die Beine in die Hand nahmen und zurück gen Shuujooby flohen. Aus dem Pilgertroß wurde eine flüchtende Meute.

»Das sollte eine interessante Prüfung für Mr. Exeters Fähigkeiten werden«, ätzte Ursula.

Das brach den Bann. Julian kreischte beinahe auf, als er sich der Gefahr bewußt wurde, in der sie schwebten. Ursula und er standen schutzlos da, zwei abgeschiedene Beobachter inmitten des leeren Sandfeldes. Nie und nimmer würde man sie mit den zerlumpten Bewohnern Shuujoobys verwechseln, folglich würde man annehmen, daß sie Anhänger des Befreiers wären. Sie glichen Lämmern auf der Schlachtbank. Julian ließ die Schuhe fallen, packte Ursula am Handgelenk und rannte los. Sie mußte wohl im selben Augenblick zum selben Schluß gelangt sein, denn sie wehrte sich in keiner Weise.

Das Laufen auf dem heißen, weichen Sand war ein Alptraum. Der Weiler schien Tausende Meilen entfernt, außerdem bot er ohnehin keinen richtigen Schutz. Die Moas würden sich auf dem Gras ebenso mühelos fortbewegen wie auf dem Boden des Flußbettes. Julian konnte sich nicht genau erinnern, wie weit jenseits von Shuujooby sich der Rand des Sumpflandes befand – er wußte nur, daß es allzu weit war; also hatte es keinen Sinn zu rennen. Doch egal – sie hatten keine andere Wahl. Von dem Troß der Pilger, der regelrecht zerbarst, stoben kleine Gruppen in ihre Richtung – ein paar flinke junge Burschen, die sie überholten. Somit befanden sie sich nun inmitten der flüchtenden Menge, waren Teil des eigentlichen Angriffsziels.

Aus dem Augenwinkel erspähte Julian einen langen Schatten, der über den Sand huschte. Er drehte den Kopf gerade noch rechtzeitig, um einen Jungen sterben zu sehen – einen etwa vierzehnjährigen Burschen, ein braungebrannter, spindeldürrer Halbwüchsiger, der mit wild zappelnden Beinen über den pulvrigen Sand lief, was das Zeug hielt. Der Moa tauchte hinter ihm auf, sauste gleich einem Blitz an ihm vorbei und war schon wieder weg, bevor der Körper, aus dem ein blutroter Strahl schoß, den Boden berührte. Die Lanzenklinge hatte dem Jungen den Hals durchtrennt. Einer der wirbelnden Hufe des Moas traf den herabpurzelnden Kopf und kickte ihn wie einen Ball in hohem Bogen durch die Luft. Es gab kein einziges Geräusch.

Der Moa wirbelte um neunzig Grad herum, beschleunigte und hielt schnurstracks auf Julian und Ursula zu, ohne auch nur einen Schritt vom Weg abzukommen. Reittier wie Reiter schienen aus der Ferne heranzuschießen, im einen Augenblick winzig, im nächsten riesig und das gesamte Blickfeld ausfüllend. Julian schob Ursula hinter sich. Er erhaschte einen flüchtigen Blick auf den Soldaten, der sich über den langen Hals seines Reittiers beugte: Bronzehelm, Lederkittel, funkelnde Stiefel in Steigbügeln. Er sah die gelben Augen und Zähne des Moa, den Schaum vor dem Maul des Tieres, sah menschliche, zu Schlitzen verengte Augen und gebleckte Zähne, als deren Besitzer mit der blutbefleckten Lanze direkt auf Julians Brust zielte.

Granaten und Bomben hatte er überlebt, Kugeln und Giftgas, und nun würde er inmitten dieses mittelalterlichen Alptraums wie ein Schwein abgeschlachtet werden, von diesem unzeitgemäßen Cowboy. Er schloß die Augen.

Julian spürte den Luftzug des vorbeirasenden Tieres, konnte dessen Geruch wahrnehmen. Heißer Sand spritzte ihm gegen die Schienbeine.

Er schlug die Augen auf, schaute sich um. Der Lanzenreiter hatte soeben eine greise, grauhaarige Frau erwischt. Die Klinge bohrte sich ihr in den Rücken, schleuderte sie wie eine Lumpenpuppe durch die Luft und riß sich aus Fleisch und Knochen frei. Der Leichnam sackte zusammen, und der Reiter änderte leicht die Richtung, um das nächste Opfer zu attackieren.

Julian blickte in Ursulas kalkweißes Gesicht. Sein

Mund fühlte sich trockener als der Sand an. »Warst du das?« krächzte er.

Sie nickte.

»Danke!« Zittrig legte er ihr einen Arm um die Schultern, und sie kuschelte sich eng an ihn. Mittlerweile war der Großteil des flüchtenden Pöbels eingeholt worden. Die letzten wurden hingemetzelt, als sie gerade versuchten, die sandige Böschung zu erklimmen. Ein paar hatten unter der Mole Zuflucht gesucht, doch die Soldaten hatten sie erblickt.

Auch am Tempel tat sich noch einiges. Dort hatte sich das Abschlachten der menschlichen Opfer indes als schwieriger erwiesen. Mehrere tote Moas lagen mitten im Blickfeld, einige weitere rannten reiterlos umher. Natürlich mußte dies das Werk der Nagier sein, doch Speere waren kürzer als Lanzen: Sie mußten die Speere geschleudert haben. Doch selbst wenn man ein solches Ziel treffen konnte – womit sollte man nachsetzen?

Die zahlenmäßige Verhältnis war von Anfang an unmöglich gewesen. Selbst wenn es jedem Nagier gelänge, einen Lanzenreiter zu töten, bliebe er letztendlich nur mit einem Messer als Waffe zurück und würde sich drei oder vier weiteren Feinden gegenübersehen. Wie viele Pilger waren vor ihnen in den Tempel geströmt? Hundert? Zweihundert? Julian sah, wie Menschen auf der Suche nach Schutz die Mauern erklommen, gleich wimmelnden Ameisen. Er vermutete, die Soldaten würden nun die Schwerter ziehen und sie zu Fuß weiterjagen. Exeter war vermutlich längst tot – er galt schließlich als das Hauptziel. Auch Dommi war irgendwo dort drüben, der arme Teufel.

Julian stand mit Ursula inmitten einer weißen, leichenübersäten Wüste. Natürlich wäre es am besten gewesen, schnellstmöglich Land zu gewinnen, doch Schrecken und Entsetzen hatte Julian den Verstand gelähmt. Er konnte sich einfach nicht entschließen, was zu tun war, wohin sie sich wenden sollten.

»Wie lange kannst du diesen Unsichtbarkeitszauber aufrecht halten?«

Ursula schauderte in seinen Armen. »Wir sind nicht unsichtbar. Ich habe nur den einen Reiter abgelenkt. Wenn uns mehr als einer oder zwei weitere bedrohen, wird es nicht wirken. Außerdem gibt es keine anderen Köder mehr, die ich verwenden kann.«

»Du meinst, du ...« Nicht fragen! Die alte Frau wäre ohnehin gestorben. »Dann sollten wir wohl ...« Er ließ den Blick in die Umgebung schweifen, um sicherzugehen, daß kein mordlüsterner Lanzelot auf sie zustürmte. Aus Richtung der Mole hörte er leise Schreie. Einige Soldaten waren abgestiegen und hatten sich auf die Jagd nach den Flüchtigen gemacht. Er wandte den Blick ab.

Dann blinzelte er. Abermals schaute er hin, blinzelte wieder. Das Bild schwand nicht. »Heiliger Strohsack, ich glaube, unser Bus kommt!«

Vier Drachen stürmten von der Schlucht her über den Sand auf sie zu. Auf dem vordersten Tier leuchteten T'lins schwarzer Turban und sein kupferfarbener Bart. Julian winkte, und T'lin winkte zurück, also hatte er ihn und Ursula gesehen. Wie lange wußte Ursula darüber schon Bescheid? Egal. Gerettet!

Na ja, *vielleicht* gerettet. Bei einem Rennen in diesem Gelände würde jeder, der etwas davon verstand, sein Geld auf die Moas setzen. Zum Glück waren Drachen höllisch teuer. Kein Soldat würde einen Mann auf einem Drachen irrtümlich für einen mittellosen Wanderpilger halten. Es war, als käme man in einem Rolls Royce zum Schauplatz eines Verbrechens – die Polizisten würden einen grüßen und mit *Sir* betiteln.

Er sah den Leichnam der Frau, den Kopf des Jungen in einer Wasserpfütze, weit von Rumpf entfernt. Blutrünstige Schweine! Ja, auch Artillerie tötete Menschen, aber das war auf einem Schlachtfeld gewesen, und die Opfer waren Soldaten. Dies hier aber war vorsätzliches Abschlachten von unbewaffneten Frauen und Kindern. *Verdammter Edward Exeter mit seinem dämlichen Bauernaufstand!*

Nachdem die Soldaten aus Shuujooby das Gemetzel an der Mole abgeschlossen hatten, formierten sie sich neu und kamen in gemächlichem Trab über die Ebene. Gewiß würden sie nun die beiden erledigen, die sie beim ersten Durchgang übersehen hatten.

T'lin und Sternenlicht rasten über den Sand, gefolgt von Blaujuwel, Blizzard und Nebelläufer. Julian rief einen wortlosen Gruß, als der Drachenhändler an ihm vorüberritt und Befehle brüllte, die kaum nötig schienen. Drachen bewiesen oft erstaunliche Klugheit, und Nebelläufer steuerte bereits Ursula an. Blizzard hielt unmittelbar auf Julian zu und kam rutschend auf dem Bauch zum Stillstand, so daß Julian nur noch aufzusteigen brauchte. Offensichtlich litt das Tier sehr unter der Hitze – es keuchte heiser, und die Kragenrüschen flatterten wie Flügel.

Julian warf sich quer über den Sattel und fuchtelte wild umher, bis es ihm gelang, mit der heilen Hand die Knaufplatte zu ergreifen und das Bein hochzuschwingen. »*Wondo!*« Doch Blizzard rappelte sich bereits auf die Füße. Wohin jetzt? Sollten sie bleiben und sich den Soldaten stellen, oder sollten sie in Richtung der Hügel flüchten? Während Julian noch versuchte, zu einem Entschluß zu gelangen und den linken Steigbügel zu finden, hörte er Ursulas Stimme, die zum Befehlston erhoben war, und T'lins heftigen Einwand: »Bei dieser Hitze können Drachen kein *Zomph*!«

Aber schon spritzte Sand auf und Nebelläufer preschte los – auf den Tempel zu.

»Dommi!« brüllte Julian, der plötzlich begriff. »Dommi ist noch da drin. *Zomph!*« Gut für Ursula!

Blizzards kühner Vorwärtssatz schleuderte Julian nach hinten gegen die Gepäckplatte. Ein Fluchtversuch hätte wahrscheinlich ohnehin bewirkt, daß die Soldaten sie verfolgt hätten, und Dommi verdiente es, gerettet zu werden – sofern er noch lebte. Ganz im Gegensatz zu diesem verfluchten Edward Exeter! Sein verrückter Messiaswahn hatte dieses Blutbad herbeigeführt. Jumbo und die anderen Gegner seines Vorhabens hatten von Anfang an Recht gehabt.

Ursula und Nebelläufer zogen vornweg. Der arme Blizzard brachte gerade noch einen *Varch* zuwege und würde vermutlich selbst den nicht mehr lange halten können; er stieß mehr Dampf aus als der Fliegende Schotte. T'lin kam mit Sternenlicht knapp an ihn heran, gefolgt vom unbeladenen Blaujuwel.

»Das wird meine braven Tiere umbringen!« jammerte der Drachenhändler.

»Uns könnte es auch umbringen«, entgegnete Julian unbeschwert. Obwohl er immer noch keine Waffe hatte, hob allein der Umstand, auf einem Reittier zu sitzen, den Mut eines Mannes ungemein. Der auf dem Boden zu sein, wenn die Reiterei angriff, war eine verteufelt mißliche und unangenehme Lage.

Er kam am ersten toten Moa vorbei, dessen Reiter mit durchgeschnittener Kehle ganz in der Nähe lag.

Fußabdrücke verrieten, wohin der nagische Sieger sich abgesetzt hatte, wobei er seinen Speer und vermutlich auch die Lanze des Soldaten mitgenommen hatte, denn sie war nirgends zu sehen. Dennoch änderte dieser eine Sieg am allgemeinen Kräfteverhältnis wenig.

Julian ritt an weiteren Leichen vorbei: Männer, Frauen, sogar kleine Kinder, viele davon durch die Gewalt der Lanzen gräßlich zerfetzt; blutgetränkter Sand. Der Kampf tobte nach wie vor – er hörte Gebrüll und Schreie aus den Ruinen und hätte am liebsten selbst geschrien. Er konnte nichts tun, rein gar nichts, um irgendwie zu helfen. Wenn Drachen auf Nebenan doch nur echte, feuerspeiende Ungetüme wären und keine heufressenden Schmusetiere ...

Ein Mordsbrocken von einem Knoten, hatte Exeter gesagt, und schon spürte Julian, wie der ehrfurchtgebietende Hauch von Virtualität seine Haut zum Prickeln brachte. Eine gewaltige heilige Stätte, ein uraltes Heiligtum ... Die Überreste des Tempels waren größer, als er zunächst vermeint hatte und so verstreut und zerstört, daß er sich kein klares Bild vom einstigen Aussehen des Bauwerks machen konnte. An manchen Stellen waren die ursprünglichen Meißelarbeiten noch erkennbar; an anderen war der Stein zu grotesken Formen verwittert; wieder andere schienen vollkommen glattpoliert. Im Lauf der Jahrhunderte hatte der Wind den Sand zu Dünen aufgetürmt, aus denen Säulen und Wände emporragten, von denen im Augenblick viele auf bizarre Weise mit Flüchtlingen geschmückt waren. Auf jedem hochgelegenen Flecken kauerten Menschen, die sich in Sicherheit gebracht hatten. Auf einer schiefen Säule erblickte Julian zwei Frauen und einen Mann. Wie waren sie dort hinaufgekommen? Es sah aus, als genügte ein bloßes Niesen, um sie samt und sämtlich herunterzufegen. Vergeblich hielt er nach Dommis rotem Schopf Ausschau.

T'lin war verschwunden. Blizzard folgte Nebelläufer durch den Irrgarten – um eine Ecke, dann um eine weitere, über eine Düne und um ein Haar mitten hinein in eine sich windende, blökende Herde Moas, die in eine Sackgasse gepfercht worden waren; zwei berittene Soldaten hüteten die Reittiere. Die Soldaten stimmten ein wütendes Gebrüll an. Ursula wendete Nebelläufer und hielt geradewegs auf eine Mauer zu. Blizzard folgte den beiden, ohne einen entsprechenden Befehl abzuwarten. Julians Hügelgurte baumelten unverzurrt und nutzlos hinter ihm – hastig ergriff er mit der heilen Hand die Knaufplatte, gerade noch rechtzeitig, bevor er nach hinten geschleudert wurde und beinahe aus dem Sattel kippte.

Kein menschliches Wesen hätte das Mauerwerk zu erklimmen vermocht, und sogar die Drachen gingen es langsam an, als ihre langen Klauen auf der Suche nach Halt über die Oberfläche schabten und kratzten. Julian riß den Kopf herum, um festzustellen, ob er gleich aufgespießt werden würde, doch die Soldaten hatten mit den Moas alle Hände voll zu tun.

Dann erreichte Blizzard die Oberkante der Mauer, schwankte an Nebelläufers Seite gefährlich auf dem steinigen Grat und blies rülpsend Dampfwolken aus. Ursula sah sich nicht einmal um. Sie beobachtete das Drama, das sich unter ihr abspielte, in einer vermutlich einst prunkvollen Halle, die sich nun nur noch als schattiger Hof präsentierte. Der sandige Boden fiel zu einem schleimigen, grünen Teich am hinteren Ende hin ab und bildete eine Art Amphitheater. Über dem

Teich ragte eine hohe Mauer auf, gesprenkelt mit ein paar Säulenstümpfen und Streben, die einst ein Rippendach getragen hatten. Der Rest der Mauern erinnerte an ein gezacktes Sägeblatt; sämtliche höheren Stellen waren mit Exeters Pilgern überladen, die mit herabbaumelnden Beinen darauf hockten. Weitere Menschen kauerten auf jedem Sims und jeder Leiste, welche die Aussicht versprachen, sich auf diese Weise dem Zugriff der Lanzen entziehen zu können.

Den Eingang bildete ein fast bis zum Schlußstein mit Treibsand verwehter Torbogen, durch den ein Moa unmöglich hindurchkonnte. Selbst zu Fuß müßte sich ein Mann darunter bücken. Dort also war es den nagischen Speerkämpfern gelungen, die Überzahl der Joalier abzuhalten. Mindestens drei waren bei dem Unterfangen getötet worden, und doch hatte ihr Leben lediglich ein bißchen Zeit für ihre Freunde erkauft, denn nun waren sie umzingelt. Nun strömten die Soldaten durch Fensteröffnungen und Spalten in den Mauern herein. Die Nagier besaßen zwar Schilde, doch ihre Speere waren wesentlich kürzer als die Lanzen. Und sie waren hoffnungslos in der Unterzahl. Aus tapferem Widerstand wurde binnen kürzester Zeit eine vernichtende Niederlage. Soldaten brüllten; die hilflosen Menschen, die das Gemetzel mit ansehen mußten, schrien auf; sterbende Männer kreischten. Zwar reichte das alles nicht an den Schrecken und das Grauen an der Westfront heran; dennoch war es ein verfluchtes Gemetzel.

Und da war dieser Hohlkopf Exeter, der in seiner Mönchsrobe durch das aufspritzende Wasser des Teichs rannte, begleitet von zwei seiner Handlanger. Die anderen versuchten, seinen Rückzug zu decken und wurden einer nach dem anderen umgeschnitten.

Lief er davon? Exeter, der unverletzt schien, hatte keine andere Wahl als davonzurennen; trotzdem hätte Julian irgendwie etwas anderes von ihm erwartet. Voller grimmiger Verzweiflung beobachtete er, wie die drei die Mauer erreichten. Julian nahm an, sie würden sich nun ihren Verfolgern stellen. Statt dessen ließ sich der größere, kräftigere Nagier im Wasser auf Hände und Knie fallen. Der andere sprang auf seinen Rücken und zog seinen Anführer hinterher. Er verschränkte die Hände ineinander; Exeter erklomm die Schultern des Mannes und streckte die Arme nach dem Sims über ihm aus. Ein Stück höher befand sich eine Fensteröffnung. Sogar die konnte Exeter wahrscheinlich erreichen. Aber glaubte er tatsächlich, die Soldaten würden ihn so einfach fliehen lassen?

Die obere Hälfte der menschlichen Leiter sprang zu Boden, der andere Mann stand auf. Sie hatten gerade noch Zeit, ihre Speere aufzuheben, bevor die letzten sechs Überlebenden ihrer Gefährten zurückfielen und sich im Wasser zu ihnen gesellten. Dann fiel das Rudel der Joalier über sie her. Mit gierigen Klingen stürmten sie heran, ohne Gnade, schonungslos. Der Teich verwandelte sich in eine blutschäumende Pfütze, als die Opfer zusammensackten, die meisten von vier oder fünf Lanzen zugleich durchbohrt.

Julian schauderte und wandte den Blick ab. Ursulas Züge wirkten abgehärmt, ihre Lippen zu einer Grimasse verzogen. Rasch schaute Julian zu den hoch oben hockenden Zusehern ringsum und hoffte, Dommis rotes Haar zu erspähen; doch er hielt vergeblich danach Ausschau. Dann blickte er hinunter zu den umherhüpfenden, jubelnden Siegern und spürte den kalten Hauch der Sterblichkeit im Nacken. Die Zivilisten würden als nächste an die Reihe kommen, denn das Blutbad an der Mole zeigte unmißverständlich, daß irgend jemand ein Massaker befohlen hatte.

»Ich glaube, wir sollten zusehen, daß wir so schnell wie möglich hier verschwinden. Das Spiel des Befreiers ist vorbei.«

»Warte!« rief Ursula.

Exeter hatte sein Ziel erreicht, eine kreisförmige Öffnung etwa viereinhalb Meter über dem Teich. Einst mußte die Öffnung ein großes Fenster gewesen sein. Exeter stand nun darin, vom goldenen Schein der Sonne in eine Silhouette verwandelt, und hielt mit ausgestreckten Armen und Beinen das Gleichgewicht. Die Kapuze hatte er zurückgeschoben. Der Wind bauschte seine graue Robe und zerrte an ihr, als wollte er ihn von dem Sims wehen. Exeter war ein perfektes Ziel, ein X in einem Kreis. Die Joalier hatten ihn bereits gesehen.

Ein Offizier brüllte Befehle und rief seinen Männern zu, Platz zu machen, damit er zielsicher werfen konnte. Es sollte kein schwieriger Wurf werden, denn obschon eine Lanze im allgemeinen zu schwer zu werfen war, mußte sie in diesem Fall lediglich ein paar Meter weit fliegen. Er hob die Lanze und nahm Anlauf.

»Halt!« donnerte Exeter. »Begreift ihr denn nicht, was ihr getan habt, ihr Narren?«

Das Bild verschwamm und waberte, als wäre ein Stein in einen spiegelnden Teich gefallen. Plötzlich war Exeter keine Zielscheibe mehr.

»Sogar Karzon verbietet den Mord an Büßern und Pilgern! Hat denn keiner von euch die Schriften gelesen? Habt ihr euren Eid vergessen?« Seine Worte hallten wider, warfen geisterhafte Echos und wurden durch die gewaltige Akustik und Virtualität zum

Klang einer Schicksalsglocke verstärkt. Er thronte gleich einem Racheengel über der Gruppe der Soldaten. Der Hauptmann ließ bestürzt die Lanze fallen und starrte mit offenem Mund zu seinem Ankläger empor.

»Bereut, bereut!« Sogar Julian, der auf einem schnaufenden Wasserspeier auf dem oberen Rand der gegenüberliegenden Mauer hockte, spürte, wie seine Kopfhaut angesichts des Aufrufs zu prickeln begann – und dabei war er nur ein unbeteiligter Zuschauer. Exeter stauchte die Lanzenreiter zusammen, schalt sie ob des Massakers.

Er zitierte ihnen ihr eigenes Evangelium der Täler: die Grünen Schriften, die geheiligten Worte Karzons, des Gottes des Krieges; die Blauen Schriften Astinas, der Göttin der Krieger. Vers um Vers trug er vor, um den Männern zu verdeutlichen, wie schrecklich sie gesündigt und welche Gesetze sie gebrochen hatten. Sogar den heiligen Eid der Soldaten des Karzon-Kultes, Blut und Hammer, zitierte er. Woher wußte es das alles?

Abermals schaute Julian zu Ursula hinüber, doch sie lauschte aufmerksam Exeters Worten, ebenso gebannt wie alle anderen. Eigentlich sollte er die Gunst des Augenblicks nutzen, um zu flüchten und zwischen den Überlebenden und Toten nach Dommi zu suchen, doch er konnte sich einfach nicht bewegen. Die Schwalle des Charismas und der Befehlsgewalt, die von Exeter ausgingen, betäubten den Verstand.

»Wenn ihr euch nicht einmal an diese Irrlehren haltet, was muß der Einzig Wahre Gott dann von euch denken? Der Ungeteilte, dessen Name nicht ausgesprochen werden darf? Öffnet die Ohren der Wahrheit und erzittert! Höret seine Befehle ...«

Wieso sprach dieser Hohlkopf auf Englisch zu den Joaliern?

Nein, es war kein Englisch. Es war Joalisch. Nein, Randorisch ... Was auch immer es sein mochte, die Zuhörer verstanden es. Julian beobachtete, wie die Soldaten sich niederkauerten; er hörte sein eigenes Schluchzen. Bald spürte er, daß ihm selbst Tränen in den Augen brannten, und immer noch peitschte Exeter die Schuldigen mit Worten. Die übrigen Soldaten, die Truppe aus Shuujooby, strömten durch den Torbogen herein. Auch sie sanken auf die Knie, als sie das schreckliche Urteil vernahmen. Schließlich endete die Schimpfkanonade.

»Ja, es gibt Vergebung! Ja, es gibt noch Hoffnung für euch! Wenn ihr aufrichtig bereut, könnte der Ungeteilte seinen Zorn verdrängen ...«

Dies war die unglaublichste Demonstration der Kraft des Mana, von der Julian je gehört hatte. Noch vor einer Stunde – nein, weniger sogar – war Exeter völlig ausgelaugt gewesen und konnte nur deshalb noch laufen, weil er Kraft aus der Hingabe seiner Anhänger zog. Nun erstrahlte er in dem Fenster wie die Sonne selbst um die Mittagszeit. Sein donnernder Wortschwall hallte mit der Befehlsgewalt eines Gottes wider.

»Nehmt ihr mein Urteil an?«

»Ja! Ja! Sag es uns!« Heulend taten die Soldaten ihre Zustimmung kund und reckten unterwürfig die Arme empor.

»Gibt es jemanden unter euch, der heute kein Blut vergossen hat?«

Zögerlich hoben sechs oder sieben Männer die Hände. Der Rest sank noch tiefer zu Boden.

»Dann hört eure Strafe. Geht jetzt. Sucht eure Reittiere und begebt euch so schnell ihr könnt zurück nach Niol. Erstattet Königin Elvanife persönlich Bericht. Sagt ihr ins Gesicht, wie sehr sie das Volk gekränkt hat, das einst ihre Kinder verkörperte. Sagt ihr, sie muß herkommen, um an ihren Gräbern zu weinen – barfuß, auf eigenen Beinen, mit offenem Haar. Sagt ihr, daß sie nur so darauf hoffen darf, ihre Seele zu erretten. Geht!«

Das halbe Dutzend Männer mühte sich wankend auf die Beine, flüchtete aus dem Hof und taumelte über den Sand. Die übrigen Soldaten blieben und harrten ihres Schicksals.

Der Befreier hatte eine siegreiche Armee dermaßen eingeschüchtert, daß sie sich in einen greinenden Haufen reuiger Sünder verwandelt hatte.

»Und nachdem ihr euch versammelt und die Gräber vorbereitet habt . . .«

Er trug dem Rest der Soldaten auf, die Toten zu beerdigen.

Die größte Leichenansammlung aber befand sich unmittelbar unter ihm. Dort unten hatte die Elite der Kriegertruppe ihre letzte Stellung bezogen und ihren Anführer verteidigt. Dort unten waren die Nagier verblutet oder ertrunken, und nur ein paar Schilde und leblose Glieder ragten noch aus der blutroten Oberfläche des Teiches.

Die Blase zerbarst. Hastig bedeckte Julian mit den Händen die Ohren. Die Kehle wurde ihm eng angesichts stürmischer Wogen der Übelkeit. Unmensch! Verächtlicher Mörder! Heuchler! Die Prophezeiung hatte Exeter davor gewarnt, daß es in Nioltal Tote geben würde. Er hatte das Blutbad vorausgesehen und für seine eigenen Zwecke verwendet. Er hatte seine Anhänger geopfert – den Pöbel – Männer,

Frauen und Kinder – und insbesondere seine alten Kameraden aus Nagtal.

Dies war die Quelle seines neuen Manas.

Der Befreier war keinen Deut besser als Zath.

Nein, er war schlimmer. Wenn Zath Menschenopfer verlangte, opferte er wenigstens nicht seine *Freunde*.

33

Kurz nach Sonnenuntergang erstarb der Wind und ließ die schwüle Luft der Sümpfe in die Tempelanlage treiben, mit all ihren Insekten und durchdringenden Laubgerüchen. Julian war allein davongeschlendert, weg von der unheilverkündenden Virtualität des Knotens. Nachdem er einen Baumstrunk gefunden hatte, auf den er sich setzen konnte, beobachtete er teilnahmslos, wie sich der Himmel über der Niolwand blutrot färbte und danach zu Schwarz verfinsterte, bevor sich die Sterne gleich einer Tausendschaft glitzernder Tränen hervorwagten. Der grüne Mond würde erst in einigen Stunden aufgehen, doch Ysh, Kirb'l und Eltiana spendeten Licht genug, um das Treiben auf der Ebene zu erhellen wie einen schimmernden Kupferstich, Elfenbein auf Silber. Die Soldaten plagten sich damit, die Leichen einzusammeln und Gräber zu schaufeln. Schweigend mühten sie sich damit ab – dunkle Gnome in einer milchigen Welt, eifrig darauf bedacht, die Blutflecken von ihren Seelen abzuarbeiten.

T'lin und die Drachen waren in höhere Gefilde

geschickt worden, wo die armen Tiere sich ausruhen und grasen konnten. Am nächsten Morgen sollten sie wiederkommen. Ursula trieb sich noch irgendwo im Tempel herum. Dommi war am Leben und wohlauf.

Exeter mußte Boten ausgeschickt haben, die dem Rest seiner Anhänger erklärten, es bestünde nun keinerlei Gefahr mehr für die Fortsetzung der Pilgerreise. Wahrscheinlich hatten einige sich dafür entschieden, durch das Sumpfland zu flüchten, doch eine erstaunliche Anzahl hatte seinem Wort vertraut und trottete über das Flußbett heran – Hunderte, Stunde um Stunde.

Bei Einbruch der Dunkelheit tauchten zwei Nagier mit Speeren und Schilden auf, die eine kleine Herde schafähnlicher Tiere vor sich hertrieben. Julian hatte sich gefragt, wie sich diese beiden einsamen Überlebenden wohl fühlten, bis ihm klar wurde, daß er es haargenau wußte, weil er selbst an der Westfront zwei Jahre lang jeden Tag so empfunden hatte: Sie waren unaussprechlich erleichtert darüber, am Leben zu sein, während all ihre Kameraden tot waren – was ihnen schreckliche Schuldgefühle verursachte.

Wie fühlte sich Julian Smedley eigentlich? Er war noch nicht dazu fähig, seinen Ekel in Worte zu fassen, seinen Schrecken, seinen Zorn, das Gefühl des Verrats ... Macht konnte verderben, doch die Gier nach Macht verdarb noch mehr. Nie hätte er für möglich gehalten, daß ein ehemaliger Fallow-Zögling so tief sinken könnte, um Macht zu erlangen, am allerwenigsten Edward Exeter. Er wünschte, er hätte seinen einstigen Freund damals, 1917, in der Irrenabteilung von Staffles zurückgelassen. Eine Zelle in der Klapsmühle von Broadmoor, zusammen mit dem Rest wahnsinniger Verbrecher, wäre noch besser.

Julians Grübelei wurde von Gesängen unterbrochen. Das Begräbnis hatte begonnen. Wie ironisch! Das letzte Mal, als er Exeter gesehen hatte, hielt dieser ein Begräbnis für einige von Zaths Opfern ab. Nun begrub er seine eigenen Opfer.

Diesmal würde Julian Smedley nicht dabei sein.

Die Feierlichkeiten waren kurz. Unmittelbar nach deren Ende loderten rings um die Ruinen Lagerfeuer auf, und die schafähnlichen Viecher dienten als Festschmaus. Widerwillig gestand Julian sich ein, daß ihm vor Hunger beinahe schwindlig war. Mühsam stemmte er die müden Glieder hoch und marschierte los, um irgendwo eine milde Gabe zu erbitten, doch als er das erste Lagerfeuer erreichte, drehte ihm der Geruch des gebratenen Fleisches den Magen um, und er ging weiter, ohne innezuhalten. Er mied die Menge und schlenderte in den Tempel, wo er auf den großen, mittlerweile menschenleeren Hof gelangte. Die Leichen waren aus dem Teich verschwunden, und nur die Sterne erhellten die leere Fensteröffnung, in der Exeter gestanden und so wortgewaltig gesprochen hatte. Das Mauerwerk fühlte sich immer noch warm an, die Luft hingegen kühl. Irgendwie wirkte die Virtualität bei Mondlicht noch stärker. Kahl zeichneten sich die Mauern gegen den Himmel ab und warfen samtene Schatten auf den Sand. Dies alles zauberte Julian ein Kribbeln auf die Haut. Sogar die Einheimischen hatten es gespürt und hielten sich von dem Ort fern.

Bis auf einen. Julian ging einem flackernden Lichterschein nach und entdeckte einen kleineren Hof sowie einen einsamen Mann, der ausgestreckt auf dem Bauch vor einem bescheidenen Feuer lag. Offensichtlich war er am Leben und bei Bewußtsein, denn ein Fuß scharrte rastlos im Sand, doch sein Kopf und die Schultern lagen hinter einem Felsblock verborgen. Neugierig, lautlos schlenderte Julian auf dem allgegenwärtigen Sand zu ihm hinüber. Im selben Augenblick, als Dommis kupferfarben schimmerndes Haar erschien, erkannte Julian, daß es Dommis Bündel war, das er für einen Felsen gehalten. Sein Leibdiener schrieb emsig vor sich hin, wobei sich Papier und Unterlage so dicht am Feuer befanden, daß sie jeden Augenblick davon verschlungen werden konnten.

»Hallo.«

Sein Leibdiener stieß überrascht die Luft aus. Dann erkannte er Julian und entblößte sämtliche Zähne, als er vor Willkommensfreude strahlte. »*Tyika* Haptmaan!« Er wand sich herum, setzte sich mit gekreuzten Beinen auf und drückte die Schreibunterlage an die Brust. »Ich bin ganz viel erfreut, daß Ihr und *Entyika* Newton diesem schurkenhaften Ereignis entronnen seid.«

»Und ich bin froh, daß dir dasselbe gelungen ist.« Julian hätte nur allzu gern gewußt, was so bedeutsam war, daß es bei Feuerschein geschrieben werden mußte und nicht bis zum nächsten Tageslicht warten konnte. »Ich nehme an, morgen früh reisen wir zurück nach Olympus.«

Dommis Antlitz zeigte keine Regung – und gerade diese Ausdruckslosigkeit war Regung genug.

»Wir haben getan, wofür wir hergekommen sind«, fügte Julian hinzu.

»Ja, *Tyika.*«

O verdammt! »Du willst hierblieben, nicht wahr?«

Dommi nickte und biß sich auf die Lippe.

Julian trat näher und setzte sich. Er stützte die Arme auf die Knie. »Raus mit der Sprache. Du kannst wohl kaum erwarten, daß *Tyika* Exeter einen Leibdiener braucht, wenn er lediglich eine Robe besitzt. Deine Frau steht kurz vor der Niederkunft. Sag mir, warum du bleiben willst.«

»Es ist sehr schwierig, das mit Worten zu beschreiben, *Tyika*.«

An dieser Stelle erfuhr die Unterhaltung eine kurzzeitige Unterbrechung. Julian selbst war auf dieser Welt ein Fremder; deshalb war er gegen Exeters Charisma so gut wie unempfänglich – er vermochte sich ihm auf eine Weise zu widersetzen, die Einheimischen verschlossen war. Eine Erklärung der Wirkungsweise von Charisma, Mana oder der Geschehnisse im Tempel an jenem Tag, würde Dommi auch nicht aus Exeters Bann befreien – genauso wenig wie ein Kind glauben konnte, das Karnickel stammte aus dem Ärmel des Zauberers. Fühlte Julian nur deshalb, was er fühlte, weil er Dommi nicht verlieren wollte, einen guten und getreuen Leibdiener? Nein, er war aufrichtig um Dommi besorgt, und um Ayetha. Das Unterfangen des Befreiers war von Anfang an zum Scheitern verurteilt gewesen, und nun war sein schwarzes Herz durch ein entsetzliches Verbrechen verflucht.

»Dir ist doch bewußt, daß weitere Gefahren lauern könnten, oder?«

Dommi lächelte. »Nicht von Soldaten, *Tyika*! Zweimal hat Königin Elvanife ihm schon Krieger auf den Hals gehetzt, und zweimal haben sie versagt. Welche Armee würde den Befreier jetzt noch herausfordern?«

»Ich schätze, der Punkt geht an dich.« Die Kunde von hochmütigen Reitereioffizieren, die vor Reue weinten und Gräber für ihre Opfer gruben, würde sich wie ein Lauffeuer in den Tälern verbreiten. Die Könige und Richter mochten wohl weiterhin versuchen, Meuchelmörder auszusenden, aber sie konnten keine Armeen mehr gegen Exeters Kreuzzug ins Feld schicken. »Schreibst du Ayetha?«

Dommi drückte das Papier fester an die Brust. »Ich bin dabei, Notizen zu machen, *Tyika.*«

»Oh. Schon gut, geht mich nichts an. Dann lasse ich dich jetzt weiterarbeiten. Wir können ja morgen früh reden, wenn *Entyika* Newton und ich beschlossen haben, was wir tun werden.« Julian erhob sich.

Dommi schaute auf. »Ich zeichne die Worte des Befreiers auf, *Tyika*. Solange sie noch frisch sind in meinem Gedächtnis.«

Julian sank zurück. Das Evangelium nach dem Heiligen Dommi? Mit seiner fürchterlichen Rechtschreibung? Doch Julian hatte genug von dem Schriftstück gesehen, um zu erkennen, daß Dommi nicht in Englisch schrieb. Er verwendete das dem Griechischen ähnliche Alphabet der Täler.

»In welcher Sprache?«

Die Frage rief Überraschung hervor. »In Randorisch natürlich, *Tyika*. So wie er gesprochen hat. Er hat zahlreiche Dinge über den Ungeteilten offenbart, die nicht im Wahren Evangelium stehen.«

Natürlich! Exeter hatte sich das alles aus dem Stegreif ausgedacht, und er hatte Zungenreden verwendet, nicht Randorisch. Unter anderem hatte er die Lehren des Dienstes über das Leben nach dem Tod und über das Wesen des Pentatheon völlig zerschlagen. Die Reformationsbewegung des Ungeteilten war nunmehr in zwei gegensätzliche Sekten zersplittert.

Es gab eine Frage, die ein Olympier Karotten niemals stellte. Im eigenen Land galten Propheten wenig, und niemand war für seinen Leibdiener ein Held – ausgenommen vielleicht Edward Exeter. Die Karotten wußten, daß die Apostel lediglich menschliche Wesen waren. Nun aber stellte Julian aus dem Bauch heraus die verbotene Frage. »Dommi, woran glaubst du? Welchem Gott oder welchen Göttern hast du dich verschrieben?«

Das sommersprossige Gesicht leuchtete im Feuerschein. »Ich bin gläubig in den Ungeteilten, *Tyika* Haptmaan, obwohl ich zugeben muß, daß mein Glaube sehr schwach war ... bis der Befreier heute nachmittag zu meinem Herzen gesprochen hat.«

Was zu erwarten gewesen war. Oh, Exeter mußte sich für vieles rechtfertigen!

»Gut«, meinte Julian, und diesmal stand er endgültig auf. »Ich verstehe dich, und wenn du vorerst bei ihm bleiben möchtest, habe ich nichts dagegen. Du bist ein vorbildlicher Leibdiener gewesen, Dommi. Ich hätte mir keinen besseren wünschen können. Zu Hause werde ich sehr vermissen, was du für mich getan hast, aber ich werde deine Stelle unbesetzt lassen. Solltest du je zurückkehren wollen, gehört sie wieder dir. Und falls du Ayetha einen Brief schreiben möchtest, gib ihn mir und ich sorge dafür, daß sie ihn bekommt.«

»Das ist sehr nett von Euch, *Tyika*!« Zögernd ließ Dommi die Schreibunterlage los, damit er die Arme heben und die Hände aneinanderlegen konnte, um das Zeichen des Ungeteilten zu bilden.

Julian nickte und wandte sich ab.

»*Tyika?*«

»Ja?«

»Welchem Gott habt Ihr Euch verschrieben?«

Die Frage brachte Julian aus dem Gleichgewicht. Gewiß nicht Edward Exeter! »Ich bin nicht sicher, Dommi. Ich denke noch darüber nach.« Damit zog er sich hastig zurück.

Er schlenderte zwischen den Lagerfeuern umher und hielt nach Ursula Ausschau, doch letztlich war sie es, die ihn fand. Sie schimmerte in der Dunkelheit gleich einem weißen Gespenst, ergriff seinen Arm und zog ihn dicht an sich.

»Da bist du ja! Hast du schon gegessen?«

»Hab' kein Hunger.«

Sie lehnte sich zurück, musterte sein Gesicht und brummte nachdenklich: »Hm!«

»Jetzt kannst du ihn nicht mehr aufhalten, richtig?« knurrte er. »Wären wir einen Tag früher eingetroffen ... aber jetzt nicht mehr, stimmt´s?«

»Nein, jetzt nicht mehr. Komm mit, er will dich sehen.«

»Ich will nichts mehr mit ihm zu tun haben!«

»Aber, aber!« Sie hörte sich an wie ein Kindermädchen. »Jeder Mensch hat das Recht, seinen Anklägern gegenübergestellt zu werden. Komm mit und sag ihm, was du mißbilligst.« Damit scheuchte sie ihn über den Sand.

»Was ich mißbillige? Ursula, sag bloß, du bist jetzt auf seiner Seite!«

Sie drückte seinen Arm.

»Nicht unbedingt auf seiner Seite, aber ich glaube nicht mehr, daß wir ihn aufhalten können. Zath vielleicht schon ... aber selbst da bin ich nicht mehr sicher. Ich will mehr darüber erfahren, was er vorhat. Ich habe ihn unterschätzt.«

»Und ich habe ihn überschätzt. Herr im Himmel, was habe ich ihn überschätzt!«

Ursula zwickte ihn. »Hör auf damit!« Sie gingen zurück zum Tempel, zurück zur Virtualität. Julians Kopfhaut kribbelte, und Schweiß lief ihm über die Rippen.

»Was soll das heißen, du hast ihn unterschätzt?«

Sie ließ sich mit der Antwort Zeit. »Er hat ein paar Dinge vollbracht, die ich nie für möglich gehalten hätte.«

»Den Mord an seinen Freunden, zum Beispiel? Herrgott! Das ist nicht unbedingt die feine englische Art, oder?«

»Das habe ich nicht damit gemeint. Er hat sich die Unterstützung des Pentatheons gesichert, die einiger Götter, oder zumindest ihre Neutralität. Ziemlich gewitzt, Liebling! Er muß sie beeindruckt haben. Wir wissen, daß sie Angst vor Zath haben, und Exeter ist es gelungen, genau das auszunützen.«

»Ein bekanntes Übel ist besser als ein unbekanntes. Das Pentatheon könnte durchaus zu der Ansicht gelangen, mit Zath besser dran zu sein, wenn bekannt wird, wie der Befreier heute seine eigenen Anhänger behandelt hat.«

O Schreck! Offensichtlich hatte Ursula die Seiten gewechselt – hieß das, Exeter hatte sie verhext, so wie sie ihn verhexen wollte? Wird er nun auch meinen Verstand verzerren? Fragte sich Julian. Einen Augenblick spielte er mit dem Gedanken, sich aus dem Staub zu machen; dann aber verlieh ihm der Stolz wieder Rückgrat. Er war vor den Kanonen der Boches nicht davongelaufen, und er würde auch vor dem hier nicht davonlaufen.

Sie marschierten um ein Zelt herum – und da war

er, der Messias, in einem abgeschiedenen, kleinen Allerheiligsten vor neugierigen Augen abgeschirmt. Eine umgestürzte Säule und zwei verfallene Mauern bildeten die Seiten des Unterschlupfs, und in der Mitte knisterte auf dem Sand funkensprühend ein Feuer aus Treibholz. Der Befreier hockte allein im hintersten Winkel der zwei Mauern, mit bloßem Haupt, und doch kuschelte er sich eng in seine Robe, als wäre ihm kalt. Julian hatte diese Haltung schon früher bei Fremden gesehen und wußte, daß sie von allzu heftiger Berührung mit Virtualität zeugte.

Rings um das Feuer war etwa ein Dutzend nagischer Schilde ausgelegt worden, wie die Stundenmale auf einer riesigen Uhr. Neben jedem saß ein Jünger – eine neue Runde als Ersatz für den hingemetzelten Kriegertrupp. Auch die beiden überlebenden Nagier waren da; ihre Speere lagen neben ihnen. Ein weiterer Jünger war der blonde Junge mit den in Verbände gewickelten Füßen, dieser Dosh Irgendwer. Er sah aus, als hätte er geweint. Der Rest schien zu gleichen Teilen aus Männern und Frauen zu bestehen. Sie hatten den Worten ihres einzigartigen Führers gelauscht, doch als er die Neuankömmlinge erblickte, verstummte er, und alle Augen hefteten sich auf die beiden und musterten sie.

Gegenüber Exeter klaffte in dem Kreis eine Lücke. Ursulas Hut lag dort – aber kein Schild, wie Julian erleichtert feststellte. Die Frauen zu beiden Seiten rückten nach, um mehr Platz zu machen. Ursula setzte sich und strich ihr weißes Kleid glatt. Sie ließ für Julian eine Stelle frei, doch er blieb stehen, verschränkte die Arme vor der Brust und funkelte über das Lagerfeuer hinweg jenen Mann an, den er bislang als Freund bezeichnet hatte.

Exeter wirkte nicht einmal müde. Die Erschöpfung, die ihn vor so vielen Stunden gezeichnet hatte, war von dem üppigen Manamahl hinweggefegt worden. Statt dessen versprühte er Charisma und Autorität.

Lange Zeit starrten die beiden einander an. Selbstverständlich war es Julian, der als erster die Augen abwandte.

»Sag mir, was dich bekümmert«, forderte Exeter ihn auf Englisch auf.

»Mord. Verrat.«

»Genauer, bitte.«

Wütend funkelte Julian ihn an. »Du hast aus dem *Filoby-Testament* gewußt, daß es in Nioltal zu Blutvergießen kommen würde. Und du hast es absichtlich geschehen lassen – Teufel auch, du hast es geradezu herbeigeführt! Du hast deine eigenen Leute als Menschenopfer dargebracht, hast Mana aus dem Tod von Frauen, Kindern und unschuldigen Männern bezogen. Du bist keinen Deut besser als Zath!«

Exeter verzog das Gesicht, als spürte er den lodernden Zorn der Worte. »Ich wußte, daß es zu Blutvergießen kommen würde, ja. ›Die Gebeine junger Männer‹ heißt es in der Prophezeiung. Davor habe ich sie schon damals in Sonalby gewarnt. Einige von ihnen würden sterben müssen, habe ich ihnen gesagt. Sie haben es gewußt.«

Julian schauderte und schluckte eine Woge der Übelkeit hinunter. »Ein paar Tage, nachdem du weg warst, hat Prof Rawlinson mir in Olympus die übliche Willkommen-an-Bord-Einführung angedeihen lassen. Ich bin sicher, du hast sie einst auch bekommen. Die Quelle von Mana ist Gehorsam, meinte er – je größer der Schmerz, desto größer das Opfer, desto ertragreicher das Mana. Und ich habe gefragt: ›Und Menschenopfer sind das bedeutendste Opfer von allen?‹ Er hat geantwortet, es gäbe ein noch bedeutenderes.«

Die blauen Augen blieben ruhig und unergründlich. »Martyrium.«

»Ja, Martyrium! Die bedeutendste Quelle von allen. ›Größere Liebe niemand besitzt als der, der sein Leben hingibt für einen Freund.‹ ... Du hast sie für dich sterben lassen, damit du ihr Mana bekommst!«

Die Anwesenden runzelten die Stirn angesichts der ihnen fremden Sprache und des abschätzigen Tonfalls, den der Ketzer ihrem Führer gegenüber anschlug. Ursula starrte ins Feuer. Da Julian über ihr stand, vermochte er ihr Gesicht nicht zu erkennen.

Exeter seufzte. »Ich wußte, daß einige aus dem Kriegertrupp sterben würden. Daß es so viele sind, hätte ich nicht gedacht. Mit dem Tod der anderen hatte ich ebenso wenig gerechnet – davon steht nichts in der Prophezeiung. Aber« – hastig sprach er weiter, ehe Julian ihm ins Wort fallen konnte – »aber ich habe in letzter Zeit Berichte gehört, denen zufolge die Kirche des Ungeteilten zunehmend angefeindet wird. Schwörst du mir ins Gesicht, daß der Dienst keinen Nutzen aus Märtyrern zieht?«

Das war ungerecht! »Wir versuchen, uns zu verteidigen. Ich habe nie Mana aus einem Tod bezogen. Ich habe nie ...«

»Nein.« Verkniffen lächelte Exeter. »Du gehörst nicht zum harten Kern, stimmt's? Aber du bist trotzdem nicht ohne Schuld. Ihr lebt in Olympus als Schmarotzer von den Früchten, die andere zusammentragen. Ihr eßt mit Silberbesteck in euren feinen Häusern und laßt euch von vorn bis hinten bedienen. In euren überaus vornehmen Villen! Was genau hat der Dienst in den fünfzig Jahren seines Bestehens denn erreicht, abgesehen von jener gemütlichen kleinen Siedlung in Olympus? Ich würde dich ja bitten, mir den Unterschied zwischen den Fremden des Dienstes und jenen der Kammer zu erklären, aber ich kenne die Antwort bereits. Es ist lediglich eine Frage des Ausmaßes der Schuld – das ist alles, nicht wahr? Keiner von euch ist unbefleckt, einige sind bloß schwangerer als andere. Und die Märtyrer sind alle auf eurer Seite, nicht wahr? Damit gibt sich das Pentatheon nicht ab. Aber egal. Schwöre mir etwas anderes, Hauptmann Smedley. Schwöre mir, daß deine Kanonen in Flandern nie einen Zivilisten getötet haben.«

Ein jäher Wutanfall ließ Julian in kalten Schweiß ausbrechen. »Wenn dem je so war, dann habe ich nie Nutzen aus den Opfern gezogen!« brüllte er. »Ich habe kein Blutgeld angenommen!«

»Hast du sehr wohl! Du hast deine Orden entgegengenommen. Und deine Seite hat Kapital daraus geschlagen, daß es tote Feinde gegeben hat. Deine Mannschaft hat Nutzen daraus gezogen – deine *Sache*, verdammt!«

Julian öffnete den Mund, wurde aber niedergebrüllt. Die blauen Augen funkelten heller als das Feuer.

»Ich weiß, daß du nie mit den Infanteristen in den Schützengräben warst. Du hast den Burschen nie befohlen, über die Klinge zu springen, oder? Aber . . .«

»Britische Offiziere befehlen ihren Männern nicht, über die Klinge zu *springen*, du Dreckskerl! Sie *führen* sie über die Klinge!«

»Wie Feldmarschall Haig? Oder Asquith, oder Lloyd George?« Entweder Mana oder die Mauern hinter Exeter ließen seine Stimme donnergleich erschallen. Selbst die Flammen des Feuers schienen vor der

Kraft der Worte zurückzuweichen. Die Jünger verfolgten den Streit mit offenen Mündern und entgeisterten Mienen. »Wahre Anführer halten sich im Hintergrund und *befehlen*, Hauptmann.«

»Wenn du damit zufrieden bist, mit ihnen verglichen zu werden, sollst du in der Hölle mit ihnen verrotten! Jetzt stelle *ich* dir ein paar Fragen! Ich habe dich in dem kreisrunden Fenster gesehen. Ich erkenne ein Symbol, wenn ich eines sehe ... Das hast du dir schon vorher ausgesucht, nicht wahr? Du hast diesen Knoten ausgekundschaftet und beschlossen, es wäre ein guter Platz für dein Blutbad, nicht wahr?«

Exeters Lippen verschwanden unter seinem Bart. Er nickte, wodurch er Julian den Punkt zugestand. Dreckskerl!

»Und dein Gott ist ungeteilt?« grollte Julian. »Aber du behauptest nicht etwa, ein Heiliger zu sein, Herr Exeter. Du zitierst keine alten Propheten. Du verbreitest deine Weisheiten eigenmächtig! ›Wahrlich, ich sage euch‹, und das alles. Woher nimmst du das Recht? Wenn du kein Heiliger bist, und dein Gott ungeteilt ist, was bist du dann – *Christus*?«

»Ich bin der Befreier.«

»Aber bist du menschlich oder göttlich? Bist du Gott oder Prophet? Buddha oder Mohammed oder Jesus oder Zarathustra oder Moses?«

Abermals hatte Julian die Oberhand. »Ich bin menschlich, Julian, das weißt du«, erwiderte Exeter. Doch vor seiner Antwort hatte er gezögert.

»Hast du ihnen das gesagt? Geh und sag es ihnen jetzt. Ich will es hören. Sprich langsam und deutlich, auf Joalisch.«

Eine Zeitlang starrte Exeter ihn an; dann entgegnete er: »Nein.«

»Ha! Dann habe ich keine weiteren Fragen.« Plötzlich verrauchte Julians Zorn und ließ ihn völlig ausgelaugt und mit einem krankhaften Bedauern zurück, das der Qual eines schmerzlichen Verlusts glich. Das es so weit kommen mußte! »Erinnerst du dich noch an jenen Morgen im Dower House in Greyfriars? Vor zwei Jahren. Beim Frühstück. Du hast mir das alles erklärt. Du hast geschworen, du würdest nie und nimmer der Befreier werden. Damals hast du dich gefragt, was es für Folgen für dich hätte. ›Was müßte aus mir werden?‹ hast du gesagt. Tja, du hast es getan, und es ist geschehen. Verflucht sollst du sein!«

Die Anwesenden konnten den Worten zwar nicht folgen, doch sie mußten wohl aus dem Tonfall und den Mienen lesen. Alle drehten die Köpfe, um zu hören, was ihre Gottheit aus der Blechbüchse als nächstes erwidern würde. Exeter sprach überaus ruhig, als hätte sich auch *sein* Zorn in Kummer verwandelt.

»Das Spiel ist noch nicht zu Ende, Julian. Es hat gerade erst angefangen. Bis jetzt habe ich mich lediglich auf das Spielbrett gedrängt.«

»Und letzten Endes wird Zath dich verbrennen.«

Exeter zuckte mit den Schultern. »Ich muß dem *Testament* vertrauen. Weißt du noch, daß darin steht, der Tod würde mich erregen?«

»Ysian?« Verächtlich lachte Julian auf. Er wollte Exeter verletzen, ihm weh tun. »Hast du sie schon gerächt?«

»Nein, nicht Ysian. Auch nicht die Karotten, die zu beerdigen du mir geholfen hast. Na ja, vielleicht ein bißchen. Aber hauptsächlich war es Flandern, diese Hölle bei Ypern. Ich habe ein paar Stunden davon miterlebt. Ich habe Erde gesehen, die menschliches Blut in Schlamm verwandelt hat. Das blanke Entsetzen hat mich ohnmächtig gemacht. Du mußt tausendmal mehr davon gesehen haben als ich. Schließlich warst du zwei Jahre lang dort. Was für eine Entschuldigung gibt es dafür, Hauptmann Smedley?«

»Keine! Überhaupt keine!«

Sanft, behutsam trieb Exeter den Dolch ins Fleisch. »Also war der Krieg falsch?«

»Du Scheißkerl! Falsch für die Seite, die ihn angezettelt hat, ja. Nicht für diejenigen, die sich dem Bösen widersetzt haben!«

»Dann habe auch ich keine weiteren Fragen.«

Julian wandte sich ab und stapfte in die Nacht davon.

Ursula folgte ihm nicht.

VI

Und er stieg auf einen Berg und rief die zu sich, die er erwählt hatte, und sie kamen zu ihm.

Das Neue Testament: Markus, 3:13

34

Eleal erwachte schlagartig. Eine Zeitlang lag sie regungslos da und starrte mit pochendem Herzen und schweißgebadet an die Decke. Sie hatte schon wieder von D'ward geträumt. Eigentlich hatte sie eher von jenem atemberaubend romantischen Bewunderer geträumt, von dem sie wußte, daß er D'ward war, wenngleich er ihm keinen Deut ähnelte. Vielleicht war er in den letzten fünf Jahren fülliger geworden, oder ihm waren ein Schnurrbart und Haare auf der Brust gewachsen, doch er konnte schwerlich geschrumpft sein. Auch seine Augenfarbe konnte sich nicht verändert haben. Und warum hatte sie *gesungen*, als sie einander leidenschaftlich umarmten? Ach, was waren Träume doch dumm!

Es war angenehm, wieder in einem Bett aufzuwachen, und noch angenehmer zu wissen, daß der Faulbeerengeruch verschwunden war ... nahezu verschwunden.

Egal. Nun war sie wach. Dicht über ihr hing eine Giebeldecke; mühsam quälten sich Sonnenstrahlen durch das schmutzige, kleine Dachfenster. Von der Straße drangen leises Stimmengewirr und der Klang von Rädern und Hufen herauf, während die Welt nach und nach erwachte, um ihren alltäglichen Geschäften nachzugehen. Dies war zwar keine Prunkherberge, doch es war auch keine Bruchbude im Elendsviertel. Und sie war in Niol! Heute würde Eleal eine Stadt erkunden können, die so groß und prächtig war wie Joal, zudem eine Stadt, die sie noch nie zuvor besucht hatte. Sie hob den Kopf, um über den Deckenrand zu spähen und sich zu vergewissern, daß Piol

Poet noch schlief, damit sie unbesorgt aufstehen und sich anziehen konnte.

Piols Bett war leer. Was Eleal als überaus ärgerlich empfand. Er mußte aufgestanden und ohne sie losgezogen sein, und wer vermochte schon zu sagen, was er mittlerweile alles in Erfahrung gebracht hatte? Sie schüttelte die Decke ab und setzte sich auf. Blitz und Donner, inzwischen konnte er das Rätsel um den Befreier sogar schon gelöst haben! Sie griff nach ihrem Kleid.

Letzte Nacht hatte es an Neuigkeiten über den Befreier keineswegs gemangelt. Die Gerüchte schwirrten dichter umher als Fliegen im Schlachthaus eines Metzgers, doch keine einzige Geschichte glich der anderen. Eleal hatte sich ins Bett geschleppt, ohne zu einem Schluß gelangt zu sein.

Mit der Unaufhaltsamkeit eines Gletschers, der sich hügelabwärts wälzt, hatte das Faultier sie schneckengleich nach Niol gebracht, den einzigen Ort der Welt, an dem Faulbeeren verwendet oder gekauft wurden, so daß eine Wagenladung davon an jedem anderen Platz unvermeidlich Fragen nach sich gezogen hätte. Hier hatten sie den stinkenden Haufen samt Karren und Faultier verkauft und einen ordentlichen Gewinn erzielt. Etwa ein Drittel davon war dafür draufgegangen, die zerlumpten Kleider zu ersetzen und wieder sauber zu werden, da kein Badehaus sie einlassen wollte. Den Rest hatte Eleal mit Piol geteilt; schließlich war es ja sein Einfall gewesen.

Klipp! Klapp! Langsam humpelte sie die enge, schmale Treppe ins Badezimmer hinunter, das sich düster und verlassen präsentierte. Es roch streng nach Wein; dazu mischte sich – ein bißchen weniger durchdringend – der Gestank von Urin und Erbrochenem.

Nachdem Eleal festgestellt hatte, daß ihr noch nicht nach Frühstück zumute war, stapfte sie zur großen Tür und wuchtete sie auf, wobei sie heftig blinzelte, als ihr das Sonnenlicht ins Gesicht gleißte. Niol war berühmt für die Breite seiner Straßen. Lastenträger stapften in Zweier- und Dreierreihen vorüber, trugen Ballen auf dem Kopf und leierten den üblichen, trägen, niolischen Singsang. Ein paar miefende, buckelige Ochsen zottelten karrenschleppend vorüber. Eleal hörte Bettler, die in der Ferne ihr Gejammer anstimmten, und die Läden der kleinen Geschäfte auf der gegenüberliegenden Straßenseite wurden hochgezogen. Sogleich scharte sich ein halbes Dutzend kindlicher Bettler um Eleal und schrie um Almosen. Sie verfluchte die Kinder und fuchtelte sie fort, ehe ihre neugierigen, kleinen Finger den Geldgurt entdecken konnten.

»Die Götter seien mit Euch, edle Frau«, sagte eine joalische Stimme.

Eleal wirbelte herum. Piol Poet saß mit ausgestreckten Beinen und dem Rücken an der Wand auf einer Bank neben der Tür der Herberge. Er kaute an einem Brötchen.

»Und mit Euch, verehrter Herr.« Sie lächelte ihn an und gesellte sich zu ihm. Die Reise hatte bei Piol wahre Wunder gewirkt, doch ob der Verdienst der Rast, dem Essen oder nur dem Gefühl gebührte, ein Ziel zu haben, wußte Eleal nicht. Piols Augen wirkten strahlender, die Haut weniger gelblich. Die saubere, neue Robe verbesserte sein Aussehen zusätzlich, und sein Turban war ordentlich gewickelt.

Er brach das klebrige Brötchen entzwei und reichte Eleal die Hälfte. »Wo das herkommt, gibt es noch jede Menge. – Fort mit euch!« herrschte er die Bettler an.

Eleal biß in den Happen und musterte Piol nachdenklich. »Du hast Neuigkeiten.«

Er schmollte. »Bin ich denn so schrecklich leicht zu durchauen?«

»Nein, aber ich bin außergewöhnlich feinfühlig. Jetzt sag schon.«

Mit der zahnlosen Menschen eigenen Geduld kaute er zu Ende, was er bereits im Mund hatte. »Ich habe festgestellt, daß die Tion-Sieger in der Stadt sind und in der nächsten Doppelwoche Festspiele stattfinden sollen, zum Gedenken an ...«

»Vergiß das mal alles! Was hast du über den Befreier in Erfahrung gebracht?«

Er zog eine silbrige Augenbraue hoch. »Ich dachte, du wolltest, daß ich als dein Vermittler arbeite, um deine Künstlerkarriere zu fördern?«

»Später. Zuerst die Neuigkeiten über D'ward.«

Er seufzte. »Eleal, *warum* bist du so besorgt um ihn?«

»Er ist ein alter Freund! Ich meine, diese Tage in Suss waren die aufregendste Zeit meines Lebens. Es ist doch nichts verkehrt daran, cinen alten Freund wiedersehen zu wollen, oder? Also, was gibt es Neues über ihn?«

Piol bedachte sie mit einem zweifelnden Stirnrunzeln. »Jetzt macht es Sinn. Der Weizen der Wahrheit hat sich von der Spreu des Gerüchtes getrennt.«

»Erspar mir die Poesie.« Sie fing seine Hand ab, als er sie auf den Mund zubewegte, um einen weiteren Bissen zu nehmen. *»Jetzt rede erst mal.«*

Er kicherte über ihre Ungeduld. »Er ist hier gewesen, in Niol! Man hat ihn im Tempel gesehen. Außerdem wird berichtet, er wäre im Palast der Königin gewesen, aber das scheint mir denn doch zu weit hergeholt. Hört sich an, als wäre er vor drei Nächten in die Stadt gekommen, hätte sich in den Tempel begeben und den Priestern eine lange Nase gezogen. Dann ist er weggelaufen, bevor sie ihn fangen konnten. Am nächsten Abend war er in Shuujooby.«

»Und was hat er dort getan?«

»Ketzerei gepredigt.«

»Oh!«

Traurig schüttelte Piol den Kopf. »Ich kann eigentlich nicht behaupten, daß ich überrascht bin. Weißt du, er war nie ein besonderer Verfechter der Götter. Erinnerst du dich noch, daß er dich nicht in den Tempel begleitet hat, als du Tion für eure Rettung danken wolltest?«

Stimmt, dachte Eleal, hat er nicht. Und als ihn der Hohepriester in den Tempel beorderte, lief er davon – was der Grund dafür war, daß ihr Bein nicht geheilt wurde. Aber diese schrecklichen Ketzer zu unterstützen! Auch T'lin Drachenhändler hatte sich ihnen angeschlossen, fiel Eleal ein. Als sie ihn zum letzten Mal sah, hatten sie sich deswegen gestritten.

»Nun, mit Ketzerei will ich nun wirklich nichts zu tun haben!« meinte Eleal voller Überzeugung. »Ich glaube an die Götter!« Schließlich war ihr Vater einer.

»Also können wir D'ward jetzt vergessen?« Piol strahlte vor Erleichterung.

»Nein!« Abermals fing sie das Brotstück auf dem Weg zum Mund des Greises ab. »Wenn er ein Ketzer ist, warum wirft man ihn dann nicht in den Kerker?«

»Tja, das ist eine interessante Frage! Die Königin hat ihre Hofreiterei ausgeschickt, um ihn bei Shuujooby gefangenzunehmen. Anscheinend gab es einen Kampf, genau wie im *Testament* vorhergesagt, aber die Berichte reichen von Tropfen bis Wasserfall, wie man hier zu sagen pflegt. Letzten Endes lief es darauf hinaus, daß die Garde Befehle mißachtet hat, und viele Soldaten haben sich mit jenem Mann zusammengetan, den sie eigentlich in Gewahrsam nehmen sollten.«

»Das hört sich ziemlich unwahrscheinlich an.«

Piol zuckte mit den dürren Schultern. »Es hört sich nach einem Wunder an. Auch über andere Wunder kursieren Gerüchte.« Kurz zögerte er; dann fügte er leise hinzu: »Man sagt, daß er kranke Menschen heilt, Eleal – und Krüppel.«

Mit berufsbedingter Fertigkeit unterdrückte sie ein drohendes Schaudern und lachte statt dessen verächtlich. »Aber du glaubst nicht an solche Märchen, oder?«

»Ich weiß nicht recht.« Piol legte die Stirn in Falten und biß in sein Brötchen. Mit vollem Mund nuschelte er: »Wir haben in Tions Tempel Heilungswunder gesehen ... Alle diese Geschichten klingen unglaublich, aber sie scheinen zu dicht miteinander verwoben, um völlig falsch zu sein.«

Eleal knabberte an ihrem Brotbrocken. »Und wo steckt er jetzt?«

»Gestern hat er Shuujooby auf der Straße nach Mamaby verlassen ... Wenn er so weiterzieht wie bisher, reist er heute nach Joobiskby weiter und überquert morgen den Lospaß ins Jurgtal.«

Piol Poet erwähnte zwar nicht, daß er ihr geraten hatte, einfach in Jurgtal zu warten, bis der Befreier käme, doch das bedeutete keineswegs, daß er es nicht dachte. Verdammt! Sie hatten *Tage* gebraucht, um aus Joobiskby hierher zu gelangen. Sollte D'ward sie je überholen, würde sie hinter ihm her hetzen müssen, und offensichtlich kam er wesentlich schneller voran als ein Faultier. Was selbstverständlich auf so gut wie alles und jeden zutraf; außerdem besaßen sie ohnehin kein Faultier mehr.

Eleal seufzte. »Sprich, alter Mann. Du bist mein Stratege. Berat mich.«

Längere Zeit kaute Piol vor sich hin. Eleal hielt ihre Ungeduld in Zaum, bis er endlich den Mund auftat.

»Mein Rat an dich, Eleal Sängerin, lautet, nach Joal weiterzureisen, wie du es nach deinen eigenen Worten ursprünglich vorhattest. Wenn du´s aber nicht mehr willst, laß mich hier ein paar Sprechproben einfädeln. Vielleicht in einigen Tempeln. Niol verfügt über zahlreiche, schöne Lustgärten, in denen sich ein Künstler das Leben mit seiner Kunst verdingen kann, nicht mit seinem ...«

»Vergiß das mal. Wie hole ich jetzt den Befreier ein?«

Ein tiefer Seufzer entrang sich Piols Kehle. »Weiß du, Eleal, du warst schon immer ein eigensinniges Kind. Ich würde sagen, folge einfach der Menschenmenge. Und die zieht nach Lospaß.«

»Menschenmenge?«

»Hunderte Menschen marschieren los, um sich den Befreier anzuhören. Sie lassen ihre Arbeit zurück, ihre Freunde, ihre Familien ...«

»Du warst ja ziemlich fleißig, alter Mann! Wie lange bist du schon auf den Beinen? Na, egal. Aber wir können nicht zu Fuß reisen, weder du noch ich. Was also tun?«

Mit vollem Mund nuschelte Piol: »Ein paar Leute bereiten Wagenzüge vor. Einen Silberstern für die Hinreise. Zwei für hin und zurück.«

»Das ist Raub! Am hellichten Tag!«

Er kicherte pfeifend. »Ich würde die zwei Sterne

zahlen. Ist man erst mal dort, könnte der Preis für die Rückreise wesentlich höher werden.«

»Wir bezahlen nur für die Hinreise«, entgegnete Eleal entschlossen, »und zerbrechen uns dann über die Zukunft den Kopf, wenn es soweit ist.«

35

Ein Ochsengespann bewegte sich zwar rascher fort als ein Faultier, aber keineswegs rascher als ein Mensch. Den ganzen Tag beobachtete Eleal verzweifelt, wie Leute zu Fuß den Karren einholten, an ihm vorbeizogen und schließlich in der Ferne verschwanden. Wäre da nicht ihr mißgebildetes Bein, wäre auch sie da draußen und würde mit den Schnellsten Schritt halten. Es war alles D'wards Schuld.

Piol war gut unterrichtet gewesen, als er gemeint hatte, Hunderte würden aufbrechen, um den Befreier zu sehen, denn der Verkehr in Richtung Süden war erheblich reger als der in Richtung Norden – und nicht nur der Fußgängerverkehr. Die Wohlhabenden sausten auf Moas vorbei, oder auf Hasen oder in von Hasen gezogenen Kutschen, wobei sie Staub oder Schlamm aufwirbelten. Zum erstenmal fragte Eleal sich, ob dieser sagenumwobene Mann womöglich gar nicht derselbe Junge war, den sie gekannt hatte. D'ward hatte stets versucht, Aufmerksamkeit zu *vermeiden*, nicht sie auf sich zu ziehen. Wie sollte sie bei all den Leuten je an ihn herankommen, um ungestört mit ihm über alte Zeiten zu plaudern?

Die wenigen Wanderer auf dem Weg zurück in die

Stadt waren von der Menge weiter vorn bereits mit Fragen gesteinigt worden, weshalb sie sich wenig auskunftbereit zeigten und auf ihnen zugebrüllte Fragen mit Flüchen oder zornigem Schweigen antworteten. Ein paar berichteten, der Befreier hätte gestern Mamaby erreicht und wäre entweder noch dort oder bereits nach Joobiskby und zum Lospaß weitergezogen. Einer oder zwei sprachen flüchtig von Wundern, doch keiner behauptete, tatsächlich bei einem dabeigewesen zu sein.

Der Name des Ochsen lautete Gelbbrauner. Der Besitzer, der neben dem Tier herlief, war ein schmuddeliger, ziemlich heruntergekommener Mann namens Podoorstak Fuhrmann. Eleal hatte Männer wie ihn oft genug im Kirschblütenhaus herumhängen sehen, so daß sie nun heilfroh war, noch nicht für die Rückreise bezahlt zu haben. Der knochenerschütternd rumpelnde Karren hatte schon beim Aufbruch streng gerochen. Nach einem Tag in brütender Hitze, zum Ersticken vollgestopft mit vierzehn Leuten, stank er zum Himmel. Die Ladung umfaßte zwei alte Nonnen, die sich nur im Flüsterton – und nur miteinander – unterhielten. Eine ausgesprochen laute, herrische Dame, deren Sohn von einem Schnitter getötet worden war, wollte dem Befreier ihren Segen geben und ihm für seinen Feldzug gegen den Tod weise Ratschläge erteilen. Ein geistig verwirrter, buckliger junger Mann schwafelte Unsinn über Prophezeiungen, rollte mit den Augen und sabberte. Ein dreizehn Jahre altes Mädchen, das eine Vision gehabt hatte, die sie dem Befreier unbedingt beschreiben mußte, reiste in Begleitung seiner stolzen Mutter. Dann war da noch ein ziemlich kranker Säugling, den eine unterernährte, zu Tode besorgte Frau an sich drückte, die hoffte, der Befreier würde dem Tod den Tod bringen, bevor ihr Kind starb. Der Säugling hustete heftig und erbrach alles, womit die Frau ihn fütterte. Des weiteren hockten auf dem Karren zwei übergewichtige, grün gekleidete Priester Padlopans, einer niolischen Erscheinungsform Karzons. Grimmig wiesen sie darauf hin, daß sie die ketzerische Saat aus dem Befreier herauszuprügeln gedachten, sobald sie ihn in die Finger bekämen.

Bedauerlicherweise waren ihre Sitznachbarn ein älteres Paar mit dem Goldreif des Ungeteilten im Ohr. Ihre Unterhaltung mit den Priestern verlief höchst angespannt.

Gesunde, kräftige Menschen hatten sich zu Fuß auf den Weg gemacht oder waren zu Hause geblieben.

Die Priester und Nonnen waren selbstverständlich einzig darauf aus, der Ketzerei ein Ende zu bereiten und reisten somit im Auftrag der Götter. Sie betrachteten ihre Gefährten als sensationslüsterne Prasser und mögliche Ketzer. Als Eleal ihnen erklärte, sie hoffte, ihre frühere Freundschaft mit dem Befreier verwenden zu können, ihn zum wahren Glauben zurückzubekehren, verbesserte sich ihr Gebaren ein wenig. Aber nur ein wenig. Eleal vermied es tunlichst zu erwähnen, daß sie die Eleal aus dem *Filoby-Testament* war.

Mochte der Haufen auch noch so schwerfällig sein, er stellte ein mögliches Publikum dar, und kein wahrer Künstler konnte einem Publikum widerstehen. Also sang Eleal von Zeit zu Zeit für ihre Mitreisenden. Alle schienen sich daran zu erfreuen, ausgenommen der Säugling und die spießigen Nonnen. Später gaben Piol und Eleal Auszüge aus einigen seiner Stücke zum Besten; sie gefielen allen außer den Priestern, dem

Säugling und dem Mädchen mit der Vision, die mitten während *Hollagas Abschied* einen epileptischen Anfall erlitt.

Als der Ochse allmählich müde wurde, kroch der Wagen zunehmend langsamer voran, doch endlich kam der Abend, und sie gelangten nach Joobiskby. Es war ein verschlafener, friedlicher Ort gewesen, als Eleal und Piol vor ein paar Tagen mit dem Faultier durchgereist waren, nun aber war das einzige, das sie erkannte, die Turmspitze des Tempels. Die Einwohner, Frauen wie Männer, hatten quer über die Straße Absperrungen errichtet und sie besetzt und schwangen nun Fackeln und Breithacken, um die Eindringlinge zu verscheuchen. Zum Glück war die Ernte bereits eingebracht, und die Reisfelder, die im Frühling und Sommer hüfthoch unter Wasser standen, waren um diese Jahreszeit zu Schlammebenen ausgetrocknet, denn die Horde der Besucher hatte alles niedergetrampelt, Hecken und Deiche umgerissen und ein Ödland zurückgelassen.

Podoorstak hielt den Wagen vorsichtshalber etwa eine Viertelmeile entfernt von den Schutzwällen, am Ende einer langen Reihe abgestellter Karren und Kutschen. Die gelangweilten Fahrer und Bediensteten, die damit betraut worden waren, auf die Gefährte aufzupassen, schenkten den Neuankömmlingen keinerlei Beachtung.

»Näher fahr' ich nich' ran«, verkündete Podoorstak. »Bei Sonnenaufgang brechen wir von hier auf, falls wer mitkommen will. Bis dahin müßt ihr euch alleine durchschlagen.«

Seine Fahrgäste beschwerten sich lautstark, doch

vergebens. Offensichtlich war das Dorf abgeriegelt, und der Ochse konnte den Wagen nicht durch den zähen Morast ziehen. Seufzend kletterte Eleal vom Wagen; dann half sie Piol hinunter. Es tat gut, endlich aus dem stinkenden Gefährt zu entkommen; dennoch freute Eleal sich nicht auf den letzten Teil der Reise. Das Endziel war offensichtlich ein kleiner, nördlich gelegener Hügel; denn dort hatten sich die Menschenscharen versammelt.

Dort mußte der Befreier sein.

Piol wollte das kleine Bündel tragen, doch Eleal bestand darauf, es selbst zu nehmen. Seite an Seite mühten sie sich über die Reste eines Grabens und marschierten über die Felder. Sie kamen langsamer voran als die meisten, schneller als einige, und immer noch trafen hinter ihnen weitere Pilger ein. Der Weg erwies sich als beschwerlich – bei jedem Schritt sog roter Schlamm an ihren Stiefeln.

Eleal spukte fortwährend ein alter Refrain durch den Kopf: *Beklagenswerte Maid, hübscher Knabe* ... Dabei hatte sie das Lied seit Jahren nicht mehr gehört.

»Wie viele?« kcuchte sie.

»Tausende! Von hier aus kann man sie gar nicht alle sehen.« Pfeifend kicherte Piol. »Trong hat nie solche Massen angezogen. Wir hätten D'ward in der Truppe behalten sollen!«

Seine gute Laune beschämte sie. »Aber sind diese Leute das Publikum oder Statisten, alter Mann? Selbst Trong wäre bei so vielen Menschen mit der Regie überfordert gewesen.«

Je näher sie dem Hügel kamen, desto hoffnungsloser schien die Lage. Auf dem Hügelkamm befand sich ein Gebäude, vermutlich ein alter Schrein. An den Seiten wuchsen ein paar vereinzelte Bäume, doch alles andere, was dort gewesen sein mochte – Gras, Zäune oder Beerenbüsche – hatte die Menschenflut hinfortgerissen.

»Das ist doch Wahnsinn! Was wollen die denn alle? Ihn bloß sehen oder berühren?«

»Der Wahnsinn der Massen«, murmelte Piol. Seine Augen leuchteten mit einem abwesenden Blick, an den Eleal sich aus ihrer Kindheit erinnerte – ein deutliches Zeichen dafür, daß die Muse ihn geküßt hatte. »Das geht vorüber. So ähnlich schwärmen Nektarameisen im Frühling aus. Der Befreier ist ihre Königin, und sie müssen ihm so nahe wie möglich sein.«

»Wenn er spricht, werden ihn die meisten gar nicht hören.«

»Aber er verkörpert etwas Neues in ihrem Leben. Sie werden nach Hause zurückkehren und all ihren Freunden davon berichten. Und wenn die Welt sich nicht binnen einer Doppelwoche auf den Kopf stellt, werden sie ihn vergessen. Es geht vorüber.«

Als sie die zertrampelten, unteren Hänge des Hügels erreichten und schließlich an den Rand der Massen gelangten, ergriff Piol Eleals Hand. Dann hielten sie inne, da sie erkannten, daß jeder Versuch, sich durch die Menge zu drängen, nicht nur sinnlos, sondern auch gefährlich wäre. Eleal hörte ein bedrohliches Brummen, das sich zu dem üblichen Gemurmel einer Menge mischte, als diejenigen Leute, die höher auf dem Hügel standen, sich dagegen sträubten, von ihrem Platz verdrängt oder dichter zusammengepfercht zu werden. Schon begannen Leute hinter Eleal zu rempeln. Sie tauschte reuige Blicke mit Piol Poet – keiner der beiden konnte als groß bezeichnet werden. Sie würden den Befreier nicht einmal sehen, geschweige denn hören. Eleal vermutete stark, daß er sprechen würde. Irgend etwas würde er tun *müssen,* andernfalls würde die Menge rebellieren.

»Pst!« zischten ein paar hundert Stimmen rings um sie. Jemand kündigte etwas an. Zwar verstand Eleal die Worte nicht, doch sie spürte, daß die Massen in Bewegung gerieten und sich irgendwohin nach rechts verschoben.

Wenige Lidschläge später hörte sie den Sprecher abermals, diesmal näher.

»Auf der anderen Seite steht Essen bereit. Der Befreier wird in Kürze sprechen, und später noch einmal für diejenigen, die ihn nicht gehört haben. Geht jetzt essen und kommt dann wieder her.«

Eleal und Piol tauschten fragende Blicke. Sie hatten gegessen und deshalb keinen Hunger. Wie viele würden sich fortlocken lassen?

Dann geriet der Sprecher in Sicht, als er außen an den Rändern der Menschenmassen entlangmarschierte. Es handelte sich um einen kleinen, hellhaarigen Jüngling, der lediglich mit einem Lendenschurz bekleidet war und einen Lederbeutel sowie auf dem Rücken einen großen runden Schild trug. So zierlich er auch sein mochte, er kam gut zur Geltung. Abermals wiederholte er lautstark seine Aufforderung.

Die Menge geriet in Bewegung; einige erkämpften sich einen Weg nach draußen, um sich auf die Suche nach dem versprochenen Mahl zu begeben, andere drängten sich vor, um den Platz der Abgewanderten höher auf dem Hügel einzunehmen. Piol hinter sich herschleifend, humpelte Eleal zu dem Herold hinüber. Gerade noch rechtzeitig, bevor er verschwinden konnte, klopfte sie mit der Hand auf den Schild.

»Du da!«

Er wandte sich um und musterte sie mit sanften,

blauen Augen. Sein Antlitz wirkte vor Erschöpfung verhärmt und von der Sonne des Tages gerötet; zudem war er schlammverschmiert. Eleal hatte mit einer verärgerten Reaktion gerechnet, doch in der Stimme des jungen Mannes lag erstaunliche Geduld. »Schwester? Wie kann ich dir helfen?«

»Ich muß mit dem Befreier reden.«

Er brachte sogar ein Lächeln zuwege, obwohl Eleals Wunsch schlichtweg verrückt war; dann fuhr er sich mit den Fingern durch Locken, die an besseren Tagen vermutlich wie pures Gold schimmerten. »Wir alle müssen mit ihm reden. Ich versuche selbst seit drei Tagen, ein paar Worte mit ihm zu wechseln. Ich wünschte, ich könnte dir eine größere Hilfe sein.«

Eleal zeigte sich beeindruckt. Er war in der Tat überaus nett.

Im richtigen Stück gäbe er einen hervorragenden Tion ab.

»Ich bin Eleal.«

Wie ein Visier klappte eine vorsichtige Miene über das Gesicht des Mannes. »Schwester, es ist mir eine Ehre, aber ...«

»Ich bin's wirklich. Die Eleal aus dem *Filoby-Testament*. Ich habe ihn gepflegt und gewaschen ... vor fast fünf Jahren. Jetzt möchte ich ihn wiedersehen.«

Ein leicht zweifelndes Lächeln. »Kennst du seinen Namen? Kannst du ihn beschreiben?«

»Sein Name ist D'ward. Er ist groß, hat schwarzes, ziemlich welliges Haar und so blaue Augen, wie ich sie noch nie gesehen habe. Als ich ihn kannte, war er sehr ... hager ist wohl der freundlichste Ausdruck dafür. Ich nehme an, seit damals hat er an Gewicht zugelegt.«

Die Zähne des Jungen klickten hörbar aufeinander.

»Nein, hat er nicht. Du bist Eleal!« Er fiel vor ihr im Schlamm auf die Knie.

»Äh ...« Hilfesuchend schaute Eleal zu Piol hinüber. Der aber schien gleichermaßen verblüfft. Der wuselnden Umstehenden hatten den Zwischenfall bemerkt, und schon bildete sich ein Ring Neugieriger um sie.

»Knie nicht vor mir!« forderte Eleal den jungen Mann mit fester Stimme auf. Sie fand es eigenartig störend. »Bitte, steh auf! Aber ich würde wirklich gern meinen alten Freund sehen.«

Der Junge erhob sich, wobei ihn der große Schild behinderte. Er ließ den Blick über die Umstehenden wandern. »Einen Augenblick!« Abermals rief er seine Ankündigung, und abermals setzten die Leute in Hörweite sich in Bewegung wie Gemüse in einem kochenden Eintopf.

Schließlich wandte er sich wieder Eleal zu und biß sich auf die Lippe. »Ich kann dich jetzt nicht zu ihm bringen. Nachdem er das zweite Mal gesprochen hat, wird er die Menge bitten, sich aufzulösen oder schlafen zu gehen. Dann halten wir ein ...« Er lächelte reumütig. »Na ja, für gewöhnlich halten wir ein Treffen ab. Nur sind die Menschenmengen mittlerweile so gewaltig, daß ich heute selbst *darauf* nicht zählen kann. Aber halte einfach nach mir Ausschau, oder nach anderen, die Schilde wie diesen tragen. Erzähl ihnen, was du mir erzählt hast, oder sag ihnen, ich hätte dich zu ihnen geschickt. Mein Name ist Dosh Gesandter. Ich bin sicher, dann bringen sie dich zum Befreier.«

Mehr hätte Eleal sich nicht erhoffen können. »Ich danke dir, Dosh Gesandter.«

Er nickte. »Der Segen des Ungeteilten sei mit dir,

Schwester.« Damit bahnte er sich einen Weg durch die Menge.

Eleal würde sich damit zufrieden geben müssen. Na ja, sie würde schon nicht vor Ungeduld sterben. Doch ihr Verlangen, D'ward wiederzusehen, schien ständig größer zu werden. Je näher sie ihm kam, desto weniger konnte sie es erwarten, ihm endlich gegenüberzustehen.

36

Einige der Orte, die D'ward als Lagerplatz auswählte, schienen merkwürdig, doch gegen den Hügel bei Joobiskby konnte Dosh beim besten Willen nichts einwenden. Er glich einem natürlichen Theater, denn die kleine Ruine auf seiner Kuppe gab eine hervorragende Bühne ab, und die Hänge hätten mühelos Platz für noch mehr Tausendschaften geboten, als sich eingefunden hatten. Das Problem war nicht der Lagerplatz an sich, sondern vielmehr der Wind und die Menschenmassen. So laut D'ward auch sein konnte, selbst ihm war es unmöglich, der Stimme gegen den Wind Gehör zu verschaffen. Diejenigen, die der ersten Predigt gelauscht hatten – einer notwendigerweise kurzen –, zeigten sich zögerlich, weiterzugehen und Platz für andere zu machen, die den Befreier noch nicht gehört hatten. Die niedrigeren Hänge waren schlammiger als die oberen – höchst unerfreuliche Schlafplätze.

Geduld. Verständnis. Takt. Vor allem Geduld.

Die Schildträger hätten selbst mit einer überschaubaren Menge ihre liebe Not gehabt, denn im Gegensatz zu Dosh und den beiden überlebenden Nagiern war es für sie alle eine neue Aufgabe. D'ward hatte die Schildträger erst am Vorabend ernannt – vier Frauen und sechs Männer – und versprochen, demnächst weitere zu bestimmen. In Doshs Augen hatte er eine gute Wahl getroffen, doch Hingabe allein war kein Ersatz für Erfahrung. Sogar Prat'han und seine Brüder wären wohl mit der Aufgabe, einer solchen Menschenmasse Herr zu bleiben, überfordert gewesen. Im Nachhinein betrachtet erschien die Gruppe, die dem Befreier durch Nosoktal und Rinootal gefolgt war, wie eine Familie bei einem Ausflug – doch das waren bereits die guten, alten Tage, liebgewonnene Erinnerungen, über die sich ein goldener Schleier gelegt hatte. Die größere Bürde fiel nun auf Schultern, die nicht darauf vorbereitet waren, sie zu tragen. Dosh war seit dem Morgengrauen unentwegt auf den Beinen; Tielan Händler und Doggan Hirte gaben ihr Bestes, aber sie wirkten immer noch wie betäubt vor Kummer und Scham darüber, am Leben zu sein.

Auch Dosh trug Scham in seinem Inneren, denn er hatte bis zu ihrem Besuch bei Visek nicht an den Befreier geglaubt; deshalb hatte er keine Gelegenheit mehr gehabt, dem Kriegertrupp zu sagen, daß sie von Anfang an Recht gehabt hatten und er im Irrtum gewesen war. Nie hatte er ihren Mut und ihre Treue zu schätzen gewußt. Nun erfuhr er zum erstenmal im Leben, was Schuldgefühle waren.

Geduld: »Ich weiß, ihr seid müde, Brüder und Schwestern. Da unten sind noch viele, die genauso weit gereist sind wie ihr und noch keine Möglichkeit hatten, den Befreier zu hören. Es wäre ein Zeichen das Verständnisses, von dem er gepredigt hat, wenn ihr ihnen Gelegenheit geben könntet ...« Und so weiter und so fort.

Als Dosh dieselbe, sorgfältig erdachte und begründete Bitte zum tausendstenmal aussprach, fragte er sich, wo er gelernt hatte, Geduld zu zeigen. Und nicht nur Geduld. Hätte der Dosh, der vor einer Doppelwoche Joal verlassen hatte, sich heute selbst getroffen – die beiden hätten einander nie und nimmer erkannt. Ebenso wenig hätten sie einander gemocht. Zum Glück war er zu beschäftigt, um darüber nachzudenken, ob es ihm gefiel, ein solcher Mensch zu sein. Dosh vermutete, er würde letztlich schwach werden und zu seinem zügellosen Leben zurückkehren. In der Zwischenzeit mußte er weiterhin ein braver Junge sein, denn die Nachtluft roch verdächtig nach Rebellion. Er hatte bereits drei Zänkereien geschlichtet.

Die Sonne war untergegangen. Keiner der Monde war zu sehen, und D'ward hatte soeben mit seiner zweiten Rede begonnen. Immer noch schwoll der Wind an und riß seine Worte fort. Die Wolken, die sich bei Einbruch der Dunkelheit über der Niolwand angesammelt hatten, kündigten den Beginn der Winterregen an – und die würden die Menge in Blitzesschnelle lichten.

Dosh bahnte sich einen Weg den Hügel hinauf. Hier unten hatte er alles getan, das in seiner Macht stand. Er bewegte sich lautlos und sehr vorsichtig voran, kroch buchstäblich zwischen den Beinen der Leute hindurch und achtete darauf, mit seinem Schild an keine Köpfe zu stoßen. Ein Schild zu tragen war zwar eine große Ehre, aber eine teuflisch schwere und unhandliche Ehre. In seinem Fall war die Ehre besonders groß, denn man hatte ihm Prat'hans Schild gegeben. Das Loch darin war eine Erinnerung an den

Hieb, der den großen Mann gefällt hatte, und die Flecken waren von seinem Blut. Eine solche Reliquie zu tragen, war eine ganz besondere Ehre.

Dosh fragte sich, ob Königin Elvanife der Verfügung des Befreiers gehorcht hatte und nach Shuujooby gegangen war, um zu bereuen. Er fragte sich, ob D'ward morgen weiterziehen würde, wie er es für gewöhnlich tat. Er fragte sich, wie viele Menschen sich dafür entscheiden würden, sich den Freien anzuschließen und mit dem Befreier zu ziehen. Natürlich müßten sie mit Lebensmitteln versorgt werden, doch Doshs Beutel war nahezu leer, wenngleich die Sammler bald mit Geld zurückkommen würden. Er fragte sich, wann er endlich Gelegenheit erhalten würde, sich hinzusetzen.

Gerade als Kirb'l jäh im Osten erschien und die Hunderte gen Himmel gerichteten Gesichter an den Seiten des Hügels in gelbes Licht tauchte, erreichte Dosh die verfallenen Mauern des alten Schreins. D'ward stand auf dem höchsten Punkt, wurde von unten von einem Leuchtfeuer angestrahlt und schleuderte seine Botschaft in die Nacht.

Erstaunlicherweise war es Kilpian und den anderen gelungen, die Menge aus dem eigentlichen Schrein fernzuhalten. Die meisten Wände waren vor langer Zeit zu Steinhaufen zerfallen, doch selbst diese stellten eine Absperrung dar und verliehen dem Inneren den Anschein von Abgeschiedenheit. Dosh kletterte über eine niedrige Stelle, glitt hinab und ließ sich auf das Gras fallen. Er befreite sich von dem Schild und entspannte sich mit einem tiefen Seufzer erschöpfter Zufriedenheit.

Eine stämmige, grauhaarige Frau kam zu ihm und bot ihm eine Kürbisflasche voll Wasser an. Dankbar nahm er sie entgegen und versuchte, sich an den Namen der Frau zu erinnern. Sie war eine Freundin. D'ward hatte Schildträger und Freunde ernannt. Die Freunde waren Helfer und noch nicht vollends bereit, ihren Glauben kundzutun oder Verantwortung zu übernehmen, hatte er gesagt; trotzdem war ihnen Zugang zu den abendlichen Treffen gewährt worden.

Dosh trank die Kürbisflasche leer und bedankte sich murmelnd. Über ihm hallte die Stimme des Befreiers durch die Nacht.

»Essen?« fragte die Frau und lächelte über sein jammervolles Gehabe. Hasfral, so lautete ihr Name. Hasfral Hebamme.

»Essen? Wie das? Hat D'ward schon gegessen?«

»Nein.«

»Dann warte ich auf ihn.«

Sie schüttelte den Kopf, als würde seine Antwort sie verärgern. »Das sagt ihr alle.«

»Weil wir wissen, daß heute nicht für alle da draußen genug da war.«

»Viele haben ihr eigenes Essen mitgebracht.«

»Aber einige werden hungrig von dannen ziehen, und D'ward wird nichts essen wollen, wenn er davon erfährt. Er handelt so wie seine Anhänger – und seine Anhänger handeln wie er.«

»Wirklich? Geht ihr ohne Essen schlafen, wenn auch er es tut?«

Dosh seufzte. »Hoffen wir, daß es nicht so weit kommt.«

Er ließ den Blick über die kleine Gruppe schweifen. Ein paar Leute fehlten noch. Doggan Hirte hockte trübsinnig ganz allein in einer Ecke. Kein Zeichen von

Tielan Händler. Kilpian Viehtreiber, Kondior Dachdecker und Bid'lip ... Bid'lip Soldat war einer der Krieger, die in Nosoktal zu den Freien übergelaufen waren. Er war ein Bär von einem Mann und besaß fast so dichte Augenbrauen wie Bandrops Anwalt. Zwar war er kein Ersatz für Prat'han, doch er würde durchaus einen starken Arm für den Befreier abgeben. Ein halbes Dutzend andere ... Ein rothaariger Junge, der am Feuer hockte und so geschäftig schrieb, daß er offenbar versuchte, die Rede des Befreiers wörtlich aufzuzeichnen.

»Wer ist das?« flüsterte Dosh und deutete auf den Schreiberling.

»Dommi Leibdiener. Ein Freund.«

Allmählich wurde es schwierig, sich alle Namen und Gesichter zu merken.

Und da war Ursula Lehrerin. Dosh mochte sie nicht, wenngleich er den Grund dafür nicht kannte. Vielleicht ein Überbleibsel aus seinen zügellosen Tagen? Damals hatte er gefügige Frauen bevorzugt – und Männer mit Muskeln. Ursulas Kiefer war zu kantig, ihr Haar zu kurz und ihr Gebaren zu herrisch, wenngleich nun nichts von alledem für Dosh eine Rolle spielen sollte. Vielleicht lag es daran, daß er nicht sicher war, was er von ihr halten sollte – sie unterhielt sich mit dem Befreier in einer Sprache, die keiner ähnelte, die er je gehört hatte. Wenigstens war ihr aufmüpfiger Freund gestern bei Sonnenaufgang mit einem Drachen abgereist; sie konnten froh sein, ihn vom Hals zu haben, wer immer der Bursche gewesen sein mochte.

Ursulas Anblick erinnerte Dosh plötzlich an Eleal Sängerin. Mist! Tja, es wäre nutzlos, in der Menge da draußen nach ihr zu suchen. Wenn Eleal tatsächlich die im *Testament* erwähnte, sagenumwobene Retterin war, würde sie schon irgendwie den Weg hierher finden. Er mußte daran denken, D'ward von ihr zu berichten ... Verdammt, was war er müde ...!

Der Himmel bewölkte sich zunehmend. Egal – selbst eine Sintflut würde Dosh heute nacht nicht vom Schlafen abhalten können. Er spähte zu dem in einer Ecke aufgetürmten Gepäck. Stöhnend setzte er sich auf und wollte sich erheben.

»Bid'lip? Hilf mir doch mal, das Zelt aufzubauen.«

Der Soldat schüttelte den Kopf. »D'ward hat gesagt, wir sollen es lassen. Meinte, wir könnten es als Decke verwenden, wenn es zu regnen anfängt.«

Dosh sank in die ursprüngliche Haltung zurück. Er vermutete, daß der Befreier selten im Zelt schlief und daß es hauptsächlich als Köder diente, um Schnitter zu täuschen. Seit mehreren Nächten waren keine Schnitter mehr aufgetaucht. Was führte der Feind im Schilde? Während Dosh darüber nachgrübelte, wäre er beinahe eingedöst. Ein klimperndes Geräusch ließ ihn hochschrecken, als Kondior Dachdecker ihm einen Stoffbeutel zu Füßen warf. Der Befreier hatte soeben seine Rede beendet und kletterte von seinem Aussichtspunkt herab, wobei ihn Kilpian Viehtreiber stützte. Weitere Schildträger und Freunde waren eingetroffen.

Die Menschenmassen auf den Hügelhängen brummten wie ein riesiges Tier, während sie versuchten, sich behaglich für die Nacht einzurichten.

Hasfral Hebamme und Imminol Heilkundiger verteilten die Abendmahlzeit: Bohnen, Knollen und ein paar Früchte. D'ward ließ sich seine Kürbisflasche reichen und schaute zu seinem Gefolge hinüber, wobei er jeden einzelnen musterte. Nachdem alle bedient worden waren und niemand zu essen begann, lächelte er, als wüßte er, was sie dachten.

»Preisen wir das Essen, daß der Herr uns sendet; möge es uns Kraft verleihen, ihm zu dienen.«

Ein Chor von ›Amen‹ ging in ein lautstarkes Mampfen über.

D'ward machte es sich bequem und knabberte an einer Pfefferwurzel. »Gut gemacht, ihr alle! Ihr hattet einen ungemein harten Tag und ich weiß zu schätzen, wie schwer ihr alle gearbeitet habt. Ich glaube, von jetzt an dürfte es leichter werden. Von diesen Stadtleuten werden uns nur wenige über den Lospaß folgen. Hat irgend jemand etwas zu berichten?«

Dosh fiel Eleal ein, doch andere ergriffen zuerst das Wort und beschwerten sich über die Probleme, das Essen gerecht zu verteilen, Latrinenbereiche abzustecken und der besorgniserregenden Scharen der Priester Herr zu werden.

Dagegen könne vorerst nichts unternommen werden, entgegnete D'ward unbekümmert. Morgen würde sich schon alles finden. Hatten alle bereits Dommi Leibdiener kennengelernt, einen neuen Freund? Der Junge errötete im Feuerschein, und ein breites Grinsen legte sich auf sein Antlitz.

Weitere Schildträger und Freunde kletterten über die Mauerreste. D'ward stellte weitere Leute vor, verkündete ein paar Beförderungen. Einige brachten Dosh Geld, das er in den Beutel steckte. Trotzdem würde es nie und nimmer reichen, morgen alle mit Essen zu versorgen, es sei denn, die Reihen lichteten sich beträchtlich.

Dann schnitt eine laute, klare Frauenstimme durch das Gemurmel der Unterhaltung wie ein Blitz durch eine Wolke. »D'ward?«

Der Befreier schaute auf. Er zuckte heftig zusammen und ließ die Kürbisflasche fallen.

Endlich war Tielan Händler eingetroffen. Bei ihm waren das Mädchen, das behauptete, Eleal zu sein, und der Greis, der sie begleitet hatte und nun ihr Bündel trug.

»D'ward?« Jede kleinste Schmähung im Gedächtnis lange währt, doch mit den eig'nen Schulden verhält sich's ganz genau verkehrt?

»*Eleal!*« D'ward rappelte sich auf die Beine. »Eleal Sängerin! Und Piol«

Sie humpelte ein paar Schritte voran, um ihm entgegenzulaufen. Kondior Viehtreiber versperrte ihr den Weg, und sie hielt inne.

Die erstaunten Mienen auf den Gesichtern der anderen hatte Dosh erwartet – aber machte der Befreier einen so merkwürdigen Eindruck? Irgend etwas war hier faul. Es mußte schon etwas Besonderes geschehen, um eine derartige Blässe auf D'wards Antlitz zu zaubern. Jeder kannte die Prophezeiung über Eleal und die Ankunft des Befreiers, doch das *Testament* erwähnte an keiner Stelle jemanden namens Piol. War der Greis das Problem?

Eleal jedenfalls war ein ziemlich hübsches, junges Ding. Wäre Dosh noch sein altes Ich gewesen, hätte ihn eine solche Frau durchaus gereizt. In Wahrheit ... Man muß selber einer sein, um einen zu erkennen ... Was für eine Frau war sie? Während er sie im unsteten Schein des Feuers musterte, gelangte er zu dem Schluß, daß er – wäre er noch die Art von Mann gewesen – darauf gewettet hätte, daß sie die Art von Frau war. Sie war eindeutig keine schamhafte Jungfrau, war aber jünger, als er erwartet hätte. »Eleal wird sein die erste Versuchung ...« Die siebenhundertsten Festspiele, als D'ward Befreier auf die Welt kam, lagen fast lange Zeit zurück. Damals mußte sie noch ein Kind gewesen sein.

»Eleal!« wiederholte D'ward. Er schüttelte den Kopf, als versuchte er, einen Dämmerzustand abzuschütteln. »Ich habe ganz vergessen, wie lange es her ist. Die Jahre haben dich wahrhaft gesegnet.«

»Dich haben sie überhaupt nicht verändert.« Sie lächelte und streckte zur Begrüßung die Hände aus. »Sind wir immer noch Freunde?«

D'ward befahl Kondior nicht, beiseite zu treten. »Du bist mehr als willkommen. Schwestern, Brüder – das ist Eleal Sängerin, die Eleal aus dem *Filoby-Testament*. Piol, es ist schön, auch dich wiederzusehen. Was gibt es Neues von den anderen?«

»Später ist Zeit genug, um zu plauschen und zu schwatzen«, meinte Eleal und warf den Kopf zurück. Ihre Blicke schweiften abwägend über die Gruppe. »Ich bezweifle, daß dein Gefolge sich für unsere Vergangenheit interessiert. Gewährst du uns nun Gastfreundschaft oder nicht?«

D'ward lachte. »Du bist immer noch die alte Eleal! Und ich bin ein ungehobelter Klotz. Kommt und habt Teil an unserem Festmahl, alle beide. Macht Platz für Eleal Sängerin und Piol Poet. Willkommen bei den Freien.« Doch sein Lachen hatte unecht geklungen. Dosh kannte den Befreier lange genug, um zu spüren, daß etwas Rätselhaftes vor sich ging.

Dann ging das Mädchen zu dem für sie freigegebenen Platz, und alle Augen hefteten sich auf die ungleichmäßigen Schritte ihrer Beine. Die Sohle ihres rechten Stiefels war aufgedoppelt. Hasfral und Imminol rückten beiseite, um einen Platz am Feuer zu schaffen. Eleal setzte sich. Der alte Mann ließ sich neben ihr nieder und wand sich aus den Riemen des Bündels.

D'ward hob die Kürbisschüssel auf und hielt sie Bid'lip Soldat hin, seinen Nachbarn. »Reiche sie bitte an unsere Gäste weiter. Wie du siehst, Eleal, führen wir ein schlichtes Leben.«

Bid'lip schaufelte die Reste seines Mahls in die Kürbisflasche und reichte sie weiter.

Der scharfäugigen Eleal war dies nicht entgangen. Ebensowenig dem Greis, der an den Riemen des Bündels herumzufummeln begann.

»Bitte laßt uns euch nicht berauben«, sagte Eleal hochmütig. »Wir haben noch eigene Vorräte übrig.«

D'ward setzte sich wortlos, und wahrscheinlich bemerkte nur Dosh sein Lächeln; denn es war flüchtig und unauffällig. Als die Kürbisschüssel zurückkehrte, teilte er den Inhalt mit Bid'lip und begann wieder zu essen, ohne dabei die Augen von Eleal abzuwenden.

»Entschuldigt, wenn wir beim Essen übers Geschäft reden. Hat sonst noch jemand etwas vorzubringen?«

»Ich habe heute nach ein Gerücht gehört, Befreier«, meldete Bid'lip sich zu Wort. »Mir wurde erzählt, daß Königin Elvanife sich im Palast verschanzt.«

»Überrascht mich nicht.« Immer noch musterte D'ward das Mädchen, als wäre jeder Bissen, den sie schluckte, eine Offenbarung. »Sie soll uns nicht weiter kümmern. Der einzig wahre Gott wird sich ihrer annehmen – wahrscheinlich durch ihre Höflinge, vermute ich.«

»Und morgen, Meister?« fragte jemand anders.

»Morgen ziehen wir weiter. Wir können Joobiskby diese Folter nicht noch länger auferlegen. Ich hoffe, wir haben gutes Wetter für die Überquerung des Passes.«

Donner und Doria! Wo sollte Dosh Vorräte für mehrere tausend Menschen auftreiben, die über den Lospaß wanderten? Der Marsch ins Jurgtal dauerte mindestens zwei Tage; folglich konnte er nicht vorauslaufen und dort einkaufen. Er würde die Joobiskbyer auf ihren Absperrungen ansprechen müssen. Wahrscheinlich würden sie völlig überhöhte Preise verlangen, als Wiedergutmachung für den Schaden, den die Menschenmassen angerichtet hatten. Doch er konnte entgegnen, daß die Freien andernfalls bleiben und verhungern würden, wo sie waren. Das müßte sie eigentlich überzeugen ... Der Befreier hatte seinen Namen ausgesprochen.

Ohne die Augen von Eleal abzuwenden, sagte D'ward: »Ich brauche dich hier. Ich will, daß du den Geldbeutel behältst, aber die Vorratsbeschaffung soll jemand anders übernehmen. Irgendwelche Vorschläge?«

Dosh bemühte sich zu verbergen, mit welcher Wärme ihn die Wort erfüllt hatten. Gebraucht zu werden, Vertrauen zu genießen, gefragt zu sein ... »Doggan kennt sich mit Vieh aus und ...«

»Nein. Auch ihn brauche ich hier.«

»Dann vielleicht Hasfral?«

»Übernimmst du die Vorratsbeschaffung, Hasfral?« erkundigte sich D'ward, der immer noch Eleal anstarrte.

»Mit Freuden, Meister«, erwiderte Hasfral.

»Dann befördere ich dich hiermit zur Schildträgerin, sofern es dich nicht stört, einen Schild zu tragen.«

»Solange sie bloß das Kochen nicht übernimmt«, warf Imminol ein. Die beiden waren alte Freunde; also durfte getrost gelacht werden.

Ein Regentropfen fiel auf Doshs Bein.

Auch D'ward mußte einen Tropfen gespürt haben, denn er schaute mit gerunzelter Stirn zum Himmel. »Morgen lagern wir in der Brüllenden Höhle. Dort haben wir es wenigstens trocken. Und es ist nur ein kurzer Marsch. Das könnt ihr morgen früh verbreiten. Bid'lip, sieh zu, daß du jeden gesunden und kräftigen Pilger dazu bringst, einen Ast fürs Feuerholz zu suchen und ihn mitzutragen, sobald wir die Baumgrenze erreichen. Sonst noch etwas?«

»Ja, Befreier«, sprach eine nagische Stimme. Doggan Hirte mühte sich wie ein Greis auf die Beine, doch als er es geschafft hatte, stand er aufrecht wie ein Baum und hielt Speer und Schild in kriegerischer Manier. »Ich möchte nach Hause.«

Da war es nun also endlich. Dosh hatte seit zwei Tagen damit gerechnet, und auch D'ward zeigte keinerlei Überraschung. Er blickte zu Tielan; das Antlitz des Händlers glich einer Schieferplatte. Angenommen, Tielan hatte es gewußt, und D'ward hatte es erwartet ...

»Dann geh, aber betrachte dich nie wieder als meinen Freund oder Bruder.«

Damit hatte Doggan nicht gerechnet!

»Ich weiß, was du denkst«, erklärte der Befreier ruhig. »Vergiß nicht, sie waren auch meine Brüder. Ich habe meinen ersten Speer auf Gopaenum geschleudert und dann beobachtet, wie Gopaenum ihn auf mich zurückgeschleudert hat. Hätte ich schon damals gewußt, wieviel Kraft im Arm des Fleischers gesteckt hat, hätte ich mich umgedreht und wäre die Nagwand hinauf davongerannt. Burthash und Prat'han haben die Linien auf meinen Rippen gezogen, die ich entlang schneiden sollte, als ich meine ersten Verdienstmale erhielt. Wir alle waren Brüder. Seite an Seite sind wir marschiert und haben gekämpft. Als ich vor ein paar Doppelwochen gekommen bin und um Hilfe bat, haben sie alles stehen und liegen gelassen, ohne zu fragen, so wie du und Tielan – so wie es unter Brüdern sein sollte. Ich habe ihnen gesagt, daß es gefährlich werden würde, doch sie haben nur darüber gelacht. In Shuujooby sind sie gestorben, alle bis auf euch zwei, aber das war Gottes Wahl und keine Schande für euch. Ich habe das Böse unterschätzt. Wenn also jemandem die Schuld zu geben ist ... Nein, hör mich zu Ende an. Die Geschichte wird beweisen, daß ich alles andere als unschuldig bin. Und jetzt meinst du, daß es deine Pflicht ist, die Kunde heim nach Sonalby zu tragen, damit unsere anderen Brüder zu den Waffen greifen und das Blut der Schuldigen vergießen. Gegen wen willst du sie anführen, Bruder Doggan? Gegen die Lanzenreiter, die das Blutbad angerichtet haben? Die meisten von ihnen sind jetzt da draußen, beschämt und reuig, und tun, was in ihrer Macht steht, um unserer Sache zu helfen. Oder willst du gegen Königin Elvanife ziehen, die den Befehl erteilt hat? Ich bezweifle sehr, daß sie noch auf dem Thron sitzt, bis du deine Brüder nach Nioltal gebracht hast. Gegen Zath? Gegen das Böse, das die Königin dazu angestiftet hat? Zath ist die wahre Quelle des Übels, aber was hoffst du, gegen *ihn* auszurichten? Ich habe dir versprochen, daß er sterben wird, wenn wir nach Tharg kommen. Ich brauche unterwegs deine Hilfe, aber wenn du meinem Wort nicht vertraust – wenn du glaubst, daß Sonalby noch nicht genug gelitten hat –, dann geh. Erwarte bloß nicht meinen Segen.«

Doggan verharrte schweigend.

Sein Denkvermögen war noch nie das schnellste gewesen.

»Er hat recht«, meinte Tielan. »Ich hab's dir ja gesagt. Setz' dich hin.«

Doggan setzte sich. Er legte Speer und Schild auf den Boden. Dann beugte er sich vor und sank weinend auf die Knie. Tielan legte einen Arm um ihn.

Eine Zeitlang sprach niemand. Verlegen und trauernd beendeten sie das Mahl. Dosh entschied, daß er als Nachspeise ohne weiteres ein dickes, saftiges Steak vertragen könnte. Ihm waren die Brötchen und das Fleisch keineswegs entgangen, an denen Eleal und ihr greiser Freund sich gelabt hatten, und er fragte sich, was das Bündel noch alles enthalten mochte. Er war nicht der einzige, der die beiden mit hungrigen Gedanken beobachtete.

Eleal schluckte die letzten Bissen hinunter und leckte sich die Finger. »Nun, D'ward?« Unsicher lächelte sie. »Können wir uns irgendwohin zurückziehen, wo es abgeschiedener ist, und in Erinnerungen an die alten Tage schwelgen? Ich kann dir vom Schicksal so vieler Menschen erzählen, die uns lieb und teuer gewesen sind.«

»Nein!« entgegnete D'ward scharf. Dann schnatterte er etwas in jener anderen, seltsamen Sprache.

Die geheimnisvolle Ursula Lehrerin hatte das Ganze schweigend beobachtet und gelauscht. Auch sie wandte ihre Aufmerksamkeit keine Sekunde von Eleal ab. Nun nickte sie und antwortete kurz in derselben Sprache. Was immer die Worte bedeuten mochten, Ursulas Stirnrunzeln verwandelte sie in eine Warnung.

D'ward erhob sich und ging zu dem Mädchen hinüber. Er stand zwischen ihr und dem Feuer. Mit wachen Augen schaute Eleal zu ihm auf; dann wollte sie sich erheben.

»Bleib sitzen!«

Überrascht sank sie zurück.

»Zieh die Stiefel aus«, befahl D'ward.

»Was? So etwas mache ich ganz bestimmt nicht ...«

»Zieh die Stiefel aus!«

Der Befehl peitschte durch die Luft wie das Krachen eines Stocks auf einer Tischplatte. Niemand vermochte, sich einem Befehl des Befreiers zu widersetzen, wenn er diesen Tonfall anschlug. Eleal erbleichte und gehorchte; dann blickte sie voller Zorn, Trotz und Scham zu ihm empor.

Es war ein grausames Spiel. Jeder sah den Vergleich – das mißgebildete Bein, auf gräßliche Weise kürzer als das andere.

D'ward schaute zu Imminol und dem Greis, die neben ihr saßen. »Haltet ihre Hände.«

Eleal wollte Einspruch erheben, doch die anderen ergriffen ihre Hände. »D'ward! Was hast du ...«

Der Befreier hob die Augen, als betrachte er den Himmel. Dann streckte er die Arme über den Kopf und bildete den Kreis. Eine jähe Offenbarung verriet Dosh, was geschehen würde – einen Lidschlag, bevor das Mädchen aufschrie und sich gegen ihre Häscher zur Wehr setzte.

D'ward ließ die Hände sinken. »Dank dem Wahren Gott.«

Damit wandte er sich um und kehrte an seinen Platz zurück, wobei seine Robe sich im auffrischenden Wind bauschte. Zischend prasselten Regentropfen ins Feuer. Imminol und Piol ließen Eleal los. Mit aschfahlem Antlitz starrte sie auf ihre Füße.

»Ein heiliges Wunder!« rief Ursula auf Joalisch, mit schwerem Akzent. »Gepriesen sei der Ungeteilte für dieses Zeichen!«

Ein oder zwei Stimmen murmelten: »Amen!« Alle anderen waren zu verblüfft, um auch nur ein Wort hervorzubringen. Die Beine des Mädchens wiesen nun dieselbe Länge auf.

»So steht es geschrieben«, fuhr Ursula fort. »›Schmerz und Krankheit, ja sogar den Tod wird er von uns nehmen. Frohlocket!‹«

Dann zeigte Eleal eine heftige Regung. »D'ward!« schrie sie und rappelte sich auf. Sie wollte auf ihn zulaufen, taumelte und verlor beinahe das Gleichgewicht. »Nein!« herrschte D'ward sie an. »Komm nicht näher!«

»Aber ... du hast mich geheilt ...« Mit großen Augen starrte sie auf ihre Füße hinunter, als könnte sie den eigenen Sinnen nicht glauben.

Es muß sich überaus seltsam anfühlen, dachte Dosh. Schon die Heilung eines verstauchten Knöchels hatte sich seltsam angefühlt, und Eleal mußte ihr ganzes Leben mit dieser Mißbildung verbracht haben. Doshs Kopfhaut prickelte. Allein der Umstand, Zeuge eines solchen Wunders zu sein, war eigenartig, obwohl er schon früher gesehen hatte, wie der Befreier seine Macht einsetzte. Auf die anderen mußte das Ganze eine noch stärkere Wirkung haben.

Ursula lachte; das Geräusch hörte sich bestürzend an, als hätte sie in einem Tempel gelacht. »Das war unklug von dir, Kisster. Du hättest es an einem Ort tun sollen, wo alle es gesehen hätten.«

D'ward bedachte sie mit einem bösen Blick. »Deswegen habe ich es nicht getan. Es war eine Wiedergutmachung für eine alte Schuld. Tielan, kannst du bitte die Zusatzsohle von ihrem Stiefel reißen? Eleal, ich habe einen Teil meiner Schulden an dich zurückbezahlt. Geh jetzt.«

Eleals Antlitz schimmerte feucht im Schein des Feuers, und es war nicht allein der Regen, der sich auf ihren Wangen gesammelt hatte. Sie zitterte merklich. »D'ward, D'ward!« Zögernd trat sie einen Schritt auf ihn zu.

»Komm nicht näher! Es hat mich gefreut, dich wiederzusehen, und es hat mich noch mehr gefreut, daß ich tun konnte, was ich gerade getan habe, aber du bist hier heute nacht nicht willkommen. Du mußt dir draußen einen Platz zum Schlafen suchen. Piol ... Was meinst du, Piol? Führe ich mich auf wie ein Narr?«

Auch der alte Mann war aschfahl. Er schüttelte den Kopf.

D'ward verzog das Gesicht, als wäre ihm die Bestätigung dessen, was ihn bekümmerte, mehr als zuwider. »Bid'lip, Doggan ... sorgt dafür, daß Eleal Sängerin und Piol heute nacht einen Platz zum Schlafen finden, ja?« Weit weg von mir, fügte er zwar nicht hinzu, doch die Andeutung war offensichtlich.

Mittlerweile hatte Tielan den aufgedoppelten Boden mit Hilfe der Speerklinge von Eleals Stiefel geschabt. Schweigend reichte er ihr den Stiefel. Zunehmend heftig prasselte der Regen auf Doshs Schultern.

»Wir anderen«, sagte D'ward, »verwendet die Zeltleinwand als Decke. Das wird zwar alles andere als gemütlich, aber auf diese Weise finden mehr von uns Schutz darunter, und wir sind um einiges besser dran als die meisten Menschen da draußen. Solltet ihr kleine Kinder sehen, ladet sie zu uns ein. Lebt wohl, Eleal und Piol. Ich wünsche euch eine sichere Heimreise.«

37

In der Nacht setzten immer häufiger Schauer ein, die zunehmend heftiger und kälter wurden und immer länger andauerten. Die Feuer verloschen schon früh; entweder weil sie mangels Brennstoff verhungerten oder weil der Regen sie ertränkte. Fremde kuschelten sich brummelnd und grummelnd aneinander und teilten ihr Elend. Nur wenige fanden erholsamen Schlaf.

Eleal schlief so gut wie gar nicht. Kaum begann sie einzunicken, wurde sie von irgend etwas gestört – wenn schon von keinem Traum, dann von Regen auf dem Gesicht, von einem plärrenden Kind oder dadurch, daß sich neben ihr jemand bewegte. Sofort war sie dann wieder hellwach und dachte: *Mein Bein ist geheilt!* Sie war kein Krüppel mehr, keine Mißgeburt, kein Ungetüm. Nun konnte sie eine Laufbahn als Sängerin oder Schauspielerin anstreben. Sie durfte davon träumen, an den Tion-Festspielen teilzunehmen. Sie konnte Pläne schmieden, die einen Ehemann, eine Familie, Kinder umfaßten. Sie träumte von sich selbst als wunderschöne, anziehende, erfolgreiche Frau.

Und es war D'ward gewesen, der all das ermöglicht hatte. Weder Tion noch irgendein anderer Gott. D'ward, der Ketzerei predigte. Wie sollte sie dieses Wunder mit den entsetzlichen Dingen in Einklang bringen, die er sagte? Wie sollte sie je wieder Gut von Böse unterscheiden? Vor fünf Jahren hatte D'ward ihr Vertrauen gebrochen. Nun hatte er ihr unaufgefordert den größten Wunsch von den Augen abgelesen und für die Erfüllung dieses Wunsches weder um einen

Gefallen, noch um einen Dienst oder ein Versprechen gebeten und so auf einen Schlag alles zurückbezahlt, was Eleal je für ihn getan hatte.

Aber *wie*? Wer *war* D'ward? Sie hatte ihn für einen Mann gehalten, den eine Frau geboren hatte – und doch hatte sie gesehen, wie er auf die Welt gekommen war, indem er einfach wie aus heiterem Himmel erschien. Wenn er kein Sterblicher war, mußte er ein Gott oder ein Dämon sein, und weshalb sollte ein Dämon jemandem einen solchen Segen zuteil werden lassen?

Als das erste, zarte Licht des Tages durch die triefnassen Wolken zu sickern begann, regten sich die Menschenmassen auf dem Hügel und lösten sich auf. Bibbernd mühten die Leute sich auf die Beine und steuerten auf die Straße zu, wobei sie diejenigen anrempelten und weckten, die noch schliefen. Aus dem wütenden Gemurmel, das Eleal in der Nacht rings um sich herum belauscht hatte, wußte sie, daß die meisten Leute schnurstracks zurück nach Hause gehen wollten, nach Niol. Und D'ward hatte sie, Eleal, fortgeschickt, hatte sich geweigert, sie allein zu treffen. Sie hatte ihm einst das Leben gerettet, und doch vertraute er ihr nicht! Er hatte sie fortgeschickt.

Piol erwachte mit einem Husten- und Keuchanfall. Wie konnten so wenige Zähne nur so laut klappern?

»Alles in Ordnung?« erkundigte sich Eleal.

»Abgesehen von Rheuma, Frostbeulen und einer doppelten Lungenentzündung, ja. Wie steht's mit dir?«

»Größtenteils geistige Verwirrung und moralische Ungewißheit.«

Er drehte sich in der Düsternis zu ihr um und schaute sie an; dann kicherte er. Seine knochige Hand suchte die ihre und drückte sie. »Die Tore zu einem neuen Leben haben sich geöffnet?«

Eleal umarmte ihn. Er fühlte sich an wie ein Reisigbündel und war kalt wie ein Fisch. »Ich weiß nicht, Piol, ich weiß nicht! Erklär's mir.«

Abermals schüttelte ihn ein trockener Husten. »Ich wünschte, ich könnte es. Wohin gehen wir jetzt?«

Nach einer langen Pause flüsterte Eleal: »Ich will dem Befreier folgen.«

»Das habe ich befürchtet. Wieso, Eleal? Was treibt dich an? Mir hast du gesagt, du wolltest nach Joal, aber du scheinst nur einen Wunsch zu haben ...«

»D'ward hat mein Bein geheilt.«

»Das ist kein Grund. Schon davor ...«

»Doch, ist es!« Aber stimmte das? Ihr Traum hatte sich verändert. In jener Nacht war es tatsächlich D'ward gewesen, der in ihren Armen gelegen hatte, nicht jener unbekannte Bewunderer mit dem Schnurrbart – D'ward in seiner jetzigen Gestalt, mit kurz gestutztem Bart. *Beklagenswerte Maid, hübscher Knabe ...*

Piol wartete auf mehr. Was sollte sie ihm sagen? Es war lächerlich, nun noch nach Rache zu sinnen. So sehr D'ward sie in der Vergangenheit auch verletzt haben mochte, er hatte seine Schuld beglichen. Aber wie konnte ein Mann ihr Freund sein, der so entsetzliche Gotteslästerungen von sich gab? Außerdem führte er seine Armee nach Jurgtal, und in Jurgtal wartete Tigurb'l Kneipenwirt. Zwar hatte sie Piol nichts von ihm erzählt, doch er hatte es auch so erahnt. Es gab nicht den geringsten Grund für Eleal, sich diesen verrückten Ketzerpilgern anzuschließen.

Andererseits erschien es ihr unmöglich, es nicht zu tun. »Ich habe D'ward nie richtig gedankt.«

»Doch, hast du.«

»Na ja, ich möchte mit ihm reden. Über die alten Zeiten. Er ist doch ein alter Freund, oder? Ich mag ihn. Er ist nett. Laß uns was essen.« Sie griff in das Bündel, das ihnen als Polster gedient hatte, doch Piol fing ihr Handgelenk ab.

»Nicht jetzt. Hier sind zu viele Augen und Mäuler. Marschieren wir erst mal los. Das wird uns wärmen.«

Die Menge strömte bereits den Hügel hinunter und teilte sich in zwei Rinnsale. Das bei weitem größere hielt auf die Straße nach Niol zu, doch eine erstaunlich große Menge zog in Richtung Lospaß. Eleal und Piol kamen langsamer voran als die meisten anderen – Piol, weil er alt war und Eleal, weil sie erst wieder laufen lernen mußte. Sobald ihre Gedanken abschweiften, taumelte oder stolperte sie, als wäre sie betrunken.

Eigentlich war es beinahe lustig, und ein oder zweimal lachte sie laut.

Unwillig kam das Tageslicht hervor und fügte sich in einen regnerischen, trüben Morgen. Es mußte bereits die zweiundzwanzigste Doppelwoche sein, so daß man von dem schlechten Wetter kaum überrascht sein durfte, selbst in Niol nicht. Im Narshtal würde mittlerweile hüfthoch Schnee liegen. Auf dem Lospaß vermutlich ebenfalls. Eleal war ebenso wenig für den Winter gekleidet wie Piol.

Die Straße wand sich durch die Ebenen. Regenwolken trieben über ihnen hinweg und zogen graue Ranken hinter sich her. Die Niolwand und ein Großteil des Niolhanges lagen dahinter verborgen. Als die sumpfigen Reisfelder allmählich sanft ansteigenden Weiden wichen, bemerkte sie, daß der Befreier und seine Leibgarde sich von hinten näherten. Sie bewegten sich im Laufschritt. D'ward schien beinahe jeden, an dem er vorüberlief, mit Namen anzusprechen; manchmal marschierte er einfach weiter, manchmal wurde er langsamer, um unterwegs eine Zeitlang zu plaudern. Dann verlängerte er die Schritte wieder – was ihm die Schildträger gleichtaten –, und zog zur nächsten Gruppe weiter.

Vielleicht würde er heute besserer Laune sein – eine Umarmung und ein Kuß, um der alten Zeiten Willen ...

Piol schlug sich wacker. Er lief langsam, aber sicher, meinte er; solange niemand ihn drängte, konnte er den ganzen Tag so weiterziehen. Schließlich aßen sie von ihren Vorräten, ohne dabei stehen zu bleiben.

D'wards Gruppe holte sie früher ein, als Eleal erwartet hatte. Unvermittelt erklang eine Stimme dicht hinter ihnen:

»Piol Poet?«

Piol war zu wackelig auf den Beinen, um sich im Gehen umzudrehen. Er hielt inne, wand sich um und musterte den Sprecher fragend.

»Ich bin Dosh Gesandter. Der Befreier möchte gerne mit dir reden.«

»Ach?« entfuhr es Piol, und dann »Oh!« und »Natürlich!«

»Ich leiste dir derweil Gesellschaft, Eleal Sängerin.« Der kleine, blonde Mann lächelte zwar durchaus freundlich, doch er scheuchte sie sogleich weiter.

»Warum Piol? Warum will er mit mir nicht reden?« Sie ließ sich der Straße entlang geleiten, während Piol zurückfiel und von der Gruppe der Leibwächter verschluckt wurde.

»Keine Ahnung, Mädchen. Das wüßte ich nur allzu gern. Er hat dir ein Wunder angedeihen lassen und dich dann hinausgeworfen. Irgendwie hatte ich gehofft, du könntest mir den Grund verraten. Bist du ein Schnitter?«

»Ein *was? Selbstverständlich* nicht.«

Dosh war alles andere als der Grünschnabel, für den sie ihn gehalten hatte. Bei Tageslicht betrachtet, war er zweifellos älter als sie, und während es zwar durchaus Unschuld sein mochte, die den Blick der himmelblauen Augen begleitete, so haftete ihm etwas Unheimliches an, ähnlich der zynischen Verachtung, die Eleal so oft an Tigurb'l Kneipenwirt aufgefallen war.

»Ich bin die Eleal aus den Prophezeiungen. Deshalb wurde mir das Wunder zuteil.«

»Und ich bin neugierig. Deshalb frage ich. Würdest du mir wohl erzählen, was während der siebenhundertsten Festspiele passiert ist, als der Befreier auf die Welt kam?«

»Das ist ein sehr schönes Lächeln – höchst gewinnend. Hast du schon mal berufsmäßig geschauspielert?«

Keineswegs beschämt, lachte Dosh und wischte sich feuchte Haare aus der Stirn. »Mädel, ich habe berufsmäßig Dinge getan, die dich bis ins Mark erschüttern würden.« Seine Zähne schimmerten. »Oder vielleicht doch nicht?«

»Dafür sollte ich dir eine Ohrfeige verpassen.«

»Nur zu. Hab' ich verdient. D'ward hat mir das Licht gezeigt. Ich versuche, anders zu werden, aber es ist nicht so leicht, wie ich erwartet hätte. Tut mir leid, wenn ich dich gekränkt habe.«

»Hat er dir aufgetragen, mich ins Kreuzverhör zu nehmen?«

Unbekümmert nickte Dosh und ruckte den Schild höher auf den Rücken. »Er meinte, ich würde deine

Geschichte hochinteressant finden, falls du sie erzählst. Ich habe ihn kurze Zeit später als du kennengelernt, nur ein paar Doppelwochen später, in Nagtal.«

»Oh, da ist er also hingerannt, ja?«

»Würdest du nicht flüchten, wenn Zath hinter dir her wäre?«

Eleal schlenderte mindestens hundert Schritte auf ihrem neuen Bein, bevor sie die Frage beantworten konnte. Es eröffnete Tore, von denen sie nie zu träumen gewagt hätte. Eleal hatte den Herrn der Kunst stets als einen Verteidiger betrachtet, doch Ketzer würde er vermutlich nicht verteidigen. »Hätte Tion ihn an Zath ausgeliefert?«

»Höchstwahrscheinlich. Ich würde fast jedem von ihnen mehr vertrauen als Tion.«

Eleal schauderte angesichts der Gotteslästerung. »Du kennst die Götter wohl persönlich, wie?«

»Auch ich dachte, sie wären Götter«, erwiderte Dosh ruhig. »Bis vor ein paar Tagen. Mindestens vier habe ich getroffen, wahrscheinlich fünf, denn ich glaube, ein paar Jahre war ich Tions Liebesknabe. In meinem Gedächtnis fehlt ein ziemliches Stück. Ich erzähle dir davon – wenn du mir erzählst, wie D'ward auf die Welt gekommen ist.«

»Du zuerst.«

»Nein, du zuerst.«

Gemächlich wand der Pfad sich die Hügel empor. Die Wälder wurden zunehmend dichter, der Regen kälter.

Dosh wurde eine überaus knappe Schilderung der Ankunft des Befreiers in Susstal gewährt. Eleal war ein verschlagenes, kleines Biest, und er mußte sie nachgerade mit Fragen löchern, um einen ansatzweise vollständigen Bericht darüber zu erhalten, was geschehen war. Sie war gerissen, eigensinnig und hübsch, fand er, doch nicht so erfahren und weltgewandt, wie er gedacht hatte. Fast bedauerte er diese Einschätzung, denn es gab keinen Zweifel daran, daß Dosh hingerissen gewesen wäre, hätte er Eleal in Mädchenlaune getroffen, in den guten alten Zeiten.

Letztlich gelangte er zu dem Schluß, daß sie wirklich keine Ahnung hatte, wie es D'ward gelungen war, aus Sussland zu entwischen. Dies war nach wie vor ein quälendes Geheimnis; denn der Jüngling mußte gewußt haben, daß der Befreier sich in seinem Hoheitsgebiet herumdrückte. Es paßte ganz und gar nicht zu Tion, einem hübschen, unschuldigen Jungen keine Beachtung zu schenken, und genau das war D'ward in jenen Tagen gewesen. Zudem hätte Tion unverhohlen wider Zath gehandelt, indem er den Befreier in Frieden ziehen ließ. Doch Eleal hatte anscheinend keinen Schimmer, was die Politik des Pentatheon betraf.

Als Dosh sicher war, alles von ihr erfahren zu haben, was sie wußte, setzte er die Geschichte fort. Er beschrieb gerade die Flucht der Armee aus Lemodtal, als eine Gruppe Schildträger an ihnen vorüberkam und vor ihnen Stellung bezog. Dann gesellte D'ward selbst sich zu ihnen, an Doshs anderer Seite, wodurch er ihn als Schranke zwischen sich und dem Mädchen verwendete.

»D'ward!« rief Eleal. Ihr Lächeln wirkte ziemlich echt. Dosh jedoch vermochte es nicht ganz zu überzeugen.

»Bitte, bleib, wo du bist«, forderte der Befreier sie auf. Er hatte die Kapuze zurückgeschoben; sein schwarzes Haar glänzte regenfeucht. »Warum bist du nicht zurück nach Niol gegangen?«

»Freust du dich denn nicht, mich wiederzusehen?«

»Ich bin hocherfreut, dich zu sehen, und dasselbe gilt für Piol. Was ich dagegen weniger begrüße, ist dein Fluch.«

»*Fluch?*«

Wenn sie diese Regung heuchelte, war sie eine erstklassige Schauspielerin.

»An dir haftet ein Zauber, Eleal. Ich bin nicht sicher, woher ich das weiß, aber es ist so. Meine Freundin Ursula ist derselben Meinung. Und sie kennt sich mit solchen Dingen aus.«

»Ich habe keine Ahnung, wovon du sprichst! Das ist einfach lächerlich ... und gleichzeitig furchtbar.«

D'ward seufzte. »Wer war es, Eleal? Welcher deiner angeblichen Götter?«

Sie wurde zornig. »Du redest Unsinn! Von wegen Zauber!«

»Piol sagt, du hast in Jurg gelebt, also war der Übeltäter vermutlich Ken'th, der ja zufällig dein Vater ist, soweit ich mich erinnere. Wieso hast du deine Arbeit aufgegeben und dich auf die Suche nach mir gemacht? Komm schon, Eleal, wir reden hier von Mord ... Willst du mich wirklich töten?«

»Selbstverständlich nicht!«

»Würdest du zulassen, daß ich dich küsse?«

»Sicher. Ich meine ... vielleicht.« Nun verbarg sie eindeutig etwas.

Abermals seufzte D'ward. »Morgen kommen wir nach Jurgtal. Dann kannst du nach Hause gehen und deine Laufbahn fortsetzen.«

»Eine Laufbahn *beginnen*, meinst du wohl! Hat Piol es dir nicht erzählt? Ich habe in einem Freudenhaus gesungen. Ich war eine Hure, D'ward! Wenn Krüppel überleben wollen, bleibt ihnen keine große Wahl.«

Es gab auch andere Berufe, sich durchs Leben zu schlagen, dachte Dosh, wenngleich er gehört hatte, daß sie schlecht bezahlt würden. Eleal humpelte wieder, doch er konnte nicht sagen, ob sie es aus reiner Gewohnheit tat oder weil die Muskeln sich noch nicht an die gleichmäßigen Schritte angepaßt hatten. Womöglich war es auch bloß eine Masche, um Mitleid zu erregen.

»Keine Truppe wollte mich aufnehmen. Ich war in der Gosse, stand kurz vorm Verhungern, D'ward! Aber dank dir liegt das alles jetzt hinter mir. Und du glaubst, ich will dich *töten*?«

Der Befreier hatte das Gesicht abgewandt und die Kapuze aufgesetzt, um sich gegen den Regen zu schützen. »Ich verstehe jetzt, daß du allen Grund dazu gehabt hättest.«

»Ja, du hast mir weh getan!« rief sie aus. »Ich gebe zu, daß es mir weh getan hat, als du davongerannt bist, D'ward, aber damals war ich noch ein Kind. Jetzt bin ich eine reife Frau und sehe die Dinge klarer. Ich wußte doch nicht, daß Tion dich an Zath ausgeliefert hätte.«

»Was meinst du, Bruder Dosh?«

»Worüber, Meister?«

»Kann ich ihr vertrauen?«

»Ich bin sicher, du *wirst* ihr vertrauen. Ich würde das natürlich nicht. Wie erkennt man einen Fluch an einem Menschen?«

Der Befreier zuckte die Schultern. »So etwas kann man nicht erlernen. Ich hätte ihn nie und nimmer bemerkt, wäre er sorgfältig verborgen worden – was ein weiterer Grund für die Vermutung ist, daß Ken'th der Übeltäter war. Er ist ein ziemlich unbedeutender Zauberer.« D'ward nickte dem Mädchen zu. »Du kannst uns bis Jurg begleiten, Eleal Sängerin, gern sogar.« Damit schritt er rasch voran, und die Schildträger folgten ihm.

»In welchem Freudenhaus hast du gearbeitet?« erkundigte sich Dosh.

»Kümmere dich um deine eigenen Angelegenheiten!« Eleal wirbelte herum und humpelte die Straße zurück zu dem alten Mann.

Gewiß war es nicht das Freudenhaus gewesen, in dem Dosh gearbeitet hatte.

Andere Kundschaft.

38

Jäh erwachte Alice und erkannte erschreckt, daß sie in einem fremden Bett lag. Das Zimmer war fast dunkel. Nur um die Fensterläden drang ein zarter Lichthauch herein, und es war das Klappern eben jenes Fensterladens gewesen, das Alice geweckt hatte. Das Wetter hatte umgeschlagen; sie spürte draußen einen starken Wind und die klamme Nässe von Regen. Die unvertrauten Gerüche einer Gewürz- oder Duftmischung verstärkten das Gefühl der Fremdartigkeit, und dicht an ihrem Ohr atmete jemand langsam und gleichmäßig. In ihrem Bett lag ein Mann.

Dann erwachte auch Alices Gedächtnis und versorgte sie mit Antworten. Sie befand sich in Boydlar Viehzüchters Haus am Jurghang, den Vorgebirgen der Jurgwand, und der Mann auf der anderen Seite des

Kissens war Jumbo Watson. Die Bauern der Täler waren stets bereit, Wanderern Gastfreundschaft zu gewähren, und Jumbo hatte keine Gewissensbisse, sein Charisma einzusetzen, um nur das Beste zu bekommen. In diesem Fall war das Beste Boydlars eigenes Federbett, denn Boydlar besaß zwar ein großes, weitläufiges Haus, aber auch eine noch größere, weitläufigere Familie, die das Haus füllte. Jumbo, Ehrenmann vom Scheitel bis zur Sohle, hatte angekündigt, er würde sich auf dem Boden in eine Decke rollen. Alice hatte ihm angeboten, die Decke statt dessen zwischen sie beide zu legen und darauf zu vertrauen, daß er sich zu benehmen wüßte. Da lag sie also nun, im Bett mit einem Mann, den sie erst vor einer Woche kennengelernt hatte.

Ihre Romanze mit Terry war noch schneller entflammt, aber das war ein kriegsbedingter Notfall gewesen. Jumbo Watson war kein verängstigter Junge, dessen Schicksal längst besiegelt war. Ehrenmann hin, Ehrenmann her, er hatte sich mehr als nur seinen Teil der Laken gegrapscht. Behutsam zog Alice daran. Kurz schnarchte Jumbo auf, doch einen Lidschlag später atmete er wieder gleichmäßig weiter.

Über ihr knarrten Dielen. In der Ferne muhte oder brüllte etwas. Die Familie Boydlars war gewiß schon seit dem Morgengrauen auf den Beinen, doch für Alice bestand kein Grund, nicht noch ein Stündchen weiterzudösen.

Noch vor einer Woche hatte sie sich wie eine Einsiedlerin in ihrem Häuschen in Norfolk eingeigelt. Nun streifte sie auf dem Rücken eines Drachen durch eine andere Welt. Und es gefiel ihr! Miss Pimm hatte vollkommen recht gehabt. Dieses unmögliche Abenteuer hatte Alice Pearson jäh aus ihrer Niedergeschlagenheit gerissen. Sollte der Regen, den sie draußen spürte, länger anhalten – und so wie die Wolken bei Sonnenuntergang aussahen, hatte Jumbo genau das angekündigt –, würden die nächsten Tage vermutlich weniger spaßig werden als die letzten. Aber ein bißchen Feuchtigkeit würde Alice nicht umbringen, wohingegen Norfolk sie vermutlich in den Wahnsinn getrieben hätte.

Jumbo rollte sich zur Seite. Alice hätte keinen besseren Reiseleiter oder Weggefährten als ihn finden können. Sie wünschte, sie wüßte, wie alt er war. Rein äußerlich wirkte er wie fünfundzwanzig, und doch erzählte er Geschichten über Onkel Cam, der, wäre er noch am Leben, mittlerweile fast achtzig wäre. Sie fragte sich, ob man Edward sein Alter wohl ansah. Während Alice versuche, sich sein Gesicht auszumalen, wenn sie auftauchte, um ihn zu treffen, versank sie wieder in Schlaf.

Das Frühstück wurde in einer riesigen, mit Steinkacheln ausgelegten Küche aufgetragen, die jeder wohlhabenden Bauernfamilie in Europa gehört haben könnte. Kessel köchelten auf dem großen Kocheinsatz, Metallpfannen hingen schimmernd an den Wänden, und die Familie Viehzüchter schwirrte ein und aus: stämmige Arbeiter, zerbrechliche alte Mütterchen, sabbernde Wickelkinder. Katzenähnliche Tiere schnüffelten gleich Hunden unter dem Tisch umher. Boydlars Gemahlin – die Ospita oder Uspitha oder so ähnlich hieß – war eine rotgesichtige, fette Frau, die überall gleichzeitig zu sein schien; sie hütete Kinder, stellte voll beladene Teller auf den Tisch, scheuchte unwillige Halbwüchsige zur Tür hinaus zur Hausarbeit und redete dabei unentwegt und lautstark, überwiegend mit Jumbo.

Alice verstand kein Wort von dem, was gesprochen wurde. In der ersten Nacht ihrer Reise hatte Jumbo versucht, sie als seine Schwester aus Fithtal auszugeben, das weit entfernt lag. Diese Masche hatte nicht besonders gut gezogen; denn in den Tälern sprach jeder wenigstens ein paar Brocken Joalisch. Seither war sie seine Schwester, der eine Krankheit die Sprache geraubt hatte und die er zur Heilung nach Niol zu Padlopans Tempel brachte. Alice teilte sich mittels Gesten mit, und alle zeigten sich entsprechend verständnisvoll.

Drei Kinder wurden hinausgejagt. Zwei weitere tauchten auf, gefolgt von Boydlar, dessen Haut feucht und gerötet vom Wetter war; sein schütteres Haar hing ihm in Strähnen vom Kopf. Ospita ließ eine Bemerkung fallen, und Boydlar er lachte und gab eine schlagfertige Antwort, wodurch seine Zuhörer um so lauter lachten. Es war eine idyllische Szene ländlicher Häuslichkeit. So böse das Pentatheon auch sein mochte, dieser Teil der Bauernschaft der Täler schien glücklich und wohlhabend, und wesentlich gesünder als jede Arbeiterfamilie in den Elendsvierteln Englands. Keine Weltkriege bekümmerten sie, kein Verkehrslärm, keine Streiks. Müßte Alice den Rest ihrer Tage in ländlicher Einsamkeit verbringen – sie würde die Täler dem tristen Norfolk vorziehen.

Das Essen, das ihr vorgesetzt worden war, schmeckte köstlich, obwohl es wie der unrechtmäßige Nachkömmling eines Omelettes und einer Pastete aussah. Zudem war es gut viermal so viel, wie sie zu essen vermochte. Während sie sich noch zu ein paar letzten Bissen zwang, um ihre Gastgeberin nicht allzu sehr zu beleidigen, ertönte von draußen das Getrampel von Stiefeln. Die Tür flog auf und ließ Wind und Regen hereinwirbeln, außerdem einen hageren, jungen Mann mit Ledermantel und Hut. Die üblichen, leutseligen Begrüßungsfloskeln wurden ausgetauscht. Dann nahm der Mann den Hut vom Kopf und schüttelte den Regen davon ab.

Alice wurde bewußt, daß sie ihn anstarrte. Hastig schaute sie wieder auf ihr Essen, mußte jedoch feststellen, daß ihr völlig der Appetit vergangen war. Die unverständliche Unterhaltung rings um sie brodelte ohne Unterlaß weiter; folglich war ihre Unhöflichkeit entweder unbemerkt oder unbeachtet geblieben. Der in lallendem Kauderwelsch sprechende Neuankömmling schien Jumbo irgendwelche Neuigkeiten mitzuteilen. Immer wieder spähte Alice verstohlen hinüber. Sie hätte wissen müssen, daß jedes Paradies seine Schlange hatte – dem jungen Mann fehlte die Hälfte des Gesichtes, der linke Arm sowie ein Großteil der Schulter. Der Mund erstreckte sich in einem alptraumhaften Grinsen bis zu der Stelle, an der sich das Ohr befinden sollte, und entblößte Zähne und einen Teil des Schädels.

Die Verletzung war zwar bereits älter, aber nichtsdestotrotz scheußlich. Keine leicht entzündlichen Stoffe, keine Maschinen ... Die einzige Erklärung, die Alice einfiel, war ein wildes Tier, ein Ungeheuer wie die Bären und Wölfe, die in Europa schon vor Jahrhunderten ausgerottet wurden.

Was man auf der Geraden gewinnt, verliert man im Kreisverkehr wieder.

Nebelschwaden hatten sich rings um Boydlars Haus eingenistet, die Gebäude des Hofs zu fahlen Geistern und die Landschaft in ein weißes Nichts verwandelt. Der Regen fiel als beständiger, feiner Niesel, war jedoch nicht so kalt, wie er aussah. Kopfweh und Weltuntergang, die Wasser gefroren bevorzugten, rülpsten und blökten angewidert.

Sie brachen in gemächlichem Trab auf, doch nach etwa einer Meile den Pfad entlang, als sie außer Sicht ihrer früheren Gastgeber waren, hielt Jumbo an, um zu reden.

»Ist Ihnen auch warm genug?«

»Warm und trocken«, versicherte ihm Alice, die sich in flauschige Felle gehüllt hatte. »Aber ich kann mich nicht dafür verbürgen, daß ich nicht scheußlich stinken werde.«

Er lachte. »Eine Gefahr der Straße, Gnädigste! Der einarmige Bursche war Ospitas Neffe, und er wußte Neuigkeiten zu berichten. Vor zwei Tagen war Ihr Cousin mit einem riesigen Gefolge in Nioltal. Angeblich unterwegs zum Lospaß.«

Alice stieß einen tiefen Seufzer aus. Sie war erstaunt, wie willkommen diese Neuigkeiten waren, und wie sehr sie insgeheim andere gefürchtet hatte. »Dann dürften wir ihn also morgen treffen?«

»Ich würde eher sagen, wir dürften ihn noch heute nachmittag treffen. Jurgtal ist ziemlich klein.«

»Gut!« Dennoch fragte sich Alice, wie Edward sich verhalten würde. Sie würde gleich als erstes erklären müssen, daß sie nicht gekommen war, um sich einzumischen.

Jumbo musterte sie mit einem wissenden Blick. Er ahnte offenbar, was sie dachte. »Alles klar? Bereit zum *zomph*?«

»Ja ... nein. Eins noch. Was ist mit dem armen Jungen passiert?«

»Mit wem ... o, mit Korilar? So wie er aussieht, würde ich meinen, er ist mit knapper Not einem *Mithiar* entronnen.«

»Was ist ein *Mithiar*?«

»Nun, das ist die joalische Bezeichnung. Die ortsübliche kenne ich nicht.« Jumbo verzog das Gesicht. »Wenn Sie sich eine sechzig Kilo schwere Tarantel vorstellen können, oder einen schwarzen Panther mit Säbelzähnen und sechs Beinen, sind Sie ziemlich nah dran. Wir nennen sie Halsabschneider. Sie greifen ohne zu zögern an – packen einen mit den Klauen und reißen einen in Stücke.«

Alice spähte in den Nebel rings um sie. »Die haben Sie aber vorher nie erwähnt, Mr. Watson.«

»Man stößt nur selten auf sie«, erwiderte er ernst. »Ich habe noch nie mit jemandem gesprochen, der einem begegnet ist, außer gerade eben mit Korilar. Man sieht Halsabschneider sehr selten – und immer nur sehr kurz.«

»Nur während sie einen anspringen?«

»Nur während sie jemand *anders* anspringen!« Jumbo lachte und trieb die Drachen wieder an.

39

Als Julian Smedley T'lin Drachenhändler sagte, er wollte so schnell wie möglich nach Hause, nahm dieser den Befehl wörtlicher als beabsichtigt. T'lin schlug die Fluglinie nach Olympus ein und legte keine Pause ein; zudem vermochten vier Drachen zwei Reiter wesentlich schneller zu befördern als vier. Julian stellte fest, daß man von ihm erwartete, im Sattel zu essen und zu schlafen. Der Stolz untersagte es ihm, seinen eigenen Befehlen zu widersprechen, folglich aß und schlief er im Sattel. Das schöne Wetter hatte sich endgültig verabschiedet, und die Drachen hetzten freudig durch wild wirbelnden Schnee, über Felsenspitzen und Gletscherspalten. Julian hatte keine Ahnung, wie es den Wesen gelang, in Verbindung zu bleiben. Die meiste Zeit schien er mutterseelenallein durch blendend weißen Nebel zu reisen, doch letzten Endes tauchten T'lin und die Ersatztiere immer wieder auf.

Er hatte genug Zeit, um über Edward Exeters Größenwahn nachzugrübeln – die Krankheit war offensichtlich; die Heilung jedoch war eine ganz andere Sache. *Du bezeichnest ihn als verrückt, weil er mal dein Freund war. Jeden anderen würdest du als durch und durch böse abstempeln und nicht lange drum herumreden.* Verrückt oder böse – Exeter war ein Massenmörder und mußte aufgehalten werden, bevor er noch mehr Schaden anrichtete. Aber wie? Bei all dem Mana, das er durch den Märtyrertod seiner Freunde erlangt hatte, bräuchte es den gesamten Dienst, um eine Chance zu haben, Exeter zu überwältigen und ihm die Flügel zu stutzen, doch der Dienst hatte es bereits versucht und versagt. Es gab keine Möglichkeit herauszufinden, ob Ursula sich aus freien Stücken auf seine Seite geschlagen oder durch Mana dazu gebracht worden war. Aber das spielte auch keine Rolle. Offensichtlich hätten seine Gegner in Olympus sie nicht gegen den Befreier ausgesandt, ohne sie mit allem Mana auszustatten, das sie zu geben hatten. Der

Dienst hatte seinen Schuß bereits verfeuert. Nur Zath konnte den Befreier noch aufhalten.

Julian hätte nie gedacht, daß er sich dabei ertappen würde, auf Zaths Seite zu stehen, doch wenn es schon einen obersten mordlüsternen Wahnsinnigen geben mußte, der überall in den Tälern Unschuldige hinmetzelte, war es Julian lieber, daß dieser Verrückte kein ehemaliger Freund von ihm war.

Er hatte auch Zeit, über seine eigenen Dummheiten nachzudenken. Euphemia gegenüber hatte er sich wie der ungehobeltste aller ungehobelten Klötze verhalten, weil er sie in ihrem Kummer allein gelassen und seine Sünden noch verschlimmert hatte, indem er mit Ursula ins Bett gegangen war, die ihm nie etwas bedeutet hatte, nach der ihn nie gelüstet hatte ... und die er nun verabscheute. Oh, was war er doch für ein Torfkopf gewesen! Ein winziger Manahauch, und schon war er neben ihr her getrottet wie ein Schoßhündchen. Sie hatte ihn den ganzen Weg nach Nioltal benutzt. Zwar hätte er sich dem Mana nicht zu widersetzen vermocht, aber er hätte *ahnen* müssen, was sie tat. Nie mehr würde er hoch erhobenen Hauptes gehen können. Euphemia hatte ihn gewarnt, doch er hatte die Warnung in den Wind geschlagen. Nach all dem konnte er Euphemia nie wieder in die Augen blicken.

Es fühlte sich an wie ein gebrochenes Herz, war aber vermutlich nur verletzter Stolz.

Benommen vor Müdigkeit, bemerkte er erst, daß die Reise zu Ende war, als Blizzard eine beinahe lotrechte Felswand hinunterkletterte und unmittelbar über dem Pferch in Olympus aus den Wolken hervorbrach – etwa dreißig Meter darüber. Julian hielt die Augen zu, bis er sicher auf den grasigen Talboden befördert worden war. Mit einem siegesbewußten Rülpser preschte Blizzard auf das Gatter zu, wo Nebelläufer und Blaujuwel sich bereits an Heu labten und T'lin Sternenlicht Sattel und Zaumzeug abnahm.

Julian versuchte, anmutig und würdevoll abzusteigen, doch seine Beine ließen ihn im Stich, und er plumpste jäh in den Matsch. T'lin, in dessen grünen Augen Belustigung funkelte, ergriff seinen Arm und hievte ihn hoch.

»Danke, Siebenundsiebzig«, sagte Julian mit fester Stimme. »Du hast die Strecke in einer hervorragenden Zeit zurückgelegt. Gut gemacht.«

Ein breites Grinsen der Zufriedenheit teilte T'lins rötlichbraunen Bart. »Den Drachen hat es sehr gefallen. Eine Bestleistung, glaube ich, Sankt Haptmaan.«

»Das bezweifle ich nicht. Ich sorge dafür, daß jemand mein Zeug abholt. Laß es einfach hier.«

T'lin versprach, es zustellen zu lassen. Julian dankte ihm und stapfte davon. Schon kam er vor Hitze in den Fellen fast um, von denen der festgefrorene Schnee mittlerweile in handgroßen Stücken abfiel. Eine der Freuden von Olympus war das milde Klima, sogar im Winter. Während um die Gipfel Stürme tobten, spürte man hier drunten bloß einen leichten Niesel, doch der Himmel war bewölkt, und die Dunkelheit stand kurz bevor.

Blindlings erreichte er sein Haus und war bereits die Stufen zur Veranda hinaufgewankt, ehe ihm einfiel, daß Dommi nicht da war, um sich seiner anzunehmen. Na ja, der junge Pind'l und Ostian würden schon ein, zwei Wochen genügen, bis Dommi wieder zu Verstand kam und zurückkehrte. Julian riß die Tür auf und rief: »Karotte!«

Ohne anzuhalten, marschierte er schnurstracks bis ins Schlafzimmer, wo er sich einhändig an den Knöpfen zu schaffen machte. Als er keine Antwort erhielt, rief er noch einmal.

Immer noch nichts.

Das war sehr seltsam! Wo steckten die beiden? Dann fiel ihm ein, daß am Pferch nur T'lin gewesen war, und auch auf der Straße war ihm niemand begegnet, weder Karotte noch *Tyika*. Düstere Erinnerungen an seine erste Ankunft in Olympus, damals mit Exeter, stiegen in ihm auf. Oh, wie lächerlich! Damals war die gesamte Station bis auf die Grundmauern niedergefackelt gewesen. Trotzdem ... Er ging hinüber ans Fenster und spähte hinaus. In keinem der Häuser, die er sehen konnte, brannte Licht. Na ja, es war ja auch noch nicht richtig dunkel. Trotzdem ...

Er warf den Mantel beiseite und eilte in die Küche. Alles war sauber und makellos rein, als wäre hier niemand zuhause; zudem war der Feuerrost kalt. Kein heißes Wasser, kein einziger Krümel in der Speisekammer. Mit einem wachsenden Gefühl des Unbehagens kehrte er ins Schlafzimmer zurück und zog sich frische Kleider an. Dann ergriff er aus dem Ständer an der Eingangstür einen Schirm und schlenderte hinaus ins Zwielicht.

Er war bereits halb um den Knoten herumgestapft, ehe er die ersten Lichter in Fenstern sah, und immer noch hatte er keine Menschenseele getroffen – wirklich seltsam! Das erste bewohnte Haus war das von Rawlinson, also ging er zur Tür und betätigte die Glocke. Er hörte sie in der Ferne läuten.

Nach etwa einer Minute zog er abermals daran.

Endlich klapperten Bolzen, und eine Kette rasselte, und die Tür öffnete sich. Prof höchstpersönlich spähte heraus, eingehüllt in einen schwarzen Morgenmantel. In der Hand hielt er eine Öllampe, zwischen Rippen und Ellbogen hatte er ein Buch geklemmt.

»Gütiger Gott im Himmel! Hauptmann Smedley?«

»Wer sonst? Was, um alles in der Welt, ist denn los, Prof? Seit wann verriegeln Sie die Tür? Wo sind denn alle?«

»Oh, natürlich, Sie wissen es ja noch nicht, oder?«

Julian stand kurz davor, in die Luft zu gehen. Der wahnsinnige Siebenundsiebzig hatte ihn binnen drei Tagen aus Nioltal hierhergebracht. Er war völlig erledigt und nicht in der Stimmung für eines von Profs verflixten Rätseln. Trotzdem erwiderte er nur: »Ich habe Neuigkeiten über Exeter und seinen verrückten Befreier-Kreuzzug.«

Rawlinson hustete rasselnd. »Entschuldigung. Ich habe die Grippe, aber ich glaube, das Schlimmste habe ich überstanden. Wollen Sie es nicht lieber bei einem der anderen probieren? Bei den McKays, oder ...«

Julian schob die Tür auf. »Ich muß mit Ihnen über Exeter reden. Und ich brauche was zu trinken.«

Gänzlich durcheinander, wich Prof zurück. »Nun ja, wenn Sie darauf bestehen ...«

»Ich bestehe darauf«, sagte Julian.

Fünf Minuten später saß er mit einem hochgeistigen Drink ausgestreckt auf einem Lederlehnstuhl und starrte seinen Gastgeber ungläubig an. *Götterdämmerung?*

Profs Frau war bei Zaths Angriff auf die Station ums Leben gekommen, und er hatte nicht wieder geheiratet. Laut den Karotten ließ er sich regelmäßig von den zärtlichen Umarmungen Marian Millers trösten. Sein Wohnzimmer war ein kahler, leer wirkender Raum, denn er hatte es beim Wiederaufbau mit dem Bücherregalvorrat eines Unsterblichen ausgestattet, jedoch noch keine Zeit gehabt, Bücher zu erwerben, um die Regale damit zu füllen. Sein Geschmack, was Möbel anging, entsprach dem Stil, der in Londoner Klubs vorherrschte, schwer und dunkel. Die einsame Öllampe in der Kammer warf einen kläglichen Schimmer auf überall verstreute Kleider, Bücher und schmutziges Geschirr. Im Kamin befand sich lediglich Asche, obwohl die Winterluft feuchtkalt war. Mit anderen Worten, Prof schien seiner Hausdiener ebenso beraubt wie Julian.

Noch überraschender aber waren sein fiebriges Aussehen und der rasselnde Husten. Unter dem Morgenmantel lugten malvenfarbene Pyjamabeine und grüne Pantoffel hervor. Er hatte ein Lesezeichen in das Buch geschoben und seinem Gast ein Glas eingeschenkt, ohne sich selbst eines zu nehmen. Nun kauerte er in einer Ecke des Sofas und sah im fahlen Licht matt und krank aus. In dem großen Haus hallte einsame Leere wider.

»Du bist krank!« entfuhr es Julian.

Prof bedachte ihn mit einem finsteren Blick. »Ich sagte doch schon, daß ich die Grippe habe. Zählt der schlichte Begriff ›Grippe‹ etwa nicht zu deinem Wortschatz?«

»Na ja, dann heile die verfluchte Grippe doch! Verdammt noch mal, Mann, du bist ein Fremder. Du solltest dir noch nicht mal eine Erkältung holen.« Julian schaute auf seine verkrüppelte Hand hinunter. »Ich dachte, der Heilungsvorgang setzt ganz von allein ein.«

»Nicht immer.« Prof hustete schmerzvoll. »Manchmal muß man bewußt Kraft dafür aufwenden. Ich finde deinen Vorschlag ausgezeichnet. Zu gegebener Zeit wäre ich bestimmt selbst darauf gekommen. Das einzig Dumme ist, daß ich derzeit kein Mana besitze.«

»Dann bitte doch jemand anders ...« Julian erkannte, daß er sich unvorstellbar dumm anstellte und Profs Sarkasmus durchaus seine Berechtigung hatte. Er trank einen langen Schluck und spürte, wie das hochgeistige Naß seine Kehle hinabbrannte. »Tut mir leid, ich bin völlig geschafft. Was geht hier vor?«

»In Olympus herrscht im Augenblick so etwas wie ein Mana-Notstand.«

»Ihr habt alles Ursula gegeben, damit sie es für Exeter verwenden kann, richtig?«

»Äh ... Das ist ein Teil des Problems, ja. Aber dann ist Zath gekommen, um uns einen Besuch abzustatten.«

»*Zath?*«

Prof reagierte mit einer zufriedenen Miene auf Julians Verblüffung. »Ganz genau. Du hast ereignisreiche Zeiten verpaßt, Hauptmann. Zath hat sich eines abends über den Knoten hergezaubert und ist in eine Abendveranstaltung bei den Chases hineingeplatzt. Er verlangte, der Dienst müßte den Befreier aufhalten, andernfalls würde er, Zath, seine Wut an uns auslassen. Uns samt und sämtlich niederbrennen. Dann hat er sich wieder fortgezaubert.« Prof verzog das Gesicht zu einem düsteren Schmollen. »Aus deinen verwirrten Zügen schließe ich, daß ich mich wohl etwas genauer ausdrücken muß. Ich selbst habe die Worte des Eindringlings nicht gehört. Ich gebe zu, als er erschien, hat bei mir etwas eingesetzt, das ich als unwillkürlichen Selbsterhaltungstrieb bezeichnen möchte. Fast bis zum Drachenpferch habe ich mich abgesetzt. Der Marsch zurück hat fünfzehn Minuten gedauert. Zwar bin ich alles andere als stolz darauf, aber ich war keineswegs der einzige, der sich des Hintertürchens bedient hat. Etwa die Hälfte der Anwesenden hat dasselbe getan. Der Rest hat versucht, jemanden zu überwältigen, den sie für einen schlichten Schnitter hielten – vergeblich selbstverständlich, denn er war kein Schnitter. Der langen Rede kurzer Sinn: Jedem, der bei der Abendveranstaltung dabei war, wurde selbst das letzte Manahemd ausgezogen.«

Julian starrte seinen Gastgeber an. Gewiß, er wirkte krank, aber konnte er im Fieberwahn phantasieren? War dieser Unsinn womöglich wahr? »Aber ... aber das kann doch nicht alle betroffen haben!« Das Eßzimmer der Chases war nie und nimmer groß genug, um Platz für den gesamten Dienst zu bieten.

»Nein. Aber im Augenblick sind wir sehr knapp besetzt. Eine weitere Entwicklung, die du verpaßt hast. Viele verspürten urplötzlich das unbändige Verlangen, die gottverlassenen Heiden zu bekehren. Sie haben sich verdrückt – sind verduftet, abgehauen.«

»Soll das heißen, sie haben sich aus Angst vor Zath abgesetzt?«

Prof zog eine finstere Miene. »Nein. Sie haben sich aus Angst vor der Grippe abgesetzt. Das ist keine gewöhnliche Grippe. Zu Hause nennt man sie die Spanische Grippe. Sie hat Millionen Menschen getötet, mehr als der Krieg, und trifft besonders junge Erwachsene. Und sie ist unglaublich ansteckend – laut

Betsy hat sie sich binnen fünf Monaten über die Erde ausgebreitet.«

»Ich dachte, nur Menschen könnten herrüberreisen! Willst du damit sagen, daß es Krankheitserregern ebenfalls möglich ist?«

»Falls du mit Krankheitserregern Bakterien meinst: Grippe wird nicht durch Bakterien ausgelöst.«

»Wodurch dann?«

»Durch einen *filtrierbaren Virus*«, erwiderte Prof selbstgefällig.

»Was ist das?«

»Das weiß niemand. Man sieht ihn nicht unter dem Mikroskop, aber er ist ansteckend. Und offensichtlich kann er zwischen verschiedenen Welten übertragen werden. Die Peppers hatten ihn sich eingefangen, aber sie hatten sich bereits davon erholt, bevor sie zurückgekommen sind.« Seine Stimme wurde heiserer und schwächer. »Deshalb waren sie verspätet. Es muß Euphemia gewesen sein. Sie war nur ein paar Stunden zu Hause, um Exeters Cousine zu holen. Selbst hat sie nichts davon bemerkt, aber die Krankheit hat all ihre Karotten befallen und sich wie der Blitz im ganzen Tal ausgebreitet. Wer noch Mana besaß, hat zu heilen versucht. Nur konnten sie mit dem Virus nicht mithalten.« Er hustete ein paarmal schmerzlich. »Ich weiß zwar nicht, wie viele Karotten gestorben sind, aber auf jeden Fall eine ganze Menge. Und auch ein paar von uns: Nebelhorn, Olga, Vera, Garcia. Urplötzlich, allesamt.«

»Großer Gott!« Julian trank einen ausgiebigen Schluck. *Fremde* starben? An *Grippe*?

Prof schien seine Verblüffung unterhaltsam zu finden, denn er entblößte die Zähne zu einem süßsauren Lächeln. »Götterdämmerung, Hauptmann? Die Karotten sind verständlicherweise ein wenig enttäuscht. Ihre Götzen haben Füße aus Lehm. Die Unsterblichen sind *doch* sterblich. Sie verweigern uns ihre Dienste. Mich persönlich überrascht ja, daß sie uns nicht mit Sack und Pack aus dem Tal geworfen haben. Vielleicht tun sie das noch.«

Julian leerte das Glas, auf daß es ihm half, diese unglaublichen Neuigkeiten zu verdauen. Prof betrachtete seinen Gast mit benommen blinzelnden Augen. Dann stemmte er sich aus dem Sofa und schlurfte hinüber zur Anrichte. Er schenkte sich ein Glas ein, brachte die Karaffe mit zurück und stellte sie neben Julian. Dann kehrte er auf seinen Platz zurück und wurde von einem schlimmen Hustenanfall gebeutelt.

»Alice ist hier?« fragte Julian.

»Auf Nebenan, ja. Sie ist losgezogen, um Exeter zu treffen. Also, was gibt es Neues vom Befreier?«

»Der hat die Ohren gerammelt voll mit Flöhen. Es ist haargenau so schlimm, wie Julian und die anderen es vorhergesagt haben. Er hält sich für den Messias. Derzeit marschiert er gen Tharg, mit einem zerlumpten Haufen Bauern im Schlepptau. Ich hatte gehofft ...« Doch jedwede Hoffnung, der Dienst könnte Exeter aufhalten, war nun tot und begraben. »Er macht all die Arbeit zunichte, die ihr bereits in das Wahre Evangelium gesteckt habt. Exeter bezeichnet das Pentatheon und die übrigen Götter als Zauberer statt als Dämonen, und du weißt, wohin das führt. Mit einigen hat er sich zusammengetan, Gott allein weiß, was für Geschäfte er mit denen abgeschlossen hat. Außerdem hat er irgendwelches Zeugs über Wiedergeburt erfunden, mit dem er das Leben nach dem Tode zwischen den Sternen ersetzt. Er bastelt sich seine eigenen religiösen Lehren. Exeter ist verrückt wie eine besoffene Fledermaus.« Julian füllte sein Glas auf.

Prof rieb sich die Brust, als schmerzte sie. »Ich sollte mir keine allzu großen Sorgen wegen ihm machen. Ich glaube, Zath hat seine Nummer.« Dann grinste er selbstgefällig, was verriet, daß er sich für besonders scharfsinnig hielt.

Müdigkeit und Alkohol sorgten dafür, daß sich in Julians Kopf alles drehte. »Laß mich mal ein paar Dinge klarstellen. Zuallererst ... was, um alles in der Welt, wollte Zath damit bezwecken, hierherzukommen? Eine solche Drohung bewirkt doch höchstens, daß wir uns ein Herz fassen und uns allesamt in Förderer Exeters verwandeln!«

»Ja sicher. Da hast du vollkommen recht. Bei Einheimischen kann Zath mit seinem Toben wohl Eindruck schinden, aber über Engländer weiß er offenbar nicht viel. Sogar Pinky hat sich am nächsten Tag wie ein Befürworter des Befreiers angehört .«

»Und zweitens ... warum hat er es getan? Warum versucht er den Befreier aufzuhalten, indem er uns bedroht? Das erscheint mir noch merkwürdiger! Klingt fast so, als hätte er die Hosen gestrichen voll!«

Prof nickte, lehnte sich zurück und schloß die Augen. »Selbstverständlich. Das dachten wir alle. Nur fürchte ich, daß wir genau das glauben *sollten.*« So krank er auch sein mochte, es ging ihm noch gut genug, um dumme Spielchen zu treiben.

»Was fehlt denn noch?« herrschte Julian ihn an. »Was hast du mir nicht erzählt?«

»Jumbo. Jumbo und Alice Pearson – Exeters Cousine. So heißt sie jetzt, Pearson. Sie ist Witwe. Natürlich waren auch die beiden da. Später in jener Nacht haben sie ein paar Drachen geklaut und sich davongemacht.«

Es dauerte eine Weile, bis Julian die Bedeutung des Gesagten bewußt wurde. »O mein Gott!« stieß er schließlich hervor. *Alice, was haben wir dir angetan?* »Und das war nicht geplant?«

»Ganz und gar nicht. Zath hat sich erkundigt, wer unser Sprecher sei und nur mit ihm geredet. Soviel man mir erzählt hat, war er höchstens ein, zwei Minuten im Raum. Aber Jumbo war da, und Mrs. Pearson war da.«

»Du glaubst, Jumbo ist ...« Wie sollte man das in Worte fassen? »Du glaubst, er ist ein Verräter? Du glaubst, Exeter hatte von Anfang an recht?«

Prof rieb sich die Augen, ohne sie zu öffnen. »Ich weiß, daß dem so ist. Die Geschichte von wegen Jean St. John war eine Finte. Es war Jumbo, der Exeter das Licht ausblasen wollte, indem er ihn nach Belgien verfrachtet hat – er gibt es sogar zu. Tatsache ist, daß Jumbo machtlos dagegen war. Er ist schon lange hier, folglich kennt die Gegenseite ihn gut. Zath hat ihm eine Falle gestellt, ihn mit einem Bann belegt und ihn losgeschickt, um die Rolle des Judas zu übernehmen.«

Julian schauderte. So dringend Exeter auch in die Schranken gewiesen werden sollte, die Vorstellung, daß sich ein vertrauensvoller Freund als Brutus entpuppte, hatte etwas eigenartig Abstoßendes an sich, auch wenn dieser Freund nicht für seine Absichten verantwortlich war. Als Julian in Siebenstein Mana verwendet hatte, um die Soldaten zu bekehren, war es ihm nicht wie der Inbegriff des Bösen erschienen, doch Ursula hatte ihn damit in ihren Liebessklaven verwandelt; Exeter hatte seine Freunde getötet, um Mana zu erlangen und setzte es danach ein, um die niolische Reiterei allen Mutes zu berauben – und nun diese Enthüllung, daß Jumbos Wille damit mindestens einmal, wahrscheinlich zweimal gebrochen worden war. Niemand war sicher, wenn Mana ins Spiel kam.

»Denkst du, Zath hat sich wieder Jumbo ausgesucht? Scheint mir merkwürdig. Diesmal wird Exeter doch mißtrauisch sein, oder?« Dann schauderte er abermals und spürte, wie eine Gänsehaut seinen Körper überzog, als wäre er soeben in eine besonders übelriechende Grube gefallen. »Du meinst doch nicht etwa Alice?«

»Ich weiß es nicht.« Prof musterte ihn mit trübem Blick. »Eher Jumbo, weil Zath weiß, daß er ein altgedientes Mitglied des Dienstes ist. Eigentlich dürfte er keine Ahnung gehabt haben, wer Mrs. Pearson ist – aber ich fürchte, es wäre ein großer Fehler, ihn zu unterschätzen. Zum Teufel, Hauptmann, vielleicht ist er wirklich nur hergekommen, um seine Drohung auszusprechen.«

»Aber das glaubst du nicht. Du glaubst, er war hier, um Jumbo neuerlich zu verhexen.«

Rawlinson bäumte sich gegen einen Hustenanfall auf und trank einen Schluck. »Ich denke, einer der beiden dient als vergifteter Apfel, wahrscheinlich Jumbo. Vermutlich weiß er es selbst gar nicht, aber ich halte ihn für eine geladene Kanone, die losgeht, sobald er den Befreier trifft.«

»Und Alice hat er mitgenommen, um Exeters Mißtrauen zu schwächen? Als Köder sozusagen?« So wie Ursula ihn selbst als Köder mitgenommen hatte. »Exeter wird dermaßen überrascht sein, sie zu sehen, daß er Jumbo kaum Aufmerksamkeit schenken wird.«

»Genau davon geht Jumbo wohl aus«, pflichtete

Prof ihm heiser flüsternd zu, »wenngleich unbewußt, wenn du mir folgen kannst. Andererseits könnte es auch Alice gewesen sein, die Jumbo dazu überredet hat, mit ihr aufzubrechen.«

Julian krümmte sich. »Exeter besitzt selbst eimerweise Mana. Wer auch immer der giftige Apfel ist, er wird den Bann entdecken ... oder?«

Stöhnend richtete Prof sich auf. »Wenn du mich jetzt bitte entschuldigst, alter Freund, ich lege mich wieder ins Bett.« Er wankte auf den Beinen. »Bleib ruhig noch hier und trink die Flasche aus, wenn du willst. In dem Schrank da ist noch mehr. Nein, ich glaube nicht, daß Exeter die Falle bemerken wird. Bei der Macht, die Zath zur Verfügung steht, dürfte er wohl kaum Fingerabdrücke hinterlassen haben.«

40

Julian verbrachte die Nacht auf Profs Sofa und ging im vernieselten Morgengrauen nach Hause, wo er sich wusch, so gut er konnte. Doch sogar die Wasserversorgung funktionierte nicht mehr. Nach einem Erkundungsgang durch sein eigenes Haus, wie er ihn noch nie unternommen hatte, fand er heraus, daß die Wasserhähne von einem Tank in der Dachkammer versorgt wurden, in den das Wasser mittels Handpumpe aus einer unterirdischen Zisterne gelangte – wie es dort hinkam, war ihm unklar, doch es gelang ihm, daraus einen Eimer zu füllen, ohne hineinzufallen. Feuerholz war keines vorbereitet, und eine Axt vermochte er nicht zu bedienen.

Sauber, aber am ganzen Leib bibbernd, hatte er soeben den letzten Hemdenknopf besiegt, als er die Türglocke bimmeln hörte. Auf der Veranda stand William McKay.

Unrasiert und zerknautscht wie eine nasse Katze strahlte er auf seine übliche, geistlose Weise übers ganze Gesicht und streckte Julian einen zugedeckten Korb entgegen.

»Hab' gehört, du wärst wieder zu Hause, alter Freund. Ich hab' dir was zum Frühstück mitgebracht.«

Julian zeigte sich verblüfft. »Das ist ausgesprochen nett von dir.«

»Oh, dank nicht mir, Sohnemann. Dank der Vereinigung Barmherziger Christlicher Frauen, Zweigstelle Olympus. Sie verteilen Alk an die Bedürftigen. Ich bin nur der Botenjunge. Du kannst mir ja 'nen Penny Trinkgeld geben, wenn dir danach ist. Den Korb brauch' ich zurück.«

»Komm doch einen Augenblick rein.«

McKay trat über die Schwelle und hielt inne, ein hagerer, geistloser Kerl – und der sprachbegabteste Bewohner der Station. Er vermochte, in mindestens zwölf der Dialekte der Täler zu sprechen, ohne auch nur das geringste auszusagen. Sein einziges Interesse galt dem Fischen, und Julian interessierte sich einzig deshalb für ihn, weil er Euphemias Gatte war. Sie hatte zwar geschworen, seit Jahren nicht mehr das Bett mit ihm zu teilen, doch wie nahm man einen Mann bezüglich seines Eheweibs ins Kreuzverhör?

Julian hob einen Zipfel der Decke ein wenig an und sah Früchte, frisch gebacken riechendes Brot und eine zugestöpselte Flasche, die so heiß war, daß sie nur Tee enthalten konnte. Ihm lief das Wasser im Munde zusammen. Dann dachte er an Prof. »Versorgt ihr uns arme Teufel alle so?«

»Na ja, es scheint sinnvoll, eine zentrale Verteilerstelle zu haben. Schließlich müssen wir mit den Vorräten haushalten, oder? Zusammenhalten. Polly hat das alles auf die Beine gestellt.« McKays Blick wanderte an Julian vorbei und wieder zurück. »Bist du ... bist du allein?«

»Ja. Komm und setz dich einen Augenblick. Ich muß mit dir reden.«

»Oh. Eigentlich sollte ich ja zurück. Hab' mich bloß gefragt, ob du irgend etwas über Euphemia weißt. Weißt du, wir machen uns ein wenig Sorgen um sie.«

»Was? Warum? Jetzt komm endlich rein«, beharrte Julian bestimmt. Er nahm McKay den Korb ab und ging voraus ins Gesellschaftszimmer. Es war klein und eher karg möbliert, denn Julian war kein großer Heimwerker und lud selten jemanden ein, doch ihm fiel auf, daß das Zimmer wenigstens aufgeräumt war. Er wies seinem Gast einen Stuhl zu und nahm selbst auf einem anderen Platz. Dann machte er sich daran, den Korb zu leeren. »Erzähl mal.«

McKay ließ sich auf dem Stuhl nieder und starrte unbehaglich zu Boden. »Na ja, sie ist kurz nach Hause gereist, um Exeters Cousine zu holen ...«

»Und hat die Spanische Grippe mitgebracht. Ja, habe ich gehört. Wo steckt sie jetzt?«

»Keine Ahnung. Ich bin selbst erst gestern aus Thotal zurückgekehrt. Noch habe ich mir die Grippe nicht eingefangen, aber ich schätze, das kommt noch. Sie war bereits weg. Ich dachte, du ... na ja, du weißt schon. Ich dachte, du wüßtest vielleicht etwas.«

Julian klemmte die Flasche zwischen die Knie und zog den Stöpsel heraus. Mit leisem Zischen entwich ein Dampfstrahl. »Nein.« Er trank einen Schluck Tee und verbrannte sich ordentlich die Kehle.

»Ah. Anscheinend ist es ihr gelungen, die Karotten vor ein paar Tagen zu überreden, uns mit Futter zu versorgen, als uns die Vorräte ausgingen. Dann hat sie sich verdrückt. Hat niemandem erzählt, wohin sie wollte. Und keine Nachricht hinterlassen.« McKay schaute überallhin, außer auf Julian. »Es sei denn, du . . .?«

»Ich fürchte, auch hier ist keine Nachricht. Hör zu, McKay . . . Du weißt doch, daß wir Geliebte waren.«

An den Kamin gewandt, zuckte der hagere Mann mit den Schultern. »Ist keine große Sache. Wir gehen schon lange getrennte Wege. Du hast sie sehr glücklich gemacht, alter Freund. Glücklicher als . . . äh, na ja, du weißt schon.«

Glücklicher als die Hälfte der anderen Männer in der Station, als die an der Reihe waren? Wie *alt* war sie? Der Stolz verbot es ihm, danach zu fragen.

»Wir hatten eine Auseinandersetzung. Es tut mir verteufelt leid, und ich möchte es wiedergutmachen. Hast du denn gar keine Ahnung, wo sie stecken könnte?«

»Nicht die leiseste. Weißt du, für gewöhnlich hat sie in Lemodtal gearbeitet. Dort kennt sie einige Leute. Oder . . .« Er biß sich auf die Lippe. »Ich nehme an, die Karotten könnte es wissen. Sie kommt besser mit ihnen aus als die meisten von uns.«

»Sie hat mir von Timothy erzählt.«

Plötzlich blickten sie sich in die Augen, von Mann zu Mann, gefaßt, beherrscht. McKay errötete; dann verschränkte er die Hände so fest ineinander, daß die Knöchel weiß hervortraten. »Das war vor langer Zeit. Hör zu, ich sollte jetzt wirklich zurück . . .«

»Mir ist egal, was sie getan hat. Trotzdem würde ich gerne deine Meinung dazu hören.«

»Verdammt noch mal, Alter . . .!«

»Bitte?« hakte Julian nach, der spürte, daß sein eigenes Antlitz glühte, aber trotzdem fest entschlossen war, dies durchzustehen. »Um ihretwillen? Ich liebe sie. Trotzdem habe ich ihre Gefühle verletzt, ohne es zu wollen. Ich will es wiedergutmachen, will sie verstehen.«

»Wollen wir das nicht alle? Männer können Frauen nicht verstehen, Kumpel. Frauen verkörpern auf allen Welten ein einziges Rätsel. Man kann nicht mit ihnen leben . . . und auch nicht ohne sie.« Auf der Unterlippe kauend, starrte McKay in den leeren Kamin. »Vermutlich war wohl nicht alles nur ihre Schuld. Nehme ich an. Es war eine jener Geschichten . . . Sie paßte nicht richtig hierher. Die Frauen haben sie ziemlich mies behandelt.«

Idiot! Was hatte er denn erwartet? Wie lange lag das zurück? Zwanzig Jahre? Fünfzig? Sogar jetzt war es nicht schwer, sich vorzustellen, wie die feinen Damen von Olympus über die Fischhändlertochter aus dem ländlichen Irland die Nase rümpften, ein hochmütiges Pack von Katzen, die sich eine Maus teilen. Ebenso unschwer war zu erkennen, daß Julian Smedley, der den Großen Krieg miterlebt hatte, derart dämlichen Klassenvorurteilen wesentlich weniger Bedeutung beimaß als all diese viktorianischen Fossile. Wenn der Krieg etwas bewirkt hatte, dann daß England näher zusammengerückt war. Von nun an würden die Dinge anders sein. Doch selbst wenn Euphemia zu Hause in Cheltenham nach wie vor eine Außenseiterin wäre, hier auf Nebenan war sie seine Frau – und das war alles, das zählte.

»Ich war ihr damals wohl keine so große Hilfe, wie ich es hätte sein sollen«, gestand McKay zerknirscht. »Sie hat sich an die Eingeborenen gehalten. Hat sich mit einem Karotten-Holzfäller eingelassen.«

Wohin konnte sie noch gegangen sein? »Sie ... die beiden ... hatten sie nur das eine Kind?«

»Ja. Dann wurde ihr strammer Karotten-Bock von einem Halsabschneider gefressen. Ein oder zwei Jahre später ist sie zu mir zurückgekommen, mit Kind und Kegel.« Er zuckte mit den Schultern. »Hab' sie wieder bei mir aufgenommen. Getrennte Zimmer. So sind wir besser miteinander ausgekommen. Tim natürlich auch. Ein Prachtbursche. Ich habe ihn als jungen Ehrenmann großgezogen. Hab' ihm Fischen beigebracht. Vor ein paar Jahren ist er nach Hause gereist. Zuletzt haben wir von ihm gehört, er wäre beim Hauptamt. Natürlich ist er drüben ein Fremder. Tja, ich darf wohl kaum mit dem Finger auf andere zeigen, alter Freund! Ich bin ziemlich sicher, ich habe selbst das eine oder andere uneheliche Kind in der Station gezeugt.« Behäbig mühte McKay sich auf die Beine.

Offensichtlich nagte es immer noch an ihm, daß seine Frau sich unter die Eingeborenen gemischt und ihn wegen einer Karotte verlassen hatte. Wahrscheinlich wußte er die Überwindung gar nicht zu schätzen, die es sie gekostet haben mußte, zu ihm und seinen ach so ehrbaren Freunden zurückzukehren. Nun, was sie getan oder unterlassen hatte, spielte für Julian keine Rolle mehr. Er zog das Bild der jungen Euphemia bei einem Techtelmechtel mit einer jungen Karotte jenem vor, wie sie von diesem schmierigen Pinky Pinkney ins Bett erpreßt wurde. Mit Karotten war durchaus alles in Ordnung, abgesehen davon, daß sie sterblich waren. Dommi zum Beispiel war ein wesentlich besserer Mensch als Pinkney oder dieser spatzengehirnige William McKay.

»Was gibt es Neues von Exeter?« erkundigte McKay sich, während er zur Tür watschelte.

»Nur Schlechtes.« Julian erzählte ihm die Geschichte. »Um Alice Prescott mache ich mir Sorgen. Pearson, meine ich.«

McKay nickte. »Was hast du jetzt vor?«

Julian brauchte eine Weile, um zu verdauen, was er inzwischen erfahren hatte. Wenn Euphemia nicht in Olympus war, gab es für ihn keinen Grund zu bleiben. Mit nur einer Hand konnte er selbst den Kranken nur bedingt Hilfe leisten. »Ich glaube, ich breche wieder zu Exeters Kreuzzug auf. Alice ist eine alte Freundin, und Exeter könnte mittlerweile schon tot sein. Irgendwie fühle ich mich für sie verantwortlich. Wenn Zath sie tatsächlich verhext hat, ist sie vielleicht auch schon tot oder verrückt. Oder Jumbo, wenn er der vergiftete Apfel war. Inzwischen hat die Grippe sich bestimmt über die gesamten Täler ausgebreitet. Euphemia beherrscht weder die Sprache, noch besitzt sie Geld.« Und diese Schlampe Ursula würde ihr vermutlich nicht helfen.

»Besser du als ich, alter Freund. Ich muß zurück zur Paradieshalle. Viel Glück.« Damit streckte McKay eine schlaffe Hand aus. »Verlaß dich nur nicht darauf, daß du hier noch viel vorfindest, wenn du zurückkommst.«

»Nein. Werde ich nicht.«

Götterdämmerung!

41

Ein rascher Erkundungsgang durch die Station bestätigte McKays Bericht. Polly Murgatroyd sorgte für Essen und Pflege für die Kranken, aber die Karotten hatten die Lebensmittelversorgung in der Hand und konnten sie jederzeit abstellen. Julian konnte nichts tun, um die Zustände zu verbessern. Er stellte fest, daß drei Viertel der Fremden geflohen waren und von den übrigen kein einziger in der Lage oder willens war, Hauptmann Smedley auf einem Hundertmeilenmarsch zu begleiten. Sämtliche Hasen waren aus den Koppeln verschwunden, und als er das Tal weiter hinauf zum Drachengehege ging, fand er auch dieses verlassen vor. Siebenundsiebzig mußte die Lage erkannt und sich für die einzig logische Verhaltensweise entschieden haben.

Er rüstete sich mit einer Decke, Ersatzkleidern und ein wenig Geld aus und marschierte mit einem Bündel auf dem Rücken und einem Schirm in der heilen Hand zur Vordertür hinaus. Randortal konnte er noch vor Einbruch der Dunkelheit erreichen. Zwar bestand die Möglichkeit, daß er den Virus mit sich herumschleppte, doch ihm waren bereits so viele Mitglieder des Dienstes vorangegangen, daß er die Lage nicht mehr verschlimmern würde. Von Randortal aus wollte er über Lappintal, Maptal und Jurgtal reisen – keiner jener Pässe galt zu Fuß als unüberwindlich. Wenn nötig konnte er anschließend weiter nach Nioltal ziehen, aber bis dahin sollte er bereits Neuigkeiten über den Befreier erfahren haben. Auch sollte ihm bis dahin bekannt sein, wie schlimm die Spanische Grippe auf Nebenan zugeschlagen hatte. Eine Seuche, die binnen fünf Monaten um die Erde kreiste, dürfte sich binnen weniger Tage über die Täler ausbreiten.

Nach fünfzehn Minuten gelangte Julian zum Dorf der Karotten. Sein Herannahen wurde bemerkt, und eine Abordnung dreier älterer Männer kam herbei, um ihn auf der Straße zu treffen. Zwei hatte er seines Wissens noch nie zuvor gesehen, doch der dritte war Hausdiener der Pinkneys gewesen, wenngleich Julian der Name des Mannes entfallen war. Als er noch etwa zehn Meter entfernt war, brüllte ihm einer der drei Männer zu: »Halt!«

Julian hielt inne und verharrte im Schlamm vor dem drohenden Widerstand, während der Regen auf seinen Schirm prasselte. »Wie viele von euch sind von der Krankheit befallen worden? Wie viele sind gestorben?«

»Zu viele! Die *Tyikank* sollen sich um ihre eigenen Kranken kümmern und die Karotten in Ruhe lassen. Ihr seid hier nicht willkommen.« Die grünen Augen der drei wirkten feindselig.

»Ich verstehe das nicht. Wir haben diesem Tal Wohlstand beschert und viel Gutes für euer Volk getan. Nur weil nun eine Krankheit ausbricht, wendet ihr euch von uns ...«

»Verschwindet, Haptmaan!« rief ein anderer. »Ihr habt den Zorn der Götter über uns gebracht. Viele von uns sind der Meinung, wir sollten eure großen Häuser niederbrennen und euch vertreiben. Führt unsere jungen Männer nicht in Versuchung. Geht!«

»Versuche ich ja.«

»Nimm den Pfad am Fluß«, riet ihm der frühere Hausdiener. Das war ein erheblicher Umweg, doch offensichtlich würde Julian sein Charisma hier nicht weiterhelfen.

»Ist *Entyika* McKay bei euch?«

»Nein.«

»Ich habe zwei Briefe bei mir – einen für sie, falls sie zurückkehrt, und einen von Dommi für Ayetha.«

»Legt die Briefe auf dem Baustumpf dort und verschwindet.«

Julian tat, wie ihm geheißen und ging zurück zur Weggabelung. Das Verhalten der Karotten war zum aus der Haut fahren, aber verständlich. Es schien nur natürlich, daß sie die Seuche Zath zuschrieben – und dem Zorn des Pentatheon. Vielleicht wäre der Sturm vorübergezogen, wenn die *Tyikank* ihm getrotzt hätten und nicht so feige gewesen wären. So wie die Dinge standen, war der Dienst tödlich verwundet. Er konnte weder Exeter noch dem Pentatheon die Schuld in die Schuhe schieben, denn er hatte die Götterdämmerung selbst herbeigeführt.

42

Niemand wußte, wie die Brüllende Höhle einen so unpassenden Namen erlangt hatte, denn nirgends war es stiller. Es war eine riesige, häufig von Wanderern benützte Höhle in einem Hügel, von dem man den Lospaß überschauen konnte. Eleal hatte vor ein paar Tagen, auf dem Weg nach Nioltal, in der Höhle übernachtet und sie erkundet. Nun war sie zutiefst erleichtert, als sie den Rastplatz wiedersah, denn ihre Muskeln waren noch nicht an das neue Bein gewöhnt; sie pochten, als wären sie mit glühend heißen Kneifzangen bearbeitet worden. Der alte Piol schien in ähnlich schlechter Verfassung wie sie. Der Regen hatte sie beide in lebende Eiszapfen verwandelt. In Gesellschaft eines guten Dutzends weiterer Pilger kletterten sie den Hang hinauf zum Höhleneingang, wo sie einer der schildtragenden Gehilfen des Befreiers in Empfang nahm. Er trug einen schäbigen Soldatenkittel, der gänzlich fehl am Platz wirkte.

»Wir haben gerade ein neues Feuer entfacht«, verkündete er schwülstig. »Folgt mir, ich führe euch hin. Versucht, keinen unnötigen Lärm zu machen.«

Der Boden erwies sich im großen und ganzen als eben, jedoch übersät mit Steinbrocken jeder Größe, die sich im Laufe der Zeit aus der hoch aufragenden Decke gelöst haben mußten. In der Düsternis war der holperige Pfad alles andere als einfach zu bewältigen. Zuerst sah Eleal lediglich Piols Rücken unmittelbar vor ihr, doch nach und nach gewöhnten ihre Augen sich an das schummrige Licht zahlreicher Feuer, jedes umringt von ein paar Dutzend Menschen. Die Warnung bezüglich des Lärms war deshalb ausgesprochen worden, weil jeder versuchte, D'ward zu lauschen. Er hockte bei einer Gruppe, sprach aber laut, wobei er anscheinend weniger predigte als vielmehr Fragen beantwortete.

Eleal wurde zu einem rauchenden, knisternden Haufen geführt – mehr Glut als Feuer –, kauerte sich dicht daran und bibberte unaufhörlich. Bei all dem Knacken von Zweigen und Zähneklappern rings um sie verstand sie kein Wort von dem, was gesprochen wurde. Die Luft roch stark nach nassen Menschen, dennoch war sie froh über die Gesellschaft. Als die Flammen allmählich höher schlugen und die Wärme sich auszubreiten begann, tauten ihre Knochen auf. Erst da erkannte sie, daß einer der dicht neben ihr hockenden Männer Dosh war. Seine Augen leuchteten im Schein des Feuers, als er sah, daß sie ihn bemerkt hatte.

»Schnüffelst du mir hinterher?« zischte sie wütend.

Er nickte und hob einen Finger an die Lippen.

Eleal schaute sich um. Immer mehr Leute strömten in die Höhle. In der Nähe war ein weiteres Feuer entfacht worden, und Neuankömmlinge wurden nun dorthin geführt.

Die allgemeine Stille einer solchen Menschenmenge wirkte ausgesprochen unheimlich.

D'ward hatte sich erhoben und war zu einer anderen Gruppe geschlendert, die sogleich einen Felsbrocken freigab, auf den er sich setzen konnte. Nun befand er sich näher bei Eleal, so daß sie ihn besser hören sollte.

»Also?« meinte er unbeschwert. »Keine Fragen?«

»Ich habe eine Frage, Ketzer!« Die schroffe Stimme gehörte einem großen Mann in dunkler Robe. Eleal erkannte den Mann: Er war einer der Priester Padlopans, der gestern mit ihr den Karren geteilt hatte.

D'wards Stimme erklang keinen Deut sanfter. »Du verschwendest dein Leben damit, einem falschen Gott der Krankheit zu huldigen! Ich bezweifle zwar, daß bloße Worte so viele Jahre fehlgeleiteten Denkens zu durchdringen vermögen, aber frag ruhig.«

Der Priester erhob sich, so daß er sich als massige, düstere Gestalt gegen den flackernden Feuerschein abzeichnete. »Du sagst, du bist ausgezogen, um den Tod zu töten. Dann erzähl uns doch, was danach geschieht, wenn der Tod tot ist! Leben wir dann alle für immer?«

Der Befreier seufzte. »Was ich auch antworten würde – du wirst es mir nicht glauben. Komm mit uns und sieh mit eigenen Augen, was geschieht. Hat sonst noch jemand eine Frage?«

»Ich bin noch nicht fertig«, knurrte der Priester. »O nein, ich habe noch jede Menge Fragen!« Als Antwort ertönte ein zorniges Grollen der Menge. Der Priester zeigte sich unverkennbar bestürzt, jedoch unerschrocken; dann aber zischte D'ward ihm etwas zu, und er sank zurück auf seinen Platz.

Eleal ertappte sich dabei, daß sie ein Kichern kaum noch zu unterdrücken vermochte. Sie suchte Doshs Augen und sah, daß er grinste, als hätte er solche Wortwechsel schon des öfteren miterlebt.

Die nächste Frage war unhörbar.

»Aha!« rief D'ward aus. »Du hast zu leise gesprochen. Nicht alle haben dich gehört. Du, Priester, hast eine unverschämt eindringliche Stimme. Wiederhole *du* für diese braven Leute, was die Frau gefragt hat.«

Der Priester blieb zwar hocken, doch er verschaffte sich Gehör. »Mit Freuden! Die Frau hat gesagt, ihr Kind liege im Sterben, und ob der Befreier den Tod rechtzeitig töten könnte, um es zu retten. Tja, beantworte diese Frage mal, Befreier!«

D'ward schwieg längere Zeit; Stille erfüllte die Brüllende Höhle. Das leise Knistern der Feuer war das einzige Geräusch. Dann sagte er: »Reich mir das Kind.«

In der Hoffnung, besser zu sehen, rappelte Eleal sich auf die Knie, doch zu viele Leiber und Felsen versperrten die Sicht; außerdem begannen die Leute hinter ihr, erzürnt zu tuscheln, bis sie sich wieder setzte. Alles, was sie erkennen konnte, war D'wards vertrautes Antlitz, eingerahmt in eine schmale Felskluft, vom Schein des Feuers unter ihm aus der Dunkelheit gehoben. Er schaute auf, nachdem er beendet hatte, was immer er getan haben mochte.

»So!« rief er. »Ich denke, das beantwortet deine Frage, Mutter, und hoffentlich auch deine, Priester. Das arme Wurm ist hungrig. Hat irgend jemand ein paar Krümel für ein hungerndes Kind übrig? Danke, Bruder – gesegnet seist du. Und jetzt zurück zu deiner Mutter mit dir, du kleiner Racker.«

Die Brüllende Höhle brüllte zwar nicht unbedingt auf, doch ein Wirbelwind aufgeregten Tuschelns schien durch sie hindurchzufegen. Dann riefen ein paar Stimmen: »Ein Wunder!«

Eleal schaute sich um. Doshs Züge wirkten so spöttisch, wie sie es erwartet hatte. »War es wie bei mir?« fragte sie. »Er heilt auch andere? Er tut das die ganze Zeit?«

Dosh nickte. Eleal kauerte sich zusammen und dachte krampfhaft nach.

D'ward wartete, bis der Tumult erstarb. »Es war ein Segen des Ungeteilten für unser Unterfangen. Hat sonst noch jemand eine Frage?«

Mehr als eine Stunde trieb er das Spiel so weiter und schlenderte von Feuer zu Feuer. Im Verlauf dieser Zeit heilte er anscheinend den lahmen Arm einer Frau sowie ein weiteres Kind und gab einem Blinden das Augenlicht zurück. Manchmal lachte er und riß Witze, manchmal blieb er ernst. Oft erfolgten seine Antworten in Form kurzer Geschichten, die zwar eine Aussage enthielten, jedoch den Priestern, die sie anfechten wollten, keinen Ansatzpunkt boten. Er verhielt sich allen gegenüber sehr wohlwollend, abgesehen von den Priestern, mit denen er sehr rüde umsprang. Was verständlich schien, schließlich versuchten sie fortwährend, ihm Fallen zu stellen. Doch keinem von ihnen gelang es so richtig, wenngleich D'wards Antworten mitunter ausweichend erschienen, wie jene, die er dem Priester Padlopans gegeben hatte.

Seine Herrschaft über die Menge war erstaunlich. Eleal hatte schon öfter erlebt, daß eine Zuhörerschaft wie gebannt wirkte, aber noch nie so lange und noch nie aufgrund einer Stegreifvorstellung, denn offensichtlich folgte D'ward keinem bestimmten Drehbuch. Schließlich führte ihn seine Runde auch an ihr Feuer; vor Aufregung zitternd, verharrte sie, damit er nicht Reißaus nahm und anderswo hinging.

Als er ankam, fiel jenseits des mächtigen Bogens des Höhleneingangs Dunkelheit ein – und nicht nur Dunkelheit, denn der Regen hatte sich in Schnee verwandelt. Die Leute wanden sich aus dem Weg, um Platz für ihn zu schaffen. Statt sich zu setzen, blieb er mit vor der Brust verschränkten Armen stehen. Dabei fiel Eleal ein, wie er in *Die Tragödie von Trastos* Gunuu gespielt hatte. Damals hatte er keine Robe, sondern nur einen Lendenschurz getragen, und der Zauber des Feuerscheins hatte ihn strahlend wie die Gottheit erscheinen lassen, die er verkörperte. Oh, was für ein Triumph war das gewesen! Ein Kloß bildete sich in ihrem Hals, und sie erbebte vor Verlangen, aufzuspringen und die Arme um ihn zu schlingen.

Mit ausdrucksloser Miene musterte er Eleal; dann ließ er den Blick über die Gruppe schweifen. »Wer hat noch Fragen?«

Neben ihm schrie ein alter Mann mit der lauten, tonlosen Stimme eines Schwerhörigen auf. »Ein Sturm ist im Anzug! Ich spür's in den Knochen! Meine Knochen warnen mich immer, wenn schlechtes Wetter naht. Führst du uns morgen weiter, junger Mann, oder bleiben wir hier und lassen ihn vorüberziehen?« Eine gute Frage. Der Mann wirkte noch greiser als Piol, und seine Kleidung entsprach gerade eben den gesetzlichen Mindestvorschriften. Vermutlich war er ein Bettler, der sich den Freien nur des Essens wegen angeschlossen hatte.

D'ward zuckte die Schultern. »Hier drinnen ist es jetzt warm, und in den Wäldern ringsum gibt es genug Feuerholz, im Bach genug Wasser, Fleisch ist unterwegs zu uns – warum sollten wir morgen aufbrechen und Ärger entgegeneilen?«

»Weil es für mich nicht mehr viele morgen gibt, junger Mann! Deshalb!«

D'ward lachte fröhlich auf und streckte die Hand aus, um dem Greis auf die knochige Schulter zu klopfen. »Du kannst dich noch auf eine ganze Ewigkeit freuen, Großvater! Aber wenn uns deine Knochen die Wahrheit sagen, dann denke ich, wir sollten den Sturm vorüberziehen lassen. Du bist nicht der einzige, der keine ordentlichen Kleider besitzt. Ich will nicht, daß irgend jemand erfriert. Also, falls hier reiche Leute sind, die den Freien gerne Geld oder überschüssige Kleidung spenden möchten, wäre dies in den Augen des Ungeteilten fürwahr eine verdienstvolle Tat.«

Er ließ den Blick über die Gruppe schweifen, als hielte er nach einer weiteren Frage Ausschau. Eleal aber hatte den Eindruck, seine strahlend blauen Augen blitzten sie kurz an. Konnte er über ihren Geldgurt Bescheid wissen? Sie mußte mehr besitzen als jeder andere in der Höhle. Doch auf keinen Fall würde sie D'ward das Geld überlassen, damit er seine Gotteslästerung fortführen konnte!

Doch wenn sie es täte, würde er dann seinen ungerechten Verdacht vergessen? Würde er einsehen, daß sie nur noch seine Freundin sein wollte?

Würde er sie vielleicht gar umarmen, nur einmal, ganz kurz, um ihr zu zeigen, daß er wußte, er konnte ihr vertrauen?

»Darf ich eine Frage stellen?« Die Stimme gehörte Piol Poet, der irgendwie von Eleal getrennt worden war und sich auf der gegenüberliegenden Seite des Feuers befand. »Ich fürchte, es ist vielleicht eine unverschämte Frage, Meister.«

D'ward kicherte. »Aber wenn sie von dir kommt, muß es eine ausgeklügelte Frage sein, alter Freund. Schieß los.«

»Du lehrst Dinge, die in keinen Schriften stehen. Mit wessen Ermächtigung sprichst du?«

Die dunklen Augenbrauen des Befreiers schossen in die Höhe.

Er hob den Kopf, um die Antwort an die gesamte Höhle zu richten. »Piol Poet fragt, durch wessen Ermächtigung ich spreche. O Piol, Piol, setzt du wirklich so großes Vertrauen in Bücher? Du weißt, wie oft einem Schriftgelehrten Fehler unterlaufen, wenn er einen Text vervielfältigt. Du weißt, daß selbst der ursprüngliche Wortlaut von der Hand eines Sterblichen festgehalten wurde, denn Götter lassen sich nicht dazu herab, ihre eigenen Schriften zu verfassen. Ist es nicht besser, die Worte des Lehrers aus erster Hand zu hören als nach unzähligen Wiederholungen? Meine Ermächtigung stammt von dem einzig wahren Gott, der mich geschickt hat.«

Mehrere Leute begannen gleichzeitig zu reden. D'ward nickte in Richtung der lautesten Stimme, die einem stämmigen, mürrisch wirkenden Mann gehörte, der den Arm um ein Mädchen geschlungen hatte, das etwa gleich alt wie Eleal aussah. Vermutlich war dieses Mädchen der einzige Grund, weshalb der

Mann hier war, denn sein Gebaren verriet keinerlei Achtung vor dem Befreier.

»Du behauptest, der im *Filoby-Testament* vorhergesagte Befreier zu sein. Aber dem *Testament* zufolge wurde der Befreier erst vor knapp fünf Jahren geboren. Wie kannst du dann dieser Mann sein?«

D'ward fühlte sich keineswegs beleidigt, obwohl einige der Zuhörer wütend raunten. »So steht es nicht im *Testament*. Außerdem kann ich eine Zeugin aufrufen, die berichten kann, was damals geschehen ist. Eleal Sängerin – die Eleal aus der Prophezeiung, die Eleal, die nämliche Prophezeiung erfüllt hat. Steh auf, Eleal, und erzähl den Leuten, was du gesehen hast.«

Eleal hatte beinahe vergessen, wie sich Lampenfieber anfühlte, denn sie hatte seit ihrer Kindheit keines mehr gehabt. Nun aber schreckte sie bestürzt zurück und starrte entgeistert in D'wards funkelnde blaue Augen. Zu einem solchen Auftritt war sie nicht imstande!

Dosh zwickte ihr zu. »Auf mit dir! Gib die Vorstellung deines Lebens, Sängerin. Aber behalt die Kleider an.«

Wütend schlug sie seine Hand weg.

Dann lächelte D'ward sie an. Sie hatte ganz vergessen, wie er lächeln konnte. Der Bart beeinträchtigte die Wirkung in keiner Weise. Unwillig rappelte Eleal sich auf.

»Kommt und hört!« forderte D'ward die Menge auf. »Hierher! Entschuldige mal, Großvater.«

Er bedeutete Eleal, sich auf den flachen Stein zu stellen, den der Greis nun räumte. Sie streckte die Hand aus, auf daß er ihr hinaufhelfe, doch er tat so, als bemerkte er es nicht. Dann packte Dosh sie an der Hüfte und hievte sie auf das behelfsmäßige Podium.

Eine riesige Höhle voller flackernder Feuer, die in der Dunkelheit hell schimmerten ... unzählige, gespannte Gesichter. Sie war noch nie vor einem so großen Publikum aufgetreten, und sie hatte den Text nicht auswendig gelernt. Piol hatte ihre Rolle noch nicht geschrieben. Das Pochen ihres Herzens schien die Höhle zu erfüllen; ihr Magen krampfte sich zusammen.

»Fang am Anfang an«, forderte D'ward sie auf. »So wie du es Dosh erzählt hast.« Wieder lächelte er.

Eleal wandte sich an das Publikum und holte tief Luft. »Mein Name ist Eleal Sängerin.« Sie hörte, wie ihre Stimme laut von den Felswänden widerhallte. »Vor fünf Jahren kam ich mit einer Truppe Wanderschauspieler nach Narshtal, als ein unschuldiges Kind, dem es nie in den Sinn gekommen wäre, daß böse Mächte sich verschworen haben könnten, mich zu töten, oder daß ich dazu bestimmt wäre, eine bedeutende Rolle auf der Bühne der Geschichte zu spielen ...«

Danach war es einfach. Sie erzählte alles, oder fast alles. D'wards überhastete Abreise aus Suss ließ sie aus, aber sie baute sowohl das erste Wunder – Dolm Schauspielers Erlösung von seinem Fluch – als auch das Wunder vom Vortag – die Heilung ihres Beins – in den Bericht ein. Als sie schließlich endete, war der Himmel draußen pechschwarz. Eleal rechnete mit donnerndem Beifall, denn sie war sicher, die beste Vorstellung ihres Lebens gegeben zu haben. Statt dessen erhielt sie betäubtes Schweigen. Na, egal! In einem Tempel klatschte man nun mal nicht, und heute war diese Höhle ein Tempel. Auch Stille konnte Anerkennung sein; und in der Höhle war es sehr still. Kein Husten, kein Räuspern. Sie hatte für einen Ketzer gepredigt. Dennoch verspürte sie keine Reue –

obwohl sie sich fragte, was ihr Vater nun von ihr halten mochte.

Eleal wirbelte auf dem Podium herum, um in D'wards Arme zu springen und eine flüchtige Umarmung, einen geflüsterten Glückwunsch, vielleicht sogar einen Kuß in Empfang zu nehmen.

Doch D'ward war verschwunden.

43

Während Eleal Sängerin sich mächtig in ihre höchst dramatische Version von *Die Ankunft des Befreiers* hineinsteigerte, bedeutete D'ward Dosh, ihm zu folgen und stahl sich von der kleinen Gruppe um das Feuer davon. Unbemerkt von den gespannt lauschenden Pilgern, stapfte er in die Dunkelheit voraus. Für einen Mann, der mit Prat'hans großem Schild beladen war wie eine Schildkröte, erwies sich das als ziemlich schwierig, aber Dosh nahm die Herausforderung an.

Er erreichte den Fuß des Gesteinshaufens als erster. Dann kam auch D'ward, drehte sich um und hielt nach seinem verschwundenen Einmanngefolge Ausschau. Wie ein stummer Schatten trat Dosh dicht hinter ihn und flüsterte: »Meister?«

D'ward zuckte heftig zusammen; dann lachte er. »Hast du vor, mich zu Tode zu erschrecken?« Im fahlen Schein der zahlreichen Feuer glich sein Antlitz kaum mehr als einem verschwommenen Schemen, aber er lächelte – und wenn irgend jemandes Lächeln in der Finsternis zu schimmern vermochte, dann das Lächeln des Befreiers. »Kennst du diese Höhle?«

»Für den Preis die beste Unterkunft in den Tälern.«

»Stimmt. Also kennst du auch den kleinen Hohlraum dort hinten?«

Dosh nickte. »Mann nennt ihn die Flohgrube.«

»Wahrscheinlich durchaus zu Recht. Ich habe Kilpian gebeten, ein Feuer anzuzünden. Versuch jeden außer Freunden und Schildträgern fernzuhalten, ja?«

O verdammt! Die Höhle war fünfzig Schritte breit, und obwohl der Hauptpfad über den Gesteinshaufen sich deutlich abzeichnete, gab es andere, unauffällige Winkel. In seiner Jugend hatte Dosh ganze Tage damit zugebracht, die Brüllende Höhle zu erkunden, denn sie galt als beliebter Lagerplatz der Kesselflicker. Er kannte sechs oder sieben gangbare Wege zur Flohgrube. Zwar hatte mittlerweile die Dunkelheit endgültig Einzug gehalten, aber da so viele Feuer brannten, war es in der Höhle nicht stockfinster. Eindringlinge konnten die Sperre mühelos ohne Fackel umschleichen, wenn sie es langsam angehen ließen.

Dosh seufzte. »Immer gibst du mir die schwierigsten Aufgaben!«

»Ganz recht«, erwiderte D'ward ernst. »Zum einen deshalb, weil ich mich darauf verlassen kann, daß du sie besser als jeder andere bewältigst. Zum anderen weil ich weiß, daß du gern die schwierigen Aufgaben übernimmst.« Er grinste wieder. »Oder etwa nicht?«

»Nein!« Dann aber wurde Dosh bewußt, daß ihm das unvertraute Gefühl behagte, Vertrauen zu genießen. »Na ja, vielleicht. Ich glaub' schon.« Er hatte es nicht wirklich gewußt, aber es stimmte. Nicht zum erstenmal fragte er sich, ob der Befreier ihn am Ende besser kannte als er sich selbst. »Ich werde dafür sorgen, daß du nicht gestört wirst, Meister.«

D'ward drückte ihm die Schulter. »Gut so. Du läßt

mich eben nie im Stich, Dosh.« Damit zog er sich in die Düsternis zurück.

Dosh verharrte eine Zeitlang und ließ sich die letzten Worte auf der Zunge zergehen. *Ihn nie im Stich lassen!* Wie gut sich das anfühlte! Und wie seltsam, daß er so dachte – er, Dosh Gesandter, den nie zuvor etwas anderes gekümmert hatte als Fleischesfreuden, je abartiger, desto besser. Einige Wunder zeigten sich weniger offensichtlich als andere ... Dann hievte er Prat'hans Schild höher auf die Schultern, rückte den (erschreckend leichten) Geldbeutel an seinem Gürtel zurecht und stakste davon, um ein paar Helfer aufzutreiben. Er bediente sich der Schildträger Tielan und Gastik, zweier Freunde sowie dreier niolischer Jungen, die er schon früher als vielversprechende, neue Mitglieder ins Auge gefaßt hatte. Dann fand er Tittrag Steinmetz, einen neuen Schildträger, der groß und kräftig genug schien, den gesamten Gesteinshaufen mit einer Hand zu bewegen.

Dosh postierte die Männer in Paaren, um die wahrscheinlichsten Wege über den Hügel abzudecken. Eingedenk etwaiger Schnitter zeigte sich keiner von ihnen besonders glücklich über die Aufgabe.

»Macht euch deshalb keine Sorgen«, beruhigte Dosh sie. »Wenn ein Schnitter will, kann er sich ungesehen vorüberpirschen, und in diesem Fall würde er gewiß keine Leichen herumliegen lassen wollen, die sofort zu einem Aufschrei führen würden. Dasselbe gilt für Mitglieder des Eltiana-Kults oder für diese Blut-und-Hammer-Schläger oder sonstige Meuchelmörder, die von den bösen Hexern unter Umständen gegen D'ward ausgesandt worden sind. Macht euch ihretwegen keine Sorgen, denn sie machen sich euretwegen gewiß keine. Außerdem seit ihr ohnehin machtlos gegen sie. Sollten sie tatsächlich auftauchen, wird D'ward sich um sie kümmern. Eure Aufgabe besteht ausschließlich darin, lästige Nervensägen fernzuhalten. Seid höflich und verständnisvoll, aber bestimmt. Sollte es Ärger geben, ruft nach mir. Ich gehe die Reihe auf und ab.«

Lästige Nervensägen fernhalten. Einige Leute *mußten* einfach mit dem Befreier persönlich reden, um ihm ihre Probleme zu schildern, ihm die Wahrheit über die Götter darzulegen oder ihn auf seine Fehler aufmerksam zu machen. Der meisten dieser Leute nahm D'ward sich tagsüber an, aber jene Sorte Quälgeist verstand schlicht und ergreifend nicht, daß er auch Wichtigeres zu tun hatte, zum Beispiel zu schlafen. Die mit Abstand schlimmste Plage waren die Priester. Mittlerweile schwirrten unter den Freien Dutzende Priester umher, jeder von ihnen fest entschlossen, D'wards Ketzerei auszumerzen.

Dosh begann, unterhalb des Gesteinshaufens auf und ab zu patrouillieren, wobei er beide Augen weit offen hielt und sowohl jeden beobachtete, der sich tiefer in die Höhle wagte, als auch seine Helfer. Verärgert stellte er fest, wie einfach er sich ungesehen an ihnen vorbeizumogeln vermochte. Selbstverständlich verstand er sich nach lebenslanger Übung gut aufs Schleichen, aber andere konnten genauso gut sein.

Es gab einfach zu viel Deckung, zu viele Leute, dafür zu wenig Licht in der Höhle. Selbst wenn ihm genug Brennholz zur Verfügung stünde, um von einer Wand zu anderen eine Reihe Feuer zu entfachen, blieben immer noch zu viele Schatten. Die Aufgabe, die D'ward ihm diesmal zugewiesen hatte, war nicht nur schwierig, sie war so gut wie unmöglich zu bewältigen.

44

»Mann!« entfuhr es Jumbo. »Für eine Einheimische ist sie eine ziemlich gute Schauspielerin!« Er hockte unweit eines rauchigen kleinen Feuers an der gegenüberliegenden Seite der Brüllenden Höhle, hatte die Arme auf die Knie gestützt und wirkte so vollends entspannt, als würde er sich ein Kricketspiel auf einer Dorfwiese anschauen.

Alice ersparte sich jede Bemerkung. Jumbo bezog sich auf das berühmte Fräulein Eleal, die eindeutig dem Kind entwachsen war, das Edward 1917 beschrieben hatte.

Einen Drachen zu reiten, war eine seltsame Erfahrung gewesen, doch diese Höhle empfand Alice als noch seltsamer. Nie und nimmer hätte sie es für möglich gehalten, daß ihr nächstes Treffen mit ihrem Cousin in einer so absonderlichen Umgebung stattfinden würde. Als sie die Höhle betreten hatte, erkannte sie seine Stimme sofort, obwohl sie in dem gewaltigen Hohlraum widerhallte, und obwohl er weiß der Kuckuck welchen Dialekt sprach. Zungenreden, so wie bei Zath, war es nicht gewesen; dennoch hatte sie häufig die Essenz seiner Worte begriffen. Später hatte sie ihn aus der Ferne gesehen. Er hatte sich keinen Deut verändert, abgesehen davon, daß er mittlerweile einen Bart trug. Zwar stand er ihm nicht, doch er mochte durchaus für die unwahrscheinliche Laufbahn erforderlich sein, für die er sich entschieden hatte. Offensichtlich machte er sich ausgesprochen in dieser Rolle. Hunderte Menschen saßen in zahlreichen Gruppen um Dutzende flackernde Feuer unter dem blauen Dunst von Holzrauch. Alles in allem erinnerte die Umgebung an eine von Onkel Rolys lebhafteren Beschreibungen der Hölle, sah man davon ab, daß niemand heulte oder wehklagte. Ganz im Gegenteil – diese Höhle war ein Knoten, und die Virtualität verlieh den Geschehnissen einen zermürbenden Hauch von Heiligkeit. Mehrmals war Alice in Versuchung geraten aufzuspringen und zu schreien: »Er ist nur Edward! Ich kannte ihn schon, da hat er noch in der Nase gebohrt und ist schreiend aus Alpträumen erwacht.«

Selbstverständlich hatte sie der Versuchung widerstanden. Verstanden hätte sie ohnehin niemand. Trotzdem, es war ein sehr merkwürdiges Gefühl, einen Heiligen in der Familie zu haben.

Eine Frau mit einem Schild auf dem Rücken überschrie das aufkeimende Unterhaltungsgemurmel.

»Was ist denn jetzt los?« wollte Alice wissen.

»Sie sagt«, übersetzte Jumbo gedehnt, »daß der Zug auf Bahnsteig vier der Expreßzug nach Pontefract und Llandudno ist.«

»Ich werde meinen Cousin bitten, Sie in eine Salzsäule zu verwandeln.«

»In Wirklichkeit hat sie gesagt, daß Essen unterwegs ist, daß die Damentoiletten dort entlang, die Herrentoiletten da entlang wären und ob jemand sich freiwillig zum Feuerholzsammeln meldet.«

»Melden Sie sich doch«, schlug Alice vor. »Sollten wir nicht ohnehin nach den Drachen sehen? Was ist, wenn jemand sie stiehlt?«

»Dann gehen wir zu Fuß nach Hause. Denen passiert schon nichts Ich denke, es ist an der Zeit, ein Wörtchen mit unserem geschätzten Befreier zu plaudern.« Gewandt sprang Jumbo auf und streckte die Hand aus, um Alice aufzuhelfen. Überall in der Höhle erhoben sich Leute, um sich die Beine zu vertreten. Die Dunkelheit schien dichter und drückender zu werden, als die Leiber den Feuerschein verdeckten.

»Ich sehe ihn nicht«, meinte sie.

»Ich weiß, wohin er gegangen ist. Kommen Sie mit. Sollten wir getrennt werden, treffen wir uns unter dem Backenzahn dort, in Ordnung?« Jumbo deutete auf einen auffälligen Stalaktiten, ergriff ihre Hand und lief mit selbstbewußten Schritten über den Höhlenboden los. Sein starker linker Arm bahnte den beiden einen Weg durch die Menge, während er gebieterische Entschuldigungen murmelte. Es war seltsam, daß er sich so wenig um die Sicherheit der Tiere sorgte, die sie unbewacht draußen vor der Höhle zum Grasen gelassen hatten. Bis zu diesem Abend hatte er sich der Drachen wegen angestellt, als handle es sich um unbezahlbare Rennpferde. Trotzdem, er mußte wohl wissen, was er tat. Die gesamte Strecke von Olympus bis hierher hatte er sich als fähiger Führer und angenehmer Gefährte erwiesen.

Gleich würde sie Edward treffen. Dafür war sie hergekommen. Würde er glauben, daß sie sich einmischte? Diese Gefahr hatte von Anfang an bestanden. Doch nun war da noch etwas anderes. Nun hatte sie gesehen, wie einem Blinden das Augenlicht zurückgegeben worden war, wie ein fiebriger, wimmernder Säugling jäh zu neuem Leben erwacht war und zu lachen begonnen hatte. Bei dem Mann konnte man das alles ja noch mit Geistheilung erklären, nicht jedoch bei dem Säugling; außerdem war Alice ohnehin unschlüssig, ob sie überhaupt an Geistheilung glaubte. Hätte jemand anders diese Wunder vollbracht, sie wäre überzeugt gewesen, daß es sich um einen Schwindel handelte und die sogenannten

›Krüppel‹ Mitverschwörer waren, die sich im voraus unter die Menge gemischt hatten.

Edward würde so etwas nie tun. Wenn er Wunder gewirkt hatte, dann waren es echte Wunder. Magie, ja, natürlich – Miss Pimm war in der Lage, Magie einzusetzen, und die Regeln der beiden Parallelwelten verliehen Edward auf Nebenan dieselbe Macht wie Miss Pimm auf der Erde. Trotzdem empfand sie es als beunruhigend, ihren Cousin, ihren Ziehbruder, den sie schon ein Leben lang kannte, dabei zu beobachten, wie er absichtlich Jesus spielte. Genau das tat er, daran bestand kein Zweifel. Obwohl Alice sich als Christin betrachtete, hielt sie sich gern für großherzig und allem aufgeschlossen. Edwards Gebaren aber vermittelte ihr Unbehagen, doch in einer Welt, in der es kein Christentum gab, konnte man es kaum als gotteslästerlich bezeichnen – oder doch? Sie durfte keine voreiligen Schlüsse ziehen. Zweifellos würde er ihr seine Gründe erklären. Und selbst wenn nicht, wollte sie ihm vertrauen und ihn nicht danach fragen.

Die Zahl der Menschen, die er um sich geschart hatte, erfüllte Alice mit Stolz. Mein Cousin, der Messias ...

Sie folgte Jumbo durch die Menge und schlängelte sich auf dem Weg in die Tiefen der Höhle durch Menschengruppen. Bald versperrte eine Mauer aus Geröll, Megalithen und erstarrten Stalagmitenflüssen den Pfad. Die unheilvollen Unebenmäßigkeiten über ihnen verrieten, wo Steinmassen aus der Decke gebrochen und zu Boden gekracht waren. Diese Höhle war alt. Die Gefahr, daß weitere Brocken ausgerechnet jetzt herabfielen, während sie darunter hindurchgingen, waren gering – gering, aber unbestreitbar vorhanden. Hier, so weit vom Eingangsbogen und den

Feuern entfernt, gab es so gut wie kein Licht. Alice hatte noch nie an Platzangst gelitten, wieso also sollte sie nun damit anfangen? Es war nur die Virtualität, die ihr Gänsehaut verursachte, oder?

Als sie sich dem Fuß des Gesteinshaufens näherten, hörte sie streitende Stimmen. Unvermittelt hielt Jumbo inne und lauschte. Vor einer Wand gewaltiger Steinblöcke bedrängten drei Gestalten in langen Roben zwei Männer, von denen einer einen runden Schild und einen gefährlich aussehenden Speer trug. Auch ohne die Worte zu verstehen, war für Alice offensichtlich, daß die drei Männer Forderungen stellten, welche die beiden anderen verweigerten. Der Zankapfel schien der Zugang zu einem unheilvollen, dunklen Loch zu sein.

»Was geht denn da vor sich?« flüsterte sie.

»Pssst!« zischte Jumbo. Doch nach einer kurzen Weile kehrten die drei um und gingen wütend vor sich hinbrummend zurück zum Hauptaufenthaltsbereich.

»Wie es scheint«, erklärte Jumbo leise, »will unser predigender Freund nicht gestört werden. Diese Mönche da waren Priester – Tions Priester, glaube ich. Wollen mal sehen, ob wir mehr Glück haben.«

Wieder marschierte er voraus, an den drei brummelnden Geistlichen vorbei auf die beiden Pförtner zu.

»Wie ein Empfangskomitee sehen die ja nicht gerade aus«, murmelte Alice.

»Die halten bloß das Gesindel fern. Ich bin sicher, sie erkennen eine Dame, wenn sie eine sehen.«

Alice fühlte sich kaum wie eine Dame. Die letzten paar Tage waren weder ihrer Frisur noch ihrem Teint besonders zuträglich gewesen; zudem war sie immer noch in schwere, feuchte Felle gehüllt und roch streng nach nassen Schafen. Die Wachen nahmen bei ihrem Anblick jedenfalls keine jähe Habachtstellung ein.

Gedehnt raunte Jumbo eine Erklärung, als er an ihnen vorüberstapfte – vorüberzustapfen versuchte. Das scharfe Ende des Speeres ließ ihn innehalten. Sein Tonfall änderte sich, versprühte jedoch nach wie vor die unbeschwerte Überheblichkeit eines Fremden.

Der Speer wich keinen Millimeter. Die andere Wache knurrte eine Erwiderung.

Wieder versuchte es Jumbo, in wieder anderem Tonfall. Doch auch das half nicht. Er zeigte sich offensichtlich verblüfft über dieses unverhoffte Versagen seines Charismas.

»Sie tragen keine Ehemaligenkrawatte«, merkte Alice an und klopfte sich ob dieser Taktlosigkeit im Geiste auf die Finger.

Jumbo warf ihr einen vernichtenden Blick zu. »Ich bin versucht, die beiden in Kürbisse zu verwandeln.«

»Äh ... können Sie das denn?«

»Frühestens um Mitternacht.« Er setzte zu einer längeren, ruhigeren Rede an, die zumindest eine höfliche Erwiderung bewirkte. Sogar Bedauern schwang ansatzweise darin mit, dennoch war es immer noch eine deutliche Abfuhr.

Dann löste sich ein dritter Mann aus der Dunkelheit. Er war klein und blond; auf den ersten Blick hielt Alice ihn für einen Jungen. Dann fiel ihr auf, daß auch er einen Schild auf dem Rücken trug. Zwar hatte er keinen Speer, erwies sich aber unverkennbar als Rädelsführer.

Jumbo setzte zu einem neuerlichen Versuch an, und diesmal hörte Alice ihren und andere Namen: ›Ursula‹, ›Hauptmann‹, und ›Jumbo‹. Er mußte betteln, was ihm gewiß zutiefst widerstrebte. Irgend etwas, das er sagte, beeindruckte den blonden Jungen; er erteilte einen barschen Befehl, und der Wächter ohne Schild wandte sich um und verschwand in der Öffnung zwischen den beiden großen Felsblöcken.

Immerhin ein Fortschritt. Somit verharrten vier Leute in nahezu vollkommener Finsternis: zwei äußerst wachsame und argwöhnische Durchgangshüter, ein ungeduldig mit dem Fuß klopfender, fuchsteufelswilder Jumbo und eine Alice, die sich krampfhaft bemühte, ihre Belustigung zu verbergen.

»Wohin versuchen wir eigentlich zu gelangen?« erkundigte sie sich.

»*Hrmpf!* Hinter diesem Gesteinshaufen befindet sich eine innere Höhle. Ich habe schon oft darin geschlafen. Reisende rasten lieber da drinnen, weil es so heimelig ist. Für gewöhnlich ist die Höhle im Winter warm, im Sommer angenehm kühl. Offensichtlich versteckt sich Exeter da drin.«

Jumbo verfiel wieder in Schweigen.

Quälend langsam kroch die Zeit dahin. In der äußeren Höhle hatten die Pilger zu singen begonnen. Der Klang des Liedes war seltsam, der Rhythmus hingegen durchaus erhebend – womöglich der Täler Gegenstück zu ›Auf, ihr christlichen Soldaten‹. Hatte Edward ihnen schon die Schulhymne von Fallow beigebracht?

»Es gibt auch andere Wege über diesen Geröllhaufen«, knurrte Jumbo.

»Geduld!« forderte Alice ihn beschwichtigend auf. »Bedenken Sie, er ist eine Berühmtheit. Er kann nicht zulassen, daß er dauernd belästigt wird.«

Licht flackerte auf. Eine lodernde, von einer Frau getragene Fackel löste sich aus dem Dunkel der schmalen Schlucht. Kurz darauf blieb die Frau stehen und betrachtete die beiden Bittsteller.

»Hallo, Jumbo. Guten Abend, Miss Prescott. Ich bin Ursula Newton.«

»Hocherfreut«, erwiderte Alice, angesichts des Lichts heftig blinzelnd. »Eigentlich heiße ich inzwischen Mrs. Pearson.« Wieso, zum Geier, sollte das hier eine Rolle spielen? »Aber selbstverständlich bin ich immer noch Edwards Cousine.«

An jener Stelle hätte Jumbo das Wort ergreifen oder Mrs. Newton anbieten sollen, die Besucher ins Allerheiligste zu führen. Statt dessen stand sie einfach da und musterte die beiden eingehend. Leichte Besorgnis machte sich in Alice breit. Nun war sie so weit gekommen! Was mochte denn nun wieder nicht stimmen?

»Ist Hauptmann Smedley bei euch?« fragte sie.

»Nein, er ist unterwegs zurück nach Olympus.« Ursula Newton war eine stämmige, kräftig wirkende Frau und trug eine dicke Wollrobe nach Art der Täler. Ihr Haar war ungewöhnlich kurz, ihre Gebaren unverkennbar mißtrauisch. »Verzeiht, wenn ich euch ein paar Fragen stelle.«

»Verdammt noch mal, Ursula!« empörte sich Jumbo. »Was ist denn in dich gefahren?«

»Umsicht.« Sie richtete den wachen Blick auf Alice. »Wer war Bujja, Mrs. Pearson?«

»Wer?« Gütiger Himmel! »Edwards Kindermädchen in Nyagatha.«

»Und Spots?«

»Ein Leopardenjunges, das wir mal zu zähmen versucht haben, aber ohne besonderen ...«

»Falsche Antwort!«

Einen Augenblick starrte Alice die Frau einfach an, unfähig zu glauben, daß dies alles tatsächlich geschah. Dann dämmerte es ihr. »Ach, ja! Spots. Das war Julian Smedley zu seiner Zeit als nationaler Pickelmeister.«

Ursula entspannte sich sichtlich. Dennoch konnte man ihre Lächeln nicht unbedingt als gewinnend bezeichnen. »Danke. Wissen Sie, der Befreier muß äußerst vorsichtig sein, und die Neuigkeit über Ihre Ankunft war eine ziemliche Überraschung.«

Jumbo lachte. »Oh, jetzt ist er also der Befreier, wie? Hast du die Seiten gewechselt, Ursula, Liebes?«

Sie machte schmale Augen. »Eigentlich nicht. Ich halte es immer noch für einen schwerwiegenden Fehler, daß er diesen Kreuzzug begonnen hat. Aber da er es nun mal schon getan hat, glaube ich, er sollte ihn so gut wie möglich vorantreiben. Wie steht's mit dir?«

»Ich bin ganz ähnlicher Meinung. Wir sind nicht gekommen, um zu versuchen, es ihm auszureden, was immer du Exeter erzählt haben magst. Wir haben ein paar wissenswerte Neuigkeiten für ihn.«

»Dann kann Mrs. Pearson sie ja überbringen. Er zieht es vor, dich nicht zu treffen, Jumbo.«

»Kann ich verstehen.« Gesprochen wie ein Ehrenmann, doch selbst im unsteten Licht der Fackel war Jumbos Zornesröte zu erkennen. »Bestellen Sie ihm bitte Grüße von mir, ja?« Damit drehte er sich um und stapfte davon, bevor Alice eine Erwiderung einfiel. Wie furchtbar!

Ursula bedeutete Alice, ihr zu folgen. Die Fackel über den Kopf erhoben, ging sie eine steile, schmale Schlucht entlang voraus. Die Felswände wirkten immer beklemmender, drückender, bedrohlicher. Alice fühlte sie überall um sich und über ihr, spürte, wie sie sich über sie lustig machten – Platzangst! Der Boden war steil und uneben.

»Ich möchte mich für dieses Kreuzverhör entschuldigen«, murmelte Ursula über die Schulter. »Die Kammer hetzt ihm menschliche Zeitbomben auf den Hals. Ihre Anwesenheit hier kam so unerwartet, daß ich auf diesen Vorsichtsmaßnahmen beharren mußte.«

Und Jumbos Anwesenheit war eindeutig alles andere als erwünscht. Darüber würde Alice mit Edward reden und versuchen müssen, ein paar Brücken zu schlagen. »Schon gut. Verständlich. Was genau meinen Sie mit menschlichen Zeitbomben? Ich gehe mal davon aus, daß ihnen keine Zündschnüre aus den Ohren hängen, richtig?«

»Ich fürchte, so einfach ist es nicht. Das sind Menschen, die durch Mana dazu versklavt wurden, den Befreier zu töten. Falls es sie tröstet, an Ihnen kann ich keinen wie auch immer gearteten Bann entdecken – auch an Jumbo nicht, was das betrifft –, aber das hat wenig zu bedeuten. Nur ein äußerst ungeschickt auferlegter Fluch wäre erkennbar.«

»Nun, ich kann Ihnen versichern, daß ich wirklich Edwards Cousine bin. Frisch aus England eingetroffen. So überraschend das erscheinen mag, ich bin auf Urlaub hier.«

Mrs. Newton ließ lautes, prustendes Gelächter vernehmen. »Sie haben wirklich einen seltsamen Geschmack, was Urlaubsorte angeht! – Da müssen wir uns durchquetschen. Passen Sie auf, wo Sie hintreten.« Sie hielt die Fackel höher, um die Felsspalte zu erhellen. Dahinter führte der Pfad steil bergab, und Alice mußte Abstand zu Mrs. Newton wahren, um der Hitze der Flammen vor ihr zu entgehen.

Ihre Führerin hielt inne und drehte sich um. »Wir sind fast da«, sagte sie leise. »Eine letzte Bitte, Mrs. Pearson – bitte nähern Sie sich Ihrem Cousin nicht.

Seine Leibwächter sind angewiesen, jeden aufzuhalten, der ihn zu berühren versucht. Und dabei könnten sie durchaus grob werden.«

Allmählich hatte Alice die Nase voll von diesem Unsinn.

»Muß ihn eine menschliche Zeitbombe berühren, um ihn zu töten?«

»Wahrscheinlich nicht, aber es wäre mit Abstand die einfachste Möglichkeit, den Fluch aufzubauen. Zath bereitet seine Schnitter immer so vor. Ihnen selbst wäre vermutlich gar nicht bewußt, daß Sie mit einem solchen Bann belegt wurden.« Ursula Newton meinte es offensichtlich durchaus ernst, ungeachtet der unglaublichen Worte, die sie sprach. »Sie würden das unwiderstehliche Verlangen verspüren, ihn zu berühren und dann ein tödliches Ritual einleiten, obwohl es ihnen ganz harmlos erscheinen könnte.«

»Dann werde ich sorgsam darauf achten, meine Hände im Zaum zu behalten.«

»Das wäre ratsam. Folgen Sie mir bitte.«

Wie Jumbo vorausgesagt hatte, war die Luft hier drinnen auf angenehme Weise wärmer. Tief in den Eingeweiden des Hügels dauerte der Sommer noch an, und doch schien die Virtualität noch stärker. Dann erblickte Alice vor sich einen matten Lichtschimmer und trat hinab in eine Grube, die man beinahe als eigene Höhle bezeichnen konnte. Augenscheinlich handelte es sich um einen häufig besuchten Lagerplatz, denn der Boden war mit alten Holzspänen und Rindenkrumen übersät. In der Mitte befand sich ein Feuerplatz aus rußgeschwärzten Steinen, umgeben von einem Kreis niedriger Steinblöcke, die offenbar zum Sitzen gedacht waren. Dahinter wieder lagen als Liegestatt vorgesehene Farnwedelhaufen sowie ein bunt gemischter Haufen aus Kürbissen und Holzscheiten. Um das flackernde Feuer hockte ein halbes Dutzend Menschen, deren Gesichter sich gleich fahlen Gespenstern abwechselnd aus der Dunkelheit lösten und darin verschwanden. Edward saß auf der gegenüberliegenden Seite und sprach leise, während die anderen lauschten – der König und sein Hofstaat. Er wirkte müde, aber nicht so erschöpft, wie man es von einem Schauspieler nach einer solchen Vorstellung hätte erwarten müssen.

Alices Ankunft ließ die Gruppe samt und sämtlich auf die Beine springen, sie aber hatte nur Augen für den großen Mann in der Prophetenrobe. Ja, sie wollte zu ihm laufen und ihn umarmen, doch sie empfand dieses Verlangen keineswegs als unheimlich, sondern als ganz normales Zeichen der Zuneigung gegenüber ihrem einzig lebenden Verwandten nach einer langen Zeit der Trennung. Sie spürte die bohrenden, wachsamen Blicke der anderen, die beobachteten, ob sie es versuchen würde.

»Alice!«

»Edward! Es ist wundervoll, dich zu sehen!«

»Auch für mich. Äh . . . willst du dich nicht setzen?«

Sie ging zum nächsten Sitzplatz, einem flachen, mit einem Fellfetzen gepolsterten Stein. Alsbald ließen sich auch die anderen wieder nieder – alle außer Ursula Newton.

Niemand sprach. Edward starrte Alice nur an, als wäre sie ein Geist, der Heilige Gral oder König George höchstpersönlich. Und Alice wiederum brachte kein Wort hervor. Es gab so viel zu sagen, daß sie nicht einmal wußten, wo sie anfangen sollten. Alice spürte eine unsichtbare Mauer des Mißtrauens zwischen sich und Edward.

Nun schien Norfolk tatsächlich unendlich weit entfernt.

Sie fand die Stimme als erste wieder. »Ich bin nicht aus geschäftlichen Gründen hier, Edward. Nur auf Urlaub. Ich halte keine Fahne hoch. Schon komisch – du hast dich kein bißchen verändert!« Bei näherer Betrachtung schien der Bart doch nicht so schlimm und glich eher einem dichten Stoppelwuchs. Mit einem altväterlichen Gebüsch im Gesicht, so wie Tennyson, hätte er wie eine Gestalt aus einem Schulkrippenspiel gewirkt.

Hinter ihr hüstelte Ursula heiser. »Tja, ich gehe jetzt mal, damit ihr euch ungestört unterhalten könnt, in Ordnung?« Die Wachen, drei Männer und eine Frau, verstanden kein Englisch. Ursula mußte wohl gegangen sein, doch Alice schaute nicht über die Schulter, um sich zu vergewissern.

»Tut mir leid wegen diesem Degen-und-Mantel-Spiel«, meinte Edward. »Ursula ...«

»Ich halte das für eine gute Idee. Stört mich nicht im geringsten.«

»Du bist dünner geworden. Geht's dir gut?«

»Hervorragend, danke.« Unter den gegebenen Umständen schien dies eine nachgerade lächerlich platte Unterhaltung. Trotzdem war es wundervoll, Edward wiederzusehen. Alice spürte einen außergewöhnlich schmerzlichen Kloß im Hals.

Wehmütig lächelte er sie über das Feuer hinweg an. »Ich habe schreckliches Heimweh! Erzähl mir von England.«

45

Die Freien hatten einen weiteren Lobgesang angestimmt. Auch diesmal kannte Eleal den Text nicht; außerdem war ihr ohnehin nicht danach zumute, den Ungeteilten zu preisen. Immer noch versuchte sie verzweifelt, sich mit dem Gedanken abzufinden, die Götter, an die sie ein Leben lang geglaubt hatte, könnten Betrüger sein. Das Feuer war nahezu verglüht, doch mittlerweile war ihr nicht mehr kalt. Vielmehr verspürte sie Hunger, und ihr waren die Vorräte ausgegangen. Ein Schildträger kam vorbei und versprach, das Essen würde demnächst eintreffen, also blieb ihr nur die Möglichkeit, in jämmerlicher Einsamkeit inmitten einer Menge unmelodiös singender Gläubiger zu hocken und mit ihrem eigenen Glauben, ihrem Gewissen zu ringen.

Der alte Piol drängte sich auf den Stein neben ihr. Eleal bedachte ihn mit einem flüchtigen Blick, unschlüssig, ob sie seine Gesellschaft überhaupt wollte.

Er lächelte – nicht das Lächeln des weltfremden Träumers Piol Poet, sondern jenes des anderen Piol, der Geistesgröße, die jeden Winkel eines menschlichen Herzens kannte und mit einem Schwall silbriger Worte bloßzulegen vermochte. »Laß es heraus«, forderte er sie auf. »Wenn man Probleme hat, sollte man sie erst mal in der Reihenfolge ihrer Schwere auflisten.«

»Sie sind alle schwerwiegend.« Und einige konnte sie Piol noch nicht einmal anvertrauen. »Wer ist D'ward? Was ist er – Mensch oder Gott?«

»Du selbst hast der Menge erzählt, er wäre einst beinahe gestorben. Wenn du das glaubst, dann mußt du auch glauben, daß er menschlich ist.«

»Na ja, damals war er menschlich«, räumte sie ein. »Aber damals ist er auch nicht herumgelaufen und hat Wunder vollbracht ... jedenfalls nicht so wie jetzt.«

Piol nickte und wartete mit wissendem Blick auf ihr nächstes Problem.

»Ich kann nicht gleichzeitig ihm und dem Pentatheon glauben, oder?« fragte sie.

»Nein.«

»Aber Tion heilt doch auch Krüppel!«

»D'ward nennt das Hexerei.«

»Und Tion würde *das* Hexerei nennen, was D'ward tut. Ihre Worte heben sich gegenseitig auf.«

Piol strich sich über die Augenbrauen. »Dann such nach anderen Beweisen.«

Das schien offensichtlich, dennoch hatte Eleal es nicht ganz so gesehen. Worauf spielte er an? »Wem glaubst du?«

Piol ließ sich nicht in die Falle locken. Er stellte ein zahnlückiges Grinsen zur Schau. »Sag' ich dir später. Du mußt schon selbst mit dir ins Reine kommen; das kann ich dir nicht abnehmen.«

Sie bedachte ihn mit einer schmollenden Miene. »Ihre Worte heben sich gegenseitig auf, ebenso ihre Wunder. Was gibt es sonst noch zu berücksichtigen? Nun? Was für andere Beweise gibt es denn?«

Wahrscheinlich hätte er ihr keine richtige Antwort gegeben – und es blieb ihm ohnehin erspart, weil ein Schildträger mit einem Beutel am Feuer vorüberkam und um Geld bat. Er sprach kein Wort, denn der Großteil der Menschen ringsum sang. Einige fanden ein paar Münzen für ihn, die meisten jedoch schüttelten nur traurig dem Kopf, um ihm zu zeigen, daß sie nichts zu bieten hatten. Auch Eleal gab ihm einen Korb. Zwar trug sie ein Vermögen um die Hüfte, doch sie hatte keineswegs vor, es vor den zahllosen Augen in dieser Höhle zu offenbaren. Der Schildträger bedachte sie mit einem flüchtigen Lächeln; dann zog er weiter.

Er hatte Eleal an ein weiteres Problem erinnert: D'ward bereitete das Wetter Sorgen. Er brauchte Geld, um seine Anhänger zu kleiden und zu nähren. *Sie* hatte Geld. Konnte sie sich überwinden, so viel zu verschenken, wenn es für D'ward war?

Piol wartete. »Was wirst du morgen tun, Eleal? Du kannst jetzt Schauspielerin werden, eine große Schauspielerin. Ehrlich gesagt, hattest du schon immer mehr Begabung fürs Schauspielern als fürs Singen. Wirst du beim Befreier bleiben oder ausziehen, um dein Glück zu suchen?«

»Genau das ist doch das Problem, du dummer Tattergreis! Woran ich glaube, spielt doch gar keine Rolle – für die Entscheidung kann ich mir Jahre Zeit lassen. Was ich wissen muß: Was soll ich jetzt *tun*?!«

»Gut! Du kommst der Lösung näher.«

Eleal spielte mit dem Gedanken, ihm den runzligen, alten Hals umzudrehen – auf liebevolle Weise selbstverständlich. »Und du? Was wirst du tun?«

»Ich? Oh, ich schließe mich den Freien an. Egal, ob ich D'ward glaube oder nicht – was er gerade tut, ist das Aufregendste, was ich je erlebt habe. Ich folge ihm nach Tharg und werde Zeuge der Erfüllung oder des Versagens der Prophezeiung.« Seufzend ergriff Piol mit seinen kalten Fingern Eleals Hand. »Aber ich bin ein alter Mann; mir bleiben nur noch wenige Jahre. An deiner Stelle hätte ich mich vielleicht anders entschieden, denn es könnte sehr gefährlich werden. Sofern ich am Leben bleibe, will ich versuchen, einen Bericht über die Geschehnisse zu verfassen.« Nach einer kurzen Pause kicherte er. »Vielleicht weiß ich danach, woran ich wirklich glaube, hm?«

Natürlich wußte er es bereits. Er wollte es bloß nicht sagen.

Tharg würde die Antwort liefern, doch darauf konnte Eleal nicht warten. Sie konnte mit dieser mißlichen Zwangslage nicht leben. Sie mußte schon früher eine Entscheidung treffen. Und zwar jetzt! Sollte sie D'ward folgen oder ihrer eigenen Wege ziehen? D'ward hatte sie aufgefordert zu gehen. Er hatte sie alles andere als willkommen geheißen. Das war ein Punkt. Sie wagte nicht, nach Jurg und somit in Tigurb'l Zuhälters Fänge zurückzukehren. Das war ein anderer Punkt. D'ward schien Städte zu meiden; folglich würde er wahrscheinlich quer durch Jurgtal und weiter nach Maptal marschieren. Damit konnte sie leben. Oder sie konnte nach Niol zurückreisen und sich dort um Vorsprechgelegenheiten bemühen, wie Piol es schon des öfteren vorgeschlagen hatte.

»Ich kann mich einfach nicht entschließen!« stöhnte sie. »Was für *andere* Beweise gibt es denn?«

»Taten natürlich. Beurteile die Menschen nach dem, was sie tun, nicht nach dem, was sie sagen.«

»Wunder? Hexerei?«

»Was tun sie sonst noch, abgesehen von den Wundern?«

Eleal schauderte. »Meinst du Zath? Schnitter?« Sie konnte sich unmöglich vorstellen, daß D'ward je Schnitter aussenden würde, um Menschen zu töten. »Gib mir einen Hinweis, Piol!«

Er seufzte. »Bei Problemen sollten Mädchen ihre

Mütter um Rat fragen. Aber ich fürchte, deine Mutter wäre dir keine große Hilfe, selbst wenn sie noch am Leben wäre.«

Eleal schluckte. »Du hast sie gekannt? Ich dachte, das alles ist passiert, bevor du der Truppe beigetreten bist.«

»Nein. Kurz danach. Eine ganze Doppelwoche haben wir Jurg nach ihr abgegrast, wir alle und auch alle unsere Freunde. Wir konnten sie nirgends finden. Nirgends! Plötzlich, aus heiterem Himmel, kam sie zur Tür des Hauses hereingeschlendert, in dem wir gewohnt haben.«

»Verrückt! Verrückt nach der Liebe des Gottes?«

»Verrückt nach irgend jemand. Alles, was sie danach je gesagt hat, war: ›Er hat mich geküßt!‹«

»Er hat wesentlich mehr als nur das getan!«

»Vermutlich, aber es war der erste Kuß, an den sie sich erinnert hat. Von dem Zeitpunkt bis zu deiner Geburt waren das die einzigen Worte, die sie gesprochen hat. Ganz gleich, was wir sie gefragt haben oder wie sehr dein Großvater auch getobt hat, sie sagte immer nur: ›Er hat mich geküßt!‹ Und zwar ganz verträumt. Sie war nicht wirklich unglücklich. Immer wieder ist sie ausgerissen und hat vor seinem Tempel herumgelungert. Natürlich mußten wir versuchen, sie davon abzuhalten oder sie so rasch wie möglich zurückholen, wenn sie uns entwischt war. Nachdem du geboren warst, hat sie überhaupt nicht mehr gesprochen. Du warst zwar keine schwere Geburt, trotzdem ist sie daran gestorben. Nein, eigentlich hat deine Geburt sie *erlöst*. Sie hat nur auf deine Ankunft gewartet. Danach hatte sie ihre Aufgabe erfüllt und ist vergangen.«

»Ken'th!«

»Tja, das hat sie nie gesagt, und Trong hätte niemals zugegeben, daß ein Gott zu so etwas fähig wäre.«

Eleal preßte die Augen zu, für den Fall, daß die Tränen kamen. »D'ward würde nie ...« Die Stimme versagte ihr.

D'ward würde sich nie zu einem Wunder oder Hexerei solcher Art herablassen. Ein Schauder des Ekels durchlief ihren Körper. Ihre Mutter: eine nach der Liebe eines Gottes dürstende Frau? Oder eine durch einen vergifteten Kuß versklavte Frau?

Lüsterner Ken'th. Mörderischer Zath. Verderbte Ois mit ihrem heiligen Hurenhaus. Und Gim Bildhauer, dessen Schönheit ihm das Recht beschert hatte, den Jüngling bei der Preisverleihung in Tions Tempel zu vertreten? Zwei Jahre später waren seine Eltern immer noch verzweifelt auf der Suche nach ihm.

»Vertraue ihren Taten, nicht ihren Worten!« bekräftigte Piol.

»Götter, die Menschen töten, Götter, die Menschen verletzen – das sind keine guten Götter.« Dankbar drückte sie seine Hand. »Ich wähle D'ward. Ich glaube ihm, nicht denen!«

»Das tue ich auch.«

Eleal richtete sich auf. Gut! Dann fiel ihr die Wahl leicht. Sie mußte aufbrechen, um D'ward zu finden und ihm zu sagen, daß sie an ihn und seinen ungeteilten Gott glaubte. Sie wollte ihm ihr Geld geben, bis auf den letzten Kupferpfennig. Gewiß würde er sie dann bleiben und eine der Freien werden lassen. Vielleicht sogar eine Schildträgerin? Und sie konnte ihm helfen! Sie konnte Zeugnis von seiner Ankunft ablegen, so wie sie es heute getan hatte, um auch andere zu überzeugen. Im Geiste malte sie sich seinen Dank aus, eine Umarmung ... einen kurzen Kuß ...

Gedankenverloren murmelte sie Piol ein paar Worte des Dankes zu. Dann erhob sie sich und stapfte in Richtung der inneren Höhle davon; denn sie hatte diesen Ort auf dem Weg nach Nioltal erkundet und konnte sich vorstellen, wo der Befreier sich nach seinen Wundertaten ausruhen würde. Die Garderobe, dachte sie mit einem Lächeln auf den Lippen.

Das Feuer war so gut wie erloschen, so daß Eleals Augen sich mittlerweile an die Düsternis gewöhnt hatten. Als sie den Felshaufen erreichte, der die Höhle teilte, erblickte sie die Wachen, bevor diese sie erblickten. Sogleich hielt sie inne, da sie weder Lust hatte, sich auf ein Streitgespräch einzulassen, noch lange Erklärungen vor belanglosen Randfiguren abzugeben.

Nun, es mußte auch andere Wege in die Höhle geben. Eleal wandte sich nach links, wobei sie sich äußerst behutsam fortbewegte, denn das Gehen wurde zunehmend schwierig. Sie tastete sich zwischen den Felsen empor und stieß sich des öfteren den rechten Fuß, da sie sich noch immer nicht daran gewöhnt hatte, daß sie nun ganz normal gehen konnte. Doch das alles spielte keine Rolle. Es war nur wichtig, daß es ihr gelang, ihre Freundschaft mit D'ward zu erneuern. Wie hatte sie je an ihm zweifeln können?

Trotzdem durfte sie von körperlicher Liebe mit ihm nicht einmal träumen. Dosh hatte ihr erzählt, wie die joalisch-nagische Armee Lemod erobert und sich jeder Mann ein lemodisches Mädchen als Geliebte genommen hatte – jeder außer D'ward. Selbst als diese Ysian sogar darum bettelte, hatte D'ward sie zurückgewiesen. Das hatte jedenfalls Dosh erzählt, obwohl er dabei wahrscheinlich geraten hatte, denn woher sollte er es wissen? Dennoch hatte er zweifellos Recht, daß

Dosh ein überaus heiliger Mann mit strengen Regeln und Grundsätzen war.

Also würden sie beide nie Geliebte werden, nur Freunde.

Keine Leidenschaft. Vielleicht eine kurze Umarmung? Und ein schneller Kuß, um die Vergangenheit zu begraben?

Eleal kletterte über einen glatten, abgerundeten Felsen und spähte den Abhang hinunter. Er schien ungefähr anderthalb Meter tief zu sein, doch sie konnte den Boden nicht deutlich genug erkennen, um einen Sprung zu wagen, selbst mit zwei gleich langen Beinen nicht. Diese kleine Schlucht führte geradewegs zur inneren Höhle mit all der uralten Asche und den Sitzsteinen.

Ein Kiesel knirschte. Jemand kam.

Eleal preßte sich flach auf den Felsen und wünschte sich mit aller Kraft, unsichtbar zu werden. Und dann, im fahlen Widerschein des Feuers, sah sie ihn, wie er sich unter ihr behutsam einen Weg bahnte. Er trug eine lange Robe mit Kapuze. Eine graue Robe! Es war D'ward selbst, ein einziges Mal ganz allein. Das Verlangen, hinunterzuspringen und ihn zu überraschen, war schier überwältigend.

46

Einer der Schildträger warf einen Holzscheit ins Feuer, wodurch er in der Dunkelheit einen Funkenwirbel entfachte. Alice hatte das Gefühl, seit Stunden geredet zu haben. Jedesmal, wenn sie kurz innehielt, überhäufte Edward sie mit weiteren Fragen. Sie hatte die Schrecken des Krieges beschrieben, die unerwarteten Schrecken des Friedens, den neuen Krieg in Rußland, die entsetzliche Grippewelle, die Veränderungen, die Einzug gehalten und vermutlich Wurzeln schlagen würden ... Auch von den wenigen gemeinsamen Bekannten hatte sie erzählt: von Mrs. Bodgley und Ginger Jones und sogar, wenngleich zögerlich, von D'Arcy und Terry. Er hatte sich ehrlich betroffen gezeigt und sie mit keinen rührseligen Floskeln überschüttet.

Auch sie wollte ihm mindestens eine Million Fragen stellen, doch sein Nachholbedarf war größer. Abgesehen von einer kurzen Unterbrechung war er seit mittlerweile fünf Jahren auf einer fernen Welt gefangen. Er war völlig ausgehungert nach Neuigkeiten. Alice begriff, daß sein Dasein als Prophet, mit Tausenden Anhängern und keinem einzigen Freund, ein unsagbar einsames Leben sein mußte. Sie vergaß ihre Zweifel und war froh, hergekommen zu sein, denn sie allein war in der Lage, ihm die Vertraute zu sein, die er so sehr brauchte. Er hing nachgerade an ihren Lippen und starrte sie an, als wäre sie ein Traum, der verpuffen würde, wenn er auch nur blinzelte, doch seine Miene verriet alles, was zu sagen war.

Dann verzehrte das Feuer den Scheit.

»Ich bin heiser!« erklärte sie. »Jetzt redest du mal ein Weilchen.«

Er ließ den Blick über die vier Jünger schweifen, die einen Teil ihrer sprungfederartigen Wachsamkeit eingebüßt hatten, was zweifellos auf die Langeweile zurückzuführen war, die das unverständliche Geplapper bei ihnen hervorrief. Mit großen, unschuldigen

Augen schaute er Alice an. »Was willst du wissen, Kind? Welche Weisheit ersehnst du dir vom Meister? Wie es sich anfühlt, den Heiligen Roly an Heuchelei noch zu übertreffen, zum Beispiel?«

»Onkel Roly war kein Heuchler, er war ein blinder Eiferer. Das bist du nicht.«

Edward verzog das Gesicht. »Erzähl du mir nichts von blinden Eiferern! Ich erschaffe blinde Eiferer, Alice! Meine Helfer – Jünger, könnte man wohl sagen. Sie glauben jedes Wort, das ich sage, und ich sehe, wie es ihnen widerfährt, Tag für Tag. Sie werden zu blinden Eiferern, sie alle, und ich fühle mich wie ein entsetzlicher Heuchler.«

Mein Cousin, der Messias, hegte doch nicht etwa Zweifel? Suchte er Alices Zustimmung? Das hörte sich ganz und gar nicht nach Edward an.

»Was lehrst du sie? Den allumfassenden Unitarismus des Dienstes?«

Er zuckte die Schultern, als wäre die Frage belanglos oder ihre Antwort offensichtlich. »So ziemlich. Ethisch betrachtet, ist es die Goldene Regel, die alle Religionen gemeinsam haben – kümmere dich um die Kranken, spende für die Armen, du sollst die Hand nicht gegen deinen Nächsten erheben ... überwiegend entstammt das alles dem Christentum, denn das ist mein Hintergrund, aber ich denke, jeder Moslem, Buddhist oder Sikh würde es ebenso erkennen.«

»Und theologisch betrachtet?«

»Eingottglaube.« Eine Zeitlang schwieg er mit gerunzelter Stirn ... und wirkte dabei ganz so, als hätte er noch nie darüber nachgedacht. »Und Wiedergeburt.«

»Wieso das?«

»Ich bin nicht sicher ...« Grinsend fuhr er sich mit

der Hand durchs Haar. »Weil Onkel Roly mir als Bild vom Himmel einen endlosen, gräßlichen Sonntagvormittag voller Psalmgesang eingebleut hat. Weil mir die Wiedergeburt als ein schönerer Glaube als Hölle und Fegefeuer erscheint. Wieso sollte Gott darauf beharren, daß wir es schon beim erstenmal richtig machen?«

»Und wenn wir nur eine Gelegenheit haben, es richtig zu machen, verleiht das den Priestern wesentlich mehr Macht über uns, richtig?«

»Du meine Güte! Daran hatte ich gar nicht gedacht. Wirklich gut! Gefällt mir. Außerdem kann niemand beweisen, daß ich falsch liege, oder?«

»Nein. Wieso bereitet es dir eigentlich Kopfzerbrechen, wenn du ein paar blinde Eiferer schaffst? Du ermutigst sie doch nicht zu Gewalt oder zur Verfolgung anderer Religionen, oder? Du erzählst auch keine richtigen Lügen.«

Edwards Stimmung verfinsterte sich wieder. »Doch, tue ich. Ich verwende die Magie, die sie mir verleihen, um damit Säuglinge zu heilen, und dann rede ich ihnen ein, es wäre ein Wunder, von einem Gott gesandt, an den ich selbst nicht glaube.«

»Was würde geschehen, wenn du ihnen die Wahrheit sagst?«

»Was ist die Wahrheit? Daß all meine Macht ihrem Glauben entspringt? Das würden sie mir nie und nimmer abkaufen. Sogar Charisma hat seine Grenzen.«

Kein Glaube, kein Mana. Kein Mana, kein Kreuzzug.

»Bist du ganz sicher, daß Gott dich *nicht* gesandt hat?«

»Alice! *Bitte!* Wenn ich so zu denken anfange, wird ein religiöser Wahnsinniger aus mir.«

»So einer bist du nicht. Ich würde eher sagen, du bist ein Pragmatiker. Du machst aus den gegebenen Umständen stets das Beste. Das Ziel des Spiels ist doch, Zath zu töten, oder? Und die Welt dadurch von einem Ungeheuer zu erlösen.«

Abermals fuhr er sich mit der Hand durch die dunklen Locken. Seine Haare mußten dringend geschnitten werden. »Also heiligt der Zweck die Mittel?«

Erinnerungen, Erinnerungen! »Du spielst des Teufels Rechtsverdreher, mein Freund. Das hast du schon immer getan.« Kurz sah sie sein scheues Grinsen aufflackern – auch etwas herzzerreißend Vertrautes aus den vergangenen Jahren. »Außerdem hattest du viel mehr Zeit, über die Antworten nachzugrübeln als ich. Also sag du's mir.«

Eine Weile starrte er traurig ins Feuer. »Ich glaube, manchmal zwingt uns das Leben dazu, den Weg des geringsten Übels einzuschlagen. Wie klingt das als Erklärung?«

»Für meine Ohren recht vernünftig«, meinte sie aufrichtig.

»Freund Smedley hat das gestern wenig überzeugt. Ein Heiliger denkt nicht so. Ein Heiliger weicht von seinen Leitsätzen keinen Fingerbreit ab, koste es, was es wolle – ihn und jeden anderen. Ich bin bloß ein politischer Umwälzer, der sich hinter der Maske eines Propheten verbirgt.«

»Somit bist du heiliger als die meisten. Du hattest schon immer strenge Leitsätze.«

»Genau wie der Heilige Roly. Weißt du, früher habe ich immer gedacht, der alte Knacker hätte Spaß daran gehabt, seinem störrischen Neffen Hölle und Verdammnis zu predigen. Heute bin ich da nicht mehr so sicher.«

»Großer Himmel! Du hast ja tatsächlich Einblick in das Ganze bekommen, was?«

Edward lachte, wobei ihm das erstaunte, einhellige Lächeln seiner Wachen vermutlich entging. »Es ist wundervoll, dich hier zu haben!« Unvermittelt wurde er wieder ernst. »Alice, ich bezweifle in keiner Weise, daß du die echte, liebste Alice bist. Auch an deinen Beweggründen hege ich nicht die geringsten Zweifel, und doch stimmt mich deine Ankunft hier eine Winzigkeit mißtrauisch. Bist du ganz sich, daß die Miss Pimm, die du getroffen hast, die echte Miss Pimm war?«

Alice öffnete und schloß ein paarmal den Mund. »Ich glaube, die Antwort darauf ist nein! Wie sollte ich denn *sicher* sein? Sie hat jünger gewirkt als vor zwei Jahren. Ich glaubte, es läge daran, weil sie damals eine Rolle gespielt hatte und nun nicht mehr – oder zumindest nicht dieselbe Rolle.« Alice wurde bewußt, daß sie Edward noch gar nicht von Zaths Erscheinen in Olympus berichtet hatte; dabei war sie eigentlich genau deshalb hergekommen.

Edward biß sich auf die Lippe. »Das sagt gar nichts«, murmelte er. »Also bist du nach Olympus gegangen. Wessen Idee war es, daß du und Jumbo . . .«

Er wurde von Geschrei und Stiefelgepolter unterbrochen. Seine Leibwachen sprangen auf. Der kleine, blonde Jünger, der Alice schon zuvor aufgefallen war, kam in die Höhle gerannt, eine brennende Fackel schwingend. Ihm auf den Fuße folgte Ursula Newton. Aufgeregtes Stimmengewirr erfüllte die Höhle. Edward stand auf und bewegte sich zum Ausgang. Sofort stellten zwei Wachen sich zwischen ihn und Alice. Sie verharrte auf ihrem hübschen, gemütlichen Stein.

Der Fackelträger lief wieder hinaus, wahrscheinlich um zu verkünden, daß der Befreier nahte.

»Du mußte mich einen Augenblick entschuldigen«, sagte Edward. »Da draußen hat ein junges Mädchen irgendeinen Anfall, und jeder glaubt, sie würde jeden Augenblick sterben.« Reumütig grinste er sie an, als er an ihr vorüberging. »Ein Gott hat nie Feierabend.«

»Soweit ich mich erinnere«, entgegnete sie, »mußte Jesus unter ähnlichen Umständen nicht ins Haus des Zenturios gehen.«

Edwards Lächeln verpuffte. »Aber damals war es Jesus. Das hier bin bloß ich.« Damit verschwand auch er im Tunnel. Nun, wenigstens war er noch kein vollkommen verrückter religiöser Wahnsinniger.

Immer noch drangen Gesangesklänge über die Sperre herein. Offenbar waren die meisten Freien des augenblicklichen medizinischen Notfalls nicht gewahr. Die Leibwächter setzten sich; keiner von ihnen folgte dem Befreier. Sollte das bedeuten, daß sie in die Rolle von Kerkermeistern geschlüpft waren? Auch Ursula Newton war zurückgeblieben. Mit einem Seufzer erschöpfter Zufriedenheit ließ sie sich gemütlich auf dem Stein neben Alice nieder, wie eine Lehrerin nach dem Ausleuten der letzten Schulstunde des Tages. Ihr Blick heftete sich so starr auf Alice wie die der Augen im Gesicht eines Feldwebels auf einem Rekrutierungsposter.

»Ich nehme an, mittlerweile ist Ihnen Echtheit bescheinigt worden. Darf ich also noch mal von vorn anfangen? Ich bin Ursula Newton und außerordentlich erfreut, sie kennenzulernen.« Sie beugte sich herüber und streckte Alice die Hand entgegen. Ihr Lächeln wirkte eher herzlich als gewinnend, doch der Grund dafür war, daß sie mit diesem Gesicht niemals ein gewinnendes Lächeln zustande bringen würde. Das Lächeln an sich schien ziemlich echt. Ursula hatte einen Griff wie ein Hufschmied.

»Schon gut«, meinte Alice. »Sie haben ja vollkommen recht, Vorsichtsmaßnahmen zu treffen. Er ist jetzt ein sehr wichtiger Mann.« Die Bedeutung ihrer eigenen Worte schien von den gewaltigen Steinwänden auf sie zurückzuprallen. Wichtig? Edward war auf dem besten Wege in die Geschichtsbücher einer Welt. »Ich meine ... er *wird* es sein, wenn ihm Erfolg beschieden ist, so wie Moses.«

»Wenn er versagt, wird er als Jan Hus enden.«

Alice schauderte. »Was soll das heißen?

»Martyrium, Mord, Massaker und Chaos. Er kannte die Gefahren, als er die erste Brücke hinter sich abgerissen hat. Wissen Sie, eigentlich hatte er gar keine andere Wahl.«

»Edward oder Jan Hus?«

»Ihr Cousin natürlich!« Streitlustig funkelte Mrs. Newton sie an. »Julian hat mir erzählt, was zu Hause geschehen ist, wie die Quälgeister ihn um ein Haar erwischt hätten – und Sie ebenfalls. Offensichtlich wird Zath den Versuch, ihn zu töten, niemals aufgeben. Er war gezwungen, sich zu verteidigen, und dies war der einzige Weg, der ihm offenstand.«

Alice war völlig verdutzt. Sie konnte sich nicht daran erinnern, irgend etwas gegen Edwards Kreuzzug gesagt zu haben und sah keinen Grund, weshalb Mrs. Newton ihn derart heißblütig verteidigen mußte. Zudem empfand sie diese Verteidigung als abstoßend.

»Ich kann nicht glauben, daß Edward so viele unschuldige Menschen mit hineingezogen hätte, nur um die eigene Haut zu retten. Ich bin überzeugt, er strebt etwas Bedeutendes an als bloß das eigene Überleben.«

Mit dem Ansatz eines Schmollmundes gestand Mrs. Newton ihr den Punkt zu. »Er hat einen gewagteren Weg eingeschlagen, als ich vorhergesehen hatte. Ich war davon ausgegangen, daß er damit beginnen würde, die Sklaven in den thargischen Mienen zu befreien.«

»Wie Moses?«

»Genau. ›Der Befreier‹, Sie verstehen?«

»Aber hier gibt es kein Rotes Meer. Ich nehme an, die thargischen Verfolger wären statt dessen von einem Erdrutsch verschüttet worden.«

Mrs. Newton zeigte sich keineswegs belustigt. »Statt dessen hat er sich dafür entschieden, Christus zu spielen, was einem noch kühneren Unterfangen gleichkommt.«

Auf jedem Fall mangelte es dem Unterfangen nicht an Ehrgeiz, doch allein, es in Worte zu fassen, warf besorgniserregende Fragen auf, die Jumbo nicht zu beantworten vermocht hatte.

»Was geschieht, wenn er in Tharg eintrifft? Wie ich gehört habe, gibt es in den Tälern nicht den Brauch des Kreuzigens.«

Ursula verzog das Gesicht zu einer Grimasse. »Hier hat man noch nie davon gehört. Thargier richten Verbrecher hin, indem sie das Hirn des Übeltäters auf einem Amboß zerschmettern. Aber zuerst müssen sie ihn mal fangen, nicht wahr? Ich glaube kaum, daß Ihrem Cousin für Zath etwas derart Barbarisches oder für sich selbst etwas so Selbstmörderisches vorschwebt, Mrs. Pearson. – Ich wünschte wirklich, der Koch würde sich beeilen. Ich bin am Verhungern.«

Die Wachen hatten zu tuscheln begonnen, vermutlich über den seltsam unverständlich redenden Eindringling.

»Aber er könnte versagen?« hakte Alice nach. »Wie schätzen Sie seine Aussichten ein?«

»Unmöglich zu sagen.«

»Sie müssen doch eine bessere Vorstellung haben als ich. Denn ich habe ja überhaupt keine Möglichkeit, mir ein Urteil zu bilden. Wenn Sie es für aussichtslos hielten, was Edward tut, wären Sie wohl kaum hier, oder?«

»Offen gesagt ... nüchtern betrachtet, ist es so gut wie aussichtslos.« Ursula verschränkte die Arme vor der Brust und dachte eine Zeitlang nach, wobei sie grimmig ins Feuer starrte. »Es gibt drei Unbekannte. Die bedeutendste ist das Pentatheon. Wenn sich im entscheidenden Augenblick genug von denen auf Exeters Seite schlagen, könnten sie das Zünglein an der Waage sein. Einerseits fürchten sie Zath, andererseits haben sie keinen Anlaß, Ihren Cousin an seine Stelle zu setzen, was sie im Grunde genommen tun würden, sollten sie einzuschreiten versuchen.«

»Dann spielen sie im Augenblick also Zaungäste?«

»Ganz genau. Erwarten Sie bloß keinen Pieps von denen, bis zur allerletzten Minute. Trotzdem vermute ich, daß jeder von ihnen ein, zwei Spione unter den Freien hat. Diese Leute beobachten alles. Und es gibt keine Möglichkeit, in Erfahrung zu bringen, was sie von Edwards Vorstellung halten, und nichts anderes ist diese Parade.« Allmählich schien sie sich für ihren Vortrag zu erwärmen. »Die zweite Unbekannte ist das *Filoby-Testament* selbst. In fünfundachtzig Jahren hat es sich kein einziges Mal geirrt. Das ist schon beeindruckend! Prof Rawlinson schätzt, daß bereits drei Viertel der Prophezeiungen erfüllt wurden.«

»Aber es kann immer eine Prophezeiung fehlschlagen?«

»O ja! Und ich bin ein wenig besorgt wegen des Wortlauts von Vers drei, achtundsechzig. Er besagt weder, daß der Befreier Zath töten, noch daß er einen Kampf gewinnen wird. In dem Vers heißt es lediglich, daß er dem Tod den Tod bringen wird. Ich hoffe, man muß das nicht auf irgendeine mystische Weise auslegen. Dennoch wäre es mir persönlich lieber, das *Filoby-Testament* für mich statt gegen mich zu haben.«

»Es hat mir mal das Leben gerettet«, erklärte Alice. »Oder besser gesagt, Edwards Leben, und ich war bei ihm. Dann ist die dritte Unbekannte wohl sein eigenes Mana?«

»Richtig. Selbstverständlich gibt es auch in diesem Fall keine Möglichkeit, seine Menge zu messen oder so etwas. Man kann einem Menschen keinen Thermometer unter die Achsel schieben und seinen Manastand ermitteln. Verflixt noch eins, ich wünschte, die würden endlich den Schmauskorb bringen!« In einem unverhofften Wutanfall ergriff Ursula einen Holzscheit und schleuderte ihn ins Feuer. Sie verschleierte irgend etwas oder versuchte, die Unterhaltung von etwas Bestimmtem wegzulenken.

Alice half ihr auf die Sprünge. »Offensichtlich hat Edward beachtliche Macht angehäuft, wenn er in der Lage ist, einem Blinden das Augenlicht zurückzugeben.«

»Stimmt.«

»Und diese Wunder regen die Menge dazu an, weiteres Mana zu liefern? Kriegt er es zurück?«

Ursula nickte, klopfte ungeduldig mit den Händen auf ihren Knien und starrte wütend zu Boden, als versuchte sie, die dort verstreuten Steine mit ihrem Blick zu durchbohren. »Der Singsang da draußen hört sich nicht so an, als wäre schon jemand beim Essen.«

»Was ist denn los? Wieso wollen Sie nicht darüber reden?«

»Das hab' ich nie ...« Die kühne Mrs. Newton beantwortete diesen Sturmangriff mit einem finsteren Blick. Dann wanderten ihre Augen über die Wände ringsum, als suchte sie nach Lauschern. »Sie wollen also wirklich meine Meinung hören, koste es, was es wolle?«

»Bitte.«

»Na ja, schließlich sind Sie seine nächste Verwandte. Jemand anders würde ich das nie anvertrauen. Darf ich darauf vertrauen, daß Sie meine Worte weder vor Jumbo noch vor Ihrem Cousin wiederholen?«

»Selbstverständlich.«

»Regen, Mrs. Pearson! Der Regen ist alles andere als gut. Seit gestern hat der Befreier sehr viele Anhänger verloren. Wenn das Wetter weiterhin schlecht bleibt, dürfte er wohl Schiffbruch erleiden. Im Regen kann er nicht so schnell weiterwandern, nicht genug Menschen anziehen. Folglich wird er nicht genug Mana sammeln – oder genug Geld. Und wenn er seine Herde nicht füttern kann, läuft sie ihm davon. Und so mächtig, daß er Brot-und-Fisch-Wunder oder etwas in der Größenordnung vollbringen kann, ist er noch nicht.«

Eine Zeitlang starrte Ursula mit düsterer Miene ins Feuer. »Und das ist noch nicht alles. Immerzu sage ich ihm, daß er nicht rücksichtslos genug ist. Wie Sie richtig gesagt haben, wenn er Wunder vollbringt, sollte ihm die daraus entstehende Bewunderung eigentlich mehr Mana zurückgeben, als er für das Wunder verbraucht hat. So *sollte* es sein. Aber er ist zu weichherzig. Es ist erstaunlich, wie leicht die Menschen ... übersättigt werden. Blasé, wie ein Franzose sagen würde. Nach den ersten paar Wundern heute konnte ich spüren, wie der gesamte Knoten vor strömendem Mana erbebte. Haben Sie es auch bemerkt?«

»Ich habe schon etwas gefühlt.«

»Das, was wir mitgekriegt haben, war bloß ein lauer Hauch – die echte Sturmbö hat den Befreier getroffen, und sie muß ihn bis in die Zehennägel erschüttert haben. Ist Ihnen auch aufgefallen, daß die Reaktion der Menge beim viertenmal längst nicht mehr so heftig war?«

»Sie meinen, Edward übertreibt es?«

»Ganz und gar. Der Gott des Heilens im Pentatheon ist Paa, einer von Tions Spießgesellen. Wir schätzen, daß er im Jahr etwa eine echte Wunderheilung gewährt, und ein paar kleinere Angebereien: Heilung von Schielaugen, Hasenscharten oder Masern. Das zieht die Massen an. Tion selbst vollbringt jedes Jahr anläßlich seiner Festspiele eine Wunderheilung. Wunder müssen von Natur aus selten geschehen, sonst sind sie bald keine Wunder mehr.«

»Ich fürchte, bei leidenden Kindern wird Edward einfach schwach.«

»Er könnte ihnen ja wenigstens sagen, sie sollen bis morgen warten«, knurrte Ursula. »Hören Sie doch bloß!« Mit fuchtelnder Hand deutete sie in die Dunkelheit. »Die singen noch immer! Er ist da rausgegangen, um ein Wunder zu vollbringen. Einen epileptischen Anfall kann er mit einem Fingerschnippen heilen, wenn das alles ist. Aber wieso auf diese Weise? Wieso hat er den Leuten nicht befohlen, mit dem Singen aufzuhören und sich zu versammeln, um ihn dabei zu beobachten? Er hat einfach zu wenig von einem Schausteller! Oh, sicher, er schlägt sich ziemlich wacker, aber es könnte wesentlich besser laufen.«

Edward war kein Angeber; das wußte Alice nur zu gut. »Sie glauben also, er sammelt nicht schnell genug Mana?« fragte sie. »Aber wenn es keine Möglichkeit gab, Mana zu messen ...«

»Ich fürchte sogar, daß er Mana *verliert*. Ich glaube, er hat im Augenblick weniger als ...«

Ein gellender Schrei unterbrach sie. Er begann ganz kurz, als Schrei der Wut, des Zorns. Dann wurde er greller, lauter, stieg an zum unverwechselbaren, schrillen Kreischen der Todesangst – viereindrittel Oktaven über dem mittleren C, der allgemeine Entsetzensschrei der menschlichen Rasse. Der Schrei erklang irgendwo ganz in der Nähe, aus dem Fels- und Stalagmitenirrgarten ringsum. Heftig hallte der Laut durch die Höhle, verstärkte sich durch den eigenen Widerhall und ließ das Blut in den Adern gerinnen. Alice, Ursula und die vier Leibwächter sprangen auf, spähten in die Runde, versuchten die Quelle des Geräusches auszumachen.

Dann mischte sich ein viel mächtigerer Laut zu dem menschlichen Schrei, das markerschütternde Gebrüll eines Tieres. Die beiden Geräusche schwollen im Chor an, wechselten einander ab, verschmolzen ineinander, wurden von lautem Krachen und Rumpeln durchbrochen.

Alice bedeckte die Ohren mit den Händen. »Was ist das, um alles in der Welt?« schrie sie.

»Ein *Mithiar*! Was man hier Halsabschneider nennt. Das Vieh tötet gerade jemanden!« rief Ursula zurück.

Dem Lärm nach zu schließen, riß das Biest gerade jemanden in Stücke.

Dann verstummte der Radau so jäh, wie er eingesetzt hatte. An seine Stelle trat das undeutliche Gebrüll einer völlig verängstigten Menschenmasse von der anderen Seite des Gesteinshaufens. Auch ihre Schreie hallten überall wieder, doch zumindest waren sie nicht so nahe. Mit einem Schlag wurde die Brüllende Höhle ihrem Namen gerecht.

Alice nahm die Hände von den Ohren. Ursulas Gesicht war aschfahl. Dennoch konnte sie unmöglich tiefer erschüttert sein als Alice. Auch den Männern schien es nicht besser zu ergehen; offenbar fühlten sie sich hin und hergerissen zwischen dem Verlangen zu fliehen und dem Drang, nahe am Licht zu bleiben. Einer der Wächter hatte einen brennenden Ast aus dem Feuer gehoben, doch er ging nirgends damit hin.

Ursula riß ihm den Ast aus der Hand und steuerte auf die Quelle des Ärgers zu. Die Männer kreischten wie aus einer Kehle und versuchten, Ursula zurückzuhalten. Brüllend, kopfschüttelnd verscheuchte sie die Männer mit dem lodernden Ast und ging weiter. Offensichtlich beschämt, folgten ihr die Leibwächter. Fest entschlossen, nicht allein in diesem Alptraum auszuharren, schloß Alice sich ihnen an.

Weit brauchten sie nicht zu gehen; unvermittelt hielten die Männer inne, versperrten den Weg – und Alice die Sicht darauf, was sie entdeckt hatten. Alice erklomm einen tischhohen Felssims und spähte über ihre Köpfe hinweg. Auf einer Seite ragten schulterhohe, auf der anderen noch höhere Wände auf und bildeten eine Schmale Schlucht, die sich bis in die Unendlichkeit davonzuschlängeln schien. Der Fels war hier fahlgrau, gesprenkelt und durchzogen von weißen Stalagmitenschlieren, die an geschmolzenes Kerzenwachs erinnerten. Nun jedoch prangten gräßliche, rote Spritzer darauf, als wäre ein ganzes Faß voll Blut explodiert. An manchen Stellen reichten die Blutspritzer und Fleischstücke drei bis vier Meter hoch und schimmerten feucht im Licht von Ursulas Fackel. Gewiß hatte es eines Dutzend Opfer bedurft, um so viel Blut hervorzubringen . . . oder?

Mittlerweile war das Gebrüll in der Haupthöhle größtenteils verstummt, wahrscheinlich, weil die meisten der Freien nach draußen in den Regen geflüchtet waren. An der Decke flackernder Widerschein von Licht verriet, daß weitere Menschen herbeieilten, um der Ursache des Chaos auf den Grund zu gehen.

Inmitten des Schlachtfelds lag mit dem Gesicht nach unten der Körper einer Frau. Er war nackt und blutverschmiert, wies jedoch keine augenscheinlichen Wunden auf. Wie war das möglich? Ursula und die Männer redeten wild durcheinander; Alice verstand kein Wort. Einige der umherliegenden Brocken bestanden nicht aus Stein, sondern aus Fleisch. Ein Arm. Ein Bein. Ein paar Männer gellten gleichzeitig auf und deuteten auf einen kleinen, blutüberzogenen Felsblock – dessen Augen offenstanden.

Ekel! Übelkeit! Plötzlich barg jeder Schatten ein Ungeheuer, jeder Stein glich einem Zahn. Halb stolperte, halb sprang Alice von ihrem Aussichtspunkt und wankte zurück ans Feuer, so schnell sie es wagte, wobei sie sich gehörig die Ellbogen und Schienbeine stieß. Hastig warf sie einen Haufen Zweige auf die Glut, um sie zu nähren, auf daß die Flammen loderten und es heller wurde; dann kauerte sie sich daneben, am ganzen Leib bebend. Zwei Opfer, eines in Stücke gerissen, das andere ohne sichtbare Verletzungen. Das ergab überhaupt keinen Sinn! Die Art Klauen, die Jumbo beschrieben hatte, konnten unmöglich einer

Frau die Kleider vom Leib fetzen, ohne dabei auch die Haut in Stücke zu reißen. Und wohin war der Halsabschneider verschwunden?

Woher war er gekommen?

Inzwischen war die Menge in der Haupthöhle entweder gänzlich verstummt oder in die Nacht hinaus geflohen. Ganz in der Nähe hörte Alice Stimmen, darunter auch jene Edwards, die Befehle erteilte. Sie zitterte vor Schrecken und Übelkeit. Sogar der Rauch des Feuers schien mit dem Gestank des Blutes behaftet. Dem Geplapper ringsum vermochte Alice keinen Sinn zu entnehmen, und vorerst würde bestimmt keiner Englisch sprechen. Flüchtig spielte sie mit dem Gedanken, sich auf die Suche nach Jumbo zu begeben, doch sie konnte nicht sicher sein, daß er sich noch in der Höhle aufhielt. Da Edwards Groll gegen Jumbo noch andauerte, konnte dieser sich ohne weiteres schmollend mit den Drachen davongemacht haben. Nein, Jumbo war ein zu vollkommener Ehrenmann, um so etwas zu tun, dennoch sollte sie besser hier warten, bis Edward die Notlage geschlichtet hatte. Ihre Ferien erwiesen sich als aufreibender, als sie erwartet hatte.

Einen Lidschlag später näherte sich Licht aus dem Tunnel. Ursula tauchte mit der Fackel auf, gefolgt von Edward, der den Körper der Frau auf den Armen trug. Ihm folgten weitere Männer.

Als Edward seine Last auf eine der Liegestätten bettete, ergriff Alice eine Decke und eilte hinüber, um sie über die Frau zu legen, die sich noch als Mädchen entpuppte.

Edward richtete sich auf und wischte sich die blutigen Hände an der bereits heftig verschmierten Robe ab. »Danke.«

»Lebt sie noch?« Natürlich lebte sie noch. Einen Leichnam hätte er ja wohl kaum mitgebracht.

»Eleal Sängerin. Sie war schon drauf und dran, das Bewußtsein zu erlangen. Ich habe sie in Schlaf versetzt. Versuch doch bitte, sie sauber zu machen, ja?« Damit wandte er sich seinem Gefolge zu und erteilte weitere Befehle. Er wirkte zwar blasser als zuvor, wahrte aber die Ruhe und hatte die Lage voll in der Hand. Die Männer erhoben weder Einwände, noch zögerten sie, obwohl sie allesamt älter als er waren. Die meisten hasteten den Weg davon, den Alice gekommen war, die anderen kehrten zurück zum Schauplatz des Unfalls – des *Mordes?*

Ursula kam ihr mit einem Wasserschlauch zu Hilfe. Alice entschied sich für einen zerlumpten Fetzen, der vermutlich irgend jemandes Bettzeug darstellte, und riß einen Streifen davon ab. Gemeinsam begannen die beiden Frauen, die Blutflecken abzuwaschen. Eleal murmelte und regte sich, als ihr Gesicht saubergewischt wurde, doch sie erwachte nicht. Gegen die klebrigen Krusten in ihrem Haar vermochten die Frauen wenig auszurichten. Eleals Haut zeigte lediglich ein paar Kratzer von dem Felsen, und um die Hüfte prangte ein rötlicher Striemen, für den Alice keine Erklärung hatte. Als Ursula mit der Arbeit an Eleals Händen begann, stöhnte sie und versuchte, sie wegzuziehen. Die Fingerspitzen waren geschwollen, einige Nägel abgebrochen. Gleiches galt für die Zehen. Alice tauschte bestürzte Blicke mit Ursula und verwarf den unmöglichen Verdacht, der in ihr aufquoll.

»Wie kommt ihr zurecht?« erkundigte sich Edward.

Er stand mit dem Rücken zum Geschehen. Diese lächerliche Geste prüder Scheu hätte Alice um ein

Haar zum Kichern gebracht, doch sie kämpfte dagegen an. Andernfalls drohte ihr ein ausgewachsener, hysterischer Anfall.

Ursula zog die Decke wieder über die Verletzte. »Kannst schon schauen. Sie hat einen schlimmen Bluterguß am Leib. Und mit ihren Fingern und Zehen stimmt etwas nicht.«

Edward kniete nieder und betrachtete Eleals verhüllte Gestalt. »Ein paar Rippen sind auch gebrochen.« Kurz berührte er die Decke an ihrer Hüfte. Dann hob er eine ihrer Hände und knirschte mit den Zähnen. »Dieses Schwein!« Er nahm die Hand des Mädchens zwischen seine Finger und heilte die Wunden, sogar die abgebrochenen Nägel. Danach ging er zur anderen Hand über, schließlich zu den Füßen.

Ursula beobachtete ihn eingehend, doch sie schien eher wütend als beeindruckt.

»Was ist passiert?« wollte Alice wissen. »Kann mir das irgend jemand erklären? Kommt so etwas andauernd vor?«

Ursula schüttelte den Kopf. »Das hat eindeutig ihm gegolten. Ken'th?«

»Wahrscheinlich«, pflichtete Edward ihr bei. »Tretet zurück, damit ich ...«

Kiesel knirschten. Der junge, hellhaarige Jünger eilte herein. Sein Antlitz zeigte eine kränkliche Blässe; Knie und Finger waren blutverschmiert. In der Hand hielt er einen langen Streifen blutgetränkten Leders. So wie er ihn Edward entgegenstreckte, mußte er ziemlich schwer sein.

Die beiden sprachen kurz miteinander. Der Jünger verzog zwar das Gesicht, nickte aber. Er ließ seine Last fallen – die mit metallischem Klirren landete – und eilte den Weg zurück, den er gekommen war.

Jemand mußte für eine Beerdigung des anderen Opfers sorgen, und vermutlich war soeben der junge Bursche mit dieser grauenhaften Aufgabe betraut worden.

Anschwellendes Stimmengemurmel verriet, daß die Schüler die Menge zurück in die Haupthöhle scheuchten.

Edward wandte sich wieder Eleal zu. Ursula ergriff Alice am Arm und führte sie beiseite, zum Feuer hinüber. Mittlerweile zeigte sich ihre Wut unverhohlen. Mit dem Fuß stieß sie das geheimnisvolle Bündel an.

»Daher der Bluterguß. Ein Geldgurt.«

Alice Gehirn sträubte sich gegen die Auswirkungen des Gesagten. »Wie? Und wie können Sie das wissen?«

»Die Schnalle hat das Leder durchgefetzt.«

»Ja, aber ...« *Nein, denk nicht einmal daran.* »Woher ist der Halsabschneider gekommen? Wohin ist er ...«

»Hexerei«, knurrte Ursula. »Hexerei der übelsten Sorte. Glauben Sie, ich wäre nur mit einem brennenden Stock hinter einem richtigen Halsabschneider hergehetzt? Wäre ein Halsabschneider in der Höhle gewesen, hätte er schon vor Stunden jemanden angegriffen.«

»Aber wohin ist er verschwunden?«

Als Antwort erhielt Alice einen ungläubigen, finsteren Blick. »Dosh hat eine weitere Leiche gefunden, einen Priester. Jemand hat ihm mit einem Stein den Schädel eingeschlagen und die Robe abgenommen.«

»Ich verstehe das nicht!«

»Also, jetzt denk doch mal nach, Mädel!« sagte Ursula unwillig. »In der Dunkelheit sind alle Katzen grau. Ebenso alle Roben. Wenn man sich an den Wachen vorbeimogeln wollte ... Wir wußten, daß ein

Bann an Eleal Sängerin haftete. Wir wußten, daß er sie dazu getrieben hatte, sich auf die Suche nach dem Befreier zu begeben. Wir wußten, daß er einen Zwang bei ihr verursacht hat, aber wir wußten nicht, was sonst noch. Sogar ich konnte Spuren davon an ihr erkennen. An Ihnen und Jumbo sind mir keine aufgefallen, aber das bedeutet keineswegs ...«

»Jumbo! Sollte nicht einer von uns losgehen, um nach Jumbo zu suchen und ...«

Ursula schlug die Hände über dem Kopf zusammen und wandte sich ab. »Oh, aber sicher! Gehen Sie ruhig und suchen Sie ihn. Ich gebe Ihnen einen guten Tip, wo sie anfangen sollten. Sind Sie denn völlig verblödet? Muß ich die Worte für Sie erst in Stein meißeln? Gehen Sie doch zu Jumbo, in Gottes Namen. Er war ein guter Freund von mir, Mrs. Pearson. Fast hundert Jahre lang. Er hat etwas Besseres als diesen gräßlichen, *beschämenden* Tod verdient. Eine Rechnung mehr, die wir mit Zath zu begleichen haben. Gehen Sie zu Jumbo. Sagen Sie ihm, daß es uns leid tut, daß ihm vergeben ist. Es hat aber keine Eile. Jumbo geht jetzt nirgendwo mehr hin.«

47

Langsam trieb Eleal zurück ins Bewußtsein. Als erstes wurde sie eines widerlichen Geschmacks im Mund gewahr. Heftig versuchte sie auszuspucken, um was auch immer es sich handelte. Ein kräftiger Arm schob sich unter ihre Schultern und half ihr auf; jemand hielt ihr einen Wasserkürbis an die Lippen. Wasser rann ihren Hals hinunter und zwischen ihre Brüste. Kälte. Dunkelheit. Ihre Lider schienen mit Schlamm verkrustet. Gewaltsam zwang Eleal sie auf, wobei sie zitterte und von Krämpfen gebeutelt wurde. Fahles Licht, abermals Kälte, und die Erkenntnis, daß sie völlig nackt war. Sie befand sich auf einem äußerst klobigen, kratzigen Bett ... jemand hielt sie aufrecht.

»Entspann dich, entspann dich!« mahnte eine Stimme. Eine Männerstimme.

Hastig griff sie nach der Decke und zog sie hoch, um ihre Blöße zu verhüllen. Dann drehte sie den Kopf und blickte in ein besorgtes, ungemein blaues Augenpaar.

»Alles in Ordnung«, beruhigte D'ward sie. »Du bist nicht verletzt. Bald geht es dir wieder gut. Wir versuchen, dir zu helfen. Spül noch mal den Mund aus.«

Eleal entdeckte weitere Wehwehchen und Kratzer. Besonders an den Ellbogen und Knöcheln. Ihre Zähne fühlten sich an, als hätte jemand sie mit einem Schlegel bearbeitet.

D'ward stützte sie. Ihr Kopf lehnte an seiner knochigen Schulter. Er wischte ihr mit einem feuchten, rosa Fetzen übers Gesicht. War sie irgendwie verletzt worden?

»Was?« fragte sie, und ihre Zunge fühlte sich im Mund gänzlich fehl am Platz an. »Was ist passiert?« Sie versuchte, klar zu sehen, doch sein Antlitz war zu nah und glich einem verschwommenen Schemen.

»Du hattest einen Zusammenstoß mit ziemlich übler Hexerei, aber jetzt ist alles wieder in Ordnung.«

Behutsam legte er sie zurück. Immer noch hielt sie die Decke bis unters Kinn hochgezogen. Er kniete neben ihr.

»Entspann dich! Du denkst noch nicht völlig klar. Laß dir Zeit.«

Wieso schmerzten ihre Zähne so? Verwaschene, verworrene Bilder schwirrten in ihrem Verstand herum: D'ward in seiner Priesterrobe mit der Kapuze über dem Kopf, wie er unter ihr einen Tunnel entlanggeht ... ein Mann mit einem Schnurrbart ... Geld zu D'ward bringen ... *Beklagenswerte Maid, hübscher Knabe, getroffen auf einsamem Wege ...*

Sie schaute zu ihm empor. Er lächelte sie an, und Eleal konnte das Lächeln erkennen. Wie kam es, daß sie ohne Kleider im Bett lag und D'ward neben ihr war? Sie erwiderte das Lächeln.

Wenn das geschehen sollte, was sie sich wünschte war D'ward ihr lieber als jeder andere ... Was war bloß mit ihren Zähnen los?

»Wird es allmählich?«

»Ja. Was ... was ist denn geschehen?«

»Du hast einen Mann in einer Robe gesehen und geglaubt, daß ich dieser Mann sei.«

Eleal schloß die Augen. Ja, das stimmte, aber wo war das gewesen? Und was hatte sie dort gemacht? Eleal schlug die Augen wieder auf und versuchte zu nicken.

D'ward blinzelte sie ein paarmal an. »Alles in Ordnung, Eleal. Ist alles fort. Der Bann ist weg.«

Dann fügte sich das fehlende Teil ins Bild. Eleal wurde starr vor Entsetzen. »D'ward! Ich bin gekommen, um dich zu suchen! Ich bin hinuntergesprungen und ...«

»Schon gut. Es ist vorbei.«

»Ich wollte dich doch nur überraschen ... *Ich habe zu singen angefangen ...*«

Er umfaßte ihre Schultern und drückte sie fest.

»Alles in Ordnung, habe ich gesagt. Das war nicht ich! Es ist alles wieder gut.«

»Ich *wollte* gar nicht singen ... wollte *wirklich* nicht singen ...« Ihre Stimme nahm einen schrillen Tonfall an. Sie verspürte Tränen, Panik, Entsetzen. Ihre Glieder zuckten und zitterten.

D'ward hielt sie mit den kräftigen Händen an den Schultern fest. »Es ist alles in *Ordnung*, Eleal! Es ist vorbei!« Besänftigend flüsterte er ihr zu. Unvermittelt beruhigte sie sich. Das wirbelnde Grauen setzte sich wie Laub nach einem jähen Windstoß.

»O Eleal, Eleal, Liebling!« sagte er. »Du hast mir das Leben gerettet und ...«

»Was?«

»Ja. Es gab da einen Bann ... jemand war hinter mir her ... ein Mann. Du hast mir schon wieder das Leben gerettet, und diesmal war ich damit an der Reihe, dich zu waschen und zu pflegen ... Na ja, eigentlich waren es meine Helferinnen, nicht ich. Ich hab' noch nicht mal kurz geguckt ...«

Bei allem Elend mußte Eleal lachen. »Glaubst du, es hätte mich gestört, wenn du geguckt hättest?«

»Wahrscheinlich nicht so sehr wie die meisten Frauen«, räumte er verlegen ein.

»Glaubst du etwa, ich hab' bei dir nicht geguckt, als ich Gelegenheit dazu hatte?«

»Äh ... Das war vor langer Zeit. Die Hauptsache ist, daß der Bann weg ist.«

Eleal schloß die Augen und sah den Mann mit Schnurrbart vor sich.

»Er hat mich geküßt!«

»Ich nehme an, das ist seine bevorzugte Technik.«

»Hat er mich losgeschickt, um dich zu finden und zu töten?«

»Zerbrich dir darüber nicht den Kopf.«

Schaudernd lag sie still und dachte angestrengt nach. »Ich bin eigentlich gekommen, um dir zu sagen, daß ich an dich glaube, nicht an diese Schwindler.«

»Gut. Das macht mich aufrichtig glücklich.«

»Außerdem wollte ich dir mein Geld geben.«

»Das brauchst du nicht.«

»Ein Teil davon hat ihm gehört. Er hat mir Geld gegeben!« Allmählich kehrte die Erinnerung zurück. Das Zimmer, die Kristallfigurine.

»Sein Geld nehme ich mit Freuden an, wenn du möchtest, und führe es einem guten Zweck zu.«

»Darf ich jetzt bei dir bleiben? Beschützt du mich, falls er versucht ... mich für mein Versagen zu bestrafen?« Sie schlug die Augen auf, um zu beobachten, wie er reagierte.

Er wirkte bekümmert.

»Du mußt nicht bleiben, Eleal. Du hast jetzt zwei gesunde Beine. Du kannst aufbrechen und die Schauspiellaufbahn einschlagen, wie du´s dir immer gewünscht hast.«

Eleal wollte bleiben. Sehr sogar. Und Dinge, die bei den meisten Männern wirkten, würden bei D'ward nicht ziehen. Jedenfalls nicht auf Anhieb.

»Aber die meisten dieser Stücke – sind Lügen! Sie handeln von den bösen Zauberern, die vorgeben, Götter zu sein. Diese Stücke sind schlecht, D'ward, nicht wahr?«

Er fuhr sich mit dem Handgelenk über die Stirn und wirkte noch bekümmerter. »Wenn man sie ernst nimmt, schon.«

»Was soll dann aus mir werden!« Ein Schluchzen entrang sich ihrer Kehle.

»Schließ dich uns an, wenn du willst. Ich wäre froh,

dich zu haben. Ich brauche jemanden, der mir beim Predigen hilft.«

»Predigen? Ich? Mach dich bloß nicht lustig über mich.« Sie wand sich unter der Decke.

»Ich mache mich ganz und gar nicht lustig über dich. Du hast mich letzte Nacht in Joobiskby gehört – ich wette, du könntest so gut wie alles wiederholen, was ich gesagt habe und die Leute damit von den Sitzen reißen.«

Mit geschlossenen Augen hatte Eleal sich besser gefühlt, also schloß sie die Lider wieder. »Er hat mich geküßt! Ich spüre noch seinen Schnurrbart auf den Lippen. Ich träume von ihm. Bestimmt werde ich nie vergessen, wie er mich geküßt hat.« Sie preßte eine Träne hervor.

D'ward kicherte ganz dicht an ihrem Ohr. »Du hast dich kein bißchen verändert, du kleines Biest!« flüsterte er. »Du hast lediglich ein paar weitere Tricks dazugelernt. Ich kümmere mich mal darum, daß irgend jemand Kleider für dich auftreibt.«

Flüchtig, für den Hauch eines Lidschlag, berührten seine Lippen die ihren. Sogleich griff sie mit beiden Armen nach ihm, doch er war bereits verschwunden.

VII

Wahrlich, wir haben offenbare Zeichen zu dir hinabgesandt, und niemand versagt ihnen Glauben denn die Ungehorsamen.

Der Koran, II:99

48

Am dritten Tage seiner Suche hielt Julian Smedley bei nach wie vor sintflutartigem Regen in Losby Einzug. Er fand die dortige Kirche in wüstem Durcheinander vor – was kaum verwunderlich erschien, da in ganz Randortal wüstes Durcheinander herrschte. Ein Drittel des Weilers war von der Krankheit befallen; ein Dutzend Leute waren bereits gestorben. Der alte Kinulusim Gewürzhändler keuchte rasselnd und schwitzend in seinem Krankenbett. Seine gleichermaßen betagte Gattin war zwar wieder auf den Beinen, aber immer noch schwächer als Bier zu Kriegszeiten, während der junge Purlopat'r Holzfäller, jener kindsgesichtige Hüne, mit seiner Frau und seinen Kindern in die Hügel geflohen war. Julian lud ein paar der Gläubigen nach Siebenstein und hielt eine kurze Messe, um sie aufzumuntern. Dann zog er seiner Wege. Da er kein Mana besaß, konnte er niemanden heilen.

Er hatte weitere entmutigende Neuigkeiten erfahren: Es gingen Gerüchte, denen zufolge diese unerklärliche Seuche das Werk der Kirche des Ungeteilten sei. Julian zeigte sich nicht allzu erstaunt darüber. Menschen suchten und fanden stets Sündenböcke für Katastrophen – die Christen brannten Neros Rom nieder, die Juden beschworen den Schwarzen Tod herauf, indem sie Brunnen vergifteten. Ob die Verleumdung nun der orthodoxen Geistlichkeit entsprang oder nicht, das Pentatheon würde sie auf jeden Fall bestens zu nützen verstehen; das Bestreben des Dienstes, die Religion der Täler menschlicher zu gestalten, war nunmehr endgültig zum Scheitern verurteilt. Den

Befreier selbst hätten die Menschen vermutlich überlebt, doch indem der Dienst versucht hatte, ihn aufzuhalten, hatte er die Spanische Grippe eingeschleppt und würde nun selbst daran verrecken.

Am vierten Tag gelangte Julian nach Thurgeothby, einem schlichten, kleinen Viehzüchterdorf an der Mündung des Soutpasses. Der Regen hatte aufgehört und war einem eisigen Wind gewichen. Über ihm thronte im kaltklaren Sonnenschein die Randorwand, weiß und beinahe schmerzlich schön vor dem fahlen Winterhimmel. Ihm graute vor dem langen Aufstieg, und noch mehr vor dem Tal dahinter, denn Lappinland war alles andere als ein angenehmer Ort. Jenseits von Lappintal lag Maptal; danach würde er in ihm unbekannte Gefilde vordringen.

In Thurgeothby hätte er dem örtlichen Prediger einen Besuch abstatten können – was er gewiß auch getan hätte, wäre er auf der Suche nach einer Unterkunft für die Nacht gewesen –, doch der Tag war noch jung. Statt dessen suchte er Urbiloa Bäckerin auf, die Agentin Neunundzwanzig des politischen Flügels des Dienstes. Sie sollte in der Lage sein, ihn über die jüngsten Ereignisse in Lappintal aufzuklären. Sie war eine große, kantige Witwe mittleren Alters, weißhaarig und berufsbedingt so gut wie immer rundum voller Mehl. Sowohl Einheimische als auch Durchzügler besuchten ihren Laden, und sie besaß die Gabe, aus scheinbar belanglosem Gewäsch bedeutsame Auskünfte herauszufiltern. Sie begrüßte Julian mit verständnisloser Miene, als hätte sie ihn noch nie zuvor gesehen, also gingen sie den Mantel-und-Degen-Zirkus des Losungswortaustausches durch. Dann führte sie Julian in die Küche, wo es heiß und köstlich nach frisch gebackenem Brot duftete, und setzte ihn mit ein paar heißen, weichen Brötchen und einem Krug Buttermilch an einen Tisch.

Die Neuigkeiten, die sie ihm mitteilte, während er aß, waren Allgemeinwissen, das er von so gut wie jedem in Thurgeothby hätte erfahren können. Die Grippe tobte hier ebenso heftig wie überall in Randortal, wobei der Tod, wie üblich, ausgerechnet unter der Gruppe junger Erwachsener, dem Stützpfeiler der Bevölkerung, besonders schrecklich wütete. Die Seuche verlief hier mindestens ebenso tödlich, wie sie zu Hause auf der Erde verlaufen war: am einen Tag gesund, am nächsten bettlägrig, am dritten Tag oft schon tot. Kinder und ältere Menschen erholten sich größtenteils, wenngleich nur sehr langsam. Man gab der Kirche des Ungeteilten die Schuld – unsinnigerweise, denn ihre Mitglieder erlagen der Krankheit genau wie jeder andere. Viele waren geflohen, einige vertrieben, Häuser waren niedergebrannt.

Und als wäre das alles noch nicht schlimm genug gewesen, war auch noch der Soutpaß gesperrt. Lappintal galt als thargische Kolonie, in der ein beinharter Militärstatthalter herrschte; er hatte den Paß abriegeln lassen, um die Seuche fernzuhalten. Reisende aus dem Süden wurden zur Umkehr gezwungen. Das war typisch für die thargische Gewaltherrschaft und würde seine Wirkung verfehlen – Wissen wanderte in den Tälern nur von Mund zu Ohr weiter; folglich mußte die Grippe gleichzeitig mit den Neuigkeiten eingetroffen sein. Im Gegenzug hatte die randorische Regierung jedem den Eintritt verwehrt, der aus der anderen Richtung kam, doch der König hatte zu wenige Soldaten entsandt, um seinen Erlaß durchzusetzen, und die ständigen Truppen waren von der Grippe zu sehr geschwächt, um groß etwas ausrichten zu können. Deshalb gelangten nach wie vor ein paar Händler nach Randortal.

Julian stützte die Ellbogen auf den teigfleckigen Tisch und starrte verbittert auf den glühenden Rost unter dem Ofen, während er im Geiste seine Möglichkeiten durchging. Es schien keine zu geben. Er kannte keinen anderen Paß nach Lappintal; und sofern es einen gab, hatten die Thargier gewiß auch den gesperrt. Er konnte fast den gesamten Weg nach Olympus zurückmarschieren und dann versuchen, die Straße durch Narshtal zu nehmen, doch damit begäbe er sich in die höchsten Gebirgsketten der Täler. Selbst wenn es ihm gelänge, sich bei diesem Wetter bis Narshtal durchzuschlagen – es gab keine einzige Straße von Narshtal nach Lappintal oder auch nur nach Maptal. Einzig Drachen vermochten jenes Land zu durchqueren. Um nach Jurgtal zu gelangen, müßte er einen Umweg über Susstal und Fiontal einschlagen, was viel zu lange dauern würde und um diese Jahreszeit wahrscheinlich ohnehin undenkbar war. Anscheinend war er dazu verdammt, in Thurgeothby auszuharren, bis die thargische Garnison die nutzlose Quarantäne beendete.

Natürlich würde der Befreier auf seinem Kreuzzug letzten Endes zu ihm kommen, doch sollte Exeter es so weit schaffen, hieße dies, daß er Zaths Bestreben, ihn zu töten, überlebt hatte. In diesem Fall bedurfte Alice keiner Rettung durch Julian Smedley. Seine derzeitige Lage schmeckte gräßlich nach Versagen.

Seufzend fand er sich damit ab. Nur Narren kämpften gegen das Unvermeidliche. Gewiß würden die Thargier binnen der nächsten paar Tage begreifen, daß die Seuche ihre Schwerter umgangen war.

Er schaute zu Urbiloa auf und wollte sie fragen, ob

sie ihm bis dahin Unterkunft gewähren würde. Der berechnende Argwohn in ihren verschlagenen Augen ließen die Worte in seiner Kehle steckenbleiben. Urbiloa trug keinen Ohrring. Der politische Flügel unterhielt, getrennt vom kirchlichen, seinen eigenen Agentenstab. Jeder hegte seine eigenen Absichten, hatte seinen eigenen Gründe fürs Spionieren, obwohl die meisten auch in Gold entlohnt wurden, wodurch sie erpreßt werden konnten, falls nötig. Einige von ihnen wußten noch nicht einmal, daß der Dienst und die Kirche zusammengehörten. Soweit Julian wußte, war die Bäckerin aus Thurgeothby eine hingebungsvolle Anhängerin von Eltiana, der Schutzgottheit Randortals.

Er griff nach seiner Börse. »Gut gemacht, Neunundzwanzig. Ein guter Bericht. Ich muß jetzt wieder los.«

Sie versuchte nicht, ihn vom Aufbruch abzuhalten. Ebenso wenig hetzte sie ihm Verfolger auf den Hals.

Julkian zog nach Osten die Berge entlang und fand im abgeschiedenen Heim von Tidapo Viehzüchter Zuflucht. Tidapo war ein herzlicher, stämmiger Kerl, unbeschwert, selbständig und stets beflissen, einem wandernden Apostel Gastfreundschaft zu gewähren. Der eigentliche Anhänger des Ungeteilten allerdings war seine Frau, doch er ließ ihr ihre Launen, vermutlich aus völligem Mangel an Interesse an etwas so Unpraktischem wie der Theologie. Überschwenglich begrüßte er Sankt Haptmaan und hieß ihn willkommen. Beim Abendessen entschuldigte er sich zwar dafür, daß seine Kinder so husteten, aber niemand im Haushalt schien von der durch die Täler fegenden Seuche gehört zu haben. Zumindest nahm keiner sie ernst.

Zwei Tage später hatte Julian sowohl vom Allerweltsgeschwafel des Viehzüchters sowie von der religiösen Inbrunst seiner Frau die Nase voll. Zu dem Zeitpunkt lagen sowohl die Tagelöhner als auch die Kinder der beiden Gastgeber mit Grippe darnieder. Die Sonne schien ungebrochen, und es war an der Zeit, einen neuerlichen Versuch über den Paß zu wagen. Julian dankte seinen Gastgebern, segnete ihr Haus und kehrte nach Thurgeothby um.

Wie er gehofft hatte, berichteten Reisende auf dem Weg nach Süden, die Sperre sei aufgehoben. Sie sagten, die Krankheit hätte bereits halb Lappintal befallen, was zweifellos eine Übertreibung, aber nichtsdestotrotz eine schlechte Neuigkeit war. Der Befreier hatte Nioltal verlassen und war zuletzt in der Brüllenden Höhle am Lospaß gesehen worden, vor mehreren Tagen.

In jener Nacht lagerte Julian bei einer Gruppe Wanderer, die ihm einen Wucherpreis für die besondere Ehre abverlangten, an ihrem Feuer zu schlafen. Sie zeigten sich zutiefst besorgt über den möglichen Schaden, den die Krankheit für ihr Geschäft verhieß. So wie er, waren auch sie unterwegs nach Jurgtal; folglich hatten sie ihr Wissen über den Befreier lediglich vom Hörensagen. Auch der Befreier, erklärten sie, wäre schlecht für ihr Geschäft.

Am nächsten Tag stieg Julian ins Lappintal ab. Dort bekam er allmählich Probleme mit der Sprache und war wiederholt gezwungen, sein holpriges Joalisch auszupacken. Sogar das half ihm weniger als erwartet; denn die thargischen Oberherren mißbilligten die Verwendung von Joalisch – und Thargisch selbst war ein kehlentötendes Krächzen, das Julian nicht einmal zu versuchen wagte. Die Einheimischen erwiesen sich als verdrießliche, aber vernünftige Menschen, denn die Thargier galten als strenge Meister und regierten das Land seit mehr als einem Jahrhundert.

Zwei weitere anstrengende, kalte Tage brachten Julian nach Maptal. Das kleinste aller Täler war einzig für seine Blüten bekannt – und die zeigten sich zu Beginn des Winters nun mal nicht. Historisch betrachtet, war Mapland immer zu unbedeutend gewesen, um die Großmächte zu interessieren, weshalb das Reich selten Eroberungen durchzustehen hatte – einfallende Armeen marschierten einfach hindurch und auf der anderen Seite wieder hinaus. Selbstverständlich zogen sie auf der Durchreise Jungen als Soldaten und Mädchen als Metzen ein, doch damit fand sich jeder ab. Dies waren in einem rückständigen Land vorhersehbare Gefahren.

Die Einheimischen bestritten ihren spärlichen Lebensunterhalt durch die Ausfuhr von Früchten und Nüssen. Obwohl sie äußerst arm waren, schienen sie glücklicher als die Lappinier – sie lächelten und trällerten Begrüßungen in einem unverständlichen Dialekt, der dem Niolischen verwandt sein mußte, da ihm derselbe melodische Schwung innewohnte. Sie bemühten sich beflissen, Julians Joalisch zu verstehen und auf die gleiche Weise zu antworten. Er glaubte nicht, daß seine freundliche Aufnahme ausschließlich auf sein Charisma eines Fremden zurückzuführen war; dies war ein aufrichtig freundliches Volk. Julian erkundigte sich, was sie über den Befreier wußten, konnte ihren Antworten jedoch nur selten folgen. Heftiges Deuten gen Norden und Gesten des Wanderns legten ihm nahe, daß Exeters Kreuzzug noch im Gange war.

Julian faßte dies als gute Neuigkeit auf.

Auf Weiler stieß er nur selten. Anständige Straßen

gab es überhaupt keine. Er verbrachte den Tag damit, Pfade entlangzustapfen, die sich schlangengleich zwischen Bäumen und über Felder voller blätterloser Büsche wanden. Die Radfurchen unter seinen Füßen waren hartgefroren, so daß er ständig in Gefahr schwebte, sich einen Knöchel zu verstauchen. Stunde um Stunde begleiteten ihn die verschneiten Gebirgsketten zu beiden Seiten. Wenn er jemanden traf oder bei der Arbeit sah – für gewöhnlich beim Feuerholzsammeln –, erkundigte er sich nach dem Thamberpaß, woraufhin die Finger stets nach Osten wiesen. Dann ging er weiter. Die Luft roch nach Schnee. Es wurde zunehmend kälter.

Seine Stimmung wurde immer düsterer. Ungeachtet dessen, was die Mapier ihm einzureden versuchten – wenn Exeter noch am Leben und sein Kreuzzug noch im Gange war, hätte er seinen Weg mittlerweile kreuzen müssen, denn er befand sich Shuujooby wesentlich näher als Olympus. Sicher, die Geschwindigkeit des Befreiers wurde von den langsamsten seiner Schäfchen vorgegeben, aber Julian hatte durch die Quarantäne der Thargier immerhin zwei Tage verloren. Das es kein Zeichen für das Herannahen des Befreiers gab, war ein ausgesprochen schlechtes Omen.

Es legte unbestreitbar nahe, daß er durch Jumbos oder Alices Hand gestorben war, je nachdem, wer der vergiftete Apfel gewesen war.

Julian faßte dies als schlechte Neuigkeit auf.

Das vertraute Kribbeln von Virtualität riß ihn aus seiner trübsinnigen Grübelei. Er hielt inne und spähte zwischen den dunklen Bäumen um sich; Baumstrünke und Äste zeichneten sich im Zwielicht schwarz wie Ebenholz ab. Dabei stellte er fest, daß seine Füße schmerzten und sein Magen knurrte. Es war höchste Zeit, sich einen Unterschlupf zu suchen.

Ein Knoten mochte durchaus einen Tempel oder ein Kloster beherbergen, wobei er sowohl im einen wie auch im anderen Fall mit einem Mindestmaß an Gastfreundschaft für Wanderer rechnen durfte. Wenn der Preis dafür die Huldigung des einen oder anderen Götzen war, würde er ihn zur Not bereitwillig zahlen. Ein örtlicher Numina, sofern es einen gab, würde Julian zwar vermutlich als einen Fremden erkennen, doch eine solche Begegnung konnte Julian wohl kaum schaden. Ein Dasein als Gott war ein einsames Geschäft, so daß jeder Besucher willkommen war. Während mit Einheimischen mehr oder minder alles angestellt werden durfte, waren Fremde durch die Klubregeln geschützt.

Er war zwar nicht sicher, in welcher Richtung sich der Mittelpunkt des Knotens befand, aber in der Luft hing ein schwacher Hauch von Holzrauch. Julian drehte sich gegen den Wind und stapfte durch den Wald, duckte sich unter Ästen hindurch, schob Zweige beiseite. Die Virtualität wurde stärker. Ein paar Minuten später gelangte er auf eine breite Lichtung und verwarf jede Hoffnung auf einen Tempel. Da war lediglich ein öder Sumpflandstreifen im winterlichen Zwielicht; etwa ein halber Hektar verwelktes Unkraut und ein vereister Tümpel. Dann roch er Tierdung und erblickte am Rand des Waldes einen winzigen Schuppen, der die Quelle des Rauches sein mußte. Julian hielt geradewegs auf den Schuppen zu und verließ sich darauf, daß sein Charisma auf einem Knoten unwiderstehlich sein würde.

Eine Schar weißer, kreischender Dinger versuchte, sein Herannahen zu verhindern. Sie wirkten und klangen sehr wie Gänse, obwohl sie Zähne und Fell besaßen. Julian verscheuchte die Wesen mit dem Schirm.

Mittlerweile stand eine Frau an der Tür des Schuppens und beobachtete ihn. Sie war klein und bucklig und in Lumpen gekleidet. Das spärliche weiße Haar hing schlaff am Kopf, ihre Augen mieden seinen Blick. Alt, gewiß harmlos ... und doch mußte Julian unwillkürlich an die Märchen denken, die ihm seine Kindermädchen in jungen Jahren erzählt hatten: Hänsel und Gretel, das Lebkuchenhaus. Die beißenden Rauchwolken, die rings um sie herausquollen, verstärkten den unheimlichen Eindruck nur noch, denn die Hexenhütte besaß keinen Kamin, lediglich ein Rauchloch.

Er versuchte es auf Joalisch. »Sei gegrüßt. Mein Name ist Julian Lehrer. Ich suche Unterkunft und bin gern bereit, dafür zu bezahlen.«

Die Frau trat beiseite. Er holte ein letztes Mal tief Luft; dann duckte er sich durch die Tür und ging in die Hütte hinein.

Die Frau teilte sich das einzimmrige Bauwerk mit einem Jungen und ihrem Vieh – den gänseähnlichen Dingern und einem kantigen Huftier. Der Boden bestand ausschließlich aus Dreck. Ein Steinofen, ein Gestell mit ein paar Bündeln voll Lebensmittel, ein Berg Zweige als Brennstoff, ein Wasserbeutel und ein paar Kürbisse, zwei Liegestätten aus Farnwedelhäufen sowie ungegerbten Häuten ... das war auch schon alles.

Der wallende Rauch brannte Julian in der Kehle und den Augen, obwohl das kümmerliche Feuer kaum Licht, geschweige denn Wärme spendete. Nichtsdestotrotz sank er dankbar auf den Boden, lehnte sich gegen seine Bettzeugrolle und verschränkte die schmerzenden Beine. Bald hustete er sich förmlich die Lunge aus dem Leib, aber er war von den Beinen, und das allein zählte.

Die Frau goß Wasser in einen kleinen Kürbis, den sie ihm reichte; Julian trank, da er annahm, es handelte sich um eine Geste der Gastfreundschaft. Zwar schmeckte es schal, doch es war angenehm kühl und linderte den Schmerz in seiner Kehle. Die Hände der Frau wirkten knorrig. Eigentlich schien ihr gesamter Körper verzerrt. Er fragte sich, ob sie achtzig war – so wie sie aussah –, oder erst vierzig und in fürchterlichem Zustand.

Sie beherrschte kein Joalisch, er kein Mapisch. Durch Zeichen fand er heraus, daß ihr Name Onkenvier *Orliel* lautete oder so ähnlich, wenngleich er keine Ahnung hatte, was genau eine *Oriel* tat. Als er fragend auf den Jungen deutete, sagte sie ›Thok‹; danach sprach überhaupt niemand mehr. Auch das Alter des Jungen gab Julian Rätsel auf. An der Größe gemessen, hätte er nach englischen Begriffen einem etwa Zwölfjährigen entsprochen, doch da auf seiner Lippe Flaum und kein Dreck war, mußte er älter sein – und entschieden unterernährt. Er sprach kein Wort. Vielleicht konnte er nicht. Was für ein Name war Thok überhaupt? Ein Spitzname? Jedenfalls ein sächliches Wort. Im Joalischen bedeutete *Thaki* etwa soviel wie Frischling.

Die Stille dehnte sich, unterbrochen nur vom gelegentlichen Knistern des Feuers. Die Frau saß einfach da und starrte mit wäßrigen Augen in die Flammen. Thok saß einfach da und starrte ins Leere. Julian saß einfach da und zitterte. Er spielte mit dem Gedanken, seine Decke auszurollen und sich darin zu hüllen, doch das schien ein viel zu anstrengendes Unterfangen. Der Rauch hatte ihm bereits Kopfschmerzen beschert. Gab es irgendwo einen Ehemann oder weitere Kinder? Nein, denn da waren nur zwei Betten. Wie konnte ein solches Leben überhaupt lebenswert sein? Er nahm an, auf der Erde gab es ähnliche Armut, doch er war nie dort gewesen. Exeter vielleicht, während seiner Zeit in Afrika. An der Not dieser Menschen vermochte der Befreier rein gar nichts zu ändern. Religiöse Umwälzungen mußten ihnen zwangsläufig völlig gleichgültig sein. Vermutlich erschien ihnen einer von Zaths Schnittern sogar wie eine Erlösung.

Onkenvier holte ein aus einem Rippenstück geformtes Messer hervor und stieß es in irgend etwas im Feuer. Sie zog eine verkohlte Knolle aus den Flammen, die sie in drei Teile hackte. Dann spießte sie das größte Stück auf, blies darauf, um es zu kühlen, und bot es Julian an. Sein Magen drehte sich ihm um. Er schüttelte den Kopf, deutete auf das Wasser und machte Onkenvier durch Gesten verständlich, trinken zu wollen. Onkenvier sagte irgend etwas zu Thok; Thok schenkte dem Besucher Wasser nach.

Julian begann zu husten, verschluckte sich um ein Haar daran und vergoß Wasser in seinen Bart. Wieder lehnte er die Knolle ab. So wie er sich im Augenblick fühlte, konnte er sich unmöglich vorstellen, überhaupt etwas zu essen. Offensichtlich war er zu weit marschiert. Nicht nur seine Beine und Füße schmerzten. Alles schmerzte. Sein ganzer Körper.

Thok und Onkenvier machten sich daran, an den kleineren Stücken der Knolle zu mümmeln, wobei sie sogar die verkohlte Kruste aßen. Julian wünschte, er könnte einen Ober herbeirufen und ein paar Steaks für sie bestellen – obwohl ihnen von Fleisch wahrscheinlich so übel würde wie ihm vom Anblick ihrer gewohnten Mahlzeit. Trotzdem war er unaussprechlich dankbar, hier zu sein. Er kramte in seinem Geldbeutel, fand eine Münze und streckte sie der Frau entgegen.

Sie starrte die Münze an, als wüßte sie nicht, was Geld wäre; dann bedachte sie ihn mit einem verwirrten Blick, wobei sie ihm zum erstenmal in die Augen schaute.

»Für dich«, erklärte er. »Nimm sie.«

Was sie auch tat. Verwundert begutachtete sie das Geldstück.

Thok musterte Julian. Seine Miene wirkte gänzlich ausdruckslos, folglich war es unmöglich zu beurteilen, welche Gedanken in jenem unterernährten Verstand kreisten. Trotzdem erkannte Julian, daß er einen schweren Fehler begangen hatte. Schlafende besaßen kein Charisma.

Womöglich würde er mit einem Knochenmesser im Herzen erwachen.

Seltsamerweise schien der Gedanke wenig besorgniserregend. Mit großer Mühe rollte Julian sein Bündel beiseite, damit er sich hinlegen und den Kopf darauf betten konnte. Die Decke brauchte er jedenfalls nicht. Obwohl er zitterte, trieb es ihm den Schweiß aus den Poren, als befände er sich in einem türkischen Bad.

49

Am nächsten Morgen war er beinahe zu schwach, um auf eigenen Beinen zu stehen. Als er hinausging, um sich zu erleichtern, mußte er sich auf Thoks Schulter stützen; danach lag er weltvergessen auf dem stinkenden Betthaufen und wartete auf den Tod.

Doch Onkenvier wollte Julian nicht sterben lassen. Sie zog ihm die Kleider aus, wickelte ihn in seine Decke und türmte mottenzerfressene Felle darüber, um ihn warm zu halten. Von Zeit zu Zeit wusch sie ihm das Gesicht und rieb ihm eine übelriechende Schmiere auf die Brust. Sie zwang Julian, eine dünne Suppe zu schlürfen, während Thok seinen Kopf hochhielt. Wenn er sich erleichtern mußte, half Thok ihm dabei mit einem Kürbis.

Julian versank in einem Fieberwahn. »Narren!« schrie er sie an. »Ihr seid Narren. Laßt ihn doch sterben, dann könnt ihr ihn begraben und all das Geld behalten. Es ist zwar nicht viel, aber trotzdem mehr, als ihr je in eurem Leben gesehen habt.« Sie verstanden ihn nicht, also pflegten sie ihn weiter.

In klaren Augenblicken weinte er ob seiner unglaublichen Schwäche. Er fand kaum die Kraft zu husten, obwohl der Schmerz in seiner Brust schier unerträglich war und jeder Atemzug wie einem Karren rasselte, der über Kopfsteinpflaster rollte. Julian wollte nicht als gestrandeter Fremder auf einer fremden Welt sterben. Nie würde er Gelegenheit bekommen, Euphemia zu sagen, wie leid es ihm tat. Sie würde nie erfahren, was aus ihm geworden war; er würde nie erfahren, was aus ihr geworden war. Den Großen Krieg überstanden zu haben, auf eine andere

Welt gereist zu sein und dann wie eine Ratte in der Gosse zu verrecken ... das war nicht richtig. Es war nicht gerecht.

Die nächste Nacht brach herein. Sein Zustand wechselte unaufhörlich zwischen Bewußtlosigkeit und Wachsein, doch so oft er sich regte, war Onkenvier bei ihm. Schlief sie denn nie? Das Atmen erschien wie eine unerträgliche Plage. Er sog Schleim ein. Letztlich schien Onkenvier es zu bemerken, denn sie weckte den Jungen, damit sie Julian gemeinsam aufsetzen konnten. Irgendwie stützten sie ihn ab; danach konnte er endlich atmen. Gerade eben. Doch sein Fieberwahn war schlimmer als die Schmerzen. Julian war wie ein Hering in einer Räucherkammer, der bei lebendigem Leibe von Ohrwürmern gefressen wurde.

Endlich Morgen ... Er sah Sonnenlicht, das zu ihm hereinströmte, wenn die Tür sich öffnete, was ein paarmal geschah. Onkenvier fütterte ihn immer noch mit ihrer Brühe, doch Julian war zu schwach, um sie zu schlucken. Er lag im Sterben – und er starb auf gräßliche, schmutzige, belanglose Weise, so wie alles sterben mußte. Ob König oder Wurm, letzten Ende lief es immer darauf hinaus. Ihm war mehr Zeit beschieden gewesen als den armen Teufeln in Ypern oder an der Somme. Viele von ihnen waren noch gräßlicher gestorben, aber wenigstens hatten sie den Trost, ihr Leben für König und Vaterland gelassen zu haben. Das Universum würde sich ohne Julian Smedley weiterdrehen und den Verlust nie bemerken. Er würde weder Ruhm noch Kinder noch große Taten hinterlassen. Lacht ruhig über dieses fiebrige, leidende Relikt! Lacht soviel ihr wollt, ihr kommt schon auch noch an die Reihe ...

»*Tyika* Haptmann!«

Julian zwang die verklebten Lider auf. Alles, was er sah, war ein verschwommener Schemen. Wie dumm von Dommi, in einen solchen Alptraum hineinzuplatzen!

Wie dumm von ihm selbst, sich keinen aufregenderen Menschen einzubilden.

»*Tyika!*« Jemand brüllte. Jemand versuchte, ihm die Haut von der Hand zu reiben. »Haltet durch, *Tiyka*! Er kommt, *Tyika*! Der Befreier kommt. Wir haben ihm eine Nachricht geschickt, daß er sich beeilen soll.«

Julian wollte erklären, daß es zu spät sei, doch er war nicht fähig, die Worte zu bilden. Es spielte auch keine Rolle. Es war ihm egal. Er wollte, daß es zu Ende ging. Wenn er genauer darüber nachdachte, konnte ein Mann wohl kaum einen Gefallen von jemandem annehmen, den er von Angesicht zu Angesicht des Mordes bezichtigt hatte, also war es schon in Ordnung, daß Freund Prophet nicht da war, nicht helfen konnte, zu spät kommen würde ... Wahrscheinlich war Exeter ohnehin bereits tot. Wir sehen uns bald, alter Kumpel.

Als die Erlösung endlich einsetzte, kam sie an Macht beinahe einer sexuellen Erfahrung gleich. Das Ende all des rasselnden, mühevollen Atmens, des Schmerzes und der Qualen, des hämmernden Fiebers, der verzweifelten Anstrengung – der plötzliche Friede, der wunderbare, wunderbare Friede ... die unerträgliche Freude.

Auf seiner Stirn ruhte eine kühle Hand. Irgendwo draußen waren sehr viele Menschen, die einen fürchterlichen Radau veranstalteten, und die Tür stand wieder offen, obwohl die Sonne nicht mehr auf Julians Gesicht schien. Er schlug die Augen auf.

Er leckte sich über die Lippen. Er schluckte. Er

zwang sich, in das vertraute, lächelnde Antlitz zu schauen. »Danke.«

Die blauen Augen funkelten eigenartig. »War mir ein Vergnügen«, erwiderte Exeter. »Keine Ursache.«

50

»Es war rein zufällig«, meinte Dommi, »daß mir ist gegeben worden die Zuteilung zur Vormarschgruppe zu diesem Lagerplatz, und ich Euch so erkannt habe, nicht wahr?« Planvoll durchstöberte er Julians Bündel, wobei er auf den Fersen hockte, um zu vermeiden, daß sein pingeliges Selbst mit diesem Fußboden in Berührung geriet.

Julian zog die Decke straffer um sich; nun zitterte er nicht mehr, weil er Fieber hatte, sondern weil er keines mehr hatte, so daß ihn fröstelte. Er war immer noch dabei, sich an den Gedanken zu gewöhnen, daß er am Leben war. Zudem versuchte er, dieses Wunder mit den Morden in Einklang zu bringen, deren Zeuge er in Shuujooby geworden war, denn wenn Hauptmann Julian Smedley (im Ruhestand) nunmehr auf Kosten von Märtyrern lebte, dann war er ebenso schuldig wie Exeter und ein Heuchler obendrein. Dennoch hatte er nicht vor, das alles Dommi anzuvertrauen.

»Gehe ich recht in der Annahme, daß *Tyika* Kisster jedem Gebrechlichen zu Hilfe geeilt wäre, nicht nur einem persönlichen Freund?«

»O ja, *Tyika*! Auf diese Weise wird jeden Tag vielen Hunderten beigestanden. Trotzdem habe ich den

Befreier noch nie einen Hasen so antreiben sehen.« Er lachte. »Das hier scheint mir noch das Beste eines traurigen Vorrats zu sein, *Tyika.*« Er hielt einen Kittel und eine Hose in die Höhe.

Wann hatte jemand Dommi je zuvor lachen gehört? Sein flammenrotes Haar war merklich länger geworden, seit er Olympus verlassen hatte; überdies war ihm ein beeindruckender, kupferfarbener Bart gewachsen. Er reichte seinem früheren Arbeitgeber die verunglimpften Kleider; dann steuerte er auf die Tür zu.

»Du hast mir noch nicht gesagt, wo die heiße Wanne steht.«

Dommi hielt an der Tür inne und lachte abermals, eine Winzigkeit zu spät, um überzeugend zu klingen. »Heiße Wanne? Ich kann mich kaum noch daran erinnern, was das ist.«

Hm? Wie die Zeiten sich änderten! »Dann erzähl mir von *Entyika* Alis und *Tyika* Djumbo, bevor du abzischst.«

»Der *Entyika* geht es gut, und sie ist immer sehr beschäftigt mit Ehrenaufgaben. Ich bedauere der Mitteiler zu sein, daß der unglückliche Djumbo seine jüngste körperliche Hülle verlassen hat.«

»Er ist tot?«

»Ganz genau so.« Dommis Antlitz verzog sich zu einer dermaßen herzzerreißend ernsten Miene, daß er aussah, als wollte er jeden Augenblick ein paar Sommersprossen um den Verblichenen vergießen. »Seine Seele hat die nächste Sprosse der Leiter erklommen, wie der Befreier uns gelehrt hat, und weil der Wahn, dem er verfallen war, eine Auswirkung böser Hexerei gewesen ist, darf seinem Gedenken keine Schande anhaften, und wir können darauf vertrauen, daß sein

Vormarsch nach oben andauert. Wenn Ihr mich jetzt bitte entschuldigt, Haptmaan, ich habe viele wichtige Pflichten.«

Damit war der Türrahmen leer.

Während Julian über Dommis seltsame Verwandlung nachgrübelte, griff er nach dem Wasserbeutel. Weder von Thok noch von Onkenvier war etwas zu sehen, und die Tür war auf geheimnisvolle Weise aus den abgenutzten, alten Lederangeln gerissen worden. Julian fühlte sich unerträglich verschwitzt, außerdem juckte es ihn überall; also machte er sich daran, sich zu waschen, so gut er konnte, wenngleich der Säuberung nunmehr Menschenmassen beiwohnten. Niemand kam, um seiner Entblätterung Beifall zu spenden. Jeder mußte vollauf beschäftigt sein. Er hörte Schlegel auf Zeltheringe niedersausen, Äxte auf Bäume einhacken, Karren rumpeln und Menschen Lobgesänge anstimmen.

Er zog sich an, kämmte sich Haar und Bart und trat hinaus in den strahlenden Winternachmittag. Das Ausmaß des regen Treibens verblüffte ihn. Julian sah Zeltreihen und weitere Zelte entstehen, behelfsmäßige Pferche mit mindestens einem Dutzend Hasen und ein paar Moas, fünf oder sechs abgestellte Karren und die Ansätze einer Feldküche – Feuer, Bratspieße und Tische. Wehmütig begann sein Magen zu rumoren. Hunderte Menschen schwirrten umher; alle erfüllten offenbar eifrig und fröhlich die verschiedensten Aufgaben. Es war wie ein Jahrmarkt oder ein Zirkus, und doch hätte die Britische Armee das Lager nicht besser organisieren können. Exeters Kreuzzug blühte und gedieh und ähnelte in keiner Weise mehr dem heillosen Durcheinander von Shuujooby.

Einzelheiten konnten warten. Julians erste Pflicht

bestand darin, Onkenvier zu finden und ihr Geld zu geben, alles Geld, das er besaß. Aufmerksam schaute er sich um, doch er konnte sie nirgends erblicken. Vielleicht waren sie und Thok in den Wald geflohen, als dieser unerwartete Einmarsch ihre Welt auf den Kopf stellte. Die knisternde Winterluft, die noch vor zwei Tagen kristallklar und still gewesen war, war nun von Hunderten Stimmen erfüllt. Der Teppich aus niedrigem Unkraut und Büschen war plattgetrampelt worden, und die schwindende Sonne zeichnete unzählige lange Schatten darauf.

Ein weiterer, von zwei Hasen gezogener Karren rollte in das Lager. Leute rannten los, um beim Abladen der Fahrgäste zu helfen; einige wurden auf Bahren von der Ladefläche gehoben und zu den Hymnensängern am Tümpel hinübergetragen, wo Exeter in seiner grauen Robe auf sie wartete. Lidschläge später begann das Heilen, mit allerlei Jubelgeschrei und Manawogen, die den Knoten erzittern ließen. Die spanische Grippe hatte ihren Meister gefunden.

Die größte Gruppe schienen die Eingeweihten auszumachen, denen soeben von einem halbwüchsigen Mädchen eine Standpauke gehalten wurde. Auf der gegenüberliegenden Seite des Tümpels wurden Bekehrte getauft. Sofern Julian seinen Augen trauen konnte, war einer der Verantwortlichen Dommi Leibdiener mit einem Schild auf dem Rücken. So was, so was! Wie am Picadilly Circus.

Die Sache mit Onkenvier würde warten müssen. Sollte sie nicht wieder auftauchen, bevor die Freien weiterzogen, wollte Julian seine Geldbörse einfach in ihrer Hütte lassen. Mittlerweile stellte er zerknirscht fest, daß er längst noch nicht fit wie ein Äffchen war und seit mindestens zwei Tagen nichts gegessen hatte.

Er ging zur Ausgabestelle hinüber, wo die Leute bereits Schlange standen, um Essen zu fassen.

Er mußte stehen bleiben, um eine lange Reihe Neuankömmlinge vorbeizulassen, die gebückt unter ihren Bündeln einem Schildträger folgten, der sie zu einem Lagerplatz führte. Dann entging er mit knapper Not einem Zusammenstoß mit einer Gruppe, die frisch gefällte Baumstämme aus dem Wald heranschleppte. Schließlich schlug er einen Umweg um eine Baustelle ein, auf der junge Männer überschwenglich mit Spitzhacken, Hämmern und Schaufeln am Werk waren, Pfosten und Nägel in den Boden hämmerten und mit der Begeisterung gruben wie Hunde, die hinter Kaninchen herjagten. Ihr übertriebener Arbeitseifer wurde zweifellos von der Anwesenheit junger Frauen angespornt, die offiziell Weidenruten zu behelfsmäßigen Abschirmungen flochten, sich dabei jedoch angeregt über männliche Muskeln, Stehvermögen und Ähnliches unterhielten. Alles in allem schien es eine recht vergnügsame Weise zu sein, Latrinen zu bauen.

Binnen fünfzig Metern sah er ein Dutzend verschiedener Trachten und vernahm eine Kakophonie unterschiedlicher Dialekte. Die näselnden, randorischen Akzente vermochte er rasch zu erkennen; dazwischen aber hörte er auch eine Reihe von Spielarten des niolischen Singsangs, des thargischen Krächzens oder des abgehackten Joalisch, als wäre jedes des siebenundzwanzig Täler bereits hier vertreten.

»Hauptmann?« rief eine Stimme. »Oh, Hauptmann Sm*ed*ley! Na so was! Hall*o-o-o*!« Die Hand, die das spitzenbesetzte Taschentuch schwenkte, gehörte Hannah Pinkney. Sie hörte auf, mit dem Tuch zu fächeln, und versetzte statt dessen ihren Sonnenschirm in

Schwung, bis sie sah, daß Julian die Richtung änderte.

Hannah Pinkney! Die schußlige, schnatterhafte Hannah Pinkney? Wie, um alles in der Welt, hatte sie den Weg auf dieses Schlachtfeld gefunden? Trotzdem war sie es, unverkennbar, gekleidet in eine aufsehenerregende Robe, einen eiffelturmförmigen, wallenden Wasserfall aus weißem Fell und einen Strohhut mit rosa Schleifen. Das Ganze wirkte weder talüblich noch europäisch, sondern auf beunruhigende Weise wie irgend etwas dazwischen – die Ascot-Woche in Thargia oder die randorische Botschaft in St. Moritz.

Dann dachte Julian: *Oh, du meine Fresse!*, denn der Mann an ihrer Seite war Pinky höchstpersönlich – Pinky, die graue Eminenz, der große Drahtzieher, der verschlagene Pinky, der aalglatte Pinky ... Pinky, schmierig wie eine Handvoll Frittenöl, Pinky, adrett in einen fellbesetzten Lederübermantel gewandet, der aufgeknöpft war, um das Wams, die schweren Wollknickerbocker und die kniehohen Stiefel darunter zur Schau zu stellen. Pinky mit einem hochoffiziell aussehenden Notizbuch in der Hand. Pinky, der zur Begrüßung lächelte, ohne dabei mehr als die Augenlider zu zeigen.

»Hauptmann Smedley! Meine Güte! Schön, dich zu sehen, Hauptmann.«

Julian schüttelte Hannas Hand, während er rasch all die garstigen Bemerkungen verwarf, die sich in seiner Kehle formten: *Ganz und gar nicht schön, dich zu sehen!* Oder: *Lieber Himmel, ich habe noch nie jemanden gesehen, der schneller die Seiten wechselt!* Oder gar: *Wie lange glaubst du, dich hier verstecken zu können, bevor Exeter dich findet?*

Statt dessen sagte er: »Pinky, alter Kumpel! Was führt dich denn hierher?« Mögliche Antworten waren:

Purer Bammel! oder *Kluger Sinn für Anpassung, Alter!* oder *Wenn du sie nicht besiegen kannst, schließ dich ihnen an*. Aber wer war er denn, Pinky des Seitenwechsels zu bezichtigen? Er hatte selbst die Seiten gewechselt, zuerst in die eine, nun offensichtlich wieder zurück in die andere Richtung, denn er hatte eine Wunderheilung vom Mörder selbst angenommen. Er war ebenso schuldig wie jeder andere.

»Logistik«, erwiderte Pinky und schwenkt das Notizbuch, als böte er im Versteigerungshaus Christie's um ein Gemälde mit.

»Na so was! Was für Logistik?« entfuhr es Julian.

»Mm, der übliche Kram. Du weißt schon, Hauptmann. Du mit deiner militärischen Erfahrung hättest das Ganze wahrscheinlich besser geplant als ich. Wir können es uns nicht mehr erlauben, daß der Befreier auf Straßen umherlatscht, oder? Auch nicht, daß er Mana dafür verschwendet, in jämmerlichen Straßengräben Heilungen vorzunehmen.« Pinky seufzte, um anzudeuten, was für anstrengende Arbeit seine Aufgabe verhieß. »Wir befördern ihn so schnell wie möglich von Knoten zu Knoten. Das erfordert Hasen, manchmal ganze Hasenstaffeln. Außerdem muß ein Lager bereits aufgebaut sein, bevor wir das letzte abbrechen, und es dann vorausbefördern, um es für den nächsten Tag zu errichten. Wir müssen all die Kranken zur richtigen Zeit an den richtigen Ort schaffen. Wir müssen die Gebrechlichen und Lahmen befördern, damit sie uns nicht allzu sehr aufhalten. Das alles hält uns ganz schön auf Trab.« Bescheiden strahlte Pinky übers ganze Gesicht, wieder mit geschlossenen Lidern.

Kurz gesagt, Pinky war bereit, die Freien zu übernehmen und ihren Kreuzzug zu leiten, wie er Olympus geleitet hatte. Die Pinkneys dieser Welt – oder jeden anderen Welt, was das betraf – suchten sich unwillkürlich den Weg zur Brücke des Schiffes. Hatte Exeter bei all dem etwas mitzureden? Wußte er überhaupt noch, wer in seinem Namen was tat, oder war er dermaßen von Mana berauscht, daß er seine eigene Revolution vergessen hatte?

Aber weshalb sollte dieser Gedanke ihn, Julian Smedley beunruhigen? Er hatte diesem ganzen Befreier-Mumpitz doch ein Ende bereiten wollen, doch seine Rettung vor dem Tod in letzter Minute hatte seine Ansichten geändert. Nun war er nicht mehr so sicher, was er wollte; er wußte nur, daß er unbegründeten Ärger bei der Vorstellung verspürte, daß der glitschige Pinky Pinkney den ganzen Laden übernehmen könnte.

»Wir? Wer ist wir?«

»Es sind einige von uns da, die mithelfen«, erklärte Pinky. »Die Chases beispielsweise, und die Coreys.«

Himmel! Das klang aber plötzlich nach einer Menge glücklicher Ehen. »Habt ihr irgendwo Mrs. McKay gesehen?«

»Sie war in Olympus, als wir von dort aufgebrochen sind.«

»Vergiß nicht die Newtons, Liebling«, fügte Hannah hinzu, ohne zu erröten.

Verflucht! Der letzte Mensch, den Julian im Augenblick treffen wollte, war Ursula.

»Ah, die Newtons!« meinte Pinky verbindlich. Er schlug das Buch auf und blätterte auf eine Seite. »Ja, die Newtons sind derzeit bei Vormarschgruppe Zwei. Inzwischen sollten sie in Lappintal sein, um für morgen alles tipptopp zu haben. Aufbruch im Morgengrauen! Wir müssen den Befreier binnen eines Tages über den Paß schaffen. Das ist unser Plan. Selbstverständlich müssen wir dort eine Weile warten, bis der Unterstützungstrupp nachkommt, aber in Lappintal gibt es genug zu tun, um ihn zu beschäftigen.«

Gut, das Julians Magen bereits leer war. »Heißt daß, ihr unterstützt Exeter jetzt als den Befreier?«

»Oh, er schlägt sich prächtig, einfach prächtig! Das Mana strömt nur so herein. Die Grippe war in dieser Hinsicht natürlich ein Geschenk des Himmels.«

»Aber, aber, Liebling!« murmelte Hannah. »Du weißt, der Befreier hört das überhaupt nicht gern.«

Pinky kicherte. »Na ja, ein Wind, der niemandem etwas Gutes bringt, ist schon ein ziemlich schlechter Wind, was?«

Manche Winde waren schlechter als andere. »Tja, war schön, euch zu sehen«, meinte Julian. »Aber ich darf euch nicht länger von euren Pflichten abhalten. Wenn ihr noch jemand braucht, der zupackt, dann ruft einfach nach mir. Bis dann!«

Damit stapfte er davon, um sich wieder auf die Suche nach Essen zu begeben.

Heuchler! Er hatte seine eigenen Schuldgefühle auf Pinky übertragen. Die Grippe zu heilen, war eine moralisch annehmbare Manaquelle, doch Exeter hatte damit begonnen, seine eigene Leibwache in Märtyrer zu verwandeln, und das war alles andere als moralisch annehmbar. Das auf diese Weise bezogene Mana war durch den Einfluß des Grippemanas verwässert worden. Was wollte er also? Julian Smedley hatte sich das Leben retten lassen, obwohl er wußte, woher das Wunder stammte. Eigentlich hatte er keine Wahl gehabt; andererseits hatte er keineswegs die Absicht, sich die Kehle durchzuschneiden. Folglich war er genauso schuldig, als hätte er im vorhinein zugestimmt. Ist die Wurzel übel, so ist es auch die Pflanze. Zieh Handschuhe an, Lady Macbeth, und niemand wird die Blutflecken bemerken.

Er ging an einem behelfsmäßigen Tisch vorüber, auf dem drei stämmige Fleischer den ausgeweideten Rumpf eines Tieres zerlegten. Kein Wunder, daß der Kreuzzug des Befreiers so großen Anklang fand, wenn er jedem *Fleisch* gab, der darum bat! Am nächsten Tisch hackten zwei Männer und zwei Frauen Gemüse. Eine der Frauen wirkte ansatzweise vertraut – auf eine seltsam pferdeähnliche Art und Weise gutaussehend ... als hätte die Berührung seiner Augen sie erschreckt, schaute sie auf. Ihre Blicke trafen sich. Es war Alice Prescott.

Sie liefen aufeinander zu und fielen sich in die Armee wie Geliebte, die lange Zeit getrennt gewesen waren. Drei vorüberschlendernde Halbwüchsige jauchzten anerkennend.

Dann traten Alice und Julian zurück, um einander zu mustern, ohne dabei die Hände des anderen loszulassen. Beide waren ein wenig atemlos, gerötet und beschämt, in aller Öffentlichkeit eine dermaßen unenglische Szene geliefert zu haben. Alice wirkte wettergegerbt, ein wenig ungepflegt und unterschied sich in keiner Weise von anderen Frauen der Täler. Zu Schulzeiten hatte Exeters Cousine Julian eher Ehrfurcht eingeflößt – älter, reif, weltgewandt. Vor zwei Jahren hatte er sie geküßt, aber nur einmal und nur, um ihre Aufmerksamkeit von etwas anderem abzulenken. Vielleicht sollte er in Betracht ziehen, das zur Gewohnheit werden zu lassen.

Sie lachte. »Ich glaube, dein Bart gefällt mir besser als der von Edward. Und deine Hand? Sie wächst nach! Das ist einfach wundervoll!«

»Du hast dich kein bißchen verändert!«

»Ach, es ist ja auch erst zwei Jahre her! Wie geht es dir?«

»Bestens, dank Edward. Und dir?« Er schaute auf ihre von der Arbeit zerschundenen Finger, die er hielt. »Bist du jetzt Küchenmagd? Hat er keine bessere Verwendung für dich?«

Alice legte den Kopf schief und musterte ihn fragend.

»Das ist keineswegs unter meiner Würde! Ich beherrsche die Sprache nicht, deshalb sind meine Verwendungsmöglichkeiten begrenzt. Manchmal kümmere ich mich um Kleinkinder oder helfe dabei, Karren zu beladen oder zu entladen. Mach dir um mich bloß keine Sorgen, Julian! Ich habe hier die schönste Zeit meines Lebens.«

Tatsächlich? Ihr Blick war fest; er vermochte nicht zu sagen, ob sie log.

»Das ist schön. Aber ich bin am Verhungern!«

»Genau wie ich! Essen wir und unterhalten uns dabei.« Sie drängte ihn in Richtung der Warteschlange. Seite an Seite stapften sie über das gefrorene Gestrüpp. »Bist du nach Olympus zurückgegangen?«

»Ich fürchte, dort herrscht im Augenblick ein wüstes Durcheinander.«

»Hat Pinky uns erzählt«, erwiderte Alice sogleich.

»Pinky! Was hält dein Cousin davon, daß der ganze Haufen jetzt hier ist?«

Abermals bedachte sie ihn mit einem abwägenden Blick. »Er heißt jeden willkommen. Wieso auch nicht?«

»Weil Pinky, wie ich ihn kenne, versuchen wird, das Ganze an sich zu reißen und zu übernehmen.«

Alice wandte den Blick ab. »Ich glaube, inzwischen

nimmt Edward niemand mehr irgend etwas weg, Julian.«

»Gut. Wie geht es ihm?«

Sie stellten sich an das Ende der Reihe und rückten im Einklang mit den anderen nach. Sie unterhielten sich auf Englisch; also konnte niemand sie belauschen. Dennoch brauchte Alice eine Weile, um zu antworten, was sie mit leiser Stimme tat.

»Er hat sich verändert, sogar seit ich gekommen bin. Manchmal ist er einfach nur Edward, aber eher selten. Ich bin sicher, er schläft jede Nacht höchstens zwei Stunden. Die meiste Zeit ist er der Befreier, was immer das bedeuten mag. Womit ich nicht sagen will, daß er eine Rolle spielt. Er *lebt* die Rolle.«

»Zu viel Mana?«

»Eine Überdosis? Wie sehen die Anzeichen dafür aus?«

»Keine Ahnung. Ich konnte ihn nicht richtig erkennen.« Julians Magen knurrte laut, als er das Essen sichtete.

»Er ist anders«, fuhr Alice fort. »Du wirst schon sehen. Und natürlich bezieht er aus all dem Heilen jetzt sehr viel Mana. Komisch, anfangs hat es gar nicht allzu gut gewirkt. Er hat mehr verbraucht, als er zurückbekam, so hat Ursula es ausgedrückt. Jetzt … Anscheinend bedarf es nur wenig Mana, um Grippe zu heilen. Viel weniger als zum Beispiel für Blindheit. Und die Zuhörerschaft … ist irgendwie auch anders.«

»Zugänglicher?« Julian ließ den Blick über die Lichtung und die Menge schweifen. »Kann ich mir gut vorstellen. Mitzuerleben, wie einem Blinden das Augenlicht zurückgegeben wird, ist beeindruckend, stimmt, aber die meisten von uns sind nicht blind und rechnen nicht damit, je zu erblinden. Mit einer Seuche verhält es sich anders; sie kann jeden treffen.« Er unterdrückte ein Schaudern. »Sie haben Angst, allesamt!«

»Das muß es wohl sein.«

»Das Pentatheon kann Grippe genauso gut heilen.«

»Stimmt«, pflichtete Alice ihm bei. »Aber Zath nicht! Man geht nicht zu Zath, um sich heilen zu lassen. Außerdem, welcher Tempel könnte eine solche Menschenmenge beherbergen?«

Ja, die Grippe war ein Geschenk des Himmels gewesen, doch Alice hatte nicht vor, dies zuzugeben. Und sie mußte Exeter genauso viel Geld wie Mana verschafft haben. Sein Kreuzzug hatte mehr zu bieten als bloß eine gute Organisation: Zelte, Beförderungsmittel, Lebensmittel im Überfluß, die Ausrüstung, um sie zu verarbeiten. Zudem waren die meisten der Freien erheblich besser gekleidet als der Pöbel, den Julian in Nioltal gesehen hatte.

»Er schlägt sich jedenfalls sehr gut. Der Zaster muß wohl auch nur so hereinströmen.«

»O ja!« Offensichtlich wollte Alice lieber über Geld als über Mana reden. »Begonnen hat alles mit einem unverhofften Geschenk, und zwar ausgerechnet von Eleal Sängerin. Aber jetzt scharen sich die Reichen um ihn. Die Grippe hat ihm mehr eingebracht, als es sonst irgend etwas vermocht hätte: Mana, Geld und Anhänger.«

Julian stellte die Frage, die unausgesprochen zwischen ihnen gehangen hatte. »Glaubst du, er schafft es?«

Ihre Züge waren unergründlich. »Seine Aussichten stehen jetzt zweifellos besser als noch vor ein paar ... als vor einer Doppelwoche. Trotzdem behauptet Ursula nach wie vor, es wäre unmöglich. Zath spielt das Spiel schon zu lange. Edward darf immer noch nicht hoffen, ihn ohne die Hilfe der Fünf zu besiegen, meint sie.«

Und was wäre der Preise für diese Hilfe? Mittlerweile hatten sie den Beginn der Schlange erreicht und waren gleich an der Reihe. Wodurch Julian davor bewahrt wurde, etwas darauf erwidern zu müssen.

Das Essen half, doch anschließend wurde Julian erst bewußt, wie sehr ihn die kurze Krankheit geschwächt hatte. Morgen würde er wieder zu marschieren beginnen, denn er hegte keinerlei Zweifel mehr, daß er nun bei den Freien bleiben wollte, und sei es nur, um zu beobachten, was geschah, während dieser Moloch durch die Täler rollte. Er glaubte kaum, daß ihm ein Reittier oder ein Platz in einem Karren zugestanden würde – nicht, solange Pinky die Einteilung in der Hand hatte.

Die schiere Zahl der Leute war schwindelerregend. Noch lange nach Sonnenuntergang trudelten Leute ein, wenngleich er nicht zu sagen vermochte, ob es sich um Neuankömmlinge oder Nachzügler des Tagesmarsches handelte. Noch nie war etwas diesem Kreuzzug Vergleichbares in der Geschichte der Täler verzeichnet worden, und er fragte sich, was das Pentatheon davon hielt. Er versuchte, sich in Zaths Lage zu versetzen; die einzige Möglichkeit, die ihm einfiel, wie der Kerl diesen Massenangriff abwehren könnte, bestand darin, daß er ihm die gesamte thargische Armee entgegenschleuderte, sobald er vor seiner Schwelle aufkreuzte. Er besaß bestimmt Macht genug, um das Wetter in gewissem Maße zu beeinflussen, aber es würde ihn entsetzlich viel Mana kosten. Sollte er Schnitter aussenden, um zumindest die Ränder der Menschenmenge zu lichten, würde er bloß weitere Märtyrer für den Befreier schaffen, der den Opfern wesentlich näher wäre und deshalb wesentlich größeren Nutzen daraus zöge. Exeter hatte eine unschlagbare Strategie gefunden. Die entscheidende Frage lautete nun, wie lange er seine Armee beisammenhalten konnte – die Grippe würde nicht ewig andauern, zudem stand der Winter vor der Tür. Genau wie eine Heuschreckenplage mußte diese Herde ständig weiterziehen, andernfalls würde sie verhungern. Verrechnete er sich, würde er eine Hungersnot heraufbeschwören.

Nach langer Suche fand Julian die alte Onkenvier, die inmitten einer gewaltigen Menge singender Menschen kauerte. Auch sie trällerte mit, obwohl er kaum glaubte, daß sie den Text beherrschte. Mit leerem Blick schaute sie zu ihm auf und schien nicht zu wissen, wen sie vor sich hatte. Als er ihr den Geldbeutel zuwarf, starrte sie ihn nur verständnislos an. So ließ er sie in der Gewißheit zurück, daß irgend jemand sie schon bald um die Börse erleichtern würde. Sie verharrte, wie er sie gefunden hatte: in einem verstandeslosen Dämmerzustand.

Julian machte sich auf den Weg, um mit Exeter zu reden. Er mußte sich anständig bei ihm bedanken; er mußte versuchen, sich für die zornigen Worte zu entschuldigen, die er ihm ins Gesicht geschleudert hatte; denn nun teilte er die Schuld an dem Blutvergießen. Doch an den Befreier heranzukommen, erwies sich als äußerst schwierig.

Auch als im Lager unter den kalten Sternen allmählich die Nachtruhe einkehrte, war er mit der Arbeit noch längst nicht fertig. Er predigte, beantwortete Fragen und heilte ganze Wagenladungen Kranke, die nach wie vor eintrafen.

Julian ließ nichts aus; er gesellte sich zu den Massen, saß wie viele andere in Decken gehüllt da und lauschte gebannt einer Predigt. Es war eine verblüffende Vorstellung. Die Worte waren schlicht, die Gedanken dahinter noch schlichter, und doch bargen sie eine Macht in sich, der niemand sich entziehen konnte. Sogar ein Fremder war nunmehr kaum noch gegen Exeters Charisma gefeit.

»Es gibt nur einen Gott. Gott ist ungeteilt. Und doch steckt in uns allen ein Funke Göttlichkeit. Habt ihr ihn noch nie in anderen bemerkt? Habt ihr ihn noch nie in euch selbst gespürt – manchmal? Nicht oft. Er zeigt sich selten, aber er ist vorhanden. Wir streben danach, und manchmal haben wir Erfolg. Gelegentlich sind wir alle böse; niemand von uns ist immer böse. Und wenn wir sterben, so wie wir alle einmal sterben müssen – glaubt ihr, der Funke geht dann verloren? Selbstverständlich nicht! Unsere Körper sterben, nicht jedoch die Göttlichkeit in uns.

Wohin verschwindet er also, dieser Funke? Die Hexer versprechen euch einen Platz am Himmel, wo ihr jede Nacht funkelt und strahlt. Habt ihr je daran gedacht zu fragen: *Und was tun wir dabei?* Die Welt beobachten, wie sie tief unter euch schlummert? Habt ihr euch nie überlegt, daß euch das letztlich *langweilig* werden könnte? Nichts zu tun, nur zu beobachten? Die erste Woche wäre es wohl ganz nett, ja. Frei von der Furcht vor dem Tod zu sein, frei von Schmerz, Krankheit und Leid – wunderbar! Aber wie lange wärt ihr damit zufrieden? Einen Monat? Ein Jahr? Ein Jahrhundert? Ein Jahrtausend? Ich sage euch, was die Hexer euch versprechen, ist Einbildung. Ich sage euch, ihr Paradies unveränderlicher Vollkommenheit würde sich sehr bald in eine Hölle verwandeln, in ewige, quälende Langeweile! Zum Glück sieht die Wahrheit anders aus.«

Exeter begann, seine Lehre der Wiedergeburt zu umreißen, und Julian ertappte sich dabei, ungeachtet seines Unglaubens gefesselt davon zu sein. Exeters Vorstellung von der Wiedergeburt war nicht jenes endlose Rad, aus dem man nur durch die Flucht in ein ödes Nirwana entkommen konnte. Vielmehr war es eine lebensbejahende, fortschreitende Leiter zu Gott, eine Verdien-dich-und-werde-befördert-Art von Wiedergeburt, die das weltliche Leben in keiner Weise verneinte, denn es war die Welt, wo man sich die Sporen verdiente. Sie versprach, daß zu gegebener Zeit jede Seele mit Gott verschmelzen würde – eine Vergöttlichung, keine Vernichtung –, und sie entstammte keinem irdischen Glauben, den Julian kannte. Er fragte sich, wo Exeter auf diese Gedanken gestoßen sein mochte.

Wer konnte schon wissen, wie die Wahrheit aussah? meinte der Zweifler in Julian. Vielleicht stimmte es ja sogar. Schließlich kehrte niemand zurück, um darüber zu berichten. Es war eine ebenso ansprechende Vorstellung wie jede andere, und genau deshalb mußte sein alter Freund sie als Stützpfeiler des neuen Glaubens auserkoren haben. Um Zath zu bezwingen, brauchte er Anhänger, und um Anhänger zu erlangen, brauchte er einen Glauben, und jeder Glaube mußte eine Erklärung der Feier nach dem Spiel bieten.

Es wäre wundervoll, an solchen Kram glauben zu können sagte der zweifelnde Julian. In Flandern hatte er miterlebt, wie blanker Schrecken inbrünstige, wenngleich zeitweilige Gläubige erschaffen hatte, ihn selbst mit eingeschlossen. Zum Glück hatte Gott die Welt nicht ganz so geordnet geschaffen, wie Menschen wie Edward Exeter es für richtig hielten. An diesem Punkt erkannte Julian mit Entsetzen, daß er Exeter ehrte, indem er glaubte, was er predigte.

Nachdem die Predigt zu Ende war, teilten die Jünger eine Empfangsschlange für jene ein, die ein besonderes Bedürfnis verspürten, den Befreier zu treffen. Exeter sprach mit jedem ein paar Worte – ruhig, vertraulich ... besänftigend, segnend, tröstend, ermutigend. Dann ging der jeweilige Bittsteller weiter, zog ein wenig aufrechter von dannen, und Exeter unterhielt sich mit dem nächsten.

Während Julian wartete, bis er an die Reihe kam, musterte er die große, hagere Gestalt im flackernden Schein der Feuer. Aus einigen Metern Entfernung vermeinte er, einen Unterschied zu erkennen, so wie Alice es gesagt hatte. Exeter hatte sich verändert, selbst in den kurzen zwei Wochen, seit er ihn zum letzten Mal gesehen hatte. Selbstvertrauen, ja. Befehlsgewalt, keine Frage. Sicher, sicher. Doch irgendwie war da noch etwas anderes, irgend etwas, das Julian nicht recht zu deuten vermochte.

Zu viel Mana? Wurde aus Exeter ein Gott? Oder hielt er sich für einen Gott, so wie die anderen? Verdarb okkulte Macht das Wesen ebenso unausweichlich wie weltliche Macht? Noch dazu so rasch?

Was immer geschehen sein mochte, dies war nicht der Exeter, den zu treffen Julian erwartet hatte, und je näher er ihm kam, desto stärker wankte seine Entschlossenheit. Allmählich fühlte er sich wie damals im Buckingham-Palast, als er darauf wartete, daß König

Georg ihm einen Orden ansteckte. Dieser Mann hier brauchte seinen Dank nicht. Dank war so belanglos, daß es einer Verschwendung der kostbaren Zeit des Befreiers gleichkam, ihn überhaupt auszusprechen. Die verbitterten Anschuldigungen von vor einer Doppelwoche schienen nun nicht mehr wichtig, sondern *völlig* unerheblich, genau wie Pinkys geringfügige Einmischung in die Geschehnisse. Exeter brauchte keine Entschuldigung, von niemandem. Er hatte von Anfang an Recht gehabt, und das Opfer, das seine Anhänger dargebracht hatten, war ebenso gerechtfertigt wie die Opfer, die so viele an der Westfront dargebracht hatten. Im Unterschied zu Julian hatte Exeter durch den Rauch zur Flamme gesehen. Mitunter heiligte der Zweck eben doch die Mittel.

Um ein Haar hätte Julian sich umgedreht und wäre geflüchtet. Letzten Endes aber blieb er, und ein letzter Schritt führte in unmittelbar vor den Befreier. Völlig verschreckt starrte er in die stechenden, saphirblauen Augen – und brachte kein Wort mehr hervor, konnte sich nicht mehr erinnern, weshalb er überhaupt gekommen war.

Der Bann zerbarst wie ein zu Boden fallender Eiszapfen. Es war bloß der altvertraute Edward Exeter, der lachte und seine Hand ergriff. »Also, du bist wirklich mehr als willkommen, alter Freund! Komm mit. Laß uns reden.« Er deutete zum nächsten Feuer.

»Aber ...« Hunderte warteten noch darauf, ihn zu treffen.

»Die laufen schon nicht davon. Ist ohnehin Zeit für ein Teepäuschen.«

Und so fand Julian sich an einem Feuer neben dem Befreier wieder und ließ sich von getreuen Jüngern ein heißes, würziges Getränk reichen, während ein paar Hundert neidische Anhänger ihn beobachteten wie rachlustige Tiger hinter Gittern.

»Ich habe nie daran gezweifelt, daß du zurückkehren würdest.«

»Eigentlich bin ich hergekommen, um nach Alice zu sehen. Aber da ich schon mal hier bin, möchte ich bleiben und meinen Beitrag leisten.«

Ein Lächeln. »Ich bin mehr als froh, dich hier zu haben.«

»Hör zu, alter Freund, es tut mir entsetzlich leid wegen ...«

»Schluß damit!« befahl Exeter scharf. Dann grinste er verlegen. »Wenn ich das Vergangen nicht ruhen lassen kann, bin ich im falschen Gewerbe.«

»Du schlägst dich ziemlich wacker.«

»Ich hatte ein paarmal gehöriges Glück. Wie schlimm steht es um Olympus?« Exeter schien völlig entspannt, rundum frisch und bereit, die ganze Nacht weiterzumachen.

Seine gute Laune wirkte wie eine funkelnde Rüstung und wehrte jeden Versuch ab, ihm die Stimmung zu verderben. Nur einmal gelang es Julian, die Unterhaltung auf Exeter selbst zu lenken.

»Dein Entwurf vom Leben nach dem Tod hat mich neugierig gemacht. Er entspricht keiner Form des Buddhismus, die ich kenne. Ist es Hindu-Philosophie? Wo bist du darauf gestoßen?«

Einen Lidschlag lang schien Exeter erschrocken. »Darauf gestoßen? Weiß ich nicht. Ist mir einfach eines Tages durch den Kopf gegangen, als ich gerade predigte. Hat sich wie etwas angefühlt, das die Menschen gern hören würden ...« Dann richteten seine Augen sich wieder fest auf Julian und leuchteten plötzlich belustigt auf, als hätte er irgendwie erraten, was sein alter Kumpel dachte. »Es ist all das Mana, weißt du. Ich erhalte meine Eingebungen jetzt unmittelbar von Gott.«

Er *schien* es nicht ernst zu meinen.

Nachdem die kurze Audienz vorüber war, kehrte der Prophet zur Empfangsreihe zurück und begrüßte den nächsten Anhänger. Julian schlenderte fröhlich vor sich hin summend in die Dunkelheit davon. Einmal hielt er inne, um auf eine von Holzrauch verschleierte Szene zurückzublicken – der vorhergesagte Befreier, der bei Nacht die Huldigung seiner Bewunderer entgegennahm. Ein Dutzend Leute zeichnete sich im warmen, güldenen Schein des Feuers gegen die Finsternis ab. Das Bild hätte einer illustrierten Bibel oder sogar einer Hell-Dunkel-Malerei eines Möchtegern-Caravaggio entstammen können, doch das Licht hob Exeter keinen Deut heller hervor als die übrigen Leute. Ungeachtet Alices Befürchtungen hatte Exeter sich nicht wirklich verändert. Er spielte eine Rolle, und er spielte sie hervorragend, doch innerlich war er derselbe alte Exeter.

Wenig später, nachdem Julian in einem überfüllten Zelt ein Eckchen gefunden hatte, in dem er sich zusammenrollen konnte, stellte er fest, daß er wieder zwei normale Hände besaß.

VIII

Er verläßt sein Heimatland und zieht in ein andres; doch bringt er die fünf Übel mit sich.

ADI GRANTH: PRABHATI M.V.

51

Das mußte man Pinky lassen, sofern es sein Verdient war: Die Organisation war beeindruckend. Als Julian im frühen Licht des Tages erwachte, brachen die ersten Pilger bereits auf. Er hatte versprochen, auf Alice zu warten; bis sie und die restliche Verwaltungsbelegschaft die Zelte abgebrochen und die Karren beladen hatten, war Onkenviers Lichtung beinahe wieder verlassen, ein Ödland grauen Schlammes, gesprenkelt mit rauchenden Aschehäufchen und zurückgelassenen Latrinenzäunen. Schnee rieselte sanft, jedoch unablässig vom Himmel, als wäre er fest entschlossen, das Durcheinander zu übertünchen, das die Freien hinterlassen hatten. Der Befreier selbst war noch da und heilte ein paar letzte Kranke, die noch eintrudelten, während eine ganze Flotte von Moas gezogenen Kutschen zusammengestellt wurde, um ihn und die Kutscher zur ersten Zwischenstation zu bringen.

Alice erklärte, daß sie für gewöhnlich mit den Pilgern wanderte, um den Alten oder den Jüngsten zu helfen, doch für diesen Morgen war vorgesehen, daß sie mit den anderen Küchenarbeitern in einem Hasenkarren fuhr, und sie bestand darauf, daß Julian sie begleitete. Er hegte den Verdacht, daß sie nicht ganz aufrichtig war, nahm das Angebot jedoch dankbar an, wenngleich er sich dabei wie ein Drückeberger fühlte, weil es Tausende andere Menschen gab, die genauso krank gewesen waren wie er. Zum Trost gelobte er sich, seine Bürde morgen zu tragen.

Zwar konnte der Expreßtroß nicht besonders schnell durch die Menge preschen, die den Fainpaßpfad verstopfte, dennoch traf er kurz nach der Vorhut am nächsten Lagerplatz ein. Als Hauptmann Smedley sich zu helfen erbot, wurde er mit einem Messer bewaffnet und auf einen tonnenschweren Berg Knollen angesetzt, die Kartoffeln sehr ähnlich sahen. Es war einer der freudigsten Augenblicke seines Lebens: Ihm wurde eine Aufgabe zugewiesen, die zweier Hände bedurfte, und er war in der Lage, diese Aufgabe zu bewältigen.

Der Knoten, den Exeter angegeben hatte, war durch einen vereinzelten stehenden Stein inmitten einer kahlen Winterweide ein paar Meilen außerhalb eines kleinen Dorfes gekennzeichnet. Bald ließen die Freien sich darauf nieder wie Fliegen auf einem Kuhfladen. In Lappintal fiel kein Schnee; bisweilen schien sogar die Sonne. Julian saß mit dem Rücken zum Wind auf einem umgedrehten Eimer und schälte mit Herzenslust Kartoffeln in einen anderen Eimer. Er hatte Gesellschaft – zwei Frauen, die auf Lappinisch miteinander schwatzten, einen stocktauben Greis und drei mißmutige Mädchen, die der Meinung waren, etwas Besseres verdient zu haben. Julian war damit zufrieden, ihnen keine Beachtung zu schenken und fröhlich die Kartoffeln zu schälen, oder was immer es sein mochte.

Dann senkte sich ein Schatten über den Eimer, und eine Stimme sprach seinen Namen. Wütend schaute er auf.

In den mottenzerfressenen Fellen wirkte sie wie ein gestaltloser Teddy, und das Haar wehte ihr in Strähnen übers Gesicht. Doch ihr würde es egal sein, wie sie aussah; so war es schon immer gewesen. Und sie lächelte ihn tatsächlich an, als müßte er sich freuen, sie zu sehen!

Noch nie in seinem Leben hatte er den Wunsch verspürt, eine Frau zu schlagen – bis jetzt. »Verschwinde!« brüllte er. »Geh mir aus der Sonne!«

Sie wich einen Schritt zurück. »Was ist denn los?«

Vor Zorn am ganzen Leib zitternd, erhob er sich. »Vergewaltigung, Mrs. Newton. Du hast mich vergewaltigt!« Zwar verstand keiner der Umstehenden Englisch, aber selbst wenn sie es verstanden hätten, wäre es ihm gleichgültig gewesen.

»Ach, das.«

»Ja, das!«

Unsicher musterte sie ihn. »Das ist aber eine ziemlich drastische Beschreibung dessen, was passiert ist. Schon möglich, daß ich bei dir Mana eingesetzt habe. Das wollte ich nicht, Julian.«

»Du *wolltest* es nicht?« Er trat einen Schritt vor, sie wich einen weiteren zurück. Mit Freude stellte er fest, daß sie allmählich eingeschüchtert wirkte. Seine Wut hatte sie überrascht.

»Nein«, bestätigte sie. »Weißt du, wie ... Wahrscheinlich nicht. Du hast nie viel Mana gehabt, oder? Wenn man Mana besitzt und sich etwas wünscht, kann man sehr schwer verhindern, daß man es geschehen läßt. Die Macht rinnt aus einem heraus. Du konntest doch auch nicht verhindern, daß deine Hand heil wurde, oder? Ich wollte, daß du in mein Zelt kommst. Das hast du getan. Ich wollte, daß ...«

»Aber ich wollte dich nicht!«

Ursula runzelte die Stirn, als hätte er etwas gesagt, das ein Ehrenmann nicht sagen sollte. »Ich hätte wohl vorsichtiger sein müssen. Es tut mir leid, Hauptmann Smedley, aufrichtig leid.«

Aber es war ihr einerlei. Es hätte ihr mehr leid getan, wenn sie seine Teetasse umgestoßen hätte. Nun fuchtelte er mit dem Messer vor ihr herum, und die

Umstehenden zeigten sich allmählich erschrocken. Der taube alte Kauz mühte sich auf die Beine. Julian war so zornig, daß er keine Worte fand.

»Ich schätze, ich hätte aufhören sollen, als ich sah, was passierte«, meinte Ursula geduldig. »Oder dich vielleicht fragen. Ich hätte nicht gedacht, daß es dich stören würde. Für gewöhnlich haben Männer nichts dagegen.« Wissend lächelte sie.

»Ach, machst du das öfter? Ist das die einzige Möglichkeit, wie du an einen Mann herankommst?«

»Oh, deine Hand!« rief Ursula aus, wodurch sie das Thema wechselte. »Sie sieht viel besser aus!«

Julian schleuderte das Messer beiseite und ballte die Hand zur Faust. »Ein Geschenk von einem alten Freund. Es würde mir zutiefst widerstreben, es einzusetzen, um dir die Zähne in die Kehle zu rammen, Mrs. Newton, aber wenn du nicht sofort verschwindest und dich in Zukunft von mir fernhältst, fällt für den Befreier weitere Heilarbeit an. Und jetzt scher dich zur Hölle und bleib dort!« Natürlich tat er nur so als ob. Mit einer Brise Mana konnte sie ihn heulend auf die Knie zwingen.

Was sie jedoch nicht tat, obwohl sie offensichtlich der Meinung war, daß er es fürchterlich übertrieb. »Es tut mir aufrichtig leid. Ich hätte wirklich nicht gedacht, daß es dich stört.« Achselzuckend wandte sie sich um und stapfte davon.

Vor unbefriedigter Wut bebend, nahm Julian wieder Platz und begann, wie ein Irrer auf die Knollen einzuhacken.

52

Als die Freien den Fainpaß überquerten, herrschte leichter Schneefall; in Lappintal jedoch wurden sie von schönem Wetter begrüßt. Alice hatte Gerüchte gehört, denen zufolge die Thargier ihnen hier gewiß Schwierigkeiten bereiten würden. Sie würden versuchen, einen Massenansturm auf dem Weg in ihr Heimatland aufzuhalten, und gewiß wollten sie nicht, daß ihre lappinischen Leibeigenen die Gelegenheit beim Schopfe packten und über die Grenze flüchteten.

Die Zweifler hatten vergessen, daß in Lappinland nach wie vor die Grippewelle wütete. Statthalter Kratch persönlich kam mit seiner Frau und seinen Kindern, auf daß der Befreier sie heile. Dankbarkeit galt bei den Thargiern zwar nicht als geschätzte Tugend, doch sie stellten Eigennutz stets über Grundsätze; zudem war ihre Garnison hundert zu eins in der Unterzahl. Die Freien zogen ungehindert weiter und vermehrten sich unterwegs durch Neuzugänge. Selbstverständlich stand es diesen Zufluchtsuchenden frei, sich abzusetzen, sobald sie Randortal erreichten, was jedoch nur überraschend wenige taten.

Alice fühlte sich rundum wohl. Mittlerweile schien London unsagbar weit entfernt, aber sie war auch nie eine echte Londonerin gewesen. Mit Zelten brachte sie die Safaris ihrer Kindheit sowie Onkel Cam und Tante Rona in Kenia in Verbindung. Das Klima und die Umgebung waren zwar anders, aber das rauhe Leben störte sie in keiner Weise. Die Niedergeschlagenheit, die noch in Norfolk an ihr gezehrt hatte, war längst vergessen. Sie half beim Kochen, hütete Kinder, kümmerte sich um die Kranken, die auf Edwards Ankunft warteten und verrichtete ganz allgemein Arbeit, die sie als nützlicher empfand als alles, was sie je zuvor in ihrem Leben getan hatte. Nun, da sie wußte, wieviel Spaß Kreuzzüge verhießen, konnte sie verstehen, weshalb es im Mittelalter so viele gegeben hatte.

Trotzdem war es unbestreitbar eine Verbesserung, Julian Smedley um sich zu haben. Sie brauchte einen Dolmetscher, der ihr half, die Grundzüge des Joalischen zu erlernen. Während ihrer ersten Tage bei den Freien war sie gezwungen gewesen, sich auf Ursula, Dommi und Edward selbst zu verlassen, und die waren allesamt zu sehr mit anderen Pflichten beschäftigt, um sich groß um sie zu kümmern. Bald tauchten verschiedene Olympier auf und schlossen sich den Freien an, doch auch sie wurden binnen kürzester Zeit mit Aufgaben betraut. Julian sprach ein nur sehr holpriges Joalisch und bediente sich für gewöhnlich eines einheimischen Lehrmeisters, übersetzte in beide Richtungen und lernte gemeinsam mit Alice. Das verkürzte die Stunden des Tagesmarsches und die oft eintönige, mühselige Arbeit, denn so wie Alice legte auch Julian sich bei den niederen Aufgaben der Verwaltung kräftig ins Zeug und überließ religiöse Belange anderen.

Alice betrachtete Hauptmann Smedley als alten Freund. Mit ihm hatte sie mehr gemeinsam als mit jedem anderen auf dieser Welt, ausgenommen Edward, und den bekam sie nur selten zu Gesicht. Über Jahre hinweg war Julian, der beste Kumpel ihres Cousins, immer wieder unverhofft in ihrem Leben aufgetaucht, bei jedem Treffen verändert: mal als spindeldürrer Knabe, dann als pickeliger Halbwüchsiger, zuletzt als schneidiger, junger, kriegsneurotischer

Held. Und nun? Nun als schlanker, selbstbewußter junger Mann, nicht unbedingt hübsch, aber zweifellos anziehend und älter, als er tatsächlich war. Sofern ihn tagsüber noch Alpträume verfolgten, verbarg er es hinter einer fröhlichen Fassade. Zwar sprach er nie über sich selbst, doch er besaß ein zu ansprechendes Äußeres, um nicht irgendwo zumindest ein Schätzchen zu haben. Eingedenk der Wechsel-das-Bett-Spiele, die Mrs. McKay an jenem weit in der Vergangenheit liegenden Abend im Gasthof zum Bullen beschrieben hatte, gelangte Alice zu dem Schluß, daß Julian Smedley vermutlich als Haupttrophäe des Spiels galt, aber wahrscheinlich zu feinfühlig war, um es selbst gut zu spielen.

Von Lappintal über den Soutpaß nach Randortal – und immer noch schien die Sonne. In Randorland konnte es haarig werden, warnte Julian, denn es galt als Herrschaftsgebiet der Hohen Herrin; die Kirche des Ungeteilten wurde hier verfolgt, und Doc Mainwaring schmorte immer noch im Kerker. Die Prophezeiung hingegen hörte sich ermutigend an. Vers 318: »Von Randor an werden die Mächtigen den Befreier aufsuchen; sie werden schlafen in Wäldern und Gräben, und rufen werden sie: Hilf uns, hab Gnade mit uns, und sie werden ihn mit Gold überschütten.«

Doch das erste, was in Randortal geschah, war etwas anderes: Ursula und Dommi verschwanden.

»Die kommen zurück«, versprach Edward. »Dommi hat sich zum Apostel der Karotten ernannt. Ursula will dem, was vom Dienst noch übrig ist, Bericht erstatten.«

Am folgenden Morgen berief König Gudjapate den Befreier zu einer Audienz, eine Einladung, die der Befreier ausschlug.

Zwei Tage später versuchte der König er erneut und schickte einen ausgemergelten, ansonsten jedoch unversehrten Doc Mainwaring als Friedensangebot. Immer noch weigerte sich Edward, obschon er Doc bei sich behielt.

In der vierten Nacht der Freien im Tal, als sie nahe der Westgrenze des Reiches und somit nicht weit von Olympus entfernt lagerten, strömten mehrere hundert Olympier mit kupferfarbenem Haar herbei und begrüßten den Befreier mit hemmungslosem Überschwang.

Bei ihnen waren Ursula und einige vertraute Gesichter: Betsy und Bill Pepper, Iris Barnes, Prof Rawlinson und andere.

Julian hörte von der Rückkehr der Evangelisten, als er sich gerade an einem Lagerfeuer in eine Felldecke wickelte. Es gab nach wie vor zu wenig Zelte, und er sah keinen Grund, weshalb ausgerechnet ihm, einem kampferprobten Recken, in irgendeiner Weise Vorzüge eingeräumt werden sollten. Inzwischen war er wieder rundum gesund, wenngleich noch ein wenig schwach, und in Flandern war es wesentlich schlimmer gewesen als hier. Ein Mann kniete sich neben ihn und grinste auf ihn hinunter wie ein hungriges Krokodil. Hastig setzte Julian sich auf.

»Dommi! Du bist zurück? Wie geht es Ayetha?«

»Es geht ihr ganz wirklich bestens, Bruder Haptmaan. Und ich bin ganz stolzer Vater eines ganz lauten Sohnes.«

Julian, vormals *Tyika* Haptmaan, klopfte ihm auf die Schulter und schüttelte ihm die Hand. »Gratuliere, Bruder Dommi! Und wie lautet sein Name?« Er ahnte die Antwort. Von nun an würde es in den Tälern von D'wards nur so wimmeln.

»Mit großzügiger Erlaubnis ist er nach unserem geschätzten Befreier benannt.«

»Und war *Entyika* – war sie dort?«

Dommi grinste noch breiter und nickte. »Ich habe eine Botschaft für dich.«

Julian riß sie ihm aus der Hand und öffnete sie. Er vergaß sogar, sich zu bedanken und bekam gar nicht mit, wie Dommi von dannen zog.

mein libster Käpt'n Hook!

es war zimlich schlau von dir zu erraten, wohin ich gegangen war. ich bin hir bei einer von tims tanten, keinem man. häte ich gewust, das du schon so bald zurückomst, wäre ich in olümpus gebliben. und es tut mir sähr leid, das ich dich verpast habe. ich vermise dich sehr. es tut mir leid, das wir gestriten haben, aber ale libenden streiten manchmahl. all deine verschprechen haben mich zu weinen gebracht, und ich werde dich nicht daran gebunden halten, weil ich glaube, das du sie letzten endes beräuen wirst, aber wenn es dir ernst dahmit ist, bin ich für imer, auf jeder welt dein, mit körper und sele, ganz besonders ersteres.

in ewiger libe
wendy

Jener Brief kostete die Freien um ein Haar eines ihrer Mitglieder; letztlich aber beschloß Julian, doch an Bord zu bleiben.

Der Kreuzzug würde nicht mehr lange dauern, wohingegen seine Zukunft mit Euphemia sich über

Jahrhunderte ausdehnen konnte. Im Vergleich dazu spielten ein paar Tage mehr oder weniger eine sehr geringe Rolle, so lange sie auch erscheinen mochten.

Am folgenden Morgen hielt die königliche Familie mitsamt eines Großteil des Hofes in einer Reihe wundervoller Kutschen im Lager Einzug. Edward begrüßte sie höflich, heilte auch noch die letzte rinnende Nase und bestand nicht darauf, daß sie in Gräben schliefen. Er nahm ihr Gold an und gab es an Dosh weiter, damit dieser mehr Essen und Lasttiere kaufen konnte.

Die Prophezeiung war eine zweischneidige Waffe, und der nächste Halt war für Thotal geplant. Mittlerweile wußte jeder, daß Vers 404 des *Filoby-Testaments* unheilverkündende Worte über D'ward und den Hunger in Thotal enthielt.

Der Zusammenstoß schien unvermeidlich – ein Mann des Schicksals konnte sich nicht nur die Rosinen herauspicken.

»Morgen sollten wir früh aufbrechen«, meinte Julian. »Um dem ärgsten Massenansturm zu entgehen.«

Alice sah nur eine lotrechte Felswand, die selbst für eine Fliege eine Herausforderung dargestellt hätte. »Sicher. Als was ist der Paß eingestuft?« Inzwischen wußte sie, daß es im Joalischen ein Dutzend Wörter gab, die allesamt einen Gebirgspaß bezeichneten, abhängig von dessen Schwierigkeitsgrad. Aber mit dem Beurteilen des Schwierigkeitsgrads war das so eine Sache. War ein Paß für eine Gebirgsziege überwindbar, galt er als einfach.

»Figpaß ist ein *Jaltheraan.*«

»Das Wort kenne ich noch nicht. Was bedeutet es?«

»Sogar-im-Sommer-verflucht-schwierig.«

»Ist eine Stunde vor Sonnenaufgang früh genug?«

Der Figpaßpfad wurde rasch steil, sehr steil, wand sich zwischen buschähnlichen Bäumen hindurch und öffnete sich schließlich, um die Sicht auf ein weitläufiges Hügelland in einem unglaublich grünen Grün vor einem reinweißen Himmel freizugeben. Die Freien glichen einem grauen, von einem Riesen fallen gelassenen Seil, das sich über das Antlitz des Berges erstreckte und schließlich Tausende Meter über dem Tal in den Wolken verschwand. Und das war nur die Vorhut. Dahinter folgten noch viele, viele nach.

Alice stemmte sich gegen den Hang und bemühte sich, einen gleichmäßigen Marschschritt beizubehalten. In ein, zwei Stunden würde sie dort droben stehen und auf die nachfolgenden Massen hinunterblicken. »Das scheint alles so unwirklich! Immerzu versuche ich, mir irdische Gegenstücke vorzustellen, aber ich finde kein einziges. Die Wisigoten ... die Kinder Israels ... Xerxes beim Überqueren des Hellespont – nichts davon scheint so recht zu passen.«

Julian keuchte, wobei sein Atem in der kalten Luft bereits weiße Wölkchen bildete. »Peter der Einsiedler?«

»Das darfst du noch nicht einmal denken!«

»Schon gut, schon gut. Es ist wirklich. Und es ist es sehr vergänglich. Wir alle werden uns für den Rest unseres Lebens an diese Tage erinnern. In einem Jahrhundert werden vielleicht noch ein, zwei jener Kinder leben und damit prahlen, mit D'ward marschiert und dem Befreier ins Thargtal gefolgt zu sein.«

Diese Tage waren auch die wichtigsten in Alice Pearsons Leben. Selbst wenn sie hundert Jahre alt würde, wie jene frei erfundenen Kinder, würde alles andere im Vergleich unbedeutend erscheinen. Die Täler stellten lediglich einen kleinen Teil der Welt dar, und nur ein winziger Bruchteil ihrer Bevölkerung war wirklich an all dem beteiligt; dennoch würde dies als bedeutender Augenblick in die Geschichte eingehen. Wer hätte schon freiwillig auf einen Sitz auf der Haupttribüne bei der Hegira, dem Teilen des Roten Meeres oder bei Cäsars Überquerung des Rubikon verzichtet? Sie versuchte, den Kreuzzug des Volkes oder die Kreuzigung nicht in die Liste mitaufzunehmen. Was auch immer in Tharg geschehen mochte, sie würde nie wieder etwas sehen, das dem hier gleichkam. Vermutlich würde sie letzten Endes nach Hause zurückkehren. Die mit Miss Pimm vereinbarte Vierwochengrenze hatte sie bereits überschritten, doch nun war eindeutig nicht die rechte Zeit, um die Zelte abzubrechen.

Niemand, nicht einmal Edward selbst, wußte, wie viele Anhänger er inzwischen hatte. Allein die Organisation schien ein Wunder und wuchs wie von selbst, um mit der emporschnellenden Zahl der Menschen Schritt zu halten. Da Alice im Verlauf der letzten fünf Jahre erfahren hatte, wie unfähig Armeen waren, hätte sie nie und nimmer zu glauben vermocht, eine derart gewaltige Menschenmasse könnte so gut zusammenarbeiten. Die Ehre dafür gebührte einzig und allein Edward, denn er hatte ein überragendes Jüngergespann zusammengestellt und mit blinder Treue erfüllt. Unter den Schildträgern gab es weder persönliche Fehden noch Streitigkeiten darüber, wer über wem stand.

Ihre Stärke als Gruppe rührte von ihrer Unterschiedlichkeit her. Niemand wußte mehr über menschliche Schwächen als Dosh, der bekehrte Verbrecher und Wüstling. Dommi hatte seine Gabe, einen Haushalt zu führen, dahingehend verfeinert, daß er nunmehr den Verwaltungskörper leitete. Ursula Newton war eine unbezwingbare Kraft, eine menschliche Flutwelle, die jeden Widerstand zerschmetterte, während Eleals Predigten selbst aus einem Stein Tränen zu wringen vermochten. Von Edwards beiden Altersgruppenbrüdern aus seiner Zeit in Nagland war Tielan ein gewiefter Händler und Doggan hartnäckig und unermüdlich, wenn es darum ging, eintönige Arbeiten zu erledigen, die andere zur Verzweiflung brachten. Piol Poet galt als offizieller Archivar und sorgte dafür, daß Eleals Predigten theologisch orthodox blieben. Pinky Pinkney trieb die Leute an wie der Wind die Schneeflocken, für gewöhnlich ohne daß sie es merkten. Bid'lip war früher Soldat gewesen, Kilpian Viehtreiber, Hasfral Hebamme, Gastik Bauer, Imminol Kräuterheilkundler, Tittrag Steinmetz.

Der Befreier selbst vermochte, sie alle jederzeit in allem zu übertreffen, aber er konnte nicht gleichzeitig an einem Dutzend Orten sein. Was er auch erledigt haben mußte – er hatte einen Jünger dafür. Alles in allem gab es zwanzig Schildträger, und im Zuge einer seiner süßsauren Randbemerkungen meinte Edward einmal zu Alice, er könne sich gar nicht vorstellen, wie Jesus mit nur zwölf Jüngern sein Auskommen gefunden hätte.

In den letzten zwei Wochen hatte sie Edward höchst selten zu Gesicht bekommen. So oft er sich dafür entschuldigen wollte, wies sie ihn zurück. »Du arbeitest, ich bin auf Urlaub. Außerdem beherrsche ich die

Sprache nicht; deshalb kann ich dir wenig helfen. Wenn du reden möchtest, dann laß mich rufen; ich komme jederzeit gern zu dir. Ansonsten tu, was du tun mußt, und mach dir um mich keine Gedanken. Langweilig ist mir ganz bestimmt nicht!«

Ein paarmal ließ er tatsächlich nach ihr rufen, stets spät abends, wenn die anderen sich bereits der Erholung hingaben. Er schien keine Rast zu brauchen, seine Helfer hingegen schon. Vielleicht wählte er die späte Stunde auch nur aus schierer Gewohnheit. Belustigt stellte sie fest, daß sie nie ganz allein waren, also würde es auch kein Gerede geben, und doch bezweifelte sie, daß Edward bewußt daran gedacht hatte, die Gefahr eines Skandals zu vermeiden. Sein sechster Sinn arbeitete unübertrefflich.

Bei solchen Treffen erkundigte er sich jedesmal, ob Alice denn auch glücklich sei, was sie jedesmal nachhaltig bejahte. Sie ließ ihn die Unterhaltung lenken, und so sprachen sie über England, den Krieg, Lyrik und ihre Kindheit.

Nur einmal schnitt sie an, was geschehen mochte, wenn die Freien Tharg erreichten, und selbst da geschah es beinahe unabsichtlich.

»Sie können nur als Aufmunterungstruppe dienen«, erwiderte Edward, »aber natürlich ist es ihre Aufmunterung, die das Ganze erst möglich macht. Jetzt steht nur noch ein Ereignis an – und zwar die Schwergewichtsmeisterschaft der Täler, zwischen dem amtierenden Champion, Zath (*Buuh! Pfui!*) in der schwarzen Ecke und dem Befreier (*Hurra! Schlag ihm die Visage ein!*) in der grauen Ecke. Das Ergebnis haben wir alle im *Filoby-Testament* gelesen, also dürfte es ein ziemlich langweiliger Kampf . . . Was ist denn los?«

»Nichts. Ich vergesse nur immerzu, daß Zath ein

Mensch aus Fleisch und Blut ist, nicht bloß ein Sinnbild.«

»Oh, er ist wahrhaftig aus Fleisch und Blut.« Edwards Augen verengten sich, und eine Zeitlang starrte er trübsinnig in die Nacht. »Aber was ich vorhabe, ist kein Mord, sondern eine Hinrichtung. Du weißt, welche Opfernamen ganz oben auf der Liste der Anklagepunkte stehen«

Dann zuckte er die Schultern und wechselte das Thema. Sofern er Zweifel über den Ausgang des Zweikampfs hegte, verstand er es, sie sogar vor Alice zu verbergen. Aber er mußte doch wissen, daß der Sieg nicht immer an die Gerechten ging und einige der berühmtesten Aufstände mit einer Katastrophe endeten: Wat Tyler, Jan Hus, Peter der Einsiedler. Der Kreuzzug des Volkes hatte dreißigtausend Menschen in die Sklaverei oder den Tod geführt.

Manchmal präsentierte er sich als der Edward, den Alice kannte. Er hatte denselben Mut und dieselbe ruhige Entschlossenheit gezeigt, als die Quälgeister versucht hatten, ihn zu töten. Manchmal spürte sie auch mehr: eine furchterregende, zusammengeballte Kraft, die nur darauf wartete, freigelassen zu werden, und einen kalten, berechnenden Haß auf einen durch und durch bösen Widersacher – sofern sie sich das nicht einbildete und bloß sah, was sie sehen wollte. Und dennoch, während sie mit ernster Miene ihm gegenüber am Feuer hockte, beobachtete sie das Spiel des Feuerscheins auf den kantigen Zügen seines Gesichts und fragte sich, was aus ihrem Cousin geworden war.

Einmal, und wirklich nur ein einziges Mal, offenbarte er ihr seine innersten Empfindungen. Er verfiel eine Zeitlang in Schweigen und starrte sie an. Alice wartete und gab vor, die Flammen zu betrachten. Schließlich sagte er wehmütig: »Liebste Alice! Wie hätte sich alles entwickelt, wäre der Krieg nicht dazwischengekommen? Was wäre aus uns geworden? Wenn es kein *Filoby-Testament* gegeben hätte? Fragst du dich das nie?«

»Ich weiß es nicht.« Sie betrachtete die Bilder auf den Glutstücken, was mindestens genauso sinnvoll schien, wie in nutzlosen Was-wäre-wenns zu schwelgen.

Leise meinte er: »Weißt du, ich war schwer in dich verliebt. Das bin ich immer noch, aber jetzt ... na ja, jetzt ist alles anders. Machen wir's uns nicht schwerer, indem wir darüber reden. Hättest du mich denn je ernst genommen?«

»Ich habe dich immer ernst genommen, Edward. Sehr ernst sogar. Ich hatte schreckliche Angst, dich zu verletzen. Ich war sicher, du würdest schon bald ein anderes Mädchen finden, wahrscheinlich sogar unzählige. Ich war lediglich die einzige Frau, die du gekannt hast.«

»Eine ist auch genug. Ich glaube kaum, daß ich je eine andere gefunden hätte. Ich hätte wohl nie aufgegeben – nicht einmal, nachdem ich von D'Arcy erfahren hatte.«

An der Stelle schaute sie ihm in die Augen und erkannte die Frage darin. »Auch ich war damals verliebt. Hals über Kopf.«

»Und wenn der Krieg nicht ausgebrochen wäre?«

»Dann hätte ich wohl weiter eine Närrin aus mir gemacht. Seine Frau lebt immer noch.«

»Warst du tatsächlich eine Närrin? Siehst du es heute so?«

»Ja.« Sie fühlte sich treulos gegen das Andenken

eines Mannes, der ihr so viel Freude beschert hatte, doch sie schuldete auch Edward Treue. »Er hätte seine Laufbahn und ihr Geld niemals aufs Spiel gesetzt.«

»Eine verdammt seichte Art von Liebe!«

»Ja. Ich schätze, früher oder später wäre ich wieder zur Vernunft gekommen. Keine Ahnung, warum ich nicht schwanger geworden bin – das hätte genau gepaßt! Natürlich wäre es ohnehin zu spät dafür gewesen. Ich sollte dankbar sein, daß der Krieg ausgebrochen ist.«

Bestürzt zog Edward einen Schmollmund. »Das darfst du noch nicht einmal denken! Und Terry?«

»Ein Rückfall, nur ein Rückfall.« Terry war noch jünger als Edward gewesen und hatte dieselben schwarzen Haare, dieselben blauen Augen besessen – ein merkwürdiger Zufall. »Ein wundervoller Mann, und doch wäre diese Beziehung letztlich noch schlimmer verlaufen. Wir waren bis über beide Ohren verliebt, ansonsten aber hatten wir rein gar nichts gemein. Es hätte nicht lang gedauert. Wir wären Zeit unseres Lebens unglücklich miteinander gewesen.«

Nach einer Weile murmelte er: »Danke.«

Wofür? Jetzt war ohnehin *sie* mit Fragen an der Reihe. »Was ist mit Ysian? Hast du sie denn nicht geliebt?«

Traurig, zugleich belustigt schüttelte er den Kopf, als könnte er ihren Unglauben nicht verstehen. »Nein. Hab' ich dir doch erklärt. Liebe zwischen Einheimischen und Fremden ist undenkbar. Es spielt keine Rolle, für welche Welt man sich entscheidet, einer muß altern, der andere nicht. Ich hätte sie lieben können. Ich habe bloß nicht *zugelassen*, daß ich mich in Ysian verliebe.«

»Und was ist mit Fräulein Eleal, die dir den ganzen

Tag mit diesen großen, runden Mondkalbaugen hinterherschwänzelt?«

Edwards Augenbrauen schossen empor. Ein Mundwinkel verzog sich. »Alice, Liebling, du bist doch nicht etwa, äh, ein kleines bißchen ...«

»Ich? Selbstverständlich nicht. Soweit es mich betrifft, soll sie ihr klassisches Profil, ihre überreichen Mutterglocken und ihr Leben als ein einziges, riesiges, gekünstelt tragisches *tableau vivant* ruhig haben. Ich wünschte nur, sie würde sich damit ein wenig weiter von mir entfernt halten, das ist alles.«

»Ihr eigener Vater hat sie verhext«, erklärte Edward. »Kannst du dir das vorstellen – die eigene Tochter? Ich habe den Bann gebrochen.«

»Mit einem weiteren Kuß?«

Er lachte laut auf. »Schleudern Sie doch keine Pfeile auf mich, Mrs. Pearson! Ja, wenn du es unbedingt wissen willst. Allerdings habe ich sie nicht verzaubert.«

»Das hat sie also ganz allein geschafft?«

»Ja, wahrhaftig! Sie war verletzt und verwundbar; sie hat sich für den ersten Mann entschieden, der diese entsetzliche Kluft in ihrer Seele zu füllen vermochte. Und die Antwort ist immer noch dieselbe – Liebe zwischen Fremden und Einheimischen ist undenkbar.«

Alice bemühte sich immer noch krampfhaft, sich zu einer Entschuldigung durchzuringen, als Edward mit den Schultern zuckte und brummte: »Ich hoffe nur, sie ist stark genug und gibt sich keinen Selbstmordgedanken hin, wenn ... wenn sie herausfindet, daß ich ihre Gefühle nicht erwidern kann.«

»Oder wenn ... was?«

»Laß uns von schöneren Dingen reden«, schlug er vor. »Erinnerst du dich noch ...«

Wie viele Männer gab es, die einer Versuchung wie Eleal widerstehen konnten? Das Leben wäre so viel einfacher, wenn mehr Menschen so wären wie Edward.

Der Aufstieg zum Figpaß war schlimm; der Abstieg vom Figpaß war noch schlimmer. Alice hielt inne und kauerte sich in den Schutz eines Felsens, um ein wenig zu verschnaufen, während weiß-feuchter Nebel an ihr vorüberzog und die Reihen der Freien unbeirrt weitermarschierten. Julian sah zwar zutiefst erschöpft aus, sein Sinn für Humor jedoch war hellwach.

»Thotal?« meinte er. »Sehr klein und strategisch überaus wichtig, weil es eine Art Drehscheibe ist, die in mehrere andere Täler führt. Die Thargier waren schon immer felsenfest überzeugt, es wäre der Wille der Götter, daß es ihnen gehört; hingegen ist es ihnen nie so recht gelungen, die Thovier von dieser offensichtlichen Wahrheit gleichermaßen zu überzeugen. Die Thovier sind ein wildes Hügelvolk. Im Vergleich dazu wirken die Schotten oder die Afghanen wie Schmusetierchen.

Thargia hat mehrfach versucht, sich das Tal einzuverleiben. Die Stammeskrieger schlichen sich bei Nacht von den Hügeln herab und haben ihnen die Kehlen durchgeschnitten. Den Thargiern ist nie ein richtiger Vergeltungsschlag geglückt, weil sie es vorziehen, in geordneten Reihen zu kämpfen, und dafür ist das Gelände alles andere als geeignet. Ihre Armeen mußten sich jedesmal sowohl den Hinweg als auch den Rückweg erkämpfen, was Thargiens Außenpolitik *vis-à-vis* allen anderen Reichen überaus schwierig gestaltete. Also hat man eine Übereinkunft auf Treu und Glauben geschlossen. Offiziell ist Thotal unabhängig, aber man hindert Thargia nicht daran, hindurchzumarschieren und unterstützt keine Feinde Thargias. Somit haben die Thargier freie Hand, jedem außer den Thoviern auf den Leib zu rücken, und die Thovier können sich weiterhin untereinander befehden. Jeder ist glücklich und tut, was ihm am meisten Spaß macht.«

Alice lachte. »Du bist ja ein Zyniker!«

»Das habe ich auf der Erde gelernt«, entgegnete er grimmig.

Noch während die Freien zu Tausenden nach Thotal hinunterströmten, riegelte ein plötzlicher Schneesturm den Paß ab. Tag für Tag für Tag fielen ganze Schiffsladungen Schnee und verwandelten die Pilger in Gefangene im eigenen Lager.

Nur wenige Karren waren rechtzeitig eingetroffen. Zuerst ging der Brennstoff aus, was jedoch kaum eine Rolle spielte. Die Menschen hatten sich in jedes verfügbare Zelt gequetscht, und die Zelte waren unter dem Schnee begraben; deshalb war es darin zwar dunkel, feucht und entsetzlich stickig, doch nie bitterkalt. Aus den Pfaden dazwischen wurden Gräben, die sich durch die Schneewächten zogen. Nahrungsmittel wurden knapp. Das Essen wurde zunächst nur noch eingeschränkt verteilt, bald darauf gar nicht mehr. Die letzten Vorräte wurden Kindern und säugenden Müttern zugestanden – denn an diesem Kreuzzug nahmen sogar Mütter mit Kleinkindern teil.

Edward drehte regelmäßig seine Runden und besuchte jedes Zelt wenigstens einmal am Tag. Schildträger kamen häufiger vorbei, besonders jene, die gut zu predigen verstanden: Eleal, Pinky, Dommi. Die Grippe brach aus und wurde vom Befreier regelrecht weggefegt. Auch Langeweile breitete sich aus. Die Lobgesänge verloren ihren Reiz. Ebenso Streitgespräche über verschiedenste Lehren. Und je deutlicher der Hunger sich bemerkbar machte, desto brüchiger wurde die Geduld der Menschen.

Nach und nach schlich sich unter den Freien Furcht ein. Im *Testament* stand zwar, der Befreier würde dem Tod den Tod bringen, doch es erwähnte nirgends, was aus seinen Anhängern wurde. Womöglich würden sie alle zuerst sterben? Alice machte der Gedanke Sorgen, insbesondere, da Julian ihr von den Früchten erzählt hatte, die ein Martyrium hervorbrachte. Alice war mit ihrer Angst gewiß nicht allein. Ein Wort von Edward oder einem Schildträger munterte zwar jeden auf, doch die Zweifel kehrten unweigerlich wieder.

Es war die Nacht des zweiten Tages ohne Essen. Die allgemeine Stimmung war mehr als angespannt. Irgendwo in der pechschwarzen Finsternis des Zeltes stritten sich zwei Männer, wobei sie dem anschwellenden Gemurre ihrer Nachbarn keinerlei Beachtung schenkten. Alice hatte vom langen Sitzen mit angezogenen Knien schon Krämpfe in den Beinen, doch sie war noch nicht an der Reihe, sich strecken zu dürfen. Der gestaltlose Fellklumpen, an den Alice sich lehnte, war Julian, der sich seinerseits an sie lehnte. Alice war ziemlich sicher, daß sich sonst niemand im Zelt befand, der Englisch sprach.

»Julian?«

»Hm?«

»Er ahmt Jesus nach.«

»Mhm.« Was soviel wie *ja* bedeuten sollte.

»Wie weit glaubst du, ist er bereit zu gehen?«

»Die Geldeintreiber zu verjagen? Das letzte Abendmahl?«

»Du weißt genau, was ich meine. Würde er sich kreuzigen lassen?«

Julian seufzte. »Wenn er es für nötig hielte, ja. Zum Glück glaube ich kaum, daß es soweit kommt. Ich habe Prof gefragt, und er stimmt mir zu. Es gibt keine wie auch immer geartete Möglichkeit, daß der Tod des Befreiers an sich Zath zerstören könnte. Selbstverständlich schwebt Edward in schrecklicher Gefahr. Die Aussichten stehen immer noch sehr schlecht für ihn, mehr als schlecht; er könnte durchaus sterben. Aber wenn das passieren sollte, dann gewiß nicht auf seinen eigenen Wunsch, da bin ich sicher.«

Der Streit in der Ecke hörte sich so an, als könnte er jeden Augenblick in eine Keilerei ausarten. Auch die Umsitzenden murrten zunehmend lauter.

»Wird er womöglich den Tempel einreißen, wie Samson?« fragte Alice.

»Nein, das würde nicht wirken. Es muß ein ehrlicher Mana-Zweikampf sein. Der Stärkere siegt, der Schwächere verliert. Wenn Edward nicht mächtig genug ist, ein solches Duell für sich zu entscheiden, dann nützt es ihm gar nichts, den Tempel zum Einsturz zu bringen. Zath würde sich einfach durch das Hintertürchen retten. Und Edward hätte wesentlich mehr Mana verbraucht als er.«

Alice dachte an die anderen beiden Männer, die sie in ihrem Leben bereits verloren hatte und fragte sich, ob sie demnächst einen dritten verlieren würde. Natürlich keinen Geliebten, aber einen überaus lieben

Pflegebruder. Genau das. Und das war für sie ebenso schlimm. Andererseits, sollte Edward sein Martyrium überleben und ihr wieder den Hof machen ... Entsetzt scheute Alice vor solchen Gedanken zurück.

»Glaubst du immer noch, daß er Hilfe vom Pentatheon braucht?«

»Zath sammelt schon seit etwa hundert Jahren Mana.«

»Aber Edward schlägt sich doch weit besser, als irgend jemand gedacht hätte, oder?«

»Dank der Spanischen Grippe, ja. Ich weiß, das sollten wir nicht sagen, aber es ist wahr.« Julian kicherte, was Alice durch die Wirbelsäule spürte. »Fallow hat immer Anspruch darauf erhoben, Führungsqualitäten zu lehren, aber kein ehemaliger Fallowianer hat je etwas in dieser Größenordnung angeführt. Er schlägt sich weit, weit besser, als der Dienst je für möglich gehalten hätte. Ich glaube, der einzige, der das vorhergesehen hat, war Zath selbst. Ich hoffe, der Dreckskerl hat deswegen schon seit dreißig Jahren Kopfschmerzen.«

»Wie mag das Pentatheon darüber denken?«

»Wenn sie Zath nicht mögen – und davon gehen wir aus – werden sie sich wohl sehr darüber freuen.«

»Aber je mächtiger Edward ist, desto größer wird das Wagnis, das sie eingehen, indem sie ihm helfen, oder? Sie würden lediglich einen weiteren Zath erschaffen, der sie bedroht. Und sie müssen doch wissen, daß Edward ihr Treiben in keiner Weise billigt.« Womöglich wurde ihm noch sein eigener Erfolg zum Verhängnis.

»Ich weiß es nicht.« Julian drehte sich in eine neue Stellung. »Niemand weiß es. Es bringt nichts, Vermutungen darüber anzustellen. Ich sage nur soviel: Prof und ich sind gemeinsam das *Testament* durchgegangen, und wir sind beinahe am Ende angelangt. Wir stecken mitten in Vers vier-null-vier, Hunger in Thotal. Nur noch eine Prophezeiung ist übrig. Die anderen hat Edward bereits erfüllt – alle, in denen der Befreier vorkommt, alle, in denen D'ward vorkommt, alle, die wichtig erscheinen, ihn aber überhaupt nicht erwähnen. Nur Vers eintausendundeins ist noch übrig: ›Voller Zorn wird der Befreier hinabsteigen ins Thargland. Die Götter werden vor ihm fliehen; die Häupter werden sie vor ihm neigen, die Hände zu seinen Füßen ausbreiten.‹«

»Das klingt zwar durchaus ermutigend, aber du vergißt dreihundertsechsundachtzig. Der Vers ist auch noch nicht abgeschlossen.«

»Ja, sicher, stimmt.«

Jeder kannte Vers 386:

> *Hört, alle Völker! Jubelt, alle Länder! Denn der Henker des Todes naht, der Befreier, der Sohn des Kameron Kisster. Zu den siebenhundertsten Festspielen wird er kommen in das Land der Suss. Nackt und weinend wird er kommen auf die Welt, und Eleal wird ihn waschen. Sie wird ihn kleiden, ihn nähren und trösten. Seid fröhlich und zeigt Dank; heißt willkommen diese Gnade und jubelt ob eurer Erlösung, denn er wird bringen Tod dem Tod.*

Die streitenden Männer waren von ihren Nachbarn zur Ruhe gezwungen worden. Die Leute tuschelten und husteten, und irgendwo in einem benachbarten Zelt weinte ein Kind. Alle anderen Geräusche wurden vom Schnee gedämpft.

Während Alice darüber nachdachte, was Julian gesagt hatte, erinnerte sie sich daran, daß es einen weiteren Vers des *Filoby-Testaments* gab, der noch nicht erfüllt war, einer, in dem ein Verräter vorkam. Wer mochte dieser Verräter sein?

53

Dosh war mit fünfzehn Helfern und zehn Karren über den Figpaß aufgebrochen. Fünf Männer und sechs Säbelzahnochsen erfroren unterwegs, aber vier Tage später führte er die Überlebenden nach Thotal, wo er zwei Stunden nach Sonnenaufgang eintraf, gerade als ein warmer Wind den Schnee in Regen verwandelte. Eine Gruppe Männer und Frauen rannte dem Troß entgegen; kreischend und jubelnd taumelten und schlitterten sie durch die bereits schwindenden Schneewächten. Die Hungersnot hatte ein Ende.

Dosh konnte sich kaum noch auf den Beinen halten. Er war triefnaß, halb erfroren und zu Tode erschöpft; zudem spürte er jeden Knochen im Leib. Wäre er noch in der Lage gewesen, irgend etwas komisch zu finden, hätte er diesen Empfang komisch gefunden, denn die Retter wurden wie der verlorene Sohn aus dem Gleichnis begrüßt, das D'ward erzählt hatte. Tielan und Doggan waren die ersten, die Dosh selbst inmitten der zerlumpten Gruppe der Retter erspähten. Sie umarmten ihn so überschwenglich, als hätten sie die Absicht, ihn zu vergewaltigen. Doggan küßte ihn sogar. Tielan brüllte, daß er ihn liebte. Oh, wie die Zeiten sich geändert hatten! Als sie das letzte Mal zusammen in Thargreich gewesen waren, hätten die beiden sich unter keinen Umständen in der Nähe von Dosh Leibdiener sehen lassen. Der Befreier hatte das bewirkt, und Dosh konnte nicht leugnen, daß es ihm gefiel.

Weitere Menschen scharten sich um ihn und herzten ihn, umarmten ihn, beglückwünschten ihn. Er war zu erschöpft. Kraftlos schüttelte er sie ab, wandte sich um ... und stand dem einzigen Menschen gegenüber, den er wirklich sehen wollte.

»Gut gemacht!« lobte D'ward ihn mit rauher Stimme. »Und wieder hast du meine Erwartungen erfüllt. Du hast uns gerettet!« Kurz drückte er Doshs Schulter, das dieser durch die nassen Felle jedoch kaum spürte.

Bestürzt schaute er auf. »Gerettet? Was habe ich denn getan?«

»Du hast uns vor dem Hungertod bewahrt. Du bist der Beste, Dosh! Auf dich kann ich mich immer verlassen.«

Der Befreier entblößte die Zähne zu einem Totenschädelgrinsen, klopfte Dosh noch einmal auf die Schulter und stapfte davon, um die anderen zu begrüßen. Doch seine Augen hatten nicht dasselbe gesagt wie seine Zunge. Irgend etwas stimmte nicht.

Dosh fand ein Zelt, legte sich nieder und fiel in den bodenlosen Schlaf völliger Erschöpfung. Als er erwachte, war bereits der nächste Morgen angebrochen, und die Freien rüsteten zum Aufbruch. Eine dichte Wolkendecke schien in den Baumwipfeln zu hängen. Immer noch fiel ein steter Nieselregen; aus Schneematsch war Schlammsuppe geworden, schwarz, übelriechend und knietief. Die meisten Zelte waren bereits abgebrochen; das gesamte Vieh war verschwunden. Die verbleibenden Karren wurden von Männergruppen fortgezerrt.

Steif wie ein Eichensparren humpelte Dosh auf der Suche nach Essen und Neuigkeiten los. Die Gerüchte wirbelten dichter umher als der Nieselregen. Die thargische Armee besetzte den Mestpaß. Die thargische Armee war von der Krankheit hinweggerafft worden. Nein, sie war vor einer Doppelwoche hinweggerafft worden, hatte sich aber mittlerweile erholt. Die Ephoren hatten eine Botschaft geschickt, der zufolge die Freien in Thargia willkommen wären – oder Targia gar nicht erst betreten durften.

Die Ephoren hatten verlangt, daß D'ward ihnen ausgeliefert würde. D'ward hatte die Auslieferung Zaths verlangt. Die Ephoren waren tot und ganz Tharg stand in Flammen.

Es war ein heilloses Durcheinander wilder Vermutungen.

Die Holzstäbe hingegen waren echt. Die Leute hatten einen ganzen Wald abgeholzt, als sie die Stäbe schnitten, denn D'ward hatte verfügt, daß jeder gesunde Pilger von nun an einen Stab mit dem Kreis des Ungeteilten zu tragen hatte. Er hatte es ihnen gezeigt, indem er einen jungen Baum umhieb und sämtliche Äste entfernte, außer einem am oberen Ende, das er einrollte und mit einem Schlingpflanzenstück festband. Das Lager war voll von diesen Stäben, die an jeden ausgegeben wurden, der sich auf den Weg machte.

»Wozu, um alles in der Welt, sind die gut?« wollte Dosh von der fionischen Frau wissen, die seinen Teller mit gekochtem Gemüse füllte. Das Fleisch, das Dosh mitgebracht hatte, war viel zu schnell verschwunden, als daß für ihn ein Brocken übrig geblieben wäre.

»Symbole des Ungeteilten, Liebster.« Fionier nannten jeden ›Liebster‹.

Dosh ließ sich die Angelegenheit durch den Kopf gehen, während er sich auf den Weg machte, um sich einen Sitzplatz zu suchen. Die Freien hatten solche Zeichen nie zuvor benötigt; D'ward verschmähte sogar die Ohrringe, die einst die alte Kirche des Ungeteilten an ihre Anhänger verteilt hatte. Was also hatte er wirklich vor?

Thargia unterhielt die einzig stehende Armee der Täler, nach allgemeiner Schätzung mindestens zehntausend Mann stark. Im Notfall konnte diese Zahl verdoppelt oder verdreifacht werden – doch wie sehr hatte die Seuche Tharglands Kampfkraft beeinträchtigt? Moas ließen sich keine Ersatzreiter aufsetzen, folglich war die Reiterei auf jeden Fall geschwächt. Es schien durchaus möglich, daß die Freien den von den Ephoren gegen sie ausgesandten Streitkräften zahlenmäßig überlegen sein würden, wenngleich Zahlen allein irreführend sein konnten. Ein ausgebildeter thargischer Soldat war in der Lage, ein halbes Dutzend Bauern zu töten, noch ehe er sich zum erstenmal in die Hände spuckte. Doch wenn jeder Bauer einen Viertelstab trug, standen die Aussichten ein wenig besser: Moas hatten äußerst empfindliche Beine.

Also sah D'ward Ärger voraus. Was war mit der Moral? Würden die Thargier tatsächlich für den verhaßten Gott des Todes kämpfen? Außerdem hatte der Befreier in den letzten drei Doppelwochen einen Machtschub nach dem anderen erlebt und war von einem Nichts zum Anführer einer gewaltigen Menschenmenge aufgestiegen. Selbstverständlich war dies das Land des Ungeteilten. Sogar die Heiden mußten sich fragen, welche Seite ihre falschen Götter unterstützten.

Wäre ich einer der Ephoren, überlegte Dosh, würde ich Zath und den Befreier zuerst ihren Zwist austragen lassen. Dann würde ich entscheiden, ob ich die Freien ziehen lasse oder sie zusammentreibe und in die Minen schicke.

Dosh fühlte sich immer noch ziemlich zittrig, doch er hatte eine Verpflichtung D'ward gegenüber; außerdem wollte er die aufregenden Entwicklungen nicht verpassen. Nachdem er nach seinen Helfern gesehen hatte – denn das hätte D'ward auch getan –, beschaffte er sich einen der Kreisstäbe und nahm die Verfolgung auf.

Der Mestpaß wurde gemeinhin als einfach eingestuft, aber im Winter war kein Paß leicht zu bewältigen. Der Großteil des Pfades verlief durch ein breites, flaches Tal. Derzeit machte der Schlamm die größten Schwierigkeiten, doch an manchen Stellen verengte der Pfad sich zu einer Schlucht. Und der sonst so friedliche Mestfluß war zu einem reißenden Strom angeschwollen, genährt von der Schneeschmelze. Die Hälfte der Brücken war verschwunden und mußte ersetzt werden, bevor die Freien den Mestfluß überqueren konnten. Deshalb waren sie noch nicht allzu weit gekommen, und Dosh holte die Hauptmasse der Pilger noch vor Mitternacht ein. Am nächsten Morgen war er bereit, seine Pflichten wieder aufzunehmen.

Gegen Mittag wanderte er über die grünen Hügel des Targhangs. Im Westen und Süden entschwanden verschneite Gipfel, denn Thargtal war so groß, daß die entfernte Seite hinter dem Horizont verborgen lag. Die Sonne leuchtete von einem saphirblauen Himmel, als könnte der Frühling jeden Augenblick aus dem Boden sprießen. Und dabei war noch Mittwinter! Thargtal war mit einem wesentlich besseren Klima gesegnet, als die Bewohner es verdienten.

»Der alte Ort hat sich kaum verändert, was?« meinte D'ward unbeschwert.

»Nein, Meister.« Dosh sah das Lächeln des Befreiers und gelangte zu dem Schluß, daß damit alles in Ordnung war. Er mußte sich die seltsame Begrüßung von vor zwei Tagen wohl eingebildet haben. Außerdem war er damals zu Tode erschöpft gewesen. »Ich vermute, die Leute hier haben sich ebenso wenig verändert.«

»Tja, man kann nie wissen. Trotzdem hat es den Anschein, als würden sie auf die alten Tricks zurückgreifen und ihr gutes Silberbesteck in Sicherheit bringen.«

»Meister?«

»Kein Empfangskomitee, und weit und breit ist kein Vieh zu sehen. Glaubst du, sie trauen uns am Ende nicht?«

»Wir werden beobachtet«, knurrte Bid'lip Soldat an D'wards anderer Seite. »Ich könnte schwören, ich habe auf dem Hügel da gerade etwas gesehen. Außerdem kribbelt's mir im Nacken.«

»Flöhe«, meinte D'ward. »Flöhe in Bronzerüstungen. Man sieht die Sonne alle paar Minuten darauf gleißen. Schaut mal da drüben.«

Vor vier Jahren war Dosh mit D'ward durch Thargtal gereist – und mit Tielan, Doggan, Prat'han und all den anderen. Damals war Frühling gewesen, und die Bäume hatten in Millionen Schattierungen von Grün, Gold, Purpur und Blau geleuchtet. Damals war er jung und verrückt gewesen. Nun waren die Wälder kahl, obwohl er hier und da Flecken immergrüner Gewächse erblickte – ebenso immerblauer und immerrosa Pflanzen, denn die gesamte thargische Pflanzenwelt war bunt. Es war nur noch wenig Schnee zu sehen. Der Mestfluß strömte gurgelnd durch den Talboden, tief und dunkel und weit über seinen Ufern. Er trug Holzstämme mit sich, die im Sommer geschlagen und nunmehr unterwegs zum Markt waren.

Indem die Freien in Thargtal Einzug hielten, forderten sie unverhohlen einen zutiefst fremdenfeindlichen Kriegerstaat heraus. Dies war das zweite Mal binnen vier Jahren, daß D'ward Befreier einen solchen Einmarsch anführte. Die Luft schien vor Gefahr zu knistern.

Die Landschaft präsentierte sich noch genauso, wie Dosh sie in Erinnerung hatte: üppig, mit gepflegten Bauernhöfen in den Niederungen und Steinwällen, die sich gleich Bleistiftstrichen über die fruchtbaren, sanften Hügel erstreckten. Die großen Häuser der Adeligen kamen durch die kahlen Bäume besser zur Geltung. Ställe, Heuschober, Windmühlen. Wie D'ward gesagt hatte, waren weder Menschen noch Tiere zu sehen. Seit Jurgtal wurde sein Vormarsch von auf Heilung wartenden Krankengruppen und deren Bediensteten begleitet; Menschen zu Fuß oder in Karren oder sogar in Zelten, in denen sie lagerten, bis der Befreier eintraf. Hier aber war nichts und niemand. Hatte die Seuche Thargtal verschont, oder war es dem

Volk verboten worden, die Hilfe des Ketzers zu suchen?

Niemand war zu sehen außer den Freien selbst, eine breite lange Reihe, viele Tausende, die Tausende von Kreisen trugen ... oder Viertelstäbe, falls es das war, was sie darstellten. Sie brachten ihre Karren und Lasttiere mit, und Ochsen und Lamas und sogar ein paar Moas und Hasen, die nach der Schneeschmelze aufgetaucht waren. Es mußte die größte Massenwanderung in der Geschichte der Täler sein.

Wohin führte D'ward diese Heerschar? An jenem Morgen hatte er sich selbst an die Spitze gesetzt und den Befehl erteilt, die unvermeidbaren Nachzügler wären so gut wie möglich anzutreiben. Er legte eine ziemlich zurückhaltende Geschwindigkeit vor. Zudem hatte er keine Vorausgruppe zusammengestellt und Bid'lips Forderung zurückgewiesen, Kundschafter auszusenden. Offensichtlich sah er Ärger auf sie zukommen, aber er hätte verrückt sein müssen, in Thargtal nicht mit Schwierigkeiten zu rechnen. Vor kurzer Zeit hatte er Dosh und Bid'lip zu sich rufen lassen, doch bislang hatte er noch nichts Bedeutsames von sich gegeben.

Schließlich aber fragte er: »Wie steht es mit dem Geld?«

»Alles ausgegeben, Meister.«

Er nickte. »Dachte ich mir. Nun, Bid'lip? Du bist unser Strategiefachmann. Wie schätzt du unsere Lage ein?«

Der große Niolier zog die buschigen, schwarzen Augenbrauen hoch. Er sagte immer, er hätte jene Art von Gesicht, die am besten aussah, wenn er den Helm verkehrt herum aufsetzte; heute aber war ihm nicht nach Scherzen zumute. »Schwierig.« Er deutete auf den Fluß. »Der Mestfluß führt Hochwasser. Irgendwo weiter vorn muß er in den Thargstrom münden. Vermutlich gibt es noch andere Nebenarme, und wahrscheinlich führen die ebenfalls Hochwasser. Die Thargier können die Brücken einreißen, sofern die Flüsse es nicht bereits für sie erledigt haben. Liegt Tharg am Süd- oder am Nordufer?«

»Am Nordufer. Aber mit den Nebenarmen hast du recht.«

Nachdem D'ward nichts mehr sagte, ließ Dosh den eigenen Bedenken freien Lauf.

»Keine Bittsteller, keine Neuaufnahmen, somit auch keine Geldquelle. Essen zu beschaffen, wird in Thargland schwieriger als in anderen Tälern. Hier gibt es keine Dörfer, nur diese großen Anwesen. Sie treiben untereinander Handel oder schicken ihre Waren direkt in die Stadt. Dommi murrt schon wegen der Versorgung, Meister.«

Immer noch lief der Befreier schweigend weiter, wobei er den Stab wie einen Spazierstock schwang. Seine Züge verrieten nichts. Er schien die Wanderung und den Sonnenschein zu genießen.

»Aber wir können uns doch auf den einzig Wahren Gott verlassen, oder?« meinte Dosh schnippisch.

Seine Unverschämtheit brachte ihm einen tadelnden Blick ein. »Er geht nicht davon aus, die ganze Arbeit verrichten zu müssen, Bruder Dosh. Gute Absichten allein sind zu wenig.« Dann lächelte D'ward, um seinen Worten die Schärfe zu nehmen. »Ja, ich weiß, daß es schlimm aussieht. Das ist mir durchaus bewußt. Ich möchte, daß ihr folgendes tut: Seht ihr den kleinen Hügel da? Den mit den Bäumen und dem Haus oben drauf? Dort schlagen wir unser Lager auf. Bid'lip, ich möchte, daß du rings um das

Haus Wachen aufstellst, um die Leute fernzuhalten. Ich werde es als Hauptquartier verwenden. Eigentlich müßte es leerstehen. Als ich es das letzte Mal gesehen habe, war es halb verfallen. Laß niemanden hinein außer den Schildträgern … und natürlich jeden, den ich rufen lasse.«

Der Soldat nickte.

»Ja, Herr.«

»Und stell auch in der näheren Umgebung Wachen auf. Ich rechne zwar nicht mit einem Angriff, aber sie könnten die eine oder andere Finte versuchen, um zu sehen, wie wir uns verhalten.«

»Und wie verhalten wir uns?«

»Wir können uns verteidigen, wenn es sein muß. Versucht trotzdem, Gewalt zu vermeiden.«

Der große Mann verdrehte die Augen, als wollte er damit andeuten, daß er Thargia mit einer aus Zivilisten und zwei bewaffneten Nagiern bestehenden Streitmacht ohnehin nicht angreifen würde.

»Euch will ich im Haus haben«, fuhr D´ward fort. »Also ernennt Stellvertreter. Sagt ihnen, Kranke sind natürlich wie immer ins Lager zu lassen – echte Bittsteller. Sie sollen sie in üblicher Weise zu mir begleiten. Aber falls Boten oder Gesandte auftauchen, sollen sie diese aufhalten und jemanden zum Haus schicken, um Dosh zu holen. Alles klar?«

»Ja, Herr.«

»Gut. Dann an die Arbeit.«

D'ward schickte ihn mit einem Lächeln auf den Weg. Dosh wartete auf seine Befehle. Und wartete. Und wartete. Der Befreier schlenderte schweigend weiter. Mittlerweile aber hatte er die Stirn in Falten gelegt.

Schließlich konnte Dosh es nicht länger ertragen.

»Wie viele Tagesmärsche sind es von hier nach Tharg?«

»Keine Ahnung. Vier?«

Um ein Haar hätte Dosh laut gekeucht. Das war ein Schock! Bislang hatte der Befreier stets genau gewußt, wohin er ging. Manchmal hatten ihn das Wetter oder die Menge unerwartet aufgehalten, aber stets hatte er die Route gekannt, der er folgte. Er hatte sie im voraus ausgekundschaftet. Nun aber kannte er sie nicht.

D'ward spähte hinter sich, als wollte er sich davon überzeugen, daß niemand nahe genug war, um zu lauschen. »Dosh?«

»Meister?«

»Wir sind schon seit langem Freunde.«

»Der einzige wahre Freund, den ich je hatte.«

D'ward zuckte zusammen. »Das kann doch nicht stimmen, oder?«

»Doch.«

»Ich wünschte, es wäre nicht so.«

»Ist es aber! Jeder, der mir je nahestand, wollte bloß auf die eine oder andere Weise fleischliche Freuden von mir. Du bist der einzige, der mich je als Menschen mochte. Selbstverständlich habe ich jetzt unter den Freien Freunde. Aber die wären nicht meine Freunde, wenn du nicht den Mann aus mir gemacht hättest, der ich mittlerweile bin.«

D'ward verzog das Gesicht, als plagten ihn heftige Schmerzen. »Tja, die letzten paar Doppelwochen warst du mir zweifellos ein guter Freund. Ich glaube kaum, daß ich ohne dich geschafft hätte, was ich bislang erreicht habe. Ich wollte nur, daß du das weißt, Dosh. Anfangs war ich nicht annähernd so sicher, wie ich getan habe, daß es dir gelingen würde, dich zu einem anderen zu wandeln. Du hast dich besser bewährt, als ich es mir je hätte träumen lassen. Du bist wunderbar.«

»Das warst du, Meister. Ich meine ... D'ward. Oder es war Gott. Du hast mich zu Gott geführt, und ich danke Gott jede Nacht dafür, daß er dich zu mir geschickt hat.«

D'ward stöhnte. »Wie auch immer, ich brauche schon wieder deine Hilfe. Du mußt etwas für mich tun.«

»Alles. Alles, was du willst.«

»O Dosh, Dosh! So einfach wird es nicht. Es könnte dich das Leben kosten oder noch schlimmere Folgen haben.«

Wie konnte er nur an Dosh zweifeln? »Sag es einfach, Meister! Ich schwöre, ich werde alles tun, genau so, wie du es befiehlst. Ich weiß, daß ich in der Brüllenden Höhle versagt habe, indem ich diese Eindringlinge ...«

»Du hast *nicht* versagt! Die beiden haben Magie zu Hilfe genommen. Gib dir nicht die Schuld daran. Aber ich habe dir damals gesagt, daß ich dir immer die schwierigen Aufgaben zuschanze. Es gibt unter den Freien keine andere Menschenseele, die ich damit betrauen würde.«

Dosh lachte laut auf. Er fühlte sich fast so erregt wie in den vielen ausschweifenden Jahren seines Lebens. »Sag's mir! Sag's mir!«

D'ward legte ihm einen Arm um die Schultern. »Über die Einzelheiten bin ich mir noch nicht im klaren. Aber wenn ich dir heute nacht oder vielleicht morgen einen Befehl erteile ... Wir brauchen ein Zeichen. Schlag eins vor.«

»'Die guten alten Zeiten'?«

Des Befreiers flüchtiges Lächeln verriet, daß ihm

der Scherz gefiel. »Ja, das müßte klappen. Wenn ich also die guten alten Zeiten erwähne, möchte ich, daß du tust, worum immer ich dich dann bitte, so falsch oder verrückt es sich auch anhören mag. Es könnte auch gänzlich belanglos klingen, aber es wird von unvorstellbar großer Bedeutung sein. Was es auch sein wird – versprichst du, es ohne Widerrede zu tun?«

»Ja, Meister. Selbstverständlich.«

»Danke. Das ist alles, was ich dir im Augenblick erzählen kann.«

»Ich verspreche es.«

Der Befreier drückte Doshs Schulter; dann zog er den Arm zurück. Doch eine Bürde blieb. Welcher Befehl konnte so entsetzlich sein, daß Dosh sich weigern würde, ihn auszuführen?

54

»Ich weiß, ihr seid hungrig!« rief Eleal. »Das bin ich auch. Und der Befreier ebenfalls. Habt ihr nichts zu essen, ißt er auch nichts. Erinnert ihr euch noch daran, wie er in Thotal zu uns gesprochen und gesagt hat, wer nach Gerechtigkeit hungert und dürstet, der wird satt?«

Sie mußte sich beeilen und zum Ende kommen, denn es war beinahe dunkel, und sie wurde im Haus erwartet. Zu schade! Ihre Rede verlief ausgesprochen gut. Eleal genoß es und hatte den Eindruck, die Zuhörer empfanden ebenso. Jedenfalls schenkten sie ihr uneingeschränkte Aufmerksamkeit. Die kleine Lichtung war so voller Leute, daß Eleal kaum das Lagerfeuer zu erkennen vermochte. Auch die Wälder ringsum waren überfüllt, und doch herrschte Totenstille, wenn Eleal eine Pause machte, um Luft zu holen. Kaum ein Hüsteln, nur die fernen Axthiebe von Holzfällern waren zu vernehmen. Vorhin hatte sie noch Wortfetzen von anderen Schildträgern gehört, die irgendwo auf dem Hügel predigten. Jetzt nicht mehr. Beeilung!

»Er hat uns aber auch davor gewarnt, daß die Kasteiung des Leibes zu weit gehen kann. Und so lautet meine Botschaft an euch, daß ihr euch heute nacht an einem Festmahl gütlich tun werdet!« Sie hielt inne, während ein verwundertes Seufzen gleich einem Windhauch durch den Wald strich. Glaubten die Leute etwa, der Befreier hätte seine Meinung geändert, seit Eleal zu reden begonnen hatte? »Darum übt euch in Geduld, Brüder und Schwestern! Es soll ein Zeichen für euch sein! Heute nacht wird Trumb sich verfinstern.«

Das wußten sie alle. Der große Mond hing wie ein grüner Teller über den schartigen Gipfeln der Thargwand und glitzerte in der Winternacht. Vor dem Morgengrauen würde er sich gewiß zu einem Kreis verformen und schließlich einer bedrohlichen Schwärze weichen.

»Es spielt keine Rolle, daß die fehlgeleiteten Heiden diese Scheibe als einen ihrer falschen Götter anbeten, denn der Befreier hat uns gelehrt, daß sie lediglich einen Segen des Ungeteilten darstellt, um die Dunkelheit zu erhellen. Ist nicht der Kreis sein Symbol? Es ist ein Zeichen Gottes, nicht des sogenannten Mannes. Ihr wißt doch, wie die Heiden zittern, wenn jenes Licht sich verfinstert, weil sie glauben, daß Zath dann Schnitter ausschickt, um ihre Seelen zu rauben. Nun,

Zaths Tage sind gezählt. Es steht geschrieben, daß der Befreier ihn töten wird, und er ist nach Thargtal gekommen, um dies zu vollbringen.«

Abermals tuschelndes Gemurmel.

»Wir dürfen uns unsagbar glücklich schätzen, mit ihm gereist zu sein, wir alle. Freunde und Familienangehörige, die daheim geblieben sind, werden uns bis ans Ende unserer Tage verehren, weil wir hier sind und sie nicht. So hört denn, was der Befreier bei Sonnenuntergang zu uns gesagt hat: Er hat gesagt, bevor Trumb sich wieder verfinstert, *wird Zath tot sein, und es wird keine Schnitter mehr geben*!«

Lauter und länger war das nachfolgende Gemurmel. Verständlich – die Schildträger selbst hatten gejubelt, als sie die Neuigkeiten erfuhren. Trumbfinsternisse lagen oft neun Tage auseinander, manchmal nur vier, selten mehr als eine Doppelwoche. Eleal erhob die Stimme über das Getuschel.

»Und deshalb laben wir uns heute nacht, wenn der grüne Mond sich verfinstert, an einem Festmahl! Wir sind die Freien, und heute nacht feiern wir den sicheren Tod von Zath! So verspricht es der Befreier im Namen des einzig Wahren Gottes. Er wünscht, daß wir uns den Rest unserer Tage und Jahre an diese Nacht erinnern, so daß wir von nun an stets feiern, wenn der Mittwinter kommt und die Sonnenwende einsetzt, und freudig in Erinnerungen und Dankbarkeit schwelgen. Dies ist sein Befehl an uns. Lasset uns beten.«

Sie faßte das Gebet kurz, formte das Kreiszeichen und kletterte von dem Baumstrunk. Ein Hochgefühl erfüllte sie, als hätte sie soeben die Bühne verlassen, nachdem sie eine bedeutende Rolle gespielt hatte. Was in gewisser Weise wahrscheinlich zutraf. Welch bedeutendere Rolle als diese konnte es denn geben? Ringsum erhoben sich aufgeregte Stimmen. Eleal sah sich nach ihrem Schild um, ehe ihr einfiel, daß sie ihn immer noch auf dem Rücken trug. Bereitwillige Hände reichten ihr ihren Stab und ihr Bündel. Die Menge teilte sich, um sie hindurchzulassen. Eleal sah im Mondlicht tränenfeuchte Augen, spürte, wie sich ihr Hände entgegenstreckten, um sie sanft zu berühren. Was sie alles andere als genoß, denn es erinnerte sie daran, wie die Männer im Kirschblütenhaus ihren Leib betatscht hatten. Natürlich geschah es hier aus anderen Gründen, dennoch mochte sie es nicht. Sie war lediglich D'wards Sprachrohr und solcher Bewunderung unwürdig. Hastig eilte sie den Hügel hinauf.

Seit sie den Freien beigetreten war, hatte sie noch nie erlebt, daß D'ward ein Gebäude besetzte. Ein weiteres Zeichen, daß die Dinge sich veränderten. Das Fehlen von Neuankömmlingen, der Umstand, daß sie sich nunmehr in Thargtal befanden, was von Anfang an ihr Ziel gewesen war, D'wards einzigartiges Versprechen eines Festmahls ... die Ereignisse jagten ihrem Höhepunkt entgegen, und ein winziger Teil des Ganzen war Eleal Sängerin.

Sängerin? Mittlerweile sang sie nicht mehr, außer mit allen anderen. Sie sollte wirklich ihren Namen ändern. Eleal Predigerin? Sie spielte mit dem Gedanken, Piols Rat einzuholen und kicherte, als sie sich vorstellte, wie er sich verhalten und ihr nahelegen würde, nicht großköpfig zu werden. Eleal Schauspielerin? Inzwischen trat sie zwar vor großen Zuhörerschaften auf, größeren, als Großvater Trong sie sich je auszumalen vermocht hätte, doch sie schauspielte eigentlich nicht. Theaterstücke waren frei erfunden und handelten überwiegend von sündigem Unsinn über böse Menschen, die behaupteten, Götter zu sein, aber jedes Wort, das ihr nun über die Lippen kam, entsprach der Wahrheit. Eleal wiederholte lediglich, was sie D'ward sagen gehört hatte oder was Piol und Dommi geschrieben hatten – und das wiederum war nur, was D'ward in aller Öffentlichkeit oder Abgeschiedenheit gesagt hatte.

Schnaufend und auf den Stab gestützt, kam Eleal am Eingang des Hauses aus dem Wald hervor. Es war ein gespenstisches, zweigeschossiges, längst aufgegebenes Gebäude. Die Fenster erinnerten an leere Augenhöhlen, die Tür an einen weit aufgerissenen Mund. Einst war das Haus von Gärten umgeben gewesen, die sich mittlerweile jedoch in Unkrautwiesen verwandelt hatten, in abgestorbenes Winterstroh, das unter Eleals Füßen knirschte und knackte. Kahle, unansehnliche Bäume reckten ihre Äste in gefrorener Pein dem Himmel entgegen.

Zwei junge Männer saßen auf den Stufen und tratschten. Als sie die Schildträgerin herannahen sahen, sprangen sie auf und bildeten das Kreiszeichen. Eleal, die beide Hände voll hatte, hob statt dessen den Stab zum Gruß. Sie hielt inne, um zu Atem zu kommen. »Der Segen des Ungeteilten sei mit euch! Bin ich die letzte?«

Die beiden tauschten besorgte Blicke. Schließlich meinte einer: »Keine Ahnung, Mutter. Es gibt noch eine zweite Tür.«

Mutter?

Also, das war nun wirklich komisch! Eleal war jünger als die beiden. Mutter Eleal? Eleal Mutter? »Nun, D'ward sagt ja, die letzten werden die ersten sein.« Sie merkte sich geistig vor, D'ward oder Piol zu fragen, was das eigentlich bedeuten sollte, und stieg die Stufen hinauf.

Die anderen hatten sich bereits in einem großen, hohen Raum versammelt. In einem Kamin an einem Ende des Zimmers knisterte fröhlich ein Feuer; der Großteil des Lichts jedoch stammte von Trumbs mächtiger Scheibe, die durch drei gewaltige Fenster hereinleuchtete. Spinnweben zierten die Lücken zwischen schartigen Glasscherben, und die Stützpfeiler des Raumes warfen harte Schatten auf den Boden. Der Boden, fiel Eleal auf, war einst vermutlich mit einem prunkvollen Mosaik ausgelegt gewesen, nun aber so allumfassend mit einer Mulchschicht überzogen, daß kaum noch etwas davon zu erkennen war. Jemand war so klug gewesen, vor dem Kamin ein Fleckchen zu säubern, andernfalls hätte der kleinste Funke das ganze Haus in Brand gesetzt. Die Luft roch muffig und erdig.

Rasch zählte Eleal durch und stellte fest, daß sie doch nicht die letzte war. Angesichts des Fehlens von Möbelstücken hockten die Schildträger zu zweit oder zu dritt auf ihren Schlafsäcken, und zwar nicht am Feuer, sondern entlang der Wände. Eleal erblickte Piols glänzende Glatze neben Hasfral Hebammes Silberdutt, ging hinüber, um sich zu den beiden zu gesellen, ließ ihr Bündel fallen und setzte sich darauf, ehe sie sich um Schild und Stab kümmerte. Dann entfuhr ihr ein tiefer Seufzer der Zufriedenheit.

»Ich habe deine Rede gehört«, sagte Hasfral und beugte sich um Piol herum. »Einen Teil davon. Du warst umwerfend! Ich genieße deine Predigten sehr!« Sie tätschelte Eleals Knie und lächelte ihr mütterliches Lächeln.

Eleal murmelte einen Dank. Hätte sie *gespielt*, wäre

sie außer sich vor Freude über ein solches Lob gewesen. Für eine Predigt hingegen schien es unangebracht. Sie zitierte lediglich den Befreier. Mit ein bißchen Übung hätte das jeder gekonnt. Außerdem war das Talent ein Geschenk Gottes, hatte D'ward ihr erklärt – eher eine Verpflichtung als eine Gabe, auf die man sich etwas einbilden konnte.

»Wo ist D'ward?«

»Da draußen«, antwortete Piol. »Bei Kilpian und Dommi. Und frag bloß nicht, was sie treiben, denn das wissen wir selbst nicht.«

»Das stimmt so nicht ganz«, berichtigte Hasfral. »Wir wissen, was sie tun. Wir können uns nur nicht vorstellen, weshalb sie es tun.«

Die Fenster wiesen auf einen von zwei Flügeln des Hauses und einen Hof hinaus, der von einer hohen Mauer umgeben war.

Wie die Gärten war auch der Hof zu einem wild wuchernden Wirrwarr aus Bäumen und Büschen verkommen. Im Sommer mußte er einem dichten, grünen Dschungel gleichen. Im Winter erinnerte er an ein braunes Durcheinander aus Tod und Verfall. Was vielleicht einst ein Rasen gewesen war, war nun ein kleines Heufeld. Drei Männer schlichen darauf umher – und zogen offenbar Dornenbüsche und Gestrüpp beiseite.

»Die können unmöglich vorhaben, ein Freudenfeuer zu entfachen. Sie würden das ganze Hause abfackeln.«

»Sie räumen einen Platz frei«, erklärte Hasfral. »Ich glaube, uns steht ein Ball ins Haus. Gestehst du mir den ersten Tanz zu, Piol?«

Hustend ließ er sein trockenes Lachen vernehmen. »Wenn du mir versprichst, mir nicht auf die Zehen zu trampeln. Ich persönlich hoffe ja, wir genießen zuerst unser Festmahl.«

»Hat D'ward zuvor schon mal ein Festmahl versprochen?« erkundigte sich Eleal. Sie hätte mühelos ein Mammut verspeisen können, gut durchgebraten und mit einer Unmenge Ahornbeerensoße.

»Nein«, erwiderten die anderen in vollkommenem Einklang.

»Das muß mal ein wunderschöner Garten gewesen sein«, seufzte Hasfral wehmütig. »Das da drüben sind ein Laternenbaum und ein Riesenspindelbusch. Die kleinen Bäume dort sind Sesambäume; im Frühling herrlich anzuschauen.«

Draußen knirschten Schritte. Ein kleiner Mann trat ein, dessen blonder Haarschopf ihn sogleich als Dosh Gesandter erkennen ließ.

»Zwanzig!« rief Tielan von irgendwo nahe dem Feuer. »Jetzt können wir anfangen.«

»Dreiundzwanzig«, gab Dosh zurück. Die anderen folgten ihm herein. »Alis und Haptmaan, und D'ward selbst dürft ihr auch nicht vergessen.«

Während Tielan hastig den Einwand erhob, er hätte D'ward keineswegs vergessen, suchten die Neuankömmlinge sich einen Platz. Die Männer draußen mußten mit der Arbeit fertig geworden sein, denn sie näherten sich dem Haus.

Eleal hatte noch nie erlebt, daß sämtliche Schildträger sich so versammelten, ganz ohne Außenstehende. Na ja, *fast* ohne Außenstehende. Alis und Haptmaan zählten nicht – sie waren Ausnahmen. Sie waren weder Schildträger noch Freunde. Weder predigten sie, noch trugen sie sonst eine besondere Verantwortung. Sie waren einfach da. Der Befreier wußte schon, was er tat. Gesetze waren für Sünder, pflegte er zu sagen. Rechtschaffene Menschen lassen sich von Grundsätzen leiten.

Kilpian und Dommi traten über die Schwelle und stapften durch das Zimmer zu ihren Bündeln. D'ward folgte ihnen, schaute sich um und zählte. Er blieb stehen.

»Seid gesegnet!« rief er. »Habt ihr Hunger?«

»Ja!« antwortete fast jeder.

Er seufzte. »Ich auch. Aber ich fürchte, wir müssen noch ein Weilchen warten.« Bedächtig ging er zum Kamin hinüber und stellte sich mit dem Rücken daran. »Ein paar von euch plagt womöglich die Sorge, ich könnte ein Opfermahl vorbereiten. Dem ist nicht so. Wir haben ohnehin weder Brot noch Wein.«

Abermals setzte er sich in Bewegung und schlenderte durch den großen Raum. »Ihr fragt euch, was geschehen wird. Der einzig Wahre Gott wird sich darum kümmern. Bid'lip? Irgendwelche Anzeichen von Ärger?«

Das tiefe Brummen des Soldaten kam aus dem finstersten Winkel. »Nein, Herr. Aber sie sind da draußen. Viele sogar. Man kann die Moas im Wind riechen.«

»Ich rieche lieber einen Moa als dessen Reiter! Kollegen ...« D'ward drehte sich um und schritt zurück, wobei er den Blick über die Gesichter wandern ließ. »Ja, ich bin stolz, euch Kollegen nennen zu dürfen. Gewiß habt ihr alle bemerkt, daß wir an einem Endpunkt angelangt sind. Mich wundert, daß die Thargier uns überhaupt so weit ziehen ließen. Ich will sie nicht noch weiter herausfordern, denn da draußen sind Tausende von Menschen, die gute Minenarbeiter abgäben.«

Unaufhörlich wanderte er weiter, sprach bald zu

einer Gruppe, bald zu einer anderen, aber stets für alle hörbar. »Ja, dies ist ein Endpunkt. All die braven Leute, die wir mitgebracht haben – sie haben ihren Teil erfüllt. Wie Hochzeitsgäste, die Braut und Bräutigam zum Schlafgemach geleiten, müssen sie jetzt, da sie ihre Aufgabe vollbracht haben, in Frieden von dannen ziehen.«

Und würde der Befreier ebenfalls von dannen ziehen? Binnen eines Lidschlags verschwinden, so wie er auf diese Welt gekommen war? Würden die Freien aufgelöst sein, in alle Winde verstreut, womöglich noch verfolgt? Was sollte dann aus Eleal Sängerin werden? Ins Kirschblütenhaus konnte sie auf keinen Fall zurück. Für jemanden, der Ketzerei predigte, gab es wenig Möglichkeiten. Obwohl ihr Bein sie nicht mehr daran hinderte, eine Bühnenlaufbahn einzuschlagen, waren ihr die Augen geöffnet worden; sie wußte, wie verderbt die meisten Stücke waren – schmutzige, heidnische Lügen. Sie würde nie wieder davon träumen, an Tions Festspielen teilzunehmen. Und was eine Ehe anging ... ganz gleich, welchen Mann sie finden würde, sie würde ihn mit D'ward vergleichen, so oft sie ihn ansähe. Eleal konnte nur beten, und der einzig Wahre Gott würde sich um sie kümmern.

Und selbst wenn nicht – D'ward würde sie nie und nimmer im Stich lassen.

Er redete immer noch. »Ein Ende, aber auch ein Beginn. Von diesem Haus hat mir ein Freund erzählt, der nicht weit entfernt lebt. Er sagte, der Besitzer und seine Söhne wären vor vielen Jahren von Schnittern hinweggerafft worden, und seither stünde es leer, da niemand wußte, wem es gehörte. Es war einst ein nobler Ort, und es wird wieder ... aha!«

Draußen vor der Tür knirschten Schritte auf dem Laub; dann verstummten sie. Eleal konnte nicht sehen, wer gekommen war, D'ward hingegen schon, und er lächelte zur Begrüßung. »Kuchumber Bootsmann, nicht wahr? Ich nehme an, du bist wegen Dosh hier.«

Dosh war bereits auf den Beinen und steuerte auf den Ausgang zu. D'ward schaute ihnen nach, bis sie nicht mehr zu hören waren; dann nahm er seine Wanderung durch den Raum wieder auf.

»Das bedeutet, wir haben Besucher, also muß das Haus bis später warten. Laßt uns erst das Festmahl planen. Wieviel Essen haben wir noch?«

»Gar keins, Meister!« rief Dommi, und ein paar andere murmelten bekräftigend.

»Überhaupt keins?« D'ward blieb mitten im Zimmer stehen. »Kein Essen! Wir haben kein Essen, aber der Befreier hat uns ein Festmahl versprochen, also rufen wir jetzt den einzig Wahren Gott an, auf daß er auf wundersame Weise Weizen vom Himmel regnen läßt?« Seine Stimme erklang leise und schelmisch, und doch haftete ihr ein scharfer Unterton an. »O Freunde, habe ich euch denn nicht erklärt, daß jeder von euch ein Hirn besitzt, um *selbst* zu denken? Ihr würdet noch unter Wasser verdursten. Der Herr hat bereits zur Verfügung gestellt, was ihr braucht, wenn ihr nur richtig hinschaut. Habe ich euch nicht soeben verkündet, daß wir einen Endpunkt erreicht haben? Dommi, wie viele Karren wären nötig, um nur die Gebrechlichen und die Kinder zu befördern?«

»Vier, vielleicht fünf ...«

»Also laßt fünf Ochsen ungeschoren und ... ah, begreift ihr jetzt?« Der Befreier lächelte, während das alte Haus vor Gelächter erbebte.

55

Julian flüsterte Alice eine kurze Erklärung zu. Sie kicherte. Die Schildträger begannen, das Festmahl zu planen und rissen Witze darüber, wie man Lamas, Hasen und Säbelzahnochsen am besten zubereiten konnte. Wahrscheinlich würden sie zwar genießbar, aber zäh wie Leder sein. D'ward lauschte ihnen belustigt.

Was für eine Vorstellung! In den Schützengräben hätten sie einige wie ihn brauchen können, um die Soldaten aufzurichten und mit hoch erhobenem Haupt in die Schlacht zu führen. Aber eigentlich war das alles andere als lustig, verdammt noch mal! Der Befreier mußte Zath allein gegenübertreten, Mann gegen Mann – das war das Damoklesschwert. Das war von Anfang an der Plan gewesen, David gegen Goliath. Exeter hatte bewußt kein Zerrbild des Letzten Abendmahls inszeniert, doch er wollte die Freien nach Hause schicken; außerdem hatte er jede Menge Hinweise fallen gelassen, daß er sich zu verdrücken gedachte.

Alice klopfte Julian auf die Schulter. »Hat er gesagt, *alle* Hasen?«

»Ja. Warum? Irgend etwas nicht in Ordnung?«

Sie legte die Stirn in Falten. »Doch, doch.«

Nein, war es nicht. Nur *was* nicht?

Ein rascher Blick in die andere Richtung zeigte, daß Pinky seine verschlafene, nachdenkliche Miene aufgesetzt hatte, während er die Nebenhandlung beobachtete. Auch ihm war etwas Merkwürdiges aufgefallen.

»Sag's mir«, flüsterte Julian.

Alice zuckte die Schultern. »Wenn sie die überschüssigen Ochsen und *alle* Hasen schlachten, wie will er dann nach Tharg gelangen?«

»Gute Frage.« Julian versetzte sich geistig einen Tritt in den Hintern, weil ihm dies entgangen war. Zu Fuß würde es Tage dauern, und Thargier ließen nicht zu, daß Fremde durch ihr Tal wanderten. Insbesondere würden sie es jenem Mann übelnehmen, der ihnen vor erst vier Jahren eine historische Schmach zugefügt hatte. Zath würde seine eigenen Fallen auslegen. Natürlich besaß Exeter mittlerweile genug Mana, um sich gegen weltliche Angriffe zu schützen – oder sich sogar von Knoten zu Knoten quer durch das Land zu zaubern, wenn ihm danach war –, aber beides käme einer törichten Kraftverschwendung gleich. Vielleicht hatte er irgendwo einen Hasen für seinen Privatgebrauch versteckt.

Alice hatte damit gerechnet, ihn nach Tharg zu begleiten.

Genau wie Julian Smedley. Verflucht! Er wollte nicht mit den Kindern nach Hause geschickt werden. Sicher, Exeter wußte, was er tat – er ließ auf dem Hof einen Platz räumen, entsandte Dosh auf einen geheimen Botengang. Wie und wo erwartete er, Zath zu treffen? Würde er sich überhaupt nach Tharg begeben?

Nun hob er eine Hand, um Stille einkehren zu lassen. Herrgott, er war schon ein kaltschnäuziger Bursche! Nur das ständige Hin- und Herlaufen verriet, unter welcher Anspannung er stehen mußte, und das konnte durchaus auf die Virtualität dieses Knotens zurückzuführen sein, die zwar örtlich beschränkt, aber ungemein stark war.

»Wir bekommen gleich Gäste.« Exeter schlenderte

zum mittleren Fenster hinüber und setzte sich auf das Fensterbrett, so daß Trumbs Licht ihn von hinten erhellte. Er lehnte sich gegen eine Längsstrebe und streckte gelassen die Beine aus. Stille breitete sich in dem großen Raum aus. Eine Fledermauseule ließ draußen in den Bäumen ihren gespenstischen Ruf ertönen. Weiter entfernt hatten einige der Freien Gesänge angestimmt. Schritte näherten sich ...

Dosh trat als erster ein und wich zur Seite. Drei Männer folgten ihm, verharrten unmittelbar hinter der Tür und sahen sich nach dem Anführer um.

Keiner der drei war wie ein Moareiter gekleidet. Der Kerl in der Mitte war eine stämmige Gestalt in voller Rüstung; in Stiefeln und mit kammgesäumtem Helm ragte er über den anderen auf. Sein glattrasiertes Kinn verriet, daß es sich um einen Thargier handelte, wenngleich in dieser Hinsicht ohnehin keine Zweifel bestanden. Die Schwertscheide baumelte leer an seiner Seite. Der kleine Dosh hatte Gewaltiges geleistet, indem er den Mann überredet hatte, die Waffen abzulegen. Aus thargischer Sicht galt dies als äußerst schlechter Ausgangspunkt für Verhandlungen. Die beiden anderen trugen Zivilkleider: Fellhüte und lange Fellroben. Das Gesicht des Mannes auf der rechten Seite zierte ein gestutzter, graumelierter Vollbart, das des anderen auf der linken Seite ein dichter, schwarzer Schnurrbart. Also, das war eine Überraschung! Julian spähte zu Alice, doch sie musterte die Besucher und wußte wahrscheinlich nicht um die Bedeutung der Gesichtshaartracht.

Sofern sie auf einleitende Worte oder eine Begrüßung warteten, wurden sie enttäuscht. Niemand sprach ein Wort. Dann gelangte der Soldat zu der Ansicht, daß der Junge am Fenster vermutlich der

Anführer war und schritt auf ihn zu, wobei die schweren Stiefel Staubwölkchen aus der Humusschicht aufwirbelten. Als er sich in der Mitte des Raumes und gerade eben im Mondlicht befand, kam er klirrend zum Stehen. Auf seinen Schienbeinschützern blitzte der Widerschein von Trumbs grünem Feuer.

»Ich bin Kwargurk Schlachtenmeister, Ephor von Thargia.« Sein Akzent war dick wie Straßenteer, aber – Großer Gott! Ein Ephor *höchstpersönlich*? Der noch dazu Joalisch sprach!

»Ich bin der Befreier.« Exeter ließ in keiner Weise erkennen, daß ihm eine beispiellose Ehre zuteil wurde.

Kwargurk ließ ein verächtliches Grunzen vernehmen. Mit der Hand deutete er auf seine Gefährten. »Petaldian Botschafter aus Joalia und Tanuel Botschafter aus Niolia.« Keiner der beiden rührte sich.

»Ich bin der Befreier«, wiederholte Exeter. Er schlug die Beine übereinander. Und das in Anwesenheit eines Drittels der thargischen Regierung und von Vertretern der beiden anderen Großmächte. Julian unterdrückte das heftige Verlangen, einen anerkennenden Pfiff auszustoßen.

Der Ephor knurrte tief in der Kehle. »Laß uns ungestört miteinander reden.«

»Nein. Dies sind meine Freunde. Ich verberge nichts vor ihnen.«

»Freunde? Wie viele Kohorten stehen dir zur Verfügung?«

»Keine. Ich bin mit dem Wort des einzig Wahren Gottes bewaffnet.«

Der Ephor ließ den Blick durch die trostlose, unmöblierte Kammer wandern; dann richtete er ihn wieder auf den jungen Mann, der auf dem Fensterbrett lümmelte. Seine Stimme klang wie Donnergrollen. »Fürstlich entlohnt er dich ja nicht gerade.«

Exeters Stimme war höher und gelassener, doch sie war fest und deutlich hörbar. »Er entlohnt mich besser, als du dir vorstellen kannst, Ephor Kwargurk, aber du bist nicht hergekommen, um Beleidigungen auszutauschen. Sag dein Begehr.«

»Du und dein Gesindel, ihr habt unsere Grenzen verletzt. Dadurch habt ihr euer Leben verwirkt. Die Strafe lautet Tod oder Sklaverei.«

»Weiß ich.«

»Was für ein Grund verbirgt sich hinter diesem Wahnsinn?«

»Wir sind im Namen Gottes unterwegs. Das geht dich nichts an, Ephor. Du bist gekommen, um Bedingungen zu stellen. Nenne sie.«

»Nicht, um sie zu stellen, Ketzer – um sie zu diktieren! So höre denn. Du, der du dich Befreier nennst, hast dich auf der Stelle, mit höchstens zehn Gefährten, nach Tharg zu begeben, wo du dich bei den Behörden zu melden hast, die nach eingehender Überprüfung vermutlich zu dem Entschluß gelangen, dich vor Gericht zu stellen. Der Rest deiner Anhänger hat zwei Tage Zeit, Thargtal zu verlassen oder die zuvor genannten Folgen zu tragen.«

Julian hörte, wie Pinky ein leises Zischen der Überraschung oder Erleichterung ausstieß. Wahrscheinlich beides. Indem die Thargier die Freien ungeschoren ziehen ließen, brachen sie mit all ihren Regeln. Sofern nicht irgend jemand Exeter im voraus einen Hinweis darauf gegeben hatte, konnte er verteufelt gut raten. Offensichtlich hatte er geplant, so zu seinem Stelldichein mit dem Tod zu reisen – als Gast der Thargier. Würde er das Angebot annehmen, zehn Gefährten mitnehmen zu dürfen, oder würde er darauf beharren, allein zu gehen?

Julian tuschelte Alice eine hastige Erklärung zu: »Er hat es geschafft! Er kann nach Tharg gehen, und alle anderen dürfen unbescholten ziehen!« Freudig drückte er ihre Hand, sie erwiderte sein Grinsen. Sieg!

Exeter setzte sich auf und stützte die Unterarme auf die Knie. »Was haben Joalia und Niolia dabei zu suchen?«

Die Botschafter tauschten Blicke. Tanuel räusperte sich laut; vielleicht blies er auch nur den Schnurrbart aus dem Weg. »Du hast viele Bürger aus Niolreich, ja sogar aus Niolia selbst dazu verleitet, deinem irrwitzigen Kreuzzug zu folgen. Ich bin ihretwegen bei den edlen Ephoren vorstellig geworden, und ihre Exzellenzen haben sich bereit erklärt, in dieser Angelegenheit die große Milde walten zu lassen, die Ephor Kwargurk soeben beschrieben hat. Auch zahlreiche Menschen aus Joalia sind bei dir. So du es wünscht, wird der ehrenwerte Petaldian Botschafter bestätigen, daß die Ansichten seiner Regierung sich mit den meinen decken. Wir haben Lebensmittelvorräte für die Rückkehr der Flüchtlinge zusammengestellt – zu erheblichen Kosten, wie ich hinzufügen möchte. Du solltest wissen, daß die Zugeständnisse der thargischen Regierung nachgerade historisch anmuten ...«

»Ich denke, wir verstehen. Thargia würde liebend gern seine Sklavenpferche auffüllen, aber das Reich will sich nicht alle Täler gleichzeitig zum Feind machen. Trotzdem muß die Aussicht, so viele Geiseln zu nehmen, schier unwiderstehlich sein. Eine tiefschürfendere Betrachtung der Sachlage wäre, daß die Omen und Vorzeichen derzeit wohl besonders zweideutig sind, wie?« Edward erhob sich; er war genauso groß wie der Ephor. Seine nächsten Worte knallten wie Peitschenhiebe: »*Eure Bedingungen sind hiermit zurückgewiesen. Verlaßt dieses Lager.*«

Alice verstand den Tonfall; schmerzlich gruben sich ihre Fingernägel in Julians Hand. Pinky rang nach Luft. Andere Schildträger verhielten sich ähnlich. Petaldian Botschafter ließ höchst undiplomatische Kraftausdrücke vernehmen. Eine von der Seite im Mondlicht betrachtete, über einsachtzig große, bronzeummantelte Salzsäule sollte eigentlich nicht in der Lage sein, ohne zu sprechen Verblüffung zu zeigen; Ephor Kwargurk gelang es dennoch.

Tanuel Botschafter eilte nach vorn, wobei seine Stimme als zittriges Blöken ertönte. »Junger Mann, an deinen Händen wird das Blut Tausender Unschuldiger kleben! Seit dein Ziel offensichtlich wurde, habe ich Tag und Nacht gearbeitet, um die thargische Regierung zu überreden ...«

»Deine Beweggründe sind lobenswert. Der einzig Wahre Gott wird sie ebenso berücksichtigen wie jene von Petaldian Botschafter. Aber wir lassen uns von unserem Gott leiten und kümmern uns nicht um die Schlächter, die in Tharg herrschen und dem Bösen huldigen. Der Segen des Ungeteilten sei mit euch allen.«

»Du bist wahnsinnig«, knurrte Kwargurk. »Meine Kameraden und ich wollten nicht glauben, daß so viele einem Verrückten folgen.« Langsam drehte er sich um und ließ den Blick prüfend durch das Zimmer schweifen. »Will sich denn niemand von diesem Irren lossagen und versuchen, ein blutiges Massaker abzuwenden?«

Niemand sprach. Nicht, daß Julian nicht in Versuchung gewesen wäre ...

»Wahrlich«, meinte Exeter, »diese Sorge um das Wohlergehen anderer ist eine willkommene Neuerung unter Thargiern. Vielleicht besteht doch noch Hoffnung für euch, wenn ich erst das Übel vernichtet habe, das eure Hauptstadt vergiftet. Geh, Ephor. Geh zurück nach Tharg und bestell deinem mordlüsternen Zath, daß seine Zeit abgelaufen ist.«

Einen Augenblick schien der Hüne auf den Zehen zu wanken, drauf und dran, den unverschämten Prediger zu packen und ihm das Genick zu brechen. Vielleicht versuchte er es ja sogar, wenngleich kein Manastrom die Virtualität des Knotens störte. Dann wandten sich alle drei Gesandten um und stapften davon. Die beiden Diplomaten waren angesichts ihres Versagens zweifellos am Boden zerstört. Den Thargier konnte eigentlich nur brennender Blutdurst erfüllen. Alle drei verschwanden durch die Tür; Laubgeknister verhallte in der Ferne.

Als Dosh den Männern folgen wollte, um sie aus dem Lager zu geleiten, rief Exeter ihn zu sich. Eine Zeitlang unterhielten die beiden sich; dann ging auch Dosh.

Julian erwiderte Alices entsetzten Blick. »Er hätte alles haben können! Sie haben ihm alles angeboten, was er je hätte verlangen können, und er hat es mir nichts, dir nichts zurückgewiesen. Das ist doch Wahnsinn! Jetzt ist er völlig übergeschnappt!«

»Eine seltsame Vorgehensweise«, murmelte Pinky.

»Ich hätte nie gedacht, daß ich je mit einem Thargier einer Meinung wäre. Aber Exeter *ist* verrückt, wie der Mann gesagt hat. Es muß so sein.«

Alice kaute auf der Unterlippe. »Ich bin sicher, er weiß, was er tut.«

»Ich nicht«, knurrte Julian. Er wandte sich Pinky zu.

Wenn jemand einen Verstand besaß, der verschlungen genug war, um das alles zu begreifen, dann Pinky. »Hat das für dich Hand und Fuß?«

Verträumt senkte Pinky die Lider. »Wir müssen in der Tat von einem geschickten Schachzug ausgehen, hm? Ein Trick, der auf mehreren Ebenen Auswirkungen zeigt, vermute ich. Meinst du nicht auch? Für jeden Zuhörer eine andere Botschaft, so wie ...«

»Pst!« zischte Alice.

Exeter hatte sich in die Mitte der Kammer begeben. Er hatte gerade Nebenans Gegenstück des preußischen Weltreichs den Krieg erklärt, und nun redete er über Belanglosigkeiten, als wäre nichts geschehen.

»... wollte ich euch von diesem schönen Haus erzählen, das harte Zeiten durchmacht. Wir müssen es nun einem höherem Zweck weihen, als es je einen erfüllt hat. Laßt uns dieses Gebäude in den ersten Tempel des Ungeteilten verwandeln, um Zeugnis von der Wahrheit abzulegen, um sich der Leidenden und Unglückseligen anzunehmen. Ein Tempel braucht einen Hohepriester oder eine Hohepriesterin, eine heilige Gestalt, die seiner würdig ist. Wer von euch ist am würdigsten?«

Er hielt inne und schaute sich um. Alle schwiegen. Julian hätte am liebsten aufgeschrien: *Wen kümmert schon ein vermaledeiter Tempel?* Zornig funkelte er Pinky an, doch dieser runzelte angesichts der jüngsten, empörenden Offenbarung des Befreiers nur die Stirn. Die Kirche des Ungeteilten hatte sich stets beharrlich geweigert, Kapellen zu errichten, und zwar aus der Überzeugung heraus, daß sie Verfolger anziehen würden wie ein Honigtopf Bienen.

Exeter seufzte. »Keine Vorschläge aus dem Publikum? O Freunde, versteht ihr denn immer noch nicht? Ist es nicht offensichtlich? Nur zwei von uns hier werden im *Filoby-Testament* genannt. Sie weiß, was es heißt, mittellos und todunglücklich zu sein. Sie weiß, was es heißt, ein Krüppel zu sein. Ich habe sogar einige murren gehört, sie sollte unter *ehrenwerten* Menschen besser mit geneigtem Haupt umhergehen. O Schande, o Schande! Viel eher sollten diese hochmütigen Laffen in *ihrer* Anwesenheit die Häupter neigen. Tritt vor, Eleal Hohepriesterin!«

Am gegenüberliegenden Ende des Zimmers rappelte Eleal sich zögernd auf, offenbar von ihren Gefährten gedrängt. Langsam schlurfte sie mit hängenden Schultern vor, die Arme fest um die Brust geschlungen. So begabt sie als Schauspielerin auch sein mochte – diese Bestürzung, dieses Zaudern konnte unmöglich geheuchelt sein. Exeter umarmte sie.

»Nun, Priesterin«, sprach er und ließ sie los. »Wir brauchen einen Kreis. Dort droben in der Wand über dem Kamin steckt ein Nagel, und du trägst einen Schild, der diesen Raum ohne weitere Worte heiligen würde. Möge er uns für immer an die Männer des Kriegertrupps erinnern, die so tapfer als die ersten Märtyrer unserer Kirche ihr Leben ließen ... Sie werden nicht die letzten sein. Ich weihe den Schild und diesen Tempel im Namen des Ungeteilten, und ihr alle sollt zusehen, zuhören und euch erinnern, denn schon bald werdet ihr die Kunde in sämtliche Täler und die Länder dahinter verbreiten.«

Pferdedreck! Entweder war der Kerl nun völlig ausgerastet, oder er schlug die Zeit tot, bis etwas geschah, oder ... oder ... oder Julian Smedley war die Märchenfee. *Wieso hatte Exeter das vom Ephor angebotene freie Geleit für die Freien ausgeschlagen?* Pinky wußte oder vermutete es; wenn er bloß dazu zu bewegen wäre, ein einziges Mal ohne Umschweife auf den Punkt zu kommen. Doch Pinky beobachtete mit finsterer Mine das Schauspiel, das sich vor dem Kamin abspielte. Wieder ging Exeter seinen eigenen Weg, mit seiner eigenen, abgespaltenen Sekte – die Kirche des Befreiers ... und Eleal als Hohepriesterin! Sie war noch nicht mal eine Fremde! Ein kaum zwanzig Jahre altes Mädchen, eine Einheimische, eine Schauspielerin! Eine frühere Metze! Kein Wunder, daß Pinky vor Wut schäumte. Erstaunlich, daß der Mann nicht bereits seinen Schild zurückgegeben hatte. Natürlich ging er zweifellos davon aus, daß er sich über eine schlichte Einheimische hinwegsetzen ...

Nein! Wenn Exeter verschwand und die Kirche des Befreiers sich selbst überließ, würde Pinky davon ausgehen, sie so zu leiten, wie er den Dienst geleitet hatte: als Drahtzieher hinter den Kulissen. Aber das alles hing davon ab, ob die Gläubigen den morgen anstehenden Untergang der ihnen bekannten Welt überleben würden. Im Morgengrauen würden die Thargier mit Stahl und Feuer anrücken. Die Alten, die Gebrechlichen und die Kinder würden den Schwertern zum Opfer fallen, die anderen zu Tausenden in die Minen verfrachtet werden.

Die grauenhafte Wahrheit bäumte sich gleich einem Ungetüm in einem Alptraum auf: Exeter hatte all diese Unschuldigen hierher geführt, auf daß sie für ihn starben, so wie der Kriegertrupp für ihn gestorben war. Deshalb hatte er die Bedingungen der Thargier abgelehnt. Weitere Märtyrer, weitere Menschenopfer! Ein Massaker im großen Stil – Mana im großen Stil! Er wollte versuchen, Zath mit den eigenen Waffen zu schlagen.

56

Dosh trottete die Stufen hinunter und nahm die Verfolgung der Thargier auf. Laub knisterte unter seinen Stiefeln. Die Nacht war ruhig, doch allmählich wurde es kalt, und Trumbs Scheibe bildete einen nahezu vollkommenen Kreis; also würde die Finsternis bald einsetzen. Er war mühelos in der Lage, im Mondlicht den Weg zu finden. Sollte es verschwunden sein, wenn er zurückkehrte, würde er sich von den Feuern leiten lassen, die zwischen den Bäumen flackerten. Wortfetzen von Lobgesängen und Volksliedern verrieten, daß die Freien das siegverheißende Versprechen des Befreiers feierten. Sie taten ihren Glauben kund.

Zu seiner Schande mußte Dosh sich eingestehen, daß sein Glaube nicht so stark war, wie er hätte sein müssen. Er kannte die Thargier und wußte, wie eifersüchtig sie über ihre Grenzen wachten. Er war zutiefst erleichtert gewesen, als er hörte, wie sie gelobten, die Freien unbescholten ziehen zu lassen. Gleichzeitig jedoch war er auch erstaunt gewesen, und das war falsch. Er hätte mehr Vertrauen in D'ward und die Macht des Ungeteilten haben müssen.

Als er vor sich in der Ferne die Gesandten erspähte, verlangsamte er die Schritte. D'ward hatte ihm aufgetragen, mit ihnen zu reden, sobald sie die Wälder hinter sich gelassen hatten, keinesfalls früher. Er hörte ihre gemurmelte Unterhaltung, das Klirren der Rüstung des Ephors.

Als D'ward ihre Bedingungen zurückwies, war Dosh ebenso überrascht gewesen wie alle anderen. Er hätte mehr Vertrauen haben müssen. Warum der Befreier diese Vorgehensweise gewählt hatte, war ihm nach wie vor ein Rätsel, doch D'ward wußte immer, was er tat. Vertrauen in den einzig Wahren Gott! Nun würde es an den Thargiern sein, Überraschung zu zeigen, wenn sie hörten, welche Botschaft Dosh zu übermitteln hatte. Zweifellos würden sie fluchen, aber ebenso zweifellos würden sie das Angebot annehmen, und es würde bestimmt lustig werden, ihre Gesichter dabei zu beobachten.

Das wahre Rätsel schien zu sein, weshalb D'ward um diese Mission ein solches Aufheben machte. Er hatte die Schlüsselworte verwendet, was bedeutete, daß Dosh ohne Fragen zu gehorchen hatte; aber das war gar nicht nötig gewesen. Er hätte diese Aufgabe auch so mit Freuden übernommen. Dosh konnte sich nicht vorstellen, was für Schwierigkeiten D'ward vorhergesehen hatte.

Vielleicht hatte er mit etwas anderem gerechnet, oder er hatte mehrere Pläne in Betracht gezogen, oder das Schlimmste war ausgeblieben. Aber warum hatte er dann die Schlüsselworte verwendet, ›Gute alte Zeiten‹?

»Dosh, mein Liebling?« Eine Gestalt trat vor ihm zwischen den Bäumen hervor, aus tiefsten Schatten in helles Mondlicht.

Dosh schrie vor Schreck auf und taumelte nach hinten. Er verhedderte sich mit der Ferse an einer Wurzel, stürzte und landete mit einer Wucht auf dem Allerwertesten, die ihm den Atem raubte. Mit weit aufgerissenen Augen starrte er zu der Erscheinung empor.

Die splitterfasernackt war, und kaum mehr als ein Kind. Zudem war sie hochschwanger, mit angeschwollenen Brüsten und aufgeblähtem Leib. Die goldenen Locken hingen ihr über die Schultern.

Dosh wandte den Kopf ab und kniff die Augen zu.

»Schwester! So darfst du dich nicht zeigen! Das ist ungebührlich. Und alles andere als züchtig.«

Noch dazu mitten im Winter! Sie mußte wohl geistig weggetreten sein. Er hatte davon gehört, daß die bevorstehende Mutterschaft auf manche Frauen seltsame Auswirkungen haben konnte. Zwar war er nicht sicher, ob diese Art Wahnsinn für gewöhnlich dazu zählte, doch Wahnsinn schien die einzig mögliche Erklärung. Sie brauchte Hilfe. Mühsam rappelte er sich auf.

Sie lachte, ein Geräusch wie klimperndes Silber. »Früher habe ich dir so immer gefallen, Liebster.«

Dosh streckte die Hand aus und suchte an einem Baum Halt. Die rauhe Rinde an seiner Handfläche überzeugte ihn davon, daß er wachte und nicht träumte. Die Stimmen der thargischen Gesandten waren in der Ferne verhallt. Verstohlen spähte er aus dem Augenwinkel zu der Frau und stellte fest, daß sie immer noch da war. Sogar näher als zuvor.

»Geh weg! Geh sofort zurück zu deinem Mann!«

»Mann?« Abermals lachte sie. »Erinnerst du dich denn nicht an mich, Dosh? Nach all der schönen Zeit, die wir gemeinsam verbracht haben?«

Er wagte einen weiteren flüchtigen Blick – auf ihr Gesicht, nur auf ihr Gesicht. Ein überaus liebliches Antlitz, sanft, ebenmäßig und glatt. Sie stand viel zu nah bei ihm. Er schaute weg.

»Ich habe dich noch nie zuvor in meinem Leben gesehen!« quäkte er.

»Na ja, *so* nicht«, räumte sie ein. »Dies ist das letztjährige Modell. Allerliebst, findest du nicht auch? Zumindest war sie es. Ich glaube, einer der Wachmänner hat den Schaden angerichtet.«

Doshs Knie schlotterten vor Entsetzen – ein

Schrecken, der seinen gesamten Leib erfaßte. O lieber Gott, steh mir bei!

Wieder lachte sie, und irgendwo in den tief verborgenen Grüften seines Verstanden, im übelriechenden Morast, in dem die Alpträume schlummerten, weckte dieses Lachen etwas unerträglich Vertrautes. »Setzt allmählich die Erinnerung ein?« neckte sie ihn. »Es ist einfacher, sie auszulöschen, als sie zurückzubringen, aber wir kriegen das schon hin. Willst du mich denn nicht küssen?«

Übelkeit brannte Dosh in der Kehle und verkrampfte seine Eingeweide. Er preßte das Gesicht gegen die hornige Baumrinde. »Verschwinde! Im Namen des einzig Wahren Gottes, hinfort mit dir!« Er begann zu beten; schweigend, damit sie nicht hörte, wie verängstigt er war. Gott würde ihn trotzdem hören. Gott würde ihm helfen.

Nach einer Weile raunte sie zuckersüß: »Ich bin immer noch hier, Dosh. Bist du sicher, daß du mich nicht küssen willst?«

Niemals! Nie, nie wieder! Solche Sünden lagen ein für allemal hinter ihm. Er hatte eine Aufgabe zu erfüllen, eine ungemein wichtige Aufgabe. D'ward zählte auf ihn. Er preschte um den Baum herum, lief an dem Mädchen vorbei und rannte stolpernd, taumelnd den Pfad entlang davon, wobei er verzweifelt versuchte, die herabhängenden Zweige abzuwehren, jedoch einige übersah, die ihm schmerzvoll über das Gesicht kratzten.

»Meine Güte, hast du es aber eilig!« trällerte sie unmittelbar hinter ihm. »So zu rennen, tut diesem Körper alles andere als gut, Dosh. Stell dir bloß vor, der Balg fiele hier, mitten auf dem Pfad heraus, was dann? Außerdem entkommst du mir so ja doch nicht.

Was wird der Ephor überrascht sein, wenn wir gemeinsam vor ihm auftauchen! Glaubst du, er wird deine Botschaft so ernst nehmen, wie er sollte?«

Unvermittelt blieb Dosh stehen. Das Mädchen prallte mit ihm zusammen und umschlang ihn fröhlich lachend mit den Armen. Aus Leibeskräften versuchte er, sich zu befreien, doch selbstverständlich war die Frau wesentlich stärker, als sie aussah. Sie wog genauso viel wie er, und ihr gedunsener Leib schien für ihn wesentlich hinderlicher als für sie. Die beiden rangen, prallten gegen Äste und Jungbäume. Dosh preßte zwischen zusammengebissenen Zähnen Flüche hervor, trampelte ihr auf die nackten Zehen. Sie aber stimmte nur ihr unheimliches, höhnisches Gelächter an. Schließlich gelang es ihm, einen Arm freizubekommen. Sogleich schlug er ihr ins Gesicht, so fest er konnte, daß seine Knöchel schmerzten.

Sie ließ ihn los und wich einen Schritt zurück. Wieder stand sie in vollem Mondschein.

»Soll das heißen, du liebst mich nicht mehr, mein Schatz?« Ihr Lächeln ließ einen fehlenden Zahn und ein Blutrinnsal erkennen, das sich von der aufgerissenen Lippe auf ihr Kinn ergoß. Ihr geschwollener Busen hob und senkte sich, während sie keuchend nach Atem rang. »Oder ist dir gerade eingefallen, wie sehr ich die harte Tour genieße? Schlag mich noch mal. Tritt mich!«

Mittlerweile zitterte Dosh so heftig, daß er kaum zu sprechen vermochte. »Du bist kein Gott! Du bist ein übler, böser Hexer – wie die beiden Mumien, die sich Visek nennen!«

»Das ist wahr«, bestätigte sie und schaute hinab auf den dunklen Strom, der ihr über die Brüste auf den vorstehenden Bauch troff. »Es war ungehörig von

D'ward, es dir zu erzählen, aber es ist wahr. Doch das darf nicht zwischen uns treten, Geliebter. Wir können immer noch tun, was wir früher stets getan haben.«

»Du hast mich verhext!« Die Stimme versagte ihm den Dienst. Tränen der Verzweiflung verschleierten Dosh die Sicht. Erinnerungen wühlten und wanden sich in seinem Verstand wie Maden in verwesendem Fleisch. Nackte Mädchen, nackte Knaben ... Schlimmer noch, die Gesichter kehrten zurück, die Klänge des Lachens, des Kreischens, des Keuchens und Flehens. »Du hast mich mit einem Bann belegt ...«

Die Frau trat vor. Dosh wich zurück, bis er gegen einen Baum stieß und nicht mehr weiter konnte. Sie war ihm so nah, daß ihre Nippel seinen Mantel berührten und er ihren Schweiß roch.

»Manchmal«, gestand sie mit heiserer Stimme. »Aber eigentlich wäre das gar nicht notwendig gewesen. Du warst der erfindungsreichste Spielkamerad, den ich je hatte, Dosh. So zäh, so vielseitig, so widerstandsfähig. Inzwischen bist du natürlich zu alt, um Tion zu sein, aber wir können trotzdem noch Spaß miteinander haben. Selbst wenn wir nur anderen dabei zuschauen ...«

»Geh weg!« Er schloß die Augen. Seine Fäuste schmerzten, so heftig ballte er sie. »Ich will nie wieder etwas mit dir zu tun haben!«

»Doch, das wirst du, wenn ich es will!« entgegnete sie scharf. »Ich kann dich von hier fortschaffen, bevor D'ward es auch nur bemerkt. Nun, wenn dir das letztjährige Modell nicht gefällt, wie wär's dann mit dem diesjährigen?« Pause. »So fühlt sich das gleich besser an«, fügte eine Männerstimme hinzu.

Der veränderte Tonfall warnte Dosh davor, was geschehen war. Zögernd öffnete er die Augen. Nun war Tion ein Junge – ein schlanker, schmalschultriger, dunkelhaariger und aufregend hübscher Junge. Selbstverständlich nackt. Einladend schürzte er die Lippen.

»Geh weg!« kreischte Dosh zum wiederholten Male. Er war machtlos gegen solche Magie; trotzdem zählte D'ward auf ihn. Sollte es ihm mißlingen, seine Botschaft abzuliefern, würden Tausende sterben, und die Pläne des Befreiers wären vereitelt.

Mitfühlend schüttelte das Wesen den Kopf. »Du stellst dich entsetzlich blauäugig an, Dosh. Du willst weiter, um dem Ephor zu sagen, daß der Befreier ihm etwas vorgespielt hat und seine Bedingungen in Wirklichkeit annimmt. Aber begreifst du denn nicht, was diese Botschaft für *dich* bedeutet, Dosh? D'ward ist ziemlich gemein und ungerecht zum armen Dosh. Siehst du das denn nicht?«

»Und wenn schon! Das ist mir egal! Ich würde alles für ihn tun, weil er mein Freund ist, ein wahrer Freund, kein blutsaugendes, lüsternes Ungeheuer wie du, Tion Hexer!«

Der Junge zog einen Schmollmund. »Ich habe dich nie schlechter behandelt, als D'ward es jetzt tut. Für dich wäre es wirklich besser, du würdest diese Botschaft nicht überbringen, Geliebter.«

Dosh klammerte sich verzweifelt an den Gedanken, daß Tion, der Jüngling, ein Dämon in Menschengestalt war. Was immer er wollte, war falsch, unsagbar falsch! Ihm entwischen, war unmöglich, also konnte Dosh ihn nur täuschen.

»Welche Botschaft sollte ich dann überbringen?«

»Mal sehen. Du könntest ihnen ausrichten, daß D'ward alle Thargier für Feiglinge hält. Oder du könntest ihnen bestellen, daß er Ephor Kwargurk als

Scheißhaufen in einer Blechbüchse bezeichnet.« Der Junge kicherte; dann wurden seine Augen schmal. »Versuch nicht, mich zum Narren zu halten, Geliebter. Das ist dir noch nie gelungen, und im Augenblick bist du schrecklich verwirrt. D'ward ist bloß einer von vielen Hexern, so wie ich. Dieser unsichtbare Gott, den er erfunden hat, gibt es nicht. D'ward glaubt selbst nicht an ihn.«

»Das ist nicht wahr! Du lügst! Du stehst auf Zaths Seite! Du willst doch bloß, daß D'ward stirbt!«

Der Junge seufzte und klimperte mit den langen Wimpern. »Nein, Geliebter, nein! Du irrst dich schon wieder. Glaub mir, ich bin auf D'wards Seite! Das war ich schon immer. Vor Jahren hatte ich ihn in meiner Gewalt und habe ihn ziehen lassen. Hast du das nicht gewußt? Ich habe dich darauf angesetzt, ihm nachzuspionieren, aber aus reiner Neugier. Ich habe nie versucht, ihn aufzuhalten, oder?«

Unfähig zu sprechen, stöhnte Dosh nur. Sein Verstand schwirrte ziellos wie eine Motte umher, während er versuchte, einen Ausweg zu finden. Sein Versuch zu beten wurde von all den gespenstischen Erinnerungen vereitelt, die in seinem Gedächtnis emporstiegen. D'ward hatte ihm viele Male erklärt, der Jüngling sei verrückt. Dasselbe hatte er zu Visek gesagt, und die beiden hatten ihm nicht widersprochen.

»Du siehst also«, fuhr Tion fort, »ich möchte diesen widerlichen Zath wirklich tot sehen, und dies ist die einzige Möglichkeit. D'ward selbst ist nicht stark genug dafür. Er muß sich für eines von zwei Dingen entscheiden. Entweder läßt er die Thargier die Freien töten, oder er nimmt Hilfe von mir und den anderen an ... von uns allen, den Fünfen, die er so scheußlich in Verruf gebracht hat. Ich würde ihm wirklich nur allzu gern helfen, aber ich traue mich nicht, weil ich weiß, daß es die anderen nicht tun werden. Er würde uns alle brauchen, alle Fünf zusammen, ebenso all unsere Lakaien. Aber das wird nie geschehen, weil wir einander zu wenig vertrauen. Bestimmt würde irgend jemand aus der Reihe tanzen und sich auf Zaths Seite schlagen, und dann würde Zath siegen.«

Er streckte die Hand aus und streichelte Doshs Wange. Der zuckte mit dem Kopf zurück und stieß ihn sich so heftig an einem Ast, daß vor seinen Augen Sterne tanzten.

Der Junge kraulte verspielt Doshs Bart. »Du kannst dir ja vorstellen, was Zath dann tut! Es heißt das Große Spiel, Geliebter. Das Geheimnis ist, sich stets für die siegreiche Seite zu entscheiden, und D'ward ist nicht die siegreiche Seite.«

»Du lügst!«

»Nein, Dosh, Geliebter, ich lüge nicht. Deshalb lasse ich dich die Botschaft nicht überbringen. Wir wollen, daß die Thargier denken, er hätte gemeint, was er *früher* gesagt hat. Der dumme Junge hat es sich anders überlegt; aber das werden sie nie erfahren. Du wirst das vielleicht nicht verstehen, aber auf diese Weise könnte D'ward es unter Umständen auch ohne unsere Hilfe schaffen. Zath wird über die eigenen Beine stolpern, und das wäre eine überaus geschmackvolle Lösung.«

Dosh versuchte, an dem Jungen vorbeizuhechten. Der aber fing ihn mit einer Hand auf und hielt ihn mit der Kraft einer Stahlklammer zurück, so daß Doshs Füße unter ihm wegglitten und er das Gefühl hatte, sein Arm wäre ausgekugelt. Tion trug Doshs Gewicht, ohne auch nur die zarten Muskeln anzuspannen.

Dosh bekam die Füße wieder auf den Boden und holte zu einem Schwinger in das wunderschöne Antlitz aus. Als seine Faust gegen irgend etwas krachte, das sich hart wie eine Steinwand anfühlte, heulte er schmerzerfüllt auf. Anscheinend spürte Tion überhaupt nichts.

»Oh, willst du tatsächlich grobe Spielchen spielen?« Mit gerunzelter Stirn blickte er zu den Sternen empor. Rasch schwand das Licht, als sich ein schwarzer Fleck vor Trumbs große Scheibe schob. Die Sterne kehrten aus der Versenkung zurück.

»Hm!« brummte der Zauberer. »Also, das ist interessant!«

Dosh wand sich verzweifelt, versuchte krampfhaft, die dünnen Finger von seinem Arm zu lösen und scheiterte kläglich. Tion schenkte ihm keine Beachtung, sondern beobachtete statt dessen offenbar die Mondfinsternis.

»Äußerst interessant! Das ändert die Dinge natürlich.« Der Hexer kicherte. »Na schön, Dosh. Geh und überbring deine Botschaft. Verhindere das Blutbad, wenn du kannst.«

Damit verblaßte er, schneller noch als der grüne Mond, und war verschwunden.

57

Das Ritual war vorüber. Alice hatte kein Wort davon verstanden, doch die Handlungen waren unmißverständlich gewesen. Eleal, jenes blauäugige Mädchen, war nunmehr als Bischöfin von Thargtal oder gar Erzbischöfin der Täler eingesetzt. Sie hatte sich von dem anfänglichen Schreck erholt und schien sich bereits mit der neuen Rolle anzufreunden. Mit mütterlicher Anmut nahm sie die Glückwünsche der Schildträger entgegen. Edward hatte heute nacht eindeutig ein paar höchst seltsame Entscheidungen getroffen. Pinkys Miene war ein Gedicht. Die Miene Ursulas kam einem ganzen Gedichtband gleich. Sogar Julian schmollte wegen irgend etwas vor sich hin. Nun, da das Feuer zu einer roten Glut geschrumpft war, ließ eine kaum merkliche Veränderung der Lichts im überwucherten Garten jenseits der Fenster erkennen, daß die Mondfinsternis begonnen hatte.

Edward mußte den Befehl erteilt haben, mit dem Festmahl zu beginnen, denn die Leute brachen auf. Er stand an der Tür und redete nacheinander mit jedem Schildträger, doch sein Tonfall hörte sich vergnüglich an, eher nach persönlichen Anweisungen als nach einem endgültigen Lebewohl. So leicht würde er Cousine Alice nicht los. Sie wollte wissen, was er als nächstes vorhatte, und sie würde keinesfalls gehen, bevor sie es herausgefunden hatte! Entschlossen rappelte sie sich auf und reckte die steifen Glieder.

Mürrisch betrachtete sie Julians finstere Miene. »Was ist denn los? Findest du, Eleal gibt keine gute Päpstin ab?«

Er zuckte die Schultern, als wäre ihm das einerlei. »Ich wüßte zu gern, weshalb er das thargische Angebot ausgeschlagen hat. Und *wie* er es getan hat! Verdammt noch mal, Alice, ein Ephor ist wie ein König oder ein Präsident in einem Land der uneingeschränkten Schreckensherrschaft.«

»Ich glaube, ich weiß warum. Wenn du versprichst, es nicht zu wiederholen, dann sag' ich's dir.«

Julian erklärte sich einverstanden – ein wenig zu hastig. Offenbar vermeinte er, im Gegensatz zu ihr die wahre Antwort zu kennen.

Alice schaute sich um. Edward würde sie nicht hören. Er verabschiedete sich gerade an der Tür von Eleal, doch sie war die letzte.

»Es geht um das alte Problem von Kirche und Staat ... Das ist schwer in Worte zu fassen. Ich bin nicht einmal sicher, ob Edward es könnte. Ich glaube, er hat rein gefühlsmäßig gehandelt ...«

»Gefühlsmäßig! *Gefühlsmäßig?* Sein dämliches Gefühl wird für uns alle wahrscheinlich den Tod oder Sklaverei bedeuten.«

»In gewisser Weise spielt das praktisch keine Rolle.« Sie fragte sich, ob sie dies je einem Menschen beibringen konnte, der es nicht bereits begriffen hatte. Julian war ein aufrechter Angelsachse, der mit beiden Beinen fest auf dem Boden der Tatsachen stand. Für Edward galt das ebenso, doch er war auch leicht romantisch angehaucht; ihm wohnte eine verborgene, künstlerische Ader inne, die jeder Logik trotzte. »Wesentlich ist doch, daß dies der Höhepunkt dessen ist, worauf er hingearbeitet hat, oder? Also sind selbst kleinste Kleinigkeiten überaus wichtig. Was wir heute nacht miterlebt haben, könnte für Tausende, ja Millionen Menschen zu einer Legende werden. Dies war seine Nacht, beinahe seine Vergöttlichung, und er hätte um keinen Preis zugelassen, daß jemand ihn dabei beobachtet, wie er einen Gefallen von den Thargiern entgegennimmt.«

»Wenn du das glaubst, bist du genauso verrückt wie er! Wir sind hier in Thargien, Frau!«

Diesmal war wohl sie mit dem Schulterzucken an der Reihe, also tat sie es. »Ich denke bloß, Edward hat in diesem Mann nicht Ephor Kwargurk gesehen. Ich denke, er hat in ihm Pontius Pilatus gesehen.«

Julian öffnete den Mund. Dann schloß er ihn wieder.

»Er war bedeutungslos«, führte sie weiter aus, »so wie Pilatus. Manchmal spielen militärische Kräfte eben keine Rolle. Generäle und Armeen sind gezwungen, nach anderen Pfeifen zu tanzen und dienen Zwecken, die sie selbst nicht begreifen.«

Julian war ehemaliger Soldat. »Das ist das Lächerlichste ...« Seine Lider zuckten, und er spähte über ihre Schulter.

Alice drehte sich um. Edward näherte sich, schaute die beiden aber nicht an, sondern starrte aus dem Fenster. Er sprach, als hätte einer von ihnen etwas gesagt.

»Es ist zu spät, um Fragen zu stellen.«

»Aber ...« setzte Julian an.

»Nein. Jetzt gibt es nur noch Glauben.« Edward bedachte ihn mit einem flüchtigen Blick und streckte eine Hand aus; seine Aufmerksamkeit jedoch wanderte zurück in den Garten.

Julian schenkte der ausgestreckten Hand keine Beachtung. »Erklär mir nur, weshalb ...«

»Nein. Lebewohl, Julian. Danke.« Edward schlang den Arm um Alice, als wollte er sie wegführen.

»Danke wofür? Ich habe überhaupt nichts gemacht, und ...«

»Das wirst du schon noch.« Edward lenkte Alice zur Wand hinüber. »Wenn du dort hinten in den Schatten bleibst, müßtest du eigentlich in Sicherheit sein. Zieh nur keine Aufmerksamkeit auf dich.«

Alice legte die Hand über die seine. Sie fühlte sich eiskalt an.

Sein Antlitz war wie erstarrt.

»Edward! Was …« Sie packte seine Schultern, als er gehen wollte. »Was hast du jetzt vor? Sag's mir!«

»Auch du mußt Vertrauen haben.« Er schenkte ihr ein verzerrtes Lächeln; dann ließ er sie stehen und steuerte auf das Fenster zu. Menschen von seiner Sorte mochten vor Angst umkommen, doch wenn, dann aufrecht, in Ausübung ihrer Pflicht.

Das gespenstische grüne Licht schwand rasch. Alice schlang die Arme fest um ihren Leib und beobachtete, wie er über das Fensterbrett kletterte. Dann schritt er eilends durch das Unkraut und die Brombeersträucher auf die Stelle zu, die er vorher geräumt hatte.

Sie hatte schon damit gerechnet, daß Julian gleich verschwinden würde, doch er überlegte es sich anders, kam zu ihr herüber und stellte sich neben sie. Keiner der beiden sprach, doch ihre Hand fand die seine und hielt sie fest. Sie war dankbar für die Gesellschaft.

Düsterer und düsterer wurde das Licht. Die Nacht schien sich auf sie herabzusenken und nicht nur dunkler, sondern auch kälter zu werden. Edward verharrte, die Arme vor der Brust verschränkt, und wartete; durch die Zweige war er kaum zu sehen. Worauf wartete er? Die Uhren der Täler waren unzuverlässige Dinger. Wie vereinbarte man ohne allgemein anerkannte Zeit ein Treffen? *Komm, wenn Trumb sich verfinstert*, schien eine gute Möglichkeit. Auf wen wartete er?

Gewiß nicht auf Zath. Er hätte sie nicht bleiben lassen, wenn er Zath erwartete. Dennoch sah er Ärger oder Gefahr voraus. Niemand hatte je behauptet, dieser Feldzug würde ungefährlich verlaufen, nur hatte Alice damit gerechnet, daß die Bedrohung noch ein paar Tage in der Zukunft lag. Diese plötzliche Hast hatte sie unvorbereitet getroffen. Es konnte unmöglich Zath sein, das Hauptereignis. Trotzdem mußte es sich um etwas ungemein Bedeutsames handeln, andernfalls wäre Edward nicht so angespannt. Sie murmelte ein leises Gebet. *Herr, zwei Menschen, die ich geliebt habe, sind von mir genommen worden. Sei bei ihm und beschütze ihn.*

Ein weiterer Mann stand auf der Lichtung, etwa zehn Schritte von Edward entfernt und ihm zugewandt. Er war schlank, dunkelhaarig ... und trug keine Kleider.

Julian sog hörbar die Luft durch die Zähne ein. »Tion! Das muß Tion sein!«

Alice schmiegte sich dichter an seine Seite. Kälte und Anspannung ließen sie schaudern. Dieser Junge da draußen würde erfrieren, es sei denn, er verwendete Mana, um sich warm zu halten, oder er war nicht wirklich, sondern lediglich eine Art Trugbild.

Der Befreier und der Jüngling mochten Worte wechseln, doch wenn dem so war, taten sie es zu leise, als daß sie gehört werden konnten. Dann erschien eine weitere Gestalt ... Dieser Mann war größer, stämmiger, ordentlich gekleidet und trug einen Bart. Es mußte Karzon sein, der Mann. Zwei weitere Personen erschienen fast gleichzeitig. Zwar zeichneten sie sich bloß als verschwommene Schemen ab, doch es konnte sich um ein Mädchen in einer blauen Robe und eine Frau in einer roten handeln. So schrieb es die Götterlehre der Täler vor.

»Das wird nicht klappen!« flüsterte Julian.

»Pssst!«

»Siehst du, weit und breit kein Visek! Die Fünf werden nie und nimmer zusammenarbeiten ... zanken sich seit Jahrhunderten ... vertrauen schon einander nicht, geschweige denn einem ...« Seine Stimme erstarb.

Was wurde dort draußen bei diesem überirdischen Treffen besprochen? Alice hätte ihrer Schneidezähne dafür gegeben, lauschen zu dürfen. Und wo blieb der Fünfte, Visek? Unter den Freien kursierte die Legende, der Befreier hätte den Vater in Niol kennengelernt. Soweit Alice wußte, hatte Edward selbst nie von einem solchen Treffen berichtet. Die Geschichte ging auf Dosh zurück – das Evangelium nach Sankt Dosh.

Das Licht war beinahe gänzlich geschwunden, als der Knoten abermals erstrahlte und zwei weitere Gestalten die Lücke in dem Kreis schlossen. Ihre Ankunft war nur deshalb zu erkennen, weil sie Weiß oder etwas Ähnliches trugen. Sternenlicht schimmerte auf silbrigem Haar. Sieben Leute – der Befreier und das Pentatheon.

»Da!« zischte sie. »Er hat sie alle beisammen!«

Julian schnaubte verächtlich. »Er wäre verrückt, würde er ihnen vertrauen. Und warum, zum Teufel, sollte er ihnen *überhaupt* vertrauen?«

»Glaubst du, daß er sie um Hilfe bittet? Sich ihr Mana ausleihen will?«

»Was denn sonst? Aber alles, was er ihnen als Gegenleistung zu bieten hat, ist Zaths Vernichtung, und sie müßten das Wagnis eingehen, daß er es ihnen danach zurückzahlt. Sie werden sich für das bekannte Übel entscheiden.«

Alice erwiderte nichts. Sie hatte wahrhaftig keine Ahnung, was dort draußen vor sich ging, aber irgendwie vermeinte sie zu spüren, daß Edward das alles lange im voraus geplant hatte, noch bevor er seinen Kreuzzug begann. Er hatte sein Leben aufs Spiel gesetzt, um an diesen Punkt zu gelangen; folglich würde er nicht zulassen, daß ihn das Pentatheon um alles betrog, was er bislang erreicht hatte. Und doch mußten sie wissen, daß er mit dem Rücken zur Wand stand. Die Ereignisse rasten ihrem Höhepunkt entgegen, und wenn er ihre Hilfe brauchte, dann brauchte er sie jetzt oder nie. Keine gute Ausgangsposition für Verhandlungen.

Hab Vertrauen!

Die Finsternis war allumfassend. Dies war die Zeit, in der die meisten Schnitter ihr grausames Werk verrichteten und in der Zath vermutlich von den eingehenden Manaströmen abgelenkt sein würde. War dies ein weiterer Grund, weshalb Edward die Trumbfinsternis als Zeitpunkt für das Treffen gewählt hatte? Das Sternenlicht zeigte sich nur als matter Widerschein auf rauhreifüberzogenen Ästen und den Mauern rings um den Hof. Was immer geschah, was immer ausgehandelt wurde – die Szene war unsehbar und unhörbar. Alice wäre am liebsten hinausgerannt und hätte gebrüllt: »Ihr könnt ihm vertrauen!«

Denn Edward *war* vertrauenswürdig. Das Wort eines Engländers war seine Verpflichtung. Dieser Leitsatz war ihm sein ganzes Leben eingetrichtert worden, und niemand glaubte fester daran als Edward. Wenn er sich Mana borgte und versprach, es später zurückzugeben, würde er genau das tun, selbst wenn er daran sterben sollte. Er würde jedes Quentchen zurückgeben. Doch woher sollten diese steinalten Möchtegerngötter das wissen? Viel eher würden sie ihn als das einschätzen, was sie selber waren – gerissene, hinterlistige Spieler des Großen Spiels. Der ganze Sinn des Spieles bestand darin zu lügen und zu betrügen. Es würde keinen Spaß machen, wenn ein

Versprechen nicht willkürlich gebrochen werden dürfte.

»Das ist doch Wahnsinn!« murmelte Julian an ihrer Seite. »Sie werden Stein und Bein schwören, aber wenn es darauf ankommt, ziehen sie ihm den Stecker raus und lassen ihn mit leerem Klingelbeutel im Regen stehen.« Sinnbilder waren noch nie seine Stärke gewesen.

»Wart doch mal ab!« raunte Alice ihm zu.

Sie konnten ohnehin nur abwarten. Sogar das Feuer war erloschen. Sie standen in einer Finsternis, in der sich einzig die fahlen Umrisse der Fenster abzeichneten. Die Tür hätte Alice im Leben nicht gefunden, selbst wenn sie gewollt hätte. Oh, in was für ein Wunderland war diese Alice da geraten! Sie gehörte nicht hierher in die Dunkelheit und Kälte einer anderen Welt, gehörte nicht in diese stürmischen Ereignisse; von Anfang an hatte sie nicht hierher gehört. Sie sollte demnächst in ihre Heimat zurückkehren, bald schon, sofern dies überhaupt noch möglich war, denn der Dienst hatte sich aufgelöst. Die alte Kirche des Ungeteilten war gestürzt, und offensichtlich wollte Edward, daß seine neue Kirche, wie immer sie genannt werden würde, zu einer volksnahen Bewegung wurde, in der es keinen Platz für auserlesene, von Welt zu Welt reisende Fremde gab. Geh nach Hause. Krampfhaft versuchte sie, im Geiste ein Gebet zu sprechen, denn oft lichtete es ihre Gedanken, wenn sie ihre Ängste und Wünsche in Worte faßte. Zunächst: Bitte laß die Guten hier auf Nebenan siegen. Laß Edward überleben, nachdem er seinen Zweck erfüllt hat. Dann nach Hause, ja ... sie gehörte nicht hierher. Nach Hause mit Edward ... ja, wundervoll! Wenn er sie noch wollte. Zwar stand sein Name immer noch auf einem Haftbefehl, aber die Spur war mittlerweile kalt, und vielleicht konnte Miss Pimm die Angelegenheit aus der Welt schaffen. Norfolk? Das kleine Landhaus? Dort würde nun Frühling herrschen. London war im Frühling atemberaubend schön, und in diesem ersten Frühling nach dem Krieg sollte es in einer Pracht jenseits aller Vorstellungskraft blühen. Doch weder die eine noch die andere Aussicht konnte Alice erregen. Afrika schon; zurück nach Nyagatha. Der Krieg war vorüber; es sollte möglich sein. Dort lag kein Haftbefehl gegen Edward vor. Hitze, kristallklarer Sonnenschein und die Bilder ihrer Kindheit. Das war ihre richtige Heimat. *Dein Wille geschehe, aber darf ich ihn wählen, dann laute er so.*

Allmählich kehrte das Licht zurück. Zuerst gerieten die Bäume in Sicht, dann die Dächer und die ungefähre Form des Hofes. Bald vermochte Alice, den fahlen Schimmer der Robe Viseks und die Blässe von Tions nackter Haut auszumachen. Der Kreis war immer noch da, vermutlich nach wie vor am Verhandeln – der Befreier und die sechs, die zusammen die Fünf verkörperten.

Anmutig sank Tion auf die Knie. Mana knisterte. Dann noch mehr Mana. Julian keuchte. Der Knoten erbebte vor aufwallender Macht, wilder und wilder, bis die Wirklichkeit selbst sich zu verzerren und das ganze Haus zu schwanken schien. Karzon sank nieder, dann die Jungfrau, die Hohe Herrin ... und schließlich, ganz langsam, die beiden, die gemeinsam Visek waren. Ein lautloses Mana-Gewitter rollte durch den Hof; dumpfe Grabesfarben tänzelten flackernd auf dem knienden Pentatheon und der einen siegreichen Gestalt, die über ihnen thronte.

»Mein Gott!«

Edward Exeter stand auf der Lichtung, und die höchsten Hexer der Täler knieten vor ihm, wodurch sie die Prophezeiung erfüllten: *Die Häupter werden sie vor ihm neigen, die Hände zu seinen Füßen ausbreiten.* Dann, urplötzlich, verschwand alles wieder in Dunkelheit, schwärzer als zuvor.

Alice und Julian hatten die Arme umeinander geschlungen, als würden sie am anderen Halt suchen. »Er hat es geschafft! Sie haben eingewilligt, ihm zu helfen!«

»Still! Und sei dir bloß nicht so verdammt sicher! Ich würde keinem von dem Pack weiter über den Weg trauen, als ich ein Schlachtschiff werfen kann.«

Die Szene veränderte sich beinahe zu schnell, um alles zu verfolgen: Die Fünf waren verschwunden; Edward stapfte zurück zum Fenster. Alice rannte ihm entgegen und umarmte ihn inbrünstig, als er über das Fensterbrett kletterte. Gleich einem völlig erschöpften Mann sank er in ihre Arme. Nun bestand kein Zweifel mehr – er zitterte. Vor Erleichterung natürlich!

»Du hast es vollbracht!«

Seufzend lehnte er den Kopf an ihre Schulter. »Ich glaube schon«, murmelte er.

»O Edward!« Sonst gab es nichts zu sagen. Sie wollte ihn einfach nur umarmen, ihn festhalten.

Edward erwiderte die Umarmung nicht. Alice ertappte sich bei dem Wunsch, ihm zu raten, sich ordentlich auszuschlafen, also war er nicht der einzige, der unter Folgeerscheinungen litt. Ihr war nicht bewußt gewesen, wie blank ihre Nerven lagen. Sie klammerte sich an ihn, als er halbherzig versuchte, sich von ihr zu lösen.

»Ich habe noch ein paar Dinge zu erledigen, Alice.«

»Aber das Schlimmste ist überstanden, oder?«

Er gab ein Geräusch von sich, das halb Lachen, halb Schluchzen war. »Das Schlimmste hat noch nicht einmal angefangen.«

Erschrocken starrte sie ihn an; ihr gefiel nicht, was sie sah. Auf seiner Stirn glänzten Schweißperlen wie Tau.

»Was denn noch? Was geschieht jetzt?«

Edward schüttelte nur den Kopf. »Vertrauen, weißt du noch?« Dann lachte er – ein verbittertes, hohles Lachen. »Was spielt es noch für eine Rolle? Selbst wenn Zath siegt, kann er nicht mehr aufhalten, was ich begonnen habe. Auch die Fünf nicht. Sie haben ihre eigene Lehre so lange verfolgt, daß sie völlig vergessen haben, wie veränderlich der Glaube sein kann. Selbst wenn ich morgen sterbe, werden einige Menschen glauben, ich hätte auf geheimnisvolle Weise dem Tod den Tod gebracht. *Ich bin die Auferstehung*, oder so ähnlich. Sie werden einen entsprechenden Glauben finden.«

»Hör auf damit! Du wirst kämpfen und siegen.«

Er löste sich von ihr und richtete sich zu seiner vollen Größe auf. »Selbst wenn ich das tun würde, was glaubst du, würden sie davon halten? Religionen sprießen nicht voll ausgereift aus dem Boden. Sie keimen, sie wachsen, sie verändern sich. Sie splittern Ketzersekten ab und verfolgen sie, bis der beste Glaube sich durchsetzt.« Seine Stimme klang gefährlich schrill. »Als die Cäsaren damit aufhörten, Christen zu foltern, haben Christen selbst andere Christen gefoltert. Was hätte Jesus von Nazareth von der Inquisition gehalten? Was hätte der heilige Paulus zu einem Borgia-Papst gesagt? Werden die Freien nun das gleiche tun? Oder habe ich sie hinlänglich überzeugt? Glauben sie meine Lügen über den Ungeteilten? Habe ich irgend jemanden überzeugt? Wer glaubt denn wirklich an meinen bunt zusammengebastelten Gott?«

»Ich.«

»Nein, tust du nicht!«

»Doch! Einzelheiten spielen keine Rolle. Grundsätze schon. Ich glaube, daß ein Gott dich zu ihnen gesandt hat.«

Eine Zeitlang musterte er sie, als versuchte er abzuwiegen, wie ernst sie es meinte. Dann rang er sich ein Lächeln ab. »Ich wünschte, das könnte ich auch, aber trotzdem danke.« Er küßte sie.

Also wirklich!

Wenn das der beste Kuß war, den er in seinem Alter zustande brachte, sollte er sich was schämen. Sie zog ihn an sich und zeigte ihm, was ein richtiger Kuß war. Endlich schlang er die Arme um sie und erwiderte ihre Zärtlichkeit.

Danach hauchte er nur: »Oh!« Für ein einsilbiges Wort schien der Ausruf ungeheuer viel zu beinhalten.

»Du brauchst Unterricht.« Auch Alice war völlig außer Atem.

»Würdest du mir diesen Unterricht erteilen?«

»Mit Freuden, o ja, mit Freuden!«

Er ließ den Blick durch den großen, leeren Raum schweifen. Julian war verschwunden. Ein anderer Mann stand in der Tür und lehnte sich kraftlos an den Pfosten, als wäre er soeben über den Figpaß gerannt. Es war Dosh, das blonde Haar zerzaust, grausig grelle Striemen im Gesicht – wie lange stand er schon da? Weshalb wirkte der kleine Dosh so finster, so unheilverkündend, als er nun dort wartete?

Schaudernd löste Edward sich aus Alices Umarmung. »Zu spät. Zeit zu gehen.«

»Nicht ausgerechnet jetzt!«

Er machte ein, zwei schlurfende Schritte; dann hielt er inne. Widerwillig schaute er zurück und entblößte die Zähne zu einem grimmigen Lächeln. »Ich muß gehen, Alice. Hab' eine Aufgabe zu erfüllen. Ich hab's versprochen. Gott weiß, ich habe diese Aufgabe nicht gewollt, aber ich habe darum gebeten und darf mich ihr jetzt nicht entziehen.«

»Was für eine Aufgabe? Was hast du versprochen? Wem hast du es versprochen?«

»Bete für mich«, flüsterte er.

Damit wandte er sich um und eilte hinüber zu Dosh. Gemeinsam gingen die beiden hinaus.

58

Er spürte borstiges Gras im Gesicht, und ein erdiger Geruch stieg ihm in die Nase. Sein Hinterkopf pochte im Gleichklang mit seinem Herzen einen übelkeiterregenden Takt. Ihm war kalt.

»Ich finde, du solltest nicht so hier herumliegen, Geliebter«, meinte eine Männerstimme. »Das ist nicht gut für dich, und in Kürze dürfte es noch viel schlimmer werden.«

Dosh stöhnte. Sollte er zu sprechen versuchen, würde er sich entweder übergeben oder sterben. Sterben wäre besser. Zaghaft öffnete er die Augen einen Spalt und erspähte dicht neben sich ein nacktes Knie. Hastig schloß er sie wieder und bemühte sich, nicht mehr zu stöhnen.

»Ich schätze, ich kann noch ein bißchen mehr Mana

für dich opfern, um der alten Zeiten willen«, sagte Tion. »So, wie fühlt sich das an?«

Kühle Finger berührten seine Kopfhaut. Schmerz und Übelkeit verflogen. Dosh verspürte augenblicklich Erleichterung – und gleichzeitig Scham darüber, von dem Hexer Hilfe angenommen zu haben. »Geh weg.«

»Oh, das werde ich! Aber ich glaube wirklich, du solltest dich ebenfalls rar machen, Geliebter. Die reißen dich in kleine Stücke, wenn sie dich kriegen.«

Dosh hob den Kopf. In der Ferne hörte er ein seltsames, tiefes Grollen, ähnlich einem Wasserfall. Er wußte nicht, was es war. Und wenn er schon dabei war ... er wußte ebenso wenig, was er hier tat oder wie oder warum er hergekommen war.

Mit vom Hexer abgewandten Gesicht rappelte Dosh sich auf. Trumb leuchtete wieder grün vom Himmel, überstrahlte die Sterne, warf sein schreckliches Licht auf die Gipfel der ... äh, Thargwand. Ja, dies war Thargtal. Er befand sich auf einer Weide, ein kleines Stück unterhalb des Waldes, in dem die Freien lagerten. Hastig drehte er sich um, hielt nach den zwei einsamen Stoppelnußbäumen Ausschau und sah sie unmittelbar neben sich. Dies war der Ort für sein Treffen mit ...

Entsetzt wirbelte er herum. »D'ward? Wo ist D'ward?«

Auch Tion war auf den Beinen, in derselben Gestalt wie zuvor, als dunkelhäutiger Knabe von unbeschreiblicher Schönheit. Er zuckte die Schultern. »Fast am Fluß. Aber ich glaube, du solltest dir eher wegen dieser wutschnaubenden Bauern Sorgen machen.«

Zögernd, in Erwartung einer Falle, spähte Dosh in Richtung der Wälder. Eine Flutwelle von Sternen ergoß sich darauf, eine dunkle Lawine funkelnder Lichter, die den Hügel hinunter rollte. Die dunkle Masse waren ... Menschen mit Fackeln!

»Die Thargier! Haben sie D'ward mitgenommen?«

»Na sicher. Dir haben sie eine aufs Haupt verpaßt. Für sie bist du wertlos. Für mich natürlich nicht, Geliebter, aber für sie schon. Sie haben dir mit einem Schwertgriff eins auf den Schädel gegeben. Wollten wohl die Klinge nicht blutig machen.«

»Aber wir hatten doch eine Abmachung!« Dosh hatte die Botschaft des Befreiers überbracht. Er hatte versprochen, der Befreier würde persönlich kommen, um die Vereinbarung zu bestätigen, wie D'ward es ihm aufgetragen hatte. Sie hatten sich auf diese beiden Bäume als Treffpunkt geeinigt ...

»Dosh, Dosh! Du kennst doch die Thargier!«

»Sie haben ihn mitgenommen! Bringen sie ihn nach Tharg?«

Tion verdrehte die Augen. »Blödheit ist unheilbar, Geliebter.«

»Sie können den Befreier nicht entführen! Er wird ein Wunder vollbringen! Er wird ihnen entkommen!«

»Nein, wird er nicht. Er hat versprochen, es nicht zu tun.«

»Wem versprochen?«

»Mir ... und meinen Gefährten.«

Dreckige Lügen! Wer würde Tion schon glauben?

»Der Fluß?« Dosh schaute zum Mestfluß, einer funkelnd silbrigen Straße, die sich durchs Tal wand. Er führte Hochwasser und war tückisch und gefährlich – aber er führte zum Thargstrom und letztlich in die Stadt. »Sie haben Boote?«

»Selbst Ephoren können nicht auf Wasser wandeln, geliebter Dosh.«

Verrat! Wenn die Thargier tatsächlich Boote bereit hatten, dann war Kwargurks Vertrauensbruch keiner plötzlichen Eingebung entsprungen. Dieser Hund hatte alles geplant. Rettung? Rettung! Noch konnte es den Freien gelingen, sie einzuholen, ehe sie mit D'ward das Wasser erreichten und in Sicherheit getrieben wurden.

Dosh hatte gerade zwei Schritte getan, als Tions Hand sich auf seine Schulter legte und ihn mühelos zurückhielt. »Denk nach, Dosh, denk nach! Jemand hat dich gesehen. Sie sind schon unterwegs. Nur glaube ich kaum, daß sie deine Hilfe wollen.«

»Aber ...«

»Denk nach! Du erinnerst dich doch an Vers zwo zwanzig, oder? ›Am Nosokhang werden sie zu Hunderten zu D'ward kommen, sogar der Verräter‹? Wo hast du dich ihm angeschlossen, Dosh?«

Dosh kreischte auf. »Ich habe nur getan, was D'ward mir aufgetragen hat!«

»Aber das wissen sie nicht, oder, mein Liebster?« Tion kicherte. »Man hat dich dabei gesehen, wie du D'ward aus dem Lager geführt hast. Jetzt haben ihn die Thargier. Was würdest du denn glauben? Falls du den Wunsch hast, auf grauenvolle Weise zu sterben, dann bleib einfach stehen, und dein Wunsch wird bald erfüllt. Willst du leben, dann solltest du zusehen, daß du zum Fluß herunterkommst, bevor das letzte Boot ablegt – und bevor D'wards Freunde dich schnappen.«

Mittlerweile waren die Lichter viel näher. Das Grollen war lauter und inzwischen als das Geräusch eines wutentbrannten Mob zu erkennen. Da Dosh Einzelgänger war, hatte er Menschenmassen immer schon gehaßt. Panik! Er wandte sich um und stürmte hügelabwärts los; schneller als je zuvor in seinem Leben sprang und stolperte er über die unebene Weide. Als er an einer Steinmauer anlangte, hechtete er ohne Rücksicht auf Verluste darüber und stürmte weiter. Sein Schatten flog zitternd vor ihm her. Der Fluß schien unerträglich weit entfernt.

Tion eilte unbeschwert neben ihm her. »Ich habe dich davor gewarnt, die Botschaft zu überbringen, nicht wahr, Liebster? Ich habe dir gesagt, du würdest dir damit keinen Gefallen tun.«

Dosh taumelte, fand das Gleichgewicht wieder und rannte weiter. Er glaubte, die ersten Stechen in der Seite zu spüren. Jedenfalls fehlte ihm der Atem, um mit dem Hexer zu streiten.

»Und ich habe dir gesagt, daß D'ward ziemlich gemein zu dir sein würde, oder?«

Ebenso wie D'ward. D'ward hatte Dosh gewarnt und erklärt, seine Mission könne tödlich für ihn enden. Er hatte es gewußt.

Dosh rannte. Er hatte Menschenmengen schon immer gehaßt. Sie würden ihm nie und nimmer die Gelegenheit geben, etwas zu erklären. Er dachte an Tielan und Doggan, an Bid'lip ... Sie würden nicht innehalten, um auf Vernunft oder Erklärungen zu hören. Es war ungerecht. Aber er hatte sich immer dann an besten geschlagen, wenn er mit dem Schlimmsten rechnete. Dosh kannte die Wahrheit. Wenn es ihm gelang, sich zu D'ward durchzukämpfen, wurde alles wieder gut.

Es war nicht D'wards Schuld, sondern Tions. Hätte Tion ihn bewußtlos auf dem Feld liegen lassen, hätten die Freien ihn gefunden und sofort gewußt, daß er den Thargiern unmöglich geholfen haben konnte. Er wäre selbst ein *Verratener* gewesen, kein *Verräter*. Dosh rannte. D'ward hatte um die Gefahr gewußt. Er hatte die Wahrscheinlichkeit vorhergesehen, daß die Thargier zu Gewalt greifen würden. Tions Einmischung hingegen hatte er unmöglich vorausahnen können.

Der Fluß war bereits viel näher. Dosh schaute sich um: auch seine Verfolger waren ihm nähergerückt. Es waren Hunderte, und inzwischen hatten sie sich verteilt. Einige von ihnen waren gewiß jünger und schneller als er. Die Anführer trugen keine Fackeln; sie holten rasch auf. Ein einziger von ihnen konnte Dosh zu Fall bringen und festhalten, bis die anderen nachgekommen waren.

»Ein bißchen mehr nach links«, riet Tion leise, »dort rüber zu den Schuppen.« Es waren die letzten Worte, die Dosh von ihm hörte. Kurz darauf verschwand der Hexer. Doch schon bald erblickte Dosh die Thargier, vierzig bis sechzig Mann, die Boote über das Gras in den Fluß schleppten. Die Boote waren für den Winter gesichert und hoch gelagert worden, um sie vor der Flut zu schützen. Während Dosh rannte, beobachtete er, wie ein Boot nach dem anderen zu Wasser gelassen und von den reißenden Fluten fortgeschwemmt wurde. D'ward sah er zwar nicht, doch der war bestimmt als erster verschifft worden. Baumstümpfe, Eisschollen und bitterkaltes Wasser: Ohne Boot verhieß der Fluß den Tod.

Wankend, keuchend erreichte Dosh das Ufer – genau in dem Augenblick, als das letzte Boot bestiegen wurde. Die Männer trugen Rüstungen und Waffen. Ein paar von ihnen zogen die Schwerter. Irgendwie kratzte Dosh genug Atem zusammen, um auf Lemodisch (dem Thargischen sehr ähnlich) zu schreien: »Sie werden mich töten!« Die Männer lachten, doch irgend jemand brüllte einen Befehl. Die Soldaten schoben die Schwerter zurück in die Scheiden und sprangen mit Fechterflanken über die Seiten des Bootes, als es sich zu bewegen begann. Dosh watete durch so kaltes Wasser, daß es an den Beinen brannte. Er packte das Schandeck und hechtete Hals über Kopf darüber.

Am Ufer verhallte zorniges, enttäuschtes Geheul in der Ferne, als der Strom das kleine Boot erfaßte und auf den langen Weg nach Tharg führte.

59

Was immer D'ward gerade tun mochte, Alice wußte, sie konnte ihm keine Hilfe, höchstens eine Last sein. Dennoch wollte sie unbedingt wissen, was er tat, wo er war. Sie hegte den starken Verdacht, daß er bereits mit Dosh als einziger Begleitung nach Tharg aufgebrochen war. Das könnte Doshs geheimnisvolle Besorgungsgänge erklären – er sollte ein paar Hasen stibitzen und sie irgendwo verstecken.

Den Schlafsack über die Schulter geschwungen, begab sich auf die Suche nach dem Festmahl. An zwei oder drei Lagerfeuern hielt sie Ausschau nach Julian, Ursula oder irgend jemand anders, der Englisch sprach – was sich in einer Tausende von Menschen umfassenden Menge alles andere als einfach gestaltete. Schließlich zwang der Hunger Alice, sich einer Gruppe Lappinier anzuschließen – zumindest hielt sie die Leute für Lappinier. Fröhlich plapperten sie auf Alice ein, lachten über ihre stockenden Versuche, auf Joalisch zu antworten und reichten ihre eine Scheibe gegrilltes Fleisch auf einem blutigen Hautfetzen, der als Teller diente.

Es sah ekelerregend aus, schmeckte aber köstlich. Alice aß das ganze Fleisch auf; dann gab sie die Haut weiter, auf daß jemand anders sie benutzen konnte, und leckte sich die Finger. Eine Frau bot ihre eine Rippe zu kauen an, doch sie lehnte dankend ab. Im Augenblick verspürte sie eher das Bedürfnis, einfach ihre Decke auszurollen und schlafen. Ihre Lider schienen Tonnen zu wiegen.

Andererseits lagen ihre Nerven immer noch blank. Sie hievte sich ihr Bündel auf die Schulter und nahm die Suche wieder auf. Noch bevor sie das nächste Lager erreichte, setzte das Geschrei ein. Es verbreitete sich wie die Wellenkreise eines in einen Mühlteich geworfenen Steins. Bald war das gesamte Lager in Aufruhr; die Menschen rannten wirr umher, brüllten und schwangen Fackeln, die den ganzen Hügel in Brand zu stecken drohten. Alice konnte nicht verstehen, worum es ging; sie blieb einfach stehen, gleich einem Fels in einem Strudel, und beobachtete die vorüberflimmernden Gesichter. Griffen die Thargier bereits an? Sollte sie mit dem Mob fliehen oder sich ins Haus zurückziehen, um dort die Stellung zu halten? Dann sah sie eine Frau mit karottenrotem Haar, die inmitten einer kreischenden Menge vorbeirannte ... Alice packte sie am Arm.

»Sprichst du Englisch?«

Die Frau funkelte Alice an; dann starrte sie ihren in der Ferne entschwindenden Gefährten hinterher.

»Ja, *Entyika*. Ich muß gehen.«

»Sag mir nur, was los ist.«

Die Frau tat, wie ihr geheißen. Dann rannte sie weiter.

Von einer Art Herdentrieb gepackt, rannte Alice mit Tausenden anderer den Hügel hinunter. Die Nacht glich einem Irrenhaus. Menschen stürzten und wurden kreischend und gellend zertrampelt. Andere wurden vom Mob in den eiskalten Fluß gedrängt. Ein paar wahnwitzigere Seelen wagten sich sogar bis ins etwa vier Meilen entfernte Lager der thargischen Armee vor, wo sie unter schweren Verlusten zurückgeschlagen wurden. Natürlich war es vergebens. Die Menge durchstreifte das überflutete Weideland noch stundenlang, doch ihr Befreier war längst verschwunden.

Als der Himmel sich zu einem frostigen Morgenrot verfärbte, stapfte Alice erschöpft zurück zu dem Wäldchen. Die Feuer waren erloschen und die Umgebung sah aus, als hätte eine Herde nimmersatter Heuschrecken hier geschlafen. Die meisten Menschen kehrten soeben zurück – so gebrochen und heillos verwirrt wie Alice. Kinder, die am Ende ihrer Kräfte waren, klammerten sich weinend an ihre Eltern; andere irrten schluchzend durchs Lager und suchten Vater und Mutter. Erwachsene durchstreiften die Ruinen auf der Suche nach Essensresten vom Festmahl.

Jemand versuchte, wieder so etwas wie Ordnung herzustellen. Alice ging den Rufen nach und stieß auf einen Schildträger, doch es war Kilpian Viehtreiber, der kein Englisch beherrschte. Alice verstand gerade so viel, daß er versuchte, sämtliche Niolier einzusammeln.

Weiter oben am Hügel rief Ursula Newton nach Joaliern, Lemodiern und Nagiern. Mit ihrer Stimme schien zwar alles in Ordnung, doch ihre Augen erinnerten an rotgeränderte Höhlen, ihr Haar an ein Heidekrautbüschel, und offensichtlich hatte sie nicht geschlafen. Sie hielt inne, stützte sich auf ihren Stab und musterte Alice mit trüben Augen.

»Haben Sie gehört, was geschehen ist?«

»Hab' ich. Kann ein Boot den Fluß befahren, so wild reißend, wie er zur Zeit ist?« Dies war die erste Gefahr – daß die Schicksalsgötter sich wieder einmal über menschliches Streben lustig machten und der Befreier mit dem Gesicht nach unten in algendurchsetztem Stauwasser trieb, so daß seine Mission für immer unvollendet bleiben würde.

Ursulas Miene ließ darauf schließen, daß sie eine Antwort verweigern wollte. Dann aber überlegte sie es sich anders. »Schon möglich. Der Strom fließt mit mindestens vierzig Meilen die Stunde, oder ich will eine Holländerin sein. Er hätte Tharg schon vor Stunden erreichen können.«

»Und was tun Sie jetzt?«

Abermals ein Schmollmund. »Ich führe die letzten Befehle aus, die er mir erteilt hat. Ich soll die Abwanderung nach Joalia anführen. Wir können die armen Leutchen doch nicht den Thargiern überlassen.«

Alice betrachtete die Gruppe, die Ursula bislang eingesammelt hatte und gelangte zu dem Schluß, daß ihr bestimmt noch mehrere hundert Menschen fehlten, obwohl ... wer wußte schon, wie viele Joalier sich dem Kreuzzug der Freien angeschlossen hatten? »Werden sie euch ziehen lassen?«

»Das erfahren wir erst, wenn wir es versuchen. Entschuldigen Sie mich bitte.« Ursula rief einer Gruppe Männer etwas zu und fuchtelte wild mit dem Stab. Zögernd nickten sie und stapften los; sie verteilten sich und begannen ihrerseits durch die Gegend zu brüllen. »Bid'lip und Gastik kümmern sich um die Niolier. Keine Ahnung, wer sonst noch was macht.« Ein paarmal klopfte sie mit dem Ende des Stabes auf einen Stein. »Herrgott, was für ein Durcheinander! Ich hoffe, diese Botschafter tanzen bald mit den versprochenen Vorräten an.«

»Und daß die Thargier mitspielen. Wer bleibt denn hier?«

»Keine Ahnung. Ich könnte mir vorstellen, daß Eleal Hohepriesterin ihren Tempel in Ordnung bringen will. Natürlich weiß ich ebenso wenig, ob die Thargier das gestatten werden.«

Alice rieb sich die Augen und dachte darüber nach. »Das hängt vermutlich davon ab, was geschieht, nachdem Edward in Tharg eingetroffen ist, nicht wahr? Sobald er Zath getötet hat, braucht er sich von den Ephoren überhaupt nichts mehr vorschreiben zu lassen.«

Ursulas Antwort bestand aus langgezogenen Rufen: »Joalier! Alle Joalier hierher!« Wie ein Elchbulle, der seine Herde zusammengrölt. Dann nahm sie die Unterhaltung mit normaler Stimme wieder auf, wobei sie Alice nachdenklich musterte. »Glauben Sie wirklich, er ist noch am Leben?«

»Daran glaube ich so lange, bis ich weiß, daß er tot ist.«

Mrs. Newton schürzte zweifelnd die Lippen. Sie war eine bodenständige, praktisch veranlagte Frau, die für Wunschdenken wenig übrig hatte. Julian verabscheute sie aus Gründen, über die zu reden er sich weigerte, doch sie würde die Aufgabe, ein paar tausend Pilger zurück nach Hause zu führen, so gut erledigen wie jeder andere.

Verächtlich brummte sie: »Wissen Sie, mit dem

Mana, das er besaß, hätten die Thargier eigentlich nie in der Lage sein dürfen, ihn in einen Hinterhalt zu locken. Und noch weniger, ihn zu überwältigen. Legt das nicht den Verdacht nahe, daß Zath die Hand im Spiel hatte?«

»Wieso sollte er ihn entführen? Wieso ihn nicht einfach töten und seinen Leichnam zurücklassen, damit die Freien ihn finden?«

»Keine Ahnung.« Ursula seufzte. »Vielleicht, weil Zath eine öffentliche Hinrichtung in Tharg will. Es wird ein paar Tage dauern, bis sie mit Neuigkeiten zurückkommen.«

Aha! »Also ist doch jemand losgezogen?«

Abwesend nickte sie. »Doggan, Tielan und Julian, soweit ich gehört habe. Wahrscheinlich auch Dommi. Vielleicht haben sie noch ein paar andere dabei, ich weiß es nicht. Sie haben weiter flußaufwärts ein Boot entdeckt.«

Alices Knie zitterten vor Erschöpfung. Wenn sie sich nicht bald setzte, würde sie zusammenbrechen. Sie entschied sich für einen Mittelweg und lehnte sich an einen Baum.

»Das scheinen mir zu wenig Leute zu sein, um eine Rettungsaktion auf die Beine zu stellen. Außerdem glaube ich sowieso nicht, daß Edward Hilfe braucht. Ich meine, wenn er Zath überwältigt und all sein Mana bekommt ... das wird doch geschehen, oder?«

Ursula spähte umher, als wollte sie garstige Joalier aufspüren, die sich hinter Büschen versteckten. »Ich glaube nicht, daß sie in erster Linie los sind, um ihn zu retten. Sie wollten diesen ekligen, gelbhaarigen, abartigen Kesselflickersproß schnappen und ihn mit den eigenen Eingeweiden erwürgen.«

»Was? Meinen Sie etwa Dosh?«

»Dosh! Dosh, den Verräter! Er hat Exeter den Thargiern ausgeliefert ... haben Sie das nicht gewußt? Genau das hat er getan! Und sollte ich ihn je in die Finger kriegen, wird er den Tag verfluchen, an dem er geboren wurde, das kann ich Ihnen versprechen. Wo wollen Sie jetzt eigentlich hin? Nach Hause? Drüben in Thotal gibt es ein Tor, für das wir den Schlüssel kennen.«

Alice schüttelte den Kopf. »Nicht bevor ich herausgefunden habe, was geschehen ist. Sind Sie ganz sicher, daß Dosh ...« Der Ausdruck in Ursulas Augen war Antwort genug. Dennoch schien es unglaublich. »Edward hatte eine überaus hohe Meinung von Dosh. Bedenken Sie, er hat ihm sogar das Geld anvertraut.«

»Christus hat Judas auch vertraut!«

»Ja, sicher. Stimmt.« Alice fühlte sich unsagbar müde. »Ich denke, ich gehe jetzt zum Tempel und helfe der Bischöfin bei der Hausarbeit. Sollten wir uns nicht mehr sehen ...«

Ein betretener Abschied folgte. Dann überließ Alice die gute Ursula Newton ihren Aufgaben und schleppte sich auf schmerzenden Füßen den Hügel hinauf.

60

Offenbar hatten die Soldaten das Boot mit dem Heck voraus zu Wasser gelassen, denn Dosh fand sich an einem spitzen Ende wieder, das er für den Bug hielt. Er kauerte sich auf die Ducht und hoffte, vergessen und übersehen zu werden – keine unbegründete Hoffnung, denn der Steuermann hatte gewiß alle Hände voll damit zu tun, bei Mondlicht zu steuern, und die vier Ruderer mußten mit dem Gesicht zum Heck sitzen. Sein erster Gedanke war, die nassen Stiefel auszuziehen und ein bißchen Leben in seine Zehen zu massieren; dann aber stellte er fest, daß er beide Hände brauchte, um sich festzuhalten, denn der Kahn schaukelte und stampfte dermaßen heftig, daß Dosh Mühe hatte, auf dem Sitz zu bleiben. Außerdem schwappte rings um ihn ohnehin bereits Bilgewasser, also konnte er die Stiefel ebenso gut anbehalten. Dann traf etwas mit einem markerschütternden Krachen die Seite des Bootes, und der Feldwebel brüllte irgend etwas auf Thargisch.

Dosh begriff, daß der Ruf ihm galt. Auch wurde er gewahr, daß die anderen vier nicht ruderten, sondern verzweifelt Treibholz, Eis und Unrat abwehrten, indem sie die Riemen als Stangen verwendeten. Beide Enden des Bootes waren spitz; er befand sich doch im Heck. Ein Gischtschwall raubte ihm vorübergehend die Sicht. Die Sitzbank versuchte, ihn über Bord zu schleudern.

»Red langsam!« rief er und wiederholte den Satz auf Lemodisch, das er vor vier Jahren im Bett von Anguan gelernt hatte.

Einer der schwitzenden Soldaten beherrschte ausreichend Lemodisch, um kräftig in dieser Sprache zu fluchen. Er beendete seine Schmährede mit den Worten: »Willst du, daß wir sinken?«

Dosh wandte die Aufmerksamkeit dem Fluß zu. Er glich einer gräßlichen, sich hebenden und senkenden schwarzen Suppe, durch die glitzernde, schäumende Wogen rollten, die Baumstrünke vor sich herwirbelten, von denen viele größer als das Boot waren, einige noch mit Zweigen und Wurzeln. Im einen Augenblick bergauf, im nächsten bergab. Wollten sie einen Ausguck? Nein. Als ein Soldat ihm einen Holzeimer zukickte, begriff Dosh, was sie von ihm wollten: Er sollte Wasser schöpfen. Er hätte wissen müssen, daß von Thargiern keine Nächstenliebe zu erwarten war.

Hastig, zu hastig bückte er sich nach dem Eimer und stolperte prompt Hals über Kopf in das Bilgewasser und ein Gewirr von sich verzweifelt plagenden Männern.

Prustend und fluchend setzte er sich auf, wich zurück, um der Mannschaft nicht im Weg zu sein, und begann zu schöpfen.

Er schöpfte, bis ihm fast die Arme abfielen, bis die Nacht sich in einen Alptraum des Schöpfens verwandelte. Bei jedem Aufprall entstand in der uralten Nußschale ein weiteres Leck. Bilgewasser schwappte vor und zurück und durchnäßte ihn völlig. Im einen Augenblick hielt er sich gerade eben über Wasser, im nächsten plumpste er zurück auf die Planken, und eine weitere Woge schleuderte ihn nach hinten gegen die Sitzbank.

Der Meststrom mündete in den Saltorstrom, der in den Mid'lstrom mündete, der wiederum in den Thargstrom mündete, welcher sich zu gewaltiger Breite ausdehnte und Felder und Wälder überschwemmte. Die Strömung schien genauso schnell wie zuvor, wenngleich ein wenig sanfter. Die Häufigkeit der Zusammenstöße nahm ab – zum Glück, denn der kleine Kahn sank beständig tiefer. Die Soldaten gingen dazu über, die Riemen mehr fürs Rudern als fürs Abwehren von Baumstümpfen und ähnlichem zu verwenden und bemühten sich, das lecke Boot im Hauptkanal zu halten, weg von den halb unter Wasser stehenden Bäumen und Zäunen, die das Ufer des Flusses säumten.

Doshs verkrampfte Muskeln bewegten sich zunehmend langsamer. Der Bilgewasserstand wurde immer höher und neigte das Boot mehr und mehr zur Seite. Endlich entriß ein Thargier Dosh den Eimer und begann, dreimal so schnell Wasser zu schöpfen wie Dosh. Mit letzter Kraft hechtete Dosh aus dem Weg und kauerte sich zusammengerollt auf die Sitzbank, um zu versuchen, sich zu wärmen.

Mittlerweile erhellte das erste Licht des Morgens den Himmel; vom Fluß aber stieg Nebel auf. Eine Brücke raste aus dem Nebel heran. Der Feldwebel brüllte Befehle. Riemen knarrten in den Ruderbügeln. Das Boot driftete seitwärts, richtete sich gerade auf und sauste auf einem langen Wasserstrahl unter zwei Pfeilern hindurch. Die Unterseite der Brücke schoß Zentimeter über den Köpfen der Männer vorbei; dann tauchte das Boot in eine Schaumbank ein. Minutenlang schien das Kentern unvermeidlich. Dosh klammerte sich mit aller Kraft an das Schandeck, um nicht von Bord gespült zu werden. Letztlich jedoch behielt der Mann mit dem Eimer die Oberhand über die Flutung, und das Boot trieb weiter. Ein anderer Mann übernahm das Schöpfen.

Triefnaß und zitternd, spähte Dosh in den gespenstischen Nebel und dachte über eine Fluchtmöglichkeit nach. Die Soldaten brüllten und deuteten auf Landmarken. Offensichtlich waren sie inzwischen knapp vor Tharg, doch sie waren auch knapp vor dem Sinken. Sollten sie beschließen, das Boot leichter zu machen, wußte Dosh, was sie als erstes über Bord werfen würden. Der Strom verlief dicht an der Oberkante eines Damms vorüber, hoch über der dahinter befindlichen Landschaft. Die verschwommenen Formen von Bäumen und Gebäuden traten aus dem Nebel hervor und verschwanden wieder darin.

Die Soldaten waren ebenso erschöpft wie Dosh. Das Gebrüll des Feldwebels wurde lauter und drängender. Die beiden noch rudernden Männer gaben sich alle Mühe, zu gehorchen, und der Steuermann stemmte sich gegen ein drittes Ruder, doch ihre Anstregungen zeigten keine Wirkung. Der unbezwingbare Fluß schwemmte sie geradewegs auf einen Damm zu – steil, schlammig und teilweise unterschnitten, so daß große Bäume vorgekippt standen und über dem Wasser hingen oder darin trieben wie Bojen, gerade noch an ein paar Wurzeln verankert. Das Boot stach flußaufwärts gerichtet in den Schlamm und neigte sich gefährlich. Dann wirbelte die Strömung das Heck in ein Gewirr aus Ästen und Zweigen, die über den Männern raschelten und zusammenschlugen. Die Thargier warfen sich flach auf den Boden. Als das Boot wieder Geschwindigkeit zulegte, sah Dosh in Fahrtrichtung einen dicken Baumstrunk und stand auf.

Der Zusammenprall raubte ihm den Atem und ließ ihn zusammenknicken. Mit klammen, eisigen Fingern suchte er nach Halt, als irgend jemandes Kopf ihm die Füße unter dem Körper wegriß. Dann hing er an dem Baumstrunk, und das Boot war verschwunden. Der Baumstamm zitterte bedrohlich; schwarzes Wasser raste darunter hindurch. Es gelang Dosh, ein Bein hinaufzuschwingen; dann blieb er ausgepumpt liegen. Ihm war übel, und er schlotterte am ganzen Leib, doch er war in Sicherheit vor den Thargiern.

Der Baum knarrte und bebte, als sich weitere Wurzeln lösten. Dosh kämpfte sich den Stamm entlang zum Ufer vor und kletterte zu einem Fußweg hinauf. Der Fluß schoß unter ihm dahin; der Rest der Welt war von dem weißen Nebel zu bloßen Schatten verwaschen. Eine tödliche Kälte hatte sich in Doshs Knochen eingenistet; er zitterte am ganzen Körper. Er mußte in Bewegung bleiben, wollte er nicht erfrieren. Mühsam zerrte er die Stiefel von den Füßen, um das Wasser auszuleeren; dann stellte er fest, daß seine Finger zu steif waren, um die Senkel wieder ordentlich zuzuschnüren. Mit offenen Schnürsenkeln lief er los. Als ihm schließlich bewußt wurde, daß er Richtung Tharg rannte, war er bereits zu weit, um noch an eine Umkehr zu denken.

Außerdem schienen die Aussichten, etwas zu essen und einen Unterschlupf zu finden, in der Stadt wohl besser als auf dem Land.

Und dann war da noch D'ward. Sofern sein Boot nicht gesunken war, befand er sich inzwischen wahrscheinlich in Tharg, wo er vielleicht schon Zath gegenüberstand. War die Prophezeiung erst erfüllt, würde er vermutlich einen Augenblick Zeit für Dosh haben.

D'ward war seine einzige Hoffnung. Die Freien nahmen an, daß er den Befreier verraten hatte. Wieso, um alles in der Welt, sollte er so etwas tun – für Geld? Der bloße Gedanke war schrecklich ungerecht, denn es waren die dreißig Silbersterne gewesen, die Dosh von einem joalischen Offizier angeboten worden waren, die ihn überhaupt erst zu D'ward geführt hatten. Er hatte das Geld schon damals nicht angenommen. Warum sollte er also nun seine Meinung geändert haben – nach allem, was D'ward für ihn getan hatte? Er mußte D'ward finden, um seinen Namen reinzuwaschen.

Müde, frierend, hungernd taumelte er weiter, so gut er konnte, wobei er mit klappernden Zähnen Gebete murmelte. Als der Tag erwachte, lichtete der Nebel sich nicht, sondern wurde immer dichter. Nichts schien mehr klar oder fest. Doshs Reumütigkeit hatte ihm keinen Deut mehr Glück beschert als sein früheres, sündiges Leben.

Unterwegs traf er niemanden; er schien der einzige Bewohner einer Geisterwelt zu sein. All die Freunde, die er in Ehren gehalten hatte, würden nunmehr gegen ihn sein; für die Freien war er ein Verräter, für die Thargier ein Ketzer. Aus dem Pfad wurde ein Weg, schließlich eine Straße. Doshs Geschichte wiederholte sich. Vor vier Jahren war er mit dem Befreier nach Tharg gekommen. Damals hatten die Ephoren vorgehabt, den guten alten Golbfisch hinzurichten, weil sie ihn für den Befreier hielten, und D'ward wollte seinen Platz auf dem Amboß einnehmen. Der Mann selbst war eingeschritten, um ihn davor zu bewahren, sein Leben wegzuwerfen. Golbfisch war trotzdem gestorben, wodurch er die Prophezeiung erfüllte: *Schande! Schande! Zum Mann gehet D'ward und saget: Töte mich! Der Hammer fällt, und Blut besudelt den heiligen Altar. Krieger, wo ist eure Ehre? Erkennt eure Schande.*

Nun kehrte D'ward nach Tharg zurück ... Hatte er das alles geplant? Es war möglich. Er hatte Dosh vor den Gefahren dieser Befehle gewarnt; folglich mußte er eine Vorstellung davon gehabt haben, was geschehen würde. Würde Karzon wieder einschreiten? Aber diesmal bat D'ward nicht darum, getötet zu werden. Oder doch?

Welcher Besuch war nun der prophezeite?

Häßliche, häßliche Stadt! Schmale Straßen, Häuser wie Festungen mit vergitterten Fenstern und verstärkten Türen. Der Nebel trug auch nicht zur Verschönerung des Anblicks bei, sondern verlieh dem Ganzen lediglich noch eine größere Trübseligkeit. Ein freudloser, düsterer Ort! Nur sehr wenige Frauen waren zu sehen, bloß glattgesichtige, grimmige thargische Männer. Jeder von ihnen trug ein Schwert; denn nur Sklaven liefen unbewaffnet umher. Sie trugen dieselben kurzen Kittel wie im Sommer, die kaum ihre Beine verdeckten. Triste, braune Farben. Triste, braune Stadt. Nebel.

Wohin jetzt? Dosh schlich von Tür zu Tür, sorgsam darauf bedacht, sich keinen der umherstolzierenden Krieger zum Feind zu machen, nicht einmal, indem er ihnen in die Augen sah. Er kannte niemanden in Tharg. Zwar wußte er, wo die Kesselflicker sich verkrochen, doch so gut wie jeder dort würde sehr wahrscheinlich zur Bande des alten Birfair gehören und dem armen Dosh die Leber herausschneiden, bevor er auch nur einen Pieps von sich geben könnte. Er bezweifelte ohnehin, daß er es so weit schaffen würde. Wenn er nicht bald etwas zu essen bekam, würde er umkippen. Und wenn er umkippte, würde man ihn in den Fluß werfen oder in Ketten legen.

»Wie ich sehe, hast du es geschafft.« Tion war wie ein thargischer Jüngling gekleidet, aber nur fast, denn der butterblumenfarbene Kittel war unzüchtig knapp bemessen und praktisch unverschnürt, während die weichen Lederhalbschuhe kaum über die Knöchel reichten. Der Rapier an seinem Gürtel dagegen hing fast bis auf das Kopfsteinpflaster. Das allzu hübsche Gesicht zierte eine echt wirkende, thargisch-finstere Miene.

Dosh lehnte sich an einen Türpfosten und schauderte. Die Straße schaukelte unter ihm, und die nassen Kleider klebten an seiner Haut. »Wo ist D'ward?«

»Im Augenblick steht er gerade wegen Lästerung gegen die allseits geliebten Götter vor Gericht.«

»Und was geschieht als nächstes?«

»Na ja, er zeigt sich nicht eben hilfsbereit. Ich würde sagen, die Wetten stehen etwa zehn Millionen zu eins gegen einen Freispruch.« Tion stellte ein albernes Lächeln zur Schau.

»Und dann?«

Nebel kroch die Gasse entlang. Der Jüngling kam näher, ohne jedoch fester, stofflicher zu wirken. Er stützte sich mit dem Ellbogen an die Wand und lächelte auf Dosh hinunter. »Du kennst doch die Thargier. Ein Gericht kann die Todesstrafe für öffentliches Furzen verhängen, wenn ihm danach ist. Sie werden ihm im Tempel das Gehirn raushämmern, zu Füßen von Zaths Statue.«

»Du, Junge!« Ein stämmiger Thargier war vor Tion stehengeblieben.

Tion zog die klassisch schönen Augenbrauen hoch. »Krieger? Wie kann ich Euch dienen?« Er änderte seine lümmelhafte Pose an der Wand kein bißchen.

»Schnür den Kittel zu! Es ist unzüchtig, sich so zur Schau zu stellen!«

»Ach, du meine Güte!« seufzte Tion. »Genau das ist doch beabsichtigt. Geh nach Hause und reiß dir selbst die Gedärme raus, Krieger.«

Der Thargier salutierte zackig. »Sofort, Krieger!« Damit drehte er sich um und eilte den Weg zurück, den er gekommen war.

Tion zuckte mit den Schultern. »Nun, Dosh, Liebling, wo waren wir stehengeblieben?«

»D'ward ist doch hergekommen, um Zath zu töten!«

»Stimmt. Und Zath wird zweifellos sterben. Er weiß es zwar noch nicht, aber es ist wahrscheinlich so. Er hat sich zu einem echten Ärgernis entwickelt. Das Problem ist nur, daß D'ward ebenfalls sterben wird.«

»Nein!«

»Ich fürchte doch, Dosh. Ein wahre Schande, findest du nicht auch? Er ist ein so *netter* Junge! Aber er ist viel zu gefährlich für das Pentatheon, als daß man ihn am Leben lassen könnte. Er spielt das Spiel zu gut! Mann, in nur vier Doppelwochen ist es ihm gelungen, Zath zu überlisten, den besten Spieler von uns allen! Wer weiß, was er als nächstes versucht? D'ward muß sterben, Liebster!«

»Nein!«

Der Hexer verriet einen Hauch von Interesse. »Nein? Ich habe gelobt, nicht zu versuchen, ihn zu retten. Es würde mir zutiefst widerstreben, mein Wort zu brechen, Dosh!«

Dosh schauderte. Tion zu vertrauen, kam schierem Wahnsinn gleich. Er war durch und durch böse. Er hatte keine Ahnung, was Worte wie ›Wahrheit‹ oder ›Ehrlichkeit‹ bedeuteten. »Kannst du ihn denn retten?«

»Wahrscheinlich nicht. Es wäre äußerst schwierig. Aber sollte ich es versuchen ... Was wäre es dir wert, liebster Dosh?«

»Alles! Was willst du haben – meine Seele? Meinen Körper?«

»Darüber entscheide ich später«, erwiderte Tion. »Wie steht's mit deinem Leben?«

»Ja!«

»Meine Güte! Liebe ist etwas Wunderbares.« Der Hexer streckte eine schlanke Hand aus.

Dosh nahm sie in die seine, die Tion an die Lippen hob.

»Nun, wollen mal sehen, was wir tun können. Einfach wird es bestimmt nicht. Und ich sage auch nur, daß ich es versuche, nicht, daß es gelingt. Warum läufst du jetzt nicht weiter zum Tempel und suchst dir einen guten Platz, um das Geschehen zu beobachten? Dicht am Altar auf Zaths Seite wäre es am besten. Ganz dicht. Die Massen trudeln bereits ein, also solltest du dich beeilen.«

»Kommst du nicht mit?« fragte Dosh mißtrauisch.

»Noch nicht. Es wäre nicht ratsam für mich, jetzt schon zu nahe heranzugehen. Aber ich hoffe, dich dort zu sehen, Liebster.« Eine schmerzvolle Miene ... »Vertrau mir, Dosh! Ich habe dir noch keine einzige Lüge erzählt. Jedenfalls nicht in letzter Zeit. Und jetzt fort mit dir!«

Die Geschichte wiederholte sich ... War dies nicht derselbe Straßenzug, den er vor vier Jahren entlanggewandelt war? Auch damals war er D'ward gefolgt. Die Menschenmenge war dichter gewesen, aber auch jetzt begannen die Massen bereits wieder zu strömen – ein erregtes Knistern hing in der Luft, Leute liefen zum Tempel ... Wußten sie vom Befreier oder lockte jede öffentliche Hinrichtung die Geier hervor? Da war auch Ursulas Nonnenkloster, unverändert mit den blauen Netzgirlanden über der Tür. So viel anderes hatte sich in jenen vier Jahren geändert. Hierher hatte D'ward Ysian bringen wollen. *O Ysian, du kleine Feuerkatze, es war dein Tod, der ihn erregt hat!*

Die Menge wird dichter, fast keine Frauen. Ja, schubst mich nur, probiert mal, ob's mich juckt. Zieht ruhig eure

Schwerter, es spielt kaum noch eine Rolle. All dieser wallende Nebel ... war er wirklich oder war der arme Dosh im Begriff, in Ohnmacht zu fallen? Angewidert wichen die Leute ihm seiner nassen Kleider wegen aus. Der große Platz, über den geschäftig Männer eilten. Die gewaltigen Säulen des Tempels, oben fast gänzlich im Nebel verborgen, ein riesiger Granitkäfig, das häßlichste Bauwerk der Welt.

Kalt, oh, so kalt. Armer Dosh. Gibt es überhaupt noch Wärme auf der Welt? Hatte es je Wärme gegeben, seit er Amorgushs Bett verließ? Dosh stieg die Stufen hinauf, schritt zwischen zwei großen Sockeln hindurch. Im Tempel herrschte bereits dichtes Gedränge, getuscheltes Gemurmel ... Karzon ...

Zath ...

Der Mann, größer als ein Baum, grünfleckiges Kupfer. Das Antlitz mit dem dichten Bart und der Hakennase – gut getroffen –, den Hammer mit beiden Händen gegen die faßähnliche Brust gedrückt, die Falten seiner Kleider von dem großen K'simbr Bildhauer vorzüglich gemeißelt, auf daß sie vom Gürtel bis zum Boden reichten, um das Gewicht des Kolosses zu stützen; ein Fuß war vorgestreckt, ein Schienbein bloß. Eine erlesene Arbeit.

Dreh dich um, verdammt noch mal, dreh dich um! Schau zum anderen Ende des Rechtecks. Derselbe Koloß in geschwärztem Silber, in eine Robe mit Kapuze gekleidet, in einer Hand ein Marmortotenschädel ... gebeugt, mit geneigtem Haupt, auf den Altar hinunterblickend. Eine unvergleichliche Verkörperung des Bösen.

Zittern, Zähneklappern, muß dorthin gehen, muß Tion treffen. Trommeln ertönen, die Menge raunt, eine Ankündigung wird gesprochen. Die Leute mögen keine nassen Körper, weichen aus, lassen mich durch, nicht genug Platz, um Schwerter zu ziehen, nicht auf die Blicke achten, die Flüche, die rempelnden Ellbogen. Komme näher.

Der Altar ist ein Amboß auf einem Sockel, ein schwarzer Amboß, oder ist das alles eingetrocknetes altes Blut? Gelange zum Stufenabsatz, gerammelt voll mit Leuten, niemand will sich auf die Stufen drängen lassen, näher hin zu diesem ehrfurchtgebietenden, furchteinflößenden Gott. Geh weiter, schau hin! Schau hinauf in das Angesicht des Todes.

Nein, nein!

Schau nicht noch mal. Männer kommen heraus, Priester kommen heraus, kommen um den Sockel der Silberstatue herum, Soldaten. D'ward, gefesselt, völlig erschlafft, blutüberströmt. Was haben sie ihm angetan? Trommelwirbel. Stille, gedrückt, spannungsgeladen. Weißer Nebel, schwarzer Nebel. Schwankt da nur die Menge oder der gesamte Tempel? Eine Verkündigung.

»Im Namen der Ephoren und des Volkes von Thargland, im Namen des Mannes, wird der Ketzer D'ward der Gotteslästerung für schuldig befunden und zum Tod auf dem Amboß verurteilt. Zum Ruhm Zaths, des Letzten Siegers, soll es so geschehen.«

Gemurmel. Getuschel. *Wo ist Tion? Kann Tion nicht sehen. Sie haben D'ward auf dem Amboß.* Der maskierte Scharfrichter mit dem Hammer. Er tritt vor. *Wo ist Tion? Er hat mich hintergangen.* D'ward ausgestreckt auf dem Amboß. *Ist er überhaupt bei Bewußtsein? Sie haben ihn verprügelt. Er kann nicht gegen Zath kämpfen, wenn er bewußtlos ist. So winzig wirkt er unter diesem Titanen. Böse, böse.* Schwarze Nebelschlieren. Weiße Nebelschlieren. Der Scharfrichter nähert sich. *Auf,*

D'ward! Erhebe dich. Erhebe dich wie ein Gigant, wie ein Gigant aus Nebel. Ringe mit ihm. Erwürg ihn. Weißer Nebel, schwarzer Nebel. *Lieg doch nicht einfach da und warte auf den tödlichen Hammerschlag! Erhebe dich als der Befreier, großartig wie der einzig Wahre Gott. Throne über dem Tempel, D'ward. Erfülle die Menge mit Ehrfurcht, D'ward. Vernichte dieses Ungeheuer Zath. Zerschmettere es. Dreh ihm den Hals um.* Fühle, wie der Boden schwankt. Höre die Leute schreien. *Hilf ihm, Gott. Du bist mächtiger, größer. Steh auf, D'ward. Erfülle die Prophezeiung. Enthülle den Befreier. Kommt, Brüder, rettet ihn vor dem Amboß. Laßt ihn nicht dort liegen, wenn der Hammer fällt. Brüllt auf. Brüllt auf. Laßt Karzon über die Menge herbeigewandelt kommen. Laßt Visek erscheinen, weiß wie Nebel, grell wie die Sonne, die durch Wolken bricht ... Sie kommen. Sie kommen. Sieh Eltiana, rot wie Blut, sieh die blaue Astina und ihr Schwert der Gerechtigkeit. Bringe die Säulen zum Erbeben. Erhöre die Rufe der Menge, Gott. Zath erbebt. Er fällt. Es reicht nicht ... Wo ist Tion? Wo ist der Jüngling? Er braucht dich, Tion. Komm jetzt, Tion. Rette ihn, Tion. Laß ihn nicht sterben, Tion. Wenn du mich willst, bin ich dein, Tion. Alles, alles ... Hilf ihm, Tion! Rette ihn ...*

IX

Wir erkennen, warum in der Natur dasselbe Ziel auf unendlich verschiedenen Wegen erreicht werden kann, denn jede einmal erworbene Eigentümlichkeit wird lange Zeit hindurch vererbt, und die in mannigfaltiger Weise abgeänderten Organe müssen ein und demselben allgemeinen Zweck dienstbar gemacht werden.

Charles Darwin, Die Entstehung der Arten

61

Winzige Flammen flackerten in dem trockenen Gras, krochen über die Rindenkrümel, wurden größer und heller und leckten zu den Zweigen empor. Alice blies. Die Rinde brannte heißer, lodernder. Alice legte einen dickeren Zweig über die Holzscheite, dann einen weiteren.

Das Feuer ließ ein Knacken vernehmen, gleich dem ersten Schrei eines Neugeborenen. Alice setzte sich zurück auf die Fersen, um ihr Werk zu bewundern. Ein Feuer auf diese Weise zu entfachen, hatte etwas zutiefst Befriedigendes, viel befriedigender als ein Sechs-Penny-Stück in einen Gaszähler zu werfen. Das hatte wohl mit der Welt zu tun. Sie begann, eine Burg aus dünnen Zweigen zu errichten. Das sollte die Flammen nähren, bis sie zurückkehrte. Jenseits der hohen, schmalen Fenster leuchteten die Wolken rot, während die Wintersonne unterging.

Sie stand auf, um ihr Tagewerk zu begutachten. Diese Kammer war nunmehr, gemäß Erlaß von Eleal Hohepriesterin, das Refektorium und würde vorerst auch als Kapitelsaal dienen. Zwar herrschte immer noch Unordnung, aber noch heute morgen war das Zimmer eher eine Katastrophe gewesen. Dem Fußboden fehlten so viele Kacheln, daß er trotz all der Stunden, die Alice gefegt und geschrubbt hatte, noch immer nicht sauber wirkte. Der halbe Verputz war von den rauhen Steinwänden abgefallen; was noch übrig war, erinnerte an Krätze. Die Männer hatten vier Bänke und ein paar Tische hereingebracht, die sie oben gefunden hatten, wurmzerfressene Möbel, aber vermutlich noch fest und sicher genug, um sie verwenden zu können. Nun, es war nicht gerade das Savoy, aber immer noch besser, als draußen im Wald zu lagern. Alice hoffte nur, der Kamin wäre nicht von Vogelnestern verstopft.

Nun zu dem kleinen Ritual, das sie sich vorgenommen hatte. Sie marschierte zur Tür hinaus und über den Gang. Hier war der Schmutz zur Seite gefegt worden, so daß in der Mitte ein schmaler Pfad entstanden war; aber morgen oder am Tag darauf würde ordentlich saubergemacht. Sie kam an der Kapelle vorüber, in der sie Stimmengemurmel von Eleal und einem Dometscher hörte, die Br'krirg und einigen seiner Leute Anweisungen erteilten. Jemand – sehr wahrscheinlich Tittrag Zimmermann – fällte im Hof dahinter Bäume, um die Brandgefahr zu vermindern. Wenn das eintönige Pochen Eleal nicht störte, sollte es Alice erst recht nicht stören. Verdrießlich betrachtete sie die Blasen an ihren Handflächen.

Es würde lange dauern, bis sie sich in Hornhaut verwandelt hatten.

Als sie zur Haupttür gelangte – lediglich ein Bogen ohne Türbrett oder Gitter –, wurde sie von der kühlen Abendbrise empfangen. Wenn diese rotgetünchten Wolken im Westen keine Seemannsfreude waren, dann hatte Alice noch nie eine gesehen, wenngleich Nebenan über keine nennenswerten Seeleute verfügte.

Sie ging hinaus und starrte den langen, grasüberwucherten Zugangsweg hinab. Er war verlassen, so wie sie es erwartet hatte.

»Sie auch?« Pinky Pinkney stand auf den Stufen, einen Fuß auf ein sperriges Holzscheitbündel gestellt, und rauchte seelenruhig eine Zigarre. Wo, um alles in der Welt, hatte er die her? Auf Pinky war eben immer

Verlaß! Zu seinen Füßen lag eine Axt, und Alice konnte nicht verleugnen, daß er in den letzten paar Tagen seinen Beitrag geleistet und genauso hart geschuftet hatte wie jeder Einheimische.

Er lächelte selbstgefällig und blies den Rauch aus. »Auf Straßen, die beobachtet werden ... äh, wird nicht gereist. Kein besonders klangvolles Wortspiel, was?«

»Ich schaue gerade zum erstenmal. Mindestens drei Tage, hat es geheißen, also habe ich mir gesagt, erst am Ende des dritten Tages damit anzufangen, Ausschau zu halten.« Alice verspürte unbegründeten Zorn darüber, dabei ertappt worden zu sein; noch wütender aber war sie auf sich selbst, weil sie sich entschuldigte.

»Aber es hat auch geheißen, vier wären viel wahrscheinlicher, nicht wahr? Und sechs oder sieben wären durchaus möglich. In Anbetracht des Hochwassers. Und selbst dabei müßte man noch davon ausgehen, daß sie höchstens ein, zwei Stunden in Tharg verbracht haben. Aber wo bleiben nur meine Manieren?« Hastig nahm er den Fuß von dem Bündel. »Nehmen Sie doch Platz, meine liebe Mrs. Pearson!«

Alice lehnte dankend ab, da sie überzeugt war, die Scheite würden einen schrecklich unbequemen Sitzplatz abgeben. Pinky stellte den Fuß wieder darauf und stützte einen Ellbogen auf sein Knie, um die Zigarre besser halten zu können.

»Ich bin ziemlich sicher, daß sie beschlossen haben, in Tharg zu bleiben. Ein, zwei Tage. Mehr als zwei wohl kaum. Also können wir wohl erwarten, die Neuigkeiten, wie auch immer sie lauten mögen, von unseren ortsansässigen Freunden zu erfahren. Br'krig hat versprochen, uns unverzüglich Bescheid zu sagen, wenn er etwas hört. Egal was.«

»Solange sie nicht immer in Tharg bleiben, ein paar Fuß unter der Erde.«

Pinky sog an der Zigarre und schloß verzückt die Augen. »Das ist in der Tat ein Grund zur Sorge. Die Gefahren der Flußreise bereiten mir mehr Kummer als die örtlichen Behörden. Erheblich mehr. Aber auch die Behörden sind eine große Gefahr. – Übrigens beerdigen Thargier ihre Toten nicht, sondern äschern sie ein. So wird es in fast allen Tälern gemacht.«

Eine wenig tröstliche Auskunft. »Ich muß wieder an die Arbeit. Bin gerade dabei, ein Feuer zu entfachen.«

Er kicherte. »Darf ich Ihnen ein wenig Feuerholz anbieten? Äußerst günstig! Meine Preise sind mehr als wettbewerbsfähig.«

»Da müßte ich erst Mittel vom Tempelschatzmeister anfordern. Haben wir überhaupt einen?«

»Ich bin bereit, mich für das Amt zur Verfügung zu stellen, sollte ich gefragt werden. Wenn wir erst mal Mittel haben. – Wie ich höre, haben Sie die Absicht, nach Hause zurückzukehren, Mrs. Pearson.«

Sie spürte, wie in ihrem Inneren Verteidigungsmauern gleich Zugbrücken emporschossen. »Tja, das hängt von den Neuigkeiten ab.« Sofern Edward sicher vor Zaths mörderischem Ansinnen war, und er beschließen würde, sich auf Nebenan niederzulassen ... und der Kuß mehr als einen Abschied bedeutet hat ... möglich.«

»Ah, ja«, meinte Pinky unverbindlich, den Sinn hinter Alices Antwort nicht zu erkennen vermochte. »In Thotal, nur etwa einen Tagesmarsch entfernt, gibt es ein Tor, das nach New Forest führt, zu einem versorgten Tor auf der Erde. Die Goldsmiths hatten vor, es zu benützen. Als sie auf Heimaturlaub gingen. Die Peppers haben es überprüft und bestätigt, daß es immer noch in brauchbarem Zustand ist.«

»Was genau ist ein *versorgtes* Tor?«

»Ein nicht ständig vom Hauptamt gewartetes, aber mit Kleidern und Geld versorgtes Tor. Keines, bei dem man unerwartet mitten in eine Beerdigung hineinplatzen könnte. Oder in einen Gottesdienst. Ich bin gern bereit, Ihnen den Schlüssel beizubringen. Und selbstverständlich auch, sie hinzubegleiten.«

»Das ist sehr nett von Ihnen, Mr. Pinkney.« Irgendwie hätte sie das von Pinky nicht erwartet. Sie hatte ihn offenbar unterschätzt. Oder überschätzt, wenn er bloß darauf aus war, sie nackt umherhüpfen zu sehen. »Mein Feuer schreit bestimmt schon nach mir, also ... *da kommt jemand!*«

Ein Reiter war soeben um die Kurve am fernen Ende des Pfades gebogen. Ein Hase, kein Moa, folglich kein Soldat. Nur ein Hase, aber Hasen waren keine Herdentiere und gaben selbst die Geschwindigkeit vor. Andere konnten durchaus folgen.

»Gütiger Himmel!« Pinky richtete sich auf. »Gewiß keiner von uns. Wo hätte jemand von uns einen Hasen herkriegen sollen? Die hatten doch allesamt kein Geld. Das *kann* keiner von uns sein.«

Inzwischen befand sich der Hase auf halbem Weg zum Tempel; hinter dem ersten Tier war ein zweites erschienen.

»Rotes Haar!« rief Alice. »Das ist Dommi!« Sie sprang die Stufen hinunter und rannte ihm entgegen.

62

Auf halbem Weg den Zugangspfad hinauf sah Julians Hase die Leute weiter vorn und versuchte auszubüchsen. Julian zügelte das Tier und verharrte, unschlüssig, ob er zu erschöpft war, um noch länger mit dem dummen Biest zu ringen oder zu feige, um Dommi zu helfen, die Neuigkeiten zu überbringen. Bald kam ein schlaksiger, barfüßiger Junge, den er nicht kannte, den Pfad herunter getrottet. Lächelnd sagte er etwas auf Thargisch; offensichtlich bot er an, sich um den Hasen zu kümmern. Julian tauschte den Platz mit ihm, und der Junge ritt mit dem Tier davon, um es irgendwo einzupferchen. Da er nun ohne Reittier war, blieb Julian keine andere Wahl, als den Zugangspfad hinaufzustapfen und Dommi zu folgen. Herrgott, war er steif! Und schmutzig, hungrig, müde und durstig nach einem ordentlichen Krug Bier.

Alice kam ihm entgegen.

Er sah auf einen Blick, daß sie es wußte.

Als sie sich trafen, umarmte er sie. Breit grinsend, ließ sie es geschehen.

»Er hat vollbracht, wofür er ausgezogen ist.« Julian war erstaunt, wie rauh seine Stimme klang. »Ich glaube kaum, daß er ... Ich meine ... hätte er gewußt, wie es ausgehen würde, er hätte es trotzdem getan ... Er hätte nichts anders gemacht.«

»Er hat es gewußt.« Sie wich zurück und musterte ihn. Lediglich ihre Blässe und ein Funkeln in den Augen verrieten sie. »Ich bin sicher, daß er es gewußt hat. Wegen Zath bestehen keine Zweifel?«

»Na ja, es gab keine Leiche. Wenigstens nicht in der Öffentlichkeit. Aber die Statue ist eingestürzt Ich meine, das ist ziemlich eindeutig, oder? Außerdem hat man viele Berichte über bußfertige ehemalige Schnitter gehört. Ich glaube, Alice, Exeter hat ihn irgendwie getötet. Ich bin sicher.«

Sie war leichenblaß, doch ihre Stimme schwankte nicht. »Und wegen Edward bestehen auch keine Zweifel?«

Er schüttelte den Kopf. »Nicht die geringsten.«

Sie nickte und ergriff seine Hand. »Du mußt ja völlig erledigt sein! Komm mit hinauf in den Tempel, dann suchen wir dir was zu essen.«

Die beiden marschierten los. Alices Finger waren eiskalt. Julian wußte, daß sie in letzter Zeit wenig Glück mit Männern gehabt hatte: ihr geheimer Liebhaber, ihr Ehemann, sogar ihr früherer Vormund, Hochwürden Roland – und nun auch noch ihr Cousin ... Pflegebruder. Sie mußte sich an schmerzliche Verluste gewöhnt haben, und sie ertrug auch diesen Verlust bewundernswert gefaßt. Eine wunderbare Frau! Wieso stellte sie keine Fragen? Dommi konnte ihr in diesen wenigen Augenblicken unmöglich alles erzählt haben.

Julian empfand die Stille als unerträglich. »Wer sind all die Leute?«

Geistlos lächelte sie im Vorübergehen einen Baum an.

»Gläubige! Nachdem die Freien fort waren, ist auch die Armee abgezogen. Als sie verschwunden war, sind die Ortsansässigen gekommen, um sich das Ganze anzuschauen. Der Weißhaarige ist Br'krirg Soundso, ein Großlandbesitzer. Er ist einfach wundervoll – schickt Männer rüber, die uns beim Aufräumen helfen, stellt uns Essen, Werkzeug und andere Dinge zur Verfügung. Und Eleal erteilt ihm Unterricht über den neuen Glauben. Sie versteht es recht gut, sich verständlich zu machen. Außerdem hat sie ein paar Leute gefunden, die Joalisch sprechen. Die übersetzen für sie, Satz für Satz.«

Die Thargier mußten der Mann mit den bloßen Beinen und die beiden Frauen mit den Schleiern über den Köpfen sein. Somit blieben Dommi und vier der Freien, die sogar auf diese Entfernung an den Kleidern erkennbar waren, die ein buntes Gemisch alter Lumpen darstellten.

Die Gruppe teilte sich, wobei die Thargier sich mit eifrigem Verbeugen und Knicksen verabschiedeten und um eine Ecke des Hauses verschwanden. Die anderen steuerten auf die Tür zu.

Alice plapperte weiter.

»Wir waren ziemlich fleißig, während du fort warst! Inzwischen ist der Ort fast bewohnbar geworden, abgesehen von den Käfern, und ich hatte ja keine Ahnung, daß Käfer auf Nebenan acht Beine haben. Die Thargier haben die Freien tatsächlich ziehen lassen, und die Botschafter sind wirklich mit dem Essen rübergekommen, das sie versprochen hatten, zumindest am ersten Tag. Wir haben seither nichts gehört, aber wir nehmen an, sie sind wohlbehalten auf dem Nachhauseweg. Die paar von uns, die hiergeblieben sind, haben sich die Finger wundgeschuftet, um alles auf Vordermann zu bringen, und Eleal macht sich als Hohepriesterin hervorragend. Sogar Pinky redet sie mit ›Heiligkeit‹ an! Dommi sagt, ihr habt ihn eingeäschert?«

»So lautet hier das Gesetz. Ich glaube kaum, daß es ihn gestört hat. Kurz, nachdem es passiert ist, sind wir eingetroffen. Es war ein heilloses Durcheinander. Die Leute sind zu Tausenden geflohen; deshalb haben wir eine Weile gebraucht, uns zum Tempel durchzukämpfen ... Willst du das alles wirklich hören?«

»Ja. Alles.«

Sie stiegen die Stufen hinauf. Die anderen waren mittlerweile im Innern verschwunden.

»Es war wie ein örtlich begrenztes Erdbeben. Zaths Statue ist eingestürzt, und die Statue Karzons hat sich auf dem Sockel herumgedreht. Ein paar von den Säulen haben sich verschoben. Auch Ursulas Nonnenkloster, das sich gleich daneben befindet, hat ein bißchen was abbekommen, und einige der kleineren Schreine wurden in Mitleidenschaft gezogen. Der Rest der Stadt wurde in keiner Weise betroffen. Mit anderen Worten, es hat sich überwiegend auf den Knoten beschränkt. Edward war unmittelbar vor dem Götzenbild.«

»Vor Zath?«

»Vor Zath. Dort werden die Hinrichtungen vorgenommen. Das Götzenbild war achtzehn Meter hoch, Alice! Und durch und durch aus silberüberzogenem Stein. Trotzdem ist es eingestürzt wie ein Geröllhaufen. Ein Wunder, daß es nicht mehr Tote gegeben hat. Anscheinend hat die Statue ein paarmal geschaukelt, und die Priester und Zuschauer hatten noch Zeit, sich in Sicherheit zu bringen.«

Alices Griff um seine Hand verstärkte sich. »Und warum konnte Edward nicht davonlaufen?«

»Sie hatten ihn auf den Altar gelegt ...«

»Gefesselt?«

Das war der Teil, über den nachzudenken schier unerträglich schien: Exeter, wie er hilflos dalag, während es geschah. »Als wir ihn gefunden haben, waren seine Hände gefesselt, nicht aber seine Füße. Die Zeugen sind sich einig, daß er bei Bewußtsein war – obwohl er, wie ich fürchte, ziemlich schlimm verprügelt worden war. Warum hat er also nicht die Flucht ergriffen? Oder sich wenigstens vom Amboß gerollt? Ich weiß es nicht. Ich kann nur vermuten, daß er auf irgendeine Weise zu beschäftigt mit Zath war.«

»Erzähl weiter!« forderte sie ihn mit dumpfer Stimme auf.

»Wir haben ihn gleich gefunden, neben den Überresten des Altars. Er hat ganz friedlich ausgesehen.« Julian filterte die Erinnerung an sein Antlitz heraus und unterdrückte Gedanken an das übrige. »Er kann unmöglich etwas gespürt haben. Ein großer Steinblock hat ihn erschlagen; er muß auf der Stelle tot gewesen sein.« Ein Marmortotenschädel von der Größe eines Töpferschuppens – kein Wunder, daß die verfluchte Statue so instabil gewesen war. »Wir haben ihn mitgenommen. Die Priester waren zu fassungslos, um Einwände zu erheben ... Ich glaube, jeder, der sich in der Nähe des Altars befand, hat einen tüchtigen Schwung Mana abgekriegt ... alle haben gebrabbelt und gestammelt ...«

Er hielt inne, um in die große Kammer zu schauen, an die er sich noch erinnerte. Sie war sauber gekehrt und mit ein paar Bretterbänken ausgestattet worden. Der Schild über dem Kamin war der einzige Schmuck. Der Hof draußen war von einem Großteil des Dschungels befreit worden; zwei Hasen grasten nunmehr darin. »Meine Güte, ihr wart ja wirklich fleißig!«

»Das war Pinkys und Tittrags Werk. Wir nennen das Zimmer die Kapelle. Eleal hat vor, Bleiglaseinsätze für die Fenster zu beschaffen. Sie werden ... na, egal. Komm mit. Das Kapitelhaus ist dort entlang.«

Ein markerschütternder Schrei hallte durch das leere Haus.

Julians Nerven waren zum Zerreißen gespannt. Er zuckte heftig zusammen. »Was, zur Hölle, war das?«

»Ich glaube«, erwiderte Alice trocken, »Eleal Hohepriesterin hat es gerade erfahren.«

Etwa eine Stunde später ...

Im Kamin knisterte zornig ein Feuer, auf einem der Tische flackerten zwei Kerzen, der Großteil des Lichts jedoch fiel durchs Fenster herein. An der Tür stand ein halbes Dutzend Leute, die wild in Joalisch, Randorisch und Englisch durcheinanderredeten. Julian wollte sich dieser Befragung nicht unterziehen. Er wollte weg und sich hinlegen – schlafen, ja, aber hauptsächlich einfach eine Doppelwoche lang an die Decke starren und warten, bis die durcheinanderwirbelnden Gedanken sich beruhigt hatten. Doch Alice schien ihn hier zu wollen, also mußte er bleiben.

»Du bist ein sehr willkommener Anblick, Bruder Haptmaan.«

Er wandte sich um und starrte mit ausdrucksloser Miene das Mädchen an, das gesprochen hatte. Dann setzte urplötzlich das Erkennen ein: eine größere, ältere Eleal Sängerin. Die einst hohe Stimme hatte sich in einen Alt verwandelt, und das Haar war zu einem Dutt hochgesteckt, was ihr gut stand. Ihre Robe war verblichen, unzählige Male geflickt und abgewetzt, als hätte ein Nonnenkloster das Kleidungsstück nach generationenlanger Verwendung endlich weggeworfen. Der Stock, den Eleal wie einen juwelenbesetzten Bischofsstab schwang, war lediglich ein besserer Ast; dennoch strahlte sie Würde aus. Ihre Augen waren rotgerändert, aber sie schien hellwach zu sein. Beschämt, weil er sie nicht gleich erkannt hatte, verneigte Julian sich tief.

»Danke, Heiligkeit.«

Anmutig nickte sie. »Wie es scheint, sind wir nun alle versammelt. Laßt uns beginnen.« Sie ging zum Kopf eines der Tische – wo zufällig der einzige Stuhl im Raum stand – und klopfte mit dem Stab auf den Boden, damit Ruhe einkehrte.

Dommi schilderte in stockendem Joalisch die Bootsreise. Alice fragte: »Woher habt ihr die Hasen?«, als Prof Rawlinson unvermittelt ausrief: »Hauptmann Smedley!«

»Allmächtiger!«

Alle zuckten zusammen, drehten sich um, verstummten und neigten die Häupter.

»Wir wollen danken für die sichere Rückkehr dieser unserer Brüder Dommi und Haptmaan und für die glorreichen Neuigkeiten, die sie uns überbringen. Laß uns durch unsere Trauer hindurch deine Absicht erkennen, und möge unsere Freude über die Vernichtung des bösen Zath dadurch gestärkt werden, daß wir deine Hand in allem Geschehen erkennen. Wir bitten dich, leite unser Gespräch und führe uns auf den Pfad deiner Wahrheit und Gerechtigkeit. Amen.«

»Amen«, wiederholten die Versammelten im Einklang. Dann schlurften sie zu den Bänken entlang der Seiten des Tisches. Julian suchte Alices Augen, und einen Lidschlag lang flackerte ein Lächeln zwischen der Trauer auf.

Diese frischgebackene Bischöfin wußte, was sie wollte! Eleal nahm auf dem Stuhl Platz und rief die Versammelten zur Ordnung.

Darauf war es nun also hinausgelaufen. Nur noch

neun waren übrig – neun von Tausenden! Julian saß zwischen Alice und der furchteinflößenden Masse von Tittrag Zimmermann, der Prof Rawlinson am anderen Ende völlig verdeckte. Gegenüber hockten der finster dreinblickende Kilpian Viehtreiber, Pinky Pinkney, Piol Poet und Dommi – dessen Sommersprossen unter der durch Wind und Sonne entstandenen Bräune kaum mehr zu sehen waren. Die Kirche selbst bestand nur aus sechs Mitgliedern, da Prof, Alice und Julian keine offiziellen Jünger, keine Schildträger verkörperten. Und doch waren sowohl Einheimische als auch Fremde vertreten und saßen als Gleichgestellte nebeneinander – eines von Exeters Vermächtnissen. Wie lange würde es währen? Wie lange würde es dauern, ehe Pinky die Kirche des Befreiers seinen Vorstellungen gemäß umgestaltete? Das Charisma würde seinen Besitzern schon bald wieder Silberbesteck und frisch gebügelte Laken bescheren.

Im Augenblick besaß die Kirche des Befreiers keine zwei Kupferstücke, mit denen sie hätte klimpern können.

Alle Religionen begannen in Armut.

»Wir wollen die ganze Geschichte hören«, verkündete Eleal. »Aber erzählt uns zuerst von unseren Brüdern Tielan und Doggan, die mit euch losgezogen sind.«

Julian wollte nicht reden, mit niemandem, also überließ er Dommi die Antwort, dem es vielleicht sogar Freude bereiten würde, der Erzähler zu sein.

»Sie sind zurückgeblieben, Heiligkeit, in der Hoffnung, die Spur des verdammten Dosh Verräters zu finden. Sie haben versprochen, schon sehr bald zurückzukehren, weil sie beide Anweisungen vom

Befreier erhalten haben – so wie ich –, denen sie nachkommen müssen.«

»Wir sind froh zu hören, daß ihnen nichts Schlimmes widerfahren ist. Und jetzt erzähl uns die Geschichte bitte von Anfang an, Bruder.«

Dommi sprach Joalisch, wobei er sich gelegentlich auf Randorisch wiederholte. Wenn er sich nicht mit Englisch abmühen mußte, drückte Dommi sich äußerst klar und verständlich aus. Neben ihm kritzelte Piol Poet wie besessen auf Papierblätter; dabei berührte er mit der Nase beinahe den Tisch, und seine wenigen zerzausten Haarsträhnen gerieten in Gefahr, von den Kerzen in Brand gesteckt zu werden. Pinky hatte die Augen geschlossen; Kilpian Viehtreiber stellte seine gewohnte finstere Miene zur Schau, was aber nichts weiter zu bedeuten hatte. Eleal lauschte wie gebannt, vergaß dabei aber nicht, das Kinn aufrecht zu halten. Was immer Prof Rawlinson tat, wurde von Tittrags bergähnlicher Körpermasse verdeckt. Alice ...

Ein paarmal warf Julian verstohlene Seitenblicke auf Alice. Sie kaute auf der Unterlippe, während sie versuchte, der Geschichte zu folgen. Er vermutete, daß sie sich nunmehr entschließen würde, nach Hause zurückzukehren; denn die Götterdämmerung hatte Olympus allen Spaßes beraubt. Es würde ihn nicht überraschen, wenn die Station überhaupt aufgelassen würde. Eigentlich wäre es seine Pflicht und Schuldigkeit gewesen, Alice beiseite zu nehmen und ihr die ganze Geschichte auf Englisch zu erzählen. Er war bloß zu müde. Schuld und Kummer lasteten schwer auf ihm. Warum, warum nur hatte er nicht früher erraten, was Exeter im Schilde führte? Mittlerweile war es offensichtlich, aber wenn sonst niemand dahinterkam, würde er es den anderen nicht erklären, noch nicht einmal Alice.

Dommi war ins Stocken geraten; unbeholfen räusperte er sich und druckste herum.

Julian riß sich aus seinem Dämmerzustand, indem er sich in Gedanken eine Heugabel in den Hintern rammte. »Den nächsten Teil übernehme ich. Wir haben den Leichnam des Befreiers auf eine Silberplatte von der zerfallenen Zath-Statue geladen und ihn aus dem Tempel getragen. Draußen, am Rand des großen Platzes, haben wir innegehalten, um zu verschnaufen. Eine Menschenmenge hat sich versammelt, und Dommi fing an zu predigen. Er war wundervoll! Er hat ihnen vom Tod Zaths erzählt, und daß die Prophezeiung erfüllt sei, und daß der Befreier sein Leben dafür geopfert hätte. Er hat sie allesamt zum Weinen gebracht. Sogar mich, verdammt noch mal! Und ich glaube, er ist ... Nein, ich glaube, er hatte eine Eingebung! Er sagte: ›D'ward Befreier hat sein Leben geopfert, um uns den Weg zum einzig Wahren Gott zu zeigen, denn nun hat er ohne jeden Zweifel die höchste Stufe der Leiter erklommen und ist mit dem Ungeteilten vereint. Indem wir seinen Lehren folgen, erklimmen wir die Leiter ebenso, bis wir mit ihm vereint sind. Er hat dem Tod den Tod gebracht – nicht in dem Sinne, daß unsere Körper nicht mehr sterben, sondern in dem Sinne, daß wir den Tod nicht mehr fürchten müssen. Auch wir werden Befreier. Auch wir werden Gott.‹ Ich finde, das sollte der Glaubensgrundsatz unserer Kirche sein, Heiligkeit.«

Wer hätte je gedacht, daß Dommi so fließend Thargisch beherrschte oder so überzeugend reden könnte? Dommi war ein Wunder; Exeter hatte es schon vor

Jahren erkannt. Julian nicht. Ein weiteres Wunder war Eleal. Zwar war sie noch unerfahren und ungestüm, doch dem würde sie schon bald entwachsen. Dafür würde Pinky Sorge tragen.

Mit Dommis und Eleals Hilfe schrieb Piol den neuen Glauben eifrig nieder. Exeter hätte ihn wahrscheinlich gehaßt.

Er hatte nie Anspruch darauf erhoben, Buddha oder Jesus zu sein, doch alle Sekten schrieben ihren Gründern Vollkommenheit zu. Sogar Mohammed, der menschlich geblieben war, galt als einzigartiger Mann.

Zögernd griff Dommi den Faden wieder auf und erzählte, wie die Menge auf dem Platz einen Scheiterhaufen aufgeschichtet hatte. Dann versagte die Stimme ihm den Dienst; Stille breitete sich im Zimmer aus.

Die Kerzen brannten heller in der zunehmenden Dunkelheit.

Prof Rawlinson erwies sich als sehr unempfänglich für diese Atmosphäre. »Und wo habt ihr die Hasen gefunden?«

»Einige unserer neuen thargischen Anhänger haben sie zur Verfügung gestellt«, erklärte Julian. »Sie haben uns mit Gastfreundschaft geradezu überschüttet. Doggan und Tielan sind noch bei ihnen. Ihr dürft innerhalb der nächsten Tage mit einer wahren Pilgerflut rechnen, Heiligkeit.«

Eleal nickte. Ihre Augen waren glasig, doch rasch besann sie sich ihrer Rolle. »Wir danken für diese wundervolle Geschichte.«

Prof räusperte sich. »Vor drei Tagen?« murmelte er auf Englisch. »Dann wäre es eigentlich an der Zeit, nicht wahr?«

Alice sog heftig die Luft ein und schaute zu Julian.

Der spähte um Tittrag herum. »An der Zeit wofür?« fragte er Prof. »Was willst du damit andeuten?«

Rawlinson schürzte die Lippen und blinzelte, als hätte er seine Brille verlegt. »Jetzt hör aber auf, Hauptmann! Wir alle wissen, nach welchem Vorbild Exeter gehandelt hat. Die Saga ist noch nicht abgeschlossen.«

Eigentlich hätte Julian Zorn verspüren müssen, doch er war zu betäubt, etwas anders zu empfinden als Ekel. »Falls du auf eine Wiederauferstehung wartest, Rawlinson, wirst du bitter enttäuscht werden. Exeter wird nicht erscheinen und seine Wundmale zeigen, so wie Christus es vor den Aposteln getan hat. Exeter ist zu Brei zermatscht worden. Wir haben gesehen, wie sein Leichnam zu Asche verbrannt ist.« Julian stützte den Kopf auf die Hände.

»Du übersiehst die Logik des Zusammenpralls der beiden Gegner, Hauptmann.« Profs Stimme hatte einen belehrenden Tonfall angenommen. »Zath ist tot, darin sind wir uns einig. Also hat Exeter ihn getötet. Und folglich war Exeter der Überlebende und hat das gesamte Mana erhalten. Ich bin sicher, mit so viel Macht ist es vergleichsweise einfach, den eigenen Tod vorzutäuschen.«

Die Talbewohner, mit Ausnahme von Dommi, der Englisch verstand, wirkten allesamt verdutzt. »Ich versichere dir, Bruder Prof, der Mann, den wir gefunden haben, war ganz sicher der *Tyika*, und er war ganz sicher tot. Sein Gesicht war unversehrt. Außerdem hatte er ein Muttermal am Bein, das mir oft aufgefallen ist, wenn er gebadet hat.«

»Ich erinnere mich noch aus unserer Schulzeit daran«, warf Julian ein. »Mir ist es auch aufgefallen.«

Profs nervenaufreibend schleppende Stimme wollte einfach nicht verstummen. »Mit Mana kann man das ohne weiteres nachahmen. Es wäre sehr einfach, das Erscheinungsbild einer anderen Leiche zu verändern . . .«

»Es gab keine anderen Leichen.«

Prof lachte.

»Genau! Ein Wunder? Oder klingt das nach der Hand unseres Freundes, der sich der Ereignisse angenommen hat, nachdem er den Gegner überwältigt hatte und seine Macht einsetzen konnte, wie er wollte?«

Unvermittelt flammte Wut in Julian auf. Mit einem Knall, der alle zusammenzucken ließ, sauste seine Faust auf den Tisch – die rechte Faust, die ihm der Befreier zurückgegeben hatte. »Nein!« brüllte er. »Es hört sich nach verdammtem *Glück* an! Exeter hätte sich nie und nimmer zu einer solchen Täuschung herabgelassen. Egal wie mächtig er geworden sein mag, er war trotzdem nicht unsterblich! Also wäre es ein billiger Trick gewesen, eine Wiederauferstehung zu inszenieren. *So etwas hätte er niemals getan!* Versteht ihr denn nicht? Versteht es denn niemand von euch? Er wußte, daß er den Kriegertrupp in Nioltal in den Tod führen würde, und er hat es getan, *weil er schon damals wußte, daß er selbst sterben würde!*«

»O nein!« flüsterte Alice.

»O ja! Sonst hätte er seine Freunde niemals geopfert! Er hätte sie nicht allein über die Klinge springen lassen. Er hat seine Eltern und all die anderen Opfer Zaths gerächt, aber er kannte den Preis dafür und hat ihn bezahlt. Zath ist gestorben – und genauso ist Exeter gestorben!«

Prof wirkte erschüttert, aber nicht überzeugt.

»Gleichzeitig? Wie ist das möglich? Wohin ist das Mana geflossen?«

Julian hätte am liebsten aufgeschrien.

»Um Himmels willen, Mann – *Exeter hatte kein Mana!* Habt ihr das denn immer noch nicht begriffen? Wir haben uns alle gefragt, wie es ihm gelungen ist, daß Pentatheon dazu zu bringen, ihn zu unterstützen, ihm genug Mana zu leihen, um die Schlacht zu gewinnen. Wir alle haben gewußt, daß sie ihm um so weniger vertrauen würden, je mächtiger er wurde.«

Pinky hatte die Augen weit aufgerissen. »Und wie hat er sie dazu bewegt, ihm zu vertrauen?«

»Hat er gar nicht!« brüllte Julian und sprang auf. Er hatte fürchterliche Angst, jeden Augenblick in Tränen auszubrechen, so wie er in Tharg geweint hatte, so wie er damals geweint hatte, als ihn die Kriegsneurose in ihren Klauen hatte. Seine Stimme wurde noch lauter. »Er hat die Fünf hierher gerufen, in den Hof da. Alice und ich haben sie gesehen, gleich da draußen. Aber er hat sie nicht um ihre Hilfe gebeten. Er hat sie nicht gebeten, ihm zu vertrauen. *Er* hat *ihnen* vertraut! Er hat sie nicht um Mana angebettelt. *Er hat ihnen seines gegeben!* Alles. Deshalb konnten die Thargier ihn abführen, zu einem Prozeß schleifen, ihn verprügeln und zur Hinrichtung bringen. Er hatte kein Mana mehr übrig! Mit diesem Schachzug hatte Zath nicht gerechnet. Niemand hatte damit gerechnet. Aber Edward hatte ihn von Anfang an geplant, als einzige Lösung des Problems. Erinnert ihr euch an die Prophezeiung, die besagt, der Tod würde ihn erregen? Er hat den Krieg in Flandern gesehen. Wenn Millionen gewöhnlicher Männer ihr Leben lassen konnten, um etwas Böses zu besiegen, dann wollte er um nichts zurückstehen, und er konnte dadurch seine Eltern rächen, seine Freunde, die gestorben waren . . .«

Julian holte tief Luft und zwang sich auf die Bank zurück, zitternd wie sein alter Herr, als ihn damals die Malaria befallen hatte. »Zath muß völlig verwirrt gewesen sein, als sein Todfeind ihm gefesselt und hilflos ausgeliefert wurde. Er muß eine Falle vermutet haben. Und während er wie gebannt beobachtet hat, wie Exeter starb, haben die Fünf die Gelegenheit und das zusätzliche Mana genützt, das Exeter ihnen verschafft hatte, und *sie* haben Zath getötet!«

Keuchend verstummte er. Alice legte eine Hand auf seinen Arm.

»Willst du damit andeuten, daß sie zusammengearbeitet haben?« fragte Pinky unschlüssig. »Die Fünf?«

»Sie mußten! Edward ließ ihnen keine andere Wahl, weil die Sieger sich Zaths Mana teilen würden, folglich konnte es sich keiner leisten, nicht mitzuziehen. Sie haben die einzige Gelegenheit beim Schopf gepackt, die sie je kriegen würden, um Zath zu vernichten. Eine Gelegenheit, die Exeter ihnen als *Geschenk* dargebracht hat, ohne jede Bedingung.«

Nach einer Weile meinte Prof zweifelnd: »Ich nehme an, das wäre möglich. Aber . . . man sollte doch meinen, wenigstens einer von ihnen hätte soviel Anstand gehabt, dem Befreier das Leben zu retten.«

»Dieser Haufen? O nein! Die wissen gar nicht, was Dankbarkeit ist. Und ganz sicher wollten sie nicht, daß Exeter frei herumläuft. Er hat ihr Spiel besser beherrscht als jeder von ihnen. Er hätte nächstes Jahr noch mehr Mana gesammelt und ihnen dann zumindest die Leine angelegt. Sie sind auf einen Schlag zwei Männer losgeworden, die sie fürchteten. Ich wette, die feiern gerade wie ein Haufen besoffener Matrosen.«

Aber sie würden nie wieder den Fehler begehen, Menschenopfer zu gestatten. Das war zumindest *etwas* Gutes.

»Julian hat recht«, flüsterte Alice. »Wißt ihr, es gab noch eine Prophezeiung. Eine Zigeunerin hat Exeter einmal erzählt, er müßte dreimal wählen: Ehre oder Freundschaft, Ehre oder Pflicht und schließlich Ehre oder Leben. Er hat sich jedesmal für die Ehre entschieden. Er hat gewußt, daß er sterben mußte.«

Diesmal hielt die Stille länger an. Schließlich sagte Pinky: »Ich glaube wirklich, wir sollten jetzt wieder Joalisch reden. Heiligkeit, Brüder – wir haben gerade über die bösen Hexer gesprochen, und wie sie dem Befreier hätten beistehen könnten. Und wir sind zu dem Schluß gelangt, daß sie ihm nicht beigestanden haben.«

»Zweifellos jubeln sie in ihrer Gottlosigkeit«, pflichtete Eleal ihm bei. »Trotzdem wird das Gute siegen, so wie der einzig Wahre Gott.«

»Ja«, krächzte Julian heiser. Tränen rannen ihm über die Wangen; ihm war übel, und er schämte sich seines Wutausbruchs und seiner Unfähigkeit, seine Trauer zu verbergen, so wie die anderen. »Und sie wissen nicht, wie mächtig ein Gedanke sein kann. Was D'ward uns hinterlassen hat, ist eine Kirche, die auf einem wahren, geschichtlichen Ereignis beruht, wogegen der Glaube der Heiden bloß aus Legenden und Heuchelei besteht. Wir müssen in seinem Gedächtnis an seiner Kirche weiterbauen.« Es würde religiöse Verfolgungen und Märtyrer geben, und die Kirche würde sich davon nähren und wachsen ...

»Ich glaube ...«, setzte Piol an. Er zauberte von irgendwo ein Papierbündel hervor und begann es durchzublättern. »Ich glaube, ich habe ein paar ... ah!

Ja, dies sind Worte, die der Meister bezüglich der Kirche gesprochen hat.« Er hielt eine Seite bedenklich nahe an die Kerze und die Nase noch dichter daran und las: »In Jurgtal hat der Meister am Hüfttag gesagt:

›Ist eine Kirche nicht ein lebend Ding? Sie wird durch eine Vereinigung empfangen, wenn ein Vater Samen in einen fruchtbaren Schoß spendet. Sie erblickt das Licht der Welt in Pein und Blut, und diejenigen, die ihre ersten Schreie hören, lächeln. Ist eine Kirche nicht wie ein Kind? Denn sie wächst, verändert sich, macht Fehler und lernt. Ist eine Kirche nicht wie ein junger Mensch, eifrig, unbändig bestrebt, die Welt zu verbessern, aber dazu bestimmt, in Gewalt hineinzustolpern? Ist eine Kirche nicht wie eine Mutter, die ihre Kinder liebt, aber nicht mit Liebe erdrücken sollte? Ist eine Kirche nicht wie ein Vater, der seine Familie verteidigen und zusammenhalten sollte, ohne sie oder andere zu verletzen? Ist eine Kirche nicht wie jeder von uns, der an Weisheit oder Leidenschaft wächst oder träge und bedeutungslos im Alter versinkt? Beurteilt deshalb jeden Glauben, wie ihr einen *Menschen* beurteilt. Lechzt er nach Gold, so verschmäht ihn. Lügt er, so verleugnet ihn. Droht er, so trotzt ihm. Tötet, verletzt oder verfolgt er, so sucht anderweitig Rat, denn ein falscher Führer ist schlimmer als keiner. Und bereut er, so vergebt ihm.‹«

Julian erkannte Exeters Gedanken, doch die Worte stammten von Piol Poet. Die Evangelisten begannen bereits, die Worte des Religionsstifters auszuschmücken.

Eleal wandte sich mit freudestrahlender Miene an den Greis. »Gewiß, das hatte er sich erhofft. Er hat mich damit betraut, seine Anhänger hier in Thargtal auf den rechten Weg zu führen, und er hat Ursula

Lehrerin angewiesen, in Joaltal einen Tempel zu gründen.«

»Und mich, dasselbe in Nioltal zu tun«, warf Dommi leise ein. »Bislang war ich nachlässig, was diese Aufgabe angeht, aber ich breche im Morgengrauen auf.«

»Und du, Haptmaan?« sprach die Hohepriesterin Julian an.

Er schüttelte den Kopf. Wie schändlich sein wiederholter Mangel an Vertrauen nun doch wirkte! Er hatte Exeter nie richtig vertraut – er, der ihn von Kindesbeinen an kannte. Oh, wie sehr wünschte er sich, er könnte die zornigen Worte zurücknehmen, die er Exter nach dem Tod des Kriegertrupps in Shuujooby ins Gesicht geschleudert hatte! »Ich bin kein Schildträger, Heiligkeit. In Wahrheit wurde ich nie in diese Kirche getauft. Nun bitte ich um diese Ehre, obwohl ich mich ihrer unwürdig fühle.«

Eleal bedachte ihn mit ihrem strahlendsten Ehrwürdige-Mutter-Lächeln. »Deine Bitte wird dir gewährt! Ist jemand unter uns, der dieses Sakrament besonders gern vollführen möchte?«

Hoffnungsvoll schaute Julian zu Dommi.

Dommi grinste breiter als je zuvor.

»Es wäre mir die allergrößte Ehre, Bruder Haptmaan!«

Eleal nickte anerkennend. »Des Meisters letzte Worte an mich waren, daß er hoffte, du würdest nach Randortal gehen und dort eine Kirche gründen, Haptmaan, weil er meinte, du wärst ein großartiger Apostel. Wir haben einen Schild ohne Träger. Er sagte, falls der Vorbesitzer nicht wiederkäme, um ihn zurückzufordern, sollte dieser Schild der deine sein. Es ist der kostbarste von allen, denn er hat einst dem heiligen

Prat'han gehört, dem ersten Mitglied des Kriegertrupps.«

Einen Augenblick starrte Julian Eleal nur an. Dann stammelte er: »Ich würde nichts lieber tun, als die Kirche des Befreiers in Randortal zu verbreiten. Es wird mir eine Ehre sein.«

Ja, er würde es mit Eltiana und ihrer Bande aufnehmen und ihr Edward Exeters Vermächtnis in den Rachen stopfen. Und eines Tages würde er ihren dreckigen Freudenhaustempel verbrennen und auf der Asche tanzen. Und wenn er tausend Jahre dafür brauchte.

»Vorbesitzer?« knurrte Pinky. »Natürlich meint Ihr Dosh Verräter, richtig? War das sein Schild? Ich hoffe nur, er hatte soviel Anstand, sich zu erhängen, so wie Judas.«

Das war ungerecht! Natürlich war es möglich, daß Dosh sich mit Silber von den Thargiern hatte kaufen lassen, um Exeter zu verraten, doch Julian war ziemlich sicher, daß Dommi lediglich Befehle befolgt hatte. Um Zath zu täuschen, war Exeter gezwungen gewesen, auch alle anderen zu täuschen. Gewiß war es besser, nichts zu sagen, das der knospenden Legende schaden könnte. Die Verleumdung spielte keine Rolle, solange Dosh nicht auftauchte, und er mußte wissen, daß man ihn dann in Stücke reißen würde. Besser, man behielt den armen Dosh als Verräter in Erinnerung als zuzugeben, daß der Befreier sein eigenes Martyrium eingefädelt hatte. Julian beschloß, daß er niemandem davon erzählen durfte, nicht einmal Alice.

Auch nicht Euphemia. Aber auf dem Weg nach Randortal würde er einen Umweg über Olympus einschlagen und ihr versichern, daß er jedes Versprechen aus seinem Brief ernst gemeint hatte. Und er würde sie an ihre eigenen Versprechen erinnern. Schließlich hatte niemand vorgeschlagen, den Geistlichen des Befreiers ein Eheverbot aufzuerlegen.

63

Nachdem die üblichen Anfälle von Übelkeit und Verzweiflung verebbt waren, hob Alice langsam den Kopf, um die Lichtung zu betrachten. Es war eine sehr kleine, von dicht aneinanderstehenden Bäumen und Büschen umgebene Lichtung. Über ihr prangte ein blauer Himmel, unter sich spürte Alice feuchten Tau. Die frische Luft auf ihrer Haut war ein wenig zu kühl, um angenehm zu sein; aber schließlich war es ein Aprilmorgen in England. Wahrscheinlich hätte sie das allein an den Düften erkannt. Bis sie sich auf die Knie mühte, hatte sie bereits Veilchen, Primeln und Schlüsselblumen erschnuppert. Die Äste erstrahlten im ersten, grünen Flaum des Frühlings, und nicht weit entfernt stieß ein Kuckuck seinen Ruf aus.

»Nur allzu wahr!« murmelte sie und quälte sich auf die Beine.

Die Hütte war so klein und unkrautüberwuchert, daß Alice sie wahrscheinlich übersehen hätte, wenn man ihr nicht zuvor davon berichtet hätte. Der Schlüssel, so hatte man ihr gesagt, befand sich in dem Eichhörnchenloch im dritten Baum links. Der Dienst hatte seine Mantel-und-Degen-Besessenheit nie ganz abzuschütteln vermocht.

Eine halbe Stunde später stapfte Alice nach Norden,

in Kleidern, die seit wenigstens einer Generation aus der Mode waren, doch die geknöpften Stiefel paßten ihr einigermaßen gut, und in der Manteltasche hatte sie mehrere Zwanzig-Shilling-Münzen. Ein Lastwagenfahrer nahm sie mit nach Southampton und erwies sich als viel zu höflich, sie zu fragen, wieso eine offenbar für einen Maskenball gekleidete Dame durch den New Forest wanderte. Vor dem Krieg waren solche Dinge nie geschehen.

Alice fuhr mit dem Zug nach Waterloo und durchquerte London mit dem Bus, wobei sie ihre Reise für einen Besuch bei Thomas Cook unterbrach, wo sie sich nach Fahrten erkundigte, die nach Ostafrika führten.

In der Liverpool Street erwischte sie gerade noch den Vier-Uhr-fünfzehn-Zug nach Norwich. Während der Fahrt las sie Zeitungen oder starrte trübsinnig aus dem Fenster. England hatte sich in den letzten zwei Monaten nicht verändert, jedenfalls nicht so sehr wie sie. Die Spanische Grippe ging wieder um, wenngleich in weniger tödlicher Form. Um ein Haar hätte die Krankheit den amerikanischen Präsidenten getötet, las sie.

Auf einer anderen Welt hatte diese Krankheit Zath getötet.

Gegen Abend saß sie in einem klapprigen, quietschenden Taxi auf dem Weg zu ihrem Landhäuschen. Der Fahrer gehörte eher in ein Museum als hinter das Steuer eines Automobils. Er wirkte zu alt, um etwas über Züge zu wissen, geschweige denn über Motorfahrzeuge, und als er versuchte, sich mit Alice zu unterhalten, gab sie sich von dem breiigen Norfolk-Akzent des Mannes geschlagen. Es war noch schlimmer als Thargisch. Alice verstand nur, daß dies der erste Sonnentag seit Wochen sei, und daß sie den schlimmsten April seit Noahs Sintflut erlebten.

Die Läden hatten zwar alle schon geschlossen, aber sie konnte heute abend Sardinen aus der Büchse essen und sich morgen der wirklichen Welt stellen. London war ihr noch mehr wie ein Irrenhaus erschienen als in ihrer Erinnerung. Nein zu London. Nein auch zu Norfolk. Wenn sie sich hier mit ihren Erinnerungen abkapselte, würde sie binnen einer Woche mit den Möwen plaudern. Nein, es mußte *Afrika* sein. Was sie dort anfangen würde, wußte Alice noch nicht, aber sie würde schon irgend etwas finden. Sie würde sich nach etwas umsehen, sobald sie dort war.

Worauf sie es jedenfalls *nicht* absehen würde, war eine Romanze. Drei Männer in weniger als drei Jahren! Sie war Lucretia Borgia. Sie war Typhoid Mary. Ein Herz kann nicht fortwährend gebrochen werden. Nein. sie würde keine Männer mehr in ihr Leben lassen – nie wieder.

Methusalem hielt am Beginn der schlammigen, kleinen Auffahrt zu Alices Haus, vermutlich weil er fürchtete, sein Gefährt käme nie wieder heraus, wenn er hineinführe. Alice gab ihm viel zu viel Trinkgeld, wofür er sie ordentlich mit Spucke besprühte, als er sich überschwenglich bedankte und mit dem Finger an seine Kappe tippte. Sein Klapperkasten wechselte mit knirschendem Getriebe in den Rückwärtsgang und knatterte davon, wobei ein Rad gefährlich wackelte.

Unbelastet von jedem Gepäck, stapfte Alice die Auffahrt hinauf, doch sie spürte noch immer die Nachwehen der Krämpfe. Miss Pimm hatte ihr versprochen, daß sich keine Eindringlinge an ihrem Häuschen zu schaffen machen würden – und da waren auch die Reifenspuren von Miss Pimms Automobil, deutlich sichtbar im Schlamm vor der Tür. Der Garten ... ach du meine Güte, der Garten! Aber was machte das schon. Zu Hause ist man dort, wo man mit dem Herzen ist? Nicht in Alices Fall; denn sie hatte ihr Herz in Thargtal zurückgelassen. Dennoch war das kleine Häuschen ein willkommener Anblick. Nach den vielen Wochen, die sie in Zelten geschlafen hatte, würde es ihr wie das Ritz vorkommen. Es wirkte in der Tat recht heimelig, besonders mit dem Rauch, der aus dem Kamin kräuselte ...

Auch ein nahezu gebrochenes Herz konnte noch aus der Brust springen. Alice brauchte keinen Fährtenleser der Embu oder Meru, um zu wissen, daß die Reifenspuren erst kürzlich entstanden waren, und daß ein Feuer keine zwei Monate brannte, wenn niemand Holz nachlegte.

Neben der Türstufe lagen drei leere Farbbüchsen. Auf der Stufe selbst war ein schlammiger Fußabdruck. *Panik!* Nein, beruhige dich ... Denk erst mal nach ... Außerdem gibt es weit und breit nichts, wohin du flüchten könntest. Nachdenken! Miss Pimm? Die das Haus für die Rückkehr seiner Besitzerin vorbereitete? Niemand außer Miss Pimm wußte von diesem Ort, aber selbst Miss Pimm konnte nicht wissen, daß Alice ausgerechnet heute kommen würde. Außerdem war es der Fußabdruck eines Mannes.

Leise Musik ... Deshalb hatte er das Taxi nicht gehört. Er spielte eine ihrer Schallplatten, Galli-Curcis ›Un bel di vedremo‹. Während Alice lauschte, schwand der Sopran zu einem traurigen Bariton und schwoll dann wieder an, als der Mann das Grammophon ankurbelte.

Alice war wie gelähmt; sie konnte nur auf die Tür starren. D'Arcy? Terry? Aber Terrys Schiff war im Ärmelkanal gesunken, nicht irgendwo vor einer fernen Insel. Edward? Julian und Dommi hatten geschworen, es wäre sein Leichnam gewesen, den sie verbrennen sahen …

Zauberei? Mana? Er hatte all sein Mana den Fünfen gegeben. Prof Rawlinson hatte gesagt: *Es wäre nur allzu einfach, das Erscheinungsbild einer anderen Leiche zu verändern …*

Er hatte gesagt: *Man sollte meinen, wenigstens einer von ihnen hätte soviel Anstand gehabt …*

Alice riß die Tür auf.

ENDE